LES PÉRÉGRINES

Le Bonheur est une femme (Les Amants de Talcy), Casterman, 1963 (épuisé).

Très Sage Héloïse, Hachette, 1966 ; La Table Ronde, 1980 ; Le Livre de poche, 1987.
Ouvrage couronné par l'Académie française.

La Dame de Beauté (Agnès Sorel), Presses de la Cité, 1970 ; La Table Ronde, 1982 ; Le Livre de poche, 1987.

La Chambre des Dames (préface de Régine Pernoud), La Table Ronde, 1979 ; Le Livre de poche, 1986.
Prix des Maisons de la Presse 1979.
Grand Prix des lectrices de Elle *1979.*

Le Jeu de la tentation (tome II de *La Chambre des Dames*), La Table Ronde, 1981 ; Le Livre de poche, 1986.
Prix Renaissance 1982.

Les Recettes de Mathilde Brunel (cuisine médiévale pour tables d'aujourd'hui), Flammarion, 1983.
Prix de la Poêle de fer.
Prix Charles-Moncelet.

Le Sanglier blanc (conte pour enfants), Grasset, 1987.

Le Grand Feu, La Table Ronde, 1985 ; Folio, 1988.
Grand Prix catholique de littérature 1986.

Les Amours blessées, La Table Ronde, 1987 ; Folio, 1989.

JEANNE BOURIN

LES PÉRÉGRINES

roman

ÉDITIONS FRANÇOIS BOURIN
27, rue Saint-André-des-Arts
75006 Paris

A François mon fils,
à François mon éditeur

*Qui n'a pas vu la route de l'aube, entre
ses deux rangées d'arbres, toute fraîche,
toute vivante, ne sait pas ce que c'est que
l'espérance.*

G. BERNANOS.

PRINCIPAUX PERSONNAGES

1. LES FRANCS

Personnages romanesques

Garin le Parcheminier, 39 ans : artisan de Chartres ; veuf.
Berthe la Hardie, 55 ans : sa mère.
Brunissen (prononcer Brunissène), 18 ans : fille aînée de Garin.
Flaminia, 16 ans : deuxième fille de Garin.
Alaïs, 15 ans : la benjamine.
Landry, 15 ans : jumeau d'Alaïs.
Albérade, 31 ans : servante partie avec la famille de Garin.
Herbert Chauffecire, 25 ans : cirier à Chartres ; voisin de Garin.
Le père Ascelin, 46 ans : notaire épiscopal, attaché à l'évêque
    de Chartres ; beau-frère de Garin.
Mathieu de Nanterre, dit Mathieu le Barbier, 28 ans : barbier
    sur la nef, puis tout au long de la route.
Anseau le Bel, 21 ans : parcheminier, fiancé de Brunissen.
Guibourg et Liébault : selliers chartrains ; amis de Garin.
Biétrix, 15 ans : jeune orpheline, trouvée à Constantinople.

Personnages historiques

Bohémond de Tarente, 40 ans : chef des Normands de Sicile, et
    son neveu Tancrède.
Mabille : une de ses sœurs.
Pierre Barthélemy : Provençal, valet d'un tonnelier de Nar-
    bonne ; découvreur de la « sainte lance ».
Foucher de Chartres, 38 ans : moine de l'abbaye de Saint-Père-
    en-Vallée, chroniqueur ; d'abord dans la suite du comte de
    Blois, puis chapelain de Baudouin de Boulogne.
Godefroi de Bouillon, 36 ans : duc de Basse-Lotharingie, chef
    des troupes de la Meuse et du Rhin.
Baudouin de Boulogne, frère de Godefroi de Bouillon, avec sa
    femme et ses enfants.
Raymond de Saint-Gilles, 55 ans : comte de Toulouse, et sa
    femme Elvire.
Raimond d'Aguilers, leur chapelain.
Adhémar de Monteil : évêque du Puy, légat du pape.
Étienne de Blois ; Robert de Flandre ; Hugues de Vermandois,
    dit le Maisné, frère du roi de France Philippe Ier.
Robert Courteheuse, duc de Normandie, fils de Guillaume le
    Conquérant.

2. LES BYZANTINS

Personnages romanesques

Théophane Daniélis, 54 ans : parfumeur de la cour impériale de Constantinople.

Andronic Daniélis, 35 ans : son fils ; parfumeur, travaille avec son père.

Icasia Daniélis, 32 ans : femme d'Andronic.

Marianos Daniélis, 17 ans : leur fils ; aurige dans la faction des Bleus à l'Hippodrome de Constantinople.

Paschal Daniélis, 12 ans : fils adoptif d'Andronic et d'Icasia.

Morphia, 50 ans : nourrice d'Icasia.

Joannice, 32 ans : fille de Morphia, sœur de lait d'Icasia.

Gabriel Attaliate, 36 ans : frère d'Icasia ; eunuque, préfet du Caniclée, confident et conseiller de l'empereur.

Cyrille Akritas, 18 ans : aurige, ami de Marianos ; il fait partie de la faction des Verts.

Personnages historiques

Alexis Ier Comnène, né en 1056 : empereur de Constantinople de 1081 à 1118.

Irène Doukas : impératrice, femme d'Alexis Comnène.

Anne Comnène, née en 1083 : leur fille aînée ; historienne. A fait dans son livre *Alexiade*, écrit à la gloire de son père, le récit de la première croisade.

PREMIÈRE PARTIE

5-8 avril 1097

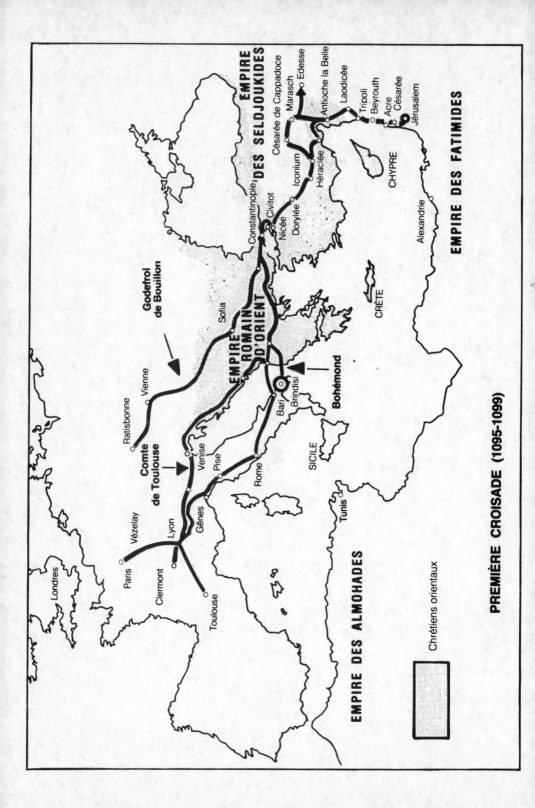

PREMIÈRE CROISADE (1095-1099)

EMPIRE DES SELDJOUKIDES

EMPIRE ROMAIN D'ORIENT

EMPIRE DES FATIMIDES

EMPIRE DES ALMOHADES

Godefroi de Bouillon

Comte de Toulouse

Bohémond

Chrétiens orientaux

Londres

Paris

Vézelay

Clermont

Toulouse

Lyon

Gênes

Pise

Venise

Rome

SICILE

Tunis

Ratisbonne

Vienne

Sofia

Constantinople

Civitot

Nicée

Dorylée

Iconium

Héraclée

Césarée de Cappadoce

Marasch

Edesse

Antioche la Belle

Laodicée

Tripoli

Beyrouth

Acre

Césarée

Jérusalem

Alexandrie

CHYPRE

CRÈTE

Bari

Brindisi

1.

Garin le Parcheminier hocha plusieurs fois avec conviction son chef frisé où, par endroits, le poil roux virait au blanc.

— Je vous en donne ma foi, assura-t-il, je l'ai vu de mes propres yeux et bien d'autres que moi l'ont également constaté. Sur les épaules des victimes de ce malheureux naufrage, on pouvait voir, comme gravées dans leur chair, des marques représentant la Croix ! Oui, sur mon âme, la Croix du Christ !

— Je peux en témoigner moi aussi, confirma Foucher de Chartres, assis sur le sable de la grève à côté du maître parcheminier. Le Seigneur a sans doute voulu que ces noyés, morts pour Son service en ce jour de la sainte fête de Pâques, conservent à même le corps, telle l'empreinte de leur foi, la croix cousue sur leurs vêtements. Depuis la prestation du vœu d'engagement, au moment du départ huit mois plus tôt, ils ne s'en étaient jamais séparés.

Enrouée par l'émotion, la voix du bénédictin attaché à la suite du comte de Blois fit frissonner ceux qui l'écoutaient.

Un vent d'avril allègre, frais, redevenu innocent, soufflait sur le port et le rivage de Brindisi. Là s'étaient élevées pendant quelques jours les tentes des deux armées du duc de Normandie et du comte de Blois, environnées l'une et l'autre par les campements des pèlerins. Ce matin, on les avait démontées. Le moment d'embarquer était arrivé.

La foule des croisés, rassemblée depuis la fin de la grand-messe pascale dite sur la plage avant l'appareillage des nefs, s'était groupée par famille, rue, paroisse ou village.

Après que, sous leurs yeux consternés, une des premières nefs sorties du port eut été rejetée sans raison apparente sur des rochers où elle s'était brisée, les pèlerins vivaient dans l'angoisse. Ils avaient allumé des feux de bois où ils se réchauffaient en silence. Eux, d'ordinaire si bruyants, toujours prêts à commenter le moindre événement, se taisaient. Seuls, quelques enfants en bas âge couraient entre les foyers jusqu'aux vagues à peine agitées au bord desquelles ils jouaient ou ramassaient des coquillages. Espoir et crainte mêlés, les plus âgés attendaient de savoir si l'embarquement allait reprendre. On tremblait, on priait à bouche close...

— Depuis que nous avons quitté Chartres et le royaume de France, nous avons, hélas ! déjà vu pas mal de morts et de mourants, reprit à mi-voix le parcheminier, mais, Dieu m'assiste, jamais encore en aussi grand nombre ni dans un tel état ! Sans mentir, la mer en a rejeté plusieurs centaines... et je ne compte pas chevaux et mulets !

— Quelle pitié ! soupira Berthe la Hardie en posant une main sur l'épaule de son fils. Non seulement ce malheur nous endeuille tous, mais il a effrayé les plus craintifs. Beaucoup ont décidé de nous quitter, au mépris de leur engagement et du serment prononcé à l'instant de prendre la Croix. Ils seront à jamais mis hors la loi, comme l'a solennellement annoncé notre Saint-Père le pape !

— Renoncer après un si long voyage, un tel cheminement ! s'écria Flaminia dont les nattes brillaient comme cuivre rouge au soleil. C'est de la folie ! Ont-ils oublié que ceux qui sont partis pour cette guerre sainte auront tous leurs péchés remis s'ils meurent en route ? Nous sommes en marche pour aider à la délivrance du saint sépulcre. Celui qui ne se battra pas avec l'épée se battra par la prière ! Rien ne doit nous décourager.

— Oui, Dieu nous attend à Jérusalem, affirma sobrement Brunissen de sa voix chantante, les yeux fixés sur l'horizon.

— Si la gent Notre-Seigneur se désespère et s'amenuise à chaque épreuve, combien resterons-nous aux portes de la Ville sainte ? demanda Foucher de Chartres en passant plusieurs fois, d'un geste qui lui était habituel, sa main sur la tonsure qui sanctifiait ses cheveux bruns et indisciplinés. Beaucoup ont déjà vendu leurs armes et repris leur bâton pour rentrer chez eux. Ils n'ont pas eu le courage de poursuivre le voyage après la lutte fratricide qu'il nous a fallu soutenir à Rome contre les hommes de l'antipape Guibert ! Et pourtant, seul notre nombre fait notre force !

— Ne serait-ce pas plutôt notre foi ? s'enquit Alaïs en levant sur le moine un regard pers, rempli de malice.

Les trois filles du parcheminier conjugaient sur leurs têtes toutes les nuances fauves qui couronnaient leur père. L'aînée, Brunissen, que ses dix-huit ans et une nature discrète paraient d'une certaine sagesse, laissait voir sous son voile des bandeaux couleur de pain brûlé qui s'harmonisaient avec ses prunelles brunes et douces comme les ailes de certains papillons de nuit. Flaminia, de deux ans sa cadette, était dotée d'une crinière de feu, frisée, si violemment rousse qu'on pouvait s'étonner que ses nattes flamboyantes ne crépitent pas comme flammes sur braises. A son approche, on ne voyait que cet embrasement. Quant à la plus jeune, Alaïs, âgée de quinze ans tout juste, elle était casquée d'un blond ardent où l'or s'ensoleillait.

Assis auprès d'elle, son frère jumeau, Landry, arborait la même toison dorée. Osseux et musclé comme un jeune poulain qui n'a pas encore atteint sa stature définitive, il promettait de devenir un fier colosse ! Pour l'heure, il était assombri par la cruelle besogne que venait de lui imposer le naufrage. En compagnie de son père et de tous les hommes disponibles, soldats, clercs et pèlerins, il lui avait fallu aider à relever les corps que les vagues rejetaient sur la côte. Ainsi que de grandes algues monstrueuses et navrantes, à chacune des respirations de la mer, de nouveaux cadavres, aux chevelures épandues, aux membres flottants, venaient s'échouer parmi les débris du bateau perdu, planches, coffres, fûts et besaces éventrées. Les parents, les amis, les compagnons, qui avaient quitté ces malheureux si peu de temps auparavant, les reconnaissaient avec épouvante. Ce n'étaient que pleurs, cris, désolation...

Il avait fallu prendre l'une après l'autre ces pauvres dépouilles par les épaules et par les pieds, les arracher à ceux qui refusaient de s'en séparer, et les transporter dans plusieurs des églises de Brindisi où leurs corps bleuâtres ainsi que leurs habits gorgés d'eau jonchaient les dalles de pierre. L'office des morts et leur ensevelissement seraient assurés plus tard par le clergé de la cité.

Une épouvante sans bornes s'était emparée de certains croisés. Ils attendaient dans l'effroi de monter à leur tour sur les nefs qui devaient les conduire sur l'autre rive de l'Adriatique, en territoire byzantin. Ils auraient ensuite à gagner Constantinople où était fixé le grand rendez-vous des différentes armées de Dieu, accourues de partout avec les foules qui les suivaient pour délivrer le saint sépulcre.

Cette première découverte de la mer, de ses perfidies, de ses violences, avait de quoi apeurer et décourager des terriens dont beaucoup n'avaient jamais vu une pareille étendue d'eau avant d'aborder la côte italienne.

— Sait-on à quel moment l'embarquement va reprendre ? demanda Berthe la Hardie, qui n'avait peur de rien, aimait à faire savoir que ses cinquante-cinq ans demeuraient vaillants, et connaissait par expérience le pouvoir de l'exemple.

En dépit de quelques douleurs dans le ventre, sans doute dues aux nourritures hasardeuses du voyage, elle avait tenu à aider au transport des noyés dont elle avait arrangé pieusement, avec d'autres femmes, les bliauds, les chemises, les hauberts, les chausses, les capes marquées de croix de tissu rouge ou blanc, déchirés par les rochers et malmenés par les flots. Son courage naturel ne l'avait pas empêchée de pleurer comme les autres sur les corps menus des enfançons aux lèvres décolorées, encore emmaillotés dans leurs langes retenus par des bandelettes de toile que l'eau salée avait rétrécies et plus étroitement resserrées autour d'eux.

A présent, tout en égrenant de la main gauche son chapelet à gros grains de buis, Berthe la Hardie ne voulait plus songer qu'au départ.

— D'après les bruits qui courent, nous devrions monter à bord sans tarder, annonça d'un air entendu Herbert Chauffecire, un jeune voisin de la rue de la Cathédrale à Chartres. Cirier de son état, il faisait partie de ceux qui tournaient depuis quelque temps autour de Garin et de ses jolies filles. Nos montures nous y ont déjà précédés. Pendant que nous rendions les derniers devoirs, ce matin, à tous ces pauvres noyés, les marins ont embarqué chevaux, mules et mulets.

— Par saint Thibault, patron des parcheminiers, dit Garin, je regrette de n'avoir pu assister à cette opération !

— Je crois que tout s'est bien passé, assura le cirier. Je me suis renseigné auprès d'un des patrons des nefs huissières qui nous attendent au port. Elles sont munies de larges portes ouvertes dans leurs flancs, juste au-dessus de la ligne de flottaison. De grandes planches posées en plans inclinés permettent de faire passer directement les chevaux du quai à l'intérieur de la cale.

— C'est ingénieux mais bien audacieux !

— Certes. Aussi, durant la traversée, par précaution, le panneau formant huis ainsi que les coutures seront solidement chevillés et calfatés.

— Je vais tout de même voir ce qu'il en est. Je serai plus tranquille, décida le parcheminier.

Comme il se dirigeait avec sa famille vers les nefs huissières, il rencontra soudain son beau-frère, le père Ascelin. Notaire épiscopal mandé par l'évêque de Chartres pour accompagner en Terre sainte les pèlerins de son diocèse et le tenir au courant des événements, le frère de feu Haumette la Parcheminière était un homme de taille moyenne. Ses yeux vifs, embusqués sous des sourcils hirsutes, son grand nez charnu traduisaient une intelligence et une curiosité d'esprit toujours en éveil. Garin faisait entière confiance à celui qu'il considérait comme son frère par le sang et qui n'avait jamais cessé de veiller sur le foyer de sa sœur. C'était aussi le père Ascelin qui avait appris à lire et à écrire à son neveu et à ses nièces et c'était grâce à lui s'ils savaient le latin.

Depuis le départ des pèlerins chartrains au mois d'août
précédent, à la suite de leur suzerain le comte de Blois et
Chartres, le père Ascelin avait eu mainte occasion de
prouver son habileté. A Rome, il avait su manœuvrer
entre les partisans de l'antipape Guibert et les fidèles du
véritable pontife Urbain II. La petite troupe de ses
ouailles n'avait guère eu à souffrir des provocations des
uns ni des représailles des autres, et grâce à ses qualités
de persuasion, on y avait compté moins de défections
qu'ailleurs après ce si décevant contact avec la Ville
éternelle.

Une dizaine d'années plus tôt le père Ascelin était déjà
parti pour la Terre sainte, sans pouvoir l'atteindre. Arrêté
en chemin par les musulmans qui interdisaient aux
chrétiens de se rendre au tombeau du Christ, il avait dû
rester à Constantinople dans l'espoir, sans cesse différé,
d'un changement de situation. Pendant les mois de ce
séjour dans la capitale de l'Empire romain d'Orient, il
s'était créé d'utiles relations. Il avait même noué une
véritable amitié avec un homme de foi et de qualité,
parfumeur de la cour impériale. Après son retour en
France, il avait réussi à maintenir quelques échanges
épisodiques avec lui grâce à des messages remis à des
moines itinérants. Aujourd'hui qu'il retournait à Constantinople, il comptait bien avoir recours à son ami pour
loger Garin et les siens.

Les deux hommes s'entretinrent un moment du naufrage qui les avait bouleversés.

— Je m'en vais à présent voir comment nos chevaux
ont été installés dans la cale, expliqua ensuite Garin.
Leur transport me donne bien du souci !

Une lueur amusée traversa les petits yeux foncés du
notaire épiscopal.

— Vous n'êtes pas le premier, mon frère, dit-il, à faire
traverser la mer à des chevaux. Dans l'ensemble, ils
semblent ne pas trop mal supporter le voyage. Il n'en est
pas moins vrai que ces pauvres animaux sont à plaindre.
Ils restent suspendus durant des jours au-dessus de leur
litière par des sangles qui les entravent et les tiennent à
demi soulevés. Ils oscillent selon le tangage, se voient
approchés ou éloignés de leur mangeoire et de leur

râtelier suivant le roulis, se débattent, s'écorchent parfois, en dépit de la paille qu'on y glisse, là où les sangles de lin usent leur peau fragile. Que voulez-vous, Garin, ils sont faits pour courir et galoper sur terre, non pour être ballottés sur les flots. Mais le service du Seigneur requiert de tous abnégation et courage, même et y compris des chevaux qui sont aussi ses créatures... Le plus surprenant c'est qu'un bon nombre d'entre eux en réchappe !

— Vos chevaux et nos mules ne sont pas tout, mon fils, dit Berthe la Hardie. Il y a aussi nos coffres et tout ce qu'ils contiennent : nos effets, nos nattes de paille pour dormir et les vivres que j'ai pu acheter ici même, hier au soir, car il ne nous restait rien de nos provisions de route en arrivant à Brindisi.

— Mais nous serons nourris sur la nef, ou plutôt sur la nave, comme on dit dans ce pays, fit remarquer Landry. Je me suis renseigné auprès du scribe qui nous a inscrits sur le registre du bord. Nous sommes assurés de manger à notre faim durant la traversée.

— A votre faim, voulez-vous dire ! s'écria Flaminia en riant, qui est celle d'un ogre !

— Tout fait corps ! lança avec assurance son frère. Il me faut prendre des forces si je veux me battre un jour contre la maisnie[1] Judas !

— Paix ! ordonna Berthe la Hardie. Paix, vous deux ! On ne peut pas se fier à un scribe. Au cas où nous n'aurions pas à notre suffisance, j'ai fait remplir un grand panier de chair salée, de fromages, de biscuits et de poissons séchés.

— Par tous les saints, on peut se demander ce que nous deviendrions sans vous ! fit remarquer non sans une certaine impatience Brunissen.

Chacun savait qu'elle supportait avec difficulté le caractère entier et autoritaire de sa grand-mère qui se vantait, pour sa part, de n'avoir jamais obéi à quiconque.

La perte d'une mère morte en couches à la naissance des jumeaux avait toujours été sensible à l'aînée des

---

1. Maisnie : troupe attachée à un seigneur.

orphelins. L'ascendant de l'aïeule sur Garin lui donnait quelquefois le sentiment d'avoir été dépouillée de son droit d'aînesse, des responsabilités qu'elle se sentait tout à fait capable de remplir et qui, normalement, auraient dû lui incomber.

— Sans doute, sans doute, répondit Berthe, insensible à l'ironie et trop persuadée de l'exactitude de cette remarque pour mettre un instant en doute sa sincérité. Vous savez bien, ma fille, que dans notre parentèle je passe pour être la forte tête de la famille !

En prononçant cette phrase qu'elle aimait à répéter, la parcheminière releva avec défi un menton volontaire, tandis que ses yeux d'un bleu dur étincelaient de satisfaction.

— De mon côté, j'ai apporté un petit flacon de sirop violat au confit de roses, chuchota à l'oreille d'Alaïs la servante de Garin.

Visage, nez et yeux ronds, c'était une créature placide qui vivait au foyer de son maître depuis l'âge de douze ans. Elle était entrée à cette époque en service chez les jeunes époux qui venaient tout juste de se marier. Fille d'un pauvre brassier qui n'avait que ses bras à louer, elle se nommait Albérade.

— Il se pourrait bien qu'il y en ait qui soient heureux de le trouver, reprit-elle en voyant qu'on l'écoutait. Il aidera à remettre les estomacs en place si le bateau bouge trop fort !

— Que Dieu nous en préserve ! s'écria Flaminia. Une tempête gâcherait une traversée dont je me fais une telle joie !

— Prions pour que Celui qui nous a indiqué la voie de la Croix nous protège durant notre cheminement ! intervint le père Ascelin en se signant. N'oublions jamais que ce pèlerinage, si différent de ceux qui l'ont précédé depuis les origines de la chrétienté, et qui unit barons et prêtres, preux chevaliers et vilains, clercs et laïcs, est d'abord une guerre sainte !

— Si Dieu le veut, elle sera aussi la dernière ! déclara Foucher de Chartres avec force. Qu'elle nous donne la paix ! Qu'elle nous rende Jérusalem, notre Jérusalem, image de la Cité céleste où doit se produire, à la fin des temps, la Parousie du Christ !

Ses auditeurs se signèrent à leur tour. Les ferventes paroles du moine traduisaient le rêve immense qui les poussait tous en avant et les avait lancés depuis de si longs mois sur les routes, avec un cœur brûlant et une foi capable de franchir les montagnes...

Tout en parlant, le petit groupe était parvenu, sur les pas de Garin, jusqu'au port. Plusieurs grosses nefs attendaient, peintes de couleurs vives, à coques rondes, munies chacune d'une large voile carrée de toile écrue, jaunie par l'usage.

— Regardez, vous autres, l'énormité du mât qui la porte ! s'exclama Landry. Un seul tronc n'y a pas suffi ! Il a fallu assembler plusieurs lourdes pièces de bois tenues par je ne sais combien de cercles de fer !

Pendant que son jeune frère s'émerveillait, Flaminia humait avec délices l'odeur marine qu'elle avait découverte, en dépit de la mauvaise saison, quelques mois auparavant. C'était au début de décembre, lorsque les troupes du duc de Normandie, des comtes de Blois et de Flandre, étaient arrivées jusqu'à Bari avec l'espoir de s'embarquer sur-le-champ. Malheureusement, l'état de la mer était si mauvais qu'aucun patron, aucune galère, aucune nef n'avait voulu tenter l'aventure. Un vent de tempête soufflait avec furie, bousculant devant lui des nuages gorgés de pluie et de menaces, qui crevaient dans des déferlements sans fin. Ce n'était certes pas ainsi qu'on s'était imaginé la mer d'Italie ! Il avait fallu hiverner à l'intérieur des terres, dans un pays inconnu et assez peu accueillant. Là encore, un certain nombre d'entre les moins courageux, craignant les intempéries et la misère pour l'avenir, avaient repris leurs bourdons, leurs besaces et s'en étaient retournés d'où ils étaient venus à si grand-peine... Dans l'entourage du parcheminier, on avait blâmé et déploré ces désertions. Le comte de Flandre, lui, s'était obstiné. Il avait fini par trouver le moyen de traverser les flots, à ses risques et périls, à grand renfort d'argent et de promesses. Robert Courteheuse, duc de Normandie, ainsi qu'Étienne de Blois étaient restés sur place. Ils avaient préféré attendre en compagnie de l'ost [1] le retour du beau temps.

Avec le début du printemps le moment avait enfin paru favorable à un nouveau départ, et les pèlerins s'étaient retrouvés à Brindisi avec les deux armées et leurs chefs.

Flaminia avait déjà aimé la mer hivernale, elle fut éblouie par sa beauté printanière. Une sorte de griserie s'était emparée d'elle lorsqu'elle s'était sentie caressée par la brise marine et qu'elle avait respiré les senteurs du large. Il lui avait semblé que, sous son bliaud de toile verte, défraîchi, usagé, dont elle était lasse, son jeune corps, dru et neuf, était revigoré, nettoyé des sueurs du chemin et comme purifié par ce vent si vif, si gai, qui crêtait d'écume les vagues joueuses... C'était comme respirer l'haleine suave de Dieu... Ce bain vivifiant lui donnait l'impression de participer de tout son être à la splendeur de la Création.

« A présent, je comprends mieux le sens sacré de notre voyage, s'était-elle dit le jour où elle s'était trouvée pour la première fois sur la grève de Brindisi. Cette immensité-là donne une idée admirable de l'œuvre du Créateur. C'est plus vaste, plus beau, plus impressionnant que notre plaine beauceronne, que les terribles montagnes qu'il nous a fallu franchir l'automne dernier pour passer de France en Italie, que Rome et que tout ce qu'il m'a été donné de voir depuis que nous avons quitté Chartres... C'est l'image même de l'Éternité ! »

A cette pensée, toute de ferveur, était bientôt venue s'ajouter une sensation de plaisir sensuel. Flaminia aimait le goût salé qui imprégnait ses lèvres et sa peau, la violente odeur que dégageaient à la fois le sable humide, les vagues doucement agitées et les pins du rivage sous le soleil. Soleil dont elle se protégeait en abaissant son voile sur ses yeux afin de ne pas gâter son teint, mais dont la tiédeur l'alanguissait...

— Les femmes et la mer ont en commun semblable senteur saline, lui avait soudain murmuré à l'oreille Herbert Chauffecire, surgi à ses côtés, avec son air de matou éternellement en chasse. Votre arôme naturel n'en sera que plus troublant...

---

1. Ost : armée

Certaines des femmes du groupe le trouvaient à leur
goût et il semblait en avoir courtisé plus d'une avec
succès depuis le début de la route. Flaminia devait
reconnaître qu'il était assez joli garçon, blond, mince,
bien bâti, mais elle n'aimait pas son regard vairon, sa
bouche aux épaisses lèvres luisantes.

Ce jour-là, elle s'était contentée de hausser les épaules
et de s'éloigner sans un regard vers lui, mais, par la suite,
elle s'était arrangée pour éviter sa présence aux heures où
elle se rendait sur la grève. Elle n'entendait pas renoncer
à cause de lui aux longues stations émerveillées, aux joies
pures et fortes que lui procurait l'approche de l'eau
vivante aux arômes amers.

Dans le port, les effluves marins étaient malencontreu-
sement mêlés à des relents de goudron, de toile, de
saumure, de déchets de toutes sortes qui en atténuaient
beaucoup l'attrait. Un bon nombre de gens s'était
approché des nefs pour voir de plus près cet instable
assemblage de planches sur lequel il allait falloir se
lancer au-dessus des abîmes habités, d'après certains
récits, par des monstres affreux et cruels...

Brunissen, elle aussi, les contemplait. Sans appréhension véritable, mais non sans mélancolie. Il lui avait fallu,
contre son gré, laisser à Chartres son fiancé Anseau le Bel,
qui n'avait pu prendre la route avec eux tous. Fils unique
d'une veuve chargée de cinq filles en bas âge, le jeune
parcheminier, qui travaillait avec Garin, s'était vu
confier par son maître la petite entreprise dont il avait
accepté la charge durant l'absence des pèlerins partis
avec celle qu'il aimait. En avait-il souffert autant qu'il
l'avait dit ? Autant qu'il l'aurait dû ? Saurait-il lui rester
fidèle durant une absence dont nul ne pouvait prévoir la
durée ? Brunissen n'ignorait pas qu'autour d'elle on
nommait « souffle-tisons », « mange-vite » ou bien
« outres-à-vin » ceux qui avaient refusé de partir pour la
Terre sainte à l'appel du pape. Anseau n'était pas de ceux-
là. Son devoir de fils aîné ne lui avait pas laissé le choix.
Tant qu'il demeurerait seul soutien de sa famille et qu'il
lui faudrait veiller sur ses sœurs, il ne serait pas libre de
lui-même.

Tout au long des jours et des étapes, Brunissen avait

marché avec les foules rassemblées derrière les bannières
de leurs seigneurs sans cesser de penser à Anseau. Parmi
les piétons, les cavaliers, les mulets, les chevaux de
somme tirant d'invraisemblables chariots, des charrettes
ou des basternes [1] sur lesquels s'entassaient coffres, sacs,
barils et paquets, au milieu de cette troupe où hommes et
femmes, pauvres et riches, enfants et vieillards, marchands et gens d'armes, filles sages et filles follieuses,
paysans et citadins, malades et bien-portants, voleurs et
honnêtes artisans se coudoyaient, Brunissen avançait, le
cœur tiré en arrière. Elle priait, chantait des cantiques ou
des chansons de route, s'entretenait avec sa famille ou ses
voisins, tout en songeant à celui qu'elle aimait. Quand le
reverrait-elle, si toutefois Dieu permettait qu'elle le revît
un jour ? Le trajet lui avait déjà paru si long qui, depuis
huit mois, à chaque pas, à chaque tour de roue, l'éloignait
davantage de son bel ami... Traverser la mer serait une
séparation encore plus déchirante.

De l'autre côté de l'eau, l'inconnu s'annonçait redoutable : ce ne serait plus en pays chrétien que l'immense
foule des croisés se retrouverait après avoir atteint puis
dépassé Constantinople pour franchir le Bosphore, ce
serait en territoire occupé par les païens, les Sarrazins,
ces ennemis de Dieu ! Ceux-là mêmes qui avaient interdit
depuis une cinquantaine d'années l'accès du saint sépulcre aux gens d'Occident, qui avaient chassé et torturé
les chrétiens de Jérusalem, opprimé les populations
syriennes ou arméniennes restées fidèles au Christ et
soumises à la persécution des musulmans, ces mécréants
qui avaient détruit un si grand nombre d'abbayes,
d'églises, de sanctuaires que c'en était pitié ! Lors du
concile de Clermont, le pape avait évoqué les souffrances
endurées par les chrétiens des terres lointaines, les
supplices infligés aux pauvres pèlerins qui, bravant tous
les périls, avaient tenté de se rendre aux Lieux saints, la
menace sans cesse grandissante que la race impie des
dévastateurs faisait peser jusqu'aux portes de Constantinople... Ces paroles, emportées par le vent de la foi
bafouée, de l'indignation, avaient volé de clocher en

---

1. Basternes : chariots à roues de bois pleines, sans rayon.

donjon, de cité en chaumière, de bouche à oreille, comme volent les flammèches d'un incendie, le propageant partout alentour, l'activant sans cesse. Les cœurs de la chrétienté s'étaient enflammés. Les difficultés innombrables, les peines, les séparations et les maux à prévoir ne faisaient pas obstacle à l'embrasement irrépressible que l'appel d'Urbain II, véritable boute-feu, avait allumé sur son passage.

Alors, comme autant de sceaux ardents, on avait vu flamber sur les poitrines ou les épaules de ceux que rien ne pouvait plus retenir une multitude de croix en drap, en soie, en futaine, en métal. Symbole du choix qu'ils avaient fait de suivre le Christ en portant sa Croix, c'était aussi un signe de ralliement, le signe sacré d'obédience au Dieu-Seigneur au service duquel on vouait son existence en espérant sa protection. Ces croix étaient sanctification, viatique, pouvoir enchanté...

Garin le Parcheminier et tous les siens les avaient adoptées dans l'enthousiasme. Dès que l'écho des propos du pape leur était parvenu, ils avaient décidé, en un parfait accord, de se joindre aux troupes armées et aux pèlerins qui partaient délivrer Jérusalem captive, Jérusalem souillée par les pratiques démoniaques des suppôts de Satan !

— A quoi songez-vous, ma sœur ? demanda une voix claire à Brunissen. N'êtes-vous point impatiente de quitter ce rivage ? Vous me semblez bien triste pour une chrétienne prête à faire voile vers la terre où Jésus souffrit et ressuscita pour nous !

— Alaïs, vous êtes un ange. Que voulez-vous, moi, je n'en suis pas un !

— Je ne sais si je suis un ange, mais je sais qu'aucun beau parcheminier ne m'attend en notre ville de Chartres, répondit en souriant la plus jeune des trois sœurs. Votre mélancolie, avouez-le, n'a pas d'autre origine.

Brunissen inclina en signe d'assentiment son visage aux traits fins, au front haut et lisse comme un galet, visage sage, encadré par le souple voile de lin blanc qui lui couvrait la tête et les épaules.

— Il est dur de vivre loin de celui qui a conservé mon cœur par-devers lui, reconnut-elle avec sincérité. Non pas que je regrette, Dieu m'en préserve! d'être partie avec vous tous, mais les routes se succèdent, le temps passe et je ne sais plus rien d'Anseau... Peut-être m'a-t-il déjà oubliée...

— Vous n'êtes pas une pucelle si facile à oublier que vous paraissez le croire! intervint Landry qui n'était jamais loin de sa jumelle. Depuis que nous avons cheminé de compagnie, il y en a eu beaucoup, à ma connaissance, qui n'auraient pas été fâchés que vous vous intéressiez davantage à eux!

Une fois encore Brunissen songea que son jeune frère avait quelque chose de solaire. Une chaleur, une force, un éclat insolent donnaient à son comportement bouillant et rieur un charme désarmant.

Passant un bras autour des épaules d'Alaïs, il se pencha pour frotter sa joue contre celle de sa sœur.

— Savez-vous ce que je viens d'apprendre? reprit-il en s'adressant à l'aînée comme à la plus jeune. Il y a divers endroits où dormir sur cette nave. D'abord sous le gaillard d'avant où logent le patron, le navigateur et le pilote côtier, plus certains passagers, mais il paraît que la position en surplomb de ce château le rend très sensible au tangage et, donc, gare au mal de mer! Le second endroit, situé sous la dunette, se trouve à l'arrière. Il est plus agréable et donc plus recherché. C'est là que s'installent les gouverneurs, ceux qui dirigent le bateau, les hommes de barre, les consuls de mer et quelques autres. Enfin, il reste, au milieu de la nef, en plein air, sur la couverte, des placés où s'entassent, hélas! presque tous les pèlerins. On peut y déposer ses nattes de paille ou de jonc, une fois la nuit venue...

— Avec tout ce monde! s'écria Brunissen. Mais nous serons serrés comme moutons en bercail!

— Par la foi que je vous dois, ma sœur, vous ne croyez pas si bien dire! Des cadres de bois ont été prévus à cet effet où chacun pourra déposer et disposer sa literie tête-bêche, et nul n'aura le droit de s'en écarter. Or, ils ne sont guère grands! Mes pieds dépasseront de beaucoup, je vous le garantis! Il ne faudra pas que mon vis-à-vis ait le nez trop fin!

— Les gens du Sud sont plus petits que nous. Ils n'ont

pas prévu des géants de votre espèce ! remarqua Alaïs en riant.

— De toute manière, nous n'aurons pas le choix. En dehors des emplacements dont je viens de parler, on ne peut que coucher dans la cale ou dans l'écurie entre les pieds des chevaux et des mulets !

— Il nous faudra donc dormir tout habillés et enveloppés dans nos manteaux, dit Flaminia. Heureusement que la traversée doit être courte.

— On peut apporter des couvertures si on le veut, reprit son frère, mais elles risquent d'être mouillées par les embruns, les paquets de mer ou la pluie, si jamais survient un orage.

— Nos vêtements et nos affaires le seront donc aussi...

— Tout dépendra des vents.

— Prions Notre-Dame pour qu'ils soufflent du bon côté !

— Du bon côté, sans doute, mais pas trop fort, s'il vous plaît. Rien que d'y songer me met le cœur au bord des lèvres.

— Comment vous êtes-vous si bien renseigné ? demanda Brunissen. Vous me paraissez tout savoir de cette nef.

Landry sourit en balançant d'un pied sur l'autre son grand corps dégingandé.

— Hé bien ! j'ai pensé qu'il pourrait ne pas être inutile de rester en bons termes avec le scribe. C'est lui l'homme de confiance du patron. Il tient le registre de bord et ses écrits font foi. Rien de ce qui se passe sur la nave ne lui échappe. Il s'occupe des entrées, des chargements comme des déchargements qui s'effectuent au port, c'est lui enfin qui règle les achats. Bien entendu, il a la garde du fameux registre et conserve nuit et jour sur lui les clés du coffre où il l'a enfermé. Personne d'autre n'y peut prétendre car le coffre ne doit jamais demeurer ouvert hors de sa présence. C'est un personnage !

— Et il vous a pris en amitié ?

— Je lui ai apporté quelques petits présents auxquels il ne s'est pas montré insensible...

— Cependant, d'après vos dires, il nous a tout de même parqués comme les premiers venus !

— On ne peut faire autrement. Mais il m'a conseillé de choisir des places aussi proches que possible du château arrière, pour avoir une petite chance de nous trouver à l'ombre. Dans cette région et en ce pays, le soleil est déjà chaud dès le matin. J'en ai aussitôt parlé à notre père. Il est allé le trouver pour s'entendre avec lui et pour lui graisser de nouveau la patte au besoin.

— Grâce à Dieu, tout est donc réglé ! s'exclama Alaïs. Nous allons pouvoir monter à bord !

Ses yeux brillaient d'excitation et on la sentait sur le point de battre des mains comme la petite fille qu'elle était il n'y avait pas encore si longtemps.

— Allons rejoindre grand-mère, dit Landry.

Ils la trouvèrent en compagnie de Flaminia et d'Albérade la servante, en train de parler avec le patron de la nef, un homme de petite taille, gras, vêtu d'une tunique assez courte et délavée, de chausses rouges et d'un bonnet de laine. Tout en écoutant d'un air impatient la grande femme qui le dépassait d'une tête, il surveillait du coin de l'œil l'embarquement des barils de vin, d'eau ou de cervoise, des sacs de farine, des paniers de fruits et de légumes frais que ses hommes apportaient en une longue file affairée sous la direction d'un contremaître

Berthe la Hardie se retourna vers ses petits-enfants.

— Je me suis assurée que nous ne manquerions ni de poules ni de chapons, et qu'il y aurait du lard en suffisance. Ce bateau comporte aussi un moulin à bras pour faire du bon pain et non pas des bouillies, dit-elle avec autorité. J'ai reçu toutes les assurances possibles. Soyez sans crainte, Landry, nous pourrons survivre à la traversée même si, à Dieu ne plaise ! elle se révèle plus longue que prévu !

Des ordres lancés à pleine voix et le son éclatant des busines annoncèrent l'arrivée des armées ducale et comtale. Elles passaient en premier pour embarquer avant les pèlerins. Barons, chevaliers, écuyers, archers, simples soldats, valets défilèrent sous les yeux des Chartrains, fendant la foule qui ne s'écartait pas toujours aussi vite qu'ils l'auraient souhaité, à la suite du duc de Normandie, Robert Courteheuse, et d'Étienne de Blois, comte de Champagne, Brie et Chartres.

« On ne peut rêver deux êtres plus dissemblables que ces deux grands seigneurs ! » songea Brunissen.

Depuis que l'ost du comte avait rejoint à Pontarlier celle du duc, les pèlerins ne cessaient de s'entretenir des faits et gestes de leurs chefs, si différents l'un de l'autre et pourtant assez bons amis. Chacun s'accordait à reconnaître que Robert Courteheuse méritait bien son surnom avec ses jambes courtes et lourdes soutenant son tronc puissant. Ce n'était cependant pas son manque d'attrait physique qui détournait de lui tant de gens, mais sa personnalité. Fils aîné de Guillaume le Conquérant, il tenait de celui-ci une nature violente et dominatrice, ce qui ne lui aurait pas nui si son goût pour les intrigues, les complots, sa vie dissipée et turbulente ne l'avaient déconsidéré aux yeux de l'auteur de ses jours comme à ceux de beaucoup d'autres. On ne comptait plus ses reniements. Passé dans le camp du roi de France alors ennemi du Conquérant, il avait été jusqu'à se battre en combat singulier contre son propre père, l'avait blessé et avait occis son cheval sous lui ! Maudit, renié pendant un temps, puis pardonné, il avait fini par se réconcilier avec Guillaume pour marcher en sa compagnie sus à leur adversaire commun, le roi d'Écosse. Sur son lit de mort, Guillaume, de nouveau trahi par ce fils devenu un insupportable trublion, l'avait écarté du trône que semblait lui assurer son droit d'aînesse. Le cadet, Guillaume le Roux, pourtant guère plus recommandable, était devenu roi du royaume d'Angleterre récemment conquis, alors que Robert ne recueillait que la Normandie en héritage. C'était là un cadeau lourd à porter. Mal géré, délaissé au profit de l'Angleterre, le duché normand périclitait et n'était pas loin de sombrer à cause des incessantes guerres féodales qui le déchiraient.

— Il a fallu l'intervention personnelle du pape pour que les frères ennemis se décident enfin à signer un traité de paix, assura Berthe la Hardie à une petite femme maigrelette qui se trouvait à ses côtés dans la foule et qu'elle prit à témoin de son indignation. Savez-vous que, grâce à la garantie de l'Église, le duc de Normandie a touché un prêt de dix mille marcs d'argent du nouveau roi d'Angleterre, à condition de lui laisser son duché en gage durant cinq ans! Voilà comment nos seigneurs livrent leurs terres après les avoir laissées dépérir!

— Moi, je trouve la suite du duc fort brillante, murmura avec timidité l'interpellée qui ressemblait à une fourmi et dont les yeux saillants détaillaient le cortège d'un air ravi. Voici maintenant le duc de Bretagne suivi de ses meilleurs barons... les évêques d'Évreux et de Bayeux, si beaux, si dignes, beaucoup d'autres encore... On parle de mille chevaliers et de sept ou huit mille hommes de pied. Ce n'est pas là mince contribution à l'armée du Christ!

Berthe la Hardie haussa les épaules.

— C'est beaucoup de monde en effet, concéda-t-elle, mais les autres chefs de troupe qui sont partis de tous les coins du royaume, à ce qu'on dit, en ont tout autant avec eux et souvent même davantage, sans avoir eu à gager leurs domaines!

— Voici le comte de Blois! lança Flaminia qui s'amusait beaucoup. Il est magnifique! Il vaut cent fois son beau-frère Courteheuse! Adèle, sa femme, a de la chance de posséder un tel époux! On le dit pacifique, pieux, aussi généreux que puissant, goûtant la poésie et la musique comme la chasse et les joutes! Presque parfait, enfin!

Brunissen se mit à rire.

— Par tous les saints, comme vous vous emballez aisément, ma sœur! Vous me faites penser à notre pouliche que le moindre bruit, la plus légère ombre lançaient au galop à travers le pré!

— A seize ans, on ne peut pas lui demander pondération et réserve, trancha l'aïeule qui ne cachait pas sa prédilection pour la deuxième de ses petites-filles dont le tempérament fougueux lui rappelait les entraînements de sa propre jeunesse.

Avant de disparaître, les bannières des différentes troupes flottèrent les unes après les autres sur les ponts des nefs qui leur étaient réservées. Les sons guerriers des cors et des busines s'éloignèrent à leur tour. Seuls, les valets portant les hauberts de mailles, les broignes de cuir recouvertes d'écailles de fer et les armes des chevaliers continuèrent à défiler devant la foule des pèlerins amassés.

— A présent, nous allons pouvoir franchir à notre tour les planches qui conduisent à notre bateau, assura Berthe la Hardie en entraînant les siens vers une nef qui se nommait la *Maria-Virgine*.

— J'espère qu'elles ne sont pas trop branlantes, soupira Alaïs.

— Les jolies demoiselles comme vous trouvent toujours quelques mains vigoureuses autant que secourables pour les soutenir et les guider, lança un garçon de haute taille, aux yeux clairs, et habillé comme un marin, qui venait de descendre de la nave.

— Merci, l'ami, merci ! On n'a point besoin de vous ! lança Landry en repoussant l'homme, qui se mit à rire.

— Par les cornes de Satan ! Je ne voulais pas offenser ces belles pucelles, répondit-il avec bonne humeur. Tout comme vous, je viens de France. Je faisais partie de la suite du frère de notre roi, monseigneur Hugues de Vermandois, autrement dit, Hugues le Maisné. Sur mon salut, c'est la vérité ! J'étais même son barbier !

— Alors, que faites-vous ici ? demanda Berthe la Hardie. D'après les bruits qui circulent, le frère du roi, qui a cheminé avec nous au début de notre départie, doit être à présent rendu depuis beau temps à Constantinople ! Il nous a quittés justement pour arriver là-bas dans les premiers.

— Vous êtes bien renseignée, ma commère. Il est vrai que tout se sait dans les rangs des pèlerins... Vous avez raison. Nous nous sommes embarqués à Bari au début du mois des vendanges de l'année écoulée. Mais Dieu n'était sans doute pas avec nous. A peine avions-nous gagné le large qu'une terrible tempête a coulé et éparpillé nos bateaux. Celui sur lequel je me trouvais a sombré corps et biens. Heureusement, je portais sur moi une médaille miraculeuse qui m'a sauvé. J'ai pu regagner le rivage à demi-mort... mais à demi seulement !

De nouveau, il partit d'un grand rire joyeux qui découvrit de larges dents blanches et gourmandes. Flaminia remarqua qu'il avait une cicatrice sur la joue gauche.

— J'étais blessé, continua le barbier, et fort mal en point. Grâce au ciel, un brave marchand de légumes m'a recueilli, soigné, guéri et, comme j'avais tout perdu, il m'a hébergé, pris en amitié et enseigné la langue qu'on parle ici, ce qui peut toujours servir.

— Qu'est devenu le frère du roi ? demanda Brunissen.

— A ce qu'on m'a dit, son embarcation a été jetée sur la côte d'en face, chez les Byzantins, où elle s'est échouée. Recueilli par des guetteurs postés là par leur empereur, il a été conduit au duc de Dyrrachium, le propre neveu du basileus, chargé par celui-ci de venir à sa rencontre pour le recevoir avec les honneurs dus à sa personne. Au fond, tout s'est bien terminé... sauf que c'est en naufragé et en fort piteux état qu'Hugues le Maisné, si fier et si imbu de sa naissance, a été conduit devant le représentant de l'empereur de Constantinople ! Pauvre Seigneur ! Lui qui estimait que seule une grandiose réception était digne de son rang !

Le rire sonore éclata une fois encore.

— On dirait que vous n'aimez guère votre ancien maître, remarqua Landry qui considérait d'un œil critique le nouveau venu.

— Il n'est pas toujours tendre avec ses serviteurs, répondit le barbier en faisant une grimace, bien qu'il ait, je le sais, la réputation d'être affable et de bonne compagnie... Mais tout cela est fini pour moi. Comme je parle à présent la langue du pays, j'ai réussi à me faire engager en tant que barbier sur cette nef où, justement, il n'y en avait pas. Je pensais bien avoir l'occasion d'y rencontrer des gens de chez nous, puisqu'il ne cesse d'en arriver de tous les coins de France !

— Nous-mêmes venons de Chartres, dit Berthe la Hardie, de Chartres, où mon fils est parcheminier de Monseigneur l'évêque.

— C'est un beau métier. Mais je m'aperçois que je ne vous ai pas encore dit mon nom. Je m'appelle Mathieu et suis né à Nanterre, près de Paris.

— Si nous embarquions ? suggéra Alaïs qui s'ennuyait.

— Vous n'avez plus peur des planches branlantes, demoiselle ?

L'adolescente lança au grand garçon blond un regard perplexe et se contenta de secouer la tête sans répondre avant de prendre le bras de son jumeau pour monter à bord de la *Maria-Virgine*.

On se bousculait à l'entrée de la passerelle faite de longs morceaux de bois mal équarris et posés en plan incliné entre le quai et la nef. Parmi ceux qui attendaient là, un homme barbu, entre deux âges, sale, revêtu d'une cape verdie par l'usure, lui dédia une sorte d'affreux sourire lubrique.

— Toi, il faudra qu'on te viole... grommela-t-il d'une voix avinée, assez enrouée pour que Landry ne l'entendît pas.

Alaïs frissonna et se cramponna à son frère qui, ne se doutant de rien, mit ce mouvement sur le compte du premier contact avec le balancement du bateau.

L'adolescente savait que, parmi ceux qui avaient pris la croix avec tant de ferveur, et parmi les jongleurs, conteurs, musiciens ambulants qui les accompagnaient, s'étaient glissés des éléments douteux, aventuriers de tout poil, sans parler des voleurs appâtés par l'espoir du butin toujours possible en une telle aventure. Il y avait aussi des pèlerins pénitents qui ne s'étaient mêlés aux autres que dans l'intention de racheter de lourds péchés ou qui y avaient été contraints par leur évêque ou leur confesseur afin d'expier un crime particulièrement grave. Sans parler des quéreurs de pardon, ces professionnels du pèlerinage qui les effectuaient pour le compte d'un autre et contre rémunération. Ces mercenaires de la pénitence cumulaient assez souvent leurs singuliers services avec le commerce des reliques qui était des plus fructueux... Le père d'Alaïs et sa grand-mère l'avaient maintes fois avertie, ainsi que ses sœurs, du danger que représentaient ces faux marcheurs de Dieu. Heureusement, Landry l'entraînait avec sa vigueur habituelle et elle se retrouva sur la nef en quelques enjambées.

De l'autre côté de la passerelle de planches, Garin attendait sa famille.

— Tout est arrangé avec le scribe, dit-il en caressant sa barbe rousse d'un air satisfait. Nos coffres sont sous la dunette, là où nous dormirons. On y est à l'abri du soleil et de la pluie, ce qui est déjà bien. Comme en cette saison le temps est beau par ici, nous ne devrions pas être trop mal. Reste l'étroitesse des cadres de bois prévus pour nos nattes. Quand je les ai vus, j'ai protesté, mais il n'y a rien d'autre et il faudra nous en contenter.

— Si Dieu le veut, nous ne demeurerons que peu de temps sur cette nave, dit Landry.

— Le but du voyage seul compte ! Nous allons voguer vers Jérusalem ! Qu'importe le reste ? Le vent nous lavera de nos sueurs nocturnes et la compagnie de cette immense étendue d'eau élèvera nos âme· au-dessus de nos petites misères ! déclara Flaminia qui respirait l'air du large à pleines narines.

— Je vois que la bonne volonté règne parmi les Beaucerons ! constata Mathieu le Barbier qui avait rejoint le groupe. Ce n'est pas toujours le cas, tant s'en faut ! Beaucoup de gens ne cessent de se plaindre.

— Il faut savoir ce que l'on veut, déclara Berthe la Hardie. Quand on a choisi de traverser la moitié des terres connues pour aller aider à la délivrance du saint sépulcre, on ne va pas gémir parce qu'on se trouve un peu à l'étroit sur un bateau !

— Bien dit ! approuva son fils. Puisque je vous vois tous en de si bonnes dispositions, je vais enfin pouvoir me rendre auprès de nos chevaux que je n'ai pas encore trouvé le temps d'aller examiner.

La nef se remplissait lentement. Après les soldats enchemisés de fer venaient les pèlerins. Vêtus de bliauds courts retenus à la taille par une ceinture de cuir, enveloppés dans de longs manteaux à capuchon ou coiffés de chapeaux à larges bords pour les préserver des intempéries, les hommes portaient presque tous la barbe par commodité. Seuls les clercs et les plus jeunes, comme Landry, s'en dispensaient. Les femmes avaient la tête recouverte de voiles de lin protégeant leurs cheveux tressés, leur cou et leurs épaules. Pour marcher, elles relevaient les pans de leurs manteaux, ce qui permettait de voir les couleurs vives et gaies de leurs bliauds longs, parfois ornés de galons ou de broderies au bas de l'ourlet. Tous les pèlerins arboraient avec fierté la croix de tissu cousue sur l'épaule, le bourdon et la besace de cuir ou de toile, consacrés l'un et l'autre par un prêtre avant leur départ. Le mauvais temps, la boue, l'usure avaient à la longue noirci, déformé, poli le bâton de marche comme la besace qu'on portait en bandoulière, mais ces objets bénits n'en étaient que plus chers au cœur de leurs propriétaires qui voyaient dans ces métamorphoses le témoignage d'une fidélité comparable à la leur.

Des enfants, des vieillards, des infirmes se trouvaient mêlés à la foule qui s'installait autour de la famille du parcheminier. Avec l'application de celui dont le but est lointain, de celui pour qui le temps ne compte pas, chacun cherchait sa place, en prenait possession, disposait ses affaires.

La couverte ne tarda pas à être totalement occupée. Agiles, des marins couraient à droite et à gauche avant l'appareillage, enjambant les corps allongés, évitant les coffres, les paquets, les pèlerins assis ou debout.

Des ordres fusèrent. Quelques hommes de l'équipage se mirent en devoir de hisser la lourde voile, d'autres levaient l'ancre. Sur le quai, dans les fumées d'encens, des prêtres venus en procession bénissaient chaque nef. Puis, d'une seule voix, gens de mer et gens de terre entonnèrent le cantique réservé au voyage vers la Terre sainte que tous connaissaient par cœur.

Flaminia chantait avec enthousiasme, Brunissen avec ferveur, Alaïs souriait en regardant son frère.

> *Que le très saint sépulcre*
> *Soit notre sauvegarde !*
> *C'est au nom du Très-Haut*
> *Que nous sommes sur l'eau !*
> *Qu'Il nous accorde sa grâce,*
> *Qu'Il nous donne sa force !*

On se signa avec recueillement, l'activité reprit et on entendit soudain la voix du patron :

— Faites voile, de par Dieu !

A l'arrière de la nave, des bannières multicolores claquaient dans la brise... C'est alors que, tout d'un coup, avec brutalité, éclata la fanfare des trompettes droites. Leurs sons rauques et stridents déchirèrent l'air soyeux comme aurait pu le faire le cri d'un animal marin inconnu.

— Quel vacarme ! s'exclama Berthe la Hardie, qui avait horreur de la musique quelle qu'elle fût. C'est pire que le criaillement des mouettes ! J'en ai la tête rompue !

— Il est vrai que ces trompettes sont épouvantables, admit Flaminia. On se croirait sur un champ de bataille !

La nef quittait lentement le quai, s'éloignait avec majesté du port d'où ceux qui n'étaient pas encore partis et attendaient leur tour lançaient des adieux. Dans sa course, le vent qui gonflait la lourde voile carrée emportait leurs paroles.

On frôlait de petites barques dont les occupants saluaient le départ des croisés en agitant à bout de bras bonnets et écharpes.

Sous les pieds des passagers, le pont du bateau bougeait un peu plus fort.

— Je n'aime pas la mer, même par beau temps, remarqua Berthe la Hardie en pinçant les lèvres. Non, par ma foi, je ne l'aime pas ! Si ce n'avait pas été pour le service du Tout-Puissant, jamais je n'aurais mis le pied sur un bateau !

Toute la famille, sauf Garin, se trouvait réunie sous la dunette.

— En attendant l'heure du dîner, asseyons-nous sur nos coffres, proposa Landry. Ce sont les seuls sièges disponibles.

Habituée à ne jamais demeurer inactive, Albérade, la servante, vérifiait l'état des nattes de paille, inspectait la propreté des cadres en bois qui les recevraient pour la nuit.

— Tout a été lessivé à l'aube, des châteaux à la cale, dit encore Landry. Je l'ai appris de ce scribe providentiel qui parle notre langue. Il faudra que je vous le fasse connaître. Tenez ! le voici ! C'est lui, là-bas, qui court de ce côté.

— On dirait même qu'il vient vers nous, s'étonna Alaïs.

Petit, mince, mais robuste, l'homme qui se frayait un chemin à travers la cohue donnait l'impression d'une force nerveuse contenue. Un nez aquilin, des mâchoires sans cesse crispées et des prunelles sombres lui composaient un masque dont Brunissen pensa qu'il avait quelque chose de tragique. Il ne semblait pas destiné à sourire souvent. Le scribe s'approcha de Landry.

— Venez, dit-il avec un très fort accent italien, par la Croix du Christ, venez, venez vite !

— Serait-il arrivé quelque chose à Garin ? demanda Berthe la Hardie en fronçant les sourcils.

L'homme lui jeta un regard troublé, parut hésiter, puis, sans plus attendre, attrapa l'adolescent par le bras pour l'entraîner à sa suite.

— Votre père, souffla-t-il quand ils furent assez loin de la famille stupéfaite. Votre père...

Il s'interrompit un instant en voyant l'expression bouleversée du jeune homme, puis secoua la tête en un geste d'impuissance.

— Que vous dire ? reprit-il. Comment vous le dire ?

— Par Dieu, parlez !

— Votre père est blessé. Grièvement... Quand les trompes ont éclaté, il était penché sur le jarret d'un de ses chevaux qui semblait écorché par sa sangle arrière. Vous savez, c'est ce magnifique bai de Norvège qu'il préfère à tous les autres, d'après ce qu'il m'a confié... Affolé par le bruit des busines, le cheval a rué brutalement. Votre père n'a pas eu le temps de se garer. Il a reçu un coup de sabot sur la tempe droite, si fort qu'il s'est effondré aussitôt... Avec l'aide d'un palefrenier qui se trouvait là, je l'ai étendu sur des bottes de paille. Il a perdu connaissance. Il est sans couleur et sans pouls... L'empreinte du fer marque sa tempe qui commence à gonfler de vilaine façon... Et il ne revient pas de sa pâmoison...

2.

Depuis le matin, la *Maria-Virgine* était immobilisée avec cinq autres nefs sur une mer calme, sans houle, qui miroitait à l'infini autour des lourdes coques arrondies aux couleurs éclatantes. Après une nuit de navigation tranquille, le vent était tombé et les naves, avec leurs voiles flasques, ressemblaient à de grosses mouettes aux ailes cassées. Trois d'entre elles comptaient à leur bord les hommes d'armes, chevaliers, barons et serviteurs du comte de Blois et du duc de Normandie. Tout ce monde bouillonnait d'impatience. Les prêtres et les moines qui les accompagnaient, dont Foucher de Chartres, avaient beaucoup de mal à calmer leur irritation...

Étendu sur un lit de camp que le patron de la *Maria-Virgine* avait fait monter pour ce blessé dont la famille semblait fort aisée et comportait parmi ses membres un notaire épiscopal, Garin s'était enfoncé dans un sommeil pesant. Le maître de la nef avait poussé l'obligeance jusqu'à céder au parcheminier le recoin le mieux protégé de la couverte, sous la dunette. Des courtines de rude toile à voile l'isolaient des autres couches et permettaient aux siens de se tenir près de lui en évitant la curiosité compatissante, souvent maladroite, de leurs compagnons de route.

Consternés, sa mère, ses enfants, sa servante, le père Ascelin entouraient Garin depuis qu'on l'avait remonté, encore privé de connaissance, de la cale où il avait été blessé. Assez vite sorti de sa pâmoison, il s'était aussitôt plaint de souffrir de la tête dont le côté droit, à hauteur de la tempe, avait beaucoup enflé.

Mathieu le Barbier avait lavé la plaie tuméfiée avec de l'huile d'olive et du vin, avant d'y appliquer un onguent de sa composition dont il vanta l'excellence. Une bande de toile tenait cet emplâtre fixé sur le visage d'une pâleur cendreuse.

— Je vais aussi vous faire une saignée, avait dit le barbier. C'est une bonne façon de dégager le cerveau en évacuant le sang vicié et les autres humeurs.

Après avoir massé le bras droit du blessé avec une pommade composée, d'après ses explications, de baies de peuplier, il avait noué un garrot au-dessus du coude et, d'un coup de lancette, ouvert la veine. Un sang noir s'était écoulé dans le bassin tenu par Albérade. Quand l'émission sanguine avait paru suffisante, avec la célérité d'un habitué, Mathieu avait dénoué le garrot pour le remettre dans sa besace avec la lancette, puis il avait bandé la mince coupure saignante.

Ces soins reçus, Garin s'était entretenu avec sa famille. En dépit de douleurs qui le taraudaient cruellement, il avait cherché à rassurer les siens. Cependant, il n'avait pu rester debout. Il ne parvenait plus à conserver son équilibre et ses jambes le trahissaient. Son entourage fut également frappé de voir, par moments, ses prunelles se révulser et basculer, comme égarées, sous ses paupières. Il avait dû renoncer à lutter davantage contre ces malaises et s'était recouché sur le lit prêté par le patron de la nef. Puis il avait commencé à vomir...

Assise au chevet de son fils, Berthe la Hardie le soignait avec un mélange de décision et de tendresse inquiète qui rappelait son enfance à Garin. Secondée par la servante qui pleurait sans retenue, elle lui lotionnait le visage avec un linge imprégné d'eau de senteur, lui présentait une cuvette quand de nouvelles nausées survenaient, essuyait la sueur qui coulait du front jusqu'à la barbe rousse souillée, lui parlait à mi-voix quand il ouvrait les yeux Ainsi que toutes les fois où des maladies avaient immobilisé un de ceux dont elle avait la charge, Berthe abandonnait momentanément son autorité souveraine pour se transformer en la plus attentive, la plus avisée des gardes-malades...

Debout autour du lit sur lequel leur père avait fini par s'endormir, les enfants scrutaient avec des alternatives d'espoir et d'appréhension les traits creusés de celui dont la présence demeurait leur plus sûre protection. Ils avaient besoin de lui et s'en apercevaient au moment où leur père se trouvait en péril. Parce qu'il se trouvait en péril... Pour apprendre à vivre, ils avaient sans cesse compté sur lui. Près de la couche d'infortune qui le portait, ils mesuraient soudain à quel point leur jeunesse pouvait encore se sentir fragile, démunie...

— Il guérira, avait assuré le barbier et chacun d'eux ne demandait qu'à le croire.

Partagés entre l'angoisse et la confiance, les filles et le fils de Garin se refusaient à envisager une éventualité qui les dépouillerait de la chaleur paternelle pour les laisser, frileux, dénués de défenseur, devant un avenir sans visage puisqu'il n'aurait plus celui de leur père... Le voir, pour la première fois de leur vie, éprouvé si durement dans sa chair, réduit à merci, leur était insupportable. A toute force, il leur fallait croire qu'il allait guérir...

Quand ils cessaient de contempler le blessé qu'ils éventaient à tour de rôle afin de chasser les mouches bourdonnant autour de son pansement, c'était pour s'étonner que, sur la nef, l'existence des passagers ne fût pas davantage perturbée par ce qu'ils venaient de vivre.

Si l'émotion soulevée à la suite de l'accident survenu à l'un des pèlerins les plus estimés pour sa foi et son activité fraternelle avait été très vive, elle n'avait pas empêché, à bord, le cours des choses de reprendre avec ses découvertes, ses difficultés, ses accommodements... Au rythme des « clameurs », ces oraisons psalmodiées du haut de la hune par le grumète, un jeune marin utilisé pour une quantité de besognes très variées, le temps s'écoulait. Il était partagé entre les repas pris en groupe, les corvées, les conversations, les divertissements assurés par les musiciens ambulants, les chanteurs improvisés, sans compter les soins à donner aux enfants, aux malades, les allées et venues, enfin les récitations des prières de l'aube à celles du soir.

Avec le sentiment qu'il fallait, de façon impérative, obtenir du Seigneur une aide toute spéciale, confinant peut-être au miracle, la famille de Garin reprenait, non sans une sourde insistance, les paroles d'invocation prononcées aux différentes heures du jour, par le patron, ses passagers, son équipage, agenouillés tous ensemble sur la couverte. C'était plus qu'une requête qu'ils adressaient alors au Ciel, c'était un pressant appel au secours.

Entre-temps, personne de la famille ne quittait le recoin protégé par les courtines de toile où Garin dormait d'un sommeil de plomb, si ce n'était pour aller donner de ses nouvelles aux amis les plus proches, un teinturier de Chartres veuf et ses deux fils, dont l'aîné, Gauthier, était du même âge que Landry, et un couple de selliers dont l'épouse, stérile, n'en aimait que davantage les enfants des autres. Elle s'était beaucoup occupée de ceux que la mort de leur mère avait rendus si précocement orphelins. Grosse, toujours essoufflée, elle se nommait Guibourg, ne passait pas pour briller par l'esprit mais, en beaucoup de circonstances, s'était montrée bonne et dévouée. En plus, elle était gaie. On allait donc la voir pour puiser un peu de courage auprès d'elle.

— Par le Dieu tout-puissant, j'ai envie de hurler quand je vois tous ces gens jouer aux dés, aux échecs, faire de la musique ou se divertir en regardant sauter des monstres marins dans le sillage de la nave, alors que notre père souffre tant ! s'écria, vers la fin du jour, Landry en rapportant une cruche d'eau à l'intention de sa grand-mère tandis qu'Albérade le suivait avec un panier de pain et de fromages.

Berthe s'était en effet refusée à quitter le chevet de son fils pour aller rejoindre les autres autour des tables installées non loin d'eux à l'abri du château arrière. C'étaient de simples tréteaux fixés au plancher en prévision des glissades provoquées par le tangage ou le roulis et surmontés de longues planches recouvertes de nappes. Les bruits des conversations qui parvenaient jusqu'à Berthe l'exaspéraient. Elle craignait que Garin ne fût tiré de son repos par ces rumeurs intempestives et, en demeurant tout près de lui, elle avait l'impression de mieux l'en protéger. Elle se détourna un moment du

blessé pour considérer son petit-fils, qui venait de s'exprimer avec une telle virulence. Comme ses sœurs, l'adolescent avait les traits tirés, les paupières rouges et gonflées,
et elle lui trouva dans l'expression une gravité qui lui
conférait une sorte de maturité insoupçonnable quelques
heures plus tôt.

— Nous ne pouvons pas demander à ceux qui ne sont
pas des nôtres de partager notre inquiétude, remarqua
Brunissen. Pour eux, rien n'est changé. Tout continue
comme avant... avant...

Elle éventait son père avec une feuille de parchemin
prise dans son coffre. Sa voix, aux inflexions d'ordinaire
caressantes, se brisa sur les derniers mots qu'elle venait
de prononcer. Cette manifestation de faiblesse entraîna
aussitôt une protestation de sa cadette. Agenouillée à côté
de sa grand-mère qu'elle aidait quand c'était nécessaire,
Flaminia reprenait ensuite le fil de sa prière avec une
sorte de violence intime que traduisait son regard.
Semées d'une mosaïque de points gris, verts, bleus, dorés,
roux, ses prunelles, le plus souvent lumineuses, pouvaient aussi varier selon l'heure, la lumière, les reflets de
l'eau, la couleur du temps. Changeants comme le ciel
immense de sa Beauce natale, ces yeux-là n'étaient
jamais tout à fait les mêmes et Garin aimait à dire
qu'aucun enlumineur, même le plus habile, n'en aurait
pu saisir la diversité chatoyante... Troublée dans son
oraison par les propos de Brunissen, Flaminia tourna
vers elle une face enfiévrée où séchaient des traces de
larmes.

— N'oubliez jamais que la désespérance est un terrible
péché ! s'écria-t-elle. Nous n'avons pas le droit de douter
de Dieu, ni de sa miséricorde. Priez-Le ! Priez-Le !

— Par les saints Évangiles, je ne fais rien d'autre et
vous n'avez aucune raison d'en douter, ma sœur ! répondit Brunissen dont le calme habituel avait été trop
fortement ébranlé par le choc éprouvé un moment plus
tôt pour ne pas avoir volé en éclats. Qui peut donc, ici-
bas, juger de la prédominance d'une supplique sur une
autre ?

— Taisez-vous toutes deux ! ordonna Berthe la Hardie.
Il ne faut pas troubler le sommeil de votre père !

Ce sommeil, tellement immobile, si pesant que rien ne semblait pouvoir en extraire le dormeur, les tourmentait tous de plus en plus. La veille au soir, quand il s'était endormi après avoir rendu tripes et boyaux, on s'était d'abord félicité de voir le blessé enfin en paix après tant d'efforts. Un bon repos, pensait-on, permettrait à l'état de Garin de s'améliorer au fil des heures... Peu à peu, chacun avait été frappé et même impressionné par le sentiment que c'était plutôt dans une sorte d'engourdissement, d'enlisement profond que s'enfonçait le blessé. Le soulagement avait alors fait place à un regain de souci.

Au coucher du soleil, juste avant l'Angélus du soir, leur ami le scribe était monté sur le château arrière pour psalmodier une longue mélopée en italien, puis des litanies en latin. Sa voix grave et un peu nasillarde passait au-dessus des têtes inclinées des passagers assemblés au pied du mât pour arriver jusqu'à la couche de Garin, entourée de tous les membres de sa famille. Agenouillés comme chacun en cette heure déchirante de l'adieu au jour, la mère et les enfants du parcheminier ressentirent comme plus émouvants que nulle part ailleurs les mots incantatoires des litanies qui s'égrenaient durant ce premier crépuscule vécu par eux en mer. Tant de nostalgie passait dans ces appels insistants, répétés, tant d'espérance mais aussi tant de crainte !

Tous ensemble, ensuite, ils avaient entonné d'un seul cœur, d'un seul vœu, avec une tremblante confiance, les paroles du *Salve Regina*.

A peine les mots destinés à la Vierge Marie avaient-ils fini de tressaillir dans l'air léger qu'un coup de sifflet avait déchiré le recueillement des pèlerins. Le valet du maître de la nave avait alors brandi à bout de bras l'image sacrée de la Sainte Patronne du bateau au pied de laquelle on récita trois *Ave Maria*. Puis il avait souhaité à tous, de la part de son maître, une nuit paisible et s'était retiré.

Dans l'obscurité qui envahissait le ciel, la mer, les nefs, des groupes s'étaient formés qui ne se décidaient pas encore à rompre la magie de cette heure vespérale vécue entre ciel et mer, et par un si beau temps, comme un baptême marin et nocturne à la fois. Lointaines lumières

célestes, des étoiles scintillaient à l'infini et les lanternes
que tous avaient apportées avec eux, allumées les unes
après les autres, brillèrent un moment, elles aussi, frêles
lumignons humains répondant par leur humble lueur au
brasillement des astres.

Puis tout le monde s'était égaillé pour aller se coucher.
On avait entendu des rires aigus ou étouffés, les éclats
sans suite de quelque dispute d'ivrognes, des chuchotis,
des froissements de paille...

— Si père n'avait pas reçu cette horrible blessure,
cette soirée aurait pu être si heureuse, chuchota Alaïs à
l'oreille de Landry, tout en appuyant ses deux mains
croisées sur l'épaule fraternelle. Je n'ai jamais rien vu
d'aussi beau que la mer, si douce. Elle semble bercer nos
grosses nefs ainsi que des œufs de Pâques géants...

Ayant chaque soir un rapport à écrire sur un rouleau de
parchemin qu'il avait mission d'adresser à son évêque
dès l'étape suivante, le père Ascelin s'était isolé un long
moment à l'une des tables desservies après le dernier
repas. Son travail achevé, il revint vers la couche de
Garin, le considéra un moment, puis proposa à Berthe la
Hardie de prendre, quand elle le souhaiterait, la relève
d'une garde qui risquait d'être éprouvante.

Lèvres serrées, front têtu, la mère du parcheminier
avait secoué la tête.

— Ce soir, les enfants dormiront auprès de leur père,
dit-elle d'un air résolu. Si c'était nécessaire, je les
réveillerais pour m'aider, mais j'ai sous la main Albérade
qui dormira ici et ne me quittera pas. Moi, je ne me
reposerai point. Je veillerai mon fils comme jadis, durant
ses maladies de petit garçon.

Le père Ascelin s'inclina avant de poser une main sur
l'épaule de Berthe.

— Nos oraisons, nos intentions seront les mêmes,
assura-t-il seulement avant de s'éloigner pour gagner le
cadre où son valet avait déroulé sa natte de jonc tressée.

Puis la nuit s'était écoulée sous la surveillance des
hommes de veille, des hommes de barre, ponctuée de
ronflements, de hennissements lointains, des allées et
venues de ceux que le mal de mer ou les besoins naturels
travaillaient. C'était sur la poulaine, à l'avant du bateau,

là où le tangage était le plus sensible, qu'étaient situées les jardines, sièges percés édifiés au plus près du vide. Pour les gagner, il fallait enjamber les dormeurs, les coffres, les cordages, les besaces closes sur leurs minces secrets. Ce parcours ne s'effectuait pas toujours sans chutes, jurements, exclamations, protestations...

Cependant, le chant alterné que les marins de quart se renvoyaient afin de lutter contre la somnolence calmait les esprits et, tant leur harmonie se révélait apaisante, amenait peu à peu les pèlerins au repos.

Au mitan de la nuit, l'appel du grumète : « Tout est calme, demeurez en paix », puis le branle-bas de la grande relève en réveillèrent certains qui ne se rendormirent qu'en grommelant...

Le sommeil ne sembla pas apporter de changement dans l'état du blessé. Il ne se plaignait pas, gisait sans faire le moindre mouvement et sa respiration était à peine perceptible. Penchée vers lui, sa mère écoutait ce souffle de vie... Roulés dans leurs manteaux à même le plancher, son fils et ses filles, écrasés d'émotion, s'étaient couchés hors des cadres munis de nattes qui les attendaient plus loin. Ils avaient préféré y renoncer pour demeurer près de Garin. Leur jeunesse ne se souciant guère de confort les tenait assoupis sur la couverte qui bougeait de moins en moins... Le vent tombait...

A leur réveil, la nef n'avançait presque plus. Seul, un doux mouvement de houle la berçait encore. La voile pendait et, vers l'Orient, l'aube blanchissait le ciel.

Un coup de sifflet retentit alors, comme la veille au soir, et la voix du grumète s'éleva une nouvelle fois, claire et vibrante :

> *Bénis soient la lumière*
> *Et la Sainte Croix,*
> *Le Seigneur de la Vérité*
> *Et la Sainte Trinité.*
>
> *Bénis soient notre âme*
> *Et le Seigneur qui nous la donna,*
> *Bénis soient le jour*
> *Et le Seigneur qui nous l'envoie.*

Des réponses enrouées de gens mal réveillés s'élevèrent de tous les coins du bateau : « Pater Noster, Ave Maria. »

Il fallut ensuite se lever, reprendre pied dans une réalité surprenante, s'ébrouer. On s'étirait, on secouait ses vêtements froissés, on se grattait, on se peignait la barbe, on lissait des tresses dont la nuit avait dérangé l'ordonnance...

Le valet du maître de la nef réapparut, siffla encore, éleva l'image peinte de la Vierge, et on se mit fraternellement à genoux pour réciter la prière du matin. Les derniers mots de l'invocation à peine prononcés, on se précipita aux jardines où certains attendaient déjà...

Munis de balais de genêt et de seaux d'eau emplis jusqu'à ras bord, des marins s'avancèrent aussitôt pour laver vigoureusement la couverte, ce qui força les attardés à ranger et à rouler avec précipitation leur literie pour éviter de la laisser mouiller.

— Regardez ! s'écria Landry. On hisse la bannière en haut du mât !

Ses sœurs jetèrent un regard dans la direction signalée mais leur attention était ailleurs. Avec la lumière du jour qui revenait, l'anxiété montait autour de la couche de Garin. A l'écoute de son fils depuis la fine pointe de l'aurore, Berthe, qui s'était assoupie un bref moment, vers la fin de la nuit, en dépit de son désir de rester éveillée, se mit à lui parler à voix contenue sans obtenir la moindre réponse.

Revenu dès son lever auprès de son beau-frère, le père Ascelin essaya à son tour de se faire entendre de lui. Vainement.

— Sa respiration est toujours perceptible, constata-t-il, mais son sommeil semble si lourd ! On dirait qu'il ne peut en sortir.

Flaminia s'était inclinée sur le visage sans couleur et ses nattes flamboyantes, comme deux liens de feu, avaient encadré la tête blessée du parcheminier.

— Père, supplia-t-elle d'une voix pressante, père, pour l'amour de Dieu, pour l'amour de nous, parlez ! Dites un mot, un seul mot ! Ne nous laissez pas dans cette attente intolérable !

Des larmes plein les yeux, Brunissen frottait une de ses

joues contre la main droite de Garin dont les doigts demeuraient inertes sur la couverture de futaine prêtée par le patron.

— Il semble parti si loin..., gémit Alaïs. Pourra-t-il jamais nous revenir ?

On entendait, de l'autre côté des courtines, les marins distribuer la nourriture matinale composée de pain, fromage, biscuits, poisson fumé, figues sèches, noix, amandes...

Mais personne n'avait faim à l'intérieur de l'espace protégé. Les timides propositions d'Albérade pour aller chercher à manger furent repoussées par tous.

Un des pans de toile se souleva soudain :

— Comment se porte notre ami, ce matin ? demanda Mathieu le Barbier en entrant. A-t-il dormi ?

— Il n'a fait que cela, soupira Berthe en jetant un regard sévère au jeune homme qui surgissait au cœur de leur tourment d'un air guilleret et avec un sourire qu'elle jugea déplacé.

— Voyons un peu, reprit le barbier sans se départir de son assurance, tout en prenant le poignet de Garin. Où en est ce pouls ?

Très vite, son expression changea.

— Et l'urine ? interrogea-t-il en reposant à côté de son patient le bras dont les pulsations étaient insaisissables. En avez-vous gardé dans le flacon que je vous ai confié hier au soir ?

— Le voici.

Mathieu éleva devant ses yeux la fiole à demi remplie d'un liquide assez foncé, fit la grimace et la rendit à la mère du blessé.

— Je vais lui refaire son pansement, décida-t-il. Il faut le réveiller. Par ma foi, nous n'allons pas le laisser dormir ainsi toute la journée !

Il défit les bandelettes qui maintenaient l'emplâtre, sans obtenir la moindre réaction de Garin. Il souleva la compresse collée aux cheveux et à la peau tuméfiée, la détacha avec précaution, mit à nu la tempe violacée et gonflée sur laquelle était marquée, sous la forme d'une empreinte noirâtre, la trace du sabot qui l'avait frappé.

Alors, sans qu'il ouvrît les yeux, sans qu'aucune chaleur ne ranimât ses traits exsangues, soudain, d'une voix embarrassée et lointaine, d'une voix à peine audible et après quelques mots balbutiés, on entendit Garin murmurer :

— Jérusalem... ô Jérusalem...

Autour du lit de camp, chacun retenait son souffle.

Brunissen émit une sorte de cri étouffé où l'émotion se colorait d'espérance. Ces mots tant attendus redonnaient à tous confiance.

Mathieu lava une seconde fois la blessure avec le même mélange d'huile et de vin, étendit une autre couche d'onguent, refit un pansement propre et reposa doucement sur l'oreiller la tête qui paraissait lasse, si lasse, comme si l'effort fourni pour s'exprimer l'avait anéantie...

— Son état me déconcerte, avoua le barbier d'un air soucieux. Je lui aurais bien fait une deuxième saignée, mais je crois plus sage de m'en abstenir tant il me paraît exténué. Tirer du sang affaiblit toujours car on évacue à la fois les esprits et la chaleur du malade... Il est dommage que nous n'ayons pas de médecin à bord alors que nous ne sommes pas si loin de Salerne. Un des doctes personnages formés par cette école saurait sûrement mieux soigner votre parent que moi.

Cette humilité soudaine alerta le père Ascelin. Il fit signe à Mathieu et l'entraîna loin de la famille de Garin, au-delà des courtines qu'aucune brise ne soulevait plus.

— Est-ce tellement grave ? demanda-t-il sans élever la voix.

— Par Côme et Damien, patrons des médecins, je n'en sais rien ! répondit le barbier en faisant une grimace d'ignorance. Son pouls est si faible qu'on ne le sent pas et ses urines sont fort troubles ; cependant, il vient de parler alors que je n'y comptais plus. C'est peut-être bon signe.

— Vous ne voyez rien d'autre à tenter ?

— Rien de plus que ce que j'ai fait. J'ai sauvé des tas de gens en les saignant et mon onguent est d'habitude souverain contre les coups. J'y perds le latin que nul ne s'est donné la peine de m'apprendre ! Qu'est-il arrivé à votre beau-frère ? Il n'est pas impossible qu'une veine se soit rompue sous son crâne. Si c'est le cas, je n'y peux rien. Un mire pourrait sans doute ouvrir la tempe pour en tirer le sang mort, mais ce genre d'opération n'est pas de ma compétence... J'ai essayé tout ce qui était en mon pouvoir...

Le père Ascelin paya le barbier pour son travail et le remercia de ses soins, puis il retourna auprès de Garin.

Le vent était complètement tombé. Plus un souffle d'air sur l'étendue étale des flots n'agitait la moindre vague. C'était le calme plat.

Puisqu'on se voyait obligé d'attendre le bon plaisir d'un élément des plus capricieux, on s'organisa. Les jeux reprirent, on se mit à raconter des histoires, à chanter, à danser au son des flûtes, pipeaux, musettes ou tambourins surgis d'un seul coup des coffres et des besaces. D'autres pèlerins préférèrent les devinettes, les charades, boire ou agacer les filles.

Certains priaient pour que le vent se levât.

Au chevet de Garin on priait également, non pour le réveil de la brise mais pour ce fils, ce père, ce frère aimé qui, lui aussi, comme les souffles du ciel, semblait privé de mouvement, frappé d'une immobilité pétrifiante... Brunissen, Flaminia, Alaïs, Albérade et Landry, à genoux autour de la couche où le blessé était là sans être, joignaient leurs supplications à celles de leur grand-mère, toujours assise à la même place. Ils égrenaient sans fin leurs lourds chapelets tout en récitant les Litanies de la Vierge.

Ils se refusaient à reconnaître au fond de leur cœur que l'étrange absence du vent était comme un signe de mauvaise augure...

D'un coup, Landry se leva. Il n'en pouvait plus. Sans donner d'explication, il sortit sur la couverte et traversa les groupes de pèlerins occupés à se divertir. Il échangea quelques mots avec son ami Gauthier, long garçon maigre et blond comme la paille, fils aîné du teinturier de Chartres, qui jouait aux osselets avec son petit frère, donna une réponse évasive à la grosse Guibourg qui s'informait de l'état de Garin et reprit son chemin vers le gaillard d'avant.

Un homme de garde y était posté. En temps normal, quand on voguait, c'était lui qui criait les indications dont avait besoin le navigateur, qui les transmettait à son tour, par un orifice découpé dans le plancher de la dunette, au gouverneur qui tenait la barre.

En cet endroit élevé régnait un silence relatif. On entendait le bruit léger, comparable à celui d'une étoffe de soie froissée, que produisait la respiration de la mer, ainsi que les cris des oiseaux qui survolaient la nave. Certains accords musicaux montaient aussi de la couverte. Dans l'air trop calme, leurs notes résonnaient, s'étiraient, paraissaient s'attarder, comme hésitant à se fondre en un ciel aussi indifférent...

Landry resta un long moment debout, non loin du marin qui scrutait l'horizon. Les cinq autres nefs, parties un peu avant ou un peu après la *Maria-Virgine* et qui partageaient son infortune, stationnaient à quelques encablures les unes des autres, paralysées. Des signaux étaient échangés de bord à bord à l'aide de pavillons de couleurs mais, de toute évidence, chacun d'eux ne pouvait que transmettre à ses voisins les mêmes nouvelles de navrante immobilisation...

Plongé dans une méditation anxieuse, Landry tentait d'apporter un peu d'ordre dans le chaos qui lui tenait lieu de pensées. Ni la beauté de la lumière d'une mer printanière, ni la vue d'une jeune femme qui allaitait son enfant, juste sous ses yeux, au pied de l'échelle qu'on empruntait pour atteindre le poste d'observation où il s'était installé, ne le détournaient de son obsession...

Telle une chimère éperdue, une question rôdait dans sa tête, s'imposait à lui, ne le lâchait plus : si son père demeurait dans l'état présent, s'il s'y enlisait, ou, pire encore, s'il mourait, s'il les quittait pour aller rejoindre son épouse dans les demeures célestes, qu'allait-il advenir d'eux tous, sa mère, ses filles, son fils ? Seul garçon parmi la descendance du parcheminier, il lui reviendrait de guider, de protéger les autres. Mais sa jeunesse, son inexpérience l'effrayaient. Il y avait bien leur oncle, le père Ascelin, homme de bon sens et de décision, mais, en dépit de toutes ses qualités, comment pourrait-il jamais remplacer l'absent ? Et le pèlerinage ? A l'exemple de tant d'autres, faudrait-il l'interrompre en chemin, renoncer au terme sacré que lui et sa famille s'étaient fixé depuis si longtemps comme l'unique quête à mener ici-bas, sans jamais se laisser décourager ?

Landry secoua la tête avec énergie. Sa grand-mère n'accepterait jamais cette démission ni de renier le vœu solennel qui les avait tous engagés à poursuivre coûte que coûte une route, un combat, dont le seul objet était la délivrance du saint sépulcre...

Une boule d'angoisse montait de la poitrine à la gorge de Landry, le suffoquait... Non ! leur père n'allait pas les quitter ainsi, les abandonner en route, loin, si loin encore de Jérusalem !

Jérusalem, dernier mot prononcé par le blessé ! En dépit de la difficulté qu'il avait eue pour l'exhaler, son fils y avait perçu l'écho d'une espérance intacte, émerveillée, en même temps que la trace d'une déchirante consternation.

Des pleurs coulaient sur les joues de l'adolescent, suivaient le dessin de son menton encore arrondi par des restes d'enfance, tombaient sur l'étoffe laineuse de son bliaud rouge.

« Et s'il parlait de nouveau, s'il allait mieux pendant que je suis ici à me chagriner... ou, au contraire, s'il venait à passer sans que je sois auprès de lui ! »

Telle une lame, cette pensée le traversa tout à coup. Il se précipita vers l'échelle, la dégringola comme un fou, croisa le regard étonné de la jeune mère dont le sein gonflé, veiné de bleu, lui parut l'image même du bonheur, et s'éloigna, les yeux embués de larmes.

Devant les toiles qui isolaient Garin, une appréhension irrépressible lui fouailla le ventre. Il prit une longue aspiration et souleva la courtine.

Rien ne semblait avoir changé depuis son départ. Les femmes priaient en égrenant leur chapelet. Debout à la tête du lit, le père Ascelin était plongé dans un recueillement profond.

Avant l'heure de sixte, le pèlerins d'alentour s'installèrent une nouvelle fois pour un repas pris, comme celui de la veille, sur des coffres ou les tables de la couverte, non loin de la couche où le temps paraissait suspendu à la respiration du blessé...

— Il faut vous nourrir à présent, mes enfants, dit Berthe la Hardie. Allez, allez. Je resterai auprès de lui.

Personne ne protesta. Dans l'attente sans cesse repoussée d'un événement imprévisible, si lourd d'inconnu, il y avait tant de tension secrète, une incertitude si pénible à soutenir, qu'un évident soulagement, où entrait un peu de lâcheté et beaucoup d'accablement, poussa les plus jeunes à fuir un moment ce recoin de cauchemar

Le vent ne revenait toujours pas...

Le repas se déroula sans incident. La garde reprit auprès de Garin qui donnait l'impression de s'éloigner de manière insensible mais, hélas! certaine.

La journée s'écoula, immobile...

Le soleil était encore haut sur l'horizon. Une douceur insidieuse annonçait cependant qu'il ne tarderait pas à baisser lorsque Brunissen, qui était revenue s'agenouiller près du blessé, le front posé sur une des mains de son père, sentit que le peu de vie subsistant encore en lui s'en était allé. Elle ne comprit pas ce qui l'en avait avertie, mais elle le sut de façon indiscutable par la sensation déchirante d'une absence, d'un vide soudain creusé...

— Père! cria-t-elle en se redressant avec effroi. Père!

Tous la dévisagèrent, éperdus...

Le beau-frère du parcheminier s'agenouilla près de Brunissen. Il posa son oreille contre la bouche entrouverte par où l'âme venait de s'échapper.

— Que Dieu lui soit miséricordieux! dit-il en se relevant et en se signant. C'est fini.

Les cris des femmes éclatèrent. Landry se mit à sangloter avec la violence d'un enfant perdu... Berthe se jeta sur le corps de son fils et elle lui parlait... Albérade, la servante, glissa sur le sol évanouie...

Sur la nef, très vite, pleurs et lamentations se répandirent parmi les compagnons de route du parcheminier et même parmi ceux qui le connaissaient moins. Gauthier, son père, son frère, se frappaient la poitrine, gémissaient en appelant l'ami défunt. Guibourg, qui ne souriait plus, s'était abattue su. l'épau.e de son mari qu'elle inondait de larmes.

Brunissen, Flaminia, Alaïs continuaient à hurler leur chagrin tout en se meurtrissant le front contre le rebord du lit mortuaire...

Le patron de la nave arriva sans tarder. Après des paroles de sympathie adressées à la famille qui ne l'écoutait pas, il prit le père Ascelin à part :

— Nous ne pourrons pas le garder à bord bien long-temps, dit-il en soupirant. Si nous étions sur le point d'accoster, j'aurais préféré le faire enterrer en parvenant au port, mais nous sommes encore loin de la côte et le vent peut tarder à revenir... Avec la chaleur, ce serait vite intenable. Puis il y a les rats...

Le père Ascelin ferma les yeux

— Que fait-on en pareil cas ? demanda-t-il d'une voix douloureuse.

— Il n'y a qu'un moyen : le coudre dans un sac, y mettre une poignée de terre bénite et le jeter à la mer !

— Dieu Seigneur ! dame Berthe n'acceptera jamais une telle fin pour son fils !

— Elle y sera bien obligée, déclara le patron en haussant les épaules avec fatalisme. C'est là une obligation à laquelle marins comme passagers doivent satis-faire. Votre parent ne sera ni le premier ni le dernier à être enseveli dans l'eau plutôt que dans la terre. Et puis, quelle différence ? N'est-ce pas l'âme seule qui importe ?

— Je vais tâcher d'en convaincre sa famille, murmura le notaire épiscopal d'un cœur navré.

Jamais les enfants du parcheminier ne devaient oublier l'affreuse cérémonie qui s'était déroulée ensuite dans la quiétude du soir. L'absoute dite par le père Ascelin qui, en dépit de sa maîtrise et de l'accoutumance, ne pouvait s'empêcher de pleurer sur la perte d'un beau-frère tendre-ment aimé ; la toilette du mort à laquelle Berthe la Hardie, fermée comme un poing, tint à présider elle-même avec l'aide de Guibourg et d'Albérade, pendant que les siens, tenus éloignés, subissaient les consolations des pèlerins compatissants... Le plus insoutenable restant la vision de cette forme molle, cousue dans un large sac de toile écrue, cette forme longue et lourde, lestée de terre chrétienne, portée par deux marins jusqu'à la hune, saisie, jetée, tombant enfin vers l'eau si calme où elle s'enfonça lentement, au milieu d'un cercle d'écume... pendant que, à genoux, les passagers, l'équipage psalmodiaient le *Libera Me*...

La mère de Garin n'assista pas à cette abominable immersion. Comme pétrifiées, ses jambes s'étaient refusées à la porter quand il avait fallu quitter l'espace protégé d'où l'on venait d'enlever le corps de son fils unique. Ce fut Brunissen, en qualité d'aînée, qui, menant le deuil, accompagna en tête du cortège la dépouille de son père jusqu'à ce tombeau liquide que les rayons du soleil couchant laquaient de reflets vermeils. Quand la mer se fut refermée sur le sinistre sac et que les cercles concentriques s'effacèrent à la surface de l'eau, la jeune fille s'écroula d'une pièce sur le plancher de la nef...

Pendant deux autres longues journées, la bonace demeura étalée et le beau temps rayonna. De l'heure de tierce jusqu'à complies la chaleur montait, culminait, s'estompait peu à peu. La vie du monde semblait s'être interrompue avec celle du chef de famille...

Epuisés de larmes, les enfants de Garin entouraient leur grand-mère dont le comportement les surprenait. Après avoir gardé un silence farouche, elle s'était soudain mise à parler, à parler sans fin de son enfant disparu. Aux siens, bien sûr, mais aussi au teinturier de Chartres, Roger, et à ses fils, à la chère Guibourg, à son mari, à Herbert Chauffecire, au scribe, au patron, à Mathieu le Barbier, à tous elle contait le courage, la bonté, l'habileté, la hardiesse, la charité inépuisable du parcheminier. On l'écoutait avec plus ou moins de déférence, on approuvait, on s'éloignait. Herbert, le galant cirier, en profitait pour s'attarder auprès des adolescentes dont il essuyait les larmes avec beaucoup de componction en tentant de les consoler du plus près possible.

Chaque matin, à bord, pèlerins et marins assistaient à une messe sèche qu'on célébrait sans procéder à la consécration. Dans la crainte de voir les saintes espèces répandues ou rejetées au hasard des mouvements du bateau par des communiants malades, y compris par des prêtres, l'Église interdisait la communion en mer.

Le matin du troisième jour, après l'office, le père Ascelin sollicita un entretien privé de Berthe la Hardie.

Le patron de la nef ayant repris sa place accoutumée, la famille du parcheminier se retrouva sur la couverte avec les autres pèlerins qui continuaient à lui témoigner égards et bienveillance. Sans doute par véritable sympathie, mais aussi parce que certains se donnent aisément bonne conscience en offrant leur aide à ceux que le malheur vient de visiter... C'était du moins ce que pensait Brunissen qui se voulait lucide.

Berthe accepta de marcher un moment aux côtés du notaire épiscopal. Elle le respectait et l'admirait pour son intelligence, sa connaissance du latin et des saintes Écritures. Et Garin ne le considérait-il pas également comme un frère ?

— Si j'ai tenu à vous parler seul à seule, dit-il, c'est parce que je devine combien vous cachez de tourments sous l'apparente vaillance dont vous faites montre depuis votre deuil. Je ne suis pas dupe du flot de paroles sous lequel vous tentez de dissimuler le vide creusé dans votre cœur par la fin si imprévue de votre fils. Je voudrais vous aider.

Il l'entretint pendant un moment de soumission et de sagesse. Le front barré de longues rides fraîchement apparues, Berthe l'écoutait en silence. Ils croisaient des groupes ou des individus isolés qui vaquaient tous à des occupations déjà coutumières et les saluaient. Ils passèrent ainsi près de la cuisine dont la fumée, qui voilait l'odeur marine présente à chaque instant de leur vie, les contraignit à s'éloigner. L'âtre de terre et de briques, construit dans un coin de la couverte, était protégé des courants d'air éventuels, mais inexistants ce jour-là, sur trois côtés, par des panneaux mobiles qui avaient également pour objet d'intercepter la fumée. Mais le bois dont se servait le cuisinier devait être vert. Le feu prenait mal et des volutes aussi piquantes que suffoquantes s'élevaient vers le ciel bleu.

Au bout d'un moment, Berthe et le père Ascelin

s'accoudèrent au bord d'une des parois de la nef, face à la mer. Après avoir jeté un regard douloureux, rancunier, à ces flots dans lesquels le corps de son fils s'était abîmé, Berthe leur tourna le dos pour s'appuyer au bois dont la peinture blanche s'écaillait.

— Pourquoi le Seigneur a-t-Il voulu rappeler si tôt mon pauvre enfant auprès de Lui? demanda-t-elle, en abandonnant le ton, digne des chansons de geste, qu'elle avait adopté depuis deux jours. Si tôt et si loin de la Terre sainte, quand ce n'était que pour aller baiser la pierre du tombeau du Christ et offrir son âme au Sauveur, que Garin avait entrepris ce voyage... pas pour mourir en mer et y être englouti!

Un sanglot sec, le premier, lui déchira la gorge.

— Je sais, dame Berthe, je sais, répondit le père, mais connaissons-nous les desseins de Dieu? Dans l'Ancien Testament il est dit: « Mes pensées ne sont pas vos pensées, mes projets ne sont pas vos projets »... Nous ne savons rien sur rien. Nous jugeons en aveugles.

— Ce n'est pas, vous le savez, que j'aie jamais redouté la mort pour personne, pas davantage pour Garin que pour quiconque. Il était bon chrétien, bon fils, bon père. Il n'a jamais cessé de se conduire avec loyauté même s'il se montrait parfois un peu faible à mon gré... Il a pu se présenter sans crainte devant Celui qui sonde cœurs et reins...

— Il est vrai. N'oubliez pas non plus que le pape a accordé à l'avance la remise de leurs péchés aux croisés. De plus, Garin venait de se confesser et de communier. C'était le matin de Pâques. Nous avions relevé sur la grève les corps de nos compagnons qu'il est allé maintenant rejoindre en paradis. Les croix gravées dans leur pauvre chair l'avaient bouleversé. Ses pensées étaient tout entières tournées vers les signes qui nous sont si souvent envoyés sans que nous sachions les déchiffrer. La mort l'a pris durant un moment de réflexion, de retour sur lui-même.

— Il était parti avec un tel élan, un tel enthousiasme, vers la Palestine!

— Songez à Moïse, dame Berthe. Lui aussi est mort avant d'avoir atteint sa Terre promise. Trépasser veut dire passer ailleurs. Or, il n'y a pas d'endroit où se rendre plus désirable que le ciel !

Ils se turent tous deux. Les criaillements des oiseaux qui survolaient la nef déchiraient le calme ciel d'avril.

La chape noire du notaire épiscopal semblait écraser ses épaules de clerc plus habituées à se pencher sur des manuscrits qu'à pratiquer des exercices physiques. Près de lui, grande, massive dans son bliaud violet que recouvrait un manteau de drap gris, tenant d'une main la chaînette d'argent qui le fermait au col, Berthe la Hardie faisait penser à la femme forte de l'Évangile.

— Mais je voulais vous poser une question, reprit le père Ascelin. A présent que le chef de notre famille s'en est allé, comptez-vous poursuivre ce pèlerinage ? Bien des nôtres y ont déjà renoncé sans avoir d'aussi bonnes raisons que vous. Si vous nous quittiez maintenant, nul n'oserait vous en blâmer et je suis sûr que le pape lui-même...

La mère de Garin redressa son menton de lutteuse.

— Vous vous trompez ! Sur mon âme, quelqu'un me le reprocherait : mon fils ! Mon fils, du haut du ciel où il nous voit !

Ses yeux eurent l'éclat dur que ses proches lui connaissaient.

— Il tenait plus que tout à poursuivre jusqu'à son terme le chemin qui nous mène au saint sépulcre, continua-t-elle avec fermeté. Il allait parmi nous, éclairé de l'intérieur par une lumière qui n'était pas d'ici. Je n'ai pas le droit de mettre sous le boisseau une telle clarté. Je m'en saisirai comme d'une torche et la brandirai à mon tour pour en illuminer ma route et celle des enfants qui me sont confiés. Tous ensemble, nous continuerons la marche vers Jérusalem ! Les derniers mots de celui qui nous a devancés là-haut ne vont-ils pas dans ce sens ?

Elle passa sur ses paupières des doigts qu'elle ne pouvait empêcher de trembler, se mordit les lèvres, puis, après un instant de silence, continua :

— Quand j'ai rangé le coffre où Garin serrait ses affaires, j'y ai trouvé le rouleau de fin vélin, préparé par lui avec tant de soin, teint en pourpre et calligraphié de sa main en lettres d'or, où il avait transcrit la formule de

vœu prononcée au moment du départ. Ses enfants l'ont
signé après lui. Comme je ne sais pas écrire, j'y ai tracé
une croix. En tenant cet engagement sacré entre mes
mains, j'ai compris que c'était là le plus précieux des
héritages : la volonté ineffaçable d'un pèlerin de Dieu, le
témoignage de sa promesse, de sa foi... Je n'y faillirai pas !
    Le père Ascelin acquiesça.
    — Je m'attendais à cette réponse, reconnut-il. Si vous
le voulez bien, je resterai près de vous et tâcherai de vous
assister, sans avoir trop d'illusions sur ce que je pourrai
faire pour remplacer auprès de vous tous celui qui est
parti.
    — Nous aurons besoin de votre aide, répondit Berthe
avec conviction. Non pas que ma condition de femme
m'embarrasse. Vous savez que beaucoup d'entre nous
sont parties comme les hommes, d'un cœur assuré, au cri
de « Dieu le veut ! » Elles sont souvent en famille mais
certaines sont toutes seules. On a même parlé de mettre
sur pied des troupes féminines. J'ai entendu dire que
c'était les évêques, effarouchés par ce projet, qui l'avaient
empêché.
    — Vous avez raison, tout au moins pour un cas : celui
du comté de Toulouse. Il m'est revenu qu'Isarn, l'évêque
de cette ville, l'avait en effet interdit.
    — Sur mon salut, il a eu tort ! Bien qu'au bout du
compte sa décision n'ait pas changé grand-chose aux
événements... Mais merci de votre offre. Votre expérience, votre affectueuse sollicitude, et les relations que
vous avez à Constantinople pourront nous rendre de
grands services.
    — Je suis heureux que vous me fassiez confiance, dame
Berthe. J'agirai en conséquence. Nous verrons sur place
la façon dont on nous logera à Constantinople. Si, comme
je le crains, il s'agit d'un campement précaire, je vous
conduirai chez mon ami Théophane Daniélis. Son fils
Andronic et lui sont parfumeurs de la cour impériale.
    Ils conversèrent encore longtemps. Pour la première
fois depuis la mort de son enfant, Berthe, devenue chef de
famille malgré elle, émergeait de sa douleur. La nécessité
où elle se trouvait de faire des projets retrempait un
caractère qui méprisait la faiblesse et tirait sa force de

l'estime qu'elle avait pour son propre courage. Désormais, elle accepterait de faire face à un avenir dont elle avait admis les vicissitudes futures en prenant la croix.

De leur côté, ses petits-enfants, après s'être concertés, avaient eux aussi décidé de réagir, de ne pas se laisser écraser par leur lourde peine.

— Si nous voulons continuer l'œuvre de notre père, nous devons surmonter notre chagrin, expliqua Brunissen à ses sœurs et à son frère, en cette fin de matinée. Il n'aurait pas aimé nous voir abattus et se serait opposé de toutes ses forces à ce que nous renoncions à notre pèlerinage.

Assis sur leurs coffres, les enfants du parcheminier portaient tous quatre sur leurs visages défaits les marques du deuil qui les laissait orphelins pour la seconde fois.

Après avoir soupiré, Landry releva la tête qu'il tenait penchée, les yeux sur le plancher fraîchement lavé de la couverte.

— Justement, dit-il, j'ai pensé cette nuit que, depuis le matin de notre embarquement, aucun de nous ne s'était soucié d'aller voir les chevaux dont notre pauvre père se préoccupait tant !

— Dieu les maudisse ! s'écria Flaminia. Ils sont la cause de notre malheur !

— Peut-on rendre de simples animaux responsables de ce qui est arrivé à notre père ? demanda Brunissen.

Landry se leva avec vivacité, entraînant dans son mouvement Alaïs qui caressait d'un air triste un des chats de la nef. Elle en avait rarement vu avant de prendre la mer, mais savait que celui-là, comme tous ses congénères, devait venir d'Égypte. Elle n'ignorait pas non plus la méfiance suscitée auprès de beaucoup de gens par leur origine païenne, donc maléfique. Chargés de chasser les rats et les souris qui dévoraient les provisions et le grain du bord, ils remplaçaient peu à peu les belettes, employées auparavant à cet office. L'animal au pelage lustré glissa avec souplesse sur le sol, miaula d'un air mécontent puis s'éloigna après avoir manifesté son désaccord sans rien perdre de son élégante dignité.

— Allons, allons, trancha Landry, il est inutile de

discuter ! Tout ce que je sais, c'est que notre père tenait à
s'occuper en personne de nos montures. J'entends faire la
même chose que lui.

— Allez-y donc sans moi. La vue de ces chevaux m'est
insupportable ! assura Flaminia en secouant avec énergie
ses tresses de cuivre rouge.

— Je n'irai pas non plus, annonça Alaïs d'un ton
boudeur. Votre brusquerie a mis en fuite mon bel ami le
chat. Vous n'êtes qu'un maladroit !

— Je reste aussi sur la couverte, dit Brunissen. Je
préfère l'odeur de la mer aux pestilences de la cale.

Elles demeurèrent assises sur leurs coffres, près d'Albérade qui filait la laine en maniant sa quenouille d'un air
misérable.

En dehors de l'ombre fournie par la dunette ou le
gaillard d'avant, la foule des pèlerins se protégeait du
soleil comme elle le pouvait. On avait tendu des toiles de
tente, accroché des manteaux à des bâtons entrecroisés,
rabattu les larges bords des chapeaux sur les visages.
Beaucoup somnolaient en attendant l'heure du repas. Des
effluves de cuisine, d'ail, de sueur, flottaient au-dessus de
tout ce monde qu'aucun air venu du large n'éventait.
Selon l'habitude, les marins s'affairaient dans l'indifférence générale. Leurs occupations n'intéressaient plus les
passagers de la nave, qui les voyaient entretenir la
voilure, nettoyer les ampoulettes, ces sabliers pleins de
coquilles d'œufs broyées qui servaient à mesurer le
temps, ou grimper aux cordages, sans plus aucune curiosité...

Dès qu'on parvenait à mi-hauteur de l'échelle menant à
l'écurie, l'odeur des chevaux et des mulets, déjà forte en
temps normal, prenait à la gorge. On était assailli par des
relents de crottin, d'urine, d'échauffement, qui suffo-
quaient.

Landry eut un mouvement de recul, d'autant plus que
c'était là, sur la paille souillée des litières, qu'étaient
relégués les voyageurs de la dernière catégorie, les indési-
rables, ceux qui formaient la lie toujours inquiétante des
troupes en déplacement : mendiants de profession, filous,
vagabonds, condamnés pénitents, histrions, faux pèlerins, ivrognes...

L'arrivée du nouveau venu, propre et bien nourri, fut saluée d'apostrophes railleuses, de sifflements insultants, de remarques obscènes. Figé sur les derniers échelons, Landry hésitait sur la conduite à suivre lorsqu'un des hommes vautrés sur des bottes de paille éparpillées se leva en titubant. C'était un grand échalas au dos voûté, à la barbe sale, à la face congestionnée et boursouflée. Il ramassa quelque chose par terre, s'approcha d'une démarche incertaine de Landry et, avec un rire aviné accompagné d'une bordée d'injures, lui envoya une poignée de fumier à la figure.

— Voilà qui te fera davantage ressembler aux pauvres de Dieu ! proféra-t-il en ricanant. Ici, on n'aime pas ceux qui prennent l'air sur la couverte !

Landry s'essuya le visage avec sang-froid. L'autre, s'énervant, lui lança un crachat qui s'écrasa sur son épaule. D'une brusque poussée, le fils du parcheminier projeta son agresseur au sol. Sitôt par terre, le gueux se mit à geindre afin d'alerter ses compagnons qui n'attendaient qu'un geste de lui pour intervenir. Avec des menaces, ils s'approchèrent de Landry dont le cœur battait jusque dans la gorge, l'encerclèrent et fondirent sur lui.

Dans la demi-obscurité de l'écurie qu'éclairaient faiblement des lanternes aux parois de corne accrochées à des poteaux, au milieu de remugles puants, des horions furent échangés un peu au hasard. Inquiets, maintenus par leurs sangles, les chevaux bottaient, hennissaient...

Des coups de sifflet, l'apparition de plusieurs marins dévalant les échelons sous les ordres du contremaître mirent assez vite fin à l'échauffourée. D'une poigne vigoureuse, on sépara les combattants.

Landry se retrouva hors de portée de ses assaillants, avec une lèvre fendue, une épaule endolorie, des égratignures et des traces de coups qui viraient déjà au bleu. L'homme qui était à l'origine de toute l'affaire se releva lui aussi, la mâchoire en mauvais état, s'ébroua, cracha une dent, grommela et s'en retourna en boitillant vers la paille qui lui servait de couche. Il lança un regard fielleux à son adversaire en recommençant à bafouiller de nouvelles injures. Excédé, Landry se serait peut-être précipité sur lui une seconde fois, en dépit de ses contusions, si une main ferme ne l'avait retenu.

— Croyez-moi, ami, dit le scribe qui était survenu sur les pas des marins, croyez-moi, ne vous frottez plus à ces brigands. Il n'y a pas que de pieux pèlerins sur cette nave. Certains de ceux qui se tiennent ici peuvent être dangereux. Surtout lorsqu'ils ont bu. Venez. On va vous soigner là-haut.

Quand ils émergèrent sur la couverte, ce fut pour se trouver entourés par une nombreuse assistance. Le bruit de l'agression et du combat avait attiré beaucoup de passagers.

— Par tous les saints, faut-il être mécréant pour s'en prendre ainsi, en maudits félons, à un honnête garçon encore tout endeuillé par la mort de son père! disait Herbert Chauffecire qui se tenait auprès de Flaminia comme s'il faisait déjà partie de la famille.

Prévenue, alors qu'elle s'en revenait au bras du père Ascelin, Berthe la Hardie interrogea du regard son petit-fils sali et meurtri, puis elle secoua la tête.

— Décidément, remarqua-t-elle, décidément, le Mal est sur nous! Il nous attaque sans merci. Eh bien! Le Seigneur me voit! Nous ne nous laisserons pas démonter. Nous le combattrons autant qu'il le faudra!

Avant de se tourner vers le barbier qui s'approchait pour soigner son épaule douloureuse, Landry sourit d'un air complice à sa grand-mère.

— Ce n'est certes pas le Malin qui nous empêchera de marcher sur Jérusalem, assura-t-il du ton qu'aurait eu son père. Par le Dieu tout-puissant, nous poursuivrons notre route, quoi qu'il advienne!

— Commençons par atteindre Constantinople, corrigea avec calme le père Ascelin. Là est fixé notre premier grand rendez-vous, au pied des murs de la Nouvelle Rome. Les autres armées du Christ doivent déjà nous y attendre. Une fois tous regroupés sous les ordres du chef suprême que nous a donné le pape, Adhémar de Monteil, évêque du Puy, nous serons le plus important rassemblement de forces chrétiennes jamais vu au service de Dieu! C'est alors que tout commencera vraiment!

Peu après, l'homme de quart cria. Le vent se levait!

On allait pouvoir repartir. Des ordres fusèrent. Avec une joie d'enfants, les pèlerins virent la voile se gonfler progressivement. La *Maria-Virgine* s'ébranla, craqua de tous ses bois, puis, en compagnie des autres nefs porteuses des soldats de la Croix, quitta enfin l'endroit où Garin reposait sous les eaux profondes, dans quelque abîme bleuté où venait mourir la lumière du jour...

D'instinct, à travers la presse des passagers excités par l'événement, Berthe et ses deux petites-filles gagnèrent le côté de la nave d'où le corps du parcheminier avait été immergé. Les yeux brouillés, elles s'appuyèrent contre le rebord du bateau pour contempler la mer festonnée d'écume...

Soudain, Berthe la Hardie serra les lèvres et porta les mains à son ventre. Une nouvelle fois, les douleurs dont elle avait souffert par intermittence depuis plusieurs semaines, sans jamais vouloir s'y attarder, lui labouraient les entrailles. Elle devint fort pâle et la sueur coula de la racine de ses cheveux à son front obstiné. Elle l'essuya avec sa manche.

— Ce n'est rien, dit-elle à ses deux compagnes. Ce n'est rien. J'ai l'habitude. Ce sont les ennuis de l'âge ajoutés à ceux du voyage. Je supporte de plus en plus mal nos continuels changements de nourriture.

La nef prenait à présent de la vitesse. Le tangage s'accentuait.

— Retournons vers nos coffres, proposa Flaminia. Vous pourrez vous y asseoir.

— Ce n'est pas un vulgaire mal de ventre qui va me réduire à merci ! s'écria l'aïeule en se redressant de toute sa taille. Dieu le sait, j'ai de l'énergie à revendre ! Je saurai m'accommoder de ce nouvel ennui comme de tous ceux qui l'ont précédé.

Brunissen gardait les yeux fixés sur la mer sans mémoire. Son cœur était gonflé d'une double tristesse : l'adieu à Garin et le sentiment de l'immense fossé qui la séparait désormais d'Anseau le Bel, son lointain fiancé... Il lui semblait tout à coup qu'en cet endroit maudit elle avait perdu à la fois les deux amours de sa jeune vie. Aussi, dans un geste d'offrande spontanée, avant de s'éloigner en soutenant sa grand-mère, jeta-t-elle dans les

flots le léger chapelet d'ivoire sculpté que son père lui
avait jadis offert.

Elle le vit flotter un court moment sur les vagues
ensoleillées avant que la distance et son chagrin ne le lui
fissent perdre de vue.

DEUXIÈME PARTIE

14 mai - 24 mai 1097

1.

De son pas allongé qui évoquait la foulée d'un lévrier, Gabriel Attaliate traversa le triclinos ombreux et frais, vide de ses occupants. La belle demeure où vivaient sa sœur et son beau-frère chez le père de ce dernier, Théophane Daniélis, comportait, comme toute maison opulente de Constantinople, précédée d'un vestibule dallé de marbre et décoré de devises pieuses, une immense pièce de réception réservée aux hommes. Haute de la taille même de l'édifice et couvrant tout le rez-de-chaussée, remarquable par les fresques décorant ses murs de scènes de l'hippodrome, par ses proportions, son plafond de bois de cèdre odorant et son sol pavé de mosaïques à sujets de chasse, la superbe salle commandait le cœur du logis. Les nombreuses chambres, la salle à manger, la bibliothèque, les cabinets particuliers, tous les autres coins et recoins s'ordonnaient autour d'elle, sur deux étages supportés par des colonnes de marbre jaune.

Gabriel respira avec satisfaction le parfum d'encens qui s'échappait en volutes grises des cassolettes accrochées aux murs, et se félicita de ne rencontrer personne en ce milieu d'après-midi. Il était surtout content de ne pas trouver chez lui Andronic Daniélis, son beau-frère. C'était en effet pour voir sa sœur Icasia, et elle seule, qu'il avait quitté le Palais de l'empereur. Sa charge de préfet du Caniclée[1], entraînant celle de conseiller et même de confident du basileus Alexis 1er Comnène, l'y retenait presque constamment. Il lui fallait profiter des absences du souverain pour trouver le temps de rendre visite à Icasia dont l'état le préoccupait.

Sans s'attarder à admirer l'architecture « à la romaine » de la façade intérieure ornée de stuc bleu et ocre, il emprunta à grandes enjambées l'escalier extérieur, aux marches de pierre ensoleillées, qui menait au premier étage, l'étage du gynécée. Il suivit un couloir, écarta une portière, traversa une pièce réservée à la musique, se trouva derrière une seconde tenture de tapisserie et la souleva avec circonspection.

Grande et très claire, la chambre d'Icasia comportait plusieurs fenêtres donnant sur le jardin. Deux d'entre elles étaient ouvertes. Les autres, aux petits carreaux de verre supportés par des châssis de plâtre, demeuraient fermées.

La sœur de Gabriel se balançait d'un air mélancolique sur un large lit de bois précieux incrusté d'argent et d'ivoire. Assise sur l'épais matelas brodé de fils d'or, soutenu par des cordons de soie azurée et tressée qui permettait ce balancement, elle était occupée à faire passer d'une main dans l'autre, en un mouvement machinal et lent, un œuf de porcelaine rempli d'aromates aux exhalaisons si puissantes qu'on en respirait la suavité dès le seuil. Ce n'était pas en vain que les Daniélis étaient parfumeurs en titre de la cour impériale !

Gabriel serra les lèvres, puis se décida à entrer.

— La dernière vague de l'immense marée humaine que l'Occident ne cesse de déverser sur nous depuis une dizaine de mois ne va pas tarder à parvenir sous nos murs, lança-t-il d'un trait en traversant la pièce meublée de coffres de bois rares, de quelques sièges sans dossier, aux pieds croisés, et d'une table en marbre polychrome. Comme le dit notre princesse Anne, ces barbares semblent aussi nombreux que les grains de sable ou que les

---

1. Charge confiée à un dignitaire du Palais impérial qui ne s'occupait que de veiller à l'entretien de l'encrier de l'empereur. Sorte de secrétaire de confiance.

étoiles ! Par les saints Chérubins, on dirait que tout ce qu'il y a de Francs, de Celtes ou de Latins dans les pays situés entre l'autre rive de l'Adriatique et les Colonnes d'Hercule, émigre en masse, par armées, villages, familles entières, pour cheminer en direction de l'Asie !

Une fois de plus, l'emphase naturelle du préfet du Caniclée servait adroitement son propos ainsi que ses intentions. Il voulait distraire Icasia, l'arracher à la tristesse qui s'emparait d'elle par moments, depuis des années, pour faire place ensuite à une activité presque fébrile. Mais il avait aussi des événements d'importance à lui communiquer. Afin de l'aider durant ces crises d'abattement et connaissant le goût naturel de sa sœur pour les rumeurs, il avait décidé de devenir son informateur attitré. Chaque fois qu'il la savait tourmentée, il passait l'entretenir des dernières nouvelles qui parvenaient au Palais. Sa diction parfaite, légèrement affectée et qui butait avec distinction contre des dents fort bien entretenues, donnait à ses récits un tour précieux et confidentiel qui déridait Icasia.

Avant d'aller s'asseoir auprès de sa sœur, l'eunuque salua avec vénération l'icône peinte sur fond d'or placée dans un angle de la pièce et devant laquelle brûlait une lampade à huile parfumée. Il se signa, se redressa après s'être baisé le pouce et se dirigea vers Icasia.

Elle tourna vers lui un visage dont l'expression chagrine indiquait qu'elle ne se trouvait pas dans un de ses bons jours. Sans sourire à l'arrivant, elle lui désigna d'un simple geste une place à ses côtés sur le matelas que recouvrait un tapis d'Alexandrie dont la laine d'une souplesse moelleuse alliait tous les dégradés du bleu au vert. Gabriel s'y assit avec plaisir et se pencha vers sa sœur pour l'embrasser sur le front.

— La princesse Anne m'a chargé de te transmettre ses amitiés, reprit-il alors. Mais il n'est en réalité question au Palais que du nouvel arrivage de croisés auquel il va nous falloir faire face une fois de plus. On annonce comme imminente la venue des armées du duc de Normandie et du comte de Blois. Décidément, c'est l'Occident entier qui bouge et qui nous envahit !

— Après le passage l'année dernière de ce fou de

Pierre, qui se disait ermite et traînait une foule hétéroclite sur ses pas, remarqua Icasia avec un mélange de
lassitude et de mépris, nous pouvions espérer ne plus
avoir à faire qu'à des armées. C'est de combattants que
nous avons besoin pour nous aider à lutter contre les
infidèles, non pas de familles, de malades, d'enfants et
même d'estropiés !

La sœur de Gabriel était belle. Elle ressemblait à une
dryade. Cheveux de miel, teint de blonde, bouche fine,
mais, surtout, longs yeux qui avaient l'exacte nuance de
la feuille de l'olivier. De cette couleur, elle avait fait son
emblème. Toujours vêtue de tuniques de soie vert-de-gris
rehaussées d'argent, elle affectionnait les broderies
reproduisant les branches de son arbre préféré ou celles
du saule, et allait jusqu'à accepter des algues ou des
plantes aquatiques. Même avant le temps de ses
angoisses, il se dégageait d'elle une impression d'étrangeté végétale que sa réserve et ses fréquents silences ne
faisaient qu'accentuer. Comme d'un arbre que quelque
procédé magique aurait transformé en femme...

— Nul ne pouvait prévoir ce qui nous arrive, affirma
Gabriel en disposant avec soin autour de lui les longues et
larges manches de son débétésion.

Ce geste amena Icasia à songer que l'élégance de son
aîné s'ennoblissait encore d'être ainsi moulée dans cette
étroite tunique. La riche étoffe soyeuse, incrustée de
bandes de pourpre, descendant jusqu'aux talons, sculp-
tait le corps racé... Puis elle se reprit à l'écouter.

— Le basileus lui-même ne l'avait pas prévu. Il l'a
reconnu devant moi, disait l'eunuque. Dieu sait pourtant
s'il est pourvu d'expérience et de subtilité ! Les Celtes que
nous attendions arrivent bien tous en grand arroi guerrier avec troupes, armes et cavalerie, mais ils trouvent
normal d'être suivis d'une multitude de gens désarmés
qui portent des croix de tissu en guise d'épées et de
boucliers ! Qui aurait pu imaginer cela : des gens d'armes
escortés de pèlerins qui marchent comme on prie et n'ont
qu'une seule pensée, un but suprême, aller vénérer le
sépulcre du Seigneur à Jérusalem et L'adorer aux Lieux
saints !

— Nous ne pouvons pas les en blâmer, certes, et parmi

ces marcheurs de Dieu, comme on les nomme parfois, il y en a certainement beaucoup de sincères. Mais qu'ils ne viennent pas s'interposer entre défenseurs et ennemis de la vraie foi ! Ils devraient le comprendre ! En dépit des dissensions survenues entre l'Église grecque et l'Église latine, ces croisés sont chrétiens comme nous. Ils savent que l'Empire est menacé sur toutes ses frontières, que nous sommes le dernier bastion de la chrétienté face aux infidèles. Par leur désordre, leur inaptitude au combat, ces multitudes risquent de tout compromettre, de tout faire échouer. Une telle crainte me désespère.

— Si certains conseillers du basileus estiment que, grâce à leur nombre, ces foules, disciplinées ou non, suffiront à mettre en déroute les Sarrasins, beaucoup d'autres, à ton exemple, redoutent les Francs pour leur instabilité, leur fougue excessive, la cupidité et l'ambition de leurs chefs, et ce qu'il faut bien appeler leur sauvagerie ! Sans parler des mauvais présages qui annoncent à chaque fois leur venue. On ne cesse de le répéter dans la ville : quand une de leurs troupes parvient jusqu'à nous, des nuées de sauterelles les devancent, dévorant, ravageant, anéantissant les vignes qui se trouvent sur leur passage. Ce n'est pas là un signe favorable, quoi qu'on puisse en dire !

Tout en continuant à manipuler l'œuf aromatique qui les baignait de parfum, la jeune femme laissa son frère parler. Les yeux perdus au-delà d'une des fenêtres ouvertes sur le jardin fleuri de roses, de myrtes, de jasmins, elle poursuivait ses réflexions amères sans prêter attention aux esclaves coiffés de larges chapeaux de paille qui s'affairaient autour des massifs sous la surveillance d'un jardinier grec.

— Je sais bien que les sauterelles épargnent étrangement les moissons pour ne s'en prendre qu'aux vignobles, reprit l'eunuque. Il effleura d'un geste révérencieux la croix tutélaire contenant de saintes reliques qu'il portait au cou, suspendue à une lourde chaîne d'or. Quelques devins en ont déduit que cette énorme armée celte n'interviendrait pas dans les affaires de l'Empire, mais accablerait les Sarrasins qui sont des suppôts du paganisme, donc de l'ivresse. Ils ajoutent que le froment est partout considéré comme le symbole du christianisme parce qu'il figure l'aliment par excellence et ne peut égarer les esprits comme le jus du raisin. Ainsi que la manne, autrefois, dans le désert, il préfigure sur terre la nourriture céleste qui alimente à la fois l'âme et le corps... On pourrait se sentir réconforté par les apaisantes interprétations de nos mages. Cependant, bien qu'il se montre des plus accueillant envers ses hôtes francs, l'empereur n'en reste pas moins circonspect à l'égard de ces agités. Quant à la princesse Anne, qui les trouve bavards et ennuyeux, elle ne m'a pas caché qu'elle redoutait les visées que ces barbares venus de l'Ouest ont sur notre cité. Elle croit que l'expédition vers Jérusalem n'est qu'un prétexte et que certains chefs croisés veulent en réalité détrôner le basileus et s'emparer de sa capitale !

— Comment pourraient-ils y songer ? demanda Icasia. La plupart d'entre eux ont prêté serment d'allégeance à notre souverain.

— Ce ne fut pas sans mal ! Rappelle-toi ce Godefroi de Bouillon, au nom imprononçable comme tant des leurs, ce seigneur qui est parvenu devant Constantinople en décembre dernier. Il a attendu les calendes d'avril pour se décider à accepter les exigences si légitimes de notre empereur et pour lui rendre hommage. Nous avons été obligés de couper les vivres à ses troupes ! Et encore n'avons-nous pas pu éviter une sérieuse empoignade entre les nôtres et ces fous de croisés qui ne respectaient pas même la trêve sacrée du jeudi saint ! Parmi les princes barbares il y en eut bon nombre pour faire montre d'une mauvaise volonté affirmée quand ils ont été mis devant l'obligation d'obéir aux injonctions de l'autocrator. Non, vraiment, ces Celtes ne sont pas sûrs. Ils sont brutaux et fantasques !

— Andronic n'est pas de notre avis. Il leur fait confiance.

— Ton mari est trop enthousiaste. Il se fie à ces étrangers parce que son père a naguère noué une solide amitié avec un certain prêtre franc qu'il estime fort. Très bien. Mais un cas isolé ne prouve rien. On rencontre de braves gens n'importe où et celui-là est sans doute un honnête homme. En revanche, il se trouve des individus de toutes provenances et de toutes espèces parmi leurs troupes et leurs pèlerins !

— Le plus dangereux restant Bohémond de Tarente, remarqua Icasia que son frère était parvenu à distraire un moment de ses amertumes. Ces Normands de Sicile ont toujours été nos ennemis, et quels ennemis ! Son père et lui n'ont eu de cesse de nous attaquer pour nous prendre nos possessions italiennes. Bohémond dispose d'un grand pouvoir sur les foules... il séduit jusqu'à des personnes prévenues pourtant contre lui comme notre princesse Anne ! On le redoute à la cour, mais il semble aussi qu'il fascine.

Gabriel eut un geste d'agacement.

— Un aventurier normand de la pire espèce, voilà ce qu'est ce maudit Bohémond ! Je ne comprendrai jamais l'envoûtement qu'il paraît exercer. Et tu as raison de remarquer que la princesse Anne, qui partage cependant la défiance de son père envers les Normands de Sicile en général et leur chef en particulier, ne peut s'empêcher de parler de lui avec une sorte d'émerveillement.

— La docilité, pour ne pas dire l'empressement qu'il a témoigné envers le fameux serment de vassalité dont l'orgueil des autres chefs francs s'est si mal accommodé, m'amènerait presque à voir dans cette attitude, si nouvelle chez notre adversaire d'hier, une ruse de plus à l'actif d'un homme aussi indomptable et turbulent que lui !

En un geste élégant, Icasia se cacha la bouche derrière sa main couverte de bagues.

— Voilà qu'à notre tour, nous nous laissons aller à parler de Bohémond, remarqua-t-elle d'un air ironique. Décidément, cet homme possède un pouvoir singulier. On dirait qu'il occupe à lui seul une bonne partie des conversations de la cour et de la ville !

— Son aspect physique y est pour beaucoup, assura Gabriel. Sous prétexte qu'il est grand, beau, blond et bâti comme Achille, toutes les femmes en sont folles !

— Pas moi, Seigneur ! Pas moi ! protesta Icasia.

— Non, pas toi, bien sûr, ma petite sœur...

Ils se turent tous deux. La vaste maison de pierre et de

marbre restait silencieuse en cette heure de l'après-midi
où les serviteurs, respectant le repos de leur maîtresse,
s'activaient dans les cuisines ou les autres parties des
bâtiments, sans aborder le gynécée.

— Nourrice n'est pas ici ? demanda Gabriel au bout
d'un moment. Où peut-elle bien se cacher ? Ne pas la voir
surgir d'un coin de tes appartements est véritablement
invraisemblable ! Ta sœur de lait ne paraît pas non plus.
Je n'en crois pas mes yeux !

— Morphia souffre des jambes. Elle a dépassé cinquante ans, tu sais ; la goutte la tourmente de plus en plus
souvent. Joannice et elle sont allées consulter un guérisseur arabe qui connaît les secrets des plantes et fabrique
des baumes connus de lui seul.

— Mais c'est le sel de Saint-Grégoire qui guérit la
goutte ! Chacun sait cela et les ingrédients qui le composent ne sont un mystère pour personne : gingembre,
ammoniaque, nard, poivre, silphium, persil...

— Oh ! toi, tu es au mieux avec le docteur Kalliklès, le
médecin personnel de l'empereur ! Il te divulgue même, à
ce qu'on dit, certaines formules qu'il ne daigne confier à
personne d'autre ! Notre pauvre nourrice ne peut pas
s'abreuver à une source aussi savante.

— Morphia ne le peut sans doute pas, en effet, mais toi
non plus, tu ne veux pas avoir à faire à lui. Tu préfères
prendre conseil de ton astrologue égyptien, cet Alexan-
dreus qui est tellement en vogue parmi la jeunesse. J'ai
entendu dire que le basileus songe à l'exiler pour l'empêcher de continuer à troubler tant de bons esprits dans le
genre du tien ! Je sais bien, hélas, que mes remontrances
ne serviront à rien ! Têtue comme tu l'es, tu t'es entichée
de ce personnage et tu n'en démordras pas !

Le frère et la sœur échangèrent un demi-sourire.
Autrefois, ils riaient souvent au même moment, à propos
de choses qu'ils étaient les seuls à trouver drôles. Le rire
avait disparu mais pas la connivence. Entre l'eunuque et
sa cadette, une complicité remontant à l'enfance subsis-
tait. Le mariage d'Icasia ne l'avait pas effacée. Née d'une
famille de hauts fonctionnaires pourvus d'un titre nobi-
liaire puisqu'à Constantinople les fonctions publiques
d'une certaine importance entraînaient d'office l'anoblis-

sement, Icasia, en épousant Andronic Daniélis, riche parfumeur il est vrai, mais plébéien malgré tout, avait eu le sentiment de se mésallier. Amoureuse comme elle l'était à l'époque de ses noces, elle avait voulu ignorer cette différence. Les mœurs de son pays l'y poussaient aussi. Les Romains — c'était ainsi que les héritiers de l'ancienne Rome se désignaient eux-mêmes par mépris des Grecs dont ils parlaient cependant la langue —, les Romains, donc, se piquaient de ne pas avoir de préjugés de classe. En dehors des esclaves, prisonniers étrangers, ils prétendaient avoir aboli toute arrogance dans les rapports sociaux. Devant Dieu, les hommes n'étaient-ils pas frères ? L'Évangile avait assuré que les derniers seraient les premiers. Une telle affirmation donnait à réfléchir. Gabriel et Icasia avaient été habitués à considérer que les êtres humains étant égaux aux yeux de l'Éternel, les habitants de Byzance étaient égaux au regard de la loi. Ils constataient que les dignités n'étaient pas transmissibles et, autour d'eux, on ne voyait pas de lignées héréditaires. On avait élevé ces enfants en leur répétant qu'aucune considération de rang, d'ancêtres, de fortune ne devait compter. Seul, le mérite personnel importait. Bien des empereurs étaient eux-mêmes sortis des plus humbles couches populaires et, pour devenir basileus, il suffisait d'être élu par l'Armée, le Sénat et le Peuple... On le disait, on le proclamait, on l'écrivait, on le codifiait... mais c'était négliger les mouvements de vanité de la nature humaine : qui pouvait, par exemple, empêcher une jeune fille de quinze ans, jolie, riche, courtisée, une jeune fille dont le père était maître des cérémonies impériales, de considérer qu'avec le don de sa personne elle avait accordé une grande grâce à un homme qui, en dépit de tout, n'était qu'un commerçant ?

Il était vrai qu'Andronic dégageait un charme auquel beaucoup étaient sensibles, que, malgré sa jeunesse, il pouvait prétendre être un des plus beaux partis de la ville, tant la fortune de son père et la sienne, associées l'une à l'autre, pesaient lourd, mais, enfin, il n'était pas noble et tenait boutique ! Une belle et élégante boutique, bien sûr, où il vendait de l'ambre, du nard, du musc, de l'encens, de la myrrhe, de l'aloès et mille autres parfums rares ou précieux à la cour et aux Romains les plus raffinés... Il aurait cependant fallu un profond bonheur conjugal pour réussir à oublier, au long de toute une vie, une différence si essentielle.

— Où en sont tes relations avec ton mari ? s'enquit l'eunuque.

— Tu le sais bien. Je suis sans doute la femme la plus incomprise de toute la ville..

Depuis la naissance de leur fils Marianos, qui avait à présent dix-sept ans, les rapports des deux époux n'avaient cessé de se détériorer. Un accouchement atroce, qui l'avait conduite fort près de la mort, avait à jamais dégoûté Icasia, qui n'en était déjà pas tellement férue, des jeux de l'amour charnel. Pendant des années, elle avait subi comme un supplice les assauts d'un mari dont le tempérament ardent ne pouvait se contenter d'une chaste tendresse. Petit à petit, la jeune femme était devenue mélancolique, renfermée, silencieuse et, chaque nuit, plus crispée, plus distante... Certains matins, elle pleurait sans vouloir s'expliquer, durant des heures, en dépit des enfants et de ses femmes occupées à la baigner, à l'épiler, à la farder, à la vêtir...

Dans l'espoir de renforcer leur union en y associant un nouvel élément, alors qu'Icasia savait ne plus pouvoir enfanter, le couple, selon une coutume fort répandue dans tout l'Empire, avait cru bien faire en adoptant, une dizaine d'années auparavant, un second fils, Paschal, qui avait maintenant douze ans. Élevés comme des remparts de protection autour de l'union chancelante de leurs parents, les deux enfants n'avaient pas suffi à enrayer la désagrégation d'une entente si compromise.

Gabriel, qui n'ignorait pas que sa sœur aimait à se faire plaindre, passa un bras autour des épaules d'Icasia.

— Ma pauvre chérie, dit-il, tu sais le souci que je me fais pour toi... pour vous deux à vrai dire. Vous êtes l'un et l'autre victimes et bourreaux à la fois... Ton mari se conduit loyalement. En dépit de vos divergences, il te reste fidèle.

— Il ne manquerait plus qu'il me trompe !

— Il ne le fait pas. Les eunuques sont au courant de tout ce qui se passe à la cour comme à la ville. Andronic se conduit en époux respectueux de ses engagements. Il est, d'ailleurs, fervent chrétien.

Icasia ne répondit rien. Elle regardait fixement le sol pavé de mosaïques représentant un semis de fleurs. Son frère connaissait la tiédeur de ses convictions religieuses. Toutes de convention, elles ne pouvaient pas lui être d'un grand secours.

— Heureusement que Marianos se couvre de gloire à l'hippodrome et que Paschal se montre de plus en plus doué pour les études, dit-elle au bout d'un moment. Ils sont mes réconforts.

L'eunuque secoua un front assombri sous d'épais cheveux noirs, à demi longs, bouclés avec soin et coupés droits au-dessus des sourcils.

— Vos fils ne vous suffiront pas toujours, remarqua-t-il en soupirant. Ni à ton mari, ni à toi.

— Que veux-tu, il faut bien que je me console avec ce qui me reste. Mes illusions d'autrefois sont loin à présent..., déclara Icasia en baissant la tête d'un air désabusé. Andronic se montre sans cesse plus exigeant envers lui-même, envers les enfants qu'il a voulu élever avec sévérité, et envers moi. Il ne nous passe plus rien et ne me permet même pas de protester contre une telle rigueur. J'en suis à me demander si ce n'est pas par devoir, uniquement par devoir, qu'il continue à assurer ses responsabilités familiales.

— Tu te trompes, Icasia, tu te trompes ! J'en suis certain. Andronic vous demeure très attaché. Il se préoccupe beaucoup de l'avenir de vos garçons. On ne peut vraiment pas dire de lui que c'est un père indifférent !

— Ce serait plutôt le contraire ! Mais comprends-moi bien : cet excès de discipline auquel il nous soumet tous, et lui le premier, est un exercice dénué de sens. Il a perdu toute spontanéité. Andronic, si gai jadis, est devenu austère. Il ne rit plus jamais avec moi et semble s'ennuyer en ma compagnie. C'est sans aucun plaisir qu'il tient son rôle d'époux, de père, de maître de maison. Il fait ce qu'il faut faire comme si je n'existais pas. J'ai parfois l'impression qu'il ne me voit plus. Je serais de verre que son regard ne me traverserait pas autrement... J'en arrive à me sentir étrangère chez moi !

Quand il me parle, c'est avec indifférence ou ironie. Va, il ne m'aime plus !

Gabriel avait l'âme pitoyable.

— Il est clair que l'érosion du temps jointe à vos ennuis intimes n'arrangent rien. Ce n'est pas une raison pour capituler, dit-il. Pour ma part, je continue à penser qu'Andronic te conserve tendresse et respect.

— A trente-cinq ans, il parvient à un âge où beaucoup d'hommes font retour sur eux-mêmes, remettent tout en question : femme, engagements, jusqu'à leur foi en Dieu !

— De ce côté-là, il n'y a rien à craindre. Andronic est un vrai chrétien.

— Il est certain qu'il s'occupe sans cesse de secourir les pauvres, de venir en aide aux déshérités... A tel point que j'en arrive à me demander parfois s'il n'y a pas quelque chose d'excessif dans ce souci constant, obsédant, des autres. Jadis, il ne s'inquiétait pas tant du destin des malheureux et songeait davantage à nous, au bonheur de notre couple... Ses œuvres charitables ne seraient-elles pas un prétexte commode pour s'éloigner de son foyer, de moi ? Une manière égoïste de se persuader que ses bienfaits envers les indigents, les malades, les orphelins, le dispensent de me témoigner attention et douceur ?

— Toi aussi, tu as changé, Icasia ! Comme te voici devenue dure envers un époux autrefois si cher !

Elle ne répondit pas. Parvenant du Bosphore proche, une brise légère faisait ondoyer les portières en tapisserie persane qui séparaient la chambre des autres pièces du gynécée.

— Je comprends de moins en moins le caractère d'Andronic, reprit la jeune femme après un court instant. Il décide, tranche, m'impose ses projets, ses goûts, fait preuve d'une autorité presque tyrannique.

— Là, tu exagères !

— Non pas, et je t'en donne un exemple : sur les conseils de son père, dont l'influence sur lui ne cesse de s'accroître, et qui ne m'aime guère, tu le sais, parce qu'il me reproche ce qu'il nomme ma morgue d'aristocrate, sur ses conseils, donc, Andronic m'a informée hier qu'il me faudrait héberger ici certains de ces Celtes qui me déplaisent tant ! Sans m'avoir consultée, il a accepté de loger sous notre toit, durant son séjour à Constantinople, la famille du père Ascelin, ce notaire épiscopal dont nous parlions voici un moment.

— Seront-ils nombreux ?

— Je ne sais pas au juste. Mon beau-père, qui a reçu une lettre par courrier, a parlé de cinq ou six personnes, me semble-t-il.

— La maison est grande. Tu n'auras aucun mal à les loger. Tu pourras même les ignorer, si tu y tiens.

— Mais je n'ai nulle envie de voir s'installer sous notre toit, dans notre intimité, des éléments de ces hordes barbares que tous nos amis méprisent ! Ces gens-là sont grossiers, sans-gêne et sentent l'ail !

— Vous ne serez pas les seuls à accueillir des hôtes de cette sorte ! Tu le sais, on a interdit aux croisés de pénétrer dans notre cité. L'empereur a donné l'ordre de ne pas les laisser s'installer dans la ville. Ils campent du côté de la porte des Blachernes et jusqu'aux abords de la Corne d'Or, sous les remparts du Nord. Mais quelques privilégiés, qui ont déjà des amis ou des relations parmi les habitants, ont reçu la permission de loger chez ceux qui consentent à les recevoir. Dans les camps, les conditions d'existence ne sont guère favorables. Si j'en crois les rumeurs, beaucoup de pèlerins se plaignent et cherchent à se faire inviter de ce côté-ci des murs.

— Je ne suis pas surprise qu'ils protestent : non seulement ils sont rustres, mais aussi querelleurs !

L'eunuque se leva.

— Allons, ma chère, arme-toi de patience. Ces Francs ne s'attarderont pas longtemps ici.

— Sait-on jamais ? Constantinople les éblouit. Ils ont compris pourquoi on l'appelle la Nouvelle Rome. Ils n'imaginaient même pas, dans leurs brumes froides de l'Ouest, qu'une pareille splendeur pouvait exister !

— Sans doute. Il n'en demeure pas moins que leur unique désir reste de passer sur la rive orientale de l'Empire pour marcher ensuite vers Jérusalem !

— Grand bien leur fasse ! Qu'ils y aillent donc le plus tôt possible ! Qu'ils nous débarrassent de leurs troupes de soudards et de gueux !

Gabriel hocha la tête.

— Tu me chagrines, Icasia, quand tu parles ainsi. Je n'aime pas te voir en de si mauvaises dispositions à l'égard de gens dont il ne faut pas oublier qu'ils s'apprêtent à nous rendre service en combattant les Sarrasins.

— Leurs soldats nous seront utiles, il est vrai. Mais ce n'est pas à eux que je vais avoir à faire. Cette maison va être envahie de pèlerins inconnus, sales et grossiers...

Gabriel se mit à rire en renversant avec élégance la tête en arrière. Il n'ignorait pas que ce geste mettait en valeur le modèle très pur de son menton rasé de près, comme il était de rigueur chez les eunuques.

La portière se souleva alors et la nourrice attendue pénétra dans la chambre, accompagnée de sa fille.

— Te voilà donc, Morphia ! Que de temps tu as mis à te faire soigner ! s'écria gaiement Gabriel. Je pensais partir sans avoir pu t'embrasser.

— Par le ventre de la Vierge, c'est que je deviens une pauvre vieille dont la carcasse commence à craquer de toute part ! soupira la nourrice avec une grimace fataliste. Voilà que mes jambes ont à présent du mal à me porter.

— Il ne faut rien exagérer, corrigea sa fille Joannice en laissant retomber la portière. Grâce aux baumes et élixirs du guérisseur qui vient de te soigner, on peut espérer que cette crise de goutte te laissera bientôt en repos. Rien ne t'interdira plus ensuite de recommencer à tout régenter dans le gynécée.

L'eunuque approuva.

— Comme toujours, remarqua-t-il d'un air satisfait, comme toujours, le bon sens s'exprime par ta bouche, Joannice. Dieu te garde et te conserve longtemps auprès d'Icasia ! En ta compagnie, elle ne manquera jamais d'aide ni de sages conseils.

— A condition qu'elle consente à les écouter et à en tenir compte, dit la mince jeune femme brune dont les traits, dessinés avec une grande netteté, évoquaient certains portraits de l'art crétois...

Tout en parlant, elle se dirigeait vers un des coffres en bois de cèdre sculpté où étaient rangés les vêtements, le linge, les affaires de sa sœur de lait. Elle l'ouvrit et en tira une boîte à fards qu'elle apporta à Icasia.

— Il convient, pour commencer, de ne pas oublier d'entretenir sa beauté, reprit-elle avec assurance. Je te trouve bien pâle, ce matin. Nous allons y remédier sans tarder.

Gabriel admirait en silence l'aisance de la démarche, la sûreté des gestes de Joannice. Sans être jolie, elle était intéressante. Ses traits aigus, presque acérés, dénotaient une intelligence lucide. Sa peau brune, ses lourdes paupières bombées, son nez aquilin, sa mâchoire sans une once de graisse accusaient un caractère fermement trempé. Il n'était pas jusqu'à la discrétion voulue de son maintien, de ses habits, qui ne trahît une forte personnalité qu'on ne tenait pas à mettre en avant.

Gabriel soupira. Si cela lui avait été permis, il n'aurait certes pas refusé de goûter à cette petite chèvre noire... Il est des accommodements avec la nature, même quand elle se trouve empêchée par certaine ablation... Il se signa précipitamment. Que Dieu le protège d'une pareille tentation, d'une semblable pensée, même s'il ne s'agissait que d'un simple effleurement de l'esprit! Ayant le grand honneur de faire partie des jeunes gens choisis pour composer la sainte cohorte chargée d'évoquer, auprès du basileus, les anges entourant le trône du Seigneur, il ne pouvait se laisser aller à aucune incartade. Si son père avait décidé jadis de le faire émasculer, c'était dans l'unique but de lui assurer une brillante carrière. Il s'en félicitait depuis lors. A Constantinople, tout le monde savait qu'il fallait d'abord procéder à cette opération pour préparer son fils à un avenir de haute volée à la cour... C'était là un de ces rites que les barbares méconnaissaient et dont ils se moquaient. Qu'importaient aux élus qui représentaient ici-bas l'élite céleste, les railleries des étrangers? Les « officiers sans barbe », comme on les nommait parfois dans l'Empire, bénéficiaient d'une position privilégiée sur toute l'étendue des possessions romaines. Certaines charges parmi les plus insignes leur étaient réservées et l'empereur se trouvait presque exclusivement entouré d'eunuques, comme Dieu l'est par ses légions angéliques. Sous les ailes des chérubins, se cachait le pouvoir...

Redevenu serein, Gabriel se pencha vers sa sœur que Joannice fardait avec art.

— Je vais te quitter, Icasia. Ma fonction, tu le sais, dépasse de loin le simple entretien de l'encrier dans lequel notre basileus trempe sa plume pour écrire à l'encre pourpre. Je ne puis m'attarder davantage. Je reviendrai te voir dès que possible.

— Ne tarde pas. J'ai besoin de toi...

En reprenant en sens inverse le chemin parcouru un moment plus tôt, l'eunuque se disait qu'une aussi belle demeure aurait mérité de ne renfermer que des gens heureux et qu'il était des infortunes secrètes sur lesquelles personne ne songeait à s'apitoyer, faute de les soupçonner.

Il descendit l'escalier de pierre, traversa la cour pavée de larges dalles et encadrée par deux ailes de bâtiments qui rejoignaient de part et d'autre le mur aveugle longeant la rue. En son milieu, elle était ornée d'un puits où serviteurs et servantes s'activaient à remplir de nombreuses amphores et cruches de grès.

Comme il s'approchait du porche d'entrée aux doubles battants de fer garnis de gros clous à cabochons, Gabriel vit soudain surgir son neveu, Marianos, cocher à l'hippodrome dans la faction des Bleus. Le jeune homme montait un magnifique étalon noir de Thessalie et était suivi de plusieurs compagnons de son âge. En apercevant Gabriel, il sauta aussitôt de cheval pour s'élancer vers son oncle.

« S'il n'était cocher, quel eunuque n'aurait-il pas fait! » se dit celui-ci pour la centième fois en regardant venir vers lui l'athlète souriant qui évoquait de façon irrésistible un jeune dieu païen.

« Un dieu qui tirerait davantage parti de ses muscles que de ce que recouvre ce front d'Apollon! » compléta furtivement le frère d'Icasia. Il répondit au salut de son neveu dont la tunique mi-courte, ornée de broderies somptueuses, et les cheveux bouclés, bleutés à force d'être noirs, dégradés comme le voulait la mode jusqu'aux épaules, témoignaient d'un grand souci de sa personne. Au demeurant, rieur et bon vivant, Marianos avait beaucoup d'amis. Il était fort apprécié des dirigeants des Bleus et ne comptait pas trop d'ennemis dans la faction des Verts, ce qui était remarquable.

Il rendit avec chaleur son accolade à Gabriel.

— Les courses prévues pour la semaine prochaine promettent d'être superbes ! annonça-t-il d'un air joyeux. On va bien s'amuser ! Ce sera sans pitié. Il faut absolument que nous gagnions contre les Verts !

— Dieu t'entende ! Le basileus tient à séduire les chefs des armées croisées qui campent sous nos murs, et plus les courses seront disputées avec âpreté, mieux ce sera pour son prestige !

— Sois tranquille ! Nous le satisferons. Nous montrerons à tous ces barbares de quoi sont capables les successeurs de l'ancienne Rome !

En terminant sa phrase, Marianos s'était tourné pour les prendre à témoin vers ses compagnons qui l'acclamèrent vigoureusement. Leur naïve suffisance amusa l'eunuque.

— Je fais confiance à ta faction, dit celui-ci en posant une main amicale sur l'épaule musclée du jeune cocher, mais tout spécialement à toi dont les prouesses à l'hippodrome honorent si hautement notre famille !

Ils se séparèrent assez vite, pressés de retourner chacun vers ses propres occupations.

Dans la rue, devant le portail, la litière de Gabriel attendait. Conduit par deux mules blanches aux crinières tressées de rubans de soie multicolores terminés par des pompons et harnachées de cuir bleu clouté de cuivre, l'attelage, peint et doré, était gardé par des valets. Ces derniers portaient livrée jaune et violette, aux couleurs de leur maître. Aidé par deux d'entre eux, Gabriel s'installa sur les coussins qui garnissaient le siège.

L'artère que suivit la litière était calme, peu animée. Elle était bordée de galeries couvertes et de riches demeures dont on apercevait au passage, par l'entrebâillement d'un portail, derrière de hauts murs blanchis à la chaux, les façades en brique et en moellon ou tout en pierre, décorées de stuc, de marbre et surmontées de coupoles dorées, rouges ou vertes. Les passants y circulaient sans bousculade malgré la proximité de la plus grande, de la plus belle place de Constantinople sur laquelle elle débouchait : la place de l'Augusteon. Centre du monde pour les habitants de la ville aux cent merveilles, cette place était sans pareille.

Ainsi que chacun de ses concitoyens, Gabriel Attaliate la considérait comme l'ensemble architectural le plus parfait réalisé de main d'homme. Même à Rome, on n'avait rien construit d'aussi grandiose ! Aussi, en dépit de l'habitude et malgré la foule qui y circulait constamment, n'y passait-il jamais sans ressentir un sentiment d'admiration qui le conduisait toujours à la même évidence : la suprématie des Nouveaux Romains en toute chose !

Agora de l'antique Byzance, construite en marbre et bordée de portiques, la place avait changé de nom sur ordre de l'empereur Constantin (Dieu ait son âme !). C'était en effet en mémoire de l'augusta Hélène, sa mère, morte avant l'inauguration de la ville nouvelle élevée par lui au rang de capitale de l'Empire romain d'Orient, qu'il l'avait fait appeler Augusteon. Du haut d'une colonne de porphyre, la statue d'Hélène faisait face à une autre statue qui, elle, occupait le milieu de la place. Beaucoup plus grande encore, on y admirait, couronné de la haute coiffure emplumée des rois de l'ancienne Perse, une main dressée et ouverte, l'autre soutenant un globe surmonté d'une croix, un personnage jeune et impérieux, chevauchant un coursier à la crinière ondoyante. Il s'agissait de Justinien, l'époux de la fameuse Théodora, le souverain qui avait fait connaître à la ville, bien des siècles auparavant, un âge d'or auquel on rêvait toujours...

Gabriel ne manquait jamais de saluer les deux statues d'un discret signe de tête. Ce jour-là, tout en s'emplissant une nouvelle fois les yeux de la beauté harmonieuse de cet endroit privilégié, il songea à la stupeur saisissant les chefs des armées croisées, ces Celtes incultes, lorsqu'ils parvenaient, chacun à leur tour, au cœur de l'admirable place qu'on avait la grâce de leur laisser contempler...

— Plus vite, plus vite, à présent ! cria-t-il à ses valets qui se servaient de bâtons pour écarter la foule bariolée et cosmopolite où se coudoyaient, dans leurs costumes si divers, Grecs, Hongrois, Vénitiens, Turcs, Russes, Germains, Bulgares, Syriens, Perses, Arméniens, Juifs, Géorgiens, Arabes ou Éthiopiens.

Babel éclatée, mélange de races et de langues, Byzance était bien le centre du monde !

— Place ! place ! criaient les serviteurs de Gabriel en jouant du bâton autour d'eux pour dégager le passage devant les mules blanches nullement effarouchées par une telle foule.

— Plus vite ! plus vite ! s'impatientait l'eunuque qui venait soudain de décider qu'il avait encore le temps de se rendre à la boutique de son beau-frère, Andronic Daniélis, pour lui parler des répugnances qu'éprouvait Icasia à l'idée de recevoir la famille du père Ascelin.

La place de l'Augusteon était parée de monuments comme une femme l'est de ses bijoux : au nord, Sainte-Sophie, le chef-d'œuvre des chefs-d'œuvre, l'église mère ! Sainte-Sophie à la coupole vertigineuse, suspendue en plein ciel comme par miracle et sommée d'une gigantesque croix d'or dont l'éclat éblouissait sous les rayons du soleil.

« L'empereur Justinien la voulut telle que, depuis Adam, il n'y en eût jamais et qu'il n'y en aurait jamais plus, songea Gabriel. Il y a réussi. Nous possédons ici la Grande Église chrétienne qui s'élève, dans sa robe de pierre, de marbre, de mosaïques et d'or, comme un hymne à Dieu, à la Vierge, aux saints ! C'est le temple de la lumière terrestre offert en hommage à la Lumière incréée ! »

Une fois de plus, l'eunuque sentait une profonde exaltation le gagner devant tant de splendeurs réunies là par ses ancêtres.

Au sud, face à l'église, il retrouvait avec bonheur le Palais où lui-même était logé comme les autres officiers sans barbe par leur souverain. Il en connaissait les multiples détours aussi bien que possible, c'est-à-dire encore très imparfaitement. Ville dans la ville, avec ses trente mille serviteurs et militaires, c'était, à l'intérieur d'une haute enceinte élevée au xe siècle, un ensemble monumental construit au cours des âges, selon leurs besoins et leur humeur, par les différents empereurs. Ils y avaient accumulé un nombre prodigieux de bâtiments : salles d'apparat, dont celle du trône, où l'unique matériau employé avait été l'or ; églises et chapelles scintillantes de mosaïques de verre et embrumées d'encens ; oratoires secrets emplis de reliques saintes, d'icônes inestimables ; bibliothèques, galeries, colonnades de marbre polychromes ; cours couvertes ou à ciel ouvert, fontaines d'argent d'où jaillissaient des eaux de rose, fins portiques, terrasses donnant sur des jardins aux fleurs rares et aux arbustes odorants. Bien d'autres constructions fréquentées par Gabriel s'y voyaient encore : un manège, un jeu de paume à cheval, une piscine, un stade. Des allées de sable blanc conduisaient à l'éperon rocheux qui dominait un des plus beaux paysages du monde : La Corne d'Or, le Pont-Euxin, le Bosphore et la Propontide, baignant de leurs eaux bleues, réconciliées, le promontoire prédestiné sur lequel se dressait, entre ses triples remparts de brique et de pierre blanche, la Ville la plus grandiose de l'univers !

Gabriel tourna les yeux vers le Sénat, érigé à l'est de l'Augusteon, en surplomb de la mer. Les sénateurs étaient en froid avec Alexis Comnène qui avait rogné leur pouvoir à tel point qu'on pouvait dire qu'entre lui et eux régnait un climat de guerre larvée. Aussi l'eunuque appréciait-il moins que les autres monuments de la place l'imposante bâtisse ornée d'un portique de marbre agrémenté de statues aux visages polis par les ans et le dôme majestueux qui protégeait, comme une poule l'aurait fait de ses poussins, ironisait-il, l'assemblée ennemie du basileus.

La litière parvenait à l'ouest de l'Augusteon, là où se dressait l'arc du Million d'Or, non loin de l'Hippodrome et des bains de Zeuxippe. Gabriel se rappela avec fierté que c'était à partir de cette arche de marbre monumentale qu'étaient comptées toutes les distances menant aux frontières de l'Empire et, plus loin encore, à celles du monde connu...

— Place ! Place !

Conduisant les mules dociles, les serviteurs se frayaient un chemin jusqu'aux boutiques des parfumeurs toujours fort bien achalandées et autour desquelles l'air embaumait. Seuls marchands à avoir été admis par l'administration de la ville à loger sur l'Augusteon avec les cérulaires, vendeurs de cierges, les libraires, diffuseurs de la pensée écrite, et les vestioprates qui vendaient des étoffes de soie précieuse, les parfumeurs jouissaient du privilège exorbitant de se tenir sous les portiques, tout près du Palais impérial dont les portes étaient gardées par des soldats armés d'arcs d'or.

« Ils prétendent, songea l'eunuque, que cet insigne honneur leur a été accordé à cause des suaves arômes de leurs parfums qui s'élèvent, tel l'encens devant les saints autels, vers l'image du Christ dominant le porche monumental du Palais. Si c'est vrai, je vois là un raffinement bien digne de Byzance et qui me plaît assez, mais il est sans doute plus juste de penser que la proximité des bains de Zeuxippe n'y est pas étrangère ! »

Parmi ces boutiques, et en dépit des contraintes très strictes apportées par la loi au développement de chacune d'elles, celle des Daniélis était la plus importante, la mieux pourvue, celle dont la mode s'était emparée pour en faire le haut lieu de l'élégance.

Soutenu par ses valets, l'eunuque sortit de la litière et pénétra dans la boutique de son beau-frère. Mais Andronic n'était pas là. Seul, au sein d'un obsédant bouquet de parfums, d'arômes, de fragrances, d'exhalaisons, si puissant qu'il s'imposait comme une présence, Théophane Daniélis surveillait ses commis tout en s'entretenant avec ses nombreux clients.

Une ronde immatérielle d'effluves embaumés s'échappait des différents récipients posés sur des étagères, des tables, des trépieds de bronze. Flacons en pâte de verre aux nuances opalescentes scellés à la cire vierge, fioles délicates recèlant entre leurs flancs étroits le précieux ambre d'Orient, cruchons de grès où reposaient les eaux de lis, de rose, de violette, de narcisse, de nénuphar ; pommes d'ambre gris, bâtonnets d'encens originaire de l'Arabie Heureuse, sachets contenant certaines poudres parfumées à la racine d'iris ou à la cannelle de Ceylan,

burettes d'huile de jasmin, vases de porphyre, d'agate ou
de terre émaillée, décorés avec un goût exquis et remplis
d'essences aromatiques de cèdre, de santal, d'huiles de
palme odorante ou de myrrhe, petits pots d'albâtre
contenant le précieux nard indien, le plus apprécié des
Hébreux qui l'avaient chanté dans le Cantique des Cantiques, et qu'on faisait venir depuis des siècles à Byzance à
l'intention des hommes élégants, soucieux d'en oindre
barbe et cheveux. D'un œil curieux, Gabriel dénombrait
les nouveautés arrivées depuis son dernier passage dans
la boutique, et qui le tentaient toujours : boîtes de talc
provenant de Crète, barillets d'ivoire ronds comme des
outres, pleins de civette, de bette odorante ou de fleurs de
safran dont les étamines rouges dégageaient un parfum
âcre et brûlant, brassées d'herbes odoriférantes présen-
tées sur des claies de jonc finement tressé, coffrets
d'aromates et jusqu'au mastic de Chio qu'il avait le désir
de mâcher selon la mode afin de se parfumer l'haleine...

Ne partageant pas les rancœurs d'Icasia, l'eunuque
était bien trop raffiné pour ne pas aimer à la folie cette
boutique où son odorat se permettait de suaves orgies.

Par ailleurs, il conservait toute son estime à un homme
capable de faire venir parfois de si loin, puis de choisir et
de savoir imposer à la capricieuse capitale qu'était
Byzance d'aussi délectables harmonies olfactives. Il se
plaisait aussi à reconnaître la finesse d'esprit, le goût, la
mesure et le sens artistique de ce riche marchand qui
aurait fort bien pu se contenter de gagner beaucoup
d'argent, alors qu'il se plaisait à l'employer avec intelligence. Théophane Daniélis possédait chez lui une bibliothèque d'ouvrages en langues grecque et latine que bon
nombre de nobles auraient pu lui envier. Il s'entourait
d'objets rares achetés avec discernement parmi les
innombrables trésors récoltés, enlevés, accumulés puis
négociés par les Nouveaux Romains.

Grâce à sa situation sans égale entre l'Orient et l'Occident, Byzance n'était-elle pas au carrefour même des
routes venues des Indes, de Chine, de Russie, de Perse,
d'Arabie et d'Europe ? Pays proches ou pays du bout du
monde, ils déversaient tous dans ses entrepôts soie,
épices, pierreries, fourrures, perles, tapis, cire, caviar,

miel, bois précieux, métaux de toute espèce et de toute valeur. Du désert au Grand Nord, tout ce qui pouvait se vendre et s'acheter passait par la capitale de l'Empire !

Délaissant ses clients pour aller au-devant de son noble visiteur, le maître parfumeur se porta vers Gabriel. Les deux hommes se saluèrent amicalement.

— Andronic est absent, à ce que je vois, remarqua l'eunuque aussitôt.

— Il s'est rendu au Palais où la basilissa l'a fait appeler. Elle souhaitait le consulter sur de nouvelles pastilles à flammes odorantes à base de musc du Tibet qu'on venait de lui livrer.

— Une telle preuve de confiance de la part de l'impératrice est un fort grand honneur pour votre maison, dit Gabriel en s'inclinant en connaisseur. Chacun est au fait de l'estime dans laquelle vous tiennent Leurs Majestés impériales !

Ils s'entretinrent un moment des nouvelles qui circulaient à la cour. Théophane Daniélis apprit à son interlocuteur qu'Andronic s'occupait toujours davantage de l'hôpital fondé par le souverain à la Corne d'Or.

— Il s'y rend à présent presque chaque jour et ressent un grand bienfait à secourir directement des indigents et des malades, dit-il avec satisfaction. Nous sommes, hélas, bien forcés de reconnaître qu'à côté de ses splendeurs, notre ville abrite aussi d'innombrables misères !

Gabriel en convint et glissa de ce sujet à celui des croisés qui ne cessaient d'affluer sous les murs de Constantinople.

— J'étais justement venu entretenir votre fils, enchaîna-t-il, de l'appréhension éprouvée par Icasia à l'idée de voir s'établir sous son toit, ou plutôt, sous le vôtre, certains de ces Francs dont la réputation l'inquiète peut-être à juste titre...

Théophane Daniélis sourit à demi. Sous de légers cheveux blancs, il avait un visage fin, un long nez charnu d'épicurien et des yeux noisette qui savaient aussi bien rire que refléter ses mouvements d'humeur ou ses colères.

— Il va de soi que ma belle-fille est maîtresse chez nous, dit-il sans chercher à dissimuler une légère nuance d'agacement. Mon veuvage m'a tout naturellement

conduit à lui confier la marche et l'organisation de notre
maisonnée. Aussi, vous le pensez bien, je ne souhaite en
rien lui déplaire. Mais, en l'occurrence, il s'agit de la
famille d'un ami qui, bien qu'étranger, m'est très cher.
Vous vous souvenez sans doute d'avoir rencontré il y a
quelques années, alors qu'il séjournait dans un monastère
de notre ville, le révérend père Ascelin ?

Un soupçon d'ironie traversa le regard de Théophane
Daniélis, où se lisait une détermination solidement
ancrée.

— C'est un homme remarquable, reprit le maître
parfumeur. Docteur en droit et en théologie, il n'en
demeure pas moins des plus simples et n'écrase personne
de sa science. S'entretenir avec lui est des plus enrichis-
sant pour l'esprit... Je ne vois vraiment pas en quoi sa
présence et celle des siens pourraient déranger Icasia.
Avec des hôtes de cette qualité, nous n'aurons pas à
redouter la fameuse grossièreté celte dont on se complaît
ici à accentuer les apparences afin de justifier les moqueries dont on accable nos alliés dès qu'ils ont le dos tourné !

Gabriel savait que Théophane Daniélis ne partageait
pas le mépris qu'il était de bon ton d'afficher à Constantinople envers les croisés. Il faisait partie des rares Byzantins qui respectaient les chrétiens latins envoyés par le
pape.

— Le basileus lui-même a pourtant donné l'exemple de
la plus extrême bienveillance à leur égard, continua le
parfumeur. Il n'a pas hésité à envoyer au-devant des
Francs les meilleurs officiers de son armée avec leurs
troupes pour accueillir les arrivants, les guider, et leur
assurer des vivres en suffisance durant leur traversée de
l'Empire. En politique avisé, Alexis a mesuré de quelle
importance était pour nous leur aide. En outre, depuis que
certains de leurs chefs se trouvent parmi nous, l'empereur
n'a cessé de les combler de présents magnifiques. Ce qui
amène beaucoup des nôtres à dauber sur la cupidité des
« barbares », bien entendu ! Pour moi, je vois les choses
autrement et il ne me semble guère adroit d'adopter un
comportement différent de celui du basileus... Par ailleurs, le devoir d'hospitalité ne doit-il pas être sacré entre
chrétiens ?

— Sans doute, convint Gabriel qui se sentait soudain assez mal à l'aise. Il est vrai que notre souverain traite les Francs le mieux du monde. Mais il ne voit que les chefs et les principaux nobles. Les armées composites qui les suivent ne paraissent pas toujours animées de sentiments fraternels à notre endroit.

— Les choses ont mal débuté de part et d'autre, j'en conviens, mais on ne saurait nier qu'en dépit des réconciliations annoncées il reste chez nous quantité de préjugés contre les Latins. On les critique sans retenue et ce manque de charité envers des étrangers aussi providentiels vient malheureusement de très haut !

Comme il y avait toujours autant de monde dans la boutique et qu'on ne pouvait parler sans risquer d'être entendu par des curieux, les deux hommes préférèrent se taire plutôt que de continuer à évoquer un sujet trop brûlant.

— De toute façon, j'ai promis mon hospitalité au père Ascelin et à sa famille, conclut Théophane Daniélis. Je ne saurais remettre ma parole en question pour un caprice de ma belle-fille.

Sous l'urbanité du ton, il était aisé de sentir poindre une réprobation nuancée d'impatience envers Icasia.

— Vous savez combien ma sœur est fragile...

L'expression du maître parfumeur se durcit.

— Permettez-moi de ne pas partager vos vues quant à l'état de ma bru, coupa le père d'Andronic. Nous connaissons tous deux nos positions à propos de cette triste histoire. Est-il utile de revenir là-dessus une fois de plus ?

Gabriel soupira. Il avait horreur des discussions qui tournaient à l'épreuve de force et n'appréciait que les formes les plus souples de la diplomatie. Il se prit à regretter qu'Icasia l'eût incité à affronter un homme dont il estimait trop le jugement et la loyauté pour risquer d'envenimer leurs rapports, demeurés cordiaux jusqu'à présent.

— Tenez ! s'écria au même moment Théophane Daniélis, tenez ! Voici mon fils qui revient ! Faites-lui donc part directement des récriminations de son épouse !

Dès qu'Andronic entrait dans un lieu, on le remarquait. Il dépassait d'une tête tous ceux qui l'entouraient et il était impossible de ne pas l'apercevoir, quelle que fût la foule. Parmi les Méditerranéens de taille moyenne ou petite, il était un des rares habitants de Constantinople bâti comme les Germains, les Slaves ou les Celtes. Avec sa haute stature, sa fine barbe sombre coupée près du menton, ses cheveux noirs, épais et frisés, qui commençaient à s'argenter aux tempes, son teint mat et le regard direct de ses yeux bleus comme l'eau du Bosphore, Andronic Daniélis n'était pas homme à passer inaperçu, même dans une cité aussi cosmopolite que Byzance !

— Les armées du duc de Normandie et du comte de Blois commencent à parvenir sous nos murs ! lança Andronic en abordant son père et Gabriel. Il paraît qu'il y a une cohue indescriptible au-delà des remparts, du côté de la porte des Blachernes ! On ne sait plus où mettre les arrivants. Le monastère des Saints-Cosme-et-Damien où on les loge est plein à craquer !

— Par la sainte Théotokos, mon fils, il faut partir sans tarder à la recherche de nos amis, décida le maître parfumeur. Ils risquent de se sentir perdus dans cette bousculade.

— J'y ai songé, mon père. Aussi, suis-je passé à la maison pour faire activer les préparatifs de leur réception. J'ai aussi pris sur moi d'amener à ma suite les plus robustes parmi nos serviteurs pour les encadrer ou les protéger au besoin.

— As-tu une voiture pour les femmes ?

— J'ai fait atteler une litière remplie de coussins et un chariot où déposer leurs coffres et leurs effets. Il y a également des chevaux sellés pour les hommes. Bref, j'ai là toute une escorte. Il ne nous reste plus qu'à aller au-devant des voyageurs !

Sous l'effet de l'intérêt qu'il portait aux croisés et de l'excitation que leur venue provoquait en lui, Andronic rayonnait. Ses prunelles brillaient d'un tel éclat qu'elles rappelèrent à l'eunuque les reflets de lames d'épées miroitant au soleil...

— Je vous laisse, dit-il alors aux Daniélis. Ma charge me réclame au Palais.

Posée sur une petite table qu'il lui fallait contourner, Gabriel avisa tout à coup une longue boîte d'ivoire qui

avait échappé à son attention. Elle contenait des cure-
dents en bois parfumé : cyprès, romarin, myrte, lentisque
ou pistachier.

— Voilà ce qu'il me faut, dit-il en se retournant vers le
père et le fils. Je n'en ai presque plus. Je compte sur vous
pour m'en faire livrer un assortiment chez moi.

— Dès notre retour, nous vous en enverrons plusieurs
paquets, assura Andronic, manifestement préoccupé de
tout autre chose.

L'eunuque regagna sa litière. Une réflexion inquiète
s'imposait à lui : « Si Icasia voyait son époux en cet
instant, elle ne le reconnaîtrait pas. Il semble si joyeux
d'agir, de prendre part à ces événements qui viennent
bouleverser nos habitudes... Il y a deux hommes en lui : le
mari insatisfait, morose, autoritaire, et l'être encore
jeune, avide de dépaysements et d'activités nouvelles.
Combien de temps le premier résistera-t-il au déferlement venu d'Occident ? Ne va-t-il pas se sentir tenté, lui
aussi, de se joindre aux marcheurs de Dieu ? De tout
quitter pour s'en aller délivrer, en même temps que lui-
même, Jérusalem captive ? »

2.

Flaminia était étendue sur l'herbe d'un jardin.

De preux chevaliers passaient non loin de là sur des destriers noirs, luisants, piaffants. Ils portaient lances roides et fortes, écus oblongs peints d'ornements violemment coloriés, épées brunies, haumes clairs et scintillants, blancs hauberts, chausses à mailles serrées...

Flaminia sentit soudain quelque chose remuer sur sa poitrine contre son cœur. Elle se souleva un peu et aperçut un serpent lové entre ses seins nus. Il bougeait paresseusement. La tête plate, dessinée en forme de V, se dressait, se tournait vers le visage de la jeune fille. Elle voyait de tout près les étroits yeux jaunes, fixes, miroitants, vides d'expression...

Pétrifiée d'horreur, elle voulut crier, appeler à l'aide, mais elle pensa qu'en parlant elle effraierait le reptile et qu'il l'attaquerait... Un temps hors du temps s'écoula... Puis le serpent se déroula sans hâte, avec précaution, glissa contre la hanche frissonnante de dégoût, se faufila dans l'herbe, disparut dans un trou... Pour calmer son cœur qui battait comme un forcené, Flaminia y porta la main. Alors, sous ses doigts, à la place où s'était tenue la bête immonde, elle sentit une entaille. Elle regarda à nouveau sa poitrine et vit, gravée dans sa chair, une croix assez profonde d'où sourdaient des gouttes de sang... Elle poussa un hurlement qui la réveilla.

Épouvantée, éperdue, ne sachant plus ce qui était rêve,

ce qui était réalité, elle demeura un instant égarée...

— Eh bien ! ma sœur, que vous arrive-t-il ? Pourquoi criez-vous ? Êtes-vous malade ?

Brunissen qui couchait à la droite de sa cadette se dressait sur un coude, se penchait vers elle.

— Je ne sais pas... sur mon âme, ce n'est rien... un affreux cauchemar...

De l'autre côté de Flaminia, à demi tirée de son sommeil, Alaïs s'agitait, soupirait, se rendormait en se pelotonnant.

Les trois filles du parcheminier partageaient un vaste lit dans une des chambres de la petite maison que leur avaient prêtée les Daniélis. Après tant de jours passés sous des tentes précaires, dans des campements de fortune, elles avaient retrouvé avec délices la douceur des draps de lin, le moelleux d'un matelas bourré de laine cardée.

— Vous êtes sûre de ne pas avoir de fièvre ? s'enquit à voix basse Brunissen, que le trouble de sa sœur inquiétait.

— Non, non... je vais bien. J'ai simplement fait un rêve si horrible que je ne parviens pas à l'oublier.

L'aînée attira contre elle la tête rousse, la posa à l'appui de son cou, là où battait le sang fraternel, l'y garda un moment, puis embrassa Flaminia sur le front.

— Tout doux... tout doux... calmez-vous, sœur amie. La nuit est tranquille. Tout dort autour de nous. Grand-mère elle-même, dans la chambre voisine, semble reposer mieux qu'à l'ordinaire. La boisson de lait miellé et de suc de pavot confectionnée par la nourrice de notre hôtesse paraît avoir heureusement opéré.

Tant de quiétude alentour agissait enfin sur l'adolescente, l'apaisait. Son cœur ralentissait ses battements.

— Je suis sotte, chuchota-t-elle, bien sotte de prendre au sérieux un simple songe... mais il était abominable.

— Racontez-le-moi si vous pensez qu'en parler vous soulagera.

— Il n'en vaut pas la peine. Je ne sais pas pourquoi j'en ai été tellement impressionnée. Qu'est-ce de plus que la mauvaise haleine de la nuit ? Je m'en veux de vous avoir réveillée. Tâchez de vous rendormir aussi vite que possible.

Sans tarder, le souffle régulier de son aînée prouva à l'adolescente qu'elle seule demeurait les yeux ouverts dans la maison étrangère. Contrairement à ce qu'elle avait affirmé, la hideuse sensation que lui avait laissée son cauchemar ne se diluait pas totalement dans la sérénité nocturne. Elle sentait encore sur elle le poids écailleux, froid, perfidement souple du reptile.

« J'ai croisé son regard, pensa-t-elle, son regard jaune, maléfique. C'est le regard de Satan ! »

Tout en essayant de se raisonner, elle tressaillait pourtant d'effroi. Cette croix, dans sa chair vive, cette croix teintée de son sang, que signifiait-elle ? Épreuve ou rédemption ? Les deux, sans doute... Chacun savait que les mois à venir seraient faits de luttes, de méchefs, de vicissitudes, que la terre des infidèles, bientôt abordée, préfigurerait une sorte d'enfer avant l'approche puis la conquête et la possession de Jérusalem, image du paradis... Quel avenir l'attendait dans ces contrées inconnues, hostiles ? Quel combat aurait-elle à y livrer ? Et contre qui ?

Pourquoi, aussi, ce rêve, à ce moment précis, en cette première nuit de leur séjour à Constantinople ? Ils étaient tous si heureux d'avoir enfin rejoint les autres armées du Christ après avoir débarqué sur la côte ouest des Balkans, avoir traversé à pied, en un peu plus d'un mois, la péninsule jusqu'à Constantinople. Jours de marche épuisante à travers un pays montagneux ou désertique, peuplé de bêtes féroces et de démons, sillonné de torrents bouillonnants qu'il fallait franchir à gué au risque de s'y noyer ou d'être emporté par leurs eaux en folie. Jours d'épreuve et de souffrance que les pèlerins ne souhaitaient plus, maintenant, qu'oublier.

A partir de Salonique, ils avaient pu progresser en suivant des vallées moins farouches et, peu à peu, la proximité de Constantinople avait cessé d'enflammer uniquement leurs imaginations pour devenir imminente réalité.

La veille, on était enfin parvenu en vue des hautes murailles qui encerclaient la ville de leurs triples ceintures de remparts de pierre blanche et de brique rose

Beaucoup de croisés étaient alors tombés à genoux. Être arrivés jusque-là leur semblait déjà miraculeux et prouvait l'aide sans faille du Seigneur... Une nouvelle fois, au cri de « Dieu le veut ! » ils s'étaient élancés vers cette cité dont on leur parlait depuis si longtemps comme de la première véritable étape de leur quête. Le légat du pape, Adhémar de Monteil, évêque du Puy, les attendait devant la porte fortifiée des Blachernes. C'était à ce grand prélat que le souverain pontife avait confié la prodigieuse mission de regrouper à Constantinople, puis de guider cet essaim d'âmes vers la ruche divine qu'était Jérusalem.

Après, tout s'était bien passé pour Flaminia et les siens. Les amis du père Ascelin les avait pris en charge avec beaucoup de bonté et les avait emmenés jusque chez eux. Pendant le trajet qui les conduisait du monastère où avaient eu lieu les retrouvailles jusqu'à la demeure des Daniélis, les croisés avaient cheminé à travers la ville prodigieuse, la ville incomparable, le long d'une large et somptueuse avenue, surpeuplée, pavée de marbre, bordée de portiques, de palais, d'églises, qu'on nommait ici la *Mesê*...

Flaminia finit par s'endormir et, dans un nouveau rêve, elle vit briller les coupoles innombrables de Byzance comme autant de bulles d'or dansant dans la lumière, au-dessus des maisons...

Le lendemain matin, à l'aube, une pluie tiède arrosait le jardin des Daniélis qui jouxtait les remparts dominant le Bosphore. C'était en un endroit écarté, au bout de parterres fleuris et de bosquets d'orangers ou de citronniers, que la famille de Garin le Parcheminier avait été logée. Le maître parfumeur et son fils les avaient accompagnés la veille jusqu'à une bâtisse de briques et de moellons, pourvue d'une terrasse à balustres comme il y en avait tant dans cette ville. Elle comportait une grande salle et trois chambres séparées les unes des autres par des portières de tapisserie. Non loin de là s'élevaient les thermes privés de leurs hôtes. Autrefois logement des nourrices et des enfants dont elles avaient la charge, la petite habitation, abandonnée depuis le déménagement de ses occupants vers la grande

demeure, abritait maintenant, et pour quelque temps, ces
Francs si peu désirés par Icasia.

Toutes les chambres étaient sommairement installées.
En revanche, au lieu des brassées habituelles d'herbe
fraîche, de joncs ou de foin, dont les Chartrains faisaient
usage chez eux, ils avaient découvert avec émerveillement les nombreux tapis de Perse, chatoyants et moelleux, qui couvraient les dalles de la petite maison. Ceux
de la grande salle étaient particulièrement colorés et
agrémentaient beaucoup la pièce aux murs chaulés où
trônait une large table entourée de banquettes recouvertes de tapisserie aux teintes vives. Il ne s'y trouvait par
ailleurs qu'un vaisselier et une vaste cheminée. Destinée
à faire cuire les aliments des nourrices et de leurs
nourrissons, ce foyer ne servait cependant plus à rien. Les
Daniélis avaient en effet décidé que leurs amis francs ne
feraient point de cuisine durant leur séjour. Ils leur
enverraient aux heures des repas des couffins ou des
plateaux regorgeant de mets aux saveurs fortement
épicées qui ne dépaysaient guère la famille du parcheminier accoutumée à l'emploi d'épices, sans doute moins
variées, mais toujours présentes dans les plats préparés
en France. Il y en avait seulement d'inconnues à découvrir.

Balayés par une brise venue de la mer, les nuages se
dispersèrent bientôt. La pluie cessa et le soleil revenu
sécha les gouttes d'eau qui emperlaient fleurs et feuilles.
L'odeur de la terre mouillée, de la végétation printanière,
des roses et du jasmin, s'épanouit, se répandit, se mêla à
la senteur salée que le vent apportait avec lui du large.

— Sur mon salut, remarqua Landry ce lendemain
matin, nous avons été fort bien accueillis par vos amis,
père Ascelin, nous devons vous en remercier. C'est une
grande grâce que Dieu nous fait de nous permettre d'être
logés de la sorte. Sans votre recommandation, nous n'y
serions jamais parvenus.

A l'ombre légère d'un faux poivrier, les deux hommes
attendaient les femmes qui finissaient de se préparer
pour la messe quotidienne.

— Je savais pouvoir compter sur les Daniélis. Même si
notre séjour ici doit être bref, et je sais qu'il le sera, cette

étape nous permettra de refaire nos forces. Nous en aurons besoin sur la rive orientale où nous aborderons prochainement. D'après ce que j'ai entendu dire hier au camp d'arrivée, nos chefs se méfient des Grecs. Ils n'entendent pas s'attarder longtemps sous leurs murailles.

— La défiance doit être réciproque puisque, dans leur ensemble, les Francs n'ont pas reçu l'autorisation d'habiter à l'intérieur de la ville. On ne les y admet que par petits groupes, puissamment encadrés... Nous imaginions tout autre l'accueil de nos frères d'Orient. C'est une déception pour beaucoup.

— Que voulez-vous, les Nouveaux Romains nous considèrent comme des barbares ! De notre côté, nous estimons qu'ils sont efféminés et leurs mœurs nous paraissent dégénérées quand nous les comparons à celles qui faisaient la grandeur de l'ancienne Rome !

Landry approuva.

— Eh bien, tant pis ! reprit-il. Ce n'est pas non plus Constantinople que nous sommes partis délivrer, mais Jérusalem, et ce désappointement ne change en rien nos intentions. En attendant de reprendre la route, je suis tout de même bien content de notre hébergement. Quand je songe à la manière dont nos compagnons sont parqués sous de simples tentes dans le cloître ou aux alentours du monastère comble qui nous était assigné comme asile, je me dis que nous vous devons une fière chandelle ! Ce qui n'est guère charitable, je le reconnais !

Son sourire, son innocence, sa satisfaction évoquaient le jeune chiot qu'il restait encore à demi.

— Mon seul regret, ajouta t-il en s'assombrissant soudain, est que notre père ne voie rien de tout cela !

D'un geste large, il désignait le jardin, la grande maison dont on apercevait, au-delà des massifs de fleurs et d'arbres toujours verts, la façade de marbre avec ses frises, ses corniches à feuilles d'acanthe ornant les deux étages jusqu'à la coupole dorée qui la surmontait, mais aussi, plus loin, la ville, la ville tout entière...

La veille au soir, durant la traversée de Constantinople, qu'il avait faite sur le bai de Norvège si cher à Garin, les autres chevaux étant restés dans les écuries du monastère, Landry n'avait cessé de s'émerveiller. Si l'accueil des habitants de l'éclatante cité lui avait semblé un peu froid, les splendeurs architecturales entrevues dépassaient tout ce que ses rêveries les plus chimériques lui avaient laissé supposer.

— Un endroit comme celui-ci, jamais, mon oncle, jamais je n'aurais cru qu'il pût en exister de semblable sur terre. Au ciel, bien sûr, il est des demeures célestes aux beautés encore plus éblouissantes... mais, ici-bas, je ne pensais pas que c'était chose possible. Une ville si grande, si belle, si puissante, si peuplée, si riche...

— Vous n'êtes pas le premier a être pareillement enthousiasmé par Byzance, mon garçon ! Elle n'a jamais cessé de séduire, d'enchanter ceux qui l'ont fréquentée... du moins au premier abord. Car cette cité admirable est aussi cruelle qu'elle est fascinante. C'est le lieu de tous les contrastes : les richesses les plus inouïes s'y entassent en provenance du monde entier, alors que, dans les taudis des ruelles puantes du port, de misérables créatures crèvent de faim sur des paillasses pourries. On y parle de théologie à tous les coins de rue, mais les criminels y pullulent. L'empereur se dit représentant du Christ et gouverne en son nom, mais une grande partie de ses prédécesseurs sont morts assassinés d'atroce façon. On s'y veut pieux et respectueux des choses sacrées jusqu'à la superstition, mais, pour une place à l'Hippodrome, on s'y bat durant les courses de chars avec une violence insensée . et les prostituées y sont plus nombreuses que nulle part ailleurs ! Voyez-vous, Landry, Byzance elle-même est une hétaïre ! Sous ses voiles de pourpre et d'or, sous ses perles et ses pierreries, elle dissimule des faiblesses, des tares, des vices, des tragédies, des fureurs immenses.

— Mais elle est sainte ! Ne m'avez-vous pas dit hier qu'on y dénombrait plus d'églises que de jours dans l'année, dont une bonne soixantaine dédiées à la Vierge Marie ?

— Enfant que vous êtes ! Les églises, les chapelles, les monastères qui sont légion ici, il est vrai, ont parfois été élevés pour le rachat d'une faute ou d'un crime, ou pour adresser au ciel une supplique durable, le plus souvent pour tenter d'obtenir ainsi son salut, mais en réalité, n'est-ce pas également par orgueil ? Oh ! un orgueil voilé de piété, cela s'entend !

Landry cassa un rameau de poivrier et s'en éventa sans plus rien dire. Il n'aimait pas qu'on détruisît ses rêves... En dépit des propos de son oncle, il ne cessait de comparer en esprit Chartres, si chétive, si mince cité, avec la métropole radieuse dont rien ne pourrait jamais détruire le prestige à ses yeux.

La porte de la petite maison s'ouvrit. Berthe la Hardie, suivie de ses petites-filles et d'Albérade, parut sur le seuil. Par souci d'honorer leurs hôtes qui devaient les accompagner à la messe et aussi de ne pas déchoir devant ces Byzantins qu'on disait si élégants, les cinq femmes avaient revêtu leurs plus beaux bliauds. Ornés de broderies de couleurs vives au col, aux poignets, en bas de l'ourlet, ils étaient blancs pour les adolescentes, hyacinthe pour l'aïeule, vert pour la servante. Les longues nattes de Brunissen et d'Alaïs étaient tressées de rubans assortis à leur vêtement. La chevelure de Flaminia, librement épandue sur ses épaules, brillait de tous ses cuivres. Un voile léger couvrait leurs têtes.

Le soleil matinal accusait l'éclat des visages juvéniles mais aussi l'altération récente des traits de l'aïeule dont il accentuait les cernes bistres qui creusaient son regard. Berthe avait maigri, mais elle ne s'en tenait pas moins droite qu'auparavant, redressée de toute sa haute taille.

— Une litière nous attend, dit le père Ascelin après avoir salué les arrivantes.

— Ne pouvons-nous pas nous rendre à l'église à pied ? demanda Flaminia qui, depuis son réveil, s'efforçait de ne plus penser à son cauchemar et ressentait le besoin de marcher un moment.

— Non pas. Il est peu convenable pour une femme de sortir ici dans la rue sans voiture, ou, tout au moins, sans s'être enveloppée dans un voile épais. Seules, quelques servantes s'y hasardent quand elles doivent faire des achats pour leur maîtresse, répondit le père Ascelin. Les Nouveaux Romains, puisqu'ils souhaitent qu'on les nomme ainsi, pensent que le regard des hommes ne doit pas se poser sur celles qui ne sont ni leur mère, ni leur épouse, ni leur fille.

— On ne va tout de même pas jusqu'à les enfermer ! s'écria Alaïs en rougissant d'indignation.

— Bien sûr que non ! Les appartements féminins, appelés ici gynécées, ne sont nullement clôturés comme chez les musulmans. Les femmes n'y sont pas recluses non plus. Elles sont libres, à Byzance. La loi, beaucoup plus large à leur égard depuis Justinien que dans l'ancienne Rome, les considère comme les égales des hommes. Elles disposent de droits importants et peuvent gérer leurs biens comme elles l'entendent.

— Pourquoi, alors, ne pas les laisser sortir à leur guise ? s'enquit Brunissen. Hier, en soulevant à demi les rideaux de notre litière, j'avais remarqué que les fenêtres donnant sur la rue étaient toutes grillagées et la foule presque uniquement composée d'hommes. Cela m'avait intriguée.

— C'est une simple question de convention et de bienséance, ma fille, rien de plus, répondit le prêtre. La basilissa[1] elle-même s'y soumet. A l'Hippodrome, par exemple, elle assiste aux courses de chars à travers un grillage aux mailles serrées. Il faut un événement extraordinaire, comme son couronnement ou ses couches, pour qu'elle se montre en public.

— L'impératrice, passe encore, admit Berthe la Hardie. Mais empêcher de simples commères de sortir ou de se promener librement est révoltant !

— Les coutumes étrangères nous paraissent toujours surprenantes, dit le père Ascelin en riant. Il est cependant nécessaire de s'y conformer si on tient à se conduire convenablement. Sachez toutefois que dans ce pays, les femmes ne vont pas en prison. Ce qui n'est pas un mince avantage ! En cas de faute, on se contente de les mettre au couvent... Quant à vous, dites-vous bien que, tout à l'heure, dans l'église où nous nous rendons, vous serez séparées de nous. Une galerie vous y est réservée.

— Décidément, ces gens de Byzance, tout romains qu'ils se veulent, sont bien des Grecs schismatiques, dit Brunissen. Heureusement que Dieu demeure le même pour tous !

1. Basilissa : impératrice.

— Leurs façons de prier vont sans doute vous déconcerter, mais les chrétiens sont toujours des chrétiens, conclut le notaire épiscopal. En définitive, face aux infidèles, cela seul importe.

Le petit groupe se dirigea vers l'allée de palmiers au bout de laquelle se trouvait la porte que le maître parfumeur leur avait indiquée la veille comme donnant sur la rue la plus proche.

— Par ma sainte patronne, vous ne m'empêcherez pas de trouver curieux que la belle-fille de maître Daniélis ne soit pas venue, au moment de notre arrivée, nous saluer en personne comme s'y sont conformés les autres membres de sa famille, dit Berthe avec son franc-parler habituel. Nous avons fait la connaissance de ses fils, de sa nourrice, de sa sœur de lait, mais pas de la maîtresse du logis elle-même. C'est étrange, ne trouvez-vous pas ?

— D'après ce que m'a dit Théophane Daniélis, dame Icasia est souffrante. Elle garde la chambre.

— Je ne me porte pas fort bien, moi non plus, mais cela ne m'aurait pas détournée de mon devoir d'hôtesse si j'avais été à sa place, grommela la parcheminière en haussant les épaules. S'il fallait toujours s'écouter, on passerait son temps à se dorloter au lit ! Ces Grecs sont mous et sans véritable courage. C'est tout à fait ce qu'on m'avait dit !

— Ne jugez pas si vite, dame Berthe. Vous parlez de gens que vous ne connaissez pas encore. Attendez de vous faire une opinion personnelle. Vous n'êtes pas femme à vous laisser influencer par des racontars, que je sache ! Je puis vous assurer que les habitants de ce pays ne manquent pas de vaillance lorsque c'est nécessaire. Il est également vrai qu'ils n'ont pas le culte des vertus guerrières poussées au même degré que chez nous. Ils préfèrent toujours un traité à un combat hasardeux ou une négociation adroite à une bataille incertaine.

La mère de Garin ne répondit pas. Elle sentait s'éveiller en elle la souffrance qui l'habitait à présent si souvent. De colère, elle serra les lèvres. Elle tenait à se rendre à Sainte-Irène, l'église la plus proche, mais avant même d'atteindre la rue, tordue par la douleur, elle dut s'asseoir sur un banc de pierre, près de la porte.

Ses petites-filles et sa servante l'entourèrent. Brunissen lui fit respirer un flacon de senteur qu'elle conservait toujours dans son escarcelle. Flaminia lui essuya le visage avec un linge dont elle ne se départait plus. Alaïs et Albérade la soutenaient.

Ce fut à ce moment que Théophane et Andronic Daniélis sortirent des thermes où ils venaient de faire leurs ablutions, suivies d'un savant massage exécuté par des serviteurs spécialement formés à cet usage. Les cheveux et la barbe parfumés, vêtus de tuniques de soie teintes de nuances délicates et surbrodées de motifs symétriques encadrés de cercles ornementaux représentant des plantes et des animaux affrontés, les deux hommes offraient l'image d'un monde parvenu à son plus extrême raffinement. Découvrant le groupe formé par leurs invités, ils se dirigèrent vers eux. Le père Ascelin se porta à leur rencontre.

— Dame Berthe vient d'être prise d'un nouveau malaise, dit-il en latin à ses hôtes. Je crains qu'elle ne puisse se rendre à la messe en notre compagnie.

— Nous allons lui envoyer des servantes, répondit le maître parfumeur dans la langue employée par son interlocuteur.

Flaminia, qui ne s'était jamais autant félicitée d'avoir appris le latin grâce à son oncle, se mêla à la conversation.

— Ne vous donnez pas cette peine ! s'écria-t-elle. Je resterai ici avec ma grand-mère. Je sais m'occuper d'elle. Vous autres, allez à l'église sans nous. Dieu, qui nous voit, nous pardonnera cette absence forcée.

Sa voix vibrait d'émotion. Encadré de ses cheveux d'or rouge, son visage rayonnait. Ses prunelles évoquaient les yeux de mosaïques de la Vierge Théotokos à Sainte-Sophie...

— Nous avons parfois recours aux soins d'un guérisseur arabe que la nourrice de ma belle-fille tient en haute estime, dit Théophane Daniélis. Je pourrais l'envoyer chercher.

Dès que le père Ascelin eut traduit à Berthe la Hardie la proposition qui lui était faite, elle se récria.

— Un Arabe ! Un mécréant ! Un futur damné ! Jamais.

Nous faisons partie de la gent Notre-Seigneur partie pour délivrer le saint sépulcre de ces malfaisants. Pour rien au monde je n'accepterai d'être approchée par un représentant de cette espèce maudite !

En écoutant la traduction des propos de la malade, le maître parfumeur la considéra avec étonnement.

— Nous autres, chrétiens de l'Église d'Orient, sommes moins partiaux que vous, à ce que je vois, remarqua-t-il. La situation de l'Empire entre l'Occident et l'Orient nous a habitués à frayer avec tant de races et de populations que la plupart d'entre nous n'éprouvent plus aucun préjugé à l'égard des étrangers, d'où qu'ils viennent. Il suffit qu'ils se convertissent au christianisme pour être aussitôt admis comme citoyens romains. Une fois baptisés, ils font partie de notre État au même titre que s'ils y étaient nés.

— Il y a donc des Sarrasins qui se convertissent ? demanda Brunissen avec surprise.

— Il y en a peu, je vous l'accorde, mais il s'en trouve tout de même quelques-uns. Le guérisseur dont je viens de parler est de ceux-là, expliqua Théophane Daniélis.

— Dans ces conditions, reprit le père Ascelin, nous pourrions peut-être lui demander de venir soigner dame Berthe.

Dès qu'elle su quel projet on formait pour elle, la mère de Garin secoua la tête.

— Il sera toujours temps d'avoir recours à lui si la bonne nature, avec l'aide de Dieu, n'agit pas en ma faveur, trancha-t-elle. En attendant, allez, vous autres, allez prier pour moi. Toi aussi, Albérade. Je vais retourner à la maison avec Flaminia. La nourrice de votre belle-fille, messire Daniélis, m'a donné hier soir un breuvage qui m'a permis de dormir en paix. Si elle pouvait passer me voir de nouveau...

— Je vais la chercher, intervint alors Andronic lorsqu'il eut compris les derniers mots de Berthe la Hardie. Partez sans moi suivre la messe à Sainte-Irène. Je vous y rejoindrai sans tarder.

La parcheminière et sa petite-fille s'en revinrent à pas comptés à travers le jardin. Dans la perspective d'une allée, elles aperçurent un bassin de marbre blanc dans l'eau duquel poussaient à foison des lotus qu'Andronic leur avait signalés au passage, la veille. Elles n'avaient jamais vu ces mystérieuses fleurs charnues importées à grands frais d'Égypte et s'arrêtèrent un instant pour les admirer tout en ménageant un bref repos à Berthe. De la couleur même de la crème du lait, nuancés de rose carminé, les boutons turgescents, gonflés de sucs, et les larges coupelles aux pétales cireux surmontés d'étamines dorées se balançaient mollement à plus d'une coudée au-dessus de la surface transparente. Leurs feuilles drues, d'un vert émeraude, épaisses, luisantes, achevaient de donner à ce luxuriant bouquet aquatique on ne savait quoi de charnel qui troubla Flaminia...

Un peu plus loin, des bouffées de jasmin leur parvinrent, si violentes que les deux femmes éprouvèrent l'étrange impression d'être frôlées au passage par une créature invisible, divinement parfumée.

— Que ce pays est séduisant, qu'il sent bon ! soupira l'adolescente. Chez nous, il n'y a pas de senteurs comparables !

— Mais si, ma petite fille, mais si... Souvenez-vous des aubépines et des genêts en mai, des tilleuls en juin... Que les charmes de la nouveauté ne vous fassent pas renier les douceurs de notre coin de terre... Ici même, tout n'est pas aussi plaisant que dans ce jardin. Hier soir, au pied des remparts, ce n'étaient pas odeurs de fleurs qui dominaient.

Berthe la Hardie s'efforçait de parler avec naturel, mais ses entrailles la torturaient et elle se mit à hâter le pas.

Parvenue à la petite maison, elle dut se précipiter sur la seille qui se trouvait dans la chambre qu'elle occupait avec Albérade. Elle s'aperçut alors, pour la première fois, que du sang tachait son linge.

— Mon mal est plus grave qu'une simple colique, reconnut-elle en s'asseyant sur son lit auprès de Flaminia. Je crois bien avoir attrapé ce flux de ventre dont beaucoup de nos compagnons ont souffert depuis notre départ. Si je veux arriver à Jérusalem, il me faut demander aide et secours au Seigneur afin qu'Il me tienne en sa sainte garde.

Là-dessus, elle se mit à égrener son chapelet de buis avec une sorte de ferveur violente et confiante à la fois qui fit penser à Flaminia que sa grand-mère entendait, par l'ardeur de ses oraisons, forcer Dieu à l'écouter puis à l'exaucer... Le cœur serré, la jeune fille suivit l'exemple qui lui était offert et commença à réciter des prières jaculatoires.

Par la fenêtre ouverte, qui ne comportait pas de grillage puisqu'elle donnait sur le jardin, les deux femmes virent bientôt s'approcher Andronic Daniélis en compagnie de Morphia dont la marche était ralentie par la goutte.

— Comme cet homme est beau, remarqua Berthe avec une sorte de nostalgie où s'attardaient quelques souvenirs. Beau et avenant. Mais comme il a l'air nerveux, tourmenté sous ses apparences de bonne compagnie. On dirait d'un cheval trop étroitement enrêné!

Flaminia leva les yeux, mais demeura silencieuse.

La nourrice pénétra la première dans la pièce. Comme elle parlait grec et n'entendait rien au latin, Andronic servit d'interprète. Il s'exprimait parfaitement dans une langue classique très proche de celle que les enfants du parcheminier avaient apprise eux aussi.

Quand Morphia eut connaissance de ce qui venait de se produire, elle fit la grimace, grommela quelques mots qui ne furent pas traduits, puis posa une question.

— Elle voudrait voir les urines de la malade, expliqua Andronic.

— Ma grand-mère n'en a pas gardé, répondit Flaminia. Mais je pourrai en porter dans peu de temps à la grande maison...

Tout en parlant, l'adolescente pensait qu'il était fort étrange d'avoir une pareille conversation avec un inconnu qui paraissait aussi gêné qu'elle.

— A mes heures de liberté je m'occupe d'un hôpital fondé par Alexis Comnène, notre basileus, reprit son interlocuteur dans l'intention de donner du liant à leurs propos. C'est un établissement très important, situé près de la Corne d'Or. Il peut contenir jusqu'à sept mille patients. On ne s'y occupe pas seulement des malades mais aussi des soldats blessés, des aveugles et des orphelins. Je pourrais y faire transporter votre grand-mère. Elle y serait beaucoup mieux soignée que nous ne parviendrons jamais, malgré tous nos efforts, à le faire ici.

— Dieu Seigneur ! Elle n'y consentira à aucun prix ! On ne pourrait la conduire là-bas que réduite à la dernière extrémité ! répondit Flaminia avec feu. Bien qu'elle ne soit plus jeune, elle est restée fière et courageuse. Elle serait capable d'en remontrer à des femmes de vingt ou trente ans ! Sur mon salut, c'est la créature la plus vaillante que je connaisse !

— J'en suis convaincu.

— Je l'aime beaucoup. Entre nous deux, il y a toujours eu une entente instinctive. Nous nous comprenons sans même parler. Nous sommes de la même espèce : celle des lutteuses !

La nourrice intervint en quelques phrases d'un grec très rapide, salua, tourna les talons et sortit. La portière retomba derrière elle avec un bruit mou.

— Morphia va quérir du sel de Jamblique dilué dans du bouillon de poule, traduisit Andronic, mais elle pense que seul un médecin pourrait soigner convenablement la malade.

— Votre père avait parlé d'un guérisseur arabe...

— Je ne suis pas certain qu'il suffise. Je connais à l'hôpital un maître arménien réputé. Je puis aller le trouver et lui demander de venir visiter votre grand-mère. D'ordinaire, il ne se déplace guère, mais il nous connaît bien, mon père et moi. Il fait partie de nos clients. Nous lui vendons de l'origan, du poivre des Indes, de l'anis, de la myrrhe et du baume d'Arabie, du camphre d'Asie, de l'aloès de Chine et beaucoup d'autres substances qui entrent dans la composition de ses remèdes.

— Que ces noms sont beaux : on dirait que vous récitez une litanie bienfaisante... Mais, chez vous, les parfumeurs vendent donc aussi des épices ?

— Bien sûr. Il n'en est pas de même dans votre pays ?

— Non pas. A Chartres, ce sont les épiciers qui vendent des parfums.

Oublieux durant un instant de la raison de leur entretien, ils éclatèrent ensemble du même rire amusé. Leur joie fut brève. L'expression douloureuse et surprise qu'ils lurent aussitôt sur le visage crispé de Berthe les ramena à la réalité. Elle était parvenue à taire ses souffrances durant cet échange de propos en latin, incompréhensibles pour elle, mais un gémissement avait fini par lui échapper.

Flaminia se précipita vers elle.

— La nourrice est allée chercher un remède qui vous soulagera, dit-elle en posant une main caressante sur le front couvert de sueur. Toutefois, si ce breuvage ne suffisait pas à calmer vos douleurs, messire Andronic Daniélis propose de se rendre auprès d'un docte maître en médecine de sa connaissance, dont la science, à ce qu'il dit, est des plus réputées...

Elle se retourna pour prendre leur hôte à témoin, mais s'aperçut qu'il était sorti pendant qu'elle s'adressait à sa grand-mère.

Peu de temps après, Morphia revint. Elle portait un petit pot en grès rempli d'un liquide ambré et un bol de faïence.

Les deux femmes aidèrent Berthe à boire la préparation dont le bouillon fumait encore. Une fois son service terminé, sans un mot, la nourrice repartit.

— Il nous faut remercier le Seigneur de nous trouver ici, remarqua Flaminia. Vous allez être mille fois mieux soignée que vous n'auriez pu l'être dans nos campements, le long des routes.

— Je ne sais pas quelle mauvaiseté j'ai attrapée, dit l'aïeule, mais ce que je sais, c'est que je n'ai nullement l'intention de me laisser réduire à merci par un flux de ventre ! Je vais me comporter de façon que le Seigneur se voie obligé d'ajouter Son propre secours aux efforts que j'accomplirai. A nous deux, rien ne nous résistera ! Je tiens à être de ceux qui verront Jérusalem !

Berthe fut interrompue dans sa déclaration de guerre à la maladie par le retour de sa famille. La messe était finie et chacun commentait les différences constatées entre le culte oriental et celui d'Occident. Cependant, dès que tout le monde se retrouva groupé au chevet de la malade, ce fut de sa santé qu'on s'inquiéta d'abord. Le remède de la nourrice aidant, Berthe assura se sentir un peu mieux et beaucoup moins souffrir.

Une fois rassuré sur l'état de sa grand-mère, Landry tint

à rapporter aux siens les nouvelles que certains compagnons, rencontrés après la messe, lui avaient apprises.

— Il paraît que les armées croisées parvenues à Constantinople avant nous, et il y en a qui sont sur place depuis plusieurs mois, ne nous ont pas attendus pour franchir le bras de mer qui nous sépare de la rive orientale, lança-t-il. Elles campent en un lieu appelé Pélékan. Il y a là-bas une force considérable. On n'attend plus que nous pour marcher sus aux Sarrasins et gagner la Terre sainte ! Sur mon âme, en dépit de toutes les merveilles de cette cité sans pareille, je refuse de m'attarder plus longtemps entre ses murs !

— Par le Dieu de Vérité, prenons le temps de souffler un moment avant de repartir ! s'exclama Flaminia avec irritation. Grand-mère a besoin de soins qu'on ne peut lui donner que dans une ville pourvue de médecins et d'hôpitaux. Disons-nous bien aussi qu'après la guérison, il lui faudra du repos.

— Ne parlons pas sans savoir, conseilla alors Brunissen de sa voix chantante. Les bruits les plus contradictoires circulent. Nous ignorons ce qu'ont décidé ceux qui nous dirigent. Pour connaître leurs intentions, attendons le retour du père Ascelin qui est parti, dès la fin de l'office, s'informer au monastère où campe une partie des nôtres. Il espère y voir le légat du pape, Monseigneur de Monteil, évêque du Puy. On raconte que ce prélat est revenu de l'autre rive pour s'entretenir en personne avec le duc de Normandie et le comte de Blois. Ils devraient tous trois être reçus ce jourd'hui par Alexis Comnène. L'empereur témoigne un grand respect à l'égard du légat pontifical, chef des armées croisées. C'est du moins ce qu'il semble. Mais que savons-nous des véritables desseins de cet autocrator grec ? La sagesse est de patienter sans chercher à influencer ni à deviner l'avenir.

— Vous êtes trop raisonnable, ma sœur ! Moi aussi, j'ai envie de reprendre la route ! avoua Alaïs en souriant à son frère.

Il était le seul à qui elle eût osé confier l'admiration émerveillée que lui avait inspiré Bohémond de Tarente. Après une rencontre fortuite lors d'une étape, sur le pénible trajet qui les avait amenés à Byzance, la plus jeune fille de Garin le Parcheminier ne rêvait plus que de cet aventurier de quarante ans. Comme tant d'autres femmes de tous âges et de toutes conditions dont il peuplait les songes, il avait subjugué Alaïs, sans même le vouloir, sans même le savoir... Il était reparti bien avant les armées franques, lui le Normand de Sicile qui menait son destin à sa guise, mais il galopait toujours dans la tête de l'enfant blonde... Elle l'avait vu passer, à l'aube d'un matin de marche, sur le chemin tortueux d'une montagne sauvage. La façon dont il avait enlevé son cheval pour franchir un torrent, le grand rire de ce colosse blond et superbe l'avaient éblouie. Bien après que les éclats de sa gaieté eurent retenti puis rebondi d'écho en écho à travers les combes encaissées, l'adolescente était restée sous le charme, ensorcelée... En un instant, Bohémond était devenu pour elle le preux exemplaire, comme Roland, le neveu de Charlemagne, dont la chanson était sur toutes les lèvres, dans tous les cœurs.

Le père Ascelin ne revint qu'assez tard dans la journée.

— L'effervescence est grande dans notre camp, dit-il après s'être informé de l'état de santé de Berthe la Hardie. En dépit de la très bonne entente entre nos chefs et l'empereur, armées et pèlerins francs piaffent comme des chevaux avant le départ pour la chasse. Étienne de Blois a beau s'extasier sur les mérites du basileus, sur la manière princière dont il l'a reçu au Palais, il ne convainc personne. Les splendeurs de Constantinople, ses richesses, non plus que ses très saintes reliques ne suffisent pas à ralentir le zèle de nos compagnons, ni à briser leur élan. Ils ne rêvent toujours que de Jérusalem et ne parlent que du retard que nous avons déjà pris sur les autres troupes croisées. On prétend que certaines d'entre elles auraient déjà attaqué la ville de Nicée.

— Par la Croix, ils ont bien raison ! approuva Landry. Je suis des leurs !

— Vous êtes tous devenus fous ! s'écria Flaminia. La plus élémentaire sagesse ne veut-elle pas que nous restions ici quelque temps pour nous remettre des tribulations du voyage avant d'aller affronter les Sarrasins ? Pourquoi tant de précipitation ?

— Parce que nous n'avons pas quitté nos foyers et

notre pays pour nous endormir dans les délices de la nouvelle Capoue ! répondit Brunissen, avec ce mélange d'ardeur secrète et de raison qui la caractérisait. Nous vous croyions plus ardente, ma sœur, à vouloir poursuivre vers le saint sépulcre une marche que vous avez entreprise avec tant de fougue. Moi, je partage l'avis des autres pèlerins et suis désireuse de partir dès que la santé de grand-mère nous le permettra.

— J'ai pu, grâce à Dieu, rencontrer au milieu de la cohue notre ami Foucher de Chartres, continua le père Ascelin après avoir écouté son neveu et ses nièces. Il est toujours très bien informé et ne parle pas à la légère. D'après lui, nous n'allons pas nous attarder longtemps en cette place.

— Vous n'avez donc pas eu la possibilité d'aborder comme vous le souhaitiez le légat du pape ? demanda Brunissen.

— Il était déjà reparti pour Pélékan. Par chance, Foucher s'était entretenu un bon moment avec lui. D'après Monseigneur du Puy, seules les cérémonies de prestation d'hommage, et le temps nécessaire à l'équipement des troupes grecques qui accompagneront les nôtres sous le commandement d'un certain général Tatikios, nous obligent à attendre encore un peu.

— Des soldats grecs vont donc se joindre aux croisés ? s'enquit Landry, méfiant. Avons-nous besoin de renforts, et surtout de renforts aussi peu valeureux ? Ne sommes-nous pas assez nombreux et assez vaillants pour lutter contre ces chiens de mécréants ? Par ma foi, je ne vois pas ce que ces Grecs peuvent nous apporter que nous n'ayons de par nous !

— En mésestimant le courage de nos alliés qui se battent depuis des lustres sur toutes leurs frontières contre des ennemis innombrables et sans cesse renaissants, vous faites preuve d'ignorance et d'injustice, Landry, reprit le père Ascelin avec fermeté. Vous l'ignorez sans doute, mais les soldats grecs ont subi de telles pertes depuis le début de ce siècle que les empereurs successifs, faute de pouvoir continuer à enrôler leurs propres sujets qui faisaient défaut, ont dû engager sous leurs étendards de plus en plus de mercenaires. Il n'y a pas jusqu'à leurs pires ennemis de la veille qu'ils n'aient été amenés à payer à prix d'or pour obtenir leurs services. Ces guerriers stipendiés sont devenus une des plaies de l'Empire, mais le basileus ne peut se passer d'eux.

— Si ce sont des mercenaires qui défendent les Grecs, il n'est pas surprenant que les Sarrasins les aient écrasés il y a déjà plus de vingt ans, à ce que je me suis laissé dire ! Cette défaite au nom imprononçable les a forcés à abandonner la Romanie, et a conduit les infidèles à quelques journées de marche du Bosphore. Il n'y a vraiment pas de quoi se vanter !

— Ne jugez pas de façon si tranchante des faits et des coutumes qui vous sont mal connus, mon neveu. Vous risquez de vous tromper du tout au tout. Contrairement à ce qu'on se complaît à répéter parmi nous, les Grecs sont de bons soldats et leur armée, toute composite qu'elle soit, tient en respect les barbares aux frontières comme le long des côtes. Les batailles continuelles qu'il leur a fallu livrer sur terre et sur mer les ont conduits à élever les fortifications les plus sûres qu'on puisse concevoir. Leur flotte de guerre s'est imposée comme la plus nombreuse et la mieux équipée de toute la Méditerranée. Vous vous apercevrez aussi, en les voyant à l'œuvre sur le terrain, que leurs armes et les nombreuses machines qu'ils ont inventées pour combattre et assiéger leurs adversaires sont souvent plus ingénieuses que les nôtres. Il ne faut pas oublier, enfin, qu'ils détiennent le fameux feu grégeois dont la composition, jalousement gardée, reste leur plus sûre défense !

Landry secoua la tête comme un cheval harcelé par des taons.

— Tout cela est bel et bon, reprit-il, obstiné, mais vos Grecs laissent à des étrangers, pire, à d'anciens ennemis, le soin de se battre en leur lieu et place ! Et, Dieu me pardonne, contre monnaie sonnante et trébuchante ! Non, non, mon oncle, vous ne me convaincrez jamais, malgré la supériorité possible de leurs armements, que la valeur guerrière de ces Nouveaux Romains égale celle qui nous anime ! Nous, les Francs, nous sommes les soldats du Christ ! Pour Lui, nous avons tout quitté : pays, biens, amis, amours, maisons, souvenirs... sans autre contrepar-

tie que l'honneur de Le servir ! Nous méprisons l'argent
et ses séductions. Nous ne voulons avoir d'autre intérêt
que celui de la cause de Dieu !

Tout échauffé par cette gloire qu'il revendiquait avec
tant de chaleur, Landry apparut aux siens comme écla-
boussé de lumière. Il se tourna vers sa grand-mère, qui
s'était redressée sur un coude et l'écoutait avec fierté, en
silence. Il se dirigea vers elle et mit un genou en terre
devant sa couche.

— Je comptais vous en parler un peu plus tard, reprit-
il, mais j'éprouve dès à présent le besoin de vous le dire. Il
me semble que je dépérirais s'il me fallait attendre
davantage. J'ai l'intention de quitter la troupe des pèlerins pour demander à porter les armes dans l'ost du
comte de Blois qui est notre suzerain. Puisque mon père
est mort et que notre oncle est prêtre, je suis le seul
homme de la famille à pouvoir livrer combat. Je le ferai
pour Dieu et pour notre salut à tous !

Berthe ferma un instant les yeux, soupira, mais rouvrit
très vite les paupières sur un regard bleu et brillant.

— Soyez béni, dit-elle. Vous êtes le digne fils de mon
Garin. Il n'aurait pas parlé autrement. Vous brûlez tous
deux de la même ardeur !

Des sanglots l'interrompirent. Pâle, appuyée contre le
mur de la chambre comme si elle craignait de se laisser
choir, Alaïs s'abandonnait à un chagrin qui les émut tous.
Landry se redressa d'un bond, courut vers sa jumelle, la
prit entre ses bras, la berça ainsi qu'un enfançon pendant
qu'elle pleurait sur son épaule, à grand bruit, sans
parvenir à se calmer.

— Belle douce sœur, amie, douce amie, je vous en prie
par Notre-Dame, cessez de vous chagriner... Ne saviez-
vous pas qu'un jour ou l'autre le service du Christ
m'occuperait tout entier ? Que je ne pourrais m'y refuser
sans faillir ? Tous les garçons de mon âge doivent aller se
battre contre les mécréants pour délivrer Jérusalem
livrée, souillée... Notre Jérusalem qu'il nous faut reconquérir !

— Que deviendrai-je sans vous ? murmura Alaïs sans
vouloir entendre le plaidoyer de son frère. Je ne vous ai
jamais quitté. J'ai besoin de vous...

Le père Ascelin s'était assis sur un des coffres qui les avaient suivis tout au long du voyage et que Théophane Daniélis avait fait transporter dans la petite maison. Avec son pouce et son index, il se frottait la base du nez, signe d'émotion ou de perplexité.

— Si la maladie de dame Berthe se prolonge, dit-il au bout d'un moment, nous serons sans doute amenés les uns et les autres à accepter une séparation provisoire. Elle nous coûtera beaucoup, c'est certain, mais je ne vois pas comment l'éviter. Dieu merci, nous n'en sommes pas là ! La solide nature et la détermination de dame Berthe laissent à penser que sa guérison sera prochaine. Il suffit d'attendre un peu. De toute façon, Robert Courteheuse et Étienne de Blois ne comptent pas lever le camp dans l'immédiat. Nous disposons de plusieurs jours devant nous.

— Je guérirai, affirma la malade. Nous ne nous séparerons pas !

Alaïs, qui avait cessé de pleurer, se haussa sur la pointe des pieds pour atteindre l'oreille de son frère.

— Quoi qu'il advienne, je ne vous quitterai pas, chuchota-t-elle. Je viens d'avoir une idée qui nous épargnera une insupportable séparation.

Le regard interrogatif de Landry se heurta à une mine énigmatique. Tout en essuyant d'un revers de main les larmes qui n'avaient pas encore eu le temps de sécher sur ses joues, Alaïs secoua le front d'un air entendu et mit un doigt sur ses lèvres.

— Nous en reparlerons plus tard, murmura-t-elle. Le moment venu.

La portière qui fermait la pièce se souleva, et une tête blonde, frisée, étonnée, apparut dans l'entrebâillement de la tapisserie. C'était Paschal, le second fils d'Andronic Daniélis, qui hésitait sur le seuil.

— Entre, petit, entre, lui dit en latin le père Ascelin. N'aie pas peur.

L'enfant sourit et pénétra dans la chambre.

— Mon père m'envoie vous dire qu'il a vu le médecin arménien dont il vous a parlé tantôt, dit-il lui aussi en latin. Il viendra demain matin.

— Vous le voyez, Dieu veille sur ses créatures en

difficulté, conclut le prêtre après avoir traduit la nouvelle. En de si bonnes mains, dame Berthe sera bientôt remise !

— J'ai aussi à vous demander si vous accepteriez d'assister dans trois jours aux courses de chars que Marianos, mon frère aîné, va gagner avec son talent habituel, reprit le jeune garçon d'un ton où l'on pouvait déceler une certaine jalousie admirative.

— Avec plaisir, répondit le notaire épiscopal. Nous sommes ici encore pour quelque temps, et vos courses sont célèbres et célébrées bien au-delà des frontières de l'Empire. Je pense que chacun ici sera heureux d'y assister.

Ce fut l'avis général. Qui n'aurait eu envie de découvrir un spectacle dont on parlait en effet dans tout le monde connu et dont on savait l'importance qu'il avait prise depuis des siècles à Byzance ?

Le père Ascelin remercia au nom des siens.

Flaminia s'approcha alors de Paschal. Elle aurait souhaité le prier de transmettre à son père sa gratitude personnelle, mais elle ne sut comment le lui dire. Alors, d'un mouvement spontané, elle se pencha et embrassa l'enfant sur le front.

3.

D'ordinaire si bruyante, la ville, dépeuplée de la plupart de ses habitants, paraissait ce matin-là silencieuse Chantiers, ateliers, boutiques, échoppes, tout était fermé On ne travaillait pas à Constantinople un jour de courses. C'était à l'Hippodrome que battait le cœur de la cité.

Un vacarme composé de clameurs, de vociférations, de moqueries, d'interpellations, de huées, de jactances, d'acclamations, s'élevait au-dessus des murailles de l'immense amphithéâtre, vers le ciel serein.

— Sur mon salut, on dirait que toute la population s'est rassemblée ici ! remarqua Brunissen en s'adressant à son voisin, le père Ascelin.

Sa voix se perdit dans le tumulte de la foule bariolée, cosmopolite et impatiente, qui avait pris place dans l'enceinte monumentale et entourait les invités des Daniélis.

Si les Francs n'avaient pas su qu'ils étaient venus assister à des jeux, ils auraient pu se sentir inquiets. Rien en Occident ne les avait préparés à la frénésie des spectateurs byzantins. Ni les joutes, ni la quintaine, ni les concours de tir à l'arc, ni les luttes, ni même la chasse...

Le père Ascelin songeait que, régentés par des lois strictes dans leur vie de marchands, de fonctionnaires ou de citoyens, les Nouveaux Romains se libéraient au Cirque de toutes leurs contraintes. Autour de lui, on mangeait, on buvait, on hurlait, on s'agitait, certains suppliaient à haute voix Dieu de donner la victoire à leur cocher favori, d'autres injuriaient ses rivaux ; on se jetait à la figure gaillardises, quolibets, sarcasmes, plaisanteries, impertinences... Transportées par la tiède haleine du Bosphore, des senteurs de corps échauffés, de parfums bon marché, de mangeaille fumée, salée, rôtie ou frite à l'huile, voguaient au-dessus de l'arène et se mêlaient à la forte odeur des écuries... C'était un spectacle de folie.

Sur les gradins de marbre blanc, accoudés aux barres d'appuis qui les contenaient ou bien assis sur des coussins rembourrés de feuilles et de barbes de jonc, les assistants s'interpellaient, se défiaient, brûlants qu'ils étaient de surexcitation et de chaleur.

Le soleil de mai était déjà ardent à Constantinople. Ses rayons tombaient sur les crânes, les voiles, les couvre-chefs ou les petites ombrelles des dizaines de milliers de gens qui, depuis la veille, avaient âprement disputé la place à laquelle leur donnait droit un précieux jeton d'entrée. Ils y avaient dormi, s'y étaient restaurés et se protégeaient à présent comme ils le pouvaient des ardeurs solaires.

Seul le côté noble, situé à l'est de l'Hippodrome et jouxtant les bâtiments de la résidence impériale, bénéficiait de la protection d'un ample vélum de soie frissonnant au souffle de la brise venue de la mer. En son centre, la loge du basileus, le Cathisma. Prolongement architectural du Palais sacré, auquel le reliait un escalier intérieur à vis, dissimulé aux yeux de tous, il dominait l'arène de plusieurs étages. Supporté par de hautes colonnes, entouré de murailles fortifiées, isolé, précédé d'une plate-forme où se posterait la garde impériale, le Cathisma ressemblait davantage à un donjon qu'à une tribune de courses, même officielle.

Une galerie promenoir, encombrée de statues antiques, surmontait tout autour de l'amphithéâtre les gradins où s'entassaient les spectateurs.

— Si nous en trouvons le temps entre les courses, proposa Théophane Daniélis à ses amis, je vous conduirai admirer, du haut de cette galerie, la vue qu'on a sur notre ville : toits argentés, palais enfouis dans des jardins dignes de l'Éden, coupoles rutilantes, rues secrètes, la

Mesê décorée de portiques innombrables, les arcs de triomphe, les statues de bronze ou de marbre et, dominant ces merveilles, Sainte-Sophie. Sainte-Sophie et ses dômes célestes qui couronnent Byzance de diadèmes d'or ! C'est une vision éblouissante !

Sans monter jusqu'à cet endroit privilégié, le spectacle offert par l'Hippodrome était déjà saisissant. De chaque côté du Cathisma, profitant aussi de l'ombre dispensée par le vélum, s'alignaient les factions. Les Bleus à droite, les Verts à gauche. Également à l'abri puisque la fête était donnée en leur honneur, avaient pris place, le duc de Normandie, cramoisi et transpirant, le comte de Blois, digne et souriant, leurs barons et les principaux dignitaires de la cour d'Alexis Comnène. S'y ajoutaient quelques invités favorisés, dont les Daniélis et leurs amis francs. Leurs places avaient été réservées, ce qui leur avait permis d'éviter l'énervement d'une trop longue attente. Les princes et leur suite, la diversité si surprenante des costumes provenant de toutes les provinces de l'Empire, la foule des citadins aux vêtements multicolores, la richesse des broderies portées par les courtisans, les dorures, l'éclat des lourds bijoux d'or couverts de gemmes, la chute cassante et cependant douce des tissus de soie, tout ce chatoiement, où trésors de l'Orient et faste de l'Occident se confondaient, composait le plus éclatant des tableaux.

Les filles et le fils du parcheminier ouvraient de larges yeux sur un monde insoupçonnable quelques semaines plus tôt. En dépit de leur fierté, ils ne parvenaient à dissimuler ni leur admiration ni leur étonnement.

— Je croyais cet Hippodrome rond comme le Colisée que nous avons vu au passage à Rome, chuchota Alaïs, assise entre son frère et le maître parfumeur.

— Eh non, mon enfant ! L'empereur Septime Sévère, qui l'a fait édifier, a été obligé de tenir compte de la conformation du terrain, répondit Théophane Daniélis. Notre ville est bâtie sur un éperon rocheux au sol accidenté. Aussi est-ce à main d'homme que l'on a dû créer une surface plane pour y construire cet amphithéâtre. Il a fallu élever des piliers et prévoir de solides voûtes pour supporter le poids de la terre transportée jusqu'ici, puis inventer une nouvelle configuration pour ce Cirque hors du commun. Coincé entre l'emplacement réservé au Palais impérial et le relief têtu de notre promontoire, l'architecte a adopté l'unique forme possible : un long ovale dont la façade donne, comme vous l'avez vu, sur la place de l'Augusteon. Par ailleurs, notre Hippodrome est contigu à la chapelle palatine de Saint-Etienne-de-Daphné où, pour ne pas être vue du public, se tient, durant les courses, la basilissa.

— Mais les autres femmes et même les nobles sont bien venues ici, remarqua Brunissen, et elles ne portent pas toutes le voile. Il s'en faut même de beaucoup !

— Ce lieu étant fermé, nos coutumes admettent que puisse y régner une certaine liberté d'allure pour celles qui assistent aux courses, expliqua Théophane Daniélis en riant. Bien entendu, c'est là pure hypocrisie !

Des airs de cithare interrompirent le maître parfumeur. Leurs harmonies parvinrent à apaiser le tapage qui emplissait l'amphithéâtre.

— Voici les démarques, reprit Théophane Daniélis au bout d'un moment. Ce sont les organisateurs des jeux et les chefs des deux factions rivales que vous voyez sur les gradins. A l'origine, elles étaient quatre : les Bleus, les Blancs, les Verts et les Rouges. Mais les Blancs et les Rouges, plus faibles, ont peu à peu été incorporés aux deux autres.

Les démarques sortaient des Carceres, bâtiment qui fermait le Cirque au nord. C'était une longue bâtisse surmontée d'une tour à chacune de ses extrémités. En son milieu, une troisième tour s'élevait au-dessus de la voûte qui permettait de passer de la cour précédent les écuries à l'arène. Un quadrige de bronze couronnait l'ensemble et ses coursiers solaires dressaient leur beauté parfaite sur l'azur vibrant. Derrière les murs de pierre blonde, les chars attelés de quatre chevaux, les véritables quadriges, bien vivants ceux-là, attendaient le signal du départ.

— En l'honneur des seigneurs francs que nous recevons aujourd'hui, dit encore le maître parfumeur, vous ne verrez que des courses de chars à quatre chevaux. D'ordinaire, on commence par les biges, qui n'en comportent que deux.

Toutes les têtes s'étaient tournées vers les deux hommes aux cheveux courts, à la barbe taillée avec le plus grand soin, qui venaient d'apparaître. De taille moyenne, très bruns, ils avaient l'un et l'autre un type grec prononcé. Sur leurs tuniques de lin blanc, ils portaient des écharpes aux couleurs de leurs factions respectives. Chacun d'eux gagna sa travée et salua les siens d'un triple signe de croix. Des acclamations jaillirent, louanges entonnées à pleine voix par les chantres, soutenues par les accords des orgues en argent, des cymbales et des flûtes de l'orchestre.

Puis, brusquement, un grand silence tomba sur les gradins.

Un autre personnage, vêtu de soie blanche décorée de bandes de pourpre, pénétra dans la loge impériale.

— Voici à présent l'actuarios, murmura Théophane Daniélis. C'est le régisseur du Cirque.

D'un ample geste protocolaire, fixé par le cérémonial de la fête, le nouveau venu adressa aux assistants le salut dit « de bon augure ». Aussitôt, les factions reprirent le récitatif des louanges adressées à la Sainte Trinité, à Dieu, au Christ, à la Vierge Théotokos, à l'empereur Alexis ainsi qu'à l'impératrice Irène, son épouse, tous deux bénis par le Seigneur.

Succédant à ces glorifications, le roulement brutal des tambours, le rythme saccadé des cymbales et des tambourins, les sonneries déchirantes des timbales et des trompes de cavalerie éclatèrent au-dessus des têtes frémissantes.

Des soldats de la garde impériale, aux courtes tuniques multicolores, aux cuirasses d'or, firent alors leur apparition dans l'arène. Ils étaient armés de haches d'armes à double tranchant, d'arcs en bois d'olivier munis de cordes de soie, de longues lances aux bouts ferrés triangulaires et de boucliers ronds. Certains d'entre eux faisaient flotter à bout de bras, d'un air martial, des bannières, des oriflammes, des étendards aux teintes bigarrées. Ils rejoignirent les degrés conduisant à la plate-forme surélevée par des piliers de marbre qui défendait la tribune impériale, puis les gravirent d'un pas mesuré afin de s'y poster.

Il y eut comme un moment suspendu par l'émoi de tout ce peuple qui, maintenant, attendait son empereur.

La large porte intérieure du Cathisma s'ouvrit enfin.

Avec une majesté imposante, Alexis Comnène, le basileus tant respecté, franchit l'espace d'ombre qui le séparait encore de la pleine lumière. Les plus hauts dignitaires de la cour le suivaient. Couronné du stemma d'or à pendeloques sommé d'une croix étincelante, revêtu de la chlamyde tissée et brodée de jaune, de pourpre, de violet et d'or, qu'une fibule de pierreries attachait à l'épaule, tenant son sceptre de la main gauche, il gardait la main droite enveloppée dans un pan de son vêtement d'apparat.

Cet homme, qui n'était pas grand, mais trapu et même un peu lourd, avait un visage intelligent, aux yeux vifs accentués par d'épais sourcils noirs, une barbe fournie, des cheveux qu'on devinait drus sous la coiffure qui le couronnait. De cet homme dont les traits reflétaient la volonté et l'adresse, la pompe byzantine faisait l'incarnation vivante de la divinité du Christ !

— Par ma foi, il est loin d'être aussi beau que notre comte de Blois ! souffla Landry à l'oreille de sa jumelle, qui approuva de la tête sans parler.

Habillés de tuniques longues de lin immaculé, deux eunuques soutenaient avec grâce le basileus sous les bras pour donner l'impression d'un être immatériel, ne touchant pas le sol.

En l'un d'eux, le père Ascelin reconnut le frère de leur hôtesse, Gabriel Attaliate, qu'il avait rencontré une ou deux fois lors de son précédent séjour à Constantinople. C'était lui qui maintenait le lourd et somptueux tissu de la chlamyde autour de la main de l'empereur durant le geste de bénédiction que l'autocrator dessinait largement au-dessus des têtes inclinées de ses sujets.

Un nouveau silence, absolu, s'était abattu sur l'assemblée comme si un vol d'anges avait, d'un trait d'ailes, traversé l'espace. Tous, jeunes et vieux, hommes et femmes, pauvres et riches, depuis le dernier débardeur du port jusqu'aux patrices et aux nobilissimes, tous, debout, immobiles, se tenaient en position adorante, les mains jointes sur la poitrine.

Par trois fois, de sa dextre soutenue par Gabriel, Alexis Comnène bénit l'assistance en commençant par les Bleus, à sa droite ; en continuant par les Verts, à sa gauche ; en terminant par la foule qui lui faisait face, éblouie, de l'autre côté de l'arène.

« Les courses vont sans doute pouvoir enfin débuter ! » songea Landry que tout ce cérémonial ennuyait un peu.

Il lui fallut encore attendre un moment...

Parés des magnifiques vêtements de cour qu'ils venaient d'endosser dans un des vestiaires du Palais sacré où on les conservait précieusement, les grands dignitaires de l'Empire s'avancèrent à la file pour saluer le basileus. Ils s'inclinaient fort bas devant lui avant de gagner les loges auxquelles titres et services donnaient droit.

Ce défilé parut bien long aux Francs qui n'étaient pas habitués à voir faire tant de façons avant de procéder aux joutes offertes par leurs seigneurs.

Après de nouvelles acclamations et d'autres louanges chantées, entonnées par les factions, l'empereur, toujours soutenu par ses eunuques, prit enfin place sur son trône, puis, d'un geste solennel, il donna le signal attendu.

Un linge blanc tomba sur le mélange de sable fin et de sciure de cèdre qui recouvrait la piste.

L'instant tant espéré arrivait !

Flaminia eut une pensée pour sa grand-mère. Trop peu sûre d'elle pour se mêler à la foule en cette journée de fête, Berthe la Hardie avait décidé de rester dans sa chambre en compagnie d'Albérade. Le professeur arménien qui était venu lui rendre visite deux jours auparavant lui avait prescrit un élixir, des purgatifs aux plantes et des bains de siège. Ce traitement avait adouci ses maux. Aussi l'avait-on laissée pour quelques heures sans trop de remords ni de soucis.

Si Flaminia s'accommodait si bien d'apaisements qui, en temps ordinaire, n'auraient sans doute pas suffi à calmer les scrupules de sa conscience passionnée, c'était qu'une autre personne accaparait toute son attention.

La jeune fille se trouvait assise entre son frère Landry et Paschal, le second fils des Daniélis. Au-delà de l'enfant, Icasia, aux côtés d'Andronic, se tenait droite, tendue vers l'arène, crispée d'angoisse. Marianos, son fils aîné, allait apparaître d'un instant à l'autre pour prendre part à une course où, une fois de plus, sa vie se trouverait en danger. L'appréhension si visible de cette femme, qui se montrait par ailleurs tellement froide envers ses hôtes depuis qu'elle les avait rejoints à l'Hippodrome, fascinait Flaminia. Elle n'avait encore jamais eu l'occasion de rencontrer dans le vaste jardin de sa demeure la maîtresse d'un logis où les Francs n'avaient pas été conviés à pénétrer. Ils se cantonnaient dans la petite maison, groupés autour de Berthe et des à-coups de sa santé. Si Landry était parti visiter la ville avec le père Ascelin, les filles du parcheminier avaient préféré rester auprès de leur aïeule, qu'elles ne quittaient que pour ouïr la messe à l'église voisine.

Pour les trois sœurs que cette perspective avait beaucoup excitées, les courses se trouvaient être, depuis leur arrivée, la seconde occasion d'une promenade dans Constantinople. Aussi s'y étaient-elles préparées avec soin et portaient-elles de beaux bliauds de toile fine, galonnés d'orfroi au col, aux poignets et sur l'ourlet du bas. Mais qu'étaient ces simples vêtements auprès de la richesse écrasante de certaines tuniques arborées par les jeunes femmes de la cour !

Les jeux, qui duraient toute la journée, commençaient assez tôt. Une voiture était donc venue les prendre au début de la matinée. Théophane Daniélis était seul à attendre le petit groupe, près de la porte franchie chaque jour pour se rendre à l'office.

— Andronic, Icasia et Paschal nous rejoindront plus tard dans leur propre équipage, avait brièvement expliqué le maître parfumeur.

Ainsi, cette femme mystérieuse, qu'aucun des membres de la famille du parcheminier n'avait encore réussi à apercevoir, allait enfin honorer ses invités de sa présence. Sa prétendue indisposition ne semblait rien d'autre qu'un prétexte aux adolescentes qui avaient surpris des allées et venues de litières souventes fois renouvelées, les bruits d'une réception et les échos incessants d'activités variées. Leur curiosité était naturellement fort aiguisée, un moment plus tôt, quand elles avaient vu arriver à l'Hippodrome le trio annoncé.

Andronic avait un visage fermé. Ses grandes mains se

crispaient avec nervosité sur la boucle d'argent de sa ceinture de soie torsadée. Son regard était dur. Paschal semblait mal à l'aise, beaucoup moins spontané que lorsqu'il était passé voir les habitants de la petite maison. Mais ce n'était pas l'enfant qui attirait les regards. C'était Icasia. Mince, presque maigre, avec des formes androgynes, des jambes courtes, elle avait revêtu une précieuse tunique vert pâle, brodée de fleurs et de feuillages alliant toutes les nuances de sa couleur préférée, du plus clair au plus foncé. Ses cheveux blonds, nattés et torsadés, étaient coiffés, selon la mode grecque, en un échafaudage compliqué où rubans et perles se mêlaient aux mèches soigneusement ouvragées et relevées en forme de tour évasée. Quand elle s'était assise, l'œil attentif d'Alaïs avait remarqué qu'elle portait les lanières de cuir entrecroisées qui faisaient office de bas-de-chausses à Constantinople.

« Elle a trop de rouge sur les joues, s'était fugitivement dit Flaminia, mais ses yeux verts sont beaux bien qu'ils ne soient pas gais. Leur expression est celle d'un guetteur qui surveille un horizon peu sûr. »

D'une simple inclinaison de tête, l'épouse d'Andronic avait salué les Francs que Théophane Daniélis lui avait présentés l'un après l'autre. A la suite d'un échange de paroles banales avec le père Ascelin, elle s'était assise sans témoigner davantage d'intérêt aux amis de son beau-père. Dès lors, son attention s'était tournée vers les personnes de sa connaissance qui se trouvaient près d'elle. Elle s'était soudain animée. Enjouée et même bavarde, elle avait parlé d'abondance en semblant prendre plaisir à des conversations tenues en grec, langue que le fils et les filles de Garin ignoraient.

— Peut-être est-elle timide envers les étrangers que nous sommes, avait soufflé Landry à l'oreille d'Alaïs.

— Peut-être sait-elle mal le latin, avait répondu celle-ci.

Les deux suppositions étaient possibles. Pourtant, Flaminia semblait sentir une nette prévention dans le comportement adopté par Icasia à l'égard de ses hôtes. Pourquoi ? Intriguée, l'adolescente n'avait plus cessé d'observer Icasia.

Quand, au milieu d'un silence haletant, le linge blanc

tomba sur le sol sablé de l'arène, Flaminia saisit le tressaillement de la femme d'Andronic. En suivant son regard, elle vit les grilles des Carceres s'ouvrir d'un seul coup, les barrières s'abaisser et quatre chars lancés à folle allure surgir dans un halo de soleil et de fine poussière. Quatre chevaux aux crinières tressées, aux queues relevées, roulées et attachées par de solides nœuds de rubans afin qu'elles ne se prennent pas dans les roues, étaient attelés aux légères voitures.

Le silence vola en éclats. Des clameurs, des encouragements, des conseils hurlés par des milliers de bouches criardes couvrirent de leur déferlement le grondement de la course.

Vêtus de courtes tuniques aux couleurs de leurs factions, serrés dans une haute ceinture qui leur maintenait fortement la taille et le buste, bottés, casqués d'un bonnet cerclé d'argent et retenu sous le menton par une jugulaire, un poignard à la ceinture, les rênes enroulées autour du corps et le fouet entre les dents, les quatre cochers debout, penchés en avant, n'étaient plus que regards acérés et mains de fer.

Chacun savait dans l'amphithéâtre qu'avant le départ de la course les auriges étaient allés déposer, dans l'oratoire situé à l'entrée de l'Hippodrome, devant l'icône de la Vierge, un cierge qui brûlerait jusqu'à extinction pour demander aide et protection. De cette flamme ardente comme la prière qu'elle représentait, les quatre cochers auraient le plus grand besoin. Leur vie tenait à si peu de chose : une roue brisée, un écart du cheval de gauche, celui qui serrait au plus près le virage, un accrochage avec un autre char ou avec une des deux bornes trilobées qui marquaient l'endroit où il fallait tourner, la perte d'un casque, celle d'un fouet...

Le long ovale de l'arène était divisé en deux par un étroit muret de pierre, la spina, tronçonné lui-même en plusieurs segments. Il était orné de deux obélisques pris à l'Égypte et, en son centre, d'une colonne de bronze formée de trois serpents entrelacés aux têtes dardées vers les spectateurs. Fameuse dans tout l'Empire, c'était la Colonne serpentine, que les Nouveaux Romains considéraient non sans effroi et répugnance. Ils soupçonnaient ce vestige du paganisme d'être un objet maléfique sournoisement utilisé par certains démons afin de régner sur les esprits.

— En dépit de l'hydromel, du lait et du vin que déversent leurs gueules béantes durant les jours de fête nos contemporains se méfient tous de la Colonne serpentine. Ils l'ont même en horreur, avait indiqué Théophane Daniélis au père Ascelin. Vous savez combien on est superstitieux à Constantinople !

— Par tous les saints, pourquoi alors la conserver ?

— Parce que nous sommes également respectueux des traditions ! Cette illustre colonne en forme de dragon a été coulée dans le bronze des armes prises aux soldats de Xerxès après la victoire de Platée, avait répondu en souriant le maître parfumeur dont les connaissances étaient multiples.

Il avait expliqué aux Francs que les chars devaient accomplir sept fois le tour de la spina avant d'en terminer avec la course. Tracée à la craie devant la loge du basileus, la ligne d'arrivée représentait pour chaque cocher la gloire et la fortune... Seulement, pour y parvenir le premier, il fallait dépasser des rivaux tout aussi désireux de réussir, diriger ses chevaux avec adresse, fermeté, courage et, surtout, prendre garde aux virages ! Lancés comme l'étaient les auriges, à une vitesse d'enfer, au milieu d'un nuage de poussière, sous la chaleur qui leur faisait couler la sueur dans les yeux, il semblait déjà malaisé de diriger quatre coursiers galopant de front. Si la ligne droite offrait tant de difficultés, que dire des tournants ! Combien de fois la foule, toujours alléchée par les accidents, n'avait-elle pas vu verser, s'écraser, disparaître sous les roues impitoyables des suivants qui s'y abîmaient à leur tour, un attelage déséquilibré ! En ces moments-là, un vertige où se confondaient terreur et jouissance malsaine s'emparait des spectateurs horrifiés et comblés à la fois...

Flaminia se laissa, elle aussi, prendre au jeu. Parmi les conducteurs, elle avait très vite distingué le fils d'Andronic. Il était certainement le plus jeune de tous, mais n'en déployait pas moins une énergie téméraire. Penché sur le devant de son char, les jambes coincées contre le bord en forme de bouclier, le fouet virevoltant, traits contractés, mâchoires serrées sous son casque d'argent, Marianos conduisait son attelage avec une maîtrise, une habileté et un mépris du danger saisissants. On sentait que son intelligence, sa force, sa fierté le poussaient en avant, plus vite, toujours plus vite, dans l'unique intention de gagner, d'assurer un triomphe qui lui paraissait en cet instant plus important que tout.

« On dirait qu'il est possédé », se dit Flaminia.

— Il est fou! il est fou! répétait Icasia d'une voix blanche.

Andronic se taisait, mais son visage crispé ressemblait soudain à celui de son fils.

Les chars tournaient autour de la piste à une telle allure que le directeur des jeux et les arbitres eux-mêmes, du haut de leurs loges, risquaient de se tromper. Aussi, afin d'éviter les contestations, avait-on chargé un auxiliaire de l'Hippodrome, grimpé sur une échelle, de retirer à chaque passage un des sept dauphins de bronze posés sur une petite bâtisse proche des Carceres et visibles de partout.

Durant ce temps, les factions soutenaient leur candidat par des acclamations, des encouragements, d'étranges incantations chantées où les noms du basileus et de la basilissa se voyaient étroitement associés aux prières adressées à Dieu et à la Vierge Marie, adjurés de se manifester en faveur des Bleus, pour les uns, des Verts, pour les autres.

— Comment peut-on supplier ainsi le Seigneur de venir en aide à tel ou tel cocher? demanda au père Ascelin, à mi-voix, Brunissen, qu'une semblable pratique heurtait dans sa foi. N'est-il pas profanatoire d'implorer le secours divin pour une simple course?

Le notaire épiscopal eut un sourire qui le fit ressembler à un goupil plein de sagacité mais aussi de malice.

— Ne bénissons-nous pas nos chiens avant certaines chasses et les bateaux de nos pêcheurs? répliqua-t-il tranquillement. Sans compter que ce que vous voyez ici dépasse de beaucoup en importance un amusement ordinaire de joute ou de quintaine. Chez les Grecs, il y a une tradition séculaire de grands Jeux olympiques. A

Rome, les Jeux capitolins et palatins enfiévraient le peuple jusqu'à la démence. Ici, à Constantinople, où l'empereur règne en monarque absolu sur des sujets écartés de toute consultation publique, cette arène reste le seul lieu où la population puisse se livrer en complète liberté à ses élans d'enthousiasme ou de colère. Regardez-les ! Ils adhèrent totalement à la cause de l'aurige qu'ils ont élu. Sa faction est la leur. Ils l'ont choisie pour des raisons obscures, peu compréhensibles à nos yeux d'Occidentaux, mais décisives pour eux. La victoire ou la défaite de cette faction sera la victoire ou la défaite du moindre portefaix, du plus petit cordonnier de la ville. Nous n'avons pas à faire à un public ordinaire mais à des partisans, et à des partisans acharnés ! Sur ces gradins, dès que la course commence, une sorte de vertige s'empare d'eux, d'eux tous, et les jette dans les transes que vous voyez. Ne dirait-on pas qu'on les a ensorcelés ?

Comme il ne restait plus que deux tours à accomplir avant l'arrivée, la foule se déchaînait. Vociférant, acclamant follement l'habileté d'un cocher, conspuant un autre avec la même outrance, les spectateurs gesticulaient, se levaient, mimaient les gestes des auriges, le train des chevaux, suivaient avec des larmes, des cris, des torsions de mains ou des hurlements de joie, telle ou telle action bien ou mal menée...

— Un dicton, très populaire chez nous, affirme que Sainte-Sophie est à Dieu, le Palais à l'empereur et l'Hippodrome au peuple, dit Théophane Daniélis que le vacarme n'avait pas empêché de recueillir quelques bribes de la conversation tenue auprès de lui. C'est bien ainsi que le comprennent ceux qui participent aux courses. Dans cet amphithéâtre, ils sont chez eux. C'est leur lieu de réunion préféré. Que de choses se sont produites autour de cette arène ! A propos d'un rien — un casque qui tombe à terre, un tournant un peu trop serré, un cheval dont l'allure déplaît —, on voit des assistants devenir furieux et sortir de leurs bottes le poignard qu'ils y ont dissimulé ! Certaines disputes ont parfois dégénéré en rixes, en bagarres, en mêlées sanglantes et même en véritables émeutes. Les gardes qui circulent autour de la piste sont là pour intervenir en cas de besoin. Munis de sabres, de fouets, de bâtons, ils ont bien du mal à maintenir l'ordre ou à le rétablir ! Il est arrivé au trône de nos souverains d'être ébranlé, parfois gravement, à la suite d'un incident né d'une course..., incident dont, souvent, l'insignifiance était ridiculement disproportionnée avec ses conséquences. Mais nos gens sont ainsi faits que l'Hippodrome leur tient lieu de forum ou d'agora, comme vous voudrez. Ils y viennent pour s'y libérer avec passion des astreintes, hélas ! pesantes, de l'ordre impérial...

Pour prononcer cette dernière phrase, le maître parfumeur avait baissé la voix. Ce fut une précaution inutile. Au même moment, une clameur horrifiée, jaillie de dizaine de milliers de poitrines, s'éleva au-dessus des gradins.

Le char qui tenait la corde, un Vert, venait de heurter une des bornes trilobées placées au fatal tournant. Le cheval de gauche tomba sur les genoux. Cinglé de coups de fouet par son cocher, il tenta de se relever, n'y parvint pas, retomba, entraînant ses compagnons d'attelage dans sa chute. Ce char, qui menait la course depuis deux tours, se renversa. Le cocher, un bel homme brun, bondit hors de la voiture alors qu'elle n'était pas encore couchée et sauta sur la spina. Il lui fallait éviter ses concurrents qui arrivaient sur lui dans des nuages de poussière jaune, les claquements des fouets tourbillonnants, l'écume projetée autour d'eux par les coursiers lancés au galop. Le premier à se présenter était Marianos.

« Dieu Seigneur ! Aidez-le ! »

Née d'une peur aussi violente que si le jeune homme avait fait partie de sa propre famille, la prière avait jailli comme un cri dans le cœur de Flaminia.

Avec une maîtrise et une hardiesse saisissantes, il profita de ce que le char gisait au nord de la piste, du côté des Carceres et non au sud, là où il y avait moins de place ; se penchant légèrement sur la droite, il parvint à faire dévier son quadrige sans verser et à passer au ras du confus amas qui se débattait autour de la borne. La fermeté et la souplesse avec lesquelles il maniait les rênes firent l'admiration de la foule pétrifiée.

Une sorte d'immense soupir collectif s'éleva au-dessus

des spectateurs quand ils le virent frôler l'attelage défait
et les chevaux renversés sans les toucher. Ayant élargi son
virage, ni trop ni trop peu, il passa comme une flèche de
l'autre côté de la spina. Une folle acclamation salua son
exploit.

Les deux chars qui suivaient celui de Marianos, imitant
son exemple, parvinrent également à contourner l'obstacle.

Ce fut du délire ! Les spectateurs lançaient sur la piste
leurs couvre-chefs, leurs écharpes, leurs rubans, leurs
peignes... Ils sautaient, hurlaient, se tapaient dans le dos,
s'embrassaient, prenaient Dieu à témoin de l'habileté des
Bleus et L'en remerciaient.

Au milieu de ce tumulte, Flaminia avait cependant
perçu un cri étouffé, tout proche. Prise par le spectacle,
elle avait cessé depuis un moment d'observer le comportement d'Icasia. Détournant les yeux de l'arène, elle vit
Andronic penché sur sa femme qui s'était évanouie. Il lui
soutenait la tête pendant que Paschal prenait dans
l'escarcelle de sa mère un petit flacon qu'il déboucha
avant de le donner à son père. Ce dernier passa plusieurs
fois la fiole taillée dans un précieux cristal de roche
devant les narines pincées d'Icasia. Elle ouvrit les yeux
au moment où Marianos franchissait en vainqueur la
ligne blanche de l'arrivée.

— Il est sauvé et il est victorieux ! s'écria Andronic en
se redressant et en se signant. Dieu soit loué !

Il s'était exprimé en grec, mais il n'était pas besoin de
comprendre cette langue pour deviner le sens de ses
paroles. Flaminia lui sourit. Elle avait cependant eu le
temps de surprendre le regard échangé entre les deux
époux au moment où Icasia avait repris connaissance.
Méfiance nuancée de crainte chez l'une, attention polie et
distante chez l'autre, malaise commun...

Autour d'eux, l'effervescence était indicible. Les Bleus,
debout, remerciaient la Sainte Trinité et entonnaient des
hymnes triomphants.

Marianos avait arrêté ses chevaux couverts d'écume
devant la loge du directeur des jeux qui lui remit, en se
penchant hors de sa tribune, la palme d'or de la victoire.

Le jeune homme salua, descendit de son char dont les

palefreniers se saisirent aussitôt et reprit à pied le chemin du Cathisma. Sous les yeux de l'empereur qui souriait avec bienveillance, trois courriers remirent alors au vainqueur trois sous d'or, un lourd collier du même métal, une mante de soie rayée de pourpre et la couronne de lauriers qui lui revenait de droit.

En témoignage de gratitude, Marianos se prosterna sur le sol devant son souverain, la face dans le sable et la poussière de cèdre.

— C'est ainsi qu'on salue le basileus, précisa Théophane au père Ascelin qui paraissait surpris. C'est une obligation protocolaire.

Redressé, Marianos dessina de sa main où brillaient les pierres fines de plusieurs bagues reçues en d'autres occasions pour d'autres succès, trois signes de croix en direction de l'empereur. Ensuite, il retourna vers son char, y monta, repassa devant la tribune d'honneur avant d'accomplir trois tours de piste sous les ovations, les cris de joie, les actions de grâce chantées par les Bleus triomphants.

Durant ce temps, on avait relevé les chevaux empêtrés dans les débris de leur attelage, puis déblayé l'arène. Le cocher des Verts accidenté, couvert de poussière, s'en tirait avec quelques écorchures sans importance.

Les arbitres palabraient. Le public était heureux : il avait eu peur et pouvait à présent commenter à son aise un accident qui, pour ne pas avoir été mortel, s'était cependant montré fertile en émotions.

Les commérages allaient bon train autour des Francs auxquels tous ces propos tenus en grec finissaient par tourner la tête.

On remettait l'arène en état pour la deuxième course. Le maître parfumeur annonça qu'il y en avait quatre par matinée et qu'elles se succédaient d'assez près. Il y aurait ensuite une interruption consacrée à des intermèdes comiques, à des exhibitions d'animaux savants, puis un repas. Le peuple des gradins le prendrait sur place alors que les Bleus et les Verts se rendraient, chacun de leur côté, dans des salles de banquet qui leur étaient réservées. L'après-midi était consacré à d'autres courses.

— Et l'empereur ? demanda Landry. Que fait-il durant la pause ?

— Il est servi dans une salle à manger privée située dans le Cathisma. Les plus importants personnages de la cour l'y rejoindront. Le frère de ma belle-fille, l'eunuque Gabriel Attaliate, partage ce grand honneur avec un certain nombre de dignitaires.

Au moment où Théophane Daniélis terminait ses explications, une rumeur attira son attention.

— Par la sainte Théotokos, voici notre Marianos ! s'exclama-t-il d'un air satisfait.

Le front ceint de sa couronne de lauriers, pailleté de sable et de sciure jusque dans les cheveux et la barbe, le vainqueur de la première course semblait poudré d'or. Il était entouré d'amis de la faction des Bleus dont la joie se manifestait encore par une exubérance bruyante et démonstrative.

« Avec ce costume d'aurige et ces lauriers autour du front, Marianos ressemble davantage à un dieu païen qu'à l'un de nos preux chevaliers, songea Brunissen. Dans un pays où on se veut tellement préoccupé de pure doctrine chrétienne, il me semble au contraire, Dieu me pardonne, que le paganisme affleure à chaque occasion ! »

Alaïs souffla à son frère qu'elle trouvait le jeune homme beau, certes, mais trop sûr de lui et de son prestige. Il évoquait pour elle un vaniteux coq de basse-cour. Au fond de sa mémoire, un Normand de Sicile, blond et magnifique, cravachait son destrier pour lui faire franchir un torrent... Le rire conquérant qui avait accompagné le saut résonnait encore à ses oreilles avec de si mâles accents qu'elle en frissonna délicieusement en le retrouvant intact dans son souvenir.

Marianos s'était jeté dans les bras de sa mère, de son père, de son grand-père. Paschal l'embrassa non sans une certaine retenue qui cherchait à passer pour du sang-froid. Les spectateurs du voisinage, qui le connaissaient tous, assaillaient le héros de compliments de plus en plus outrés.

Parmi la cohorte de jeunes auriges qui entouraient le vainqueur, un cocher se distinguait des autres : il portait

la couleur verte du clan rival. Flaminia le reconnut.
C'était le malheureux conducteur du char qui avait
versé. Mince, bien découplé, très brun ; en dépit de
quelques meurtrissures et de sa tunique maculée de
sueur et de poussière, il avait gardé toute sa prestance.

— Mon cousin, Cyrille Akritas, qui, Dieu merci, est
sorti sain et sauf de ce stupide accident, dit en latin
Marianos. Il a manifesté le désir de venir saluer nos
hôtes francs.

Les deux garçons échangèrent un coup d'œil complice. Le nouveau venu s'inclina devant Flaminia. Ses
prunelles étaient si noires qu'elles en avaient des
reflets bleutés, mais, en dépit de cette douceur
soyeuse, l'adolescente y décela une telle ardeur qu'elle
s'empourpra. Sa fine peau de rousse la trahissait toujours.

Le compagnon des Verts prononça quelques mots en
grec.

— Cyrille trouve que vous ressemblez à la fille du
soleil. Vous l'avez séduit, traduisit Marianos. Il
regrette beaucoup de ne pouvoir vous le dire lui-
même, mais il ignore le latin.

— Dites-lui de ma part que, dans mon pays, le soleil
n'est pas censé avoir de filles ! lança Flaminia, furieuse
d'avoir rougi sous le regard d'un inconnu.

Marianos éclata de rire. Sans lui laisser le temps de
parler, la fille du parcheminier continua :

— Comment se fait-il que vous puissiez vous entendre avec les cochers de la faction adverse ? Je croyais
qu'entre Bleus et Verts vous vous détestiez quand vous
ne vous méprisiez pas.

— Par la Sainte Trinité, vous n'avez pas tout à fait
tort, répondit l'interpellé. Seulement, voyez-vous, il y a
des exceptions. Cyrille et moi sommes de lointains
cousins, et, surtout, nous sommes de vrais amis. Nous
avons été élevés ensemble. Si nous faisons partie de
factions ennemies, nous n'en avons pas moins tenu à
sauvegarder notre amitié. Elle a prouvé qu'elle était
plus solide que nos rivalités.

S'adressant alors à Cyrille Akritas qui paraissait très
malheureux de ne rien comprendre à ce qui se disait

devant lui, Marianos se mit à parler en grec avec volubilité.

Flaminia se détourna ostensiblement des deux jeunes gens. Si insignifiant fût-il, l'incident qui venait d'avoir lieu à son propos l'irritait. Qu'avait-elle à faire des intentions de ce cocher Vert ? S'il croyait que les filles venues de l'Ouest, de pays dont il ne savait rien et envers lesquels il ne devait ressentir que condescendance, étaient prêtes à lui tomber dans les bras, il se trompait ! Il se trompait gravement ! Elle allait lui montrer, elle, la barbare, ce qu'était la vertu d'une jeune Franque !

Comme elle relevait le menton d'un mouvement où se lisaient défi et détermination, elle croisa le regard attentif d'Andronic Daniélis. Alors qu'Icasia discourait avec passion, en compagnie des Bleus, de la course gagnée par leur fils, c'était lui à présent qui observait Flaminia. Ils restèrent un instant à se regarder, puis Andronic sourit à son tour. Tout son visage s'en trouva rajeuni, adouci, éclairé comme si un rai de soleil, faufilé entre deux pans du vélum, était venu l'illuminer.

L'adolescente rougit à nouveau, s'en voulut et, d'un geste instinctif, se tourna du côté opposé.

Non loin de là, le duc de Normandie et le comte de Blois, entourés de leur suite et de certains dignitaires de la cour parlant latin, devisaient avec animation. Ils paraissaient enchantés du spectacle qui leur était offert. A leur expression réjouie, il était aisé de deviner qu'ils se répandaient en témoignages de gratitude et en compliments.

Cette constatation acheva d'exaspérer Flaminia.

— Je me demande bien ce que nous sommes venus faire ici ! dit-elle à son frère. Nous ne sommes pas partis de chez nous depuis des mois, nous n'avons pas fait tout ce dur chemin et notre père n'est pas mort pour que nous nous retrouvions dans un Cirque à regarder courir des quadriges Bleus ou Verts !

Landry haussa les épaules.

— Voyons ! Voyons ! Quelle mouche vous pique ? Personne n'a jamais prétendu que nous avions atteint le bout de la route en parvenant à Constantinople. Nous savons tous que des centaines de lieues nous restent à parcourir.

Nul n'ignore non plus que notre unique pensée est la délivrance du saint sépulcre. Mais puisque nous devons attendre quelques jours dans cette belle ville, pourquoi ne pas profiter de ce qu'elle nous offre : la douceur de vivre dans un site admirable et les plus célèbres jeux du monde ? Quand nous repartirons, nous n'en serons que plus allants et plus décidés !

Alaïs, qui écoutait, se pencha vers Flaminia.

— Heureusement que les Daniélis ne comprennent pas notre langue, chuchota-t-elle d'un air réprobateur. Ils seraient blessés par votre ingratitude, ma sœur. Oubliez-vous qu'ils nous ont accordé une grande faveur en nous permettant d'assister à ce spectacle ?

Flaminia fut dispensée de répondre. D'une seule voix, soutenue par l'orgue d'argent, la faction victorieuse reprenait ses los chantés : « Gloire à la Trinité, au Christ né de la Vierge, gloire à l'empereur, à l'impératrice, élus du Seigneur ! Gloire aux auriges vainqueurs ! Gloire aux Bleus ! Que triomphe la fortune de l'Empire et des Bleus ! »

Marianos, ses amis et Cyrille Akritas, qui n'avait plus obtenu un regard de Flaminia, s'en retournèrent vers les travées qui leur étaient réservées. Ce faisant, ils croisèrent une femme voilée qui se faufilait entre les gradins avec une célérité extrême.

La souplesse élégante de sa démarche, son allure étaient facilement reconnaissables.

— Mais voici Joannice qui vient vers nous ! remarqua Andronic.

La jeune femme parvint assez vite jusqu'au groupe qu'elle cherchait à joindre. Elle se pencha vers Icasia et lui parla à mi-voix. Son voile glissa alors et Flaminia vit les yeux noirs, brillants et soucieux, qui se tournaient vers elle et les siens. Les explications qu'elle fournissait semblaient contrarier sa sœur de lait et émouvoir Andronic. Quand elle en eut fini, le fils du maître parfumeur se leva pour aller informer le père Ascelin.

— Après notre départ, lui dit-il en latin, dame Berthe a été prise par de nouvelles douleurs particulièrement violentes. La nourrice de ma femme, prévenue par votre servante, a demandé à Joannice d'alerter le professeur

arménien qui avait déjà soigné votre malade. Il était
absent. Sans doute assiste-t-il aux courses ici même.
Dans la cohue, on ne peut le retrouver. Joannice a songé
au guérisseur que consulte d'ordinaire sa mère. Cet
homme est venu, a constaté l'intensité des souffrances
subies par dame Berthe et a prescrit une potion de sa
composition, sans obtenir de résultats appréciables.
Devant l'état de la patiente, Joannice a décidé de venir
nous trouver pour nous mettre au courant. Je crois
qu'elle a bien fait.

Brunissen se leva.

— Partons, dit-elle, partons tout de suite! Allons
rejoindre grand-mère. Nous n'aurions pas dû la laisser
sans aucun de nous auprès d'elle!

Le père Ascelin, Flaminia, Alaïs, Landry l'imitèrent
sur-le-champ.

— Je vais vous accompagner, dit Andronic. Nos serviteurs risquent de mener trop mollement votre voiture. Je
dois être là pour les activer.

— Je peux m'en occuper à votre place, proposa Joannice.

— Merci. Reste auprès de ta maîtresse. Elle s'est
pâmée durant la première course et peut encore avoir
besoin de tes services.

— Tu vas donc me laisser pour te précipiter au secours
de ces Celtes? s'écria en grec Icasia avec véhémence. Tu
préfères prendre soin d'étrangers que de ta propre
épouse!

Quelques têtes se tournèrent dans leur direction.

— Obéis-moi, Joannice, reprit Andronic dont l'expression s'était à nouveau durcie. Je reviendrai vous retrouver dès que j'aurai accompli les obligations que m'impo-
sent les plus élémentaires devoirs de l'hospitalité.

Sans intervenir dans la courte discussion, Théophane
Daniélis approuva cependant d'un geste ce que venait de
dire son fils. Les Chartrains s'en allaient déjà en direction
des Carceres, vers la sortie. Andronic les suivit.

4.

Des baguettes d'oliban se consumaient en volutes au-dessus du pot de terre vernissée qui les contenait. Posées sur un coffre appuyé à l'un des murs de la chambre, elles dégageaient de si puissants effluves que les relents de la maladie en étaient tenus en respect. Une bougie de cire vierge, teintée de safran, brûlait sur un trépied installé à la tête du lit de Berthe la Hardie, qui dormait. En y dessinant des ombres, la lumière, à peine mouvante, accentuait les cernes des yeux, la ride qui creusait le front entre les sourcils et celles qui encadraient la bouche en lui conférant une expression de lassitude enfin avouée. Les tisons de l'âtre et la lampade à huile, qui animait de sa lueur vermeille l'icône occupant le coin le plus en vue de la pièce, constituaient avec la bougie le seul éclairage nocturne.

Par respect pour les habitudes pieuses des Daniélis, la famille du parcheminier avait adopté l'icône dont le visage mystérieux, patiné et doré, présidait aux destinées de ceux qui logeaient sous ce toit. Chaque soir, des servantes venaient en renouveler le combustible.

Le silence régnait dans la petite maison enveloppée de nuit. Le père Ascelin et Landry n'étaient pas encore rentrés de leur visite quotidienne au camp des croisés, qui demeuraient parqués, pour peu de temps espérait-on, au-delà des trois cents tours aux mille créneaux des remparts byzantins. A leur retour, ils donneraient des nouvelles des amis demeurés éloignés, des chevaux, des bruits qui couraient, de l'effervescence qui agitait le peuple de Dieu. On saurait peut-être s'il était vrai que la ville de Nicée, dont on parlait tant sans en rien connaître, avait réellement été attaquée par les armées franques déjà parvenues sur la rive orientale. On apprendrait sans doute enfin à quelle date avait été fixé le départ des soldats et des pèlerins qui attendaient avec tant d'impatience l'ordre de plier bagage et de franchir à leur tour le bras de mer qui les séparait d'un au-delà rêvé...

« C'est alors que tout deviendra difficile pour nous, songeait Alaïs, assise sur un coussin contre la couche de son aïeule endormie. Avec la maladie de grand-mère, qu'allons-nous pouvoir faire ? Qui partira ? Qui restera près d'elle puisqu'il faudra bien en venir à nous séparer ? Pour moi, je sais ce que je souhaite. Pourrai-je y parvenir ? Que Dieu nous garde en des moments si malaisés ! »

Elle soupira et se remit à égrener le chapelet en bois d'olivier que son frère lui avait rapporté d'une de ses sorties en ville.

Les trois sœurs et Albérade, qui filait à la lueur de l'âtre, entouraient la couche où Berthe se reposait, comme un soldat blessé sur un champ de bataille.

Depuis le retour précipité de la veille, où on l'avait retrouvée recroquevillée sur son matelas souillé de sanglantes déjections, les lèvres à vif tant elle les avait mordues pour ne pas hurler, sa famille ne l'avait plus quittée. Durant une nuit qui lui avait apporté tour à tour moments de crise et de rémission, ses petits-enfants et sa servante s'étaient relayés, deux par deux, pour la changer, la laver, la soigner...

Dès avant l'aube, Andronic était revenu s'enquérir de l'état de la malade. Mis au courant, il avait aussitôt fait demi-tour pour aller chercher une seconde fois le professeur arménien. Et c'est alors que le calme nocturne commençait à être rompu par les bruits du réveil de l'immense agglomération, qu'ils étaient réapparus tous deux.

Le tintement si particulier des simandres, ces plaques de métal et de bois assemblées entre elles en une sorte de carapace qui faisait office de cloches dans les églises de

Constantinople, déchirait soudain la paix matinale pour appeler les fidèles à l'office.

Le professeur arménien avait prescrit un électuaire, recommandé la diète et ordonné l'application de compresses tièdes trempées dans un récipient apporté avec lui. Il contenait une mixture foncée, qui devait demeurer au chaud près des braises d'un foyer entretenu, en cette saison, pour les seuls besoins de la malade.

— Il faudra veiller à changer les compresses dès qu'elles cesseront d'être à la bonne température, avait traduit Andronic avant de repartir avec le mire, dont, sous le chapeau à larges bords, on voyait seulement briller les petits yeux noirs, vifs, observateurs, et s'épandre une épaisse barbe poivre et sel.

Reprise par de fortes douleurs en fin de matinée, Berthe ne s'était endormie qu'après avoir bu une décoction de pavot plus forte que les précédentes, que la nourrice d'Icasia, venue s'informer, avait fini par lui confectionner. On approchait alors de l'heure de none.

Depuis, le silence régnait.

A genoux sur un coussin, Brunissen priait au chevet de sa grand-mère. Sa prière était entremêlée de réflexions. Elle demandait au Seigneur où se trouverait son devoir quand il serait devenu clair pour tous que la malade ne pourrait repartir avec les siens. Son mal paraissait à présent trop grave, trop douloureux, pour qu'il lui fût encore possible de prendre la route. Jusqu'à une guérison dont l'éventualité semblait chaque jour davantage s'éloigner, il lui faudrait demeurer à Constantinople.

« Où ? Où, Dieu de bonté ? Les Daniélis accepteront-ils de garder chez eux, même en un logis dissimulé dans un coin lointain de leur jardin, une vieille femme si durement atteinte ? Et si, par sollicitude, ils continuaient à l'héberger ici, qui veillerait sur elle ? Lequel d'entre nous, chargé de cette tâche, se verrait contraint à renoncer au pèlerinage sacré de Jérusalem ? Qui resterait dans cette ville étrangère, si différente de nos bourgs, si inquiétante à l'abri de ses splendeurs ? Moi ? Serait-ce moi ? Un pareil renoncement me sera-t-il imposé ? Ô mon Seigneur, vous me connaissez : en dépit de son caractère indompté, vous savez que j'aime mon aïeule. Mais je ressens un tel désir

de continuer mon chemin vers Votre saint sépulcre ! Pour
aller vers Vous, n'ai-je pas quitté l'homme auquel j'étais
destinée, que j'aimais, que j'aime sans doute encore ?...
Bien que le temps et la distance estompent sans cesse un
peu plus l'image de mon fiancé au fond de mon cœur... et
jusqu'au souvenir de son image. C'est comme si une main
invisible, une main obstinée, effaçait un dessin tracé dans
le sable... Ô Dieu d'Amour, cette main n'est-elle pas la
Vôtre ? N'êtes-Vous pas en train d'occuper en moi toute la
place disponible ? Votre présence n'abolit-elle pas tout
autre présence ? Ne suis-je pas sur le point d'oublier en
Votre faveur celui que je ne me souviens plus d'avoir ou
de ne pas avoir véritablement chéri ? »

Déjà, quand la nef s'était éloignée de l'abîme où gisait
le corps de son père, Brunissen avait pressenti que son
attachement pour Anseau le Bel pourrait bien se voir usé,
comme un tissu trop longtemps porté, par les heures, les
jours, les mois de pérégrination qui l'entraînaient plus
loin, toujours plus loin de lui... La distance, les rencontres, les pays si nombreux, si nouveaux, la navigation et
l'accident survenu à Garin, enfin, qui l'avait ébranlée
jusqu'aux tréfonds d'elle-même, tout avait concouru à
modifier ses sentiments.

Au fil de ce long et lent pèlerinage, son esprit avait
changé, mûri. De réflexions en raisonnements, d'examens
de conscience en retours sur elle-même, la jeune fille en
était venue à se détacher de l'attrait qu'exerçait naguère
sur elle son fiancé. Ses sentiments d'alors lui paraissaient
puérils, superficiels. Elle s'interrogeait également sur les
chances de survie du penchant que lui avait témoigné
Anseau. Il n'était guère aisé pour un jeune et beau garçon
comme lui de demeurer fidèle à une amie partie aussi
longtemps, pour des régions incertaines, sans même
qu'on sût quand il lui serait possible de revenir... si,
toutefois, elle revenait un jour ! Des phrases, des attitudes
lui remontaient à la mémoire. Son promis n'était-il pas
plus égoïste que généreux, plus préoccupé de lui que
d'elle ? Sans compter les jolies filles restées à Chartres,
qui devaient tourner autour du bel esseulé dans l'espoir
de le consoler sans plus attendre ! Il apparaissait maintenant à Brunissen qu'une aussi longue séparation ne

pouvait qu'anéantir un engagement de prime jeunesse, comme l'était le leur.

Elle soupira, changea de position en faisant porter le poids de son corps d'un genou sur l'autre et tira un peu le tissu de son bliaud de toile bleu vif. Les légers plis de l'étoffe la gênaient dans son agenouillement. Elle releva la tête pour regarder sa grand-mère endormie. En dépit de ses souffrances et de son amaigrissement, les traits de Berthe conservaient l'aspect volontaire, hardi, qui lui avait valu un tel surnom.

« Avec ce menton accusé, ces mâchoires un peu lourdes, ces fortes pommettes et le nez qui paraît plus pointu depuis qu'elle a maigri, se dit la jeune fille, grand-mère ressemble parfaitement à ce qu'elle est : une femme courageuse, résolue, sans davantage de mansuétude envers les faiblesses d'autrui qu'envers les siennes propres. Une personne parfois tyrannique et assez dure, mais avec un cœur capable d'une violente tendresse. Un seul être a su la lui inspirer : son enfant unique, notre cher père... Du ciel, à présent, il doit veiller sur elle. La mort a transformé le fils en protecteur de sa mère... Que peut-il demander pour elle au Seigneur Dieu ? De lui laisser accomplir jusqu'au bout un pèlerinage dont la sainteté n'est pas niable mais dont la réussite décuplera son orgueil et son esprit de domination, ou bien de la reprendre en cours de route, dépouillée de sa force, réduite à l'essentiel, c'est-à-dire à la foi toute nue, qui est renoncement ? »

Avec un frôlement léger, la portière qui fermait la chambre se souleva.

Flaminia, qui faisait face à l'entrée de la pièce, redressa un visage enfoui jusque-là entre ses mains jointes. Ses yeux, si semblables aux scintillantes mosaïques de smalt, étaient fixes. Leur regard, tout entier tourné vers l'intérieur, semblait ne pas voir. Il lui fallut un bref instant pour devenir à nouveau présente...

Joannice se tenait debout sur le seuil.

— Dieu vous garde, dit-elle à mi-voix, avec affabilité, en latin.

Puis elle laissa retomber la portière derrière elle avant de s'avancer de quelques pas.

— Entrez, dame, entrez, proposa avec un peu de retard Brunissen, tirée, elle aussi, de sa méditation par l'arrivée inattendue d'une personne qui ne s'était jamais encore rendue chez les Francs depuis leur aménagement.

La sœur de lait d'Icasia remercia d'un sourire et d'une inclinaison de tête avant d'aller s'incliner devant l'icône, de se signer puis de se baiser le pouce.

— J'espère ne pas vous déranger, reprit-elle ensuite en employant toujours le latin avec aisance. Mais je n'ai pas encore eu l'occasion de venir jusqu'à vous.

Sur un signe de Brunissen, Albérade débarrassa des écheveaux de laine qu'elle avait entassés sur un siège sans dossier, aux pieds croisés. Avec une petite table, le lit et le trépied sur lequel était posée la bougie, il était un des rares meubles trouvés sur place par les voyageurs. Leurs coffres avaient dû fournir le plus clair de l'ameublement.

— Je souhaitais prendre des nouvelles de votre malade, dit Joannice tout en s'asseyant.

Ses gestes étaient mesurés, élégants, sa voix douce et ses prunelles de gazelle observaient avec un intérêt qui ne pouvait être qu'amical les trois sœurs qui l'entouraient.

— Dieu sait combien nous vous sommes reconnaissants de nous héberger comme si nous faisions partie de votre parentèle, reprit Brunissen. Nos pauvres compagnons de route logent pour la plupart dans des conditions fort précaires ! Que le Seigneur vous bénisse tous et protège votre maison !

Souple comme le chat égyptien qu'elle s'était vue contrainte, à son grand regret, de laisser sur le bateau, Alaïs se pencha, prit la main de la visiteuse et la baisa. La jeune femme retira prestement ses doigts de la légère étreinte qui les retenait.

— Ainsi que vous l'a fait remarquer Andronic à l'Hippodrome, nous ne faisons qu'obéir aux lois sacrées de l'hospitalité, dit-elle tout en considérant tour à tour chacune des adolescentes assises autour d'elle sur des coussins éparpillés.

Alaïs sourit, Brunissen inclina le front en signe d'assentiment, Flaminia détourna la tête.

— Icasia ne s'est guère manifestée à vous depuis que vous nous faites l'amitié de loger ici, reprit Joannice, mais il faut que vous lui pardonniez : elle mène une vie des plus occupées. A la cour, elle fait partie des personnes très en faveur auprès de la basilissa et de sa fille aînée, la princesse Anne. Vous avez sans doute déjà entendu parler de notre princesse qui, en dépit de son jeune âge (elle a quatorze ans), fait montre d'un savoir exceptionnel, dû à une instruction tout particulièrement soignée. Elle est mariée à un homme lui aussi remarquable, Nicéphore Bryenne, qui est à la fois un illustre guerrier, un grand diplomate et un fin lettré. Ils s'adorent. Les autres enfants du couple impérial sont encore trop petits pour pouvoir être comparés à leur illustre sœur ! Ils n'ont aucune influence à la cour, où la princesse Anne règne sur les esprits et les cœurs. Toute dévouée à l'impératrice, Icasia l'est donc de la même façon envers sa fille. Elle se voit souvent mandée au Palais afin d'y être reçue, avec les rares privilégiées admises à participer aux réceptions ou aux fêtes données par notre souveraine, dans l'intimité du gynécée impérial. Grâce à la profession des Daniélis, elle occupe une place toute particulière auprès de la basilissa, qui s'en remet à elle avec la plus entière confiance quand il s'agit du choix de ses fards, onguents, huiles et autres parfums.

Un bref silence suivit ces explications.

— Pour nous qui venons de si loin, par des chemins souvent éprouvants et meurtriers, poussés par une foi qui est notre unique viatique, remarqua au bout d'un instant Brunissen d'un air songeur, cette existence de fastes et de raffinements que vous nous décrivez demeure si éloignée de nos pensées qu'elle nous paraît presque irréelle. Par le Dieu tout-puissant, nous avons tout quitté à l'appel du pape afin d'aller avec nos armées délivrer le tombeau du Christ ! Comment voulez-vous que nous puissions comprendre l'importance de tout ce que vous venez d'évoquer devant nous ?

— N'en veuillez pas à ma sœur, murmura Alaïs en inclinant la tête comme pour demander merci. Elle ne veut pas le moins du monde vous blesser, mais il est vrai que Constantinople est sans doute trop séduisante, trop brillante, trop riche pour les simples pèlerins que nous sommes...

Joannice sourit, hocha sa tête brune et changea de conversation.

— Et vous, belle amie, dit-elle en s'adressant pour la première fois directement à Flaminia, que pensez-vous de tout cela ? Je n'ai pas encore entendu le son de votre voix.

— C'est une bien grande merveille, par ma foi, que ce silence ! s'écria Alaïs, heureuse de la diversion qui leur était offerte. Dans notre famille, ma sœur Flaminia passe pour la plus bouillante, la plus passionnée de nous trois !

— Mais pas la plus bavarde ! C'est plutôt à vous que cet emploi est réservé, corrigea vivement Brunissen. Vous savez aussi combien elle est attachée à grand-mère, combien sa maladie la tourmente...

Flaminia s'empourpra.

— Sur mon âme, cessez donc de parler de moi comme si je n'étais pas là ! protesta-t-elle d'une voix sourde. Si je me tais, c'est sans doute que je n'ai rien à dire !

Comme elles avaient toutes un peu élevé le ton en se laissant emporter par des propos qui succédaient si curieusement au silence précédent, Berthe la Hardie, troublée dans son sommeil, gémit plusieurs fois de suite.

D'un bond, Flaminia se releva pour s'élancer vers le lit sur lequel était couchée la malade. Penchée au-dessus d'elle, l'adolescente demeura un moment à l'écoute, guettant ses plaintes inarticulées et les contractions de ses traits.

— La décoction de pavot qu'a bue votre grand-mère est assez forte pour que rien ne puisse la tirer de son sommeil, assura alors Joannice d'un air tranquille. Moi aussi, je connais un peu les propriétés des plantes et leurs effets. Votre grand-mère va dormir longtemps et rien ne pourra la déranger durant plusieurs heures, croyez-moi !

Elle se retourna alors vers Alaïs.

— Puisque vos sœurs et votre servante veillent si bien votre aïeule, pourquoi ne viendriez-vous pas un moment avec moi visiter la maison des Daniélis que vous ne connaissez pas encore ? lui demanda-t-elle. Icasia est absente. Elle ne rentrera pas avant matines. Une fête est donnée ce soir au Palais en l'honneur de Mabille, une des sœurs du seigneur Bohémond de Tarente qu'il a amenée en campagne avec lui. Ce sera une belle réception. Elle durera au moins jusqu'à la moitié de la nuit. La route est libre... N'êtes-vous pas tentée de découvrir la manière de vivre des Byzantins qui vous reçoivent ?

Alaïs hésitait quand un bruit de voix masculines se fit soudain entendre dans la salle voisine qu'il fallait traverser pour parvenir auprès de Berthe la Hardie.

La portière se souleva de nouveau. Le père Ascelin, Théophane Daniélis, qui venait souvent voir ses invités, et Landry pénétrèrent dans la chambre où stagnait l'obsédante odeur de l'encens. En découvrant la présence de Joannice près des trois sœurs, le maître parfumeur parut surpris. Il n'eut cependant le temps de faire aucune remarque. Brunissen s'était prestement retournée. Désignant d'un geste la malade endormie, elle posa un doigt sur ses lèvres et entraîna tout le monde hors de la chambre.

Flaminia et Albérade restèrent seules avec l'aïeule.

Dans la vaste pièce éclairée par un grand lustre de bronze en forme de couronne où brûlaient deux douzaines de bougies, il faisait moins lourd. L'air était plus léger.

— Quelles nouvelles nous apportez-vous ? demanda Brunissen dès que tout le monde eut pris place sur les banquettes de tapisserie multicolore qui entouraient la table.

Le père Ascelin rejeta sa chape noire sur le dossier de son siège avant de prendre la parole.

— Tout bouge dans le camp, dit-il ensuite. Tout se met en place. J'ai longuement parlé avec le comte de Blois. C'est un seigneur sage et prudent. Eh bien, Dieu le sait, il est, lui aussi, décidé à ne plus attendre davantage ! En dépit de la forte impression produite sur son esprit par l'empereur, dont il ne cesse de louer la bienveillance et l'empressement à son égard, il veut partir. Notre traversée est imminente.

— Alléluia ! Alléluia ! s'écria Landry qui ne se lassait pas d'ouïr de telles paroles. Ce n'est pas trop tôt ! Le diable m'étripe si toutes mes pensées ne tendent pas vers le moment béni du départ ! Tout au long du chemin, je n'ai cessé de rendre grâce au Seigneur pour une si bonne nouvelle !

— Calmez-vous donc, jeune étourneau, ordonna le prêtre. Ce qui va débuter sur la rive orientale de l'Empire ne sera pas une partie de plaisir, loin de là ! Ce sera la plus considérable aventure que la chrétienté ait connue depuis qu'elle a échappé, voici des siècles, aux persécutions romaines et depuis les grandes invasions. Les Sarrasins sont de redoutables ennemis. Il faut le savoir. Ils tiennent, pour les avoir prises aux Nouveaux Romains, toutes les places fortes nous séparant de Jérusalem. Nous aurons à les reconquérir les unes après les autres. Ils occupent l'ensemble du territoire et connaissent parfaitement une contrée que nous ignorons dans son entier... Ils sont plus nombreux aussi que nous ne pourrons jamais parvenir à l'être malgré nos cinq armées...

— Pourtant, chacun s'accorde à reconnaître que nulle part, en aucun pays, on a dénombré un tel afflux d'hommes d'armes ! coupa Landry. Pensez donc : en plus de nos Francs, il y a les Flamands, les Lorrains, les Normands, les Provençaux et les Normands de Sicile ! A la tête de ces troupes, ne trouve-t-on pas à foison des seigneurs valeureux, preux entre les preux ? Monseigneur de Monteil, à qui le pape nous a tous confiés, bien sûr, mais aussi Hugues le Maisné, frère de notre roi Philippe, Godefroi de Bouillon, ses frères Eustache et Baudouin de Boulogne, leur cousin Baudouin du Bourg... Robert de Flandre, Raimond de Saint-Gilles, le fameux comte de Toulouse dont on vante la ténacité et la sagesse, sans parler de Bohémond de Tarente, dont nul n'ignore qu'il est audacieux jusqu'à la témérité, et son neveu Tancrède, le plus jeune, mais non pas le moins courageux de nos chefs... Il ne faut pas omettre pour autant la multitude des bons chevaliers, durs à la bataille, eux aussi. Solidement encadrés, entraînés par ces hauts barons comme par les seigneurs de moindre importance, nos soldats vont se ruer au combat qu'ils livreront sous le regard de Dieu !

Théophane Daniélis soupira.

— Tous ces vaillants guerriers ne seront pas de trop pour venir à bout de nos adversaires communs, dit-il. Comme le Mal, les Sarrasins sont légion ! Ils se sont

rendus maîtres de l'ensemble de nos anciennes possessions d'Asie Mineure. Ils contrôlent routes, montagnes,
points d'eau, ravitaillement et jusqu'à la mer ! N'oublions pas que les Turcs vivent depuis des lustres en
pays conquis, ce qui les a amenés à rester toujours sur
leurs gardes ! Ce sont, d'abord, des envahisseurs et des
conquérants !

— Dieu merci, ils ne s'entendent guère entre eux,
remarqua Joannice en intervenant avec à propos dans la
conversation. Les princes Seldjoukides s'entredéchirent.
Après la disparition du sultan Malik chah, ses héritiers
n'ont pas cessé de se livrer à de constantes luttes
intestines. Il n'y en a pas un qui ne veuille le pouvoir. Il
me semble que vous avez eu de la chance ou, plutôt, que
le Seigneur vous a guidés. Vous arrivez ici au moment
opportun, celui où il est probablement possible pour une
expédition déterminée comme la vôtre de jeter bas la
puissance haïe des mécréants !

On la considéra avec étonnement. Comment cette
jeune femme raffinée, qui ne quittait guere la maison et
son gynécée, était-elle au courant de tant de choses ?

Consciente de l'effet produit, elle se mit à rire.

— Que n'apprend-on pas grâce aux eunuques ? expli-
qua-t-elle de son air mi-amusé, mi-provocateur. Il n'est
que d'écouter les propos de Gabriel Attaliate pour ne
rien ignorer de ce qui se passe sur toute l'étendue de
l'Empire.

— Il est vrai que Gabriel est admirablement renseigné, reconnut le maître parfumeur. Pour une fois son
bavardage se sera exercé avec utilité, et vous avez raison
de dire, Joannice, que la main de Dieu dirige cette
colossale entreprise. Mes amis, votre venue témoigne
d'un si heureux concours de circonstances qu'elle ne
peut être que d'inspiration divine !

— Alors, quand partons-nous ? reprit Landry. Sur
mon salut, nous n'avons déjà que trop perdu de temps !

— Notre départ est fixé aux premiers jours de la
semaine prochaine. Nous rejoindrons à Pélékan le gros
des cinq armées, bien que Godefroi de Bouillon et les
siens se soient mis en marche dès la fin des calendes
d'avril. Il semble même, chose que je vous ai tue jusqu'à

présent, mon beau neveu, que la rumeur selon laquelle ils auraient attaqué Nicée soit justifiée.

— Sans nous attendre ! Sans nous attendre ! répéta avec indignation Landry. Mais c'est une trahison..., une véritable trahison !

— Soyez tranquille, assura avec gravité le père Ascelin, ils n'ont pas encore pris Nicée ! Il y aura du sang et des souffrances pour tout le monde. Vous ne manquerez pas de coups à donner ni même, hélas ! à recevoir...

— Dieu veuille que ce ne soient que des coups sans gravité, soupira Brunissen. Oui, Dieu le veuille, Lui qui a dit : « Tu ne tueras pas. »

Il y eut un silence. Joannice se leva.

— Je vais rentrer, dit-elle. Je dois aller surveiller les servantes.

Alaïs remarqua qu'elle ne lui renouvelait pas l'offre de visiter la grande demeure. Elle mit cette omission sur le compte de la présence de Théophane Daniélis, opinion confirmée par la remarque du maître parfumeur quand le bruit des pas de la jeune femme se fut éloigné.

— Je crois que je ne saurai jamais que penser de Joannice, avoua-t-il avec un mouvement de sourcils plein de fatalisme. Comme je ne m'entends guère avec ma belle-fille dont elle est la sœur de lait, je me suis longtemps méfié d'elle. Durant les premières années du mariage d'Andronic et d'Icasia, je la soupçonnais même de m'espionner, d'espionner tout ce qui se passait chez moi. Maintenant je me demande si je ne me suis pas trompé... à moins qu'elle n'ait beaucoup changé... Depuis un certain temps, il m'a été donné de faire à son sujet des remarques qui tendraient à prouver qu'elle considère Icasia avec plus de clairvoyance que sa mère, la nourrice que vous connaissez. Joannice est intelligente et avisée, mais j'ignore ses sentiments, tant à notre égard, à mon fils et à moi, qu'à celui de ma bru. Elle me semble très mystérieuse.

— Je voudrais bien savoir pourquoi elle est venue nous voir, dit Brunissen. Jamais, jusqu'à ce jourd'hui, elle n'avait mis les pieds ici. J'ai eu l'impression qu'elle cherchait à se renseigner. Mais je ne vois pas sur qui ni sur quoi.

Flaminia sortit de la chambre où elle était demeurée
près de sa grand-mère.

— J'étouffe, lança-t-elle. Après tant de mois passés sur
les routes ou sous les tentes, en pleine nature, je supporte
mal de rester enfermée dans une pièce close et remplie de
fumée d'encens !

Elle eut un sourire d'excuse envers leur hôte.

— Non pas que ce parfum me déplaise le moins du
monde, reprit-elle, je l'aime même beaucoup parce qu'il
me rappelle notre église... ; mais il alourdit à tel point
l'air que j'ai l'impression d'avoir la poitrine pleine de
brume.

— Si nous allions un moment dans le jardin ? proposa
Alaïs. Je marcherai volontiers dehors, moi aussi.

— Mes enfants, il fait nuit..., hasarda le père Ascelin, et
nous allons bientôt souper.

— Par Dieu ! Soupons d'abord, décida Landry. Nous
irons ensuite nous promener...

Le maître parfumeur quitta ses amis pour rentrer chez
lui.

Apporté par ses serviteurs, le souper fut bientôt achevé.

— Sortons à présent dans le jardin, proposa l'adolescent. Il fait si doux et la lune est magnifique ce soir...
Allons, mes sœurs, je vous emmène. Ne craignez rien
pour nous, mon oncle. Nous connaissons à présent le
domaine dans ses moindres recoins.

Comme leur grand-mère dormait toujours, les filles du
parcheminier la laissèrent sous la garde d'Albérade et
acceptèrent de sortir.

Dehors, une brise légère froissait les feuillages, véhicu-
lait des parfums de fleurs, apportait dans sa traîne les
rumeurs assourdies de la ville dont on savait que certaines rues, la nuit, étaient particulièrement bruyantes,
dangereuses, livrées à la fête la plus licencieuse. Au loin,
on entendait le cri espacé des sentinelles qui veillaient
sur les remparts.

Les quatre promeneurs respiraient avec délices l'air
nocturne que la pleine lune teintait de ses reflets de
cendres bleues.

— Dans ce pays, le ciel semble plus proche, les astres
plus nombreux, plus gros, plus brillants que chez nous,

remarqua Flaminia. Les nuits de Constantinople sont plus belles que les nôtres !

— Je ne sais, murmura Alaïs. En été, nous avons de bien douces vesprées...

— Alaïs a raison, dit Landry. Je trouve, ma sœur, que vous faites montre d'une admiration excessive envers cette ville. Elle est magnifique, certes, mais vous apportez à la louer une sorte de ferveur qui me surprend de votre part. Naguère, vous ne rêviez que de Jérusalem. Il me semble, à présent, que vous vous attarderiez volontiers entre ces murs...

— Que voulez-vous, j'aime les rivages qui bordent la mer Méditerranée, répondit la jeune fille avec une sorte d'acceptation rêveuse fort étrangère à ses habitudes.

Brunissen s'arrêta au bout d'une allée.

— Je vais retourner auprès de grand-mère. Vous autres, continuez à vous promener, à profiter d'une tranquillité dont nous serons bientôt privés.

Alaïs se pendit au bras de son frère.

— Je dois vous parler d'une idée qui m'occupe, chuchota-t-elle. Il s'agit de Bohémond. J'ai besoin de vos conseils et de votre aide...

Flaminia se détacha d'eux. Seule, elle se dirigea vers le bassin aux lotus qu'elle préférait à tous les autres coins du jardin. Pour l'atteindre, il lui fallait suivre une allée de cyprès, fraîche, ombreuse, protectrice dans la journée mais fort sombre la nuit. Les grands résineux y formaient une double haie géante, infranchissable, dont les feuillages persistants vêtaient les troncs élancés de longues chapes vert foncé. Sous les branches, qui formaient en se rejoignant à leurs cimes un sanctuaire de verdure, l'air était tellement imprégné de l'odeur de résine qu'il en devenait plus suave que si on y avait répandu les plus précieux aromates... Cependant, comme la lumière fragile de la lune n'y pénétrait pas, Flaminia longea les arbres en marchant sur les pelouses, souples sous ses semelles comme les tapis persans de leur nouveau logis. Afin d'en mieux profiter, elle retira même ses chaussures de cuir ponceau, achetées au passage en Italie. Pieds nus sur l'herbe rase qu'elle foulait avec volupté, elle avançait sans bruit, silencieuse comme l'ombre projetée derrière elle par la clarté lunaire.

Des éclats de voix, les échos d'une violente altercation l'immobilisèrent soudain. Dans l'allée qu'elle avait préféré éviter, dissimulés par l'épaisse muraille végétale élevée par les cyprès, deux hommes se querellaient. Ils parlaient grec. Flaminia ne pouvait pas les comprendre ni savoir de quoi il s'agissait, mais elle reconnut la voix d'Andronic, vibrante de fureur et d'amertume.

Figée par l'émotion, son cœur heurtant si durement sa poitrine qu'il en étouffait une partie des farouches accents de la dispute, Flaminia demeura un moment immobile, incapable de faire un geste... Pourtant, elle voulait comprendre. Tout doucement, elle reprit sa marche et glissa sans bruit vers l'extrémité de la pelouse. Elle savait déboucher près du bassin où fleurissaient les lotus.

Elle gagna sans difficulté le rond-point dont ils ornaient le centre, puis elle se faufila derrière la vasque de marbre que surmontaient les longues tiges charnues, foisonnantes, mollement balancées par un faible vent du sud qui venait du large... Accroupie à l'abri de la haute margelle couronnée de fleurs encloses et de boutons rendus opalescents par les reflets lunaires, Flaminia attendit... Bousculée par de brusques incursions de bouffées résineuses, une fade odeur d'eau stagnante l'enveloppait, évoquant les lointains marais chartrains de son enfance...

Au bout d'un moment, courant, bondissant ainsi que ses coursiers, Marianos apparut. Il semblait au comble de la colère et traversa en quelques foulées rageuses l'espace éclairé où trônait le bassin, puis disparut.

Après un long silence, l'adolescente perçut le bruit d'un autre pas qui se dirigeait dans sa direction. Andronic sortit à son tour de la voûte odorante qui l'avait abrité jusque-là. Il avançait avec lenteur, la tête inclinée sur la poitrine. Son allure trahissait une profonde affliction. Il demeura un instant devant les lotus, sans un regard pour eux, les bras pendants, sa haute taille courbée par un tourment qui infléchissait sa nuque et ses épaules.

Quand il releva le front, Flaminia, de sa cachette, vit

qu'Andronic pleurait. Avant de se perdre dans la barbe brune et bouclée qui devait être si douce, les larmes qui coulaient sur son visage y laissaient des traînées qu'argentaient les rayons de lune. Sans bruit, en un silence qui rendait plus poignant ce chagrin d'homme, Andronic s'abandonna à une sorte de désespoir convulsif. Il épouvanta et déchira celle qui assistait malgré elle à une crise intime qui ne lui était pas destinée. Éperdue de gêne, d'émoi, de curiosité mais aussi d'une sorte d'ivresse qui lui montait du cœur à la gorge, elle resta tapie à l'abri des souples tiges complices...

Du tréfonds de son être naquit alors, s'enfla, déferla une vague amoureuse qui la suffoqua comme si elle était réellement engloutie dans une mer vertigineuse, au vif de l'eau... Elle pensa à son père immergé, submergé, enseveli dans les flots... En le perdant, elle avait cru que, désormais, son avenir n'aurait plus de visage. Voici que, d'un seul coup, en comprenant enfin ce qui l'agitait depuis son arrivée à Constantinople, elle découvrait qu'à partir de cet instant son destin venait de revêtir une autre apparence, d'emprunter de nouveaux traits.

Elle leva les yeux et vit les lotus dont les boutons, gonflés de sève, se dressaient vers le ciel nocturne. Elle frissonna. Un instinct viscéral, sans merci, lui laissa deviner que, de l'adolescente qui venait de s'abîmer dans les eaux violentes de l'amour, une femme était née à qui rien ne serait épargné mais à qui rien non plus ne serait dérobé... Un cri la traversa : « Seigneur ! donnez-le-moi ! Même si je passe le reste de ma vie à expier ce péché ! »

Elle éprouva le désir forcené de se relever, de marcher vers cet homme qui souffrait, d'entourer de ses bras les épaules dont les tressaillements lui rappelaient ceux des plus nobles chevaux de Garin quand ils frémissaient sous la morsure du fouet... Elle n'en fit cependant rien et maîtrisa l'élan qui l'y poussait. Même si elle pressentait qu'elle n'aurait pas été rejetée par Andronic en un tel moment, elle savait aussi que la fierté nous retient de révéler nos plus amers secrets, et que l'orgueil viril demande toujours à être ménagé... Plus tard, Andronic aurait pu en vouloir à celle qui serait devenue pour lui le témoin d'un instant de prostration volontairement scellé

Le temps s'écoulait sans que Flaminia y prît garde...
Elle était pétrifiée, la tête bourdonnant comme une
ruche, hors d'elle...

Ce furent les appels des jumeaux qui rompirent le
charme qui unissait de manière furtive, par des voies
souterraines et à l'insu d'un des intéressés, deux êtres
encore étrangers l'un à l'autre si peu de jours auparavant.

En entendant leurs cris, Andronic se redressa, regarda
autour de lui, essuya avec hâte et maladresse ses yeux
clairs, comme un enfant pris en faute, et s'éloigna à
grands pas...

Flaminia attendit un peu avant de quitter son abri,
puis elle s'élança en courant vers son frère et sa sœur dont
les voix se rapprochaient.

— Me voici, dit-elle en les rejoignant. Me voici. Mais,
par la Sainte Mère de Dieu, taisez-vous ! Si vous continuez, vous allez ameuter tous les serviteurs des Daniélis !

Landry et Alaïs furent surpris de son air singulier et de
l'éclat de son regard.

— Que diable faisiez-vous au bout de cette sombre
allée ? demanda le garçon étonné.

— J'ai tout simplement rendu visite aux lotus, répondit-elle avec un sourire. Ce sont des fleurs enchantées, des
fleurs fées, capables de métamorphoses, et qui détiennent
de bien surprenants pouvoirs...

Le lendemain matin, Berthe la Hardie se trouva mieux.
Le long sommeil dont elle émergeait l'avait apaisée ; ses
douleurs à leur tour paraissaient endormies.

Ses petites-filles et sa servante procédèrent à sa toilette. Elles s'émerveillaient de bénéficier d'eau courante
jusque dans cette maison de nourrices. Ainsi que toutes
les autres riches propriétés de la ville, la demeure du
maître parfumeur était équipée de canalisations de pote-
rie à travers lesquelles circulaient les eaux captées au
loin, dans les montagnes. Théophane Daniélis avait
expliqué à ses amis que plusieurs aqueducs fournissaient
en eau la cité impériale qui comportait, par ailleurs,
d'innombrables sources et fontaines. Les établissements

de bains y étaient nombreux et très fréquentés. De plus, il avait fort obligeamment offert à ses invités de se rendre autant qu'ils le jugeraient bon aux thermes privés, situés non loin de leur logement. Landry et le père Ascelin s'y étaient rendus à la première heure avant de partir visiter le quartier du port qu'ils ne connaissaient ni l'un ni l'autre.

Une fois sa toilette achevée, Berthe la Hardie, heureuse de se sentir propre et reposée, décida aussitôt de reprendre les événements en mains.

— Par ma foi, si les remèdes de ce professeur arménien réussissent à me remettre sur pied, dit-elle, je partirai bientôt avec vous pour continuer notre pèlerinage !

Flaminia, qui enroulait des bandes de charpie d'un mouvement machinal, suspendit son geste.

— Dieu sait que nous sommes heureux de constater ce matin l'amélioration de votre état, dit-elle en se rapprochant du lit où sa grand-mère, bien accotée à plusieurs oreillers, était installée dans des draps frais. Mais elle est encore toute récente. Songer si vite à vous relancer sur les routes me semble un peu aventuré.

— Ne sommes-nous pas engagés, justement, dans la plus grande des aventures possibles ? interrogea l'aïeule. Et ne savez-vous pas, vous qui me ressemblez en tant de choses, qu'il ne faut jamais renoncer à un projet qui tient à cœur ?

Brunissen, qui venait de la chambre des demoiselles où elle était allée elle-même se laver et s'habiller, intervint.

— Pourquoi vouloir à tout prix prendre des décisions précipitées ? demanda-t-elle paisiblement. Si, dans un jour ou deux, vous vous sentez rétablie, vous viendrez avec nous, grand-mère, et nous nous en réjouirons tous. Dans le cas contraire, nous aviserons.

— J'ai beaucoup réfléchi depuis que nous sommes parvenus à cette étape, reprit Berthe. Je me suis fait bien du tracas à l'idée de la gêne que je vous occasionnais. Si, par malheur, et Dieu m'en garde, la mauvaiseté qui me tourmente me retenait encore dans cet endroit, il vous faudrait partir sans moi. Je demeurerais céans avec

Albérade comme garde-malade. Elle suffirait à me soigner. Vous pourriez tous continuer le pèlerinage. Dès que je serais guérie, je vous rejoindrais.

— Que le Seigneur me maudisse si je vous abandonne dans cette ville étrangère, avec une servante comme unique soutien ! s'écria Flaminia. C'est impossible ! Je vous aime trop pour consentir à une semblable lâcheté !

Brunissen, qui finissait d'arranger son voile autour de son cou, interrompit l'enroulement de la légère étoffe pour considérer sa sœur.

Alaïs, elle, courut embrasser Flaminia.

— Comme je vous admire ! lança-t-elle avec émerveillement. Vous êtes la meilleure de nous tous ! Il faut un tel courage pour renoncer à notre marche vers Jérusalem, que je ne sais pas si j'en serais capable.

Berthe la Hardie opina.

— Je vous comprends tout à fait, petite, et pour une fois, je me sens plus proche de vous que de votre sœur. A sa place, je brûlerais moi aussi du désir de partir !

Brunissen achevait de nouer les deux extrémités de la longue ceinture de cuir clouté d'argent qu'elle avait enroulée autour de sa taille très mince, puis de ses hanches, avant de la ramener sur le devant de son bliaud d'où elle lui retombait jusqu'aux pieds.

— Je suis heureuse, grand-mère, de vous voir en de telles dispositions, affirma-t-elle. En parlant comme vous venez de le faire, vous nous rendez grand service. Pour ma part, je me sens poussée par une force divine vers la Cité sainte... vers cette unique Espérance...

Flaminia serra les lèvres. Ses prunelles brillaient d'un éclat orageux qui les fonçait tout à coup.

— Cessons de parler sans savoir, trancha-t-elle d'un ton qui rappelait celui de son aïeule en ses heures de colère. Nous verrons ce que le professeur arménien qui doit revenir cet après-dîner dira de votre santé. D'ici-là, nous ne pouvons que clabauder !

Brunissen sembla vouloir faire une remarque, mais elle se passa lentement une main sur les lèvres et se tut.

— Par tous les saints ! s'écria alors Berthe la Hardie, on pourrait croire que vous ne souhaitez pas véritablement ma guérison, Flaminia ! Pourquoi semblez-vous préférer me voir traîner ce maudit mal plutôt que d'envisager gaiement notre départ en commun après que je serai rétablie ?

Avec une soudaineté qui surprit tous les siens, pourtant accoutumés à sa fougue, l'adolescente éclata en sanglots. Elle se jeta avec violence sur le lit de sa grand-mère, saisit celle-ci entre ses bras, la serra contre elle.

— Ne dites pas de si affreuses choses ! cria-t-elle. Je vous en supplie au nom très haut du Christ ! Vous savez combien je tiens à vous, combien je vous aime, comme je prie de tout mon cœur pour que le Seigneur vous ait en Sa sainte garde ! Ne doutez jamais de ma tendresse ! Je vous le défends !

Elle couvrait de baisers les mains amaigries sur lesquelles saillaient des veines violettes.

Berthe sourit et retint entre ses paumes le visage bouleversé, autour duquel la chevelure rousse moussait de tous ses cuivres.

— Vous me rappelez à tel point mon Garin, dit-elle en secouant sa tête enserrée dans un linge blanc, vous lui ressemblez tant que je ne puis jamais vous en vouloir bien longtemps ! Vous possédez la même ardeur au cœur et la même toison de feu. Allons, je vous pardonne. Mais ne recommencez plus à vouloir me retenir ici contre ma volonté, ou je me verrai forcée de vous mettre à la raison !

Les enfants du parcheminier conservaient tous le souvenir des solides fessées jadis administrées par leur grand-mère. La phrase qu'elle venait de prononcer précédait presque toujours les corrections de ce genre. Elle amena un sourire sur les lèvres des trois sœurs.

Ce fut ainsi que les surprit Paschal qui venait, comme il aimait à le faire parfois, leur rendre visite. L'enfant se plaisait chez les Francs. Il leur racontait tout ce qui lui passait par l'esprit et même certains événements survenus chez lui.

— Je suis bien ici, dit-il au bout d'un moment de bavardage dans un latin déjà assez assuré. Savez-vous pourquoi ? Parce que personne ne s'y dispute devant moi. Mes parents, eux, se querellent souvent.

— On se chamaille dans tous les ménages, assura Berthe la Hardie après que Flaminia lui eut traduit la

remarque de l'enfant. Certains prétendent même que rien
n'est meilleur que les réconciliations qui suivent les
brouilles conjugales.

— Moi, j'ai peur, reprit Paschal naïvement. Peur
quand ils se font des scènes et qu'ils crient comme ce
matin... J'ai quitté la maison parce que je n'aime pas les
voir comme ça !

Brunissen eut un sourire plein de compréhension.

— Ne vous disputez-vous jamais vous-même avec vos
amis ? demanda-t-elle. Il n'y a ni famille, ni groupe, aussi
unis soient-ils, sans orage.

— Je ne sais pas, répondit l'enfant, mes parents ne sont
jamais d'accord sur la façon de nous élever, Marianos et
moi. Mon père est sévère. D'après ce que j'ai compris, il
s'est fâché avec mon frère. Ma mère, comme toujours,
soutient Marianos contre mon père...

Flaminia prit Paschal par la main.

— Venez, oublions toute cette histoire, dit-elle avec un
entrain subit. Ensemble, nous allons faire de la charpie...
Ensuite, pour vous consoler, je vous donnerai un gâteau
de fleur de farine parfumé à l'anis... Je suis sûre que vous
n'en avez jamais mangé de pareil. Il a été confectionné au
camp des croisés par une amie à nous qui a chargé
Landry de nous en rapporter plusieurs. Ils sont très bons.

Elle sortit avec l'enfant.

Quand Landry et son oncle rentrèrent de leur visite au
port, qu'ils avaient souhaité voir en songeant au prochain
embarquement pour Civitot, ils se montrèrent frappés
par l'extrême pauvreté du quartier et la saleté de certaines des ruelles qu'il leur avait fallu suivre pour
parvenir aux quais.

— Dieu Seigneur ! Quelle curieuse ville, s'exclama
Landry. On y voit des palais admirables et, non loin
d'eux, à quelques portées de flèche, des taudis qui
bordent des ruelles sordides jonchées d'ordures ! Le long
de leur fameuse avenue, la *Mesê*, les maisons sont en
marbre, comme les portiques qui la décorent, ce ne sont
que façades sculptées et enjolivées, mais aux approches
du port, les pauvres logis sont en bois à demi-pourri et
certains ne tiennent debout que par habitude. Il paraît

que la nuit les rues pullulent de voleurs et deviennent de véritables coupe-gorge !

— Ce que vous dites là, mon neveu, est vrai pour toutes les grandes villes, corrigea le père Ascelin. Vous refusiez de me croire quand je vous parlais des contradictions de Byzance. Maintenant vous êtes bien obligé de reconnaître que j'avais raison, mais ne tombez pas dans le travers opposé et ne soyez pas indigné de ce que vous venez de voir. Il en est de même à Rome et ailleurs.

— Vous avez sans doute raison, admit Landry avec son sourire désarmant. Mais cette matinée m'a cependant un peu dégoûté de Constantinople. J'ai maintenant envie de m'en aller encore plus vite !

— Sur ma foi, vous avez bien raison, approuva sa grand-mère. Nous perdons notre temps dans cette ville. Notre courage et notre foi risquent pareillement de s'y affadir. Puisque je me sens en voie de guérison, je suis toute prête, comme vous, à reprendre la route en votre compagnie.

Pour signaler sa présence, quelqu'un frappa alors dans ses mains, derrière la portière qui séparait la salle de la chambre de Berthe. Alaïs, qui se trouvait avec Landry près du passage reliant les deux pièces, souleva la tapisserie. Ce qu'elle vit la surprit tellement qu'elle poussa un léger cri et recula contre le mur.

Un homme apparut sur le seuil. Grand et mince, le visage glabre, la chevelure noire bouclée avec art, il était vêtu d'une tunique étroite et longue de soie chatoyante où se jouaient toutes les nuances du rose, du mauve et du violet, brodée de plumes et de fleurs stylisées. Au bout d'une longue et lourde chaîne, brillait sur sa poitrine, comme un œil de cyclope, une grosse médaille d'or dans laquelle était enchâssé un verre taillé de couleur rouge qui lançait des reflets d'incendie.

Le père Ascelin fut le premier à retrouver ses esprits. Il se dirigea vers le nouveau venu et le salua aussitôt.

— Nous sommes fort honorés, sire préfet du Caniclée, que vous rendiez visite aux pauvres pèlerins que nous sommes..., dit-il.

Gabriel Attaliate leva une main chargée de bagues.

— Du haut de la Croix, toutes les têtes ne sont-elles pas

à la même hauteur ? dit-il avec un sourire aimable. Sans
compter que votre marche pour la délivrance du saint
sépulcre vous rend sans doute plus saints que beaucoup
d'entre nous.

Il s'inclina devant Berthe la Hardie qui trônait dans
son lit comme si elle s'était trouvée sous un dais, et
présenta un compliment adroit à chacune des trois
sœurs. Il se mit ensuite à parler du Palais impérial où il
logeait et de ses innombrables merveilles.

Assis sur un des sièges à pieds croisés, il s'exprimait en
un latin parfait, avec une affectation si distinguée qu'il
aurait fallu beaucoup de grossièreté pour s'en offusquer.

Le père Ascelin et lui menaient la conversation. Berthe
ne comprenait goutte à ce qui se disait et les autres
écoutaient. Au bout d'un moment, l'eunuque se leva.

— L'heure du repas ne va pas tarder, dit-il. Je dois me
retirer. Toutefois, avant de vous quitter, bien à regret,
croyez-le, j'ai à vous présenter de la part de ma sœur une
requête que je ne vous transmets que sur son insistance.
Son fils Paschal, qui n'est encore qu'un enfant, préfère
parfois venir vous voir plutôt que de travailler avec le
précepteur qui a charge de l'instruire à domicile, en
dehors de ses heures d'école. Il trouve plus amusant de
bavarder en votre compagnie que d'apprendre Homère
par cœur. Certes, il y a de riches enseignements à recevoir
de personnes qui ont tant voyagé et tant vu, mais Icasia
veut que son second fils se prépare à la grande carrière
qu'elle ambitionne pour lui. Elle souhaite donc que vous
ne receviez plus Paschal chez vous.

Une gêne comparable à un filet plombé s'abattant sur
un vol de perdrix s'appesantit sur les occupants de la
pièce.

— Jamais plus ? demanda Flaminia.

— Hélas, non !

— De toute manière, nous partons dans quelques
jours, dit Berthe la Hardie en relevant un menton agressif
quand, sur sa demande, Brunissen lui eût traduit les
propos de leur visiteur. Nos préparatifs de voyage suffiront à nous occuper. Assurez votre sœur que désormais
nous n'entraverons plus les études de son fils par des
racontars intempestifs !

Le père Ascelin reconduisit Gabriel Attaliate jusqu'à la porte de la grande salle.

— Mes nièces s'étaient attachées à l'enfant, murmurat-il en parvenant sur le seuil de la petite maison. L'éloignement où elles se trouvent de leurs habitudes, de leur voisinage et de la plupart de leurs amies, les incite à rechercher l'affection partout où elle se présente...

— Justement! répondit l'eunuque en regardant son interlocuteur droit dans les yeux. Justement! Toute la question est là!

Il s'en fut à grands pas.

Les serviteurs qui apportaient les paniers et les plateaux du repas de midi le croisèrent comme il abordait le premier tournant de la longue allée conduisant à la demeure interdite aux Francs.

Ceux-ci mangèrent sans enthousiasme la cuisine apportée de la part d'Icasia.

— J'ignore ce que cette femme a contre nous, remarqua Brunissen au bout d'un assez long temps de silence, mais rien ne semble pouvoir l'amadouer. Que Dieu me pardonne, elle nous traite comme des pestiférés!

— Sans doute en sommes-nous à ses yeux, admit Landry, le seul à qui cette scène n'avait pas coupé l'appétit. Des pestiférés, peut-être, des barbares, certainement! Eh bien, tant pis! Nous n'avons que faire d'elle et de ses préjugés!

— Elle est la seule de sa famille à se comporter comme elle le fait, corrigea vivement Flaminia. Il ne serait pas juste d'oublier les bontés des autres.

— Personne ne songe à les nier, répondit Brunissen. Mais il n'en reste pas moins que, dorénavant, je me sentirai mal à l'aise sous ce toit. Dieu merci, nous en partirons bientôt.

— Il faudra taire cette vilenie à Théophane Daniélis, dit le père Ascelin. Il en voudrait trop à sa belle-fille...

Deux jours plus tard, les douleurs reprirent Berthe la Hardie. Un flux de ventre sanglant et de cruelles souffrances l'éveillèrent à l'aube.

Sur la demande d'Andronic, le professeur arménien revint et prescrivit la diète la plus sévère. Pendant six jours, la patiente ne boirait que de l'eau de marc de raisin doux.

Anxiété et accablement s'abattirent sur la famille du parcheminier : le départ des croisés devenait imminent.

La veille du jour fixé pour l'embarquement des troupes et des pèlerins, il fallut bien prendre une décision.

On se réunit en conseil autour du lit de la malade afin d'envisager l'avenir. Chacun exposa à son tour sa façon de voir. Quand arriva celui de Flaminia qui s'était arrangée pour intervenir en dernier, elle tourna vers sa grand-mère un visage durci par une détermination farouche.

— Tous, ici, constata-t-elle d'une voix sourde, souhaitent persévérer, continuer le pèlerinage vers la Terre sainte. Vous le savez et vous le comprenez, grand-mère. Moi aussi. Mais il se trouve que mon cœur me retient céans, près de vous. Je resterai à Constantinople. Je vous soignerai avec Albérade. Je suis persuadée que Théophane Daniélis ne s'opposera pas à ce que nous demeurions toutes trois dans ce logis. Par le Dieu tout-puissant, il est chez lui, et c'est lui qui décide ! Nous ne nous en irons que lorsque vous serez tout à fait remise, capable de reprendre la route de Jérusalem !

TROISIÈME PARTIE

25 juin - 30 octobre 1097

1.

Sous la tente où l'on soignait les blessés, la chaleur de juin était malfaisante. Une odeur lourde de sang, de fièvre, de sanie, de déjections, stagnait derrière les toiles aux couleurs vives. Sans discontinuer, il fallait chasser les mouches qui bourdonnaient autour des hommes étendus. On avait demandé à des enfants de remplir cet office à l'aide de chasse-mouches empruntés aux Grecs ou pris aux ennemis.

Sous la direction de trois nobles dames, des religieuses des moines-médecins et plusieurs femmes croisées s'affairaient.

Brunissen et Guibourg, la fidèle et grosse amie retrouvée avec tous les autres compagnons depuis le départ de Constantinople, en faisaient partie. Alaïs, qui avait réussi à se faire admettre dans l'entourage de Bohémond de Tarente, était là, elle aussi, mais dans un but moins désintéressé que celui de son aînée. Grâce à l'entremise de Landry, qui s'entendait mieux que tout autre aux négociations de cette espèce, elle était parvenue à se faire nommer lectrice de Mabille, la demi-sœur emmenée avec lui par le chef des Normands de Sicile.

— Regardez, ma douce, dit Brunissen à sa cadette alors qu'elles marchaient ensemble, les bras chargés de pansements, regardez bien ce qui se passe en ce moment. N'est-ce pas une grande merveille que de voir de si hautes et puissantes dames, venues de régions si diverses, se prêter la main pour nous conseiller et nous aider en un tel lieu ? N'est-ce pas la meilleure preuve de la solidarité des croisés ? Et n'est-ce pas un spectacle rare que cet accord accompli dans le dévouement et l'amour du prochain ?

Alaïs sourit et baissa les yeux. Mieux que Brunissen elle était au courant des rivalités qui opposaient quelques-unes des pérégrines, mais elle préférait se taire. Il était également vrai que, face aux Turcs et à leurs cruautés, l'unanimité contre l'ennemi s'était faite dans le camp des chrétiens. Avec un simple geste d'assentiment, elle se glissa vers un pauvre garçon qui souffrait âprement d'une flèche reçue dans la poitrine.

Malgré les plaintes, les gémissements, le sang qui se répandait avec une affreuse abondance et maculait linges, vêtements, mains et jusqu'aux visages de ceux qui soignaient les blessés, malgré l'appréhension lancinante éprouvée pour Landry servant dans le corps des arbalé-triers, malgré les amers souvenirs de la séparation d'avec sa grand-mère, d'avec Flaminia, demeurées ensemble à Constantinople, malgré la grande pitié éveillée en elle par les victimes d'un siège sans merci, Brunissen n'était pas malheureuse. Des premiers combats victorieux rem-portés devant Nicée par l'armée du Christ, elle tirait une joie sourde, une gratitude qui l'aidaient en ces débuts de vie guerrière à supporter tourments et afflictions.

Au passage, elle salua la comtesse de Toulouse, brune, jeune et jolie épouse de Raimond de Saint-Gilles. Fille d'une concubine d'Alphonse VI, roi de León et de Castille, cette Elvire était la troisième femme du comte qui avait largement dépassé la cinquantaine mais séduisait encore par son allure patricienne et sa grande prestance. On affirmait cependant que cette dernière conquête serait sans doute l'ultime, tant le comte en était épris.

Non loin d'elle, Godvère de Toeni, belle-sœur de Gode-froi de Bouillon, le bon duc de Basse-Lotharingie, incli-nait vers un homme à la main tranchée son visage pâle qu'encadraient des nattes d'un blond cendré, tressées de rubans bleus. Elle avait suivi son mari Baudouin de Boulogne avec leurs jeunes enfants, mais ne semblait guère heureuse auprès d'un homme dur et ambitieux qui lui reprochait, parfois en public, de ne pas savoir se

montrer autant que lui endurante au mal. D'une bravoure tenace, aussi acharné sur le champ de bataille
qu'intelligent et avide, ce cadet, qui ne possédait pas le
rayonnement de son frère Godefroi, avait d'abord été
destiné à la prêtrise avant d'abandonner l'état ecclésiastique pour se consacrer au métier des armes. On disait
dans le camp que, s'il avait emmené avec lui femme et
enfants, c'était parce qu'il avait en vue quelque fructueux
établissement en Terre sainte. Mais c'était peut-être pure
médisance...

La troisième dame, Mabille, la demi-sœur de Bohémond, grande et bien en chair, éclatait de santé. Alaïs
suivait avec une toute nouvelle docilité cette Normande
de Sicile, belle et hardie, dont les longues tresses, d'un
blond si clair qu'il en avait des reflets argentés, trahissaient les origines Vikings encore proches. C'était une
créature de passion, de violence, de coups de cœur, aux
colères aussi dévastatrices qu'étaient entreprenants ses
caprices amoureux. La servir n'était certes pas de tout
repos, songeait Alaïs, mais en revanche on ne s'ennuyait
jamais en sa compagnie, et puis elle permettait d'approcher Bohémond !

Jeunes toutes trois, ces nobles dames avaient tenu à
partir avec leur mari ou leur frère. Comme beaucoup
d'autres, de toutes conditions, elles participaient autant
que faire se pouvait aux actions et aux épreuves des
hommes.

Pour l'heure, en compagnie des moines-médecins, elles
prodiguaient aux blessés et aux malades soins et dévouement. Armées de longues aiguilles d'or avec lesquelles
elles sondaient les plaies, elles se faisaient suivre d'aides
portant des plateaux chargés à ras bord. S'y trouvaient
bandes de toile, paquets de charpie, pinces, brocs d'eau
chaude, coffrets à onguents, à élixirs, à aromates, à
éponges imprégnées de suc de plantes aux propriétés
narcotiques destinées à endormir les patients avant les
opérations, et flacons de vinaigre tiédi utilisé pour les
réveiller ensuite.

Parmi les paillasses posées sur des sangles tendues
entre deux pièces de bois, des prêtres circulaient également. Ils étaient venus non point pour les corps meurtris

mais pour les âmes en détresse. Ils s'entretenaient avec
certains blessés, priaient avec d'autres, confessaient ceux
qui en éprouvaient le besoin. Foucher de Chartres se
trouvait parmi eux. Assis sur un escabeau auprès d'une
couche où gisaient trois blessés côte à côte, il les écoutait
raconter, avec l'excitation que procure la fièvre, les heurs
et malheurs du siège de Nicée qui durait depuis plus de
cinq semaines.

Les troupes de Robert Courteheuse, d'Hugues le
Maisné, frère du roi de France, et celles d'Étienne de Blois
étaient parvenues en dernier au camp que les croisés
avaient établi autour des remparts superbes et impres-
sionnants de la ville que les Byzantins nommaient « la
perle de la Bithynie ». Après y avoir rejoint les autres
corps d'armée, ils avaient occupé à l'est de Nicée l'emplacement qui leur avait été assigné, entre les soldats de
Robert de Flandre et ceux de Raimond de Saint-Gilles,
comte de Toulouse et époux d'Elvire, qui commandait
plus de dix mille hommes de pied et plus de mille
chevaliers. Le basileus, lui, était resté en arrière, à
Pélékan.

Venus du Nord ou du Midi, des brouillards flamands ou
des terres ensoleillées du Rouergue, tous les croisés
étaient à présent au coude-à-coude pour assiéger « leur »
première citadelle ennemie. C'était d'un même regard
décidé et vengeur qu'ils contemplaient les deux cent
quarante tours ponctuant les murailles de pierre ocrée et
de brique rose artistement appareillées, qui se miraient
dans les eaux limpides du lac Ascanius. Situé à l'ouest de
la ville, du côté où le crépuscule embrasait chaque soir
les flots paisibles qui protégeaient la cité turque, ce lac
avait, au début, empêché les assiégeants de boucler leur
encerclement comme il l'aurait fallu.

— Force m'est de reconnaître, mon père, dit à Foucher
de Chartres un des blessés, âgé d'une trentaine d'années,
noir comme une grolle et qui avait un pansement autour
du front, que sans les Grecs, nous n'aurions jamais réussi
à investir Nicée ! Ce sont leurs bateaux qui nous ont tirés
d'affaire !

— Figurez-vous, mon père, continua son voisin, un
gros meunier au teint blafard, comme si la farine de son

moulin s'était à la longue infiltrée sous sa peau, et qui souffrait d'un coup d'épée dans l'épaule, figurez-vous cette ruse ! Une nuit, il fut décidé en commun conseil d'envoyer jusqu'au port le plus proche, celui de Civitot, bon nombre de cavaliers et de piétaille. Ils étaient chargés de ramener par voie de terre, sur des chariots attachés les uns aux autres par trois ou quatre, selon les besoins, les navires cédés à nos troupes par le basileus. Ce fut une vraie prouesse que de traîner sur sept milles de routes, au moyen de câbles, de cordes de chanvre, de courroies en cuir, ces gros bateaux pouvant chacun contenir cent guerriers ! Hommes, bœufs et chevaux ont fourni là un effort qu'on a peine à imaginer !

— Des navires qui marchaient ! Il faut avoir assisté à une chose pareille pour y croire ! lança le troisième blessé, un beau garçon à la figure sabrée de la tempe à la mâchoire par la lame d'un cimeterre turc qui l'avait défiguré de la plus hideuse façon. Au lever du soleil, quand ils virent ces nefs mises à flot sur le lac, nos croisés furent transportés de joie. Les Sarrasins, eux, étaient stupéfaits !

— Après cet exploit, continua avec fièvre l'homme noiraud qui semblait bavard, nos seigneurs décidèrent de faire construire des machines de siège : tours de bois des plus hautes, tortues, ces abris aux carcasses d'osier recouvertes de peaux fraîchement écorchées pour qu'elles ne s'enflamment point, balistes et mangonneaux servant à lancer des pierres sur les remparts. Tous les moyens disponibles ont été employés.

Foucher de Chartres apprit assez vite que l'homme qui lui parlait se nommait Pierre Barthélemy. Il était valet d'un tonnelier de Narbonne qui, à l'en croire, le payait mal, ce qui justifiait à ses yeux un penchant avoué pour les jeux de dés ou de tables...

— Nous avons aussi commencé à saper les murailles, mais beaucoup de tentatives visant à s'emparer de la ville ont déjà échoué, reconnut le jeune homme au visage balafré dont l'affreuse blessure commençait à peine à se cicatriser.

— Si les Grecs nous ont aidés pour le transport des bateaux, reprit à son tour le meunier d'un air rancunier, en revanche, l'an dernier, ils ont lâchement abandonné à leur sort les compagnons de Pierre l'Ermite et de Gautier Sans Avoir ! Pour venir jusqu'ici, nous avons suivi, au-delà de Nicomédie, la route qu'ils avaient empruntée en automne. Quelle épouvante ! Des tas d'ossements blanchis jalonnaient notre chemin. Ce n'était que membres décharnés, têtes coupées, squelettes dépecés par les bêtes sauvages ! Tant de chrétiens massacrés par les Turcs et laissés sur place, sans sépulture, comme des chiens !

— Dieu de pitié, prenez leurs âmes en Votre paradis ! implora le balafré. Il ne reste presque rien de cette foule de va-nu-pieds, de pauvres hères, que Petit-Pierre, qui, lui, a échappé à la tuerie, traînait derrière ses chausses depuis le royaume de France ! Des innocents, des gens simples, partis sans préparation, ignorant l'art de se servir d'une bonne épée ou d'une solide arbalète. Ils ont été occis comme des agneaux sans défense, avec sauvagerie, par les ennemis du Christ... Quand, un peu plus tard, sur ordre de leur empereur, les navires grecs chargés de chasser les Turcs parvinrent à Civitot, au bord de la mer, ils n'y trouvèrent que quelques rescapés. Sur des milliers et des milliers de pèlerins, bien peu, voyez-vous, bien peu de nos malheureux frères avaient échappé à la tuerie... Quelques belles filles ou de trop jolis garçons avaient, seuls, été épargnés et emmenés ailleurs. Inutile de se demander pour quel emploi !

Avec fureur et dégoût, le blessé cracha par terre.

— Hélas ! soupira Foucher de Chartres, j'ai appris que certaines religieuses aussi avaient été enlevées par les infidèles ! Ici même, à Nicée, emprisonnées ou soumises à des traitements qu'on n'ose imaginer, il doit encore se trouver de ces tristes victimes que les Turcs n'ont pas cru bon d'évacuer plus loin.

— Nous les délivrerons avec nos autres frères, ces chrétiens d'Orient, ces chrétiens indigènes récemment conquis par les Sarrasins et qui les haïssent tout autant que nous. Ils nous appellent à leur secours et nous accueilleront comme des libérateurs ! s'écria le soldat défiguré, qu'une grande ardeur animait.

— Nicée n'a été perdue par les Byzantins que depuis peu, reprit le meunier. Une quinzaine d'années, m'a-t-on dit. Mais pour les Grecs, cette défaite reste un jour de deuil et de désolation !

Foucher de Chartres leva une main véhémente :

— Nicée est bien autre chose qu'une cité ordinaire, défaite ou conquise ! s'écria-t-il avec feu. Nicée est une ville sacrée ! Plusieurs conciles s'y sont jadis tenus. Tout particulièrement, voici huit siècles, durant les ides de juin 325, le concile par lequel fut confirmée la Sainte Trinité !

Il se signa et ses auditeurs l'imitèrent avec dévotion.

— Par la même occasion, continua-t-il, les Pères de l'Église définissaient notre Credo et l'empereur Constantin le proclamait loi d'Empire ! C'est le résumé de toute notre foi, appelé à présent Symbole de Nicée, qui a vu le jour en cette place. Nous le savons par cœur. Tous. Eh bien ! mes frères, mes amis, je propose que nous le récitions ensemble, soldats et pèlerins confondus, quand sera donné le signal de l'assaut final !

Sa voix vibrante s'était élevée, dominant les bruits qui l'entouraient. En l'entendant, chacun sous la tente s'était immobilisé, comme frappé par le passage de l'Esprit.

— Nicée occupée par les Turcs est une blessure à l'âme de tout chrétien digne de ce nom ! assura de son côté Mabille, la sœur de Bohémond de Tarente. Tant pis pour les Grecs qui acceptent de la voir soumise à l'islam ! A nos yeux, ce doit être un scandale. Un tel scandale que seul le sang, un sang impur versé par nous, parviendra à en laver la trace sur terre et dans les cieux !

Elle avait un regard d'un vert d'eau qui, dans ses moments d'indignation, devenait d'une dureté de glace.

— Par mon saint patron, je ne souhaite à personne de tomber entre les pattes de cette tigresse, murmura le meunier à l'oreille de Foucher de Chartres, qui sourit mais ne répondit pas.

— Son frère et tous les membres de sa famille sont de la même espèce, souffla Pierre Barthélemy d'une voix prudente. Chez nous, les Provençaux, on n'aime guère ces Normands de Sicile. Rien ne borne leur insatiable convoitise. En plus, ce sont de redoutables guerriers qui n'ont peur de personne. Le basileus les craint autant, sinon davantage, que les Turcs et les Arabes réunis ! Mais maintenant qu'ils sont devenus alliés, il est obligé de composer avec eux et de laisser ses troupes combattre à leurs côtés. C'est en vérité un bien curieux miracle que l'hommage rendu par Bohémond à l'empereur. Il y a là quelque chose de louche et même peut-être de diaboli·que... Enfin, par ma foi, nous sommes tous piégés... A présent que ces gens-là ont pris la croix comme nous, il ne nous reste qu'à les admettre tels qu'ils sont...

— On raconte dans le camp que le seigneur Bohémond, avant de se croiser, était décidé à pousser plus outre les conquêtes de son père, ce Robert Guiscard venu de Normandie sans sou ni maille pour se tailler un royaume en Sicile, en Pouilles et en Calabre, reprit à mi-voix le balafré. D'après certains ragots, Bohémond songerait à détruire la puissance byzantine pour fonder en son lieu et place un empire normand englobant une bonne partie des rives et des îles de la Méditerranée. Pour moi qui viens de Calais, où cette famille est inconnue, de telles histoires me paraissent tout à fait invraisemblables.

— Peut-être ne le sont-elles pas autant que vous le croyez, dit Foucher de Chartres. Quand on connaît Bohémond d'un peu près, on le sait capable de bien des choses... Il est intelligent, ambitieux, brave et rusé... Par ailleurs, il a de sérieuses revanches à prendre... Un de ses demi-frères et son oncle règnent déjà en Sicile et dans le sud de l'Italie. Il se trouve lui-même être le fils unique d'une première épouse, modeste Normande qui n'était point noble, alors que les autres enfants de Robert Guiscard sont nés d'une princesse lombarde épousée en secondes noces, tellement plus flatteuses que les premières ! Une jalousie féroce a poussé Bohémond à se battre contre son cadet auquel son père, à sa mort, avait laissé le duché d'Apulie. Il l'a vaincu et a pris Tarente, d'où il tient son nom, plus un morceau non négligeable du talon de la botte italienne. Leur oncle Roger a eu toutes les peines du monde à faire accepter une trêve aux deux frères. Ils étaient donc réconciliés lorsque Bohémond a eu vent de l'immense mouvement qui lançait sur les routes de l'Orient nos soldats du Christ. Il a aussitôt décidé de se croiser et de se joindre, avec ses Lombards, à nos troupes.

— Est-il bon chrétien ? chuchota le meunier. Je me suis laissé dire que, s'il était l'allié du pape en Italie, il pouvait tout aussi bien traiter avec les Turcs, ici, s'il y trouvait son intérêt.

Foucher de Chartres posa un doigt sur ses lèvres pour recommander le silence au bonhomme. Depuis un certain temps, il avait remarqué qu'Alaïs s'attardait à faire boire un blessé non loin de leur groupe. La récente appartenance de la jeune Chartraine à la suite de Mabille, sœur de ce même Bohémond dont on jasait tant sous les tentes de toile, l'avait vite intrigué. Il observait le manège de la jeune fille en se demandant si Mabille ne l'avait pas engagée afin d'obtenir des renseignements sur les divers courants d'opinion qui pouvaient se manifester durant le siège de Nicée pour ou contre son frère. Il connaissait le mutuel attachement de Mabille et de Bohémond mais, en revanche, ne comprenait pas les raisons ayant pu pousser Alaïs du côté de cette maison de Sicile dont il se méfiait lui-même pour en avoir beaucoup entendu parler par le comte de Blois et le duc de Normandie, en des termes qui n'étaient pas toujours confiants, tant s'en fallait !

Alaïs se redressa, sourit au moine avec toute l'innocence possible et s'éloigna d'un pas léger. Au fond de son cœur, elle se moquait des critiques qu'elle parvenait à saisir au sujet de son héros. Le mal qu'on pouvait en dire ne relevait pour elle que de la basse envie qu'un homme aussi exceptionnel suscitait forcément autour de lui.

Depuis les quelques jours qu'elle appartenait à la maison de Mabille, elle avait déjà eu maintes occasions de rencontrer celui dont son imagination était pleine. Il n'avait pas semblé s'intéresser à elle, mais cette constatation était fort égale à l'adolescente et la rassurait plutôt. Pour être contente, il lui suffisait de le voir de loin, de le croiser, d'entendre la voix qui lui poignait le ventre... Qu'importait qu'il la remarquât ou non, du moment qu'elle pouvait se repaître de sa présence.

Certaines gens, hommes jaloux ou femmes dédaignées, songeait Alaïs, colportaient, il était vrai, de bien curieuses histoires sur Bohémond, mais elles se trouvaient compensées par l'admiration dont il était l'objet de la part de beaucoup d'autres. On vantait son courage,

sa force, son ardeur au combat comme au lit, son
habileté, ses qualités de chef, son ascendant sur ses
troupes, son expérience jamais en défaut, son audace un
peu folle parfois, souvent justifiée, ses dons de stratège et
d'organisateur... N'était-ce pas lui qui avait trouvé le
moyen de ravitailler l'armée croisée alors que les vivres,
au début du siège, manquaient de façon tellement
cruelle ?

Si son neveu, Tancrède, qui lui aussi plaisait aux filles,
était plus jeune, combien il paraissait moins puissant,
moins viril, moins protecteur à Alaïs ! Chaque rencontre
avec Bohémond faisait lever dans son corps neuf des
ondes de plaisir et d'effroi confondues...

— Eh bien, mon enfant, nous rêvons ?

Mabille apostrophait en riant sa nouvelle lectrice qui
tressaillit, s'excusa et se précipita vers la bassine d'eau
claire qui lui était demandée.

Les pans de toile qui fermaient la tente s'ouvrirent
brusquement.

— Les combats reprennent devant les portes de Nicée !
cria un homme qui repartit en courant.

— Hélas ! soupira Godvère de Toeni, l'épouse de Baudouin de Boulogne, hélas ! pendant combien de jours
encore nous faudra-t-il entendre cet appel !

Douce et paisible, la belle-sœur de Godefroi de Bouillon
semblait souffrir plus que bien d'autres des violences
entraînées par le siège.

— Prions Notre-Dame que les archers turcs ne réussissent point, cette fois, à blesser trop des nôtres, dit
gravement la comtesse de Toulouse en joignant les
mains. A l'abri de leurs meurtrières, ils s'acharnent en
tirs croisés sur nos soldats qui, eux, ne peuvent les
atteindre, et c'est là félonie ! Quand accepteront-ils un
nouveau combat à découvert comme le jour où mon
époux et seigneur livra bataille, en compagnie de Robert
de Flandre et de Godefroi de Bouillon, à l'armée du sultan
et la mit en déroute !

C'était un étrange spectacle que celui de cette jeune et
jolie femme aux traits purs comme ceux d'une icône, aux
longues tresses lustrées s'échappant du léger voile blanc
qui lui couvrait la tête, debout dans une attitude orante

parmi les lits de camp où gisaient des hommes ensanglantés.

A cause de la chaleur qui régnait sous la tente, la
comtesse Elvire portait, comme toutes ses compagnes,
une simple tunique de dessous, en lin, à manches longues
et amovibles qu'on recousait chaque matin afin de
pouvoir les retirer ou en changer selon les besoins de
l'heure. Pour un temps, les bliauds avaient été abandonnés au profit de ces chainses [1] dont on ne voyait
d'ordinaire dépasser que le bas et les poignets. Attachés
par des cordons autour des tailles sveltes ou épaisses, de
larges devanteaux de toile rude, éclaboussés de traînées
brunes ou rouges, protégeaient les tuniques. Ils dessi-
naient aussi, de façon plus précise que les bliauds, les
formes de celles qui s'en étaient enveloppées.

Ce détail n'avait pas échappé à Pierre Barthélemy qui
s'intéressait beaucoup à la gent féminine. Au moment où
Alaïs passait à nouveau près de lui, il tendit la main et
agrippa un pan de son devanteau.

— Eh! douce amie, dit-il en louchant vers les jolis
seins révélés par l'étoffe que la sueur collait au corps de
l'adolescente, douce amie, j'ai soif. Voulez-vous bien me
donner à boire?

— Je n'ai jamais refusé un peu d'eau à qui me la
demandait! répondit en souriant la jeune fille. Je vais
vous en quérir.

Elle avait déjà remarqué ce blessé occitan, noir de poil,
au long nez de chien de chasse, aux petits yeux sombres
mais rieurs, que son pansement autour du crâne ne
semblait pas empêcher de reluquer toutes les filles un
peu avenantes passant à sa portée. Aussi chargea-t-elle un
des enfants de Godvère, qui tournaient autour des seaux,
de puiser de l'eau et d'en porter un gobelet à l'assoiffé.
Puis elle retourna vers Mabille qui aidait un moine-
médecin à extraire de la cuisse d'un blessé la pointe d'une
flèche qui y était restée fichée.

Comme toutes ses compagnes, Alaïs avait dû s'aguerrir,
s'habituer à la vue et au contact journalier de la souffrance, des plaies, des corps meurtris, écorchés, tailladés,

1. Genre de chemises longues portées sous le bliaud.

ébouillantés, écrasés... Au début, elle s'était trouvée mal plusieurs fois. A présent, quand l'horreur la saisissait, elle priait la Sainte Mère de Dieu de lui donner force et courage pour venir en aide à ceux qui œuvraient pour le Christ en affrontant sans répit les ennemis de la Vraie Foi.

Au moment où elle se redressait après avoir posé une compresse de pétales de lys confits dans du vin, chargée de panser les chairs déchirées d'où on venait de retirer la pointe de fer aiguë, des cris provenant de l'entrée la firent sursauter. Elle se retourna.

Debout sur le seuil, tenant de la main gauche un pan de toile relevé, Bohémond brandissait de la droite une tête de Sarrasin, tranchée net au col.

— Par tous les diables qui sont ses amis, voici encore un suppôt de Satan qui ne nous criera plus d'insultes ni de blasphèmes à l'abri de ses remparts ! s'écria-t-il en riant. Ces chiens-là ne cessent d'insulter notre Christ !

Chacun le regardait, pétrifié. On savait que, lors de la première bataille victorieuse, livrée quelques jours plus tôt contre les Turcs par le comte de Toulouse et les autres barons croisés, certains soldats avaient coupé les têtes des morts et sans doute aussi des blessés. Ils les avaient ensuite attachées aux courroies de leurs selles pour les ramener au camp. On en avait fiché quelques-unes au bout des lances pendant qu'on catapultait les autres au-delà des remparts de Nicée, chez les ennemis, pour les impressionner et leur faire payer les massacres de chrétiens commis par eux auparavant. Un des chefs, mais on ne savait au juste lequel, avait même eu l'idée d'envoyer à l'empereur Alexis, en présent et comme témoignage de victoire, des sacs de cuir contenant mille autres têtes de leurs adversaires communs, proprement décollées... Ce macabre cadeau avait été expédié par chariots puis par bateaux jusqu'au basileus. On ignorait encore ce qu'il en avait pensé...

— Dieu me pardonne, mais vous avez bien fait, mon frère ! s'écria Mabille, dont les prunelles vertes s'étiraient comme celles d'une chatte. Il faut venger nos martyrs ! Hier matin, j'ai vu l'un des nôtres qui s'était imprudemment approché de leurs maudites murailles en luttant contre un cavalier turc. Alors qu'il venait de s'écrouler, blessé par les coups de son assaillant, il fut saisi par ces abominables crocs de fer qui sont œuvres du démon. Du haut des fortifications, les Sarrasins l'ont hissé avec des cordes jusqu'à eux, l'ont dépouillé de ses vêtements, et jusqu'à sa chemise, avant de rejeter dans le fossé son pauvre corps déchiqueté et nu qui palpitait encore !

Bohémond cracha et lança sur le sol jonché de paille souillée la tête hagarde qui roula vers un des lits, dont le pied arrêta son mouvement...

— Il faudra la donner à nos molosses pour qu'ils s'en amusent, dit-il simplement dans le vaste silence brusquement survenu.

Brunissen se signa en demandant à Dieu de pardonner au mécréant son opiniâtreté et à Bohémond la férocité de son comportement... Médusée, Alaïs contemplait son héros. Si sa sensibilité se révulsait comme celle de sa sœur devant une si grande cruauté, la certitude où elle se trouvait d'être du côté des justiciers, dans le camp dont la cause sacrée était celle-là même du Christ Seigneur, l'inclinait vers une acceptation teintée d'indulgence. En outre, une autre part d'elle-même, la plus instinctive, défaillait, troublée par un profond attrait charnel qui la poussait vers Bohémond de manière irrésistible, au-delà des frontières du Bien ou du Mal...

Cet homme exerçait sur elle une fascination contre laquelle elle se découvrait sans défense. Il la captivait...

Les yeux dilatés, elle se repaissait de sa vue. Il était de si haute taille qu'il dépassait presque d'une coudée les plus grands de ses compagnons. Mince, avec le cou, les épaules, la poitrine et les bras superbement musclés, sous le haubert de mailles qui lui tombait jusqu'aux genoux et sous la broigne de cuir garnie de plaques en métal, d'anneaux, de têtes de clous, qui le recouvrait, il apparaissait à Alaïs fort comme un chêne et souple comme un pin sylvestre. L'épée au côté, un poignard glissé dans sa large ceinture, un court manteau d'écarlate agrafé sur l'épaule gauche par un fermail d'or, il avait tout du preux. De teint clair, avec des lèvres rouges, bien dessinées, il portait courts, coupés au-dessus des oreilles, des cheveux d'un blond-blanc semblables à ceux de sa demi-

sœur. Comme il avait retiré son heaume d'acier bruni, ses
mèches claires, ainsi que paille après la moisson, brillaient dans les rayons du soleil qui se faufilaient à travers
les toiles mal jointes. Rasé de près, contrairement aux
guerriers francs qui portaient tous la barbe, il y gagnait,
en dépit de ses quarante ans, un certain air de jeunesse
grâce à ses joues lisses et polies comme le marbre des
statues antiques. Son nez droit, ses narines mobiles, son
menton volontaire composaient un visage digne des plus
célèbres sculpteurs grecs. Mais cette harmonie des traits
se trouvait éclairée par un regard bleu ou vert, selon les
cas, qui pouvait se faire séduisant comme celui d'un
jouvenceau ou dur comme un éclat de verre. Sauvagerie
et charme, sensualité et intelligence, courage et habileté
le définissaient tour à tour. Bohémond était ainsi fait,
corps et âme, que ses contradictions étaient devenues ses
meilleures chances.

Il partit soudain d'un grand rire qui fit frémir Alaïs,
l'arrachant à l'étrange ascendant que cet homme, depuis
le premier instant où elle l'avait aperçu, exerçait sur elle.

— J'ai faim, dit-il. Le combat de ce tantôt m'a mis en
appétit. Allons, Mabille, allons ma gente dame, quittez
ces pauvres gens. Venez souper avec moi.

On ne discutait pas un ordre de Bohémond. Bien qu'il
fût le seul à les obtenir d'elle, sa demi-sœur non plus ne
savait pas lui refuser obéissance et soumission, du moins
tant qu'il ne s'agissait pas de ses caprices amoureux. Le
plus souvent elle acceptait de se plier à ses décisions.

Alaïs, que son service retenait dans la suite de Mabille,
s'approcha de Brunissen pour lui souhaiter le bonsoir.
Elle la rejoignit près du lit d'un enfant qui avait reçu un
jet de pierres du haut des remparts. Écorché de partout,
avec un bras rompu en deux endroits, il faisait pitié à
voir.

— Je dois m'en aller avec dame Mabille, dit l'adolescente, tout en retirant son devanteau maculé de taches
sombres. J'aurais aimé vous aider à panser ce petit, mais
je ne le puis...

— Guibourg est libre, répondit Brunissen. Je vais lui
demander assistance si j'en ai besoin.

Elle eut un sourire un peu triste.

— Toute notre famille est dispersée, reprit-elle avec mélancolie. Vous voici passée chez les Normands de Sicile, Landry a rejoint l'armée, Flaminia et grand-mère sont demeurées à Constantinople, si loin de nous... Dieu merci, il nous reste notre cher oncle pour nous regrouper autour de lui chaque fois que c'est possible et pour écrire aux absentes.

Elle soupira, puis se força à changer de ton.

— Allez, allez, ma douce. Il ne sied pas de faire attendre une si puissante dame...

Alaïs l'embrassa et la laissa en train de fixer autour du bras cassé des bandes de toile trempées dans du blanc d'œuf qui durcirait en séchant et maintiendrait en place les os brisés, consolidés par des attelles de bois.

Dehors, la chaleur s'apaisait. Avec l'approche du soir, une douceur de lait frais descendait du ciel sans nuages dont le bleu commençait à changer de couleur. Elle soulageait soldats et pèlerins brûlés tout le reste du jour par le soleil de juin dont on se défendait comme on pouvait.

Le gigantesque camp des chrétiens, composé de centaines de milliers d'individus, était dressé en forme de fer à cheval sur la rive est du lac Ascanius et encerclait Nicée. Ceinturée de douves profondes, la ville était isolée de ses assaillants, mais le camp, lui aussi pour sa propre défense, était entouré d'un fossé rempli d'eau.

Avec la fin du jour, les combats cessaient. On s'affairait un peu partout à préparer le repas du soir. En provenance des cuisines volantes établies en plein air, s'élevaient des fumées. Des odeurs de viandes grillées, d'épices, de rôtis, d'huile chaude, de beignets imprégnaient l'air... Suspendus au-dessus des feux de bois à des bâtons soutenus par des pieux entrecroisés, chaudrons et marmites bouillonnaient doucement. Parmi les braises, on avait disposé des landiers ou des trépieds sur lesquels mijotaient poêlons et pots en terre vernissée. On rôtissait porcs et agneaux entiers, poulets et oisons, enfilés sur des broches actionnées avec lenteur et précaution par des enfants chargés de les faire dorer.

Autour des tentes de couleurs vives et mêlés à la foule, chiens, poules avec leurs poussins, cochons noirs, moutons et chèvres suivis de leurs agnelets et chevreaux se repaissaient de tout ce qu'ils pouvaient trouver : touffes d'herbe, graines, os, épluchures, miettes, n'importe quels détritus bons à prendre et à se disputer. Bohémond, Mabille et leur suite se frayaient un passage à travers cette cohue en écartant avec impatience animaux et mendiants quêtant une provende hasardeuse.

Les chariots à provisions, chargés de sacs de blé, d'orge, de farine, de barils d'huile, de poissons fumés, de viande séchée, de tonneaux de vin, de lardiers, de paniers de légumes secs ou frais et de fruits, de petits fûts remplis de miel, de vinaigre, de verjus, formaient un rempart nourricier entre les pèlerins, l'armée et les troupeaux mouvants des chevaux, des mulets et des ânes. Séparés les uns des autres, destriers de race et humbles bêtes de somme se partageaient plusieurs vastes enclos encordés, à l'herbe jaunie et foulée, qui jouxtaient les limites du camp. Limites immenses entre lesquelles se coudoyaient, s'interpellaient, se disputaient enfants courant entre les piquets des tentes, porteurs d'eau remontant du lac en soutenant sur leurs épaules de longues perches pourvues d'un seau ruisselant à chaque extrémité, hommes pris de boisson qui hurlaient des chansons à boire, forgerons faisant jaillir des étincelles de leur enclume, joueurs de dés ou d'autres jeux de hasard, interdits mais impossibles à supprimer, filles follieuses aux yeux alourdis de khôl traînant dans les coins les plus ombreux et qui offraient à la dérobée aux passants leurs seins dénudés, avec des regards avides et provocants... Limites immenses, camp immense, cohue immense. A perte de vue, autour de Nicée, l'armée de Christ et ses pèlerins faisaient songer à l'exode du peuple hébreux à travers le désert. Les uns comme les autres s'étaient lancés, dans le désordre, l'obéissance, la foi et l'espérance, vers cette Terre promise qui, à travers les âges, demeurait la même pour tous, éternellement convoitée et sans fin disputée...

— Alaïs ! cria une voix juvénile.

Perdue dans la suite nombreuse qui entourait Mabille et Bohémond, Alaïs se retourna. Elle aperçut Landry, une arbalète sur l'épaule, qui revenait de l'une des séances d'entraînement journalier imposé aux nouveaux arbalétriers. Il n'était pas seul. A sa droite, se tenait, moqueur, Mathieu de Nanterre, le barbier de la nef qui avait soigné Garin, et à sa gauche, Herbert Chauffecire qui semblait s'être désintéressé de la famille du parcheminier depuis que Flaminia était restée à Constantinople.

— Dieu m'assiste ! Vous voilà en bien étrange compagnie, mon frère ! remarqua-t-elle en riant.

— A travers ce camp, si grand soit-il, on finit toujours par se rencontrer, lança le barbier d'un air réjoui.

— Je vous croyais encore sur la nave italienne où nous vous avions laissé. Vous sembliez si heureux d'avoir de nouveau trouvé à exercer votre art !

— Par mon saint patron, je m'y suis vite ennuyé ! La vie à bord n'était guère à mon goût. J'ai préféré venir rejoindre mon ancien maître, Hugues de Vermandois, le Maisné.

— Et il a bien voulu de vous qui l'aviez si bellement abandonné ?

— Il faut croire que mes soins lui manquaient ! lança le barbier dans un grand éclat de rire.

Bohémond s'était arrêté pour s'entretenir avec le général en chef de l'armée grecque mise par l'empereur à la disposition des barons francs. Le général Tatikios était le frère de lait du basileus, qui savait pouvoir compter sur son dévouement comme sur sa sagacité.

Parmi les troupes croisées, on se méfiait de lui. On l'appelait Estatin l'Esnasé ou l'Homme au nez d'or. Il avait en effet, durant une bataille déjà ancienne, subi une grave blessure qui l'avait défiguré. Son rang et sa fortune lui avaient permis de se faire confectionner un nouvel appendice nasal en métal précieux qu'il attachait sur son visage mutilé au moyen de rubans en cuir doré. Au mitan du jour, quand le soleil dardait au zénith, l'éclat de ce nez étincelant éblouissait ses interlocuteurs. Il n'était pas impossible, pensaient certains, que ce miroitement fût pour quelque chose dans ses succès.

Le chef des Normands de Sicile et l'homme brun, sec, secret, qui lui arrivait à peine à l'épaule, conversèrent durant un bon moment avant que le général s'éloignât vers son propre camp.

Bohémond le suivit un instant des yeux avec un air dur

et concentré, puis il haussa les épaules et se dirigea vers le groupe que formaient Alaïs et les trois arbalétriers.

— J'aime bien qu'on rie autour de moi, dit-il, mais je préfère en connaître la cause. De quoi vous amusiez-vous donc, vassal ?

Il s'était adressé à Landry dont Alaïs venait, d'instinct, de se rapprocher.

— D'une rencontre, messire, répondit le fils de Garin. D'une double rencontre : celle d'un ami trouvé naguère sur la nef qui nous amenait d'Italie en Grèce, et celle de ma jumelle que je cherchais depuis un certain temps.

Bohémond considéra Alaïs avec plus d'attention.

— Par sainte Sophie, comme dirait Tatikios, par sainte Sophie, n'êtes-vous point, belle pucelle, la nouvelle lectrice de ma sœur que voilà ?

— Si fait, messire, balbutia l'adolescente dont tout le sang parut refluer au visage.

Bohémond sourit. Il connaissait le pouvoir de ses sourires et n'avait pas pour habitude de les galvauder.

— Décidément, le Seigneur fait bien les choses, ce jour-d'hui, remarqua-t-il, l'air amusé. Tantôt, j'ai tué une bonne dizaine de mécréants et voici que je croise la plus avenante demoiselle du camp ! Loué soit Dieu pour tant de bienveillance !

Son grand rire s'éleva, retentit, domina un instant les rumeurs foisonnantes qui montaient de la foule tumultueuse, lasse et cependant énervée par l'approche du soir.

— Allons ! reprit-il ensuite, allons ! J'ai faim, par tous les diables, et mon cuisinier n'aime pas plus que moi avoir à attendre !

Alaïs fit une grimace d'impuissance à l'adresse de son frère et rejoignit les autres suivantes de Mabille.

Les trois garçons la regardèrent s'éloigner vers le campement des Normands de Sicile.

— Je veux bien être pendu si votre jumelle n'est pas dévorée toute crue par ce Minotaure, dit le barbier d'un air dépité. Il n'en fera qu'une bouchée !

— Flaminia à Constantinople, Alaïs à Nicée, vous semez vos sœurs, Landry, à chaque étape de votre route, comme les grains d'ambre d'un chapelet rompu ! lança Herbert Chauffecire avec amertume. Le chemin est encore long jusqu'à Jérusalem et il ne vous reste que Brunissen. Veillez bien sur elle si vous ne voulez pas la perdre à son tour !

— Flaminia et Alaïs ont plus de défense que vous ne semblez le croire, mes amis, répondit avec une belle assurance l'interpellé. Je ne doute pas de leur vertu !

Devant les plus vastes tentes, surmontées d'enseignes, on dressait des tables pour les nobles et puissants seigneurs qui n'allaient pas tarder à souper. Partout ailleurs, assis sur des bottes de paille, des sacs empilés, des pierres, ou à même l'herbe qui roussissait chaque jour davantage, le tout-venant des pèlerins et des soldats trempait d'épaisses tranches de pain dans des écuelles où fumaient ragoûts, potages ou brouets...

— Je vais souper avec mon oncle, le père Ascelin, Brunissen, Guibourg et son mari Liébault, qui étaient voisins et amis de notre famille, à Chartres. Ils se sont joints à nous depuis que nous avons quitté Constantinople, dit Landry qui était libre en dehors des heures dues au service armé. Si le cœur vous en dit à tous deux...

Mathieu le Barbier et Herbert Chauffecire acquiescèrent.

Devant la tente rayée de vert et de rouge occupée par la famille du parcheminier, une jeune servante, trouvée à Constantinople en remplacement d'Albérade, dressait trois planches sur deux tréteaux en manière de table. Une nappe blanche les recouvrit bientôt. Biétrix y déposa écuelles, pain tranchoir, couteaux, un pichet de vin, un autre d'eau claire.

Les trois garçons prenaient place sur les bottes de paille empilées en guise de sièges, quand le père Ascelin, suivi de Brunissen, de Guibourg et de Liébault, arriva à son tour. On se retrouva avec plaisir mais on ne s'étonna guère. Séparations, rencontres, pertes et retrouvailles faisaient partie de la vie quotidienne des pèlerins.

— Voici bien la meilleure heure de la journée, dit le père Ascelin, quand tous se furent assis et après le *Benedicite*. L'heure douce où la fureur des combats est oubliée, où l'on peut contempler le ciel sans craindre de le voir traversé de flèches ou de carreaux d'arbalète, et où cessent enfin les cris des soldats qui tuent ou se font tuer... L'heure de rémission...

— Tant que nous ne serons pas arrivés à Jérusalem, nous ne connaîtrons que des rémissions temporaires, remarqua Brunissen. La véritable paix de l'âme, c'est là-bas que nous la découvrirons.

— Sans doute, sans doute, répondit Mathieu le Barbier, vous êtes dans le vrai, demoiselle, mais il est des instants de grâce comme celui que nous sommes en train de vivre, où on se retrouve entre bons amis, qui ne sont pas à dédaigner. Je suis de ceux, voyez-vous, qui essayent toujours de tirer le meilleur parti de ce qui nous est accordé et, par tous les saints, je m'en suis souventes fois félicité !

— Dieu vous a doué d'une heureuse nature, constata Guibourg avec un large sourire. Je suis comme vous, c'est tout naturellement que je m'accommode des choses et des gens. Mon mari que voilà est beaucoup plus nerveux que moi. Depuis vingt ans que nous sommes mariés, je cherche à lui faire prendre les événements du bon côté. Ce n'est pas toujours facile !

Elle se mit à rire. Ses grosses joues, son double menton et son opulente poitrine la faisaient ressembler à un douillet édredon de duvet, moelleux et accueillant.

Liébault le Sellier eut un rire amer.

— Si vous croyez que je ne le souhaite pas autant que vous, dit-il, vous avez tort. Mais à voir ce que l'on voit tous les jours, il est malaisé de ne pas se laisser aller à l'anxiété. La guerre n'est pas belle à regarder. Par la Croix de Dieu, je crains bien que ce qui nous attend soit encore pire que ce que nous avons connu jusqu'à présent.

— Parmi nous, il y a une personne qui a déjà payé un lourd tribut aux malheurs du temps, fit remarquer le père Ascelin. C'est Biétrix. Eh bien, je peux vous l'assurer, elle n'a point perdu pour autant la foi en l'avenir. N'est-il pas vrai, mon enfant ?

La petite servante, qui n'avait pas seize ans, inclina sa tête blonde en signe d'assentiment.

— Rien ne me fera renoncer à la marche de délivrance entreprise par mes parents, affirma-t-elle avec conviction. Nous étions partis ensemble pour nous rendre au saint sépulcre. Quoi qu'il puisse advenir encore, je m'y rendrai quand même. Seule. En sachant leurs âmes proches...

Son menton tremblait et sa voix s'enrouait, mais elle retenait les larmes qui montaient à ses yeux gris et serrait les lèvres pour rester digne de ceux qu'elle avait perdus.

Le père Ascelin l'avait trouvée au moment où les pèlerins quittaient pour la plupart Constantinople sans regret. Au milieu de la foule agitée, Biétrix, solitaire et triste, évoquait un agneau égaré loin de son bercail. Cette comparaison s'était si fortement imposée au prêtre qu'il avait hésité à l'aborder : « Il ne faudrait pas qu'elle me prenne pour quelqu'un cherchant qui dévorer... » Mais la détresse de la toute jeune fille était si flagrante qu'il n'avait pas tardé à surmonter ses scrupules. Il l'avait interrogée pour apprendre que son père et sa mère étaient morts durant la traversée de la Hongrie par l'armée de Godefroi de Bouillon. Artisans tisserands à Cambrai, ils étaient partis avec ferveur à la suite de leur suzerain, le duc de Basse-Lotharingie, que tous respectaient et admiraient. Attaqués par une horde de brigands alors qu'ils traversaient un défilé montagneux, les pèlerins avaient vu massacrer la faible escorte chargée de les convoyer en pays réputé neutre, avant de tomber à leur tour aux mains des détrousseurs. Dépouillés, assommés, abattus en cherchant à défendre leurs biens, presque aucun d'entre eux n'en avait réchappé... Cachée sous le corps de ses parents, Biétrix s'était retrouvée orpheline. Se refusant de toutes ses forces à retourner en arrière ou à interrompre son pèlerinage, elle avait décidé de continuer le chemin entrepris à trois. Elle s'employait, selon les demandes, à garder de jeunes enfants ou à soigner des vieillards impotents.

Quand le père Ascelin l'avait rencontrée à Constantinople, elle était sans ressources et ne savait comment reprendre la route. Aussi avait-elle accepté sans hésiter de remplacer Albérade dans les soins à donner à la famille du prêtre...

Elle apporta du poisson pêché dans le lac et grillé sur des braises, des fruits achetés à un marchand du pays, un quartier de porc aux pruneaux, des fromages de brebis et des noix. Puis elle s'assit auprès de Brunissen.

Tout en mangeant, chacun donnait son avis sur l'avenir du siège.

— Par Dieu, Nicée ne devrait pas tarder à tomber, dit Landry. Archers et arbalétriers tirent sur tout ce qui bouge au-dessus des créneaux. Les mangonneaux et les catapultes ruinent petit à petit les murailles. Les tours-abris permettent de protéger ceux de nos hommes qui sapent le pied des fortifications, et les lourds béliers hérissés de fer qui battent sans trêve les parties déjà ébranlées devraient venir à bout du reste.

— Grâce à Dieu, nous prendrons la ville un jour ou l'autre, remarqua Brunissen, mais, en attendant, nos soldats reçoivent pierres, flèches, huile bouillante et torches d'étoupe enduites de poix qui tombent sur eux comme feux du ciel et les blessent affreusement. Pour moi, qui les vois arriver tout au long des heures en si piteux état, j'en ai le cœur fendu !

Le père Ascelin hocha la tête.

— Ce siège, reconnut-il douloureusement, aura coûté cher en vies humaines à l'armée du Christ. Mais, à présent, les choses devraient aller assez vite. J'ai appris ce tantôt que la femme, la sœur et les deux fils du sultan, Qilidj-Arslân, qu'il avait laissés dans cette ville par mépris de nos forces et de nos moyens, se sont embarqués la nuit dernière. Ils voulaient s'enfuir par le lac. Vus par un bateau grec, ils ont été capturés. Il paraît qu'on les a conduits au camp de l'empereur, à Pélékan.

— Quand les rats quittent la nef, c'est qu'elle ne va pas tarder à sombrer ! s'écria Mathieu le Barbier. Par tous les saints, voilà une bonne nouvelle ! Nous allons bientôt nous retrouver à l'aise derrière ces maudites murailles !

— J'ai entendu dire que l'homme de confiance de l'empereur Alexis, un certain Boutoumitès, se trouverait dans les parages, dit Herbert Chauffecire qui n'avait pas encore parlé. Il semblerait qu'il soit envoyé par le basileus en vue de tractations secrètes avec les Turcs.

— L'empereur est fin diplomate, assura le père Ascelin. Il sait manier la ruse là où la force piétine. De sa part, on peut s'attendre à bien des surprises...

Au même moment, un peu plus loin dans le camp, Bohémond et Mabille, entourés de leur suite, terminaient eux aussi leur souper.

De bonne humeur, ayant bu et mangé à son gré, le Normand de Sicile quitta la table dont il occupait le haut bout, pour se diriger d'un air négligent vers la place où Alaïs se tenait modestement assise. Il posa une main assurée sur l'épaule de l'adolescente qui tressaillit. Tournant la tête vers les doigts qui la tenaient sous leur emprise, elle n'osa pas lever les yeux vers l'homme debout derrière elle. Ce fut lui qui, se penchant, lui souleva le menton d'un index impérieux et la força à croiser son regard. Un instant, ils demeurèrent ainsi à se dévisager. Bohémond lut tant de candeur, d'effroi mais en même temps de trouble dans les prunelles affolées qui le fixaient, qu'il eut un moment d'incertitude...

— Allez, ma fille, allez, ne jouez pas les effarouchées, souffla alors Mabille, souriante et complice, qui s'était elle aussi levée de table pour se rapprocher d'un jeune écuyer dont elle caressait tranquillement la nuque. Allez ! Ne sommes-nous pas parvenus à l'heure du coucher ?

Bohémond tendait déjà le poing à Alaïs afin qu'elle y posât une main pour quitter la compagnie à sa suite et se rendre là où il entendait la mener. Elle se levait, quand un chevalier se précipita en courant vers lui :

— Vous êtes convoqué d'urgence, messire, au grand pavillon du conseil des barons où tous êtes requis de venir dans la plus grande hâte, s'écria-t-il, hors d'haleine. Monseigneur Adhémar de Monteil a un message d'une extrême importance à vous communiquer !

— Par le sang du Christ ! Quelle plus grande urgence peut-il y avoir à cette heure tardive que celle de caresser une belle fille ? demanda Bohémond en riant.

— Messire ! Il ne convient pas de faire attendre vos pairs ! protesta le chevalier, indigné.

— Tout beau, l'ami, tout beau. On vient... on vient...

Il se retourna vers Alaïs. Une sorte de sourire léger aux lèvres, elle se rasseyait doucement. Il fronça les sourcils, hésita, puis, avec un geste d'impatience, s'écarta sans rien ajouter. D'un pas nerveux, il s'éloigna sur les traces du messager qui le devançait.

Mabille suivit son frère des yeux, eut un petit rire de gorge et prit le bras de l'écuyer qu'elle entraîna vers une tente dont les pans de toile retombèrent aussitôt derrière eux.

Alaïs laissa échapper un faible soupir dont elle préféra ignorer les raisons, trop confuses pour être démêlées...

Le lendemain matin, les croisés s'élancèrent à l'assaut de Nicée. Il avait été décidé, durant le conseil de la nuit, de déclencher une attaque décisive. Poussant de grandes clameurs guerrières, accompagnées du fracas des trompettes et des buccins, et aux cris véhéments de : « Dieu le veut ! Saint sépulcre ! Saint sépulcre ! », les Francs se ruèrent vers les murailles, franchissant les fossés comblés par leurs soins de fagots empilés...

Une effervescence joyeuse et libératrice les habitait. Finie l'attente, les escarmouches, les engagements sans conséquences. Cette fois-ci, il fallait vaincre l'ennemi maudit !

La déconvenue suivit de près la glorieuse ruée vengeresse.

Ce qu'ils découvrirent, alors qu'ils brandissaient déjà leurs échelles pour escalader les remparts et que des milliers de flèches sifflaient à leurs oreilles comme une nuée d'essaims déchaînés, ce fut Boutoumitès, l'envoyé de l'empereur, debout sur les créneaux, qui plantait, en signe de victoire, l'étendard impérial !

— Trahison ! Trahison ! hurlaient à présent les croisés.

Mais qu'y pouvaient-ils ? A la face du monde, les Grecs venaient de reprendre et d'occuper Nicée.

On était le 26 juin 1097. Ce soir-là, soir d'amère victoire, quand le père Ascelin tailla sa plume d'oie pour envoyer à son évêque le compte rendu habituel, il écrivit que les Byzantins, au mépris de la parole donnée, avaient négocié en secret avec les assiégés. Ils leur avaient promis, disait-on, une amnistie générale, de l'argent et des dignités rémunératrices pour les habitants turcs de la ville qui accepteraient de se mettre au service de l'empereur. Quant à la femme et aux fils du sultan, que le basileus détenait avec prudence auprès de lui, ils étaient assurés de se voir traités avec les plus parfaits égards. En outre, et comble de duplicité, Boutoumitès, qui avait monté toute l'affaire en incitant les Francs à se lancer à l'assaut d'une cité déjà conquise par les artifices de sa diplomatie, Boutoumitès, l'homme d'Alexis, venait de faire savoir qu'il refuserait aux croisés l'entrée de Nicée. Eux qui, par leur courage, leur endurance et leur foi en la promesse de Dieu, étaient les véritables vainqueurs, s'étaient vu maintenus à distance des maisons blanches entr'aperçues de loin, blotties à l'abri des remparts au pied desquels tant d'entre eux avaient péri... Les Grecs les retenaient hors les murs, dans leur camp. L'autorisation de visiter les sanctuaires sacrés qu'ils venaient d'arracher aux griffes des mécréants ne leur était octroyée que de la plus parcimonieuse façon. On ne les laissait pénétrer en cet endroit où avait soufflé l'Esprit saint que par groupes de dix, surveillés par les alliés qui leur comptaient le temps...

« La colère de nos troupes est à la dimension de leur déception, écrivait le notaire épiscopal. Hostilité et fureur se donnent libre cours. Je crains bien que cette félonie n'entraîne chez les nôtres le sentiment d'avoir été trahis par ceux-là mêmes qu'ils étaient venus secourir. Une telle défiance risque de compromettre gravement l'entente souhaitée entre nous et les Grecs, ainsi que la collusion de nos armées. Pour se disculper, les Byzantins font valoir que, nos seigneurs ayant prêté hommage à l'empereur, il était naturel, en reconnaissance des engagements pris, que Nicée, première ville reconquise sur les Turcs, fût remise entre ses mains. Par ailleurs, avec son habileté coutumière, Alexis a invité nos chefs à se rendre à Pélékan où il campe toujours. Il veut fêter en leur compagnie cette victoire et les remercie de l'aide apportée. Le plus surprenant est que presque tous ont répondu avec empressement à l'offre ainsi faite. Appâtés par des promesses de partage, selon leur rang et leur qualité, d'or, d'argent, de pierreries, de magnifiques chevaux, de riches vêtements ou d'autres objets précieux pris dans le somptueux butin saisi à Nicée, ils s'y sont précipités sans pudeur.

« Durant ce temps, les officiers grecs, à travers tout le camp, procédaient avec beaucoup de largesse, je dois le reconnaître, à une distribution de Tartarons, cette monnaie de cuivre frappée à l'effigie d'Alexis. Le peuple en est toujours friand. Des vivres de toutes sortes ont également été répartis entre les pèlerins et les soldats. Bref, nous nous trouvons là devant une manœuvre de grande envergure destinée à compenser chez nos Francs l'humiliation subie. C'est tout de même un peu grossier, me semble-t-il. Peu en sont dupes. Comprendre qu'ils ne se sont battus que pour enrichir l'Empire byzantin, en lui permettant de réoccuper une ville jadis perdue par sa faute, ne peut que renforcer chez les nôtres la défiance déjà vive ressentie envers les Grecs. Leurs riches présents n'y changeront rien. En outre, il est à prévoir que l'empereur va profiter de sa rencontre avec les barons pour leur faire renouveler un serment d'allégeance, qu'il va essayer de transformer en main-mise sur nos futures victoires. Tout cela m'inquiète énormément. Je ne suis pas le seul. Tantôt, en effet, j'ai eu l'occasion de m'en entretenir avec le comte de Toulouse, sage entre les sages. Il a refusé de se rendre à Pélékan avec les autres seigneurs, comme il avait repoussé à Constantinople l'éventualité de prêter hommage au basileus, disant " qu'il n'était pas venu pour reconnaître un autre seigneur, ni afin de combattre pour un autre que Celui à l'intention duquel il avait renoncé à son pays et à ses biens ". Vous savez qu'avant de quitter ses terres, il a fait vœu de partir sans esprit de retour... Étienne de Blois et lui ont tous deux préféré demeurer au camp. Ils le gardent ainsi et préviennent les surprises toujours possibles de la part des Turcs... Or, le comte de Toulouse partage mes craintes. Seul Étienne de Blois conserve admiration et confiance à l'égard de l'empereur. Il y a chez notre suzerain une inépuisable bonne foi, doublée d'une tendance à prendre pour argent comptant les assurances d'amitié dont Alexis n'est point avare. Ne peut-on discerner dans ce comportement plus de naïveté qu'il ne siérait ? Je ne sais. Quoi qu'il en soit, Monseigneur, priez, je vous en conjure, priez pour nous et pour nos morts, sans omettre de faire prier vos ouailles dans les mêmes intentions. Priez sans répit. Nous abordons à présent le plus dur de la route. La grande épreuve va commencer. Il va nous falloir traverser la Romanie puis la Cappadoce, au cœur de terres ennemies, dans un pays inconnu où le danger surgira de partout... Priez, Monseigneur, priez pour que Dieu veille de près sur nous... »

Le père Ascelin soupira. Il réfléchit un moment, tête basse, en considérant d'un air absent ses ongles, puis il roula le parchemin, le cacheta avec soin, en prit un second, saisit une autre plume, la trempa dans l'encrier de voyage qu'il portait pendu à sa ceinture et se mit à rédiger une seconde missive.

Cette fois-ci, il écrivit à Berthe la Hardie. Profitant du courrier adressé à l'évêque de Chartres et des moines qui se chargeaient d'assurer les relais de couvent en couvent, par-delà plaines et montagnes, mers et contrées étrangères, le prêtre envoyait de temps en temps, à celle qui demeurait pour lui le chef de la famille dispersée, des nouvelles de sa mesnie. Qu'importait qu'elle ne sût point lire : Flaminia lui déchiffrerait la lettre qui les reliait les uns aux autres en une chaîne de fidélité qui ne devait pas se voir rompue.

2.

Des flèches cuisantes du soleil ou de celles des Sarrasins, pressées comme grêle, les hommes d'armes ne
savaient desquelles ils souffraient le plus. Sous le haubert
de mailles lacé et le heaume de fer brûlant, la chaleur
était un supplice sans fin. Quant aux traits acérés lancés,
vague après vague, par les archers turcs, ils causaient de
dolentes blessures et des centaines de victimes.

La poussière, les cris, le hennissement furieux des
chevaux, le sang, les invocations à Dieu lancées par les
prêtres et les moines, les éclairs des épées frappant de
taille plus souvent que d'estoc, les craquements des os
rompus, le choc des lances sur les écus, tout ce bruit de
guerre et de mort tourbillonnait au creux du val d'où
montait, mêlée à celle des corps pourfendus, une puissante odeur d'herbe et de roseaux écrasés sous les sabots
des destriers ou le piétinement des soldats.

« Depuis la première heure du jour jusqu'à celle-ci, qui
doit être proche de la sixième, les mécréants n'ont pas
cessé de nous harceler », pensait Brunissen. Elle se hâtait
une fois de plus vers la source où, avec les autres femmes,
elle remplissait cruches, cruchons, pots et brocs rassemblés à la sauvette, pour repartir abreuver et panser les
combattants. Ils avaient besoin d'aide et pouvaient
compter sur leurs filles, épouses, sœurs ou amies. Sans
relâche, elles allaient vers eux, criant des encouragements, en appelant à l'aide de Dieu, soutenant les

hommes de toutes leurs forces, défiant le danger, apportant avec leur présence réconfort et secours.

La veille au soir, Bohémond s'était séparé d'une partie de l'armée. Il avait résolu de ratisser plus largement la région à la recherche de vivres et avait établi son camp dans une vallée aux prairies protégées sur certains côtés par des marécages que signalaient des touffes de joncs. L'eau y affluait en ruisseaux, ruisselets et fontaines.

Partis de Nicée depuis deux jours, les croisés s'étaient temporairement divisés en deux groupes. Sous le commandement de Bohémond, secondé par son neveu Tancrède, se trouvaient réunis les Normands de Robert Courteheuse, les troupes d'Étienne de Blois, celles de Robert de Flandre et le détachement grec du général Tatikios. Ils approchaient de Dorylée. Le reste de l'ost Notre-Seigneur cheminait un peu plus au sud, sous le commandement d'Adhémar de Monteil.

On n'ignorait pas que les ennemis étaient restés à proximité. Leur sultan avait une revanche à prendre sur ces guerriers francs et grecs qui avaient capturé sa femme et ses fils avant de conquérir Nicée, sa capitale. On savait les Turcs proches, mais on ne les avait pas encore vus lorsque, soudain, dans une explosion de buccins retentissants et de tambours, sous un soleil levant déjà radieux qui faisait étinceler les armes et les harnachements des infidèles, leur armée était apparue sur les hauteurs dominant le val. Au-dessus des dizaines de milliers de guerriers qui l'invoquaient de leurs voix rauques, l'étendard vert du Prophète, marqué du croissant, claquait dans le vent de la course.

Galopant devant le front des preux et des hommes d'armes qui allaient se battre, Bohémond les avait brièvement harangués : « Sires et vaillants chevaliers du Christ, voici que, de tous côtés, nous attend une bataille difficile. Partez donc droit devant vous, avec courage ! »

D'un regard, il s'assura du bon ordre de ses troupes : massés autour des chariots formant le camp des pèlerins, à l'intérieur duquel palpitait une foule fascinée et orante, trois ordres de guerriers se distinguaient. D'abord, les chevaliers. Suant déjà sous les haubers à capuchon dont les fines mailles serrées recouvraient des vestes rembourrées, coiffés de heaumes peints munis chacun d'un nasal ciselé ou serti de verre coloré, ils ressemblaient à des statues équestres de fer et d'acier. Armés de solides épées au pommeau reliquaire, ils tenaient sous le coude des lances en bois de frêne à l'extrémité triangulaire et tranchante. Leurs destriers noirs et luisants, pommelés ou blancs comme neige, richement harnachés, se différenciaient par des tapis de selle décorés de motifs héraldiques aux teintes vives. Des gonfanons multicolores, attachés à la hampe des lances, frémissaient, toutes franges déployées, au moindre mouvement des montures que l'attente énervait. Protégés par des écus oblongs portés sur l'avant-bras et découpés de façon à couvrir leurs corps du col jusqu'aux talons, chaussés de longs éperons terminés par une pointe aiguë, les cavaliers lourds et roides pesaient sur les larges étriers en demi-cercle qui assuraient leur équilibre.

Derrière eux, les sergents à cheval arboraient haubergeons de mailles plus courts, boucliers ronds, chapeaux de fer, haches danoises ou épieux, arcs en bois d'if, en corne ou en métal, arbalètes et carquois.

Les gens de pied, enfin, vêtus de la broigne renforcée d'écailles de fer, d'un couvre-chef en cuir bouilli, étaient équipés d'armes diverses : arcs, arbalètes, frondes, masses d'armes hérissées de pointes de fer, couteaux nommés miséricordes parce qu'ils servaient à achever les ennemis abattus, piques, bâtons ferrés et redoutables crochets destinés à faire choir les montures des adversaires ou à tirer au sol les cavaliers sous lesquels on s'était glissé... Landry et ses compagnons faisaient partie de ce corps où ils servaient comme arbalétriers.

De nombreuses bannières aux nuances bariolées, dont certaines s'ornaient de broderies représentant la Croix du Christ ou le visage de la Vierge, flottaient au-dessus des têtes encapuchonnées de fer.

Avec le grondement hurleur de la tempête et soulevant une immense nuée de poussière, le galop des chevaux turcs fondit en rafale sur les Francs.

Flèches s'abattant si nombreuses qu'elles en obscurcissaient le ciel, javelots fendant l'air avec un sifflement de mort, déferlement de ce torrent humain qui se dérobait après chaque assaut avec une rapidité, une souplesse diaboliques, la mêlée tourna vite à l'avantage des assaillants. Aux cris indéfiniment répétés de : « *Allah akbar ! Allah akbar !* » ce fut tout d'un coup comme si l'enfer, ayant ouvert ses portes, lâchait en direction des chrétiens ses plus vifs émissaires.

Les archers turcs, archers d'élite s'il en fut, décochaient leurs flèches sur la masse compacte, semblable à une vivante forteresse, qui avançait en une progression lourde et confuse. Ils virevoltaient, lançaient de nouveaux traits, repartaient, revenaient, recommençaient sans jamais paraître devoir se lasser.

Les charges des croisés, décontenancés, se heurtaient maladroitement à ces actions répétitives et tourbillonnantes.

Pendant toute la matinée, le sort demeura suspendu.

A un moment, les Sarrasins pensèrent venir à bout de leurs adversaires. En face d'eux, les troupes franques fléchissaient... La chaleur, qui s'accentuait à l'approche de midi, les blessures innombrables, le harcèlement des flèches qui tombaient comme une épaisse pluie semant la mort, les cris de détresse de ceux dont les chairs étaient transpercées, l'effroi des pèlerins menacés, eux aussi, au centre du creuset où bouillonnait le carnage, tout semblait servir les assaillants.

Étant parvenus à contourner les marais, certains Turcs se faufilèrent jusqu'aux abords du camp, là où les chariots formaient barrière. Ils commencèrent à massacrer, en bordure de ce dernier obstacle, tout ce qu'ils rencontraient : femmes porteuses d'eau ou de pansements, blessés, malades, moines, enfants, vieillards...

Ceux qui se trouvaient regroupés au cœur du dispositif de défense, mieux abrités pour quelque temps encore, se tenaient immobiles, figés de terreur, pressés les uns contre les autres comme moutons en bergerie. Ils priaient. Le sentiment d'avoir offensé Dieu par leur conduite luxurieuse, orgueilleuse ou vénale, les accablait. Plusieurs évêques et des prêtres qui, en cette extrémité, voulaient mourir en aidant leurs frères, avaient revêtu leurs ornements blancs. Ils psalmodiaient avec force et priaient avec ardeur en dépit des larmes qui, parfois,

brisaient leurs voix. Réclamant confessions et absolu-
tions, un grand nombre de pèlerins se jetaient à leurs
genoux, implorant pour qu'on les entende...

Dans un coin, à l'abri d'un empilement de toiles de
tentes roulées, Foucher de Chartres confessait Mabille,
qui lui parla longtemps.

Brunissen, Guibourg, Alaïs, ainsi que bien d'autres
femmes, se voyant dans l'impossibilité de continuer à
abreuver et à soutenir les combattants qui se démenaient
dans la lutte fracassante, recommandaient leurs âmes au
père Ascelin. Ces aveux, ces repentirs, ces contritions, ces
appels, jaillis en un pareil moment du plus profond des
êtres, comportaient une gravité, une intensité qui conduisait chacun à sonder sans complaisance sa propre conscience, à approfondir une quête dépassant de loin ses
préoccupations ordinaires. La mort imminente les
conduisait à un besoin de vérité absolue. En se reconnaissant pécheur, chacun d'eux implorait la grâce divine et
s'en rapprochait...

Ce fut en cet instant où nul ne pouvait plus se mentir à
soi-même que Brunissen sentit naître et s'affirmer en elle
une évidence éblouissante : elle survivrait à tant d'horreurs, mais, désormais, sa vie ne lui appartiendrait plus.
Elle serait toute donnée, livrée à Celui qui se manifestait
si puissamment à sa servante au sein de tous les dangers.
Elle sut qu'elle serait préservée d'une fin dont l'heure
n'était pas encore venue, mais que ce serait pour se voir à
jamais attachée au Sauveur... La lumière de l'Espérance
la traversait ainsi qu'une lame pour rayonner dans cet
enfer de peur et de violence au moment précis où tout
paraissait perdu...

Comme une réponse à son attente, un événement
imprévisible se produisit alors, prenant tout le monde au
dépourvu : un groupe de pèlerins, pourchassés par d'autres Turcs, reflua en hurlant vers le noyau encore intact
de leurs compagnons. Imaginant qu'ils se trouvaient
devant une contre-attaque hardies des Francs, les assaillants, subitement inquiets, firent demi-tour aussi brusquement qu'ils étaient parvenus jusque-là.

Au même moment, surgissant à bride abattue sur
l'arrière des Sarrasins, Godefroi de Bouillon, alerté dès le

début de la matinée par un message de Bohémond, se rua dans la bataille. Près de lui se tenaient son cadet, Baudouin de Boulogne, et Hugues de Vermandois, le frère du roi de France. Les chevaliers de leurs suites attaquaient avec eux.

Surpris par ce renfort subit, les Turcs se replièrent autour de leur sultan. Cette manœuvre redonna courage et pugnacité aux troupes sur le terrain. Connu pour son endurance, sa force et sa vaillance, le duc de Bouillon fondit sur ses adversaires dans un déploiement de boucliers d'or, de heaumes d'argent, d'oriflammes, d'enseignes chatoyantes fixées aux lances, teintes en pourpre et ornées de métaux précieux qui étincelaient dans la lumière du grand soleil de juillet.

Une telle arrivée fit merveille et redonna confiance aux Francs malmenés.

Survinrent presque aussitôt Adhémar de Monteil et Raimond de Saint-Gilles, comte de Toulouse, qui se joignirent aux troupes fraîches pour encercler les Turcs.

Reconstituée, l'ost Notre-Seigneur chargea enfin avec furie l'ennemi pris à revers entre ces redoutables tenailles de fer.

Le fracas des coups assenés avec une rage renouvelée, les cris de : « Dieu le veut ! Dieu le veut ! Saint sépulcre ! Toulouse ! Toulouse ! » répondant aux « Allah akbar ! Allah akbar ! » des musulmans, les galops affolés des chevaux, le sifflement des carreaux d'arbalète, celui des flèches, plus aigu, le choc des lances et des épieux sur les écus reprirent une ampleur terrifiante. Les Francs se battaient avec exaltation : ils devaient vaincre ou connaître à leur tour le sort horrible des compagnons de Pierre l'Ermite...

Landry, qui luttait depuis des heures et que la lassitude gagnait, se sentit soudain nanti d'un nouveau courage. Il reprit sa place au combat avec une sourde colère qui le soutenait mieux que le simple espoir de sauver sa vie.

Les tuniques aux couleurs fraîches des femmes réapparurent de tous côtés aux abords du champ de bataille. Elles se remirent à panser les blessés, à consoler les mourants, à distribuer de l'eau et des paroles d'espoir à chacun. Décidées à poursuivre leur mission d'entraide,

elles quittèrent leur abri pour donner aux hommes, avec
l'appui de leur présence, le sentiment qu'ils ne pouvaient
sortir que victorieux d'un engagement dont l'enjeu, en
plus de leur propre existence, était le sort de familles
entières.

Épouvantés par la violence de l'attaque appuyée par
des renforts qu'ils n'avaient pas prévus, les Turcs,
dominés à leur tour par ces ennemis enchemisés de fer
qui maniaient l'épée comme bûcherons leurs cognées et
que rien ne semblait désormais pouvoir faire reculer, ne
trouvèrent de salut que dans la fuite. Une fuite éperdue,
irrépressible...

— C'est la débandade ! hurla une voix. Sus ! sus ! Ne les
laissons pas nous échapper !

Poussant alors des clameurs de victoire, les Francs
s'élancèrent derrière les infidèles, les talonnant à travers
monts et vallées jusqu'à leur propre camp. Les fuyards ne
s'y attardèrent pas. Ils continuèrent leur course égarée...

On apprit par la suite que les Turcs, pris de panique et
impossibles à rassembler, avaient continué à fuir durant
deux pleines journées. Sentant la terreur que leur énergie
bardée de fer avait causée aux musulmans, ayant aussi
tout avantage à les écraser une fois pour toutes, les
croisés souhaitaient pousser leur traque jusqu'au bout.
Ce furent leurs chevaux, fourbus, hors d'haleine, aux
flancs fumants et aux jambes tremblantes, qui les forcè-
rent à s'interrompre. Après une nuit de chasse à l'homme,
il fallut arrêter la poursuite, revenir d'où l'on était parti.

— Dieu nous a donné en cette occasion une très grande
grâce, proclama Foucher de Chartres le lendemain matin,
à l'aube, après que les combattants eurent regagné leurs
campements. Nous venons de participer à la première
véritable victoire des soldats du Christ sur les mécréants.
Cette fois-ci, les Grecs ne peuvent rien revendiquer pour
eux. C'est une victoire totale, alors même que nous étions
moins nombreux que les assaillants et, en outre, divisés
en deux corps d'armée assez éloignés l'un de l'autre. Oui,
en vérité, Dieu était avec nous !

Les pèlerins qui entendirent les paroles du moine entonnèrent des chants de reconnaissance et d'allégresse qui se répandirent aussitôt par tout le camp. On se signait, on s'embrassait, on s'interpellait avec des explosions de joie. Mais on n'était pas véritablement surpris. Chacun vivait dans l'attente constante du miracle, du signe surnaturel, de l'aide du Seigneur. Si, au plus fort du péril, les croisés avaient eu peur, quelque chose, au fond de leur âme, n'avait jamais cessé d'espérer et d'attendre l'intervention divine...

Sur ces entrefaites, Bohémond revint, lui aussi, avec sa suite, de la course frénétique à laquelle il s'était livré durant des heures.

— Amis ! frères ! cria-t-il. Réjouissez-vous ! Notre triomphe est complet ! On en parlera dans le reste de l'univers ! Nous avons défait les ennemis du Christ. Nous les avons chassés comme gibier forcé, et ils courent encore !

— Par tous les saints, il y a de quoi pavoiser ! assura Mathieu le Barbier qui avait accompagné jusqu'au bout la troupe des Normands de Sicile. Le sultan et ses alliés ont détalé en abandonnant sur place toutes les richesses qu'ils possédaient. Qilidj-Arslân n'a même pas eu le temps de prendre son trésor personnel, coffres, armes, bijoux, pièces d'or, qu'il transporte toujours avec lui durant ses déplacements. Nous avons fait main basse sur un butin considérable. Des chariots pleins à ras bord nous suivent et ne vont pas tarder à arriver !

Landry, Herbert Chauffécire et Pierre Barthélemy, qui se partageait depuis le départ de Nicée entre son maître tonnelier et le tir à l'arbalète, échangèrent un sourire. Eux aussi émergeaient de la lutte avec une sorte d'ivresse épuisée.

A présent qu'ils se retrouvaient parmi les leurs, assis sur l'herbe, à l'abri de la mort et du soleil, entourés de femmes qui s'occupaient d'eux, les abreuvaient, les lavaient, les faisaient rire, tout leur semblait merveilleux. En premier lieu, de n'avoir reçu que quelques coups ou estafilades sans importance là où tant de leurs compagnons avaient laissé la vie, un bras ou toute autre partie de leur pauvre corps tailladé sans pitié ainsi que viande de boucherie.

Brunissen et Alaïs, débordées par les soins à donner, étaient pourtant venues en courant serrer leur frère contre leur cœur avant de retourner en hâte s'occuper de la multitude d'éclopés qu'il fallait panser tant que leurs blessures étaient fraîches.

Les quatre amis buvaient de la cervoise et de l'eau, détaillaient avec joie leurs faits d'armes et récapitulaient avec complaisance les avantages matériels de la victoire.

— N'avez-vous pas été frappés comme moi par l'opulence des tentes turques? demanda Landry, tout en massant son poignet endolori d'avoir tant lancé de carreaux d'arbalète. Ce sont de véritables maisons de toile, d'un travail et d'une décoration admirables. Elles comprennent plusieurs pièces séparées les unes des autres par des panneaux mobiles, comme dans les chambres de nos meilleurs donjons.

— Tout cela est à nous, maintenant! jubila Herbert, qui avait les pieds en sang et se les lotionnait avec des feuilles et de l'herbe trempées dans un seau d'eau. Quel butin, mes amis : or, argent, soieries, chevaux, chameaux, mulets, ânes, brebis, bœufs et beaucoup d'autres choses dont j'ignore le détail! Nos chefs les ont saisies comme prises de guerre et les distribueront selon leur bon plaisir. Personne ne connaît encore la quantité et l'importance exactes de ce trésor, mais ce sera de toute façon plus que nous ne pouvions espérer ce matin !

— Il y avait aussi des vivres à foison, remarqua Pierre Barthélemy, qui ne portait plus de pansement mais arborait à la racine des cheveux une grosse cicatrice en forme d'étoile. C'est sans doute de cette nourriture que nous aurons le plus besoin dans les jours à venir.

Il fut interrompu par des clameurs. Au centre du camp, auprès des sources, les barons victorieux sortaient des tentes où avaient été regroupées les dépouilles prises à l'ennemi. Couverts de poussière, de traces sanglantes, cabossés et ternis, leurs heaumes comme leurs hauberts disaient avec quelle vaillance ils avaient lutté. Godefroi de Bouillon, dont l'intervention providentielle arrachait des acclamations de reconnaissance à tous, son frère

Baudouin de Boulogne, véritable colosse de fer que chacun venait de voir en action, Robert de Normandie qui s'était, lui aussi, battu avec une audace digne de son illustre père Guillaume le Conquérant, Raimond de Saint-Gilles que l'âge n'avait pas entravé durant la bataille, Étienne de Blois, calme et souriant en dépit du courage déployé et des coups reçus, Hugues de Vermandois, le Maisné, qui avait dignement représenté le roi de France, Bohémond de Tarente, le plus populaire des preux, et son neveu Tancrède, tout aussi intrépide, Robert de Flandre enfin et tous les autres seigneurs, unis dans une seule et même auréole de gloire, étaient fêtés par leurs troupes et par tous les pèlerins.

— De par Dieu et Notre-Dame, Sa très Sainte Mère, moi, Godefroi, je vous annonce, amis, frères, que nous avons remporté une victoire décisive pour l'avenir de nos armes, s'écria le duc de Bouillon après que les buccins eurent retenti trois fois pour réclamer le silence de la foule. La race d'excommuniés que nous combattons dans l'espoir de délivrer de nos mains le tombeau de Notre-Seigneur aura du mal à s'en remettre. Après la chute de Nicée, cette deuxième défaite que nous avons imposée à leurs meilleures troupes va leur porter un coup terrible. Notre prestige s'en verra accru auprès des populations et des soldats turcs. Vous pouvez compter sur vos chefs qui sauront toujours, si Dieu le veut, se montrer dignes de votre confiance et vous conduire sans défaillance jusqu'au saint sépulcre !

— Il convient de célébrer un tel triomphe ! s'écria aussitôt Bohémond. Pour commencer, baignons-nous dans les ruisseaux qui abondent par ici. Nous nous y débarrasserons de la poussière, de la sueur, de la crasse et du sang dont nous voilà couverts. Ensuite, nous ensevelirons pieusement nos morts et prierons pour le salut de leurs âmes qui doivent déjà jouir des extases célestes au paradis... Après seulement, nous aurons droit au grand festin qui doit conclure dignement une telle victoire et refaire nos forces. Enfin, nous danserons et nous divertirons durant toute la nuitée à venir.

— On peut compter sur vous, mon frère, s'écria Mabille en riant. Vous saurez apporter a ces festivités l'éclat que méritent tant d'actions glorieuses !

Entourée de ses femmes, et délaissant pour un moment les blessés dont elle avait la charge, Mabille était venue au-devant des vainqueurs en compagnie de Godvère de Toeni, encadrée de ses enfants, et de la comtesse de Toulouse, la belle Elvire, que son époux accola tendrement contre sa poitrine encore couverte de fer ensanglanté...

— Notre duc Godefroi a raison, dit le comte. La déroute que nous venons d'infliger aux infidèles va avoir un immense retentissement à travers l'Islam. La pitoyable fin des pauvres hères qui suivaient l'an passé Pierre l'Ermite sur ce même chemin avait donné aux Turcs et aux Arabes une piètre idée de notre valeur et de nos forces guerrières. La victoire des armées du Christ, obtenue contre les forces du sultan Qilidj-Arslân associées à celles de son ennemi de la veille, l'émir Ghazi, avec lequel il s'était hâtivement réconcilié, cette victoire éclatante contre des troupes supérieures en nombre aux nôtres va frapper les esprits. Que les deux premiers princes turcs de ce pays, unis pour nous écraser, aient subi ensemble un pareil revers va retourner en notre faveur l'opinion des peuples asservis par eux, et plonger dans l'effroi et le respect de nos armes l'ensemble des musulmans.

— En premier lieu, il nous faut remercier Dieu pour son aide et sa protection ! proclama d'une voix forte l'évêque du Puy. Ce triomphe est le sien. Mes fils, à genoux !

Après que l'on eut décemment enseveli les morts sous une butte que l'on surmonta d'une grande croix, un *Te Deum* fut dit en plein air.

Puis, comme l'avait souhaité Bohémond, on se détourna des voies du ciel pour s'adonner aux plaisirs de la terre

Le festin eut lieu le lendemain soir, au creux de la vallée herbue et fraîche où l'eau vive coulait de tous côtés.

Les barons et leurs suites se trouvaient réunis en plein air, sous des vélums pris à l'ennemi et tendus avec soin afin de protéger du soleil le teint des dames qui avaient tant de mal à se défendre du hâle qu'elles honnissaient...

On mangea, on but, on dansa...

Brunissen avait vu, non sans inquiétude, sa sœur conviée à la table de Bohémond et de Mabille. Alaïs avait accepté une place auprès du Normand de Sicile et se comportait à son égard avec une docilité ravie.

— Mon oncle, chuchota Brunissen au père Ascelin vers la fin du souper, mon bel oncle, ne pensez-vous pas que nous devrions aller chercher notre brebis égarée pour la ramener dans le troupeau familial ?

Le prêtre secoua la tête en soupirant.

— Qui donc, Dieu tout-puissant, aurait la témérité d'aller quérir une proie entre les serres de l'aigle des montagnes ? Vous ? Moi ? Personne, vous le savez bien, personne ne l'oserait. Bohémond de Tarente n'est pas homme à renoncer à son caprice. Cet homme est une force en marche. Se mettre en travers de sa route, c'est se condamner à périr écrasé... Qui sait, par ailleurs, si Alaïs n'est pas une victime consentante ? Regardez-la : elle contemple ce Normand comme s'il était le grand empereur Charlemagne en personne ! Si nous commettions l'imprudence d'aller lui demander de venir nous rejoindre, elle refuserait de nous écouter. Notre seul recours est en une fervente prière à Notre-Dame pour la supplier de prendre pitié de cette enfant et de son fol engouement...

Une sourde tristesse, comme un brouillard noyant de ses écharpes de brume la fin d'un beau jour, étouffa soudain la joie de Brunissen et l'euphorie causée par la victoire. A une autre table, Landry buvait et riait avec les archers de sa compagnie. Il semblait indifférent au sort de sa jumelle ou, tout au moins, ne paraissait pas disposé à intervenir pour l'empêcher de suivre ses démons... Deux ivresses, celle du vin et celle de la gloire partagée avec tous ceux qui avaient combattu, désarmaient le frère alors qu'était venu le moment de tout tenter pour sauver l'imprudente... Leur oncle capitulait aussi et renonçait à son rôle de mentor par peur avouée de Bohémond. Elle-même ne se sentait pas de force à lutter contre un homme comme celui-là... et puis la soirée se montrait complice, la nature pactisait avec la chair. Main du vent, invisible et musarde, une brise qui ne transportait plus que des senteurs d'herbe, d'eau paisible, de fleurs, jouait avec les vélums et les voiles des femmes dont la bonne chère et les libations enflammaient les joues, avivaient les regards... Après la terreur ressentie, après les larmes et le sang répandus, un profond besoin de jouissance naissait parmi la foule allégée de ses craintes. Estomacs repus, satisfaction dispensée par une glorieuse soirée, douceur des approches de la nuit, tout était accord, tout était conni-vence... La vie, animale mais masquée de tolérance, brutale mais séductrice, s'éveillait d'instinct dans les corps, à présent que les cœurs et les esprits venaient, pour un temps, de déposer leur fardeau.

Si elle voulait être totalement sincère avec elle-même, Brunissen, qui avait accepté d'emprunter la porte étroite et de suivre le chemin escarpé des félicités spirituelles, ne se sentait-elle pas, elle aussi, et en dépit de ses réproba-tions, alanguie par la bonne chère, l'heure vespérale, la gaieté ambiante ?

Présente comme une oriflamme royale au-dessus de tant de têtes rieuses, la béatitude des instants d'apo-théose ne flottait-elle pas, superbe, sur le camp des vainqueurs ? Qui aurait pu s'opposer à de telles tenta-tions ?

Quand Brunissen émergea de sa rêverie, elle s'aperçut que beaucoup de croisés s'étaient levés de table et avaient quitté leur place pour s'égailler aux alentours. On dan-sait, on organisait des jeux... Bohémond et Alaïs avaient disparu.

Guibourg, qui se trouvait placée entre son mari et Brunissen, se pencha vers elle.

— Un soir comme celui-ci, Dieu sera indulgent, chu-chota-t-elle après avoir intercepté le regard éperdu de la sœur aînée en direction des sièges vides. Il pardonnera... De toute façon, je connais certaines herbes qui peuvent empêcher un moment de folie d'avoir de fâcheuses conséquences...

Brunissen eut un frisson et posa vivement la main sur le bras de sa voisine.

— Pour l'amour du ciel ! Taisez-vous, dit-elle avec tant d'autorité dans la voix que Guibourg s'en montra toute déconcertée. Taisez-vous ! Je vous en conjure !

Elle se leva. Les accents des flûtes, des pipeaux, des rotes, des chalumeaux, rythmés par les tambourins et les timbres, prenaient possession de la vallée qu'illuminaient torches et flambeaux. Elle se tourna vers le père Ascelin qui la considérait avec inquiétude et lui adressa un sourire rempli de mélancolie.

— Il fait si beau, reprit-elle, si beau... Voulez-vous bien, mon oncle, venir vous promener avec moi jusqu'aux collines...

Le lendemain matin, quand Alaïs s'éveilla sous la tente pourpre de Bohémond, elle était seule sur la couche aux coussins malmenés. Debout à la tête du lit de camp, une jeune servante attendait qu'elle ouvrît les yeux.

— Voici un cuvier plein d'eau chaude parfumée aux aromates, dit-elle. J'ai ordre de vous baigner, de vous coiffer, de vous habiller et de vous reconduire à votre tente.

— Je ne resterai pas céans à attendre le retour de mon seigneur ?

— Non pas. Il préfère que vous rejoigniez votre famille et que vous repreniez votre vie habituelle. Quand il désirera votre présence, il vous le fera savoir.

Alaïs sauta du matelas de feuilles sèches que recouvraient plusieurs peaux de léopards assemblées avec art. Une colère impuissante l'agitait. La veille, dans l'entraînement du désir et de la fête, elle avait suivi Bohémond sans qu'il ait eu beaucoup à insister. En se donnant à lui, c'était à un héros, à un preux, à la victoire incarnée, à son rêve enfin réalisé qu'elle avait livré son corps souple et blanc, neuf comme une lame vierge. Il l'avait déflorée avec emportement, puis lui avait enseigné des jeux auxquels elle s'était vite laissé prendre... Son ami était si beau, si ardent, si habile... Elle n'avait pas osé parler d'amour, mais la manière dont il la caressait paraissait traduire une passion partagée, un entraînement mutuel...

Alaïs s'aperçut soudain qu'elle était nue et que la servante la considérait avec jalousie.

Au milieu d'un jaillissement d'eau parfumée, elle se jeta dans le cuvier doublé d'un drap de toile épaisse pour éviter les échardes, frotta avec rage sa peau où des traces de suçons et de meurtrissures témoignaient de l'embrasement nocturne...

Quand elle fut séchée et vêtue, elle essuya rageusement les pleurs qu'elle ne pouvait retenir, serra les dents, redressa le menton à la manière de Berthe la Hardie, et sortit de la grande tente seigneuriale dans la tendre lumière du matin.

Bohémond l'avait prise comme n'importe quelle femelle fraîche passant à sa portée, puis il s'en était allé, sans un mot, sans un geste. Il la rappellerait quand l'envie lui en prendrait, comme il sifflait sa meute pour courre le gibier... Folle qu'elle avait été ! Qu'attendait-elle de ce grand baron dont tant de femmes, jour après jour, guettaient un signe pour se précipiter aux ordres et lui apporter le plaisir qu'il goûtait à son gré ? Elle n'avait été qu'une proie de plus dans cette chasse ininterrompue qu'était l'existence conquérante de Bohémond...

« Je ne retournerai plus jamais avec lui, se promit Alaïs tout en marchant à pas précipités vers la petite tente rouge et verte de sa famille. J'accomplirai une dure pénitence après m'être confessée de ce péché... Je demanderai au Seigneur et à Notre-Dame de me pardonner une faute que je regrette déjà, et je l'expierai... »

Elle ne trouva personne au logis de toile. Comme, déçue, elle en sortait un peu désorientée, elle rencontra Pierre Barthélemy. Il lui sourit avec entrain.

— Dieu vous bénisse, belle Alaïs, dit-il en l'abordant. Grâce à vos soins me voici sur pied et, en outre, décoré au front d'une étoile ! Pour un signe, c'est un signe !

— Savez-vous où se trouve ma sœur ? demanda l'adolescente avec une nervosité qui surprit le nouvel arbalétrier.

— Ma foi, non. Elle doit s'occuper des blessés avec les autres dames. Permettez-moi de vous dire, en mon nom et en celui de mes compagnons, que c'était une grande merveille, hier, durant la bataille, que de vous voir, les unes et les autres, courant de tous côtés pour nous donner à boire, nous encourager, nous passer des armes neuves s'il en était besoin et nous soigner sur place comme de saintes nonnes.

— N'offrons-nous pas toujours aux hommes la meilleure part de nous-mêmes ? répondit Alaïs sur un ton amer que son interlocuteur ne comprit pas, venant d'une si douce et si aimable personne.

Sans plus d'explication, elle fit demi-tour et se dirigea vers l'endroit où on prodiguait aux victimes du combat victorieux les soins nécessaires...

Durant deux jours, les croisés s'attardèrent dans la vallée heureuse, pansèrent leurs plaies, se reposèrent dans une quiétude que ne partageait plus Alaïs, tout entière livrée à un chagrin d'autant plus lourd à porter qu'il était silencieux. Elle n'avait rien dit à Brunissen dont le regard brun, doux et pensif, se posait sur elle avec la plus attentive affection, sans qu'aucune question gênante ne vînt forcer des aveux qui se refusaient. Landry, le père Ascelin, Guibourg avaient adopté la même discrétion... Chacun pouvait constater que la jeune fille se tenait farouchement à l'écart de Bohémond qui ne semblait plus se soucier le moins du monde d'elle. Il s'amusait comme à l'accoutumée avec d'autres filles, et son grand rire éclatait ainsi qu'une provocation constante d'un bout à l'autre du camp. Alaïs conservait les lèvres closes sur la nuit de fête passée loin des siens tandis que ceux-ci l'entouraient, comme une convalescente, de ménagements et de sollicitude...

Le surlendemain de la victoire de Dorylée, à l'aube de la Saint-Martin d'été, les pèlerins, l'armée, les barons abandonnèrent le val béni de Dieu et reprirent la route. Il fallait quitter les accueillantes prairies où les croisés s'étaient illustrés et repartir vers l'inconnu. Jérusalem les attendait.

Les interminables files composées de soldats,

d'hommes, de femmes, d'enfants, dont certains à la mamelle, de vieillards, de blessés, de chariots utilisés comme infirmeries, garde-manger, transports de tentes et de matériel, de charrettes qui renfermaient le butin pris à l'ennemi ou qui véhiculaient les coffres, les armes, les vêtements, suivies par les troupeaux, les bêtes de somme chargées de bâts, tout ce peuple en marche s'étira de nouveau à l'infini sur les pistes de sable ou de pierrailles. On entonnait le *Veni Creator,* on reprenait en chœur les mélopées, les chants de pèlerinage que tous connaissaient, les prières et les psaumes qui les aidaient à progresser en une déambulation persévérante, obstinée, tenace, vers la Ville sacrée, vers le saint sépulcre, si lointains mais si proches de leurs cœurs, situés aux confins d'un horizon dont ils ne savaient rien, sinon qu'au-delà du désert roux et gris le Christ-Roi les espérait et qu'Il les guiderait jusqu'à Lui...

En outre, les colonnes de pèlerins se trouvaient désormais dans la nécessité d'avancer en ordre serré, sous la protection des armes. Nomades et menaçantes, des bandes inconnues apparaissaient parfois sans qu'on parvînt à les repérer avec exactitude.

Telles les nuées de l'Ancien Testament, un lourd nuage de poussière s'élevait sous les milliers de pas, de roues, de sabots, qui foulaient la terre inhospitalière et rocailleuse du plateau anatolien dévasté. Très vite on s'était aperçu que les Turcs avaient ravagé les régions situées au pied des Montagnes Noires par lesquelles les chrétiens étaient obligés de cheminer. Puits comblés ou empoisonnés, récoltes incendiées, cités pillées et vidées de leurs habitants ajoutaient leur empreinte de désolation à la rudesse de la contrée, au climat sans merci. Les cours d'eau étaient à sec. Le soleil dévorait, desséchait, brûlait tout ce qui lui était offert sans protection. Sur les corps torturés par la soif, les vêtements trempés de sueur collaient à la peau comme des suaires. Sous leurs haubers de fer chauffés à blanc, les chevaliers et les hommes d'armes enduraient un supplice constant.

Des semaines de misère et de calamité s'écoulèrent. Petit à petit, les vivres s'épuisèrent. On voyait avec angoisse les chariots s'alléger davantage à chaque étape.

L'eau commença de manquer. Les superbes destriers des cavaliers venus de l'ouest ou du nord, habitués à boire jusqu'à plus soif, résistèrent mal à la chaleur torride du désert, au rationnement puis au manque d'eau qui suivit. L'écume à la bouche, les flancs haletants, bruyants comme des soufflets de forge, ils s'écroulèrent les uns après les autres, battant de leurs sabots l'air embrasé. A voir ainsi mourir leurs chevaux de combat, leurs compagnons des pires mais aussi des plus beaux moments de leur vie, certains chevaliers pleuraient avec les femmes...

Lorsque Landry vit tomber le bai de Norvège que Garin avait tant aimé, il lui sembla revivre l'agonie de son père. Il se coucha dans le sable brûlant contre le coursier exténué, lui passa les bras autour du col et sanglota comme un enfant. Alors qu'il avait risqué sa vie sans trop de frayeur et vu périr à ses côtés, sur le champ de bataille, quelques-uns de ses proches voisins, traversés par les flèches turques ou pourfendus par les cimeterres, la fin du destrier, qui était devenu son dernier héritage paternel, le terrassa. Il tint à l'enterrer de ses propres mains sous le sable meurtrier. Quand il en eut fini, une tempête sèche et ardente se leva. En quelques instants, elle effaça le pauvre tertre sous lequel gisait le bel étalon.

Les bêtes de somme, les mulets, les ânes, plus résistants et plus sobres, supportèrent mieux les privations, mais beaucoup finirent par abandonner à leur tour leurs maîtres navrés...

Démontés, bien des chevaliers se virent contraints d'aller à pied, de rejoindre la piétaille que, d'ordinaire, ils regardaient du haut de leur monture.

On se partagea le peu de nourriture qui restait, puis on en fut réduit à dépouiller les figuiers de Barbarie et les aloès de leurs fruits épineux, de leurs feuilles qui déchiraient les mains. On mâchait longuement les résines amères des uns, la chair glaireuse et insipide des autres. Les flux de ventre se multiplièrent et torturèrent les plus endurcis. Les gens âgés, les malades, les enfants fragiles succombèrent les uns après les autres.

A perte de vue, le désert, les cailloux, quelques marécages fétides et des étangs à l'eau imbuvable, à l'eau saturée de sel...

— L'enfer doit ressembler à ce pays, dit un jour le père Ascelin, amaigri, parcheminé, mais toujours déterminé. Nous traversons là un des chaudrons de Satan !

Brunissen, Alaïs, Guibourg et la petite Biétrix, qui ne les quittait plus, approuvèrent. Cahotées toutes ensemble dans le mauvais chariot bâché de toile verte que le prêtre avait obtenu pour sa famille et ses amis, elles se sentaient rapprochées par le malheur. Et ce qui était vrai pour le petit groupe des Chartrains l'était pour l'ensemble des croisés. Tant d'épreuves endurées côte à côte, tant d'horreurs partagées les avaient soudés bien davantage que les heures moins difficiles vécues auparavant. En dépit des langues différentes, des habitudes, des coutumes, des cuisines, des vêtements si divers, une fraternité était née et s'était développée entre eux. Une même foi, un but commun, un idéal unique, l'acceptation de tous les sacrifices pour parvenir à leurs fins les assemblaient ainsi que les membres d'un seul corps.

Depuis la victoire de Dorylée et l'intense fierté qui s'en était suivie, une solidarité routière, composée de méditations semblables scandées par le pas de marche, de renoncement forcé aux biens de ce monde, de détachement vis-à-vis des vicissitudes d'une mission sacrée, les conduisait de compagnie vers une forme d'ascèse évangélique à laquelle bien peu se dérobaient. Parmi les éléments douteux mêlés dès le départ aux pèlerins, un grand nombre avaient renoncé. Ils étaient, pour la plupart, demeurés à Nicée avec certains malades ou infirmes trop faibles pour continuer une pérégrination qui s'annonçait plus malaisée qu'ils ne l'avaient prévu. Ceux qui avaient tout de même voulu suivre l'armée ne faisaient plus parler d'eux. Seuls les Grecs et leur général au nez d'or étaient tenus à l'écart. On les traitait avec froideur, car on leur reprochait d'avoir engagé la gent Notre-Seigneur sur une voie aussi inhumaine et désertique. On estimait que, connaissant les inconvénients d'un tel itinéraire, ils auraient dû les épargner à leurs alliés..., sans trop se demander si une troupe aussi nombreuse et aussi hétéroclite aurait pu se frayer par ailleurs un chemin.

Malgré ces sourdes rancunes, la conscience d'un accord fraternel, profond, durable, régnait sur l'esprit des Francs et les soutenait. Sans elle, ils n'auraient sans doute pas eu le courage de franchir ces semaines abominables qui en couchèrent tant sous le sable ou les éboulis de petites pierres noirâtres qu'il leur fallait traverser.

Une grande partie des chevaux étant morts, on dut utiliser en guise de monture des bœufs, plus durs à la peine. On vit parfois des chevaliers, trop las pour continuer à pied, enfourcher avec réticence certains bovidés au pas lourd... Les chèvres, les moutons et jusqu'aux chiens de chasse furent employés à porter les bagages. Quelques gros cochons noirs, bâtés et grognons, traînaient en protestant des charges qui leur blessaient le dos.

— Tâchons d'en rire, dit un jour Landry en contemplant ce piteux spectacle. Les pires mésaventures restent souvent comiques.

— On pourrait en rire, il est vrai, admit Foucher de Chartres, maigre et desséché comme tout un chacun. On pourrait en rire... mais peut-être aussi en pleurer...

Les chaussures étaient en lambeaux, les vêtements réduits à quelques pans d'étoffe dans lesquels on se drapait plus par pudeur que par nécessité. On s'arrangeait cependant pour que les croix cousues sur l'épaule ou sur la poitrine fussent toujours visibles : c'était le signe d'appartenance au Christ, le signe aussi de la protection qu'Il accordait aux siens... et on en avait grand besoin.

Le principal ennemi restait le soleil. Du matin au soir, il ne cessait d'arder, de gercer les corps mal défendus qui ne pouvaient plus l'éviter que sous les bâches et les toiles. La soif, plus encore que la faim, devenait une obsession, une idée fixe, un besoin lancinant et jamais assouvi. On buvait le sang des chevaux morts avant de les manger...

— Le plus terrible, dit un soir, à l'étape Brunissen, dont la chevelure pain brûlé s'était éclaircie en dépit des voiles et dont la peau avait pris la nuance dorée des miches bien cuites dévorées autrefois à belles dents, le plus terrible est le sort des femmes enceintes. Qui d'entre nous n'en a pas vu, rendues comme folles par le manque d'eau et de nourriture, par la fatigue et ce soleil d'enfer que rien, jamais rien, ne vient masquer, qui n'en a vu accoucher au long de la route, ainsi que des bêtes ? Ce matin même, sur le bord du chemin, j'ai assisté une pauvre créature hagarde qui a mis au monde avant terme, comme elles le font toutes à présent, un misérable petit être. Elle l'a ensuite abandonné sans un regard, dans la poussière. J'ai tenté de le sauver, mais il est mort presque aussitôt...

— Cette chaleur de damné dessèche à la fois les entrailles et le cœur, dit gravement le père Ascelin. Il y a peu, ces mères auraient pris soin avec amour de leur petit. Elles ne sont pas fautives et nous devons nous garder de les juger. Dieu leur pardonne, j'en suis certain.

— Il y en a qui sont sans doute encore plus à plaindre, soupira Guibourg qui avait tellement maigri qu'elle en paraissait presque rajeunie. Oui, sur mon âme, ce sont celles qui n'ont plus de lait pour nourrir leur enfant. Elles pressent en vain leurs seins taris et sont obligées de laisser leur nourrisson périr de male faim. C'est horrible. Pour celles-là, qui ont eu le temps de s'attacher à l'enfantelet, leur détresse est sans bornes. J'en ai vu qui se roulaient par terre en hurlant, en proie à d'indicibles souffrances, à côté des menus corps privés de vie dont elles n'étaient plus capables d'assurer la subsistance. Pour une mère, y a-t-il pire que de voir mourir entre ses bras son enfant affamé ? Je me sens si affreusement impuissante devant de telles douleurs...

Assis sur des cailloux, dans un crépuscule rose qui ombrait chaque pierre, chaque dune, chaque sommet d'un creux d'ombre bleue, les pèlerins s'apprêtaient, une fois encore, à dormir à la belle étoile. Les nuits restaient leurs seuls moments de répit. On ne montait plus les tentes le soir afin de bénéficier au maximum de la fraîcheur nocturne. On se contentait de dérouler les paillasses ou les nattes de jonc autour des feux qu'il fallait bien allumer et entretenir avec des broussailles épineuses pour faire cuire les pauvres restes des animaux de somme sacrifiés, les quelques serpents, lézards, oiseaux de proie ou sauterelles capturés et tués au hasard du chemin. Les flammes servaient aussi à éloigner les bêtes sauvages que la mort attirait.

Rien, cependant, ne parvenait à abattre suffisamment

le courage des pèlerins pour les amener à renoncer à la mission qu'ils s'étaient imposée. Ils devaient continuer leur route quelles qu'en fussent les difficultés et les misères. Par-delà les ombres du malheur, une lumière éblouissante les éclairait, leur traçait la voie, les soutenait...

Ils chantaient des cantiques, des psaumes, mais aussi des chants de marche gaillards et des cantilènes épiques ou sentimentales, selon les occasions et l'humeur du moment.

Rien, non plus, ne paraissait susceptible d'empêcher certains hommes, certaines femmes, aussi las, aussi harassés qu'on pût les voir dans la journée, de s'aller rejoindre dès que la lune remplaçait de sa douceur laiteuse l'ardeur du soleil. A l'abri d'une grosse roche, d'un buisson d'épineux, d'un tronc renversé, des chariots dételés, ils s'accouplaient avec détresse.

— On dirait que la fatigue vous livre encore davantage aux besoins amoureux, remarqua un soir Mathieu de Nanterre à Herbert Chauffecire, alors que ce dernier s'en revenait justement d'un rendez-vous dans les dunes.

Le Chartrain eut un sourire contrit.

— Désir charnel est impérieux tout autant que faim ou sommeil, chuchota-t-il pour ne pas gêner ceux qui dormaient. J'ai remarqué fort souvent que je n'étais jamais aussi disposé à l'amour qu'après un dur travail ou une longue chevauchée... Vous-même ne reposez pas, à ce que je vois. Quel mal vous tient donc éveillé ?

— Un mal qui vient du cœur, il est vrai, soupira le barbier d'un air mélancolique que sa face amaigrie et sa barbe poussiéreuse ne faisaient qu'accentuer. Mais j'aime une femme, moi, pas n'importe laquelle !

Herbert eut un rire entendu.

— Par tous les saints, celle dont la pensée vous tourmente ainsi ne se soucie guère de vous ! Elle hante plus volontiers les hauts et puissants seigneurs que les petites gens de notre espèce, dit-il entre ses dents. A votre place, je chercherais ailleurs.

— Le puis-je, Dieu de Bonté, le puis-je ? soupira Mathieu qui semblait, pour un temps, avoir perdu sa gaieté. Tel que vous me voyez, je rêve d'elle en attendant

qu'elle retombe de son septième ciel sur notre sol ingrat.
Ses yeux s'ouvriront peut-être à ce moment-là. Elle
m'apercevra alors, les bras ouverts, tout prêt à l'y recevoir.

— Rêvez, ami, rêvez et que Dieu vous entende, reprit
Herbert, sceptique. Mais Bohémond de Tarente est un
rival des plus redoutables. Il ne doit pas être aisé de le
remplacer...

Alaïs, tel le chien de l'Écriture, était en effet retournée à
son vomissement... Durant une nuit, alors qu'elle dormait
auprès des siens, sous les étoiles, une ombre immense
s'était approchée de sa natte, s'était penchée sur elle,
l'avait soulevée encore endormie et emportée à quelque
distance en lui appliquant une main autoritaire sur la
bouche pour l'empêcher de crier. Puis Bohémond l'avait
étendue sur un lit de paille aménagé au creux d'un chariot
vidé de ce qu'il avait contenu. Des odeurs d'épices,
d'huiles, de viande fumée y rôdaient vaguement...

— J'ai choisi le moins malodorant, un des rares que les
malades et les infirmes n'occupent point encore. Je me le
garde, avait murmuré le Normand en guise de mots
tendres. Allons, dépêchons-nous ! Par tous les diables, j'ai
une violente envie de toi !

Les rancœurs, les contritions, les rages dissimulées, la
fierté bafouée, tout s'était évaporé au contact de ce corps
d'homme chaud et exigeant. Une seconde fois, Alaïs s'était
livrée, chair et âme, à celui qu'aucune trahison, aucun
délaissement ne parvenaient à lui faire haïr. Elle l'avait
pourtant vu en courtiser, en embrasser, en caresser
d'autres jusque sous ses yeux ; mais il suffisait qu'il vînt,
qu'il la touchât, pour l'amener au pardon, à l'assentiment
éperdu. Rien n'existait plus que lui, lui sur elle, lui en elle,
et le grand ciel d'Orient brasillant au-dessus de leurs corps
affolés...

Il était revenu chaque fois que la fantaisie lui en prenait.
Toujours à l'improviste. Sans jamais chercher à contre-
faire l'amour ou la tendresse. Avec son immense appétit de
vie, il consommait Alaïs ainsi qu'il dévorait les morceaux
de chevaux morts, cuits sur la braise, ou les petits rongeurs
dépouillés et enfilés sur des baguettes avant d'être rôtis.

Les matins qui suivaient ces nuits délirantes, quand
l'adolescente retournait vers sa famille, Brunissen retirait

en silence les brins de paille demeurés accrochés à la chevelure de sa cadette, puis refaisait les épaisses tresses blondes, sans un reproche, sans un commentaire. Elle l'embrassait seulement sur la joue, comme pour lui signifier l'inébranlable permanence de son attachement. Alaïs reprenait ensuite, comme si de rien n'était, son service auprès de Mabille qui la considérait parfois d'un air narquois ou complice, selon les cas. L'ascendant de Bohémond sur les siens était tel que personne, même pas sa sœur, ne se permettait d'adresser la moindre remarque à celle qu'il avait choisie un soir... De son côté, Landry se taisait.

Après des jours et des jours d'une sécheresse infernale, une pluie torrentueuse s'abattit tout à coup sur les pèlerins. Salués d'abord avec un soulagement indicible, les nuages noirs qui succédaient au ciel blanc se montrèrent vite aussi cruels que la chaleur. Quand on eut fini de danser sous l'averse, de tendre vers elle un visage cuit et des mains desséchées, de boire à bouche grande ouverte cette eau tant attendue, de se laver sous la douche céleste et de remplir cruches, tonnelets, pichets, amphores, cuveaux et gobelets de toutes tailles, on commença à grelotter. La pluie glacée ne s'arrêtait plus.

Les vivres substantiels faisant toujours défaut et le froid accentuant le besoin que chacun éprouvait de se nourrir afin de se réchauffer, on se mit à tuer pour les faire cuire les ânes, les chameaux que les Grecs avaient conservés jusque-là avec eux, et jusqu'aux chèvres à la chair filandreuse... Depuis longtemps, il n'y avait plus de cochons ni de moutons à se mettre sous la dent.

Certains pèlerins découvrirent alors, au hasard de leur marche, quelques villages désertés. Dans des champs cultivés poussaient de curieuses plantes, sorte de roseaux dont les tiges creuses contenaient une sève semblable à du miel liquide. Ils le firent savoir, et on se rua sur ces *cannae mellis* que l'on arrachait et dévorait avec délices à cause de leur saveur miellée. Malheureusement il y avait peu de cultures et cet expédient ne fut que d'un faible secours.

Les torrents de pluie entraînaient des coulées de boue où il fallait patauger en glissant, en tombant et en tremblant de froid...

Durant près de cinq longs jours, les cataractes du ciel se déversèrent sans discontinuer sur les files de soldats et de pèlerins, trempés, transis, sans autre défense devant ce nouveau fléau que les chariots dont les bâches usagées laissaient filtrer d'un peu partout gouttes, filets glacés, buées impalpables ou brusques déversements de poches crevées. Bien des croisés, déjà très affaiblis, en succombèrent.

— Après ceux que le soleil a fait périr, nous ensevelissons à présent, le long de notre route, ceux que cette pluie diluvienne a conduits eux aussi à la mort, remarqua tristement Foucher de Chartres en aidant une famille à reboucher une nouvelle fosse. Ce que nous subissons maintenant ressemble au déluge. Faut-il que nos péchés soient graves pour que le Seigneur nous impose de semblables châtiments !

— Si notre cœur nous accuse, Dieu est plus grand que notre cœur, murmura Brunissen, venue prier avec la veuve du mort, tout en secouant son front encapuchonné d'où tombait un rideau de pluie. Je ne suis pas de votre avis, mon père, et ne vois pas la main de Dieu mais celle de l'Adversaire dans tous nos malheurs. Le Seigneur n'est pas à l'origine de nos souffrances et de nos peines. Il est avec ceux qui souffrent et qui peinent. Il est souffrance et peine.

Le moine jeta à la jeune fille enveloppée de sa chape pluviale un regard intéressé et réfléchit un moment. Comme l'endroit ne se prêtait guère à une conversation, il conduisit alors Brunissen sous une tente hâtivement dressée entre plusieurs chariots rapprochés. Bien des gens s'y étaient réfugiés en attendant de repartir après l'ensevelissement de leurs compagnons. Les deux nouveaux arrivants trouvèrent néanmoins une place où on avait étendu quelques brassées de paille sèche et s'y assirent.

— Tant que la créature humaine est heureuse, comment savoir si elle est désintéressée dans son service de Dieu ? demanda le moine, qui aimait la discussion. C'est l'épreuve qui révèle le fond du cœur. Rappelez-vous le Livre de Job. Dieu donne à Satan entier pouvoir sur les possessions de ce juste, à condition, toutefois, qu'il évite de porter la main sur lui. Job se voit dépouillé de tous ses biens et même de ses enfants. Il sera conduit jusqu'à l'abjection. C'est alors, et alors seulement, que son renoncement l'amène à contempler Dieu, à s'entretenir avec Lui de cet éternel sujet de scandale qu'est pour nous l'affliction du juste et de l'innocent.

— Dans le Livre de Job, vers la fin, si je me rappelle bien, dit Brunissen, le Seigneur demande à l'homme auquel Il vient d'accorder cette faveur inouïe : un long et fécond dialogue avec son Créateur : « Où étais-tu quand je fondais la terre ? As-tu commandé au matin ? » Job reconnaît alors son ignorance et sa petitesse face aux merveilles suscitées par Dieu. A cause de notre propre insuffisance à pouvoir comprendre l'inaccessible mystère de la Création, les secrets du monde demeureront à jamais tenus éloignés de nous durant notre passage ici-bas. Nous n'approchons de l'Éternel que par foi et amour... C'est par eux que nous serons sauvés. Malgré nos petites cervelles et nos grandes fautes, Dieu, qui est Amour, nous a envoyé de par Lui le Porteur de nos maux et détresses... Voilà, mon père, pourquoi j'ai protesté contre vos paroles : je me méfie des interprétations que fournissent les hommes de la volonté du Tout-Puissant !

Ils furent interrompus par l'arrivée du notaire épiscopal, de ses nièces et des autres Chartrains qui les cherchaient.

— Les Grecs, qui connaissent bien cette contrée, pensent que nous ne devrions pas tarder à atteindre Antioche de Pisidie, ville n'ayant rien à voir avec Antioche la Belle qui sera notre dernière étape importante avant Jérusalem, dit le père Ascelin. Il paraît que les montagnes qui se profilent à l'horizon signalent l'endroit. Réjouissons-nous-en. La pluie qui semble s'apaiser nous laissera peut-être un peu de répit dans cette antique cité où saint Paul et saint Barnabé ont jadis prêché les Évangiles. Vous voyez que nous mettons nos pas dans des pas vénérables. Ils nous montrent le chemin. Courage, enfants, courage ! La lumière va succéder au noir tunnel !

— Il n'était que temps, grogna Herbert Chauffecire qui souffrait depuis quelques jours d'un flux de ventre tenace. A force, on en vient à se lasser, et tout le monde n'a pas l'étoffe d'un saint !

— Taisez-vous, malheureux ! s'écria Pierre Barthélemy en se signant avec précipitation. Taisez-vous donc ! Le diable vous guette. S'il vous entend, il ne va pas tarder à dévorer votre âme !

Brunissen se releva de la paille où elle était assise.

— Vous voyez, mon père ! lança-t-elle, souriante, à Foucher de Chartres, vous voyez ! Nous ne sommes pas les seuls à nous préoccuper de pareilles questions : chacun les résout à sa façon !

Le moine passa plusieurs fois une main indécise sur sa tonsure, mais ne répondit pas.

Le lendemain matin, le soleil apparut de nouveau. Après les terribles chutes d'eau qui les avaient transpercés, les croisés l'accueillirent avec d'autant plus de soulagement qu'ils étaient parvenus sur les flancs de la montagne dont avait parlé la veille le père Ascelin. Quelques résineux y poussaient. On décida de s'y arrêter pour prendre le repas de la mi-journée et un peu de repos à l'ombre. Une senteur salubre de résine et de terre mouillée balayait le ciel au-dessus des têtes débarrassées de leurs capuchons et chapes pluviales.

Plusieurs barons décidèrent alors de tenter une expédition en forêt. Trouver du gibier autre que les serpents, lézards et menus rongeurs dont il leur avait bien fallu se contenter dernièrement était la pensée de tous. En plus d'un divertissement, la chasse était pour eux une nécessité.

Si beaucoup de chiens courants et de faucons étaient morts de chaleur ou de froid depuis le départ de Nicée, il en restait cependant encore quelques-uns pour seconder leurs maîtres. Plusieurs bêtes sauvages, rousses ou noires, furent tuées et, ce soir-là, les croisés mangèrent à leur faim.

Après un court arrêt à Antioche de Pisidie où ils ne

trouvèrent guère de ressources, l'armée et les pèlerins repartirent une fois de plus...

Ce fut le jour de la Dormition de la Vierge, au cœur du mois d'août, que la multitude harassée des vagabonds de Dieu pénétra dans la ville d'Iconium. Située au centre de larges plaines fertiles que les Turcs n'avaient pas eu le temps de ravager complètement, la cité les accueillit comme ils ne l'avaient encore jamais été depuis qu'ils foulaient le sol rébarbatif des anciennes provinces byzantines d'Anatolie.

— Chrétiens et, en majeure partie du moins, Arméniens, les habitants d'Iconium vont nous recevoir comme des frères, avait prévu le père Ascelin dont le courage confiant ne s'était jamais démenti.

Les événements lui donnèrent raison.

Reçus dans les maisons blanches aux toits en terrasses, les croisés purent s'y délasser, s'y laver, s'y nourrir en toute tranquillité. Les Turcs les avaient désertées à l'approche des chrétiens.

— Nos victoires et notre opiniâtreté font, paraît-il, trembler les populations les plus éloignées, constata Godefroi de Bouillon lors de la première réunion du conseil des barons dans la ville. Nous passons pour invincibles. Demandons au Seigneur de nous aider à parachever cette renommée.

Ce fut à Iconium que la première lettre de Berthe la Hardie, dictée à Flaminia, parvint enfin à sa famille. Par le truchement des moines qui s'étaient relayés tout au long du parcours, le rouleau de parchemin scellé de cire vierge avait fini par rejoindre ses destinataires.

« Mes bien-aimés, disait l'écriture appliquée de Flaminia, mes chers enfants et frère, il n'est de jour ni d'heure où nos pensées ne s'envolent vers vous. Où en êtes-vous de la marche sacrée vers Jérusalem ? Peut-être y serez-vous déjà parvenus quand vous recevrez ce message ? Par les Daniélis, qui continuent à s'occuper de nous comme de véritables parents, nous avons appris la conquête de

Nicée et ses importantes conséquences. Une missive de notre cher père Ascelin nous a, par la suite, fait part de la victoire glorieuse de Dorylée, emportée sur les infidèles. Gloire à Dieu qui nous soutient et nous protège de si éclatante façon !

« Pour moi, je ne suis pas satisfaite de ma santé qui connaît encore des hauts et des bas, me laissant en grande fatigue. Le mal qui me tient ne semble pas vouloir me lâcher. Le professeur arménien continue à me soigner mais, hélas ! sans résultats sensibles. Mon ventre est tantôt desséché, tantôt relâché à l'excès. Je n'ai guère faim et j'ai beaucoup maigri. Je n'arrive pas non plus à me débarrasser d'une petite fièvre qui me mine. Elle est sans doute causée par les douleurs et les gonflements de mes entrailles sujettes à des sortes de crampes fort pénibles. Je trouve parfois du sang vif dans mon linge et je n'aime pas ça. Que Dieu ait pitié de moi ! J'ai beaucoup changé, et je ne sais si vous me reconnaîtriez en me rencontrant au coin d'une rue. De vache que j'étais, je suis en train de devenir chèvre !

« Je subirais cette épreuve d'un cœur soumis si elle ne retardait le moment de vous rejoindre. Je désire tant parvenir en même temps que vous au saint sépulcre pour que nos yeux découvrent d'un seul regard la vision céleste du lieu où est mort et a été enseveli Notre-Seigneur !

« Flaminia va bien et me soigne avec tout le dévouement possible, mais j'ai de grands scrupules à la maintenir ainsi à mes côtés à Constantinople alors qu'elle souhaite si ardemment se rendre à Jérusalem ! Par délicatesse, elle évite de se plaindre, mais je la devine.

« Quand nous reverrons-nous ? Que Dieu et Sa sainte Mère vous gardent, mes biens-aimés, qu'Ils vous protègent à chaque instant.

« Votre grand-mère, dont les pensées ne vous quittent pas. »

Le message était signé d'une croix et Flaminia avait ajouté en-dessous : « Son état me donne bien du souci. Priez pour elle. »

Brunissen, Landry et Alaïs pleurèrent après que le père Ascelin se fût tu.

— Par tous les saints, il faut qu'elle guérisse ! s'écria Landry.

— Je veux croire que nous les verrons arriver toutes deux un jour où nous ne les attendrons pas, murmura Alaïs.

— Si nous prions de toutes nos forces, nous parviendrons sans doute à obtenir que le mal dont souffre grand-mère desserre son étreinte, dit Brunissen.

— Je suis surpris de la durée de cette maladie, déclara le notaire épiscopal. D'ordinaire, les flux de ventre tuent le patient ou disparaissent comme ils sont venus. Il y a longtemps que Berthe devrait être guérie. J'espérais qu'elle pourrait nous rejoindre ici, en cette bonne ville où nous avons trouvé si franc accueil.

Iconium ne fut pas qu'une agréable étape. Le comte de Toulouse y bénéficia d'un miracle qui frappa les esprits...

Épuisé par les difficultés du trajet et sans doute aussi par son âge, Raimond de Saint-Gilles tomba gravement malade chez l'habitant qui le logeait ainsi que son épouse, la belle Elvire, leurs jeunes enfants et quelques-unes des personnes de leur suite. Une terrible fièvre le prit le jour de son arrivée. Elle le tenait si fort qu'il brûlait comme fer au feu. Des maux de tête incessants l'accablaient. Son état parut si alarmant à sa femme et aux barons qui venaient prendre de ses nouvelles que l'évêque d'Orange décida de lui administrer les derniers sacrements.

Comme le comte venait de recevoir l'extrême-onction, un seigneur allemand, qu'on ne connaissait pas, demanda à s'entretenir avec le malade.

— J'ai eu tantôt une vision, dit l'étranger dès son entrée dans la chambre. J'ai vu saint Gilles, le saint patron de votre famille. Il m'a chargé de vous annoncer qu'il veillait sur vous, qu'il ne vous abandonnerait pas en ce moment critique. Il a obtenu du Seigneur un délai de grâce. Vous allez vous remettre. Dieu y consent.

Parmi les croisés, tout le monde savait de quelle façon le comte de Toulouse avait fait don de sa vie à la cause du Christ. Il avait été le premier à prendre la croix et à faire serment de mourir en Terre sainte, laissant tous ses biens à son fils aîné. Aussi personne ne s'étonna d'une telle intervention divine... Elvire et ses enfants tombèrent à genoux en remerciant à la fois le messager du saint, saint Gilles en personne et Celui qui s'était laissé fléchir...

Le comte se rétablit presque aussitôt et, dès le lendemain, put reprendre ses activités.

Durant les deux jours où la gent Notre-Seigneur demeura à Iconium, se rafraîchissant à ses sources, dans ses vergers et ses jardins, on parla beaucoup du miracle qui venait de s'accomplir aux yeux de tous, et les cœurs s'en trouvèrent affermis...

Brunissen avait fait amitié avec l'Arménienne qui recevait chez elle la famille de Garin. C'était une femme menue et douce, dont le mari avait été emmené comme esclave par les Turcs. Quelques jours après l'enlèvement de son époux, elle avait adopté deux enfants devenus orphelins à la suite d'un massacre durant lequel leurs parents avaient été occis.

— Avant votre arrivée, nous vivions dans la terreur, avoua-t-elle le matin du départ, alors que les deux nouvelles amies se tenaient sur la terrasse, à l'ombre d'une vigne proliférante dont les rameaux chevelus formaient un toit de feuilles et de grappes presque mûres. Nous n'avions jamais de répit et tremblions sans cesse. Mais maintenant tout a changé. Vous nous avez sauvés de nos oppresseurs !

Comme beaucoup de chrétiens fervents, elle savait un peu de latin. Assez en tout cas pour se faire comprendre.

Bien d'autres témoignages de reconnaissance furent prodigués de la sorte aux croisés par les habitants d'Iconium. Ils leur conseillèrent, entre autres, de se munir, avant leur départ, du plus grand nombre possible d'outres en peau de chèvre remplies d'eau.

— Puisque vous vous dirigez vers Héraclée, expliqua l'Arménienne aux Chartrains, vous en aurez grand besoin. La route est des plus arides. On n'y rencontre nulle source.

Lestés de nouvelles provisions et d'une quantité impressionnante d'outres pleines, l'armée et les pèlerins reprirent leur pérégrination sur les pistes de la steppe anatolienne. Confiants en Celui qui les guidait, ils allaient, les pieds dans la poussière et le chapelet aux doigts...

Les Turcs fuyaient devant eux. Les Francs s'emparaient au passage des petites cités rencontrées, des places fortes, des citadelles, et y laissaient de minces garnisons. Partout, les chrétiens grecs ou arméniens, soulagés, joyeux, les accueillaient comme des amis et des libérateurs.

Ils avaient bien besoin de ces brèves étapes qui, à chaque fois, leur permettaient de se refaire un peu à l'ombre d'un toit.

Le soleil était redevenu l'ennemi. Longeant l'interminable chaîne des monts Taurus, au centre d'un paysage de fin du monde, d'une pauvreté absolue, où s'ouvraient çà et là, yeux hagards du désert, des marais saumâtres, bordés de roseaux ou de grèves au sable blanc ponctué de roches noires, les files obstinées se frayaient lentement un passage au sein de la chaleur torride. Des bourrasques de vent, brutales comme des gifles de géant, leur coupaient parfois le souffle. A d'autres moments, des nuages de poussière s'élevaient et brouillaient l'horizon sans limites. Quelques minces torrents issus de la montagne leur apportaient de temps en temps une illusion de fraîcheur.

Cependant, rien ne semblait en mesure de les arrêter. Rien. Ils marchaient, ils chantaient, ils priaient, ils passaient...

L'armée turque elle-même, reformée sous le commandement du sultan et de l'émir désireux de réparer dans l'esprit de leur peuple le désastre de Dorylée, y échouèrent. Aux environs immédiats d'Héraclée, les troupes musulmanes tentèrent de barrer le passage aux chrétiens. En vain. Les Francs les assaillirent avec tant de fougue et de témérité que, affolés par cet élan que personne ne pouvait entraver ni briser, ils lâchèrent prise. En cette occasion, Bohémond se distingua une fois de plus par son intrépidité en pourchassant le sultan qu'il tenait à occire de sa main... La nouvelle déroute des infidèles fut rapidement expédiée. Ce fut encore en vainqueurs que les croisés pénétrèrent à Héraclée de Cappadoce.

On était à la mi-septembre quand l'ost opéra son entrée dans la ville. La chaleur cédait un peu. La proximité des montagnes apportait avec elle un air léger, revigorant. Chrétiens eux aussi pour la plupart, les habitants offrirent une généreuse hospitalité aux soldats victorieux et aux milliers de pèlerins qui les suivaient. Cette étape était décisive. Héraclée se trouvait placée à la croisée des chemins. Cité carrefour, elle imposait un choix entre deux itinéraires qui avaient chacun leurs partisans.

Pour gagner la Syrie, emprunterait-on la route du sud, ancienne voie des conquérants de l'Antiquité, plus rapide mais si dangereuse avec ses à-pics vertigineux et ses sommets couverts de neiges éternelles ? Ou prendrait-on celle du nord-est, plus longue, il était vrai, mais moins redoutable ? Elle remontait vers Césarée et Marasch, en contournant la chaîne montagneuse et en suivant une voie jadis fort connue qui reliait Byzance à Antioche la Belle. En outre, ce deuxième trajet permettrait de libérer au passage la Cappadoce où tant de chrétiens s'étaient réfugiés depuis des siècles pour fuir l'islam et ses persécutions. Elle n'éviterait pas la traversée de l'Anti-Taurus, mais offrait des passes moins périlleuses pour franchir les montagnes.

— Nos barons sont réunis en conseil, annonça Herbert Chauffecire en rejoignant sous la tente rouge et verte les Chartrains qui s'apprêtaient à souper. Si j'en crois les éclats de voix dont j'ai perçu quelques échos à travers les pans de toile, ils sont loin d'être d'accord !

On avait établi aux portes d'Héraclée un camp où s'étaient regroupés les plus solides des croisés. En dépit de sa bonne volonté, la ville n'était pas assez vaste pour recevoir l'ensemble, encore impressionnant malgré tant de disparus, de la fourmilière chrétienne en marche vers Jérusalem.

— Les plus jeunes doivent pencher pour passer par le sud, dit le père Ascelin. Ils sont toujours les plus ingambes et les plus pressés. Les hommes d'expérience choisiront certainement la voie qui remonte vers Césarée, et cela pour toutes sortes de raisons... Peu importe, au fond. L'essentiel est de ne pas nous séparer.

Foucher de Chartres opina du chef :

— Ces monts du Taurus sont une gigantesque barrière naturelle dressée par le Malin pour décourager les pèle-

rins. De quelque côté qu'on les aborde, on trouve difficultés et peines, assura-t-il. Mais n'y sommes-nous pas
habitués ? N'avons-nous pas déjà traversé tant
d'épreuves que c'est un constant miracle que de les avoir
surmontées ?

— Je n'imaginais pas la Terre sainte si lointaine,
avoua Landry qui soupait plus volontiers avec les siens
qu'avec les soldats. Voici un an que nous avons quitté
nos terres, un an de marche presque ininterrompue, et
il semble que nous soyons encore à une très grande
distance de Jérusalem ! Combien de temps nous faudra-
t-il donc pour y parvenir ?

— Dieu seul connaît le temps et l'heure, répondit le
père Ascelin. Nous devons accepter de nous en remettre
à Sa sagesse.

A peine finissait-il de parler qu'une immense clameur, jaillie de milliers de poitrines, les arracha à leur
conversation et les précipita hors de la tente.

— Regardez ! Par la Croix de Dieu, regardez ! hurlait
la foule.

Dans le ciel nocturne où pointaient les premières
étoiles, une lueur brillante, d'une blancheur resplendis-
sante, une lueur qui épousait la forme d'un glaive
venait d'apparaître et rayonnait. La pointe de l'épée
céleste était tournée vers l'Orient, comme un signe,
comme une réponse, comme un guide fidèle envoyé aux
croisés.

Chacun tomba à genoux et adora.

Quand tous se relevèrent, alors que le glaive de
blanches flammes s'effaçait progressivement, la voix de
Foucher de Chartres s'éleva dans la pénombre :

— Ce que ce signe annonce, nous l'ignorons, dit-il
avec un accent de vénération. Nul n'oserait se risquer à
l'interpréter. Remettons tous notre sort entre les mains
de Dieu !

Alaïs se tenait non loin du moine. Se sentant souffrante, elle avait demandé ce soir-là à être dispensée de
son service auprès de Mabille. Soudain, dans le silence
qui suivit l'apparition, elle perdit connaissance et glissa
sur le sol comme une fleur coupée. On se précipita, on
la releva et son frère la porta à l'intérieur de la tente. Il

l'étendit sur une natte de paille tressée où sa famille ne
tarda pas à l'entourer.

— Que vous arrive-t-il, ma douce ? lui demanda-t-il
dès qu'elle ouvrit les yeux. Est-ce ce glaive de lumière qui
vous a effrayée ?

Alaïs secoua doucement sa tête blonde enveloppée d'un
voile de lin très fin.

— Non, dit-elle en portant une main sur son ventre en
un geste de protection et d'émerveillement. Non, Landry,
ce n'est pas un signe venu du ciel qui m'a fait pâmer.
J'attends un enfant. Un enfant de Bohémond !

3.

Non loin de la petite maison occupée jadis par les nourrices de la famille Daniélis, se trouvait un vieux figuier. Son tronc épais, gris argent, couturé de nombreuses cicatrices, était entouré d'un banc de marbre blanc en face duquel trois autres banquettes en forme de demi-lune avaient été disposées pour la conversation. Ses épaisses frondaisons couvraient tout le voisinage de larges feuilles charnues, ressemblant à des mains vertes dont le sang aurait été une sève laiteuse fleurant bon la figue fraîche.

Durant l'été, Berthe la Hardie, Flaminia et Albérade étaient venues s'asseoir matin et soir à cet endroit, après la sieste ou avant la nuit, en profitant des moments de rémission que la maladie accordait à l'aïeule. La touffeur estivale ne parvenait pas à transpercer complètement la voûte protectrice de l'arbre où de gros fruits vert-jaune, et non point violets comme certaines autres espèces plus petites, mûrissaient, gonflés de sucs, dans l'ombre du feuillage. Les trois femmes aimaient ce lieu paisible dont le calme n'était rompu que par le chant d'oiseaux bleutés dont elles ignoraient le nom...

En septembre, l'état de la malade s'aggrava. Elle marchait avec de plus grandes difficultés et avait beau serrer les lèvres sur ses souffrances, elle ne réussissait pas à empêcher ses traits de se creuser toujours davantage. Malgré le ballonnement de son ventre, sa maigreur

s'accentuait. Sa fatigue s'accroissait aussi. Des vomisse-
ments bilieux, qui se renouvelaient de façon inquiétante,
la laissaient sans force mais non pas sans courage. Elle
luttait. Contre ce mal humiliant, contre la trahison de son
propre corps qui l'enrageait, contre le temps perdu,
contre le risque de désespérance.

En dépit de l'insistance déployée par sa petite-fille
pour obtenir qu'elle restât dans la maison où il était plus
aisé de la soigner, Berthe la Hardie tenait à venir chaque
après-midi sous le figuier. A petits pas douloureux,
cramponnée plus qu'appuyée au bras de Flaminia ou
d'Albérade, elle gagnait, à force d'obstination, son
endroit préféré. Sans pouvoir toujours retenir un rictus
de souffrance, elle s'asseyait, accotait sa tête au tronc
argenté, fermait les yeux et respirait à petits coups l'air à
senteur de figue, puis demeurait un long moment immobile à se remettre de son effort.

Heureusement, la chaleur allait s'atténuant. Elle devenait supportable durant la journée, et les soirées se
montraient d'une poignante douceur...

C'était également sous l'ombrage tutélaire que les
quelques familiers reçus par les esseulées se tenaient
durant leurs visites. Théophane Daniélis était de ceux-là.
Il arrivait de sa boutique avant l'heure du souper,
apportant presque chaque fois un nouveau présent pour
ses amies : gâteaux de miel, vessies pleines de musc afin
de chasser les miasmes de la maladie, soieries pour tailler
des tuniques neuves ou des voiles de tête. Il prenait place
sur une des banquettes face au banc circulaire et, pour
distraire ses interlocutrices, parlait un peu de tout.
Flaminia traduisait. On commençait toujours par faire le
point sur l'avance de l'armée croisée et sur ses victoires.
On tentait d'évoquer la vie de chacun des membres de la
famille de Garin, tout au long d'un chemin qu'on avait
quelque peine à imaginer. Les lettres du père Ascelin
restaient rares et on manquait de nouvelles récentes. Les
courriers parvenant à la cour du basileus n'étaient lus
que par quelques privilégiés et on devait le plus souvent
se contenter de ouï-dire invérifiables. Aussi le parfumeur
se rabattait-il sur les rumeurs qui couraient la ville :
complots tramés contre l'empereur, intrigues sans fin à la

cour et dans le gynécée impérial, manœuvres ou spécula-
tions des eunuques, mais aussi récits des menaces jamais
conjurées à la frontière de l'Est. Il concluait générale-
ment ses visites par la peinture des difficultés éprouvées
dans l'exercice de son commerce. Il se plaignait des
réglementations, trop rigoureuses à son gré, qui régis-
saient la profession de parfumeur : interdiction de constituer des réserves d'épices en prévision de disettes futures,
interdiction d'utiliser d'autres poids et mesures que ceux
dûment estampillés par les agents du tout-puissant préfet
de la Cité, l'éparque ; présence obsédante des logothètes,
ces inspecteurs qui pouvaient survenir de jour comme de
nuit afin de contrôler les marchandises emmagasinées
dans sa boutique ou ses différents entrepôts ; impossibilité de se procurer à sa guise les matières premières dont
il avait besoin pour la composition de ses parfums et de
ses poudres, sans parler de mille autres tracasseries... Ce
préfet était sa bête noire. C'était lui, en effet, qui fixait les
quantités maximales de produits à acheter, indiquait les
fournisseurs, arrêtait les limites des bénéfices à réaliser.
L'éparque disposait même du pouvoir d'imposer de fort
lourdes amendes et du droit de bannissement !

— Par le Christ Pantocrator ! cet homme exerce une
autorité exorbitante ! s'écriait Théophane. Tout ce qui se
vend et s'achète à Constantinople doit être marqué de sa
bulle ! Cette bulle de plomb de l'éparque est l'idée fixe de
tous nos marchands ! Nous autres, parfumeurs, en
sommes obsédés ! Par-dessus le marché, il peut envoyer
n'importe lequel d'entre nous en exil s'il vend des
produits interdits ou n'accepte pas de s'installer là où son
tourmenteur l'a décidé ! Il lui est également loisible
de nous faire fouetter en place publique, raser la tête ou
bien encore promener à dos d'âne ou de chameau à
travers rues, places et carrefours, la face tournée vers la
queue de l'animal pour la plus grande joie de la foule
déchaînée !

Ses auditrices riaient ou souriaient, et Théophane
Daniélis en tirait une sorte de mélancolique satisfaction.
Il aurait préféré poursuivre les longues conversations
qu'il avait entretenues, quand il l'avait pu, avec le père
Ascelin sur des sujets théologiques comme le fameux

Filioque[1] qui avait divisé l'Église d'Orient et l'Église
d'Occident, mais le départ de son ami lui avait laissé
charge d'âmes. Il tenait à s'acquitter de son devoir, selon
l'idée qu'il se faisait de l'amitié.

Il n'était pas seul à venir voir Berthe et Flaminia. Dès le
mois de juillet, Joannice était réapparue. La petite chèvre
noire, comme l'appelait Gabriel Attaliate, avait l'air de
s'être prise d'affection pour la jeune Celte à la nature
passionnée. Seule ou en compagnie de Théophane, elle
arrivait, à certains moments de la journée, alors qu'elle
était libérée de son service auprès d'Icasia, elle-même
appelée au Palais impérial. Elle se préoccupait de la
santé de l'aïeule, lui apportait des simples afin de
confectionner de nouvelles infusions, lui recommandait
des onguents fabriqués par sa mère, la nourrice d'Icasia,
qui se déplaçait de moins en moins facilement durant les
chaleurs à cause de l'enflure de ses jambes.

Toute occasion lui était bonne : elle tint à surveiller
elle-même les esclaves chargés de la cueillette des figues
mûres, quand le moment en fut venu, puis s'attarda pour
faire goûter à Flaminia les lourds fruits fragiles, aux
formes de gourdes souples, aux gorges roses d'où perlait
un jus sucré et blond comme le miel. Elle lui expliqua
comment on les conservait en prévision de l'hiver : on les
faisait d'abord sécher au soleil avant de les tremper dans
un bain d'eau bouillante salée qui les amollissait, ce qui
les rendait plus propres à la consommation.

— La figue, dit-elle enfin en s'asseyant sur un des
bancs de marbre après le départ des esclaves, la figue
possède une particularité : c'est une fleur qui, une fois
qu'elle est fécondée, cesse de s'épanouir à l'extérieur. Elle
se referme sur ses akènes, se replie en sa tendre chair.
C'est une fleur-fruit ! Elle est dotée, en outre, d'une
double signification. Obscène, bien sûr, à cause de sa
forme, mais aussi honorable. A travers tout l'Orient, elle

---

1. En 1054, l'Église romaine accusa l'Église d'Orient d'avoir retiré
du Credo de Nicée le mot *Filioque* qui signifie « et du Fils » dans la
formulation latine : « Il (l'Esprit saint) procède du Père et du Fils. »
Cette expression ne figurait pas dans le texte original et y avait été
ajouté par Rome. D'où schisme qui divisa et divise toujours les deux
Églises.

est élevée au rang de symbole religieux. Le mystère de ses graines enfouies au cœur de sa pulpe est assimilé à celui de la foi germant dans l'âme du croyant. Et ce n'est pas tout ! La figue possède des propriétés fortifiantes qui en font un aliment conseillé aux athlètes, aux convalescents. Et les femmes enceintes en mangent le plus possible quand approche leur terme, tant elles sont persuadées de bénéficier ainsi de couches plus rapides et plus aisées...

Elle se mit à rire, et ses petites dents aiguës semblaient vouloir mordre ces fruits qui avaient de telles vertus.

— Platon recommandait aux philosophes de son entourage une nourriture dont il pensait qu'elle pouvait renforcer l'intelligence, termina-t-elle avec une grimace amusée. S'il était dans le vrai, il y a bien des gens à qui on devrait suggérer de manger des figues !

Flaminia la considérait avec une bienveillance nouvelle.

— Vous en connaissez des choses ! remarqua-t-elle amicalement. Mon père était comme vous. Il aimait nous enseigner ce qu'il savait.

Berthe la Hardie, à qui sa petite-fille devait traduire chaque phrase, se fatiguait de toutes ces paroles bruissant à ses oreilles et demandait assez vite à sa servante de la reconduire dans sa chambre. Elle insistait cependant pour que l'adolescente demeurât encore un moment avec Joannice, dont les visites lui étaient de toute évidence une distraction. En crispant les poings jusqu'à s'enfoncer les ongles dans les paumes pour tenter de surmonter les spasmes qui lui tordaient les entrailles, elle regagnait pesamment le petit logis de son exil.

— Votre grand-mère ne paraît pas se remettre de sa maladie, dit, un autre jour, vers la fin des calendes de septembre, Joannice à Flaminia qui suivait d'un regard navré la douloureuse démarche de son aïeule. Le médecin arménien que vous a amené Andronic est pourtant un maître réputé, et je sais qu'il soigne bien ses patients de l'hôpital. Il se peut que, cette fois-ci, le mal ne relève pas de la médecine humaine mais plutôt de l'intervention divine. Pourquoi ne pas essayer une méthode des plus vénérées ici ? On dit chez nous que pour guérir un malade sur lequel la médecine ne peut plus rien, il suffit de lui donner à toucher les clés de la grande porte de Sainte-Sophie. Afin d'apaiser certaines douleurs, nous avons aussi coutume d'appuyer le membre infecté contre l'une des colonnes de notre Grande Église. Vous pourriez tenter cet appel à l'aide de Dieu. En définitive, n'est-ce pas la foi qui sauve ?

— Si fait, admit Flaminia, mais grand-mère est-elle en état de sortir, de monter en litière, d'être cahotée ensuite à travers les rues encombrées menant au sanctuaire, puis d'en gravir les marches ? J'en doute.

— On pourrait la faire porter par un ou plusieurs esclaves.

— Je lui en parlerai. Vous savez qu'elle n'en fait jamais qu'à sa tête...

— On dirait que notre ville vous fait peur.

— Peut-être... N'est-elle pas immense avec ses quatorze quartiers, ses centaines de milliers d'habitants qui, pour moi, sont tous des étrangers ? Dieu me pardonne, je m'y sens perdue ! Sa rumeur ne parvient céans qu'assourdie, mais je sais qu'en dehors des murs de ce domaine, tous les péchés capitaux se donnent libre cours à travers rues et ruelles... S'y aventurer seule serait fort dangereux pour une femme... Je viens d'une petite ville tranquille, tellement moins importante que Constantinople, je ne le nie pas, mais aussi bien plus sûre que cette Reine des cités aux multiples visages !

— Il est vrai, reconnut Joannice en souriant. Il est vrai. Je n'avais pas songé que vous étiez si dépaysée...

Un bruit de pas sur le sable l'interrompit. Flaminia ne détourna pas la tête. Elle avait été trop souvent déçue... Ce n'était d'ailleurs qu'un serviteur qui passait.

Andronic ne venait qu'assez peu rendre visite aux protégées de son père. S'il accompagnait parfois celui-ci jusque chez elles, il lui arrivait de moins en moins de passer seul s'enquérir de l'état de la malade et de rester par la suite un moment à s'entretenir avec Flaminia. Quand il s'y trouvait contraint par la politesse, il paraissait toujours pressé, tendu, préoccupé. Ses prunelles bleues comme les eaux du Bosphore se détournaient sans cesse, ses grandes mains étreignaient nerveusement sa haute ceinture de cuir, et il ne s'attardait pas sous le figuier.

Fidèle à son attitude, Icasia demeurait lointaine. On apercevait parfois, entre les frondaisons, la maîtresse du logis et quelques-unes de ses amies, aux tuniques fluides et bigarrées, assises au cœur du jardin sur des coussins, des tapis amoncelés ou des sièges pliants en cuir, et environnées d'une nuée de servantes. Installées devant des tables basses couvertes de pâtisseries au miel, de pâtes de fruits, de dattes ou de figues, elles buvaient des laits d'amande ou des vins résineux. Elles bavardaient tout en brodant à l'aiguille de riches étoffes de soie, tissaient sur de légers métiers déposés devant elles par des esclaves, ou enroulaient des fils multicolores autour de leurs fuseaux. Leurs rires, leurs propos légers jaillissaient, résonnaient sous les branches. La trame devinée de ces existences somptueuses et futiles ne rendait que plus amères pour Flaminia l'isolement, l'incertitude, l'angoisse du lendemain...

Paschal se conformait à l'interdiction qui lui avait été faite de se rendre du côté des étrangères. On ne l'y avait pas revu. Pas plus que sa mère, Marianos ne songeait à se manifester. Au dire de son grand-père, la vie du Cirque l'occupait totalement. En revanche, son ami Cyrille Akritas avait insisté, deux fois de suite, pour rencontrer Flaminia. L'attitude réservée de la jeune Franque ne l'avait pas incité à revenir.

— Votre admirateur, ce cocher des Verts qui ne jure que par vous, brûle du désir de vous revoir, avait dit un jour Joannice en riant. Votre froideur ne l'a pas découragé, mais il a sans doute préféré attendre afin de ne pas vous indisposer. Vous lui plaisez, ma chère, et je parierais qu'il a des visées sur vous.

— Grand bien lui fasse ! avait répondu Flaminia avec insouciance. Si je lui plais, il ne me plaît pas.

— C'est pourtant un beau garçon qui ne manque pas de succès.

— Puisque vous le dites, vous devez avoir raison. Mais il perd son temps en pensant à moi... Je n'ai qu'un but à présent : voir guérir grand-mère. Les histoires de sentiment m'importent peu !

« Le Malin m'a aussi appris à mentir, se disait-elle ensuite quand elle se retrouvait seule. Je suis habitée par le péché puisque l'idée du péché est déjà le péché... Que ne puis-je oublier Andronic et l'enchantement dans lequel il me tient... »

Combien de temps cette vie qui n'en était plus une allait-elle durer ? Il n'y avait pas que sa foi en Dieu, son amour pour un homme marié et la maladie de sa grand-mère qui taraudaient Flaminia, il y avait aussi sa jeunesse...

De la petite maison, on entendait parfois, le soir, l'écho de fêtes données par Marianos dans la demeure de ses parents. Des accords de lyre, de cithare, de flûte, de sistre, de cymbales, des cris, des rires, des poursuites à travers les buissons troublaient le calme habituel du domaine jusqu'au mitan de la nuit. Parfois certains compagnons entraînaient vers quelque coin discret du jardin de jeunes personnes aux joues fardées avec outrance, aux hautes coiffures échafaudées ainsi que des tours-abris, qui ne devaient pas résister bien longtemps aux joutes amoureuses dont le remue-ménage parvenait jusqu'à Flaminia sous forme de soupirs, de froissements, de chuchotements, de fous rires et de gémissements... Ensuite, dans un grand piétinement de chevaux, dans une rumeur confuse d'adieux et de remerciements entrecoupés de chants bachiques, les convives du jeune aurige prenaient congé.

Après leur départ, il fallait un certain temps à la paix nocturne pour renaître sous les arbres, parmi les massifs pillés et les fleurs effeuillées... Par les rues devenues silencieuses, on n'entendait plus que les cris des veilleurs de nuit, dont la régularité scandait le sommeil des Nouveaux Romains jusqu'à l'aube. Les oiseaux matinaux prendraient alors le relais et entameraient de nouvelles trilles, fraîches et joyeuses comme les premiers rayons du soleil sur la mer miroitante...

Seule sur sa couche, Flaminia pleurait. Elle songeait au bassin des lotus auprès duquel, jamais, elle n'avait voulu retourner, pas plus que dans l'allée de cyprès à l'haleine de résine d'où elle avait vu surgir Andronic un certain soir d'été.

« Je subis une punition secrète pour expier une faute secrète, songeait l'adolescente en se retournant entre ses draps. J'ai souhaité rester dans cette ville sous prétexte de soigner grand-mère. J'ai feint de me sacrifier, mais Dieu, qui connaît les âmes, sait pourquoi je désirais si fort demeurer à Constantinople. Il n'est pas dupe, Lui, de nos menteries et, moins encore, de celles qui revêtent le blanc manteau du dévouement. Alors que tout le monde me félicitait et m'admirait pour mon abnégation, le Seigneur fermait le cœur d'Andronic et l'éloignait de moi. Ce n'est que justice. N'allais-je pas me laisser souiller par un projet d'adultère ? N'étais-je pas en danger de péché mortel ? »

Elle osait à peine formuler ces mots affreux porteurs de damnation... Dès qu'ils l'effleuraient, elle se jetait au bas du lit déserté par ses sœurs, courait s'agenouiller devant l'icône et passait des heures en prière pour demander à la sainte Mère du Christ d'écarter d'elle les évocations qui la bouleversaient.

Mais il suffisait, le lendemain, que le pas d'Andronic ou sa voix retentissent dans le jardin pour que le cœur égaré s'affolât. De ce cœur dénué de sagesse, le sang affluait jusqu'aux extrémités de tout le corps alerté, raidi dans l'attente d'un geste, d'un mot, du moindre signe espéré et redouté à la fois. En dépit de sa volonté impuissante, Flaminia se mettait alors à frissonner comme les feuilles des trembles de son pays quand le vent se levait... Un exigeant besoin d'amour la tenait sous sa poigne de feu.

En dehors de Berthe la Hardie, elle n'avait plus auprès d'elle personne sur qui déverser ce trop-plein de sentiment. Elle ne s'y résignait pas. Durant l'été étouffant, puis avec les premières langueurs de l'automne, tout son être appelait au secours. Appelait quelqu'un à qui se livrer, corps et âme confondus. Elle demeurait cependant trop droite, trop honnête envers elle-même pour faire semblant d'ignorer le nom de ce quelqu'un : Andronic !

Elle se répétait ces trois syllabes au rythme de sa marche, de ses occupations les plus journalières, du mouvement de sa quenouille, de son aiguille à broder, de l'enroulement des bandes de charpie qu'il lui fallait sans cesse renouveler, de la préparation des différentes décoctions, infusions ou tisanes, que le professeur arménien, qui ne les abandonnait pas, s'acharnait à prescrire lors de ses visites. Flaminia l'entendait, ce prénom, dans le crissement des feuilles du figuier qui tombaient à présent avec lourdeur sur le sol où elles se recroquevillaient bientôt et jusque dans le chant des oiseaux inconnus qui hantaient encore l'arbre chaque jour un peu plus dénudé.

Elle avait appris qu'Andros, en grec, signifiait « homme » et pour elle, Dieu le savait, il n'y avait en effet qu'un homme, un seul, pour l'intéresser, l'occuper, l'habiter, aimanter chacune de ses pensées et ses moindres rêveries... Mais cet élu ne semblait pas remarquer la jeune franque rousse dont le regard, si semblable aux yeux de mosaïque de la Vierge Théotokos, ne parvenait que bien rarement à croiser le sien.

N'ayant plus ni sœurs ni amies vers qui se tourner, aucun prêtre parlant sa langue à qui se confesser, n'étant pas sûre de Joannice dont elle ne parvenait pas à considérer l'affection comme tout à fait claire, l'adolescente ne pouvait compter que sur elle-même. Quant à Berthe la Hardie, auprès de laquelle, normalement, elle se serait sans doute épanchée, il n'était pas question de lui apporter une nouvelle charge, un souci de surcroît, alors que son état, au fil des mois, ne cessait d'empirer.

Les confidences interdites n'empêchaient pas les longues conversations quotidiennes que l'aïeule et la petite-fille entretenaient depuis toujours. Seulement, une entente tacite s'était établie entre elles : Berthe se refusait à parler de son mal, sauf en cas de nécessité absolue, et Flaminia ne soufflait mot d'Andronic. Avec Albérade, elles devisaient toutes trois des absents, du pèlerinage, de Garin, de Jérusalem... et de Constantinople où elles vivaient comme des recluses en se contentant d'en imaginer les splendeurs entr'aperçues et les ombres décrites par Landry ou le père Ascelin. Semblables une fois encore, les deux femmes, qui se trouvaient pourtant placées aux extrémités de la vie, s'accordaient pour taire des sentiments trop intimes qui les auraient conduites à

des attendrissements dont ni l'une ni l'autre ne vou
laient...

Quand elle se retrouvait seule, Flaminia se demandait
comment elle parvenait à celer ainsi son secret à celle qui
l'avait élevée et qu'elle aimait tendrement. Ne pas accepter de troubler la malade ne lui paraissait pas une
explication suffisante. Elle voyait là le don d'une grâce
qui lui avait été octroyée pour affermir son âme et
tremper son caractère. L'attention que le Seigneur semblait lui porter la troublait plus que tout. Avoir écarté
d'elle l'objet d'un désir qui ne pouvait que les perdre
tous deux était, pensait-elle, la preuve d'un souci divin
de son salut, dont elle remerciait Dieu. Mais elle ne réussissait cependant pas à étouffer au fond d'elle-même le
regret d'un remords dont les prémices auraient été si
douces...

Puisque le chemin à suivre lui était clairement désigné,
il lui restait à assurer de la meilleure façon possible sa
propre sauvegarde. Aussi décida-t-elle de s'atteler à une
tâche qui lui occuperait l'esprit et pas seulement les
doigts. Durant les longues soirées que l'hiver, proche
maintenant, lui réserverait, elle recopierait les Évangiles
dont son père lui avait offert un manuscrit calligraphié
avec le plus grand soin par un moine bien connu de
Foucher de Chartres, puisqu'il appartenait comme lui à
l'abbaye de Saint-Père-en-Vallée. Sur un vélin d'un grain
très fin, dû à une peau de veau mort-né d'une qualité
exceptionnelle, le copiste avait tracé à l'encre d'épines
des lettres brunies à l'aspect transparent en même temps
que laqué.

Flaminia ne disposait pas de jeunes rameaux de pru-
nellier pour fabriquer une encre semblable, ni de vélin
aussi beau que ceux, poncés, reponcés, frottés ensuite
avec une laineuse peau d'agneau par Garin, qui aimait
son métier à la passion et l'exerçait avec raffinement. De
crainte de les gâter, elle ne voulait pas non plus employer
les quelques rouleaux de parchemin vierge apportés par
son père dans son coffre personnel, que Berthe avait
gardé.

Ce fut encore sous le figuier, à présent dépouillé et nu,
après que sa grand-mère s'en fut allée parce qu'elle avait

jugé trop frais le vent d'automne, que l'adolescente parla de sa résolution à Joannice, qui savait toujours se tirer avec adresse des difficultés quotidiennes.

— On trouve à Constantinople de nombreux pergamenos (vous savez que c'est ainsi que nous nommons, ici, les parchemins qui ont été d'abord inventés à Pergame), et il y en a de diverses provenances, dit la sœur de lait d'Icasia. Vous en obtiendrez sans mal. Beaucoup de peaux différentes sont utilisées : mouton, truie, chèvre et même bouc, pour les plus grossiers. Quand il s'agit de livres de valeur, on choisit des peaux d'antilope, de gazelle ou de bubale. Nous disposons aussi d'encres de toutes les couleurs. Par exemple, le basileus confirme et signe uniquement à l'encre de pourpre les documents officiels de grande importance, nommés chrysobulles. La charge de préfet du Caniclée qu'occupe Gabriel Attaliate n'a pas d'autre origine : il doit nettoyer, emplir, surveiller, entretenir l'auguste encrier contenant le cinabre impérial...

L'arrivée de Théophane interrompit Joannice. Le maître parfumeur s'enquit de la santé de la malade, puis écouta avec intérêt l'exposé du projet de Flaminia. Il l'approuva aussitôt.

— Il n'est pas bon pour une personne intelligente comme vous de rester l'esprit inoccupé, reconnut-il avec la sympathie qu'il ne manquait jamais de témoigner à ses invitées franques. Nous vous procurerons tout ce dont vous pourrez avoir besoin, cela va sans dire...

Il sourit à ses interlocutrices. Depuis un certain temps, il semblait accorder davantage de confiance à Joannice et la dévisageait à présent avec une cordialité qui ne devait pas être étrangère aux nombreuses visites qu'elle rendait, en dépit des liens de subordination qui l'attachaient à Icasia, aux occupantes de la petite maison des nourrices.

— Savez-vous, reprit-il, que quelques érudits arabes écrivent sur des livres composés de peaux provenant des plus rares et belles gazelles du désert, à l'aide de roseaux taillés nommés calames ? Les meilleurs viennent de Mésopotamie et sont durs comme de l'acier. On les plonge dans du brou de noix en guise d'encre.

— Chez nous aussi il arrive qu'on emploie parfois des

tiges de roseaux pour écrire, répondit Flaminia. Je leur préfère pourtant toujours les plumes d'oiseaux : canards, corbeaux, cygnes, vautours, mais ce sont surtout celles des oies qui restent mes favorites. Vous n'ignorez pas que les oies dormant la tête enfouie sous leur aile droite, les rémiges du côté gauche demeurent courbées, ce qui leur donne une inclinaison parfaite pour écrire. Mon père ne cessait de les vanter ! J'aimerais également, puisque vous avez la bonté de me laisser choisir, une bonne encre au carbone, obtenue à partir de noir de fumée, de gomme d'arbre et de mica pulvérisé pour lui fournir brillant et éclat...

Théophane et Joannice échangèrent un regard de connivence.

— On voit bien que vous êtes fille de parcheminier ! s'exclama le maître parfumeur. Personne ne peut vous en remontrer pour ce qui touche les secrets des métiers du livre !

Le pas qui fit soudain crisser le sable de l'allée, pour une fois, était bien celui d'Andronic.

— Il m'a semblé de mon devoir de vous apporter la lettre qu'un moine de passage vient de déposer à notre boutique, dit-il après avoir salué Flaminia. Je sais avec quelle impatience vous attendez des nouvelles de votre famille.

Il lui tendait un rouleau frappé du sceau du père Ascelin.

Théophane Daniélis se méprit sur les raisons de la pâleur de la jeune fille et sur le tremblement qui agitait ses mains.

— Lisez ! Lisez sans plus attendre, conseilla-t-il aussitôt. Il vous arrive si rarement de lire un message comme celui-ci !

Ce n'était en effet que la troisième missive reçue par les invitées du maître parfumeur depuis le départ des croisés au début de l'été, alors qu'on parvenait à la fin des calendes d'octobre.

Flaminia remercia d'un pauvre sourire et rompit le cachet de cire...

Quand elle eut fini de déchiffrer le long parchemin où courait l'écriture soignée de son oncle, elle releva le front.

Théophane, Joannice et Andronic l'observaient. Elle rougit. Ses nattes de cuivre et sa peau rutilaient tout autant.

— Pardonnez-moi, dit-elle, mais, Dieu le sait, ces lettres représentent l'unique lien qui nous rattache encore à notre famille dispersée. Il y a si longtemps qu'ils s'en sont tous allés, me semble-t-il...

Elle soupira, serra les lèvres comme sa grand-mère, puis se redressa.

— Ils vont aussi bien que possible, reprit-elle. Landry n'a pas reçu de blessure grave durant les combats qu'il a livrés aux Sarrasins. Comme tous leurs compagnons, mes sœurs ont beaucoup souffert de la soif et de la faim dans le désert. Grâce à Dieu, au moment où cette lettre était écrite, à Césarée, les nôtres mangeaient de nouveau à leur suffisance. Ils devaient repartir dès le lendemain et se préparaient à franchir une haute montagne, les monts du Taurus à ce qu'en dit notre oncle, avant de redescendre vers Antioche en passant par Marasch. D'après leurs renseignements, une telle traversée risquait de ne pas être aisée...

Tant de jours s'étaient écoulés entre l'instant où le père Ascelin avait composé son épître et l'instant où elle était lue... Flaminia ressentait cruellement la rareté et l'insuffisance des courriers, qui lui parvenaient toujours longtemps après que les événements à venir s'étaient transformés en péripéties dépassées...

— Bonnes et mauvaises nouvelles se partagent cette lettre, reprit-elle. L'armée s'est divisée en deux lors de son passage dans une ville nommée Héraclée. Baudouin de Boulogne et Tancrède, le neveu de Bohémond de Tarente, ont choisi de gagner la Syrie, avec une petite troupe d'hommes armés et sans pèlerins, par la route la plus courte mais aussi la plus difficile. Le gros de l'ost a préféré rejoindre Césarée de Cappadoce par une ancienne piste qui paraissait plus sûre. Néanmoins, le lendemain, le duc Godefroi de Bouillon a failli y laisser la vie...

Joannice et Théophane se signèrent. Andronic joignit les mains.

— Alors que la gent Notre-Seigneur faisait étape au pied des grandes montagnes dont je vous ai déjà parlé, continua la narratrice, plusieurs pèlerins quittèrent le camp établi dans des prés pour aller quérir, en la forêt toute proche, du bois pour faire le feu. Le duc Godefroi, parti de son côté en quête de gibier pour le souper, entendit soudain appeler à l'aide. En approchant, il vit un ours énorme qui attaquait un pauvre homme chargé d'un fagot. Tirant son épée, le duc s'élança au secours du malheureux. L'ours se retourna brutalement vers lui et jeta à terre cavalier et cheval tant sa force était monstrueuse. Il mordit avec sauvagerie le duc à la cuisse, tout en cherchant à le tuer. Bien que blessé, celui-ci lutta avec courage contre le fauve et parvint à l'occire en lui enfonçant jusqu'à la garde son épée dans le corps. Mais il était lui-même en piteux état et perdait beaucoup de sang... Alertés par le pèlerin qu'il avait arraché aux griffes de l'ours, les barons et autres guerriers, qui avaient déjà regagné le camp après une chasse fructueuse, s'élancèrent en grande hâte vers le duc qu'ils trouvèrent écroulé sur le sol, tout pâle et sans force. Ils le déposèrent sur un brancard de branchages, le ramenèrent sous sa tente et firent venir les mires pour le soigner. Mon oncle dit que le duc a échappé de peu à une mort affreuse. Cependant, il ne peut plus chevaucher ni marcher, et il a fallu le porter durant un certain temps.

— Dieu le guérira, assura Andronic qui avait suivi ce récit avec passion. L'armée ne peut se passer d'un seigneur si loyal et si courageux.

Flaminia observa un instant, en silence, celui qui venait de s'exprimer avec tant de fougue, puis reprit sa chronique.

— Par la suite, nos croisés ont délivré plusieurs places fortes, ce dont les habitants, Arméniens et chrétiens, les ont remerciés avec effusion, dit-elle du ton de quelqu'un qui pense à autre chose qu'aux propos tenus.

— Que la Vierge Théotokos vous bénisse, vous et les vôtres, pour d'aussi bonnes nouvelles ! s'écria Joannice. Grâce aux Francs, nous allons recouvrer nos provinces perdues de Romanie !

Théophane lui sourit avec indulgence mais ne fit pas de commentaires.

— Une nouvelle, triste celle-là, est que la douce God-

vère de Toeni, l'épouse du seigneur Baudouin de Boulogne, parti, lui, comme je vous l'ai appris, par une autre
route, semble être fort malade, continua Flaminia. Je ne
sais de quoi elle souffre, mais on a jugé bon d'envoyer un
chevaucheur à son mari pour lui dire de revenir au plus
vite vers elle et leurs enfants... Je la connais un peu : c'est
une femme pleine de bonté...

— Que d'épreuves, que de maux, que de deuils tout au
long de ce chemin de Jérusalem ! soupira Théophane.
C'est grande pitié qu'une pareille hécatombe... Notre
consolation doit être la certitude que ces âmes dévouées
au service du Christ sont déjà reçues par Lui en Son
paradis.

— Comme ce fut le cas pour mon père, murmura
Flaminia. Je sais qu'il fait maintenant partie des bienheureux !

Elle leva vers ses interlocuteurs un regard où brillaient,
à travers les mêmes larmes, chagrin et espérance.

— Enfin, les croisés ne cessent de prendre et d'occuper
cités et places fortes, ajouta-t-elle au bout d'un moment.
Les Turcs s'enfuient sans demander leur reste, du plus
loin qu'ils voient approcher l'ost.

— Ces Turcs, qui passaient pour les meilleurs guerriers de tout l'Orient, sont à présent taillés et mis en
pièces, constata Andronic avec un enthousiasme qui
dissipa pour un temps sa nervosité. En quittant leurs
pays, les croisés avaient raison de le proclamer : Dieu est
avec eux !

Flaminia lui adressa un sourire plein de reconnaissance, auquel il répondit, puis elle termina son propos
par les remerciements d'usage :

— *In fine*, mon oncle me charge, avec sa gratitude pour
l'hospitalité que vous continuez si généreusement à nous
offrir, à grand-mère et à moi, de vous transmettre ses très
fidèles amitiés en Notre-Seigneur Jésus-Christ.

— Dieu le garde ! affirma avec chaleur Théophane
Daniélis. Votre oncle est un saint homme.

Ce soir-là, à la veillée, devant un feu qu'on tenait à
présent allumé tout le jour et autour duquel on commençait à se sentir heureux de se serrer quand tombait une
nuit devenue plus fraîche, les trois esseulées commen-

tèrent jusqu'à une heure tardive les nouvelles apportées par la longue épître du père Ascelin. A la lueur des flammes, puis des tisons, jointe à la lumière dorée de la lampade à huile qui brûlait devant l'icône, elles parlèrent des leurs, perdus là-bas, au loin, dans une buée mythique de chaleur et de tourbillons de sable où s'égaraient leurs pensées...

— Par la faute de ce mal que le diable a sans doute été autorisé à m'octroyer pour mes péchés, je vous empêche de participer au plus saint et au plus admirable pèlerinage jamais entrepris de mémoire de chrétien! s'exclama avec une fureur sourde Berthe la Hardie, qui se sentait un peu mieux depuis le matin. Je ne me le pardonne pas!

— C'est moi, grand-mère, qui aie voulu demeurer près de vous, répondit Flaminia. Vous n'y êtes pour rien. Cessez de vous tourmenter à tort.

Albérade, qui raccommodait du linge près du foyer, leva brusquement la tête et fit signe aux deux femmes de se taire. On entendit le feulement du vent sous les portières de tapisserie et, peut-être, un bruit de pas écrasant avec précaution le sable de l'allée qui contournait le petit bâtiment.

— Voici plusieurs soirs qu'il me semble ouïr comme le passage de quelqu'un près de notre logis, dit la servante. J'ai peur...

Avec ce qui lui restait de force, Berthe haussa ses épaules amaigries.

— Veux-tu me dire qui viendrait dans ce coin retiré du jardin à la nuit tombée? demanda-t-elle avec le mépris du danger qui la caractérisait. Il n'y a pas grand-chose à voler céans, Dieu le sait! En tout cas, les innombrables serviteurs des Daniélis montent la garde aux portes du domaine et font des rondes jusqu'à l'aube. Ce ne sont pas d'humbles voyageuses comme nous qui pourraient attirer les malfaiteurs, mais plutôt la riche demeure de nos hôtes! Allons, cesse de rouler des yeux affolés. Il n'y a aucune raison de s'inquiéter pour si peu de chose.

— Si jamais on venait par ici, reprit Flaminia en s'efforçant de dissimuler le trouble qu'elle ne pouvait s'empêcher de ressentir, ce ne serait, justement, qu'un serviteur ou un esclave. Or, ils sont étroitement surveillés. Il n'y a rien à en craindre.

— Que la Vierge Marie vous entende ! murmura Albérade en se tournant vers l'icône, en une salutation fervente. Il n'y a pas que des voleurs pour sortir après minuit. Il y a aussi certains démons qui rôdent en quête d'âmes à emporter...

— Tais-toi donc ! ordonna Berthe avec mauvaise humeur. Tu es peureuse comme une hase et tu racontes des histoires de nourrices ! Va te coucher au pied de mon lit et prépare mes remèdes. Je te rejoins sans tarder.

Dès que la souffrance cessait de la broyer, comme elle retrouvait aussitôt son énergie et son ton de commandement, Berthe la Hardie ! Flaminia lui sourit et lui offrit le bras pour conduire jusqu'à sa chambre cette femme de fer que la maladie atteignait sans parvenir cependant à la réduire à merci...

Demeurée ensuite seule auprès du feu qui s'éteignait, l'adolescente se rassit et demeura sans bouger un bon moment. Elle aussi avait remarqué depuis quelques jours, une fois la nuit tombée, le crissement du sable sous des pas qui se déplaçaient silencieusement autour de la maison.

« Serait-ce lui ? M'aurait-il remarquée malgré son air lointain ? Dieu Seigneur ! est-ce que je lui plairais ? Mais non. Je deviens folle ! Ce ne peut être lui. Que signifie, alors, ces tours et ces détours ? »

Flaminia se dit qu'elle aussi avait peur, mais pour de toutes autres raisons qu'Albérade. Elle ne redoutait ni voleurs ni démons, mais un maraudeur d'amour inspiré par l'Adversaire, toujours attaché à détruire la vertu partout où elle se trouvait..., surtout quand elle était mal défendue, assaillie de tentations, à demi consentante de surcroît...

Flaminia passa des doigts hésitants sur ses paupières, alla s'agenouiller sur le coussin posé devant l'icône et pria furieusement. Ce fut une longue oraison...

N'entendant plus de bruit, dévorée de curiosité et décidée à dissiper toute incertitude, elle se releva, resserra son voile autour de ses épaules et s'enveloppa dans son mantel, puis elle ouvrit doucement la porte de la grande salle.

Dehors, il faisait un peu frais, mais cette fraîcheur-là ne ressemblait que de fort loin au froid piquant qu'en ces jours d'avant la Toussaint on devait ressentir du côté de Chartres...

Flaminia fit quelques pas en direction du figuier. Son nom, prononcé tout bas, ne la fit même pas tressaillir. Pourquoi serait-elle sortie si ce n'était pour l'entendre ?

Tout d'un coup, sans qu'elle l'ait vu approcher, elle se retrouva entre les bras d'Andronic. Serrée, écrasée contre lui.

Ils restèrent un moment ainsi, aussi étroitement enlacés que le chèvrefeuille au tronc de l'arbre qu'il étreint. Sans un mot échangé. Sans un geste. S'être enfin rejoints leur suffisait. Leur sang charriait le même effroi émerveillé... Appuyé contre la barbe sombre et soyeuse de l'homme qu'agitait un tremblement semblable au sien, le front de Flaminia apprenait à connaître une douceur qui n'était auparavant que pressentie...

Quand Andronic se pencha pour l'embrasser, elle mit une main épouvantée sur les belles lèvres offertes.

— Non ! dit-elle dans un souffle, non !

Ce n'était pas une supplique mais une résolution.

— Pourquoi ? murmura Andronic.

— Tu le sais bien. Tu le sais depuis toujours. Je suis une croisée, et je n'ai qu'un Seigneur !

— Dieu t'a pourtant mise sur mon chemin...

— Dieu ou l'Autre ? De toute façon, il s'agit de nous éprouver. Nous n'allons pas nous laisser piéger comme des bêtes...

— Je t'aime !

— Je t'aime aussi. Cependant, je ne serai jamais à toi que par le cœur. Nous ne commettrons pas le péché d'adultère.

— Je divorcerai ! Il y a des lustres qu'entre Icasia et moi il n'y a plus que scènes et incompréhension.

— Le divorce n'existe pas pour nous.

— Il existe pour moi ! s'écria Andronic avec une soudaine violence. Tu ne peux pas savoir comme je suis malheureux !

Flaminia écarta d'un geste plein de fermeté les bras qui la tenaient.

— Accepterais-tu de me condamner au feu éternel ?

— Aie pitié !

— Le Christ a dit à la femme adultère : « Va et ne pèche plus ! » Je ne dois pas céder.

Égarée, déchirée, elle recula d'un pas.

— Dieu ! Comme l'amour est fort en moi, gémit-elle. On dirait d'un cheval fou... Il faut que je te quitte...

— Quand te reverrai-je ?

— Je ne sais. Je ne sortirai plus le soir.

— Je t'attendrai sous le figuier chaque nuit.

— L'hiver t'en chassera !

— Mon amour est plus chaud que l'hiver !

Flaminia mit ses mains sur ses oreilles et se sauva en courant tout de travers, comme une femme ivre, vers la maison où elle s'engouffra.

Deux jours passèrent, deux nuits. Vécus dans un tourment de l'âme, une agitation de ses pensées qui se tordaient en elle et sifflaient comme un nœud de vipères. Elle se souvint du rêve qu'elle avait fait la première nuit de son arrivée chez les Daniélis.

« Voici les serpents, pensa-t-elle. Ils logent dans ma chair, dans mon cœur... »

Il lui arrivait, brièvement, d'envisager sa souffrance comme si elle lui était imposée de l'extérieur, non pas comme si elle faisait partie inhérente d'elle-même. Elle la jugeait, la soupesait.

« Comment ai-je pu résister à Andronic alors que j'avais un tel besoin de lui ? se demandait-elle avec stupéfaction. Où en ai-je puisé le courage ? Ce n'est pas ma force qui s'est manifestée alors, c'est une autre force, tellement plus assurée que celle que j'aurais pu avoir... »

Le troisième jour, il se mit à pleuvoir le matin, après que Flaminia fut revenue de la messe quotidienne.

Berthe la Hardie, qui avait passé de nouveau une mauvaise nuit, était assise dans sa chambre, au creux d'un fauteuil à haut dossier que Théophane Daniélis avait fait apporter de chez lui tout exprès pour elle. Enfouie au milieu des nombreux coussins qui le garnissaient, elle paraissait affreusement diminuée avec son corps amaigri, desséché, ses tempes creusées, semblables à celles des vieux chevaux voués à l'écorcheur, les cernes bistres au milieu desquels ses yeux brillaient de fièvre comme deux flaques d'eau cernées de boue argileuse et reflétant pourtant le ciel... Et puis, il y avait l'odeur. En dépit des lavages, des soins constants qui lui étaient prodigués, il traînait autour de la malade, ainsi que d'obsédants et irréductibles fourriers de la mort, des relents d'urine, de vomissures, de déjections. On ne pouvait les ignorer en pénétrant dans la chambre où les parfums d'encens, de musc, d'ambre gris, offerts par les Daniélis, ou les brassées de fleurs odoriférantes séchées et répandues avec prodigalité à travers la pièce ne parvenaient plus à combattre une présence déjà installée.

Malgré le courage de l'aïeule et l'immense désir qu'avait sa petite-fille de la voir vivre, qui pouvait encore croire à la guérison de Berthe la Hardie ?

C'était ce que se disait Flaminia qui venait de reconduire jusqu'au seuil de leur logis le professeur arménien, fidèle à ses consultations qui ne débouchaient sur aucun progrès. Il avait pratiqué une saignée, prescrit un nouveau bain de siège et des suppositoires composés de miel et de bile de taureau. En outre, il avait conseillé une diète durant laquelle il ne faudrait absorber que de la mercuriale mêlée à une décoction d'orge et beaucoup de vin doux coupé d'eau.

— Nous devons parvenir à la libérer de l'humeur noire qui la fait vomir, avait dit le médecin. Si nous y réussissons, vous lui administrerez ensuite un lavement dont voici la formule qui est entièrement nouvelle. Peut-être ira-t-elle mieux après. Sinon, il vous restera toujours la possibilité de la conduire à Sainte-Sophie afin de lui faire toucher les clés miraculeuses. Grâce à elles, j'ai vu des malades guérir...

Il s'en était allé en hochant sa longue barbe.

« Il ne nous reste donc que le miracle, songea Flaminia. Mais le miracle existe ! Nous irons à Sainte-Sophie ! »

De toutes ses forces, elle se refusait à envisager l'éventualité d'un avenir d'où Berthe serait absente. Un avenir qui la contraindrait à prendre un parti : s'en aller, poursuivre la route, quitter Andronic, les folles joies espérées..., ou demeurer sur place, dans le péché.

La pluie cessa. Peu de temps après, on frappa à la porte.

Albérade alla ouvrir et se trouva devant Gabriel Attaliate. Élégant comme toujours, il portait une étroite tunique de soie grège, serrée à la taille par une ceinture à mailles d'or, et brodée de médaillons représentant la famille impériale. A cause du temps incertain, il avait revêtu par-dessus une longue chlamyde parée, elle aussi, de somptueuses broderies de feuillages verts et violets. Par l'entrebâillement du riche vêtement, on distinguait la chaîne d'or à laquelle pendait la médaille ornée en son centre de l'œil de verre sanglant. Plusieurs bagues de prix étincelaient à ses doigts.

Interdite, la servante oubliait de faire entrer ce visiteur qui produisait chaque fois sur elle une très forte impression.

— Qui est-ce ? interrogea de loin Flaminia.

Avec un geste résolu, l'eunuque écarta Albérade et pénétra dans la salle.

— Au nom très haut du Christ, salut, commença-t-il en s'inclinant légèrement devant la jeune fille. Je suis heureux de vous trouver ici. C'est justement vous que je venais voir.

Il semblait agité et moins affable que de coutume.

— Que peut une humble fille comme moi, étrangère et isolée, pour le préfet du Caniclée, confident de l'empereur ? demanda l'adolescente après une brève révérence d'accueil, en désignant au nouveau venu un siège près de la cheminée.

Il refusa d'un geste.

— Je suis venu vous chercher, dit-il abruptement. Prenez votre manteau et suivez-moi.

Flaminia releva le menton et fronça les sourcils.

— Me ferez-vous la grâce de m'expliquer pourquoi ? dit-elle en croisant les bras sur sa poitrine.

D'un geste qui traduisait un certain agacement, l'eunuque gratta du pouce son menton glabre où se jouaient des reflets noirs-bleutés en dépit du soin avec lequel son barbier l'avait rasé quelques heures plus tôt.

— Ma sœur vous attend dans sa litière, à la porte du jardin, répondit-il. Elle tient à vous parler.

— Puis-je savoir de quoi ? s'enquit Flaminia, sentant qu'elle se trouvait devant un faible, poussé à intervenir par une volonté autre que la sienne et mécontent d'avoir cédé.

— Selon sa détestable habitude, Icasia s'est rendue ce matin de bonne heure chez son astrologue, soupira Gabriel. Elle en est revenue bouleversée. Cet imposteur lui a prédit qu'une vierge solaire, venue du pays où le soleil se couche, risquait d'incendier sa demeure. Elle a aussitôt pensé à vous et à votre chevelure de feu...

— Par tous les saints, je ne vois pas comment je pourrais incendier une maison où je n'ai jamais eu l'occasion de seulement pénétrer ! s'exclama avec un détachement apparent l'adolescente dont le cœur cognait à coups violents contre ses bras toujours croisés. C'est une grande merveille que vous me contez là !

— Histoires de femmes ! laissa tomber avec mépris le frère d'Icasia. Pures histoires de femmes ! En dépit de tout ce que j'ai pu lui dire pour la ramener à la raison, Icasia n'en démord pas. Elle tient à vous entretenir sur-le-champ.

— Je ne suis pas à ses ordres !

Contrarié, l'eunuque secoua vivement la tête, ce qui eut pour effet de balancer, au risque de les déranger, les épaisses boucles noires coupées avec art au niveau des épaules qu'elles ne touchaient pourtant pas.

— Il n'est pas question non plus de vous ordonner quoi que ce soit, reprit-il en s'efforçant de retrouver une urbanité naturelle. Je vous prie simplement de bien vouloir me suivre.

— Si elle souhaite me rencontrer au plus vite, pourquoi votre sœur n'est-elle pas venu céans, en personne, afin de s'expliquer avec moi ?

— Parce que ses fonctions de conseillère en fards et en parfums auprès de l'impératrice l'appellent au Palais. C'est pour elle un devoir absolu. Si elle y manquait sans raison grave, elle risquerait le bannissement ou même l'aveuglement...

Flaminia savait que ce supplice était fort souvent appliqué à Constantinople...

— Elle devait s'y rendre directement en sortant de chez son maudit astrologue, continuait Gabriel, mais la voici qui a changé d'avis... Par les saints Chérubins, ce fou lui a tourné la tête ! Elle a tenu à revenir ici pour vous prendre au passage et s'entretenir avec vous dans sa litière durant le temps qu'il lui faudra pour gagner le Palais. Elle vous y fera même peut-être entrer. Elle y dispose d'une pièce spécialement aménagée où sont entreposés les innombrables produits de beauté utilisés par la basilissa et sa fille, la princesse Anne.

— Moi, au Palais !

— Au palais des Blachernes que notre empereur Alexis préfère à présent aux merveilles élevées autrefois par ses prédécesseurs. Au lieu d'être située au cœur de notre ville, cette résidence, dont le basileus a fait une forteresse imprenable, se dresse au nord de Constantinoble, à l'endroit où la muraille construite par Théodose jouxte la Corne d'Or. Un côté des bâtiments donne sur de vastes étendues réservées à la chasse, ce qui explique sans doute pourquoi les séjours de la famille impériale s'y multiplient..., à moins que ce ne soit pour des raisons de sécurité.

En écoutant ces explications, Flaminia tirait d'un geste nerveux sur ses nattes rousses.

— Qu'irai-je faire au Palais ? répéta-t-elle. Que ce soit le Palais sacré dont mon frère m'a longuement entretenue ou celui du nord ? Ma place ne se trouve ni dans l'un ni dans l'autre. Je dois demeurer dans ce logis à soigner ma grand-mère.

— Une fois qu'elle vous aura parlé et se sera convaincue que vous êtes incapable de lui nuire, Icasia pourra vous faire reconduire jusqu'ici dans sa propre litière...

Tout d'un coup, Flaminia se décida. Une triple curiosité l'y poussait : savoir ce que lui voulait l'épouse d'Andronic ; comprendre qui était cette femme qu'elle avait si peu et si mal vue jusqu'à ce jour ; enfin, sortir de son confinement, et retrouver les rues, les monuments, les palais de cette cité qui se proclamait sans pareille !

— Grand-mère repose, dit-elle alors en s'adressant à la servante. Laisse-la dormir. Si elle se réveille avant mon retour et me demande, dis-lui que je suis dans le jardin, que je ne vais pas tarder à revenir.

Une odeur légère de feuilles flétries et d'humus mouillé flottait dans l'air, montait du sol sablé que Gabriel Attaliate et Flaminia foulèrent à pas pressés. C'était comme un rappel discret de l'automne chartrain, si différent pourtant de celui-ci, tellement plus frileux...

« Chez nous, les saisons sont bien marquées, songea l'adolescente. A Constantinople, il fait trop beau, trop doux... on ne sait pas trop où on en est... »

Il n'y avait pas que les différences de climat pour provoquer en elle remous et désordres ; il y avait aussi sa conscience... Une peur soudaine lui mordit le ventre, lui serra la gorge comme un garrot...

Peinte en vert d'eau et or, la litière attendait à l'endroit indiqué. Deux mules gris perle, harnachées comme des idoles, y étaient attelées.

Dès que les nouveaux venus eurent passé la porte du jardin, les rideaux de soie s'ouvrirent. Une servante les tint écartés pendant qu'ils montaient dans l'élégant véhicule.

A l'intérieur, on se serait cru dans une grotte tiède, moelleuse et parfumée. Tout y était de la couleur glauque qu'aimait Icasia. Coussins, tentures, tapis, cuirs et jusqu'à la tunique qu'elle portait. Frisés sur le front, ses cheveux, séparés par une raie et retenus par des peignes de jade ouvragé, retombaient en boucles serrées sur les oreilles ornées de longues larmes de jade qui remuaient à chaque mouvement de la petite tête blonde. Couverte de bijoux, maquillée avec art, Icasia était si outrageusement imprégnée de senteurs que les arômes confondus de myrte, de nard, de lis, de jasmin, de safran, de rose, de narcisse qui se dégageaient de sa personne, produisaient dans l'étroit espace clos de la litière un bouquet suffocant.

Ce fut ce qui sauva Flaminia. Passer de l'air libre à cette boîte étouffante lui fut insupportable. Elle sentit soudain sa tête tourner et s'affaissa, sans connaissance.

— Nous voilà bien ! s'écria avec irritation Icasia en

voyant la jeune fille pâmée sur ses coussins. Je croyais les Franques solides comme le roc.

— Ce sont sans doute les parfums dont tu t'inondes qui l'auront trop violemment assaillie, répondit avec mauvaise humeur Gabriel. Il règne dans cette litière une touffeur outrancière.

— Faites-lui respirer des sels, ordonna Icasia aux deux femmes qui l'accompagnaient. Il faut qu'elle se réveille. J'ai à lui parler.

En revenant à elle, Flaminia avait oublié ses peurs. Il lui restait le besoin de savoir.

A travers les légères courtines de soie à demi transparentes qui fermaient la caisse de l'équipage, on distinguait sans mal l'agitation de la rue, fort large et pavée de marbre, dans laquelle on venait de déboucher. Carrosses dorés et peints, cavaliers aux costumes éclatants, surchargés de broderies, traversaient la cohue. Des serviteurs en livrée, semblables à ceux d'Icasia, frayaient la voie à leur maître à l'aide des lourds bâtons avec lesquels ils écartaient les passants à grand renfort de moulinets. La foule, elle, envahissait tout. Jamais Flaminia n'avait vu chaussée pareillement grouillante de monde. En plus des Grecs, vêtus sans excessive ostentation, elle découvrait une population étrange et bariolée, venue de tous les horizons : Germains de haute taille à l'air farouche sous leurs épaisses fourrures, Syriens aux barbes annelées, riches marchands vénitiens portant de longs manteaux de brocart, Turcs enturbannés que les hostilités avec les croisés ne semblaient gêner en aucune façon pour commercer, Hongrois dont les pelisses couvertes de grelots tintinabulaient comme le harnachement des mules, Varangues, mercenaires scandinaves réputés pour leur bravoure sauvage, Russes arborant bottes à revers et moustaches flottantes, Bulgares aux crânes rasés de si près qu'ils brillaient autant que des boules d'ivoire jauni, Ethiopiens aux formes fines, drapés dans des étoffes aux couleurs flamboyantes...

Mêlés à ces étrangers, colporteurs, mendiants, jeunes gens juchés sur des échasses, marchands de petit-lait, boisson fort prisée à Byzance, porteurs d'eau soutenant en équilibre sur leurs épaules de lourds seaux clapotants, prostituées fardées et aux tuniques fendues jusqu'à l'aine, moines en robe noire, groupes de prêtres, prélats environnés de gardes armés et protégés des intempéries par des dais de soie blanche...

— Nous remontons à présent la Voie royale ; c'est la plus belle partie de la fameuse Mesê dont vous avez entendu parler, expliqua Gabriel Attaliate pour rompre le silence gêné qui s'était établi à l'intérieur de la litière. Avec la place de l'Augusteon et les quatre grands forums impériaux, elle fait partie des hauts lieux de notre capitale.

Tout au long de la somptueuse avenue, d'harmonieux portiques de marbre, surmontés de terrasses agrémentées de statues et de vases antiques, protégeaient les boutiques étincelantes des orfèvres, les comptoirs des argentiers sur les tréteaux desquels s'empilaient différentes pièces de monnaie de taille, poids, métal, provenance diverses, que surveillaient des cerbères armés, constamment aux aguets. Plus modestes, mais jugées également précieuses, les échoppes des écrivains publics voisinaient avec ce déploiement de richesses. Les changeurs avaient préféré installer leurs bancs et leurs tables volantes au coin des rues et sur les places.

— Voici le Palais de l'éparque, préfet de notre ville, détesté et craint par les marchands qu'il terrorise, reprit l'eunuque en désignant un monument imposant par son importance et les statues aux visages sévères qui le décoraient.

Flaminia inclina la tête sans mot dire. Elle attendait les explications d'Icasia.

— Ce n'est point pour vous promener, vous le pensez bien, que je vous ai demandé de venir me rejoindre, commença presque aussitôt après, en latin, la femme d'Andronic dont le regard vert d'eau, devenu de pierre dure, semblait soudain s'être opacifié. C'est parce que mon astrologue, un savant en la science duquel j'ai la plus entière confiance, m'a troublée et même effarée ce matin en me prédisant des catastrophes liées à votre présence sous notre toit.

— Votre frère m'en a déjà touché deux mots, répondit Flaminia d'un ton neutre. Je vous avouerai que je suis trop bonne chrétienne pour attacher beaucoup d'importance aux prédictions des astrologues, qui me paraissent souvent bien aventurées. Pour ce qui est du vôtre, qui est sans doute un grand savant, je me demande bien où il a puisé l'idée que je risquais de mettre le feu à votre maison. Je n'y suis jamais entrée et me tiens sagement à ma place dans notre petit logis.

— Il reste que Seth, éminent astrologue égyptien s'il en est, venu spécialement d'Alexandrie pour nous faire profiter de ses remarquables découvertes, n'ignore rien des astres ni de leurs effets sur nos existences. Or, je le répète, ses affirmations sont formelles !

— Comment pourrais-je vous vouloir du mal alors que vous et les vôtres nous hébergez si obligeamment durant la maladie de ma grand-mère ?

Icasia haussa des sourcils qu'elle avait épilés et finement redessinés au noir d'antimoine.

— Chacun sait que la gratitude est un fardeau lourd à porter, dit-elle du bout des lèvres. En admettant même votre sincérité, comment interpréter les prophéties que je viens d'entendre ?

— Dieu sait que je souhaite tout le bien possible à votre famille ! s'écria Flaminia en demandant tout bas au Seigneur de lui pardonner une formule aussi ambiguë.

— Je sais, je sais..., lança Icasia qui demeurait songeuse.

« Elle ne sait rien, se dit l'adolescente. Sinon elle aurait tout de suite compris ce que signifiait cette histoire d'incendie... »

Le silence retomba dans la voiture close.

Après le forum de Constantin, immense, on arrivait à celui qui lui succédait. Gabriel expliqua qu'il se nommait Amastrianum, et que c'était là que la Mesê se divisait en deux branches. Au sud, celle qui allait rejoindre la fameuse Porte Dorée sous laquelle étaient passés tous les empereurs triomphants au retour de leurs victoires, et, au nord, celle qui conduisait à la porte d'Andrinople d'où l'on gagnait le palais des Blachernes.

— Ne gaspillons pas un temps qui nous est compté, reprit Icasia. Je suis sans détour et aime aller droit au but. Si vous n'accordez pas crédit aux prédictions des astrologues, il n'en est pas de même pour moi. Je fais totalement confiance au mien.

Gabriel leva les yeux vers le toit de la litière, capitonné d'un camaïeu de soies vertes, et poussa un soupir désapprobateur.

— Je pense donc que votre présence chez nous représente un danger inconnu mais certain pour tous les membres de notre famille, continua sa sœur sans se laisser influencer. Et je me vois dans l'obligation de vous demander de quitter la petite maison des nourrices le plus rapidement possible.

— Icasia! s'écria l'eunuque. Tu perds l'esprit! Comment peux-tu, sur de simples vaticinations de ton imposteur d'Égyptien, songer à expulser une malade gravement atteinte comme l'est la grand-mère de cette jeune fille!

— Je lui trouverai un autre logement, bien entendu. Parmi mes amies, j'en dénicherai certainement une ayant assez de place pour héberger trois personnes.

— Votre beau-père, Théophane Daniélis, est-il au courant de votre décision? demanda avec calme Flaminia. C'est lui qui nous a invités lors de notre arrivée à Constantinople. C'est encore lui qui a insisté pour nous garder auprès de lui après le départ des nôtres vers la Terre sainte quand nous avons su que grand-mère ne pourrait pas reprendre la route. N'est-il pas le maître, Dieu me pardonne, dans la maison où vous demeurez?

Icasia froissa avec irritation les chaînes d'or ouvragées qu'elle portait autour du cou. Elle secoua le front comme si une mouche l'avait importunée. On la sentait déterminée, inaccessible aux arguments qui contredisaient ses projets.

— Je suis persuadée que mon beau-père partagera mes vues lorsque je l'aurai mis au courant de ce qui m'a été révélé tantôt, dit-elle d'un ton sec.

— J'en suis moins sûre que vous, dame Icasia. Je crois que Théophane Daniélis nous porte une amitié sincère, et qu'en outre il respecte notre état de croisés partis pour délivrer le tombeau de Notre-Seigneur.

— Voilà le grand mot lâché! s'écria l'épouse d'Andronic en frappant avec emportement ses mains l'une contre l'autre. J'étais à l'avance certaine que vous vous en serviriez ! Les véritables croisés, sachez-le, ceux qui pourront peut-être, si Dieu les y aide, reprendre le saint sépulcre aux infidèles, ce sont vos soldats, les barons et les troupes qui composent l'armée franque ! Ce ne sont en aucune façon les pauvres pèlerins, femmes, enfants, malades, vieillards, infirmes qui ne font qu'encombrer de leur foule informe et inutile vos campements surpeuplés !

— Il y a, en effet, ceux qui combattent, ceux qui travaillent au maintien des troupes, mais il y a aussi ceux qui prient. Contrairement à ce que vous semblez croire, ce ne sont pas les moins importants, loin de là, répondit Flaminia avec fermeté. Les trois ordres ainsi formés sont indispensables à la bonne marche de notre entreprise. Voyez-vous, dame, la prière peut aussi devenir une arme. Une arme puissante. Mon père disait qu'elle parvenait, parfois, à forcer la main de Dieu !

Il y eut un silence. Icasia réfléchissait. Rien ne réussirait jamais à entamer son obstination, mais elle se trouvait sans l'avoir prévu devant un caractère mieux trempé qu'elle ne l'avait imaginé. Il lui fallait donc, sans perdre de temps, chercher d'autres moyens d'attaque.

La litière passait alors devant une basilique majestueuse, élevée sur le plan d'une croix grecque. Ses cinq coupoles la couronnaient d'un or assourdi par les rayons du soleil automnal.

— Vous voyez là une des plus belles églises de Byzance, dit Gabriel, assez satisfait de trouver une diversion et toujours disposé à prôner les merveilles de sa cité chérie. C'est celle des Saint-Apôtres. Depuis Constantin, nos empereurs y dorment de leur dernier sommeil avant la Résurrection générale qui nous est promise. Sous ces précieuses coupoles, reposent, vêtus de pourpre et de marbre, tous les souverains qui ont présidé en leur temps aux destinées de la Ville aux cinq cents merveilles !

Pressés comme moutons autour de leur berger, les monastères foisonnaient aux environs de la nécropole. Flaminia avait d'ailleurs été impressionnée par le nombre d'églises, de couvents, de chapelles, d'édifices religieux en tous genres qui jalonnaient l'embranchement nord de la fameuse Mesê suivie par la litière.

Mais on franchissait déjà les anciennes fortifications créées autrefois par l'empereur Constantin.

— Elles sont abandonnées depuis que Théodose II, au ve siècle, a décidé d'en bâtir de nouvelles qui englobent dans l'arc prodigieux de leurs triples et gigantesques murailles de pierre le promontoire dominant l'Hellespont tout entier, reprit l'eunuque qui, décidément, aimait pontifier. Défendue de la sorte, la ville est imprenable. Beaucoup s'y sont déjà cassé les dents ! Reste la côte. Elle comporte au-dessus de la mer des à-pics qui se sont révélés au cours des âges d'excellentes défenses naturelles. Aussi ne possède-t-elle qu'une seule ligne de remparts ponctués tout de même d'énormes tours carrées. Quant à la Corne d'Or, qui aurait pu, bien entendu, devenir notre point faible puisqu'elle facilite les infiltrations, nous l'avons barrée par notre fameuse chaîne qui est célèbre, semble-t-il, dans le monde entier !

Négligeant les regards mécontents de sa sœur, il se mit à rire derrière sa main droite chargée de dissimuler la bouche ouverte qu'il n'était pas de bon goût de laisser apercevoir.

— Il est vrai que depuis l'Italie j'entends parler de cette chaîne. On la dit énorme, reconnut Flaminia, point fâchée, elle non plus, d'échapper pour un temps aux questions d'Icasia.

— Elle l'est, en vérité ! Imaginez un chapelet pour géants composé de colossaux grains de bois arrondis, tenus ensemble à l'aide de crochets et de chaînons de fer cyclopéens, fixé par des anneaux monumentaux aux remparts du côté de la cité et, sur l'autre rive, à une tour de l'enceinte dite de Galata. Grâce à la chaîne, la Corne d'Or, déchirure béante dans le flanc de Constantinople, se voit interdite à tout envahisseur de la mer. Cette chaîne bénie se montre notre plus sûre gardienne !

Icasia leva la main pour faire taire son frère.

— Pourquoi tenez-vous si fort à rester chez nous ? demanda-t-elle sans tenir compte des interruptions de Gabriel et en se penchant en avant pour mieux distinguer le jeune visage encadré de ses tresses rousses.

— Sous le ciel de Dieu, il ne doit pas exister de créature plus entêtée que toi ! protesta l'eunuque en secouant avec agacement ses doigts couverts de bagues.

— Pour la simple raison que je vous ai déjà dite : la maladie de grand-mère est des plus graves, et votre famille est la seule que nous connaissions ici, reprit Flaminia dont on sentait qu'elle commençait à s'énerver. Nous avons toujours pensé que notre état de croisés nous mettait à l'abri de toute suspicion de la part des chrétiens que vous êtes !

La litière s'immobilisa.

— Nous voici arrivés au palais des Blachernes, annonça Icasia d'un air mécontent. Je ne sais rien de plus qu'au départ de la maison. Pourtant, je dois être renseignée... Voulez-vous me suivre afin que nous puissions continuer à parler ? Je vous introduirai sans difficulté dans la salle réservée aux fards et aux parfums. J'y suis un peu chez moi.

— La princesse Anne, qui n'a guère eu jusqu'à ce jour l'occasion de rencontrer de simples croisées, sera certainement curieuse de faire votre connaissance, ajouta Gabriel en déployant autour de lui, pour la déchiffonner, sa chlamyde aux longs plis soyeux. Elle s'intéresse à tous ceux qui ont la chance de l'approcher.

— J'aurai justement à la farder et à la parfumer ce matin, remarqua Icasia qui, aidée par ses femmes, sortait de la litière. Je pourrai vous présenter à elle. Mais, pour l'amour du ciel, parlez peu ! Elle s'est souvent plainte en ma présence de l'intarissable bavardage de vos Francs !

Flaminia rougit violemment et voulut aussitôt rejeter l'offre si peu avenante qui lui était ainsi adressée. Elle pensa également à son aïeule... mais Berthe devait encore dormir, et rencontrer la princesse Anne Comnène était un rare privilège. Pénétrer dans un palais excitait en outre sa curiosité...

Ce fut plutôt dans une forteresse qu'elle entra en compagnie d'Icasia et de Gabriel. Une fois franchis le pont-levis protégé par la garde impériale, puis la porte double à gonds inversés, précédée d'une herse et surmontée d'une loge de défense, on parvenait dans la place. Une très vaste cour-jardin, fleurie en dépit de la saison tardive et entretenue avec le plus grand soin, environnait des bâtiments de tous ordres au centre desquels se dressait le Palais proprement dit. Massif, imposant, plus austère que le Palais sacré, beaucoup moins vaste, il était aussi plus sûr.

Par une petite porte de côté dont Icasia possédait une clé, on évitait la salle où veillait la garde personnelle d'Alexis. On pénétrait directement dans une belle anti-chambre pavée de marbre noir. Des colonnes de porphyre vert soutenaient un plafond peint de scènes représentant la vie de l'empereur Théodose. Des chaînes d'argent ciselé le décoraient également. Sur les murs, des mosaï-ques évoquaient des récits de l'Écriture.

Un couloir tout en plaques de marbre polychromes conduisait aux appartements impériaux.

Sur un large cartouche d'albâtre encadré d'or fin, Flaminia avisa, gravée en lettres latines, une inscription monumentale : *Christo Basileus.* Son oncle lui avait expliqué que l'empereur de Byzance étai. censé être une incarnation du Christ lui-même, venu gouverner l'Empire en personne à travers un homme choisi par Lui. Son apparence charnelle changeait bien entendu avec chacun des monarques élus, mais son pouvoir de roi et de prêtre lui donnait la possibilité de transformer en objet sacré tout ce qui se rapportait à sa fonction impériale. Cette sacralisation d'un souverain avait beaucoup cho-qué les croisés... Une fois encore, Flaminia se sentit remplie d'indignation inexprimée...

Après une série de salles majestueuses dans lesquelles évoluait une foule de courtisans, de prêtres, de secré-taires, d'eunuques, d'officiers, de serviteurs qui se dépla-çaient comme dans un sanctuaire, le trio gravit les deux étages d'un escalier de marbre rose qui menait au gynécée.

Icasia monta la première, d'un pas vif, martelé, sa tunique vert Nil relevée d'un geste précis, le visage incliné sur la poitrine en une attitude méditative et crispée à la fois. De toute sa petite personne, menue, nerveuse, se dégageait une impression que Flaminia ne savait comment qualifier. Elle la devinait tourmentée, mais également nouée, butée, dans l'incapacité de s'épancher, de donner ou de recevoir. On devinait en Icasia une porte fermée, verrouillée, derrière laquelle elle se tenait prisonnière en se refusant à l'ouvrir...

« Si je le voulais, je pourrais plonger cette femme au sein d'une tempête dont elle ne soupçonne même pas la violence, se dit Flaminia qui, derrière la parfumeuse, franchissait les degrés, de son allure souple, allongée, de marcheuse endurcie. Dieu fasse que je n'y consente jamais, qu'elle n'ait rien à craindre de moi en dépit de son astrologue et de la couleur de mes cheveux ! »

Gabriel suivait ses deux compagnes, saluant de temps à autre, avec son aisance naturelle et un soupçon de désinvolture, certaines des personnes rencontrées. Il connaissait tout le monde mais choisissait ses relations. Dans le gynécée impérial, il se sentait à l'aise : seuls les eunuques et les femmes disposaient en principe du droit d'y circuler. Bien' des dérogations cependant étaient admises. Moines et pèlerins avaient reçu l'autorisation d'y être parfoi. conviés...

Une porte d'ivoire, dissimulée sous une draperie de soie glissant sur des tringles d'argent, s'ouvrit tout d'un coup à l'embranchement de deux couloirs. Une bouffée d'air, remplie de suavité, enveloppa les arrivants.

— Nous voici dans mon repaire, dit Icasia.

— Puisque vous êtes parvenues à bon port, je vous y laisse pour aller rejoindre le basileus, annonça le préfet du Caniclée. A ce soir !

Il s'éloigna d'un air affairé.

D'un coup d'œil, Flaminia découvrait la pièce d'angle, carrée, assez spacieuse, dont les murs étaient recouverts de marbre de Thessalie, vert comme la mer, moiré d'ondulations semblables à celles des vagues et, aurait-on dit, en mouvement. Éclairée par quatre fenêtres qui donnaient sur un jardin rouillé par l'automne, elle était baignée de la lumière assourdie, languide, des derniers beaux jours. Un éclat embué, une douceur blonde nimbaient les arbres aux feuilles persistantes, les bosquets ornés de leur dernière parure de graines jaunes ou rouges, et les massifs attardés derrière lesquels s'élevaient les hauts remparts palatins où pierres et briques étaient appareillées avec un art qui tendait à en dissimuler la vocation guerrière.

Il n'y avait encore personne dans la pièce dédiée à la beauté. De grands lampadaires d'or suspendus au plafond azuré, des tapisseries brodées d'or et de soies aux teintes les plus exquises, des mosaïques représentant des prairies constellées de fleurs, un pavement de marbre blanc, jonché de bleus tapis en provenance de la Perse, composaient un écrin pour princesse de légende.

Des tables de différentes formes, tailles, hauteurs, y étaient disséminées. Mais on les voyait à peine tant elles se trouvaient chargées, encombrées, envahies, recouvertes, embarrassées par une multitude de boîtes, de coffres, de vases, de fioles, de récipients aux aspects les plus familiers comme les plus inattendus, en or, argent, agathe, nacre, écaille, ivoire, ébène, corne, jade, verre de couleur, cristal de roche ou malachite... De hautes armoires peintes de motifs floraux s'adossaient aux murs. Par quelques-unes de leurs portes entrouvertes on voyait qu'elles regorgeaient aussi de produits de beauté.

Alors qu'Icasia s'apprêtait à reprendre sa conversation avec Flaminia, deux dames d'atour entrèrent en grande pompe.

— Son Altesse porphyrogénète la princesse Anne, annoncèrent-elles d'une seule voix.

Icasia saisit Flaminia par le poignet.

— Agenouillez-vous, ordonna-t-elle tout en entraînant l'adolescente dans sa propre génuflexion.

Suivie d'un essaim de dames d'honneur, la fille du basileus fit son apparition dans la pièce, sourit à Icasia ainsi qu'à sa compagne et leur fit signe de se relever.

— Voici donc cette jeune Franque dont tu m'as souvent entretenue, dit-elle dans un latin parfait à sa parfumeuse. Que la bienheureuse Mère de Dieu la prenne en Sa sainte garde, elle et les siens, ajouta-t-elle en se signant.

Toutes l'imitèrent.

Elle alla ensuite s'incliner devant l'icône enveloppée de volutes d'encens et éclairée par trois lampades d'albâtre, puis vint prendre place devant une table en forme de croissant, tout incrustée de nacre qui, elle, était disponible.

— Je sors de mon bain et j'ai grand besoin de tes services, continua la princesse dont le corps massé et parfumé était revêtu d'une simple tunique d'épaisse soie blanche.

Flaminia savait que seuls les membres de la famille impériale avaient le privilège d'user de savon gaulois, fabriqué à Marseille, et dont l'emploi était interdit à toute autre personne. Icasia l'avait poussée vers le fond de la salle, là où elle pouvait, sans risquer de déranger, s'asseoir sur un trépied recouvert de peaux de léopard, avait posé un doigt sur ses lèvres, puis était retournée diriger les soins donnés à la princesse.

De taille moyenne, svelte, aisée dans son maintien, avec un cou long et souple qui semblait ployer soudain sous le poids de l'épaisse chevelure noire et lustrée qu'une des dames d'honneur venait de dérouler sur ses épaules, Anne Comnène ressemblait trop à son père pour être vraiment jolie. Ses traits traduisaient un esprit vif, de l'intelligence, du caractère, une once de formalisme et, sans doute, un penchant à la susceptibilité, mais point de beauté réelle. Un nez trop busqué, de petits yeux enfoncés sous l'arcade sourcilière, un front étroit mangé par des cheveux plantés bas l'empêchaient d'être belle. Cependant, une autorité aimable, de la grâce, le feu d'un regard attentif paraient la fille de l'empereur, bien qu'elle n'eût pas quinze ans, d'une maturité, d'une maîtrise de femme déjà accomplie.

Avec le plus grand soin, Icasia enveloppa la princesse dans une sorte de drap froncé autour du cou. Puis, prenant avec une spatule une touche de crème à base de céruse et de talc, elle en enduisit le visage brun afin de le blanchir.

Des aides épilèrent ensuite, avec des pinces d'or, les sourcils trop fournis avant qu'Icasia ne revînt pour les redessiner d'un long trait aussi mince que possible, à l'aide d'une baguette d'ivoire ointe de noir d'antimoine. Munie d'une petite brosse en poil de chameau, une autre des assistantes s'employa à retrousser les cils, qu'elle enduisit aussitôt après, d'un air grave et appliqué, de khôl originaire de l'Arabie Heureuse. Icasia traça elle-même, sur les tempes fragiles, un lacis de veines bleues fort appréciées à la cour. Une autre dame d'atour, dont ce devait être la spécialité si on en jugeait d'après son air important, encercla l'œil de la jeune femme d'un trait sombre destiné à l'arrondir. Chacune des personnes présentes savait que la mode en faisait fureur...

Icasia peignit ensuite de carmin et au pinceau les lèvres d'abord soulignées par un trait de sanguine. Cinq autres touches de carmin furent successivement déposées sur les lobes des oreilles, au coin de la paupière gauche et sur le bout des seins menus, un instant découverts.

— Le bouillon de talons de jeunes taureaux, cuit pendant quarante jours et quarante nuits, puis décanté, est un excellent produit contre les rides, dit Icasia, tout sourire. Mais vous n'êtes pas de celles qui en ont besoin, princesse Anne! En revanche, pour effacer le hâle dont vous avez horreur à juste titre, j'ai cru bon de me munir d'une nouvelle pâte, composée de graisse de veau, de moelle de cerf et de feuilles d'aubépins, apportées dans leurs bagages par les Francs.

— Laisse-moi cette boîte; je l'emploierai quand mon mari sera en mission...

Dans l'entourage de la famille impériale, nul n'ignorait le tendre amour qui unissait la fille du basileus à son époux, le césar Nicéphore Bryenne. Aussi les dames d'honneur sourirent derrière leurs mains d'un air complice.

Pour achever le maquillage, Icasia étendit du bout des doigts, sur les joues blanchies, un onguent d'une extrême finesse, composé de poudre de santal rouge, de graisse extraite de la moelle d'un mouton et d'huile de nard.

Flaminia contemplait ce déploiement de soins et de raffinement avec un sentiment où voisinaient amusement et réprobation. Ces femmes, dont la futilité l'aurait simplement divertie en temps normal, lui paraissaient presque criminelles quand elle songeait aux épreuves endurées par les croisés durant les mois de disette qu'ils avaient supportés en traversant un désert sans merci. Comment leurs alliés pouvaient-ils continuer à se vautrer dans le luxe et le gaspillage alors que leurs frères chrétiens subissaient la faim, la soif, les carnages, les maladies et la mort ?

Comme si le silence de la jeune Franque avait été éloquent, la princesse, qui avait peu parlé durant ce minutieux maquillage, se tourna soudain vers elle.

— On va à présent me coiffer, dit-elle. Ma coiffure, que nous appelons ici propoloma, est si compliquée, si élaborée, qu'il faut une heure pour en venir à bout. Venez donc près de moi pendant ce temps. J'ai quantité de questions à vous poser.

Flaminia s'approcha et, sur un geste d'Icasia, s'agenouilla aux pieds d'Anne Comnène.

Sous l'œil critique de la parfumeuse qui ponctuait de brèves remarques sèches le travail de ses assistantes, les femmes brossaient, peignaient, frisaient, dressaient la fameuse tour de mèches bouclées et torsadées.

La princesse interrogeait avec attention Flaminia qui s'efforçait de lui répondre de la manière la plus nette et concise à la fois : qu'était ce lointain pays de l'ouest d'où venaient les Francs (qu'elle nommait d'ailleurs Celtes ou Latins, indifféremment) ? A quoi ressemblait-il ? Climat, végétation, mœurs, maisons, religion, mode et même cuisine y passèrent tour à tour...

La princesse avait des idées fausses, auxquelles elle semblait tenir : elle croyait par exemple que Pierre l'Ermite était l'instigateur et le principal meneur du pèlerinage vers Jérusalem. Les dénégations de son interlocutrice ne suffirent pas à l'en dissuader.

— Nous l'avons vu arriver sous nos murs l'an dernier, accompagné d'une foule considérable qui le traitait comme un saint ! Presque tous ses compagnons ont été anéantis par les Turcs, du côté de Civitot, mais lui a pu regagner Constantinople, retrouver les autres Celtes qui parvenaient ici et de nouveau se joindre à eux. Cela prouve son immense prestige et son influence !

Flaminia n'osa pas la détromper. Qu'importaient d'ailleurs ses erreurs et toutes les aberrations d'une cour qui n'avait pas compris les raisons profondes, essentielles, et si sincères pour la plupart, d'un voyage auquel les Grecs cherchaient, sans trop l'avouer, des causes vénales, là où la foi, la foi seule avait jeté des foules sur les routes...

— J'ai beaucoup appris, dit la fille du basileus quand sa coiffure fut terminée. Les femmes franques parlent plus sobrement et plus clairement que les hommes de cette race ! Il vous faudra revenir !

Elle se leva. Chacun se prosterna et elle disparut dans un tourbillon de parfums.

— Nous allons rentrer maintenant, déclara Icasia. Venez, suivez-moi.

Quand elles se retrouvèrent dans la litière, la femme d'Andronic pencha vers Flaminia son petit visage obstiné.

— Puisque vous semblez vous plaire à Constantinople au point de ne pas vouloir quitter notre maison, pourquoi n'épouseriez-vous pas Cyrille Akritas, le cocher des Verts, qui est aussi le meilleur ami de Marianos ? demanda-t-elle. Il est amoureux de vous et les mariages entre Francs et Nouveaux Romains sont vus d'un bon œil par l'empereur. Vous y gagneriez un agréable mari, une belle demeure, un protecteur et un soutien quand votre grand-mère ne sera plus avec vous.

Elle se signa et attendit la réponse de l'adolescente.

— Grâce au ciel, grand-mère est encore bien vivante ! s'écria Flaminia avec vivacité. Si Dieu le veut, elle peut guérir... Sinon, je ne resterai pas dans cette ville. Je quitterai Constantinople avec un de ces petits groupes qui ne cessent de passer ici... Par terre ou par mer, je trouverai le moyen de rejoindre les croisés. Je tiens à revoir les miens. Je veux être avec eux quand ils parviendront à Jérusalem !

QUATRIÈME PARTIE

28 décembre 1097 - 28 juin 1098

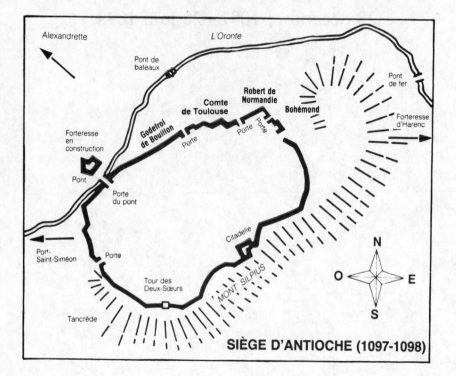

Alexandrette

L'Oronte

Pont de
bateaux

Pont
de fer

Robert de
Normandie

Comte
de Toulouse

Bohémond

Godefroi
de Bouillon

Forteresse
en
construction

Forteresse
d'Harenc

Pont

Porte

Porte

Porte

Porte
du pont

Citadelle

N

Port-
Saint-Siméon

Porte

O   E

Tour des
Deux-Sœurs

MONT SILPIUS

Tancrède

S

SIÈGE D'ANTIOCHE (1097-1098)

1.

Il pleuvait sur le camp des croisés. Il pleuvait sur Antioche la Belle. Il pleuvait sur les montagnes, la plaine le fleuve Oronte qui menaçait de déborder, il pleuvait depuis des jours... On ne distinguait plus que de façon indécise, à travers l'eau ruisselante, les remparts colossaux d'Antioche et leurs tours plus nombreuses que les jours de l'année... Poussée par des bourrasques glaciales, une pluie sans pitié s'acharnait contre les tentes de toile dont les moins solides s'écroulaient dans la boue ou se déchiraient.

Las de patauger dans un tel cloaque, les plus pauvres des pèlerins et les simples combattants s'étaient construit des cabanes de planches et de branchages couvertes de peaux de bêtes sauvages fraîchement écorchées. En grelottant, des familles entières, resserrées autour d'un feu sans joie, s'y encaquaient comme harengs en baril. Les bûches mouillées prenaient mal, fumaient, et les yeux rougis ne cessaient de couler.

Sous les coups de boutoir du vent, semblables à ceux d'une harde de sangliers, des pièces de bois se détachaient une à une, dénudant les misérables abris. Certaines toitures de fortune s'abattaient au bout de quelque temps sur leurs habitants, qu'il fallait alors conduire sous les grandes tentes qui faisaient office d'hôpitaux et de maisons-Dieu à la fois.

Les barons et les prêtres s'étaient trouvés devant la

nécessité de multiplier les lieux d'accueil. En ces derniers jours de décembre, avec le froid qui doublait de ses maux ceux de la pluie, on en était à six grandes tentes, robustement charpentées, arrimées, protégées des intempéries par l'épaisseur de leurs toiles et isolées du bourbier par une accumulation de nattes en cordes ou en joncs qui tapissaient le sol.

Alaïs, enceinte de cinq mois mais encore alerte, soignait les blessés de la première tente. Brunissen et elle avaient tenu à rester ensemble. A grand-pitié, elles pansaient les hommes rompus, ensanglantés et dolents que les flèches et les cimeterres des Turcs entaillaient si affreusement au cours des engagements quotidiens... Dans la troisième tente, Guibourg, leur amie, s'occupait des malades accablés de maux de poitrine ou de ventre, tandis que Biétrix, la petite servante recueillie à Constantinople, s'était vu affectée aux familles sans feu ni lieu qui occupaient la cinquième tente.

Mabille, toujours impétueuse, et la comtesse de Toulouse, la belle Elvire, avaient à présent, toutes deux seules, la haute main sur l'organisation des secours, avec l'aide des moines-médecins et des infirmiers. La pauvre Godvère, épouse de Baudouin de Boulogne, n'avait pas résisté à la terrible traversée des montagnes du Diable...

Durant le franchissement des passes les plus élevées, beaucoup de soldats et de pèlerins avaient péri. Les uns en roulant avec leurs montures dans des précipices, d'autres écrasés par les éboulis. Avec le vertige aux tripes, il avait fallu surplomber des gorges abruptes qu'on devait parfois longuement côtoyer... Même les plus braves se sentaient comme attirés par la force d'un pouvoir maléfique vers ces gouffres dont on ne distinguait pas le fond... Le tonnelier de Narbonne, maître grippe-sou de Pierre Barthélemy, avait ainsi disparu avec sa mule et le cheval de bât qui lui était attaché, sans que son valet horrifié ait rien pu faire pour le retenir.

Godvère, elle, avait eu une jambe cassée. Mal soignée durant le reste du terrible trajet, elle était parvenue à l'étape de Marasch avec une forte fièvre et en proie au délire. En dépit de tous les soins prodigués, il avait été impossible de la sauver. L'éloignement de son mari et la mort de ses enfants durant la traversée des monts l'avaient trop abattue. Elle n'avait pas défendu sa vie. Baudouin de Boulogne était arrivé in extremis pour recueillir le dernier regard de son épouse. Il était presque aussitôt reparti, emmenant avec lui Foucher de Chartres, devenu son chapelain après s'être séparé de la suite d'Étienne de Blois. Ses amis chartrains avaient vu s'éloigner le moine avec regret, mais rien n'avait pu le faire changer d'avis. Il s'était attaché à ce nouveau maître dont l'autorité, la gravité, la culture ecclésiastique reçue autrefois, du temps où on le destinait à une haute position dans l'Église, l'avaient conquis. En compagnie de quelques chevaliers et d'hommes d'armes aguerris, Baudouin de Boulogne et le bénédictin s'en allèrent donc vers un destin que des alliances, des promesses, une ambition obstinée et violente devaient assurer. Ils se dirigeaient vers l'est. Le comté d'Edesse, riche proie à demi acquise, était au bout de leur route... Dans ces conditions, que pesait le souvenir discret de la male mort de Godvère dans le cœur du veuf déjà consolé par de si brillantes espérances ?

— J'ai faim, murmura Alaïs à l'oreille de sa sœur aînée durant un des courts répits où elles se retrouvaient pour boire un peu de vin chaud, aromatisé et épicé.

— Dieu sait que je vendrais volontiers ma croix de baptême pour vous acheter à manger si c'était nécessaire, dit Brunissen avec élan, tout en relevant d'un geste tendre une mèche de cheveux blonds glissée hors du voile qui enveloppait la tête et le cou de sa cadette. Mais ce jourd'hui nous n'avons vu apparaître au camp ni Arméniens ni Syriens pour nous vendre à prix d'or, ainsi qu'ils en ont la désastreuse habitude, les vivres qu'ils vont récolter dans la vallée ou la montagne proche. Ces pluies dignes d'un nouveau déluge ont dû les décourager.

— Depuis plus de huit semaines que l'armée assiège Antioche, murmura tristement Alaïs, notre état ne cesse de se dégrader. Dieu me pardonne, nous pourrissons tous aux pieds de ces monts diaboliques !

Brunissen posa les deux mains sur les épaules de la jeune femme et lui sourit.

— Amie, sœur, courage ! Courage pour vous, mais

aussi pour le petit que vous portez. Avec un père comme
le sien, il ne pourra être que preux et rempli de hardiesse
Ne lui léguez pas l'affliction en héritage maternel !

Alaïs acquiesça et posa ses doigts tachés de sang sur
son ventre.

— Il me donne déjà de petits coups sous l'estomac, dit-
elle en retrouvant fierté et assurance par l'effet de ce
réconfort. Pourvu que ce soit un garçon ! Si Dieu m'en
envoie un, je suis certaine que Bohémond s'y attachera !

— Sans doute, admit Brunissen en s'efforçant d'avoir
l'air convaincue. Sans doute... mais, fille ou garçon, c'est
toujours un présent de Notre-Seigneur. Avec ou sans
père, cet enfant sera nôtre...

— Je le sais, ma sœur, je le sais, assura la jeune femme.
C'est pour cette raison que je le porte sans appréhension.

Elle se pencha pour prendre la main de son aînée,
souillée comme les siennes par des traces sanglantes,
mais, habituées toutes deux au maniement des blessés,
elle n'y prêta pas attention et appuya sa joue contre les
doigts fins et chauds.

— Puisque Dieu m'en offre l'occasion, je vais vous dire
ce que depuis un certain temps je cherchais à vous
exprimer : je vous ai grande gratitude pour la façon dont
vous avez pris l'annonce de ma grossesse. Dois-je vous
l'avouer ? Votre vertu m'effrayait un peu..., mais depuis
des mois vous me témoignez tant d'attention, tant d'amitié, que vous êtes devenue comme ma mère. Aussi, douce
sœur, sachez-le, mon enfant sera votre enfant !

Brunissen attira contre elle Alaïs et l'embrassa tendrement.

— Nulles paroles au monde ne pouvaient me toucher
davantage, murmura-t-elle avec émotion. Merci de les
avoir prononcées. Ce nouveau-né aura donc deux mères
pour l'aimer et le défendre s'il en est besoin !

Comme tous les pèlerins de leur voisinage, elle avait pu
constater, depuis que la taille d'Alaïs s'était alourdie et
que sa fraîcheur, sa souplesse, s'en étaient trouvé com-
promises, combien Bohémond traitait avec désinvolture
celle qui avait été sa gente amie...

— Je n'aime pas les femmes grosses, avait-il proclamé
un matin, en public, au sortir d'une nuit passée avec Alaïs

sous sa tente. Elles sont décidément moins excitantes au déduit ! Attendons un peu avant de nous revoir, ma chère. Quand vous serez débarrassée de votre fardeau, nous reprendrons nos ébats. D'ici là, soignez-vous bien et faites-moi un beau petit mâle, bien membré, qui sache plus tard se battre à mes côtés !

Il lui avait gaillardement tapé sur les fesses et s'en était allé vers d'autres aventures, amoureuses sans doute, mais aussi guerrières. Depuis quelque temps, de très précises visées territoriales excitaient son appétit. Une première fois déjà, en cours de route, il s'était séparé de l'ost pour courir s'emparer de places fortes, que son audace de risque-tout avait vite soumises à sa loi. Dans le camp, chacun savait à présent qu'il visait beaucoup plus haut et bien plus loin !

« Pour quelques-uns d'entre nous, et non des moindres, songea Brunissen, le temps du pur élan vers la délivrance du saint sépulcre est révolu. Le diable les a rejoint dans le désert. Du haut des montagnes, comme il l'avait fait pour le Christ, il leur a montré le monde et leur a soufflé : « Tout cela, je vous le donnerai si vous vous prosternez pour m'adorer ! »

Elle se signa d'un geste rapide.

« Je n'imagine pas que nos croisés consentent jamais à adorer Satan, mais il en est qui estiment possible d'allier foi et pouvoir, puissance et service de Dieu. Malheur, malheur à nous si nous ne savons nous soustraire à l'une des pires compromissions du démon : celle qui prétend concilier Dieu et Mammon ! »

Elle passa une main inquiète sur ses paupières, comme pour effacer une vision douloureuse, se redressa et sourit à sa cadette.

— Nous ne nous sommes que trop attardées, dit-elle. On a besoin de nous là-bas !

Elles se séparèrent pour retourner chacune soigner le lot de blessés dont elles avaient la charge. Le froid et l'humidité avivant leurs souffrances, les soldats et les pèlerins victimes des traits, des jets de pierres et des armes blanches des Sarrasins, ne s'en montraient que plus douloureusement exigeants.

Autour des tentes-hôpitaux, l'armée s'était disposée

selon un ordre longuement mûri durant les préparatifs du siège : Bohémond et ses hommes, au pied des fortifications, à l'est, devant une des portes d'Antioche. Robert de Normandie, le comte de Flandre, Étienne de Blois et Hugues de Vermandois, dit le Maisné, regroupés selon leur habitude en forces françaises, s'étaient postés plus à l'ouest, entre deux autres portes qu'ils contrôlaient. Le légat du pape et le comte de Toulouse, avec les Provençaux, nombreux et bien armés, venaient ensuite. Le général grec Tatikios et son discret corps auxiliaire les secondaient. Enfin, pour achever un encerclement d'ailleurs partiel, tant la cité possédait de défenses naturelles, montagnes, fleuve et marécages, se trouvait Godefroi de Bouillon. Le duc de Basse-Lotharingie avait établi son propre campement jusqu'au pont qui franchissait l'Oronte et conduisait directement à la porte nord de la ville, si bien gardée par ses énormes murailles et par le site même où elle avait été bâtie...

En dépit de la guérison de la blessure que lui avait infligée l'ours furieux combattu en forêt, le duc souffrait de fortes fièvres qui l'éprouvaient durement. Devant rester couché, il n'était pas d'un grand secours, et on s'en inquiétait parmi les croisés...

Dans le camp des Francs, Landry, Herbert Chauffecire, Mathieu le Barbier et Pierre Barthélemy s'étaient rassemblés ce même jour sous une tente prise à l'ennemi lors d'un précédent combat. Tissée en poil de chameau, elle résistait mieux à la pluie et à l'humeur maussade du vent que celles apportées par l'armée des Francs. Les quatre compagnons occupaient leur temps à enlever rouille et taches de moisissure sur les armes et les harnais gâtés par l'humidité.

— L'hiver syrien, qu'on nous avait décrit comme clément, se montre tout aussi désagréable et rude que les nôtres, constata Mathieu le Barbier en soufflant sur ses doigts. Si cela continue, je vais avoir du mal à raser mes pratiques !

— Tu en as si peu ! lança Landry d'un air ironique, tout en se grattant vigoureusement la tête que la froidure lui empêchait de se laver autant qu'il était nécessaire pour détruire les vermines qui l'assaillaient. A part Bohémond et certains de ses Normands de Sicile, qui donc songerait à se priver d'une bonne barbe qui tient chaud et protège la poitrine du vent glacé ?

Non sans une certaine mélancolie, il passa alors ses doigts sur son menton à peine orné de rares poils roux... puis se remit à fourbir son coutelas.

Assis autour d'un feu malingre qui survivait avec difficulté entre quelques pierres rassemblées au centre de la tente pour constituer le foyer, les quatre amis attendaient ainsi que des milliers d'autres que quelqu'un trouvât un moyen de s'emparer d'Antioche. Ville clé, porte d'accès à la Palestine, on ne pouvait pas lever le siège et continuer la route vers Jérusalem en gardant dans son dos ce repaire d'infidèles, ce nid de vautours accroché à ses rocs, inexpugnable et menaçant.

— Que d'illusions nous nous faisions en parvenant ici ! observa Herbert Chauffecire dont le caractère ne cessait de s'assombrir au fil des jours et qui ressemblait de moins en moins au galant compagnon qui courtisait Flaminia sur la nef... Rappelez-vous, amis, quand nous sommes arrivés dans cet endroit à la saison des vendanges, comme la plaine fertile nous parut accueillante. Nous sortions de l'enfer, de ces défilés où tant des nôtres avaient trouvé une fin abominable. Nous avions échappé aux gouffres, au vertige, aux chutes, nous nous imaginions sauvés parce que nous n'étions pas restés dans ces régions exécrables... Au passage, nous délivrions villes et villages. Nous fraternisions avec les Arméniens et les Syriens chrétiens, qui nous traitaient en libérateurs... Tout semblait enfin s'arranger.

— Sur mon salut, tu dis vrai, approuva Landry. Je croyais Jérusalem à quelques jours de marche ! Lorsque les seigneurs Baudouin de Boulogne et Tancrède nous ont rejoints à Marasch après leur équipée, nous pensions tous que le plus dur était fait. Quelle erreur !

— Notre joie a pourtant été grande au début de notre séjour dans cette même vallée où nous voici retenus, dit Pierre Barthélemy. Il faut être sincères : nous avons été émerveillés par Antioche ! Une si belle cité, comme il n'en existe pas d'autres au monde, avec ses deux lignes de fortifications couvrant quarante-huit lieues et dressant leurs quatre cent cinquante tours ainsi qu'autant de piliers pour soutenir le ciel ! Ses palais, ses églises, ses jardins, ses moutiers, ses aqueducs, ses vergers...

— Et la citadelle, coupa Landry. La citadelle, bâtie au-dessus de la cité, sur le mont qui se nomme, paraît-il, Silpius, comme l'aire d'un aigle dominant l'ensemble pour le protéger.

— Paix, l'ami, paix, avec ta citadelle ! s'écria Herbert Chauffecire. Ou je me trompe fort, ou c'est elle qui nous donnera le plus de fil à retordre !

— Nous devons faire confiance et non pas sans cesse prévoir le pire comme tu le fais ! affirma Pierre Barthélemy, dont les petits yeux noirs brillaient d'excitation pieuse. Faire confiance à Celui qui nous guide. Je ne suis qu'un pauvre hère qui n'a même plus de maître, trop poltron pour être demeuré dans le corps des archers comme vous autres, mais je crois en notre victoire !

Il s'interrompit un instant. Le vent soufflait en hurlant, et son haleine glaciale s'insinuait sous les toiles, faisait frissonner les maigres flammes qui léchaient à grand-peine le bois vert.

— Antioche nous reviendra, reprit le petit homme en resserrant autour de ses épaules la peau de mouton qu'il ne quittait plus depuis des jours. Saint Pierre en a été le premier évêque. Saint Luc y est né avant d'en occuper, lui aussi, le siège épiscopal. C'est à Antioche également que les premiers disciples de Jésus se sont donnés le beau nom de chrétiens ! Avec un passé pareil, cette ville ne peut nous échapper !

— Dieu t'entende ! dit Landry. Pour l'heure, elle est turque et fort bien défendue ! Personne n'a jamais vu de fortifications si épaisses, parées de pierres de taille si énormes, liées en plus par un ciment inconnu et inentamable comme celui-là ! C'est la plus gigantesque des enceintes dues à la main de l'homme ! Les maîtres d'œuvre de l'empereur Justinien qui l'ont bâtie autrefois devaient être de fiers compagnons ! On ne pourra, selon l'avis de tous, en venir à bout que par surprise ou par ruse. C'est d'ailleurs ainsi que les Turcs l'ont enlevée aux Grecs.

— Au début, on n'était pas fâché de la voir si bien

isolée, remarqua Mathieu le Barbier. Souvenez-vous de notre installation au sein de cette belle campagne qui borde l'Oronte. Nous étions comme des coqs en pâte. Il n'y avait rien d'autre à faire qu'à chasser et à fortifier nos positions à l'aide de pieux bien aigus. Personne ne se manifestait derrière ces remparts imposants. Nous allions de découverte en découverte dans ce val fertile : vignes, blé, figuiers, orangers, palmiers, que sais-je ?... Les plus beaux arbres fruitiers semblaient avoir été rassemblés dans ces parages, tout exprès pour nous, comme un avant-goût du paradis ! Nous y avons passé deux semaines heureuses.

— Parce que l'émir d'Antioche se terrait et craignait que nous ne prenions sa ville d'assaut, sans plus attendre ! rétorqua Landry tout en astiquant avec vigueur l'arbalète dont le bon entretien répondait de sa vie. Par saint Thibault, c'est bien là ce que nous aurions dû faire ! Lancés comme nous l'étions et avec le bruit qu'avaient produit nos précédentes victoires, notre ruée aurait réussi. J'en suis persuadé.

— Dieu seul le sait, grommela Herbert Chauffecire qui graissait avec soin le cuir de sa ceinture. D'après ce qu'on raconte, il semblerait que certains de nos seigneurs le souhaitaient aussi. Ce serait Bohémond de Tarente qui s'y serait opposé en prétendant que les troupes étaient exténuées et avaient besoin de repos. Par les cornes du Malin, beau repos, en vérité, que cet enlisement dans la boue et le froid !

Ayant constaté le laisser-aller du camp chrétien et compris que les Francs s'installaient pour un long siège et non pour une brève et brutale action comme ils en avaient l'habitude, les Turcs s'étaient enfin décidés à passer de l'inertie à l'agression. Ils s'étaient mis à harceler leurs assiégeants. Guets-apens, embuscades, coups de mains, combats, échauffourées avaient remplacé la tranquillité des deux premières semaines. Depuis, les croisés demeuraient sans cesse sur le qui-vive, prêts à livrer bataille.

— J'avais espéré que le Seigneur se manifesterait le jour de la Noël, que nous venons de célébrer si dignement et même avec une certaine pompe, en dépit de nos misères, murmura Pierre Barthélemy. Mais aucun signe d'amélioration de notre pitoyable situation ne semble nous avoir éte envoyé.

— Il ne faut pas tenter Dieu ! lança le barbier avec fatalisme. Soyons patients.

— Je ne le suis guère de nature et les choses ne cessent de se détériorer, grommela Herbert Chauffecire. Quand je songe aux têtes décapitées de nos frères chrétiens que l'émir d'Antioche a osé faire lancer dans nos rangs par ses bandes d'excommuniés, j'étouffe de rage !

Landry leva une main violette de froid et noircie par la poudre à nettoyer les pointes en fer, à quatre pans acérés, de ses carreaux d'arbalète.

— J'étais aux côtés de Bohémond quand il a mené son expédition punitive contre la forteresse musulmane d'Harenc, dit-il. Je puis t'assurer que les morts chrétiens ont été bien vengés. Il s'est passé là-bas une véritable tuerie, mais elle n'était certes pas volée !

Avec une centaine de chevaliers et des arbalétriers, Bohémond était en effet parti soumettre un château voisin qui appartenait aux Turcs. Une nouvelle fois vainqueur après un très sévère engagement, il avait ramené assez de prisonniers pour faire trancher autant de têtes que l'émir en avait auparavant envoyé chez les Francs. Puis, par-delà les remparts, au moyen de catapultes, il les lui avait fait expédier séance tenante...

— Cet horrible échange a mis fin à nos rapports avec les chrétiens d'Antioche qui suivaient les émissaires turcs chaque fois qu'ils venaient nous rencontrer, reprit Mathieu le Barbier. Ils nous donnaient toutes sortes de renseignements sur la ville et ses habitants et nous vendaient bien des choses dont nous manquions durant l'automne...

— Ce sont leurs allées et venues, justement, qui ont éveillé l'attention de Yaghi-Siyan (le diable emporte cet émir !), fit remarquer Herbert. Et ce sont eux, les pauvres gens, qui ont payé de leur vie la revanche de Bohémond. Ils ont eu le chef décollé par les infidèles !

— Ces fils de chiens ne s'en prennent pas qu'aux hommes qui peuvent se défendre, renchérit le barbier. Ils s'attaquent aux chevaux. Si beaucoup de nos montures périssent de froidure, bien d'autres sont capturées ou tuées par ces suppôts de Satan !

— Heureusement que nous avons pu construire deux bastions pour surveiller leurs sorties et le fameux pont de bateaux qui donne accès à la rive droite de l'Oronte, ajouta Landry. Grâce à lui nous gardons le contrôle de toutes les barques turques qui apportent renforts et vivres à Antioche...

— Et nous en interceptons quelques-unes..., souffla d'un air satisfait le barbier.

— Remercions également le Seigneur d'avoir permis à la flotte génoise d'aborder à Port-Saint-Siméon, continua Pierre Barthélemy avec son ardeur coutumière. Depuis son arrivée, peu après la Saint-Martin, l'embouchure de l'Oronte nous demeure ouverte et abordable. Que ferions-nous sans ces courageux marins qui ont pris la croix à l'appel du pape ? Non seulement ils gardent le port, mais souventes fois ils nous font parvenir armes et nourritures à la barbe de l'émir qui n'y peut mais...

— Cet émir est un monstre ! déclara Herbert. Après avoir décapité nos informateurs, il a chassé d'Antioche tous les hommes chrétiens qui s'y trouvaient. Il les a séparés de leurs femmes et de leurs enfants qu'il a conservés comme otages dans sa ville, derrière ses infranchissables remparts.

— Cet émir est aussi un malin ! lança Landry. Il a profité de cette occasion pour mêler aux expulsés quelques espions à sa solde qui vont et viennent sous le couvert de fausses apparences, tout à leur aise, dans notre camp. La nuit venue, ils retournent en cachette lui rendre compte de nos agissements.

— A chiennaille, chiennaille et demie ! grogna Herbert. Je ne comprendrai jamais pourquoi les espions turcs pris sur le fait ne sont pas pendus haut et court !

— Il y en a déjà eu plusieurs d'exécutés...

— Tant qu'il en restera parmi les réfugiés, nous serons à la merci de ce maudit émir, admit Mathieu. Il faudrait pouvoir s'en débarrasser. Mais comment ? Allez les reconnaître au milieu des autres ! Tous les gens de par ici ont le poil noir et le teint basané...

Un cri déchirant perça soudain le ruissellement de la

pluie. D'autres cris retentirent bientôt, puis une agitation inaccoutumée se produisit vers le campement de Bohémond.

Les quatre amis se précipitèrent dehors en rabattant sur leur tête leur capuchon.

Non loin des tentes des Normands de Sicile, on courait, on pleurait, on s'activait.

En approchant, Landry vit une foule qui entourait un corps étendu dans la boue.

— Dieu ! s'écria-t-il. C'est Guibourg !

— Elle a reçu une flèche en pleine poitrine ! dit quelqu'un. Elle sortait de la tente des malades pour aller chercher je ne sais quel baume auprès de dame Mabille...

— Un archer ennemi qui s'est sans doute glissé dans le camp en profitant de la pluie et de l'obscurité l'a tirée comme un gibier, gémit une femme qui se tenait accroupie à côté de Guibourg inanimée.

Landry souleva la tête de leur amie entre ses mains. Elle avait les yeux fermés, et un râle sortait des lèvres entrouvertes d'où coulait une mousse sanglante.

Deux hommes arrivèrent avec un brancard, chargèrent et transportèrent la blessée vers les tentes-hôpitaux.

— Conduisez-la dans la première, demanda Landry. Mes sœurs s'y trouvent. C'est une amie à nous.

Giflés par le vent, trempés par l'eau, glissant dans la glaise molle, les porteurs parvinrent tout de même à la tente désignée.

Dès qu'ils eurent déposé le brancard sur les nattes, on vit que le pauvre corps transpercé par la flèche ne respirait plus. De ses vêtements ruisselants s'écoulait un mélange de sang encore vif et de traînées boueuses.

— Brunissen ! appela Landry. Brunissen !

Le moine-médecin accouru le premier se pencha pour écouter le cœur, se redressa, se signa, et se mit en devoir de retirer le trait enfoncé dans la plaie qu'on apercevait par la déchirure du bliaud de laine verte.

Brunissen survenait avec des pansements. De son côté, dame Mabille se dirigeait également vers l'attroupement. La comtesse de Toulouse se trouvait parmi les malades d'une tente voisine...

— Prions, mes frères, prions, dit le moine-médecin.

Notre sœur que voici est partie rejoindre nos autres martyres. Dieu l'en récompense en son âme et la conduise en paradis.

Toutes les personnes valides tombèrent à genoux autour de la lourde forme éclaboussée de fange et de sang... Brunissen pleurait. Landry serrait les lèvres, mais des soubresauts faisaient tressaillir ses épaules. En apercevant Alaïs, retenue jusque-là à l'autre bout de la tente par un blessé dont elle s'occupait, il se redressa et s'élança vers elle.

— Au nom du ciel, ma douce sœur, ne vous approchez pas ! Ne regardez pas ! Ce serait mauvais pour l'enfant que vous portez !

Alaïs n'avait pas besoin de voir pour comprendre. Les murmures de ceux qui gisaient tout autour d'elle sur leurs paillasses, recrus de souffrance, l'avaient avertie de ce qui se passait. Elle se laissa aller, lourde et sanglotante, entre les bras de son frère...

— Nous devons prévenir son mari, dit Mabille qui reprenait en main, après une courte oraison, la direction des événements. Landry, je vous charge de cette démarche. Vous connaissez bien le pauvre homme. N'est-il pas chartrain, lui aussi ?

Elle considérait le groupe formé par les jumeaux avec un intérêt inhabituel, et elle détourna les yeux pour que personne ne pût y lire la montée d'un nouveau désir...

Ce même soir, sous la tente des Chartrains, le chagrin de Liébault faisait pitié. Le sellier avait été obligé de se soumettre à la loi implacable qui voulait qu'on ensevelît les morts sans tarder. Après une brève cérémonie, une bénédiction et la présence orante de ses amis, le corps de Guibourg avait été inhumé sous ses yeux. Il fallait en effet mettre en terre au plus vite les cadavres des tués et de ceux que les diverses maladies sévissant depuis l'hiver emportaient chaque jour. On redoutait les épidémies. Une tranchée avait été ouverte à cet usage de l'autre côté du fleuve, sur la rive droite de l'Oronte, afin de tenir la mort à distance des vivants.

Assis auprès du feu allumé au centre de l'étroit espace, le sellier, l'époux de Guibourg, le compagnon de Garin, gardait les yeux fixés sur la marmite qui bouillait à petit bruit. Il ne pleurait plus mais demeurait hébété, comme étranger parmi les fidèles voisins qui l'entouraient.

— C'est trop de malheur, dit-il au bout d'un long moment. Votre père, d'abord, qui s'en est allé le premier, Berthe la Hardie clouée à Constantinople, dame Godvère et tous ceux, toutes celles que nous avons portés en fosse durant cette interminable route...

Ses épaules s'affaissèrent.

— Je m'en vais retourner chez nous, si jamais je puis y arriver, continua-t-il d'un timbre atone. Je renonce. Je suis à bout. Nous nous sommes sans doute trompés. Dieu n'était pas avec nous... Il ne voulait pas cette misère et ces deuils..., ou alors, nous n'avons pas pris le bon chemin... le chemin de délivrance...

— Vous ne pourrez pas rejoindre Port-Saint-Siméon, dit Brunissen avec une grande douceur. Les Turcs ont massacré les derniers pèlerins qui ont tenté de gagner l'embouchure de l'Oronte pour s'embarquer sur les nefs génoises. De ce côté-là, il n'y a aucune chance de passer.

Le père Ascelin se leva de son tabouret et vint se placer derrière Liébault. Il posa une main sur l'épaule de leur ami.

— Demain, jour des Saints-Innocents, dit-il de sa voix sourde, j'ai appris que Bohémond de Tarente et Robert de Flandre doivent partir en expédition avec des cavaliers et des hommes d'armes pour tenter de trouver des vivres dont nous avons le plus pressant besoin, des armes également et, si possible, des chevaux dont nous manquons aussi. Ils ont l'intention de remonter le cours du fleuve afin de tromper les ennemis. Peut-être pourriez-vous vous joindre à eux.

— Je les encombrerais...

— Vous ne seriez pas le seul. Plusieurs des nôtres, trop affaiblis, trop malheureux, s'en iront en leur compagnie. Ils comptent accomplir un large détour et rallier, plus au sud, le port de Laodicée, d'où ils s'embarqueront pour le royaume de France...

— Je connais un moyen plus sûr, expliqua Landry en prenant alors la parole. Le duc de Normandie, Robert Courteheuse, qui n'aime ni le froid ni l'enlisement que nous subissons pour nos péchés en cette maudite vallée, va prendre du champ. L'an dernier déjà, souvenez-vous, il avait fixé ses quartiers d'hiver en Italie du sud en attendant que la mer s'adoucît... Cette fois encore, il a trouvé un bon prétexte : un appel à l'aide que lui a lancé une troupe anglaise débarquée, justement, à Laodicée. Il nous quitte pour aller à sa rencontre. Douze mille hommes seraient arrivés dans ce port. Anglais, Normands, gens du Nord, à ce qu'on m'a dit, sous le commandement d'Edgar Aetheling, roi sans couronne, exilé par ses propres sujets... Ils sont venus se battre contre les Sarrasins et ont rejoint à Laodicée un pirate de Boulogne qui nous a déjà secondés.

— Le fameux Guinemer, sans doute, ajouta le père Ascelin. J'ai entendu parler de lui à plusieurs reprises. Il appartenait aux troupes du comte Eustache de Boulogne, le frère aîné de Godefroi et de Baudouin. C'est un pirate célèbre de la mer du Nord. Il a offert le secours de ses bateaux et de ses marins au seigneur Baudouin alors qu'il se trouvait à Tarse après s'être séparé une première fois de l'ost. On dit que l'homme est brave, téméraire même. Il a réussi à prendre Laodicée, mais les Grecs ne l'ont pas entendu de cette oreille. Ils ont réoccupé la ville on ne sait trop comment et ont emprisonné Guinemer. Seulement, les Turcs, à leur tour, se sont manifestés. Ils font à présent peser sur ce port une telle menace que les Anglais s'en sont inquiétés.

— D'où la demande d'aide présentée à Robert Courteheuse, acheva Landry. Ravi de cette aubaine, le duc va partir sans regret en nous laissant tous mariner ici dans notre bourbier ! Je connais certains de ses soldats, et je sais qu'il ne tardera pas à prendre la route, en grand arroi, selon son habitude. Il descendra le cours de l'Oronte pour rejoindre la côte et la suivre vers le sud. Dans cette direction, le trajet est moins dangereux. Si vous le voulez, je vous présenterai à un mien compagnon qui vous escortera.

— Je partirai. Soyez-en sûr, dit le sellier. Pardonnez-moi, amis, la faiblesse dont je fais montre en cette triste occasion, mais sans Guibourg je n'ai plus cœur à rien... Et puis, Dieu m'assiste, Jérusalem est vraiment trop loin !

Brunissen l'assura que tout le monde le comprenait, et

Landry se chargea de le conduire à l'un des hommes du duc de Normandie dont il avait parlé.

Le jour des Saints-Innocents, Bohémond et Robert de Flandre quittèrent le camp avec leurs troupes.

Alaïs était parmi ceux qui regardaient défiler les barons, les chevaliers, accompagnés d'écuyers à pied tenant leurs destriers de la main droite, et les soldats, marchant derrière la bannière aux flammes écarlates de Bohémond... La pluie tombait un peu moins fort, mais le fier tissu rouge et or ne flottait pas. Il pendait tristement au-dessus des têtes protégées par des heaumes que la rouille, par endroits, commençait à ronger...

En voyant s'éloigner vers une nouvelle expédition incertaine celui qu'elle n'avait jamais pu cesser d'aimer et d'admirer malgré ses trahisons et sa légèreté, Alaïs songea que, sans l'enfant qu'elle portait, elle n'aurait plus aucun courage. Sous sa chape pluviale, elle caressa doucement son ventre arrondi. Ainsi qu'il lui arrivait à présent assez souvent, elle se prit à parler tout bas à celui dont les traits inconnus représentaient pour elle le visage même de l'espérance...

Le lendemain matin, les Turcs attaquèrent le camp. Par leurs espions ils avaient su le départ d'un grand nombre de ses défenseurs et entendaient en profiter. Ils se heurtèrent aux Provençaux qui luttèrent avec vaillance sous les ordres du comte de Toulouse, pourtant malade, et du légat du pape, évêque du Puy. Celui-ci ne maniait pas l'épée mais réconfortait ceux qui l'entouraient. D'abord victorieux des infidèles, les chrétiens se virent en fin de journée infliger un cuisant revers à la suite d'une fausse manœuvre provoquée par un cheval fou qui avait perdu son cavalier. En se repliant sur leurs positions, beaucoup de gens d'armes périrent noyés dans les flots de l'Oronte que les pluies avaient sensiblement grossis.

En plus d'une défaite partielle, ce malencontreux engagement allongea la liste déjà si longue des blessés et des morts. Parmi d'autres le porte-bannière de l'évêque perdit la vie sur le champ de bataille. En tombant, il laissa sur le terrain la bannière qui représentait la Vierge du Puy. Trouvé et ramassé par les Turcs, ce précieux trophée, considéré par eux avec mépris et dérision, fut aussitôt planté sur leurs remparts, la tête en bas, au milieu des huées et des sarcasmes, de façon à être visible de tout le camp chrétien.

Les croisés en furent bouleversés. Leur vénération à l'égard de la Mère du Christ était tendre, confiante, infinie.

A genoux dans la fange mêlée de paille et de débris du combat, face à la profanation indicible, Landry pleurait comme beaucoup d'autres guerriers. Il se frappait la poitrine en s'accusant à haute voix de ne pas avoir su défendre l'image de la Vierge très pure à qui, tous, ils devaient le Sauveur...

— Cela ne leur portera pas bonheur ! prophétisa Pierre Barthélemy, le soir de ce triste jour. Notre-Dame sera vengée !

Le lendemain, au crépuscule, les pèlerins aperçurent dans le ciel un instant dégagé, une grande croix blanche qui dérivait en direction de l'Orient. L'esprit rempli de présages, de prodiges, de crainte et d'espérance, ils allèrent se coucher sur les nattes ou les paillasses humides où ils avaient tant de mal à se réchauffer depuis qu'ils ne mangeaient plus à leur faim.

Dans la nuit, un tremblement de terre les arracha au sommeil inquiet qui les tenait en un mauvais repos. Sous les riches tentes comme dans les plus pauvres cabanes, le sol trembla, des objets chutèrent et se brisèrent avec fracas, les pieux et les perches de soutien oscillèrent sur leurs bases, les toiles se déchirèrent et les branchages craquèrent sinistrement. Les enfants se mirent à pleurer, les chiens qui n'avaient pas encore été mangés hurlèrent à la mort et chacun fut épouvanté dans le secret de son âme.

Encordés dans leurs enclos, les rares chevaux, mulets, ânes, qui demeuraient sur place après le départ des troupes, se mirent à hennir, à braire, à se cabrer, affolés.

Sous la tente à rayures rouges et vertes délavées, le père Ascelin avait allumé une chandelle et invité tous les siens à prier avec lui. Enveloppés d'épaisses capes de berger achetées aux pasteurs anatoliens rencontrés durant leur voyage, agenouillés sur leurs nattes, ils supplièrent le Seigneur d'avoir pitié d'eux et de faire cesser au plus vite ce phénomène inconnu qui les terrorisait.

Le tremblement de terre dura un certain temps, sans jamais provoquer de secousses graves, avant de s'apaiser. Après une attente angoissée et voyant que rien d'anormal ne se produisait plus, on adressa des actions de grâce à Dieu, puis on se mit en devoir de ramasser les objets éparpillés un peu partout.

Ce fut alors que le pan de toile qui fermait la tente se souleva et que Pierre Barthélemy apparut. Il couchait à bonne distance des Chartrains, avec les Provençaux, dans une cabane de planches et de peaux qu'il s'était fabriquée. Il y vivait seul afin, disait-il, d'éviter les promiscuités nocturnes qui le gênaient. Certains soupçonnaient ce goût pour la solitude de dissimuler des activités peu avouables... En effet, depuis quelque temps, sous l'effet du découragement, du désœuvrement aussi, entraînés par les marchands arméniens, grecs ou syriens qui venaient des environs, les croisés se laissaient de nouveau aller à boire, à jouer aux dés, à forniquer sans vergogne dès que la nuit s'annonçait. En dépit des mises en garde, des sévères avertissements répétés par moines, prêtres et évêques, la gent Notre-Seigneur avait, une fois de plus, permis à la lie un moment refoulée — les plus louches, les plus affamés de ses membres —, de remonter à la surface.

Certains racontaient donc que Pierre Barthélemy, sans maître, sans sou ni maille dans son escarcelle, sans beaucoup de caractère, était lui aussi retombé dans de répréhensibles et anciennes habitudes, dont le jeu de dés faisait partie...

Cependant, au moment où son maigre visage s'encadra dans l'ouverture de la tente, chacun comprit qu'il se trouvait alors à mille lieues de toutes ces opérations clandestines. Une sorte d'émerveillement craintif illuminait ses traits noirauds et ingrats. C'était comme un reflet de ciel sur un étang cerné de bois sombres... Accroché des deux mains aux montants qui soutenaient les toiles, il fixait sur l'assistance un regard ébloui.

— Que t'arrive-t-il, Pierre ? demanda le père Ascelin. Il était le seul homme présent depuis que Landry, sur ordre de ses chefs, avait rejoint le corps des arbalétriers, afin de garder le camp en l'absence des principaux barons.

— Il m'arrive... il m'arrive... balbutia le Provençal, il m'arrive une aventure extraordinaire, inouïe, miraculeuse ! Mais vous n'allez pas me croire, moi qui ne suis qu'un lamentable pécheur, moi qui, par peur, ai quitté les arbalétriers, moi qui joue de temps en temps aux dés pour gagner quelques deniers...

Tête baissée, épaules affaissées, il était dérisoire et pitoyable.

— Entre et ferme la toile derrière toi, dit le prêtre. Viens t'asseoir, puis raconte-nous ce qui t'est advenu.

Comme Pierre Barthélemy n'était vêtu que d'une simple chemise et qu'il grelottait, Brunissen l'enveloppa dans une couverture en laine fourrée de loup. Il s'assit sur un coin de châlit en bois et fronça les sourcils.

— C'est difficile à dire et c'est tout autant difficile à admettre, commença-t-il en soupirant. Mais il faut que je parle. Comment garder une pareille chose par-devers moi ? A qui me confier, sinon à vous ? Les soldats se gausseraient sans pitié et, parmi les pèlerins, je n'ai de véritables amis que céans...

Il y avait quelque chose de pathétique dans le désarroi du petit homme, et tout ce qui se passa par la suite fut marqué du sceau de l'étrangeté. Après l'effroi causé par le tremblement de terre, les âmes se tenaient en alerte, les esprits demeuraient ébranlés... Avec les paillasses disposées en rond autour des pierres du foyer où des braises rougeoyaient encore entre les cendres, avec la lueur frémissante de la chandelle placée à même le sol près de la couche du père Ascelin, l'intérieur de la tente s'était transformé en un cercle de chaleur, de lumière et d'ombre, sorte de lieu d'asile, de retraite secrète où il semblait que dût se produire un événement mystérieux.

Penchés vers leur visiteur, le prêtre, Brunissen, Alaïs et Biétrix, la petite servante, l'observaient non sans une attention aiguisée et un peu réticente. Les reflets diffus des tisons et de la mince flamme jaune tiraient de l'obscurité, sans pour autant les éclairer franchement, mais plutôt en les patinant, les figures amaigries et brunies qu'ils tendaient vers lui.

— Il faisait nuit dans ma cabane, j'étais couché, la terre tremblait et je ressentais une grande frayeur, reprit Pierre Barthélemy. Deux hommes en vêtements éclatants se tinrent tout à coup devant moi. L'un, le plus âgé, les cheveux blonds et roux, les yeux noirs, le visage avenant, la barbe blanche, longue et abondante, me parut de taille moyenne. L'autre était plus jeune, fascinant..., le plus beau des enfants des hommes... Le premier m'interrogea : « Que fais-tu ? » J'étais effaré, car je savais qu'il n'y avait personne avec moi. J'ai répondu : « Qui es-tu ? » Il m'a dit : « Lève-toi, n'aie pas peur. Écoute ce que j'ai à te mander. Je suis l'apôtre André. Va trouver l'évêque du Puy et le comte de Saint-Gilles et dis-leur : " Pourquoi l'évêque néglige-t-il de prêcher, d'exhorter et de bénir chaque jour le peuple avec la croix qu'il porte ? Cela lui ferait grand bien... " » Puis il me demanda de les suivre tous deux. Je me suis donc levé et, en chemise, tel que me voici, je me suis trouvé transporté à l'intérieur d'Antioche, dans l'église de l'Apôtre-Saint-Pierre. Il y avait deux lampes dans le sanctuaire qui donnaient de la clarté comme si on avait été en plein midi. L'apôtre André a repris : « Attends ici. » Il m'a fait asseoir contre la colonne la plus proche des degrés par lesquels on monte à l'autel du côté sud. Son compagnon se tenait non loin, devant ces mêmes degrés. Saint André est entré sous terre, en a retiré une lance et me l'a mise entre les mains. Il m'a dit : « Voici la lance qui a ouvert le côté d'où est sorti le salut du monde. » Tandis que je la tenais, pleurant de joie, je lui proposai : « Seigneur, si tu veux, je vais la porter et la remettre au comte. » Il m'a répondu : « Plus tard, bientôt, car la ville sera conquise. Tu viendras alors avec douze hommes et tu la chercheras là où je l'ai prise et où je la cache de nouveau. » Puis il remit la lance au même endroit. Cela fait, il me reconduisit par-dessus les murailles de la cité dans mon logis. Ils se retirèrent alors tous deux et je restais seul... Comme je ne pouvais pas supporter cette solitude, je me suis précipité chez vous.

Un long silence suivit le récit. On entendait, aux abords du camp, les pas et les voix des hommes de garde.

— Es-tu bien sûr de ne pas avoir rêvé tout cela ? s'enquit au bout d'un moment le père Ascelin avec gravité.

— Comment aurais-je pu dormir avec le tremblement de terre qui faisait s'entrechoquer sans arrêt mes pauvres affaires et la crainte que j'avais d'être englouti dans quelques crevasses soudain ouvertes sous ma cabane ? Je priais et suppliais le Seigneur de venir à mon aide... Voilà ce que je faisais !

— Il est vrai, admit le prêtre, il est vrai que nul ne pouvait dormir tant que la terre était agitée de soubresauts.

— Il faut aller tout rapporter à l'évêque du Puy ! s'écria Alaïs dont les yeux brillaient d'excitation. Il faut y aller tout de suite !

— Jamais ! Jamais de la vie ! protesta Pierre Barthélemy. Vous me voyez, moi, pauvre et perdu de réputation comme je le suis, me rendre auprès de Monseigneur de Monteil pour lui révéler que je me suis entretenu avec saint André ? Comment pourrais-je lui ordonner de prêcher, d'exhorter et de bénir le peuple avec la croix qu'il porte ? Il me prendrait pour un fou ou pour un farceur et me ferait fouetter !

— Je crains bien, en effet, que le légat du pape ne refuse de t'écouter, remarqua Brunissen de sa voix chantante. Comment accorderait-il foi à ton récit, mon bon Pierre, alors que notre oncle que voilà hésite à te faire confiance ? N'ai-je pas raison, mon oncle ?

Le père Ascelin inclina la tête avec un demi-sourire.

— Vous n'avez point tort, ma fille. Je ne suis pas totalement convaincu de la véracité de cette histoire...

— Par Notre-Dame, j'en étais certaine ! s'écria Brunissen. Personne ne consentira à te prêter attention, ami ! Personne. Sauf moi.

Le petit homme tourna vers la jeune fille un visage d'où s'effaçait peu à peu l'émerveillement qui l'illuminait un moment plus tôt. C'était comme si on avait tiré un rideau sur un reflet de soleil entré par la fenêtre. Il paraissait embarrassé et déçu.

— Vous croyez, vous, à ce que je vous ai rapporté ? demanda-t-il d'un air étonné.

— Je crois que tout est possible à Dieu, répondit
Brunissen avec fermeté. Tout. Y compris de t'envoyer
saint André et le plus beau des enfants des hommes pour
t'amener à agir selon Sa volonté. N'est-ce pas toujours
aux plus humbles, aux plus faibles, qu'Il s'est manifesté ?

Un nouveau silence tomba sur tous ceux qui étaient
réunis là. Le père Ascelin tirait sur son nez. Pierre
Barthélemy se grattait la joue...

— Je pense, reprit enfin le prêtre, qu'il serait sage de
laisser passer la nuit sur de si étonnantes révélations.
Demain nous aviserons. De toute façon, l'essentiel de
cette prophétie est l'annonce de l'emplacement où gît la
sainte lance. Or, d'après tes explications, pour aller la
chercher, il faudra attendre qu'Antioche soit tombée.
Mais il ressort aussi de ton récit que nous allons la
prendre, cette ville. Ce n'est pas là une mince affirmation ! Il semble cependant, mon garçon, que tu n'aies été
chargé d'en avertir ni les barons, ni les moines, ni les
soldats...

— Que saint André me pardonne, mais je ne me sens
pas davantage de taille à ébruiter cette nouvelle que
l'autre... Qui me prendrait au sérieux ?

— Il faudrait que tu sois en mesure d'apporter une
preuve, suggéra le père Ascelin. Or, tu n'en détiens
aucune.

— La sainte lance, murmura Biétrix qui s'était tenue
jusqu'alors silencieuse. Il sait où se trouve la sainte
lance !

— Sans doute, soupira le prêtre, sans doute... Comment en être certain ? Nous autres qui ne passons pas à
travers les murailles fortifiées ne pourrons nous rendre
dans l'église de l'Apôtre-Saint-Pierre qu'après la prise
d'Antioche... Nous n'en sommes pas encore là, hélas !
Pour le moment, je répète ce que j'ai déjà proposé : il
n'est que d'attendre... D'autant plus qu'à Constantinople, le patriarche détient une autre lance qui passe pour
être la véritable, celle avec laquelle les soldats romains
ont percé le flanc du Christ !

Cette remarque ne parut nullement altérer la certitude du Provençal, mais elle produisit une certaine

impression sur les trois jeunes filles qui se tinrent silencieuses un moment.

Brunissen se secoua la première et déclara que leur oncle avait sans doute raison, et que la prudence était de mise quoi qu'on pût en penser...

Pierre Barthélemy prit alors congé de ses amis. Il retourna vers sa cabane avec le sentiment de porter sur les épaules une charge trop lourde pour lui...

Le lendemain, jour de la Saint-Sylvestre, les barons, Bohémond, Tancrède et les autres seigneurs partis avec quelques éléments de l'ost, rentrèrent de leur expédition, plus chargés de gloire que de butin.

En remontant la vallée de l'Oronte, ils avaient appris qu'une importante armée sarrasine, à laquelle s'étaient joints des éléments envoyés de Damas, Alep et même Jérusalem, se rendait à Antioche pour soutenir les assiégés qui leur avaient demandé aide et secours. Sans hésiter, Bohémond avait aussitôt décidé de barrer la route à ce nouveau danger. Robert de Flandre s'était porté en avant pour attaquer les ennemis pendant que les autres croisés, demeurés en retrait, préparaient une charge de toutes leurs forces agglutinées, selon la coutume franque tant redoutée des Turcs...

Après avoir en vain tenté de s'opposer à ce mur de fer qui leur présentait une masse aussi unie que menaçante, les infidèles s'étaient à nouveau débandés et avaient pris la fuite en laissant sur le terrain un grand nombre de morts. Craignant de les voir se reformer un peu plus tard pour une seconde passe d'armes et considérant qu'eux-mêmes étaient peu nombreux et loin de leur camp, les Chrétiens s'étaient décidés à rentrer avec les chevaux des vaincus et une modeste prise.

Bien que, par cette action défensive, Bohémond et ses troupes aient préservé la vie ainsi que la sécurité des Francs, on ne leur en eut guère de reconnaissance. Les ventres creux se montrèrent plus sensibles au manque de nourriture qu'à la vaillance déployée pour leur sauvegarde. Le dernier jour des calendes de décembre fut un triste jour.

— Sur mon salut, en ce soir de la Saint-Sylvestre, j'avoue que ce qui me manque le plus ici, c'est le bon et copieux repas auquel nous avions droit chez notre père, même au cœur de l'hiver, confia Alaïs à Brunissen, en soupirant.

Elles se tenaient assises avec Biétrix sous leur tente et faisaient cuire dans la marmite, posée sur les pierres du maigre foyer, une sorte de brouet de pois chiches. Il y nageaient quelques maigres morceaux de mouton, vendus en cachette et à un prix exorbitant par des Syriens apparus durant la matinée.

— Où sont les tendres agneaux d'antan ? déplora un peu plus tard Landry, qui avait reçu licence de rejoindre les siens pour souper en l'honneur de la victoire remportée malgré tout sur les Turcs.

Ses sœurs eurent le même geste d'impuissance navrée. On se prit à évoquer les absentes. C'était devenu une sorte de rite. Chaque fois que les membres de la famille du parcheminier se trouvaient réunis, ils commençaient par parler de Berthe la Hardie et de Flaminia dont ils étaient sans nouvelles depuis si longtemps. Une seule lettre écrite par la jeune fille, et acheminée jusqu'au camp par un moine arrivé avec un petit groupe, leur était parvenue, tout au début du siège. Depuis lors, plus rien. Les périls de la route expliquaient un tel silence mais n'en consolaient pas. L'organisation de courriers ecclésiastiques, créée par les évêques et relayée par les monastères situés sur le parcours, ne fonctionnait plus puisqu'on était en pays musulman. Seuls quelques chevaucheurs réussissaient à rejoindre les ports côtiers où des bateaux génois assuraient le courrier à destination du pape. Le père Ascelin obtenait parfois la permission d'y ajouter ses propres missives pour son évêque.

Cependant, malgré ou plutôt à cause de ce manque de renseignements, on ne pouvait s'empêcher de songer sans cesse aux esseulées. La moindre allusion, la plus infime réminiscence éveillaient souvenirs, regrets, inquiétudes. L'unique missive reçue de Constantinople avait appris que la santé de l'aïeule ne s'améliorait pas. En dépit des précautions prises par Berthe pour ne pas alarmer outre mesure les siens, chacun avait deviné l'aggravation de son état et le peu de chances qui demeuraient jamais de la voir apparaître parmi les pèlerins afin de continuer la route en leur compagnie... et même, semblait-il, de la retrouver vivante...

— Avec un aussi mauvais temps, un chemin dont nous connaissons les traîtrises et les cruautés, tant de dangers et tant de risques, comment une femme âgée et à peine remise, en admettant qu'elle le soit un jour, réussirait-elle à atteindre Antioche ? demanda le père Ascelin. Dieu sait que je souhaite sa venue ainsi que celles de Flaminia et d'Albérade ; mais, plus le temps passe, plus il me paraît impossible qu'elles puissent franchir toutes trois les innombrables lieues qui les séparent à présent de nous !

— Grand-mère est indomptable, remarqua Brunissen.

— La maladie et la mort en ont dompté d'autres. murmura dans un souffle Landry.

Repris sans fin, ces propos trahissaient par leur répétition même l'incapacité à venir en aide aux absentes. Ceux qui avaient continué le pèlerinage en laissant les trois femmes derrière eux ne pouvaient plus rien pour elles... C'était comme une déchirure dans le cœur de tous...

Il fallait parler d'autre chose. On se demanda pourquoi Pierre Barthélemy avait refusé le souper qu'on lui avait offert et pourquoi on l'avait si peu vu depuis la nuit du tremblement de terre et ses fameuses révélations.

— Il se cache, dit Landry. Je suis allé lui rendre visite dans sa cabane après mon service, mais je l'ai trouvé étrange. Il semble accablé par son secret et incapable de se décider à obéir aux ordres qui lui enjoignaient d'agir. Il est vrai que j'étais absent quand il vous a raconté ses visions. C'est peut-être pourquoi il préfère ne pas s'en ouvrir à moi. A moins qu'il doute lui-même de leur réalité...

— Je croirais plutôt que c'est la misère qui l'éloigne de nous, déclara Brunissen. Il a honte de faire partie de la frange des pauvres hères acculés à se livrer au jeu et à toutes sortes d'échanges douteux pour arriver à survivre. Nous en rencontrons de plus en plus, Dieu le sait, autour des tentes de secours où ils n'osent même pas pénétrer !

— Leur dénuement fait peine, mais il leur reste assez de fierté pour se refuser à mendier, confirma Alaïs. Nous leur distribuons de la soupe chaude, du pain et du fromage pour les aider. C'est tout ce que nous pouvons faire. Au-delà, ce serait les humilier, les blesser dans ce qu'ils ont de plus sensible : la conscience d'appartenir aux libres enfants de Dieu !

Le père Ascelin hocha un visage soucieux.

— Notre pitance n'est peut-être pas bien fameuse, reprit-il, mais nous n'avons pas le droit de nous plaindre. Autour de nous bien des pèlerins n'ont que des détritus à se mettre sous la dent. On raconte que certains mangent des herbes, les tiges des fèves qu'ils parviennent à dénicher dans les champs d'alentour, des chardons qui leur piquent la langue parce qu'ils n'ont pas assez de bois pour les faire cuire le temps nécessaire... Chevaux, chameaux, mules, ânes et jusqu'aux chiens ou rats sont tués furtivement puis dépecés, partagés, dévorés en cachette quand les plus affamés peuvent s'en saisir sans être vus ni pris.

— J'ai entendu dire chez les arbalétriers que les plus pauvres de nos compagnons en étaient réduits à mâcher les peaux des animaux abattus par d'autres et laissées de côté en attendant qu'on les tanne, ajouta Landry. Enfin, plus affreux encore, la faim en a conduit certains à fouiller jusque dans les excréments pour tenter d'y découvrir quelques grains à ronger !

— Une des conséquences les plus détestables de cette disette, constata avec inquiétude Brunissen, c'est l'impor-tance qu'a pris l'argent. Qui n'a ni sou, ni denier, ni besant grec, n'a qu'à garder l'estomac vide ! C'est révoltant !

— Les évêques, les prêtres, les barons, font répartir entre les plus miséreux tout ce qu'ils peuvent encore acquérir eux-mêmes. Leurs soldats partent par petites formations armées à travers la campagne..., mais ils reviennent, hélas ! avec de moins en moins de provende chaque jour, renchérit Landry. Si les choses continuent à s'aggraver, par le ventre de la Vierge, ils n'auront bientôt plus rien à donner ! Et, comme vous le faites remarquer, ma sœur, c'est le diable qui l'emportera une fois encore par ce triomphe de l'or sur la charité !

— Fasse le ciel que mon petit enfant à naître n'ait

jamais à éprouver pareille détresse, murmura Alaïs en posant ses mains sur la bosse qui gonflait son bliaud. Je voudrais tellement qu'il soit fort et heureux de vivre comme l'est son père en dépit de tout !

— Il le sera, ma nièce, affirma le père Ascelin avec solennité. Nous y veillerons, croyez-moi, nous y veillerons !

Cependant, les premiers jours de janvier n'apportèrent aucune amélioration. La pluie, le froid, la faim, les fièvres, les maladies accablaient le camp sans discontinuer.

Sous les tentes-abris, les femmes ne savaient plus comment subvenir à tant de besoins, à tant de maux... Afin d'échapper à l'angoisse si épaisse qui engluait les âmes et les cœurs, il y eut de nouveau des pèlerins pour recourir à l'éternelle panacée humaine : la luxure. On aurait dit que la famine et la mort aiguisaient leurs sens, les énervaient...

Un soir, un écuyer vint chercher Landry sous sa tente et le conduisit avec les plus extrêmes précautions jusqu'à celle de Mabille dont il entrebâilla aussitôt les courtines de toile pour laisser entrer le jeune Chartrain. Afin de ne pas éveiller l'attention de ceux qui passaient au-dehors, deux chandelles seulement éclairaient l'intérieur de la chambre close où pénétra le jeune homme. C'était suffisant pour apercevoir les somptueux tapis, les accumulations de coussins et les fourrures épaisses qui jonchaient le lit où la sœur de Bohémond, enfouie sous ses couvertures doublées de peaux d'écureuils du Nord ou de zibelines, attendait celui qu'elle avait choisi... D'un lourd brûle-parfum de bronze s'élevaient des volutes d'aloès, d'encens, de myrrhe... Mabille, qui avait éloigné ses femmes en leur donnant congé pour la nuit, se trouvait seule avec Landry. Elle lui sourit et lui fit signe d'approcher.

— Vous êtes beaucoup trop couvert. Défaites-vous, doux ami, dit-elle avec le plus parfait naturel. Puis venez vous réchauffer céans.

En parlant, elle entrouvrait ses draps de soie de Thessalie, et son corps parfumé apparut dans sa maturité dénudée. Ses cheveux dénoués étaient son unique parure.

A la pâle lueur des chandelles qui y accrochait des reflets d'argent, leur blondeur éblouit le garçon.

— Belle dame, commença-t-il...

Elle mit un doigt sur ses lèvres, accentua son sourire, se pencha et attira Landry vers elle, entre ses bras, dans son odeur de femme préparée à l'amour.

— Nous n'avons plus grand-chose à manger, ni les uns ni les autres, chuchota-t-elle en découvrant ses dents d'ogresse, mais il nous reste, Dieu merci, des appétits que nous pouvons encore combler...

Deux jours plus tard, Adhémar de Monteil, évêque du Puy, chef spirituel de l'armée, prit une grande décision. Il réunit les membres du clergé, les barons et les nobles hommes de toute importance afin de les prévenir que si le Seigneur permettait l'envoi aux chrétiens de tant de maux, c'était à cause du relâchement des mœurs qui sévissait parmi eux depuis des mois.

— Le vice, le brigandage, le vol, la débauche, le jeu, le goût de l'argent, l'orgueil ont remplacé l'élan désintéressé, le dépouillement, le don de soi, le dévouement que nécessite notre pèlerinage. Faites un retour sur vous-mêmes ! Ressaisissez-vous ! Réformez-vous ! Songez au but sacré de notre expédition ! Soldats et pèlerins du Christ, bannissez de vos vies impuretés, injustices et souillures ! Je décrète qu'à partir de ce jourd'hui, chacun de vous devra faire pénitence et se racheter. Nous allons unir nos âmes en faisant à Dieu notre sire des prières publiques afin de Le supplier de nous pardonner et d'alléger nos souffrances !

On décida de punir avec sévérité les voleurs, ceux qui profitaient de la faim torturant leurs frères pour gagner les fameux besants grecs si recherchés dans l'Empire. Ceux qui se faisaient les entremetteurs de vivres et de provisions en s'abouchant avec les marchands grecs, syriens ou arméniens des montagnes voisines. On chassa les filles follieuses de l'armée. On menaça de décollation les hommes ou les femmes surpris alors qu'ils commettaient adultère ou copulation... Mabille fit dire à Landry

de suspendre, durant un certain temps, ses visites nocturnes... Pour leur commun salut, il était préférable de
faire pénitence et d'attendre... Les ivrognes, les blasphé-
mateurs, les joueurs se virent également menacés.

— Gare à toi, Pierre Barthélemy! s'écria Herbert
Chauffecire un matin où il croisait le petit homme qui
errait à travers le camp. Gare à toi! Les dés te condui-
ront en enfer!

Pour compléter ses décisions, l'évêque du Puy décréta
un jeûne de trois jours, accompagné de processions et
de prières. Il convenait de soumettre ces corps qui
préoccupaient trop les croisés et de permettre aux âmes
de s'élever avec plus de vigueur vers l'oraison, recours
suprême...

Certains puisèrent un regain de courage dans cet
appel à l'aide accompagné de tant de manifestations
offertes à Dieu. D'autres se laissèrent aller au découragement.

Des bruits couraient entre les tentes et les cabanes :

— Pierre l'Ermite et Guillaume le Charpentier, compagnons du frère du roi de France, Hugues de Vermandois, ont tenté de fuir, cette nuit! Tancrède, dont le
jeune sang est bouillant, s'est lancé à leurs trousses. Il
les a rattrapés et ramenés au camp, sous une pluie
d'injures aussi drue que celle qui tombe du ciel!

— Pierre l'Ermite n'est plus rien depuis la tuerie de
ses compagnons à Civitot. Il a perdu l'Espérance!

— Bohémond a accablé de sa fureur Guillaume le
Charpentier et l'a forcé à demeurer toute la nuit sous sa
tente, couché par terre, au pied de son lit, comme un
vaincu!

Pour sa part, le père Ascelin s'efforçait de conserver
intacte sa vaillance tranquille. Il veillait sur ses neveux
comme il l'aurait fait pour des enfants nés de sa propre
chair... Il essayait de préserver leur vie de chrétiens
engagés dans un combat sans répit contre les tenta-
tions, tout en ne cessant de se préoccuper de leur
subsistance. Grâce aux deniers laissés par Garin et que
lui avait confiés Berthe la Hardie, grâce aussi à ses
propres économies, il parvenait à assurer tant bien que
mal leur ordinaire... On mangeait médiocrement, mais

enfin on mangeait sous la tente aux couleurs délavées des Chartrains.

Un matin où il gelait, après la messe quotidienne célébrée en la chapelle de toile qui suivait partout les croisés, le père Ascelin trouva à acheter à prix d'or un quartier de sanglier. Il l'apporta à Alaïs.

— Ma fille, dit-il, j'ai pensé à votre état. Je ne veux pas voir naître un pauvre enfant tout chétif. Ne mangez-vous pas pour deux ?

— Grand merci, mon oncle, répondit la jeune femme. Soyez béni pour votre bonté ! Si mon petit a des chances de venir au monde sans avoir souffert en moi de la faim, ce sera à vous qu'il le devra ! Sans vous...

Elle soupira.

— J'aurais tant souhaité la présence de grand-mère à mon chevet, quand le moment de mes couches sera arrivé... Je l'ai si fort désiré... A présent, je sais qu'il faudra me contenter d'une des sages-femmes que je connais... Elles sont habiles et expertes, Dieu sait, mais enfanter loin de chez soi, loin de tout secours maternel...

— Attendez, ma douce nièce, ne cessez pas encore d'espérer. Tout est possible sur cette terre. Berthe la Hardie sera peut-être guérie lorsque vous serez sur le point d'accoucher. En tout cas, je tiens à ce que vous parveniez à cet instant sans avoir dépéri ni souffert de male faim...

Mathieu le Barbier ne semblait pas, lui non plus, manquer de l'essentiel. A défaut d'argent, il possédait l'art de se rendre utile et savait échanger ses services contre du pain, du poisson séché, des fèves ou de la farine. Il s'arrangeait pour obtenir le strict nécessaire sans avoir à vendre son âme au diable... Des trois amis de Landry, il était le plus adroit et le plus estimé.

Pierre Barthélemy, qui n'osait plus jouer aux dés, serait sans doute mort d'inanition si les Chartrains, troublés par la vision qu'il leur avait racontée, ne s'étaient ingéniés à nourrir, sans paraître lui faire l'aumône, l'élu de saint André.

Herbert Chauffecire se faisait une amère gloire de maigrir sans se plaindre et de ne consommer que ce qui était distribué aux troupes des arbalétriers, afin de les conserver en point trop mauvais état. Depuis quelque temps, il semblait cependant un peu moins rechigner.

— Par les saints Évangiles, je crois bien qu'Herbert est en train de tomber amoureux de toi ! remarqua un soir, en riant, Alaïs en s'adressant à Biétrix.

La jeune servante cousait auprès d'elle, à la veillée, des peaux de chèvre blanche afin de confectionner un pelisson à l'intention de Brunissen. L'aînée s'épuisait en effet à soigner blessés et malades sans désemparer, ce qui l'amenait à rentrer souvent fort tard et grelottante des tentes-hôpitaux.

— C'est bien possible, répondit paisiblement Biétrix, mais il ne me plaît pas, à moi !

— Le pauvret ! Si tu le repousses, tu vas le replonger dans la sombre affliction qui le tenait depuis qu'il avait dû se séparer de ma sœur Flaminia dont il était épris. Il redeviendra atrabilaire comme il n'a pas cessé de l'être ces derniers mois.

— Tant pis pour lui ! Il a trop triste figure !

Elles se mirent à rire. Il fallait bien combattre l'accablement qui pesait sur tant de leurs compagnons. Il fallait tenter d'oublier les récits du nouveau massacre perpétré par les Turcs sur une troupe armée de Danois, venus de Constantinople sous les ordres du propre fils du roi du Danemark. Partis pour rejoindre les Francs, les soldats et leur chef avaient été interceptés, attaqués, massacrés jusqu'au dernier... Oublier aussi le groupe de clercs et de fidèles qui avait voulu gagner la montagne pour essayer d'y survivre loin du camp et des épidémies. Trahis par des espions, ils avaient été exterminés par les archers de l'émir d'Antioche... Oublier Baudouin de Boulogne, devenu comte d'Edesse, ville qu'il avait conquise, s'était appropriée, et où il avait déjà épousé en seconde noces une certaine Arda, fille d'un riche Arménien, sans souci de son récent veuvage ni du souvenir si proche de la pauvre Godvère... Oublier la maladie de Godefroi de Bouillon, celle du comte de Toulouse, dont la belle épouse tremblait encore pour la vie... Oublier le départ du général Tatikios, que personne à vrai dire ne regrettait, mais qui, lui aussi, avait déserté à la tête des forces grecques qu'il commandait. Il s'en était allé avec une telle précipitation qu'il avait abandonné ses tentes et tout ce qu'elles contenaient pour gagner Port-Saint-Siméon, sous prétexte de se rendre au-devant du basileus, soudain décidé à rejoindre l'ost des croisés. En réalité, le général était parti sans esprit de retour.

— On chuchote que c'est Bohémond, toujours lui, qui aurait attendu le moment propice pour se débarrasser de ce Grec, rapporta un autre jour Landry à son oncle. On ne l'aimait guère parmi les nôtres.

— Il était devenu pour beaucoup de gens le responsable de tous nos maux, admit le père Ascelin en plissant ses petits yeux, vifs comme ceux d'un écureuil. Nos chevaliers fulminent, parlent de trahison mais se félicitent d'une fuite aussi peu glorieuse. Le grand primacier, représentant de l'empereur, les a beaucoup déçus depuis le départ de Constantinople. On l'accuse de ne rien avoir fait pour inciter le basileus à intervenir en notre faveur durant ce siège qui s'éternise. Il est vrai qu'Alexis Comnène est bien ingrat. Nous lui avons conquis puis rendu bon nombre des cités que ses prédécesseurs avaient perdues, sans qu'il nous témoigne la moindre gratitude... Toutes ces bonnes villes paraissent lui avoir été dues grâce à l'hommage qu'il a si habilement extorqué à la plupart de nos barons...

Le père Ascelin s'interrompit et se pinça l'arête du nez.

— En y réfléchissant, reprit-il, il n'est pas impossible que Bohémond soit à l'origine de la désertion de Tatikios. Quand nous prendrons Antioche, si nous y parvenons jamais, ce sera sans l'aide des Grecs. Donc, sans la nécessité de la remettre à l'empereur. Alors, Bohémond...

Il hocha la tête d'un air amusé.

— Décidément, ce Normand de Sicile est aussi rusé qu'ambitieux !

Un bruit de pas précipités se fit entendre, et Alaïs entra presque en courant sous la tente. Elle portait une petite boule de pain qu'elle tenait serrée entre ses seins et son ventre arrondi.

— Je viens de l'acheter à un marchand syrien, dit-elle, essoufflée. Une femme a voulu me l'arracher des mains.

Voici donc où nous en sommes venus : il faut se battre pour un peu de ce pain quotidien que nous demandons chaque jour au Seigneur de nous accorder !

— Vous n'avez pas pensé à le partager avec cette femme ? demanda le père Ascelin avec une nuance de reproche dans le ton.

— Nous serons cinq à le manger alors qu'il est déjà si peu gros, soupira Alaïs en baissant un front contrit... et puis, vous me recommandez toujours de me nourrir pour deux.

— Il est vrai, ma nièce, il est vrai... Je ne puis cependant m'empêcher de songer qu'entre le besoin animal et la charité chrétienne, il est des moments où ce n'est pas notre foi qui l'emporte.

Landry passa un bras autour des épaules de sa jumelle qui se prit à pleurer doucement en enfouissant son visage contre l'épaule fraternelle.

— Il serait grand temps que Dieu nous envoie la manne qu'Il a jadis prodiguée aux Hébreux ! murmura le garçon.

Il se mit à caresser avec précaution la tête blonde que recouvrait, pour la protéger de la pluie, un voile épais de laine tissée, offert naguère par l'Arménienne d'Iconium en témoignage d'amitié.

— Il interviendra quand le moment fixé par Lui de toute éternité sera arrivé, répondit le père Ascelin. Pour toute chose, Lui seul connaît le jour et l'heure.

Landry approuva.

— Que le Seigneur me pardonne un mouvement d'humeur. Mais tout ce qui arrive à Alaïs me touche de si près...

Celle-ci releva un visage brouillé de larmes.

— J'ai eu tort de ne pas offrir un morceau de mon pain à cette malheureuse, reconnut-elle avec élan. J'en ai grande honte à présent. D'autant que je dois m'accuser de n'y avoir pas même pensé. La hantise de la faim, la misère de tous, le froid, la pluie, la boue qui nous englue, toutes ces infortunes durcissent les âmes et les rendent égoïstes...

— N'en parlons plus, mon enfant, et gardons l'Espérance !

Pour Alaïs, l'espérance portait un nom précis : elle s'appelait Bohémond. L'immense prestige acquis depuis le début du siège par son héros la comblait de fierté. A cause des défections de certains, des maladies des autres, le chef des Normands de Sicile faisait à présent figure de véritable sauveur. Ses pairs eux-mêmes le considéraient implicitement comme le meilleur défenseur de l'armée chrétienne.

— Avec son habileté coutumière, il travaille sans désemparer à sa propre gloire. Toutes les occasions lui sont bonnes, murmura un jour Brunissen à sa cadette...

Toutes deux se trouvaient une fois encore sous la tente des blessés et à une certaine distance de Mabille qui tendait l'oreille afin de surprendre le moindre mot se rapportant à son frère.

Les rapports amoureux que la dame avait, quelques nuits, entretenus avec Landry et que les menaces de l'évêque du Puy n'avaient réussi à interrompre que pour un temps, la rendaient fort sensible à l'opinion des Chartrains sur les derniers agissements de Bohémond. Mais en dépit de son attention, l'entretien des deux sœurs, chuchoté, ne parvint pas jusqu'à elle.

— Je dois vous avouer que la manière dont votre ami vient de nous débarrasser des espions qui, il est vrai, infestaient le camp, me soulève le cœur, rien qu'à en parler ! continua Brunissen.

Alaïs n'ignorait pas que, dans sa famille comme en bien d'autres endroits, on avait durement critiqué la cruelle manœuvre de Bohémond, mais elle savait aussi qu'un certain nombre de croisés l'avaient approuvée.

En effet, quelque temps auparavant, le conseil des barons s'était réuni dans l'intention de trouver une façon de se défaire des multiples traîtres qui s'employaient à renseigner l'émir d'Antioche sur tout ce qui se passait chez les chrétiens.

— Laissez-moi faire, dit alors le Normand de Sicile. Je crois connaître un moyen d'y parvenir...

Ce soir-là, à la nuit tombante, tandis que tout le monde était occupé à préparer les maigres rogatons du souper, Bohémond ordonna qu'on fît sortir de prison les captifs turcs qu'il y détenait. Il les livra au bourreau, les fit égorger, puis commanda qu'on allumât un grand feu. Il exigea qu'on les mît à la broche, qu'on les accommodât avec soin comme pour être mangés. Enfin, il dit aux siens de répondre, si on leur demandait ce que signifiait de semblables apprêts : « Les princes ont décidé qu'à l'avenir tous les ennemis ou les espions capturés seraient traités ainsi et serviraient de nourriture aux seigneurs et au peuple affamés... »

Dans les heures qui suivirent, la plupart des faux croisés, ceux, par exemple, qui s'étaient fait tatouer des croix sur le front, les bras ou la poitrine, à l'aide du suc de certaines plantes, disparurent sans demander leur reste.

— Il a purgé le camp de tous ces félons qui sont responsables de la fin atroce de tant de nos compagnons occis par forfaiture, souffla Alaïs. Pouvons-nous l'en blâmer ?

— Dieu Seigneur ! Avez-vous songé, ma sœur, à la réputation que va s'acquérir auprès des infidèles la Chrétienté tout entière après de tels actes ? Nous allons passer pour des monstres pires que des bêtes sauvages !

— Je ne partage pas votre point de vue. Arméniens, Syriens, Grecs nous connaissent et savent pourquoi nous avons commis pareils crimes. Ils prendront cette... mesure pour ce qu'elle est : une rude mise en garde, sans plus.

Brunissen soupira.

— Sur mon âme, vous lui pardonnerez toujours tout ! Je ne sais ce qu'il lui faudrait perpétrer pour vous contraindre à le condamner !

— Il lui faudrait devenir tout à coup moins beau, moins fort et moins vaillant ! lança Alaïs avec un petit air de défi. Ce qui serait grand méchef pour tous les nôtres ! Croyez-moi, nous avons bien besoin d'hommes tels que lui ! Je crains, ma sœur, que nous ne soyons encore devant cette maudite place pour longtemps...

Théophane Daniélis fournissait en encens et en aromates le patriarche de Constantinople, Nicolas Gramma-
tikos. Le maître parfumeur accompagnait toujours au
Patriarcat, vaste palais jouxtant Sainte-Sophie, les serviteurs chargés de livrer les précieux produits de l'arbre à
encens, ainsi que des cierges imprégnés du suc parfumé
des pommes de mandragore. Ceux-ci étaient destinés à
fournir un sommeil réparateur au patriarche, sujet à de
nombreuses insomnies.

Reconnaissant du repos ainsi procuré, Nicolas Gram-
matikos avait accepté qu'un esclave des Daniélis portât
dans ses bras Berthe la Hardie jusqu'à la Grande Église,
afin de lui faire toucher les clés miraculeuses du sanctuaire.

On était à la mitan des calendes de février lorsque
l'événement eut lieu. Un froid sec et lumineux nimbait de
lumière blanche la plus haute coupole d'or du monde et
sa croix colossale. Théophane, Andronic, Joannice et
Flaminia entrèrent dans le sanctuaire en entourant le
corps amenuisé, recroquevillé, douloureusement fragile
de l'aïeule qui ne pouvait plus marcher. Venue en litière,
elle était tenue comme une enfant par un solide Slavon
au teint rouge, aux yeux d'eau, dont la force n'était même
pas nécessaire pour soulever et soutenir tant de faiblesse.

Joannice songea fugitivement que ce qui restait de
Berthe la Hardie ressemblait aux squelettes desséchés

des oiseaux morts durant la mauvaise saison et qu'on retrouvait au printemps, parmi les tas de feuilles sèches poussées par le vent, dans quelque coin oublié...

Les splendeurs qui l'environnaient soudain, sous le dôme prestigieux, si élevé qu'il évoquait la voûte céleste elle-même, furent-elles perçues par la malade ? Flaminia, elle, se sentit écrasée d'admiration, de respect sacré, par tant de beauté. Elle découvrait la nef immense dont un lustre gigantesque illuminait du reflet de ses lampes de cristal les colonnes de porphyre rouge ou de brèche verte, les panneaux de marbre encadrés de baguettes perlées, les tribunes sculptées réservées aux femmes pendant les offices...

Théophane Daniélis lui montra discrètement l'omphalos, cercle de porphyre contenant une mosaïque de marbres polychromes sur lequel on plaçait le trône impérial lors des couronnements. Il lui désigna ensuite le siège du patriarche, tout en vermeil, et la balustrade de précieux métal ciselé défendant l'accès de l'iconostase, haute cloison couverte d'icônes peintes avec les plus riches et délicates nuances, représentant le Christ, la Vierge, les archanges, les prophètes, les apôtres. De lourds rideaux brochés d'or cachaient les trois portes qui séparaient la nef du sanctuaire, renfermant en son sein les mystères rayonnants dans l'ombre sacrée...

Flaminia ne put voir la sainte table en or massif, constellée de pierreries et d'émaux, reposant sur des piliers d'or pur et dont on disait qu'elle irradiait du feu de ses gemmes comme le buisson ardent d'où le Seigneur s'adressa à Moïse... En revanche, elle eut le temps d'admirer les harmonieuses mosaïques de smalte dont les fonds d'or resplendissaient, les innombrables icônes et les croix, étincelantes dans la clarté blanche de ce jour d'hiver qui tombait des quarante fenêtres du dôme ou bien des autres baies ; les candélabres, les lampes brasillant de mille feux à l'intérieur des galeries, des tribunes, des moindres recoins...

L'éclat de tant de magnificence, éblouissant les yeux autant que l'esprit, donnait à croire que l'origine de cet étincellement, irréel à force de naître de tant de sources, jaillissait au sein du Temple de la Sagesse divine, spontanément, et non point du seul génie de ses architectes...

Berthe la Hardie ne soupçonna pas même ces merveilles. Elle ne regarda, ne vit, que les énormes clés de bronze vert qu'on lui présentait. En l'absence du patriarche, c'était un diacre qui avait reçu mission de les apporter à la malade sur un coussin de soie blanche. Par un réveil de ce qui avait été jadis une volonté toujours en action, l'aïeule tendit une main squelettique vers le coussin. S'apercevant qu'elle ne parviendrait pas sans aide jusqu'aux clés, Flaminia soutint le bras décharné afin d'aider sa grand-mère à poser ses doigts sans force sur l'objet de sa foi.

En cet instant, malgré la foule des fidèles, des prêtres aux longues robes noires et aux barbes abondantes, des hauts fonctionnaires qui servaient le patriarche, des dignitaires de tous grades, des membres du clergé attachés à Sainte-Sophie, des évêques de passage et d'autres grands personnages venus accomplir leurs dévotions avec leur suite, en dépit de tout ce monde allant, venant, il y eut, parmi le petit groupe dont Berthe était le centre, un sentiment de foi intense, de violente émotion, d'espérance tremblante... D'un geste où épuisement et extase se confondaient, elle toucha les clés miraculeuses. Un sourire éclaira comme un rai de soleil sa face plombée où la peau se creusait en rides ombreuses entre les os saillants. Tandis que le diacre bénissait la vieille femme dont la mort dessinait déjà le masque d'outre-tombe, autour d'elle, tous avaient le cœur étreint...

Têtes inclinées sur la poitrine, ils prièrent avec une insistante ferveur pour obtenir la guérison de celle qui, venue de si loin, n'acceptait pas de se voir retenue en route et ne demandait qu'à reprendre le chemin du saint sépulcre...

Quand, à la suite de sa farouche oraison, Flaminia redressa son front penché, ce fut pour croiser le regard d'Andronic. Le choc fut si rude qu'elle crut tomber sur les dalles de marbre qui décoraient le sol. Tant d'amour dans ce regard clair, tant de vénération détournée de Celui auquel, Seul, elle aurait dû s'adresser, en un moment pareil, dans un endroit pareil, ce fut comme une épée rougie au feu qu'on lui aurait enfoncée dans la poitrine...

Elle quitta la Grande Église avec les siens, dans un état de confusion et de tourment indicible, épouvantée de ses pensées... Alors qu'elle s'apprêtait à monter dans la litière où sa grand-mère venait d'être déposée par l'esclave, Andronic lui tendit la main pour l'aider. De nouveau, alors que leurs paumes frémissantes se touchaient, ils se dévisagèrent un bref moment, puis le mari d'Icasia s'effaça devant Joannice que Théophane soutenait sous le coude pour lui faciliter l'escalade des trois marches qu'on avait abaissées. Des serviteurs amenèrent ensuite au maître parfumeur et à son fils les chevaux qu'ils montaient pour accompagner la litière, et le cortège s'éloigna de Sainte-Sophie dont Dieu devait avoir détourné Sa face...

Dans la nuit, Berthe la Hardie fut saisie de nouvelles douleurs. Distendu comme une outre, ravagé de coliques dont les morsures, disait-elle, étaient comparables à celles des dents de loup fouillant les entrailles de leurs proies, le ventre de la malade n'était plus que souffrance. Elle se tordait sur son lit, sans parvenir à retenir les cris qu'elle tentait pourtant d'étouffer en se mordant les lèvres avec rage.

Pendant de longues heures d'angoisse, Flaminia et Albérade s'efforcèrent de la soigner sans réussir à la calmer. D'abord glacée, elle ne tarda pas à être secouée de mauvais frissons, puis la fièvre se déclara, monta, l'incendia. Ensuite elle vomit d'infectes matières puantes...

Tout en lui soutenant le front pour l'aider, tout en la changeant fort souvent ou en lui lotionnant le visage à l'aide d'eau de senteur, Flaminia se disait avec horreur que le miracle espéré n'avait pas eu lieu. Il avait été refusé à celle dont la petite-fille s'était, dans un lieu saint, laissé aller à imaginer l'adultère dans son cœur...

« La fin approche. Grand-mère ne verra pas Jérusalem ! »

Plus tard dans la nuit, le cœur gonflé de larmes, elle fit à Berthe épuisée une infusion de plantes adoucissantes où

elle avait mis un peu de lait de pavot. On ne pouvait plus
guérir le mal qui la dévorait. On ne pouvait qu'endormir
pour un temps les crises qui la supliciaient.

Cette certitude implacable s'imposa à l'esprit de l'adolescente : son aïeule était perdue... Jusque-là, elle s'était
aveuglée en repoussant vers un lointain sans bornes
l'éventualité d'une fin dont elle ne voulait pas. Un
chagrin immense tomba sur elle. Elle aimait la mourante
et détestait l'avenir qui l'attendait. Sans pouvoir continuer à se dérober, elle allait se voir condamnée à un
choix, qui, à l'avance, lui était épouvante... Elle revoyait
Andronic, debout devant elle, au cœur de la lumière
immatérielle qui émanait de Sainte-Sophie... La façon
dont il l'avait dévisagée relevait du sacrilège... La fuite ou
le péché d'adultère, tels étaient les deux termes de la
décision qu'il lui faudrait prendre.

Si Andronic n'avait pas été marié, tout aurait été
simple. Elle se serait réfugiée entre ses bras pour pleurer,
puis ils seraient partis tous deux rejoindre les pèlerins du
Christ à Antioche. Mais Andronic était marié !

Elle tomba à genoux au chevet de sa grand-mère que la
boisson narcotique avait enfin entraînée dans un sommeil agité, troublé de gémissements.

Telle une poche amère remplie d'eau saumâtre et de
fiel, sa peine creva d'un coup. Après son père, voici que
son aïeule allait mourir ! Celle qui avait toujours représenté la force et l'énergie parmi les siens, cette créature
droite, vaillante, tranchante comme une épée, ne serait
bientôt plus... Emportant ainsi qu'un viatique la bénédiction reçue à Sainte-Sophie, elle gagnerait le royaume de
Dieu où l'attendait son fils bien-aimé. Elle y connaîtrait
les joies célestes et ses émerveillements... Mais, sans le
tuteur qui les avait toujours soutenus, que deviendraient
ses petits-enfants ? Que deviendrait-elle, elle-même, sa
petite-fille préférée, divisée dans son âme entre un amour
coupable et la nécessité où la plongerait cette perte
affreuse de mettre une fin à ses atermoiements ? Longtemps, Flaminia pleura, pria...

Au pied du lit de sa maîtresse, Albérade s'était étendue
sur la paillasse où elle couchait chaque nuit. La fatigue
l'avait rapidement assoupie et elle ronflait un peu.

Soudain, son nom, presque inaudible, prononcé par la mourante, alerta l'adolescente, interrompit sa sombre méditation.

— Flaminia...

Elle se releva aussitôt, se pencha sur le pauvre corps racorni, émacié, méconnaissable, qui se tenait couché sur le côté droit, tordu de crampes, perclus de douleurs... Où était la femme partie de Chartres au temps des moissons, vibrante d'enthousiasme, si forte et si sûre de parvenir aux Lieux saints ? La femme qui défiait les intempéries, les coups du sort, les faiblesses de chacun et jusqu'aux flots de la mer dévoreuse d'hommes ? La maladie avait rongé les chairs, crispé les muscles, desséché la peau à présent collée à l'ossature jadis si imposante, aujourd'hui si pitoyable... De ce misérable paquet d'os aux relents méphitiques, la voix sans force s'éleva une seconde fois :

— Ma petite-fille...

— Je suis ici, grand-mère, près de vous.

— Je sais.

Un temps. Une plainte arrachée de vive force aux entrailles martyrisées... Un autre temps.

— Je souffre si durement... nul ne peut imaginer... je suis vaincue, mon enfant, vaincue... J'étais invincible jadis... La mort seule sera venue à bout de ma force...

— Par la Croix de Dieu ! Je vous en supplie, ne parlez pas ainsi ! Même si le miracle que nous espérions ne s'est pas réalisé, il ne faut pas abandonner la lutte. Il faut vous battre !

— Tais-toi, Flaminia, ne me berce pas de mots et d'illusions. Écoute, écoute plutôt : je veux que tu me donnes à boire du suc de pavot.

— Vous en avez déjà pris, tantôt, dans une tisane, avant de vous endormir. C'est suffisant. Le pavot peut être dangereux.

— Justement ! Je ne supporte plus cette bête sauvage qui me ronge les entrailles... Verse-moi du lait de rémission pour que je ne la sente plus me dévorer vivante... Pour que je cesse d'être sa victime... pour que je connaisse le repos...

— Grand-mère !

Inclinée au-dessus du terrible regard bleu qui, de

nouveau, exigeait, ordonnait une ultime fois, Flaminia fut saisie de vertige. C'était son aïeule, une chrétienne irréprochable, qui lui demandait d'avancer sa fin ! Qui voulait précipiter la suite naturelle des maux qu'elle endurait pour en raccourcir la durée... qui souhaitait se dérober à l'épreuve dernière !

L'adolescente se rejeta en arrière, secoua la tête.

— Non, dit-elle, toute secouée de rauques sanglots. Non. Jamais. Jamais je ne ferai une chose pareille !

— C'est moi qui te le demande...

— C'est moi qui devrais le faire ! C'est moi qui m'en rendrais coupable, responsable devant le Seigneur !

— Je prendrai la faute sur moi...

— Alors, Dieu me pardonne, nous serions damnées toutes les deux ! Vous pour l'avoir exigé ; moi, pour vous avoir obéi !

Flaminia tomba à genoux à côté de la couche, posa son front sur les draps froissés qui sentaient déjà la décomposition, appuya sa joue contre la tête pathétique où le regard seul demeurait reconnaissable. Ses nattes rousses, comme deux liens de feu, caressèrent la face exsangue qu'agita un frisson...

— Grand-mère ! Grand-mère ! je vous aime et vos souffrances sont miennes, mais je ne puis faire ce que vous me demandez là. Comprenez-moi : vous m'avez toujours affirmé que je vous ressemblais. Auriez-vous consenti, avant votre maladie, à accomplir un tel forfait ? L'auriez-vous fait pour mon père ? Je sais que non. Vous seriez parvenue à surmonter votre peine afin de forcer l'autre à dépasser ses propres faiblesses... Ce qui vous arrive à présent, c'est la tentation suprême, celle que l'Adversaire nous propose quand il a tout essayé, qu'il ne lui reste que cette basse félonie pour nous perdre et voler à Dieu l'âme que nous nous sommes efforcés de sauver tout au long de nos jours ! Je ne vous donnerai pas de pavot parce que je désire de toutes mes forces, de toute ma tendresse, que, le moment venu, vous gagniez le ciel et non point les séjours infernaux !

Il y eut un dernier éclat dans les yeux de l'aïeule. Colère ou fierté ? Puis elle ferma les paupières et se tut.

« Demain matin, j'enverrai quérir un prêtre, songea

l'adolescente. Après une telle requête, la bénédiction reçue à Sainte-Sophie ne suffit plus. Grand-mère doit se confesser. »

Flaminia laissa tomber sa tête entre ses mains. Ainsi, tout était dit ! Son aïeule n'avait plus que quelques heures à vivre ! Elle s'en irait, la laissant seule avec son chagrin, ses interrogations et le mélange horrible de ses peines légitimes et de celles qui étaient inavouables... Elle ne voulait pas penser à Andronic. Se relevant, elle considéra la forme amenuisée, repliée sur elle-même et son indicible souffrance, tournée vers le mur comme pour signifier qu'on la laissât tranquille. Elle passa près d'Albérade endormie, prit une épaisse cape de laine et sortit. Il lui fallait, pendant un court moment, respirer un autre air que celui de la chambre où s'éteignait Berthe la Hardie. Elle avait envie de gonfler sa poitrine de l'odeur vivifiante de l'hiver, de rejeter les miasmes de la maladie, de l'insoutenable agonie...

Un étroit croissant de lune éclairait de sa clarté frileuse l'espace dégagé et sablé qui précédait le seuil de la petite maison.

Flaminia fit quelques pas. Elle se sentait brisée comme si elle avait durement lutté contre un ennemi invisible. Il lui semblait flotter, telle une ombre, en cet endroit devenu si cher.

Ainsi que la première fois, elle entendit son nom avant d'avoir aperçu Andronic. Il lui avait bien affirmé qu'il viendrait chaque nuit sous le figuier, mais elle n'avait pas voulu s'en assurer, préférant en rêver et laisser couler les heures.

Or, voilà qu'elle était sortie sans même songer à lui, poussée loin de la chambre par la main hideuse de la mort, et qu'il se tenait là à nouveau devant elle, enveloppé d'un long manteau attaché sur l'épaule gauche par une fibule dont l'or brillait au clair de lune.

— Grand-mère se meurt, murmura-t-elle avant qu'il ne fût trop près.

— J'ai entendu ses gémissements.

— C'est abominable... Elle souffre et je ne puis rien pour elle.

— Son pèlerinage se sera terminé à Sainte-Sophie.

Elle n'aura pas atteint Jérusalem, c'est vrai. Mais avant d'aller Le rejoindre là-haut, elle aura pénétré dans la plus belle demeure que le Seigneur ait sur terre.

— Ce n'est pas une consolation...

Ils se dévisageaient avec désespoir et ivresse.

— J'ai de la peine..., commença Flaminia, sans essayer de cacher les larmes qui lui coupaient la parole.

Elle les laissa couler librement. N'était-ce pas sa seule défense ?

— J'en ai pour toi, soupira Andronic. Que comptes-tu faire à présent ?

— Je ne sais...

— Icasia m'a dit que tu avais l'intention de t'en aller retrouver les croisés à Antioche.

— C'est ce que je lui ai répondu quand elle m'a proposé d'épouser Cyrille Akritas.

— Elle est folle !

— Après avoir entendu les prédictions de son astrologue, elle craignait de me voir mettre le feu à votre maison. Elle m'a demandé de la quitter au plus vite, le jour où elle m'a entraînée au palais des Blachernes. Heureusement, sur ma demande, tu ne l'ignores pas, ton père est intervenu pour que nous restions chez lui. Depuis, Icasia n'a pas cessé de me considérer comme une dangereuse boute-feu !

Andronic haussa les épaules avec irritation.

— L'incendie est allumé depuis que je t'ai vue, tu le sais bien !

— Icasia n'a pas un instant pensé à toi, mais à sa belle demeure.

Il eut un rire étouffé.

— Bien sûr ! Elle n'a jamais rien compris à ce que je ressentais. Ni sentiments, ni désirs...

D'un geste tendre, doux, presque implorant, il attira Flaminia contre lui.

— Si tu pars, je quitte tout pour te suivre, dit-il à son oreille. Je ne puis supporter l'idée de te perdre.

Elle rejeta la tête en arrière.

— Grand-mère se meurt, répéta-t-elle en se dégageant des bras qui cherchaient à la retenir. C'est l'unique chose qui doit m'importer...

— Les portes de la mort sont à Dieu ! La vie est à nous !

L'adolescente glissa hors de l'étreinte trop ardente qui lui faisait partager le feu dont brûlait son ami... En courant, elle s'éloigna dans la lumière bleuâtre qui projetait son ombre devant elle...

Le prêtre mandé le lendemain matin à la pointe de l'aube eut juste le temps de recueillir en un chuchotement épuisé la confession de Berthe la Hardie. Elle mourut vers l'heure de sixte, durant un moment de rémission. Ce fut en appelant Garin qu'elle rendit au Seigneur son âme intrépide, ne laissant de son corps qu'une pauvre dépouille parcheminée...

Théophane Daniélis tint à ce qu'on la mît dans le tombeau de sa famille, parmi les siens.

Flaminia vécut pendant deux jours sans savoir ce qu'elle faisait. La fin, la sépulture, la disparition de sa grand-mère creusèrent en elle un vide si insupportable qu'elle traversa ces heures de deuil plongée dans une sorte d'hébétude. Noyée de pleurs, elle assista à la cérémonie dans l'église voisine où elle avait l'habitude de suivre chaque matin l'office, mais elle ne vit rien. Ni la compassion affectueuse de Théophane, de Joannice, de Paschal, de Cyrille Akritas qui avait tenu à venir, lui aussi, ni le discret soulagement d'Icasia, ni l'indifférence de Marianos, ni le trouble qui agitait Andronic. Soutenue par Albérade qui se lamentait à haute voix comme une pleureuse à gages, Flaminia ne conserva de la messe qu'une impression confuse. Musique des orgues, balancement obsédant des encensoirs noyant la nef d'épaisses fumées odorantes, présence des prêtres aux longues barbes flottantes, scintillement des ors si généreusement répandus que leur éclat produisait des luisances dorées à travers ses larmes...

Le chemin vers le cimetière, par un froid sec et ensoleillé, l'ensevelissement... « Ô mère, amie, je te laisse en terre étrangère, loin de nos défunts, loin de notre pays, à jamais exilée comme ton fils, loin aussi de Jérusalem... » Le retour en litière entre Albérade écroulée et

Joannice presque trop affectueuse, toutes ces lugubres démarches se déroulèrent pour Flaminia ainsi que dans un songe rempli d'horreur et d'effroi.

Elle ne reprit véritablement ses esprits qu'en se retrouvant dans la petite maison où chaque objet lui était souvenir...

— Je veux m'en aller, dit-elle alors. Partir. Rejoindre ce qui me reste de famille. Continuer le pèlerinage avec eux...

Tout en parlant, elle songeait que ces affirmations lui venaient aux lèvres selon un ordre qui semblait lui être dicté de l'extérieur. C'était comme si une volonté toute-puissante lui imposait avec une implacable douceur de s'exprimer autrement qu'elle ne le pensait. De tout son amour, elle désirait demeurer chez les Daniélis, près d'Andronic, mais elle affirmait qu'elle ne songeait qu'à les quitter, qu'elle en avait décidé ainsi...

Le maître parfumeur, Joannice, Paschal, Marianos, Cyrille et Andronic l'entouraient. Icasia s'en était retournée vers le Palais où la basilissa et la princesse Anne réclamaient ses soins. Elle s'était excusée sans parvenir à dissimuler une indifférence teintée de désinvolture. Son frère, Gabriel Attaliate, retenu auprès de l'empereur, n'avait pu assister à la messe dite pour le repos de l'âme de Berthe.

— Ne serait-il pas préférable pour vous, mon enfant, d'attendre un peu avant d'entreprendre un aussi long voyage ? s'enquit Théophane Daniélis avec sollicitude.

— Non point. Il me faut poursuivre la route, notre route... Ne croyez pas que c'est ingratitude de ma part. Soyez béni pour vos constantes bontés, pour l'amitié, les soins, l'attention dont vous nous avez entourées toutes trois. Sachez que j'en ai mesuré la générosité, que je ne l'oublierai jamais. Cependant, je ne puis m'attarder davantage parmi vous.

Tout en répondant à Théophane d'un ton ferme, Flaminia n'avait pu empêcher son regard de glisser un instant vers Andronic.

— Le courage dont ma grand-mère a fait preuve durant ces mois de souffrance doit me servir d'exemple, ajouta-t-elle en ressentant encore la sensation déroutante de dire le contraire de ce qu'elle souhaitait. Je ne puis sans faillir me dérober plus longtemps au devoir sacré de notre pèlerinage !

Le temps d'une aspiration, elle ferma ses yeux que les larmes avaient rougis, les rouvrit pour se décider enfin à prononcer les mots qui la blessaient à vif :

— Je sais que des marins génois acceptent de prendre à leur bord des groupes de pèlerins attardés. Ils les embarquent pour les conduire, en longeant les côtes de l'Empire turc, jusqu'à un port situé non loin d'Antioche où certains de leurs compatriotes on déjà jeté l'ancre depuis des mois. De ce havre, on peut, paraît-il, gagner le camp des nôtres.

— Je vois que vous vous êtes bien renseignée, jeta Cyrille Akritas d'un ton de reproche, en un latin maladroit, récemment appris.

Flaminia se tourna vers le jeune aurige.

— Je dois partir. Reconnaissez que je n'ai jamais encouragé des sentiments que je ne pouvais partager, dit-elle avec bienveillance. Je n'ai cessé de repousser vos avances. N'y voyez ni aversion ni inimitié. Seulement, je ne suis pas libre de moi...

— Il est vrai, reconnut Cyrille. Vous êtes demeurée loyale envers moi, et nous savons quel vœu vous engage sur les pas de Notre-Seigneur... Mais vous ne pouvez m'empêcher de rêver : je crois que je vous aurais rendue heureuse par mon attachement, mais aussi en vous faisant découvrir cette ville, si riche en plaisirs de toutes sortes : courses, bien sûr, mais aussi banquets, théâtres, fêtes multiples, danses...

— Au lieu de chercher en vain à séduire Flaminia qui ne veut pas de toi, viens plutôt à l'Hippodrome avec moi ! s'écria Marianos. A ma connaissance, il n'y a pas de chagrin d'amour qu'un beau quadrige ne puisse dissiper !

Quand les deux cochers des Bleus et des Verts se furent éloignés, suivis de Paschal qui embrassa avec tendresse, et peut-être un peu de regret, Flaminia, le maître parfumeur proposa qu'on s'assît dans la grande salle afin de parler de l'avenir immédiat. En véritable ami, il ne tenta pas de détourner l'adolescente de son projet. Il s'employa même à l'y aider. Ne manquant pas de relations au port, il connaissait l'existence des marins génois. Il proposa de s'entremettre afin de trouver un patron honnête avec lequel traiter du transport de sa protégée.

— Je partirai avec vous, déclara soudain, au milieu de ses larmes et sans cesser de renifler, Albérade en s'adressant à Flaminia. Je n'entends pas vous quitter ni renoncer au pèlerinage.

— Tu ne souhaites pas retourner chez nous, à Chartres, maintenant que grand-mère n'est plus ?

— Point du tout ! C'est trop loin, je me perdrais en route ! Et puis j'ai promis à notre maîtresse d'aller poser mes lèvres sur le bord du saint sépulcre en lieu et place du baiser qu'elle n'aura pas pu lui donner elle-même.

Elle se remit à pleurer à petit bruit, en s'essuyant les yeux avec son devantier. D'un élan, Flaminia se leva pour aller l'embrasser, et elle resta debout près de la servante, une main appuyée sur son épaule.

— Si Dieu le veut, nous irons ensemble à Antioche, déclara la petite-fille de Berthe la Hardie en maîtrisant mal son émotion. Nous louerons deux places sur la nef qui voudra bien de nous, traduisit-elle à Théophane Daniélis qui n'avait pu comprendre les propos d'Albérade.

— A condition de payer, on est toujours accepté par les Génois ! remarqua celui-ci avec réalisme. Ce sont des marchands. En dépit des dépréciations que le basileus n'a pas cessé de faire subir à notre monnaie depuis le début de son règne, les étrangers restent fortement attachés à notre or !

— Je peux payer ! affirma la jeune fille avec une fierté où se reconnaissait l'héritage grand-maternel. En plus de nos personnes, il faudra également charger nos coffres.

— Ne vous souciez pas de ces détails, dit le maître parfumeur avec un geste de la main qui écartait de telles tracasseries. Je m'occuperai de tout.

Flaminia, qui était parvenue jusque-là à détourner les yeux du siège où s'était installé Andronic depuis leur entrée dans la salle, ne put s'empêcher davantage de regarder dans sa direction. La tête penchée, le visage durci, il jouait avec une bague qu'il portait au doigt. Il s'agissait de son alliance... Sentant ses jambes trembler

sous elle, l'adolescente regagna son fauteuil à haut
dossier et s'y laissa choir. Renversant la tête en arrière
pour y appuyer sa nuque, elle ferma les paupières d'un
air las.

— Vous n'en pouvez plus, amie, constata Joannice.
Nous allons vous laisser. Reposez-vous. De toute
manière, votre départ ne pourra avoir lieu que dans
quelques jours. D'ici là, prenez bien soin de vous. Durant
la traversée, et aussi pour suivre le pèlerinage jusqu'à
Jérusalem, vous aurez besoin de toutes vos forces.

Elle s'était levée pour se rapprocher de son amie et se
pencha pour effleurer d'un baiser léger le front encadré
de cheveux roux que recouvrait un voile blanc.

— Joannice parle sagement, reconnut Théophane
Daniélis en considérant la sœur de lait d'Icasia avec
satisfaction et peut-être même tendresse. Comptez sur
moi. Je vais faire pour le mieux. Dans peu de temps les
choses seront réglées à votre convenance. Que Dieu vous
garde, mon enfant !

Andronic, son père et Joannice s'éloignèrent à leur
tour...

— Je vais presque les regretter, ces gens-là ! soupira
Albérade en quittant sa place près du foyer pour gagner
la chambre qui avait été celle de la malade. J'ai du linge à
laver et du ménage à faire si nous voulons partir de céans
en laissant tout en ordre derrière nous.

Flaminia n'avait pas bougé. Restée à sa place, elle
s'était contentée de rouvrir les yeux pour suivre, à travers
les petits carreaux de la fenêtre, ceux qui s'en retour-
naient chez eux... Elle ne fut pas surprise de voir, au bout
de l'allée, Andronic faire demi-tour et revenir à grands
pas vers le logis qu'il venait de quitter.

Il entra rapidement et vint jusqu'à elle.

— Je dois te parler. Seule. Sans l'entrave d'autres
présences, jeta-t-il en inclinant sa haute taille vers la
forme enfouie dans le creux du fauteuil. J'ai tant à te
dire !

— Crois-tu ? murmura Flaminia d'une voix lasse. Je
sais à l'avance les mots que tu vas prononcer.

— Je ne le pense pas. Tu as autant besoin de moi que
moi de toi, mais tu feins de l'ignorer !

— Ce que je n'ignore pas, c'est qu'un sacrement nous sépare, dit-elle en se redressant.

Il la saisit aux épaules, appuya son front contre le sien et resta un moment ainsi, en silence. La chaleur de ses mains traversa l'étoffe de laine du bliaud et du chainse de lin qu'elle portait en dessous. Une bouffée de désir s'empara d'eux, si violente qu'un même égarement les fit trembler.

— Je viendrai cette nuit sous le figuier, dit Andronic.

— Non ! Pas la nuit ! Pas ici ! Cette maison où est morte grand-mère est sacrée !

— Tu vois ! Tu consens enfin à imaginer...

Elle écarta les mains qui l'étreignaient, fit un pas de côté, puis recula lentement.

— Tu te trompes. Je ne veux pas imaginer une trahison qui nous perdrait l'un et l'autre en nous vouant à la damnation éternelle.

— Mon amour...

— Tais-toi, je t'en supplie !

Elle marcha jusqu'à la cheminée, s'immobilisa devant le feu, y jeta une bûche qui l'environna d'un crépitement d'étincelles.

— Puisque tu tiens à ce que nous nous voyions seuls, une dernière fois, avant mon départ, j'y consens, reprit-elle après avoir fixé un moment son regard sur les flammes qui se tordaient comme des bras désespérés. Mais pas sous ce toit, je le répète. Ailleurs, en plein jour.

Elle se retourna vers lui, nimbée de rousseurs violentes.

— Demain, vers l'heure de none, dans l'allée des cyprès.

Il voulut revenir vers elle, sans doute la prendre contre lui... Elle étendit les bras pour repousser la tentation.

— Il te faut repartir. Que penserait ton père si tu restais davantage avec moi ? Que lui as-tu dit pour justifier ta volte-face ?

— Que j'avais perdu ici mon alliance...

Il se tint à distance mais tendit ses grandes et belles mains afin qu'elle pût le constater : il ne portait plus de bague à l'annulaire.

— Qu'en as-tu fait ?

— Qu'importe ? Elle ne représente plus rien pour moi à présent.

— Sur mon âme, Andronic ! cet anneau est le symbole d'une chaîne que nul ne peut briser ici-bas !

— Nul, sauf le divorce qui est reconnu ici par l'Église, ma douce amie... et, crois-moi, je divorcerai !

D'un mouvement brusque, elle se détourna de lui pour contempler à nouveau le feu. Il parut hésiter, puis s'en alla. Avec un bruit d'ailes froissées, la portière retomba sur ses talons.

Le lendemain, après une nuit de cauchemar, Flaminia s'enveloppa dans une épaisse cape de laine, en rabattit le capuchon sur son voile de tête et sortit à l'heure de none.

Il neigeait un peu. C'était une chute de flocons, bien légers à côté des épaisses neiges qu'apportaient parfois avec eux les hivers chartrains. Le ciel était couleur de perle, le sol à peine saupoudré, l'air vif.

En approchant de l'allée de cyprès, noirs, ponctués de blanc, la jeune fille se demandait encore si elle n'avait pas eu tort d'accorder cet ultime rendez-vous à Andronic. Entre eux, tout n'était-il pas dit ?

Elle pénétra sous la voûte sombre et frissonna. L'haleine sans chaleur de février atténuait le parfum familier d'encens et d'aromates exhalé par les beaux arbres élancés. Elle ne reconnaissait pas leur odeur insinuante, douce, pénétrante qu'elle était si souvent venue, seule, respirer durant les jours clairs... Les plumes neigeuses qui tombaient du ciel avec mollesse n'avaient pas traversé le berceau des branches aux entrelacs serrés. Sous l'immuable dais de leur feuillage, le sol demeurait fauve, jonché d'écailles et de brindilles sèches qui se montraient souples sous les semelles de ses courtes bottes.

Andronic l'attendait. Il se dirigea vers elle d'un air agité.

— Mon père a fait merveille ! s'écria-t-il d'un ton douloureusement sarcastique, dès qu'il fut à portée de voix. Il a déniché un patron génois qui peut vous prendre à son bord, vos coffres, Albérade et toi, lundi prochain ! Il ne nous reste que deux jours !

— Deux jours pour souffrir l'un par l'autre, murmura Flaminia. Moins ils seront nombreux, mieux cela vaudra.

Contrairement à son habituelle déférence à l'égard de

la jeune Franque, Andronic semblait décidé à ne pas tenir compte des défenses qu'elle lui opposait. Il saisit à pleins bras cette fille qui le repoussait sans cesse, la retint de force contre sa poitrine et baisa ses lèvres avec emportement. Elle voulut l'écarter, ou, du moins, crut le vouloir, mais ses sens l'emportèrent... Affolée, elle sentit soudain son sang s'échauffer dans ses veines, dans son ventre, en tout son être...

Quand Andronic reprit sa respiration, il ne desserra pas son étreinte. De tout près, elle voyait l'iris azuré étincelant de désir...

— Je t'enchaînerai par mon amour d'une chaîne aussi solide que celle qui ferme la Corne d'Or ! dit-il d'une voix rauque. Jamais, entends-tu ? Jamais je n'accepterai d'être séparé de toi !

— Je pars après-demain, répondit-elle dans un souffle.

— Je partirai avec toi ! Tu le sais. Je t'en ai déjà avertie. Rien ni personne ne me fera changer d'avis. Je t'aime. J'ai soif de ta présence, de ton amour, de ton cœur, de ton corps...

Il se reprit à l'embrasser comme un fou sur le visage, le cou, sous le capuchon, et, à travers la rude étoffe de laine, sur les seins dressés qui se soulevaient au rythme d'un cœur qui galopait comme un cheval emballé...

— Tu ne partiras pas sans avoir été à moi ! Non, sois-en sûre, je ne te laisserai pas monter sur ce maudit bateau sans t'avoir possédée ! Ensuite, je m'attacherai à tes pas et je t'amènerai bien à aimer mon amour ! Nous ne nous quitterons plus. J'irai avec toi jusqu'à Jérusalem !

Prise dans un tourbillon inconnu, Flaminia se sentait perdre pied, emportée, engloutie...

Ce fut l'image soudaine de son aïeule mourante, également livrée à la tentation, aux prises avec un ultime vertige, réclamant du suc de pavot pour hâter sa fin, qui lui donna, au plus fort de l'exquise tempête qui la secouait, la force nécessaire à sa sauvegarde... Elle n'allait pas se laisser renverser sur les écailles sèches des cyprès qui auraient formé une couche si moelleuse, elle n'allait pas se livrer à l'amour ici, comme une ribaude sur un talus !

Dans la chambre de l'agonisante, elle s'était demandé

ce que signifiait l'éclat bleu, la dernière étincelle qui avait traversé le regard de Berthe la Hardie : colère ou fierté ? Elle sut de façon certaine que c'était la fierté qui s'était alors manifestée. La satisfaction ultime, en dépit de ses souffrances, d'avoir sauvé l'essentiel, de ne pas s'être reniée à l'instant suprême et, fidèle à son passé, de ne pas avoir capitulé devant l'Ennemi embusqué dans quelques gouttes de narcotique qu'il croyait être ses meilleures armes...

D'un mouvement brutal, Flaminia écarta les bras qui l'enlaçaient. D'un bond, elle s'éloigna d'Andronic. Il lui fallait aussi tenter d'apaiser les mouvements désordonnés de son sang, les frissons qui la parcouraient...

— As-tu songé à ceux qui t'aiment ici, cria-t-elle avec d'autant plus de véhémence qu'elle grelottait au creux de l'âme. As-tu imaginé le chagrin que tu causerais à ton père, à tes fils, en les quittant comme un voleur ? As-tu pensé à celle que tu as épousée devant Dieu ?

— Marianos n'a plus besoin de moi depuis des années et il a toujours préféré Icasia... Mon père se dispose à se remarier avec Joannice qui a tout fait pour parvenir à ce résultat, y compris se lier d'amitié avec toi et les tiens. Ce qui lui a, d'ailleurs, réussi. Je crois que mon père et elle peuvent encore être heureux ensemble : ils s'estiment l'un l'autre, et cette union permettra à « la petite chèvre noire », comme l'appelle Gabriel, de régner enfin sur une maison où, jusqu'à ce jour, sa place fut des plus limitées... Ce sera sans doute mon petit Paschal le plus atteint par mon absence. Je ne me le dissimule pas et me suis promis de ne jamais cesser de m'occuper de lui, même à distance... Peut-être aussi le ferai-je venir vivre près de nous, si, toutefois, cela me semble possible... Il connaît ma tendresse pour lui... Quant à Icasia, voici des lustres qu'elle n'est plus heureuse auprès de moi et ne manque jamais de me reprocher ce que je suis : c'est-à-dire à la fois un homme trop sensuel pour son goût et, surtout, un marchand ! Tu sais que son père a été anobli par le basileus. Bien que cet honneur ne soit pas héréditaire ici, les enfants en tirent gloire. En réalité, elle a toujours pensé que j'étais indigne d'elle et n'a cessé de me rappeler ses titres... Elle considère m'avoir fait un grand cadeau en consentant à devenir ma femme. Elle estime tenir de sa seule ascendance, alors qu'elle nous le doit, l'office qu'elle occupe au Palais. Si mon père n'aime guère Icasia, c'est qu'il a été exaspéré depuis le premier jour par l'attitude de supériorité que ses parents, de leur vivant, elle-même et Gabriel par la suite, n'ont jamais manqué d'afficher envers nous... Enfin, en partant, je ne fais que suivre l'exemple de beaucoup d'hommes qui s'en sont allés vers la Terre sainte en laissant derrière eux, femme, enfants, famille, maisonnée entière.

— Au nom très haut du Christ! Tais-toi! Tu blasphèmes! Les motifs des croisés sont purs, alors que les tiens ne le sont pas!

— L'amour vient de Dieu.

— Pas l'amour adultère!

Haletante comme si elle avait couru, elle pressait contre sa poitrine ses poings serrés qui retenaient les pans de sa cape.

— Je croyais les Grecs plus raffinés, plus policés que nous autres, Francs, dont on ne se fait pas faute, ici, de railler les mauvaises manières! remarqua-t-elle pour dresser entre eux une barrière de mots. Je m'aperçois qu'il n'en est rien et que tu es d'aussi mauvaise foi que ceux de mon pays quand l'envie les prend d'une femme!

— Flaminia!

Debout face à face, ils tremblaient du même désir douloureux, du même élan brisé.

— Tu ne peux méconnaître ainsi la force de mon amour, sa sincérité, sa détermination mais aussi le respect infini qu'il m'inspire, reprit Andronic, sans pour autant tenter de se ressaisir d'elle. Tu ne le peux, parce que tu m'aimes, toi aussi, et que tu sais que je dis vrai!

Flaminia baissa la tête.

— Je t'aimerai toujours, avoua-t-elle d'une voix rompue. Toujours. Mais je partirai seule pour Antioche où m'attendent mes frères croisés. Ta présence à mes côtés, dans mon lit, souillerait une innocence qui demeure notre vraie force. Ce ne sont pas nos armées, moins nombreuses que celles des Sarrasins, ce sont nos prières, issues de nos âmes inviolées, qui nous assureront la victoire. Si nous voulons délivrer le tombeau du Christ, chacun de nous doit se garder du Mal.

— Dans votre foule de soldats et de pèlerins, les prostituées abondent, les gens de sac et de corde coudoient les fidèles sincères et le stupre a fait, dès le début, des ravages parmi vos rangs ! Tu ne me feras pas croire qu'en me cédant, en m'accordant enfin cette preuve d'amour que j'attends comme un mendiant, depuis des mois, en silence, dévoré d'une fièvre que tu ne peux imaginer, toi qui es vierge, non, tu ne me feras pas croire que tu compromettrais le moins du monde le succès de votre marche de délivrance !

Andronic avait parlé en se penchant vers Flaminia comme pour la persuader autant par la puissance de conviction qui se dégageait de tout son être que par ses arguments.

— Je ne peux accepter que tu viennes avec moi en Syrie, répéta-t-elle en secouant le front. Je ne peux pas non plus t'appartenir à présent.

Il lui semblait qu'en refusant à Berthe la Hardie d'abréger son temps de souffrance, elle s'était elle-même engagée à ne pas faiblir. C'était comme un pacte solennel et secret, le renouvellement du vœu de pèlerinage prononcé par eux tous, transcrit par son père en lettres d'or sur le vélin pourpre qu'elle conservait avec piété dans son coffre et signé par chacun d'eux. On ne pouvait trahir un tel accord sans commettre un lourd péché et perdre à jamais sa propre estime...

Elle tomba soudain à genoux devant Andronic en se prenant la tête entre les mains. Écrasée, déchirée, elle se sentait sans force pour se déprendre de l'amour qu'il lui inspirait, mais aussi incapable de lui céder. En un mouvement répété dont elle n'avait pas même conscience, elle se balançait lentement, d'un côté sur l'autre, ainsi que font les berceuses pour calmer un enfant dans la peine...

Saisi, Andronic se pencha, la releva avec précaution, l'appuya contre lui sans oser l'enlacer de nouveau.

— En dépit de tout, il m'est impossible de te voir t'éloigner à jamais de moi, reprit-il à mi-voix en s'emparant de l'une des tresses de cuivre qu'il baisa avant d'en entourer son poignet gauche. Je m'embarquerai donc comme je te l'ai dit, sur ton bateau. Mais, puisque tu y tiens, je ne te toucherai pas. Tu me seras sacrée aussi longtemps que tu le souhaiteras. Je te protégerai de moi et des autres comme une sœur. Je demeurerai dans ton ombre à me repaître de ta seule présence tant que tu n'en auras pas décidé autrement...

Flaminia releva la tête. De son regard semblable à celui des mosaïques de smalte, elle considéra un moment, sans mot dire, avec une intensité où elle risquait son cœur, celui qui venait de parler si bellement... Puis elle libéra sa natte, toujours enroulée autour du poignet de son ami, se détacha de lui, s'en éloigna.

— Nous ne devons plus nous revoir d'ici l'instant où nous monterons sur la nef, dit-elle ensuite. Ce serait une épreuve inutile. Par ton père, nous serons informés tous deux de l'heure fixée pour l'embarquement. Que Dieu nous garde !

D'un mouvement brusque, elle se détourna de l'homme qu'elle aimait en offensant la loi divine et s'enfuit en courant...

Dans la soirée, elle envoya Albérade demander à Joannice s'il lui était possible de passer la voir.

A l'abri des murs de la petite maison silencieuse que ne troublaient plus les plaintes ni l'agitation qu'avait entraînée pendant des mois la présence d'une malade, Joannice et Flaminia causèrent ensemble un long moment.

Deux jours plus tard, à la fine pointe de l'aube, la nef génoise quitta le port, en même temps que plusieurs autres bâtiments.

Lorsque Andronic, sur les indications de son père, que Joannice avait efficacement entretenu la veille au soir, parvint sur le quai, après le lever du jour, pour monter à bord, on lui apprit que la *Sainte-Marie-Madeleine* avait déjà levé l'ancre. On ne distinguait même plus à l'horizon les voiles carrées qu'un vent favorable n'avait pas cessé de gonfler...

En voyant s'éloigner les pontons où se tenaient les

prêtres venus bénir et encenser les nefs lors de leurs départ, Flaminia avait éclaté en sanglots. Elle laissait son âme dans l'admirable ville à laquelle il lui avait fallu s'arracher... Le port, les coupoles dorées, les toitures argentées, les frontons des palais, les maisons aux façades colorées, les murailles de brique et de pierre surplombant la mer, les dômes altiers et protecteurs de Sainte-Sophie qui étincelaient dans la froide lumière matinale, tout lui était devenu cher et tout était perdu ! Dans son corps, dans son cœur, elle sentait se produire une lente, longue, irréparable déchirure. La trame de sa vie était entamée, lacérée, tranchée par des griffes sans pitié qui s'acharnaient... Sur le plus beau promontoire du monde, elle laissait la dépouille de celle qui l'avait élevée, qui était devenue sa véritable mère depuis la disparition, engloutie dans la nuit immémoriale, de la femme sans visage qui lui avait donné le jour. Elle y abandonnait aussi l'homme dont le seul souvenir déchaînait en elle les folles rafales d'un amour ébloui...

Enveloppée dans le dernier présent de Théophane Daniélis, un manteau de laine blanche doublée d'agneau gris, elle enroula son voile autour de son visage afin de pleurer tout son soûl. Près d'elle, attentive, silencieuse, impuissante, Albérade ne cherchait pas à dissimuler ses larmes aux autres pèlerins embarqués sur la nef en même temps qu'elles.

C'était un groupe de charpentiers catalans, partis avec retard de leur pays pour contribuer à la délivrance de Jérusalem. Embarrassés de leur nombreuse famille, ils avaient erré et subi bien des mésaventures avant de gagner Constantinople. Cependant, rien n'était venu à bout de leur détermination. Ils voulaient retrouver les autres pèlerins, ceux qui avaient pu arriver les premiers en Syrie. Ils montraient leurs mains et les outils qu'ils avaient emportés, en tâchant d'expliquer dans une langue rocailleuse et incompréhensible que leur habileté, leur connaissance du travail du bois seraient de grand secours pour construire machines de guerre et maisons fortes. Leurs femmes, leurs enfants considéraient avec curiosité et intérêt les

deux voyageuses franques, si tristes, qui s'étaient jointes
à leur groupe et s'exprimaient d'une façon qu'ils n'entendaient pas...

Les jours, les nuits, les jours, les nuits coulèrent...

Le temps n'était point trop mauvais, le froid supportable, la mer calme, la lune favorable...

Les cinq bateaux formant convoi voguaient sans à-
coups. Les chants retrouvés des marins, les heures cla-
mées du haut de la hune, les corvées, les jeux, les repas,
les prières reprises par tous dans un mauvais latin, les
menus maigres des jours de carême et les inévitables
nécessités de la vie quotidienne suffisaient à occuper le
temps.

Si Flaminia avait cessé de pleurer, son affliction n'avait
pas diminué pour autant. Les larmes qui ne coulaient
plus de ses yeux continuaient à se répandre à l'intérieur
de son âme. C'était un ruissellement secret qui noyait ses
pensées en deuil...

Une nuit, en rêve, elle vit Berthe la Hardie. Non point
malade, mais forte et impérieuse comme au temps de sa
maturité. L'aïeule inclina vers sa petite-fille un visage
qu'on aurait dit de marbre, tant il était ferme et lisse. Des
veines bleutées y couraient, semblables à celles que
l'adolescente avait vues dessiner sur les tempes de la
princesse Anne Comnène.

— Le temps du chagrin est passé, dit la voix inchangée
de l'apparition. Celui des combats approche. Ressaisissez-vous, ma fille ! Les attendrissements ne sont plus de
saison. Vous allez agir à présent. Fortifiez votre foi !
Courage ! Rappelez-vous qu'on a davantage besoin
d'énergie que de regrets sur la route que vous suivez.
Priez ! On ne prie jamais assez ! Demandez aide et
secours : ils vous seront accordés.

La haute silhouette se pencha et sa main dessina une
croix sur la poitrine de Flaminia, à la place du cœur. Puis
le visage sans ride, parfaitement serein, s'effaça peu à
peu, se dissipa, disparut dans l'ombre.

L'adolescente s'éveilla, s'assit sur la natte déroulée
près de celle où Albérade dormait, non loin du gaillard
d'avant. Le pont était tranquille, sans mouvement. Sa
grand-mère, pourtant, était là quelques instants plus

tôt... Flaminia leva les yeux vers le ciel très pur qui coiffait de sa coupole étoilée le semis d'îles le long desquelles les bateaux génois faisaient du cabotage. Elle sourit à la nuit, sans s'apercevoir tout de suite qu'elle pleurait aussi. Quand elle sentit couler des larmes sur ses joues, d'un geste rageur elle les essuya.

— Je vous promets, mère, amie, de ne plus m'attendrir sottement sur moi et mes peines. Je suivrai vos conseils. Je prierai le Seigneur et le requerrai de me venir assister en ce tourment qui est mien. Je m'efforcerai également de soumettre mon cœur...

Mars débutait quand les nefs mouillèrent un matin à Port-Saint-Siméon.

Une grande animation régnait dans le petit port auquel la proximité du camp des croisés conférait une importance qu'il n'avait jamais eue auparavant. Des bateaux anglais et génois venaient d'y accoster un peu plus tôt. Une foule d'hommes d'armes et de pèlerins, parlant des langues différentes, s'y coudoyaient. Ils parvenaient cependant à se comprendre en employant des mots de latin mélangés d'italien, de grec, de turc et d'autres idiomes étrangers. Le tout formait une sorte de langage universellement admis sur les bords de la Méditerranée.

Ce fut au milieu de ce tumulte étourdissant que Flaminia, Albérade et leurs coffres se retrouvèrent sur un quai encombré et exigu. Des odeurs d'ail, de goudron, d'eau saumâtre, de friture, de cordage, leur rappelèrent l'embarquement de Brindisi. Tentée de se laisser émouvoir par cette évocation, l'adolescente se contraignit à repousser ses souvenirs. Elle avait consacré les derniers jours passés en mer à se chapitrer afin de suivre sans faiblesse les recommandations reçues au cours du songe dont elle conservait une ineffaçable impression.

— Sainte Marie, valeureuse Dame, gémit Albérade ! Que de monde ! Quel désordre ! Qu'allons-nous devenir ?

— Dieu nous guidera ! répondit Flaminia avec autorité. Il ne nous abandonnera pas sur une terre si proche de Jérusalem ! Théophane Daniélis m'a assuré que les

Francs venaient souvent ici pour chercher des vivres ou des armes. Il n'est que d'attendre. Nous en verrons certainement arriver.

— Où loger durant ce temps ?

— Chez les habitants. Il doit bien y avoir dans ce port des gens habitués à héberger les voyageurs...

— Par les cornes du diable, voici des femmes que j'entends et que je comprends ! s'écria auprès d'elle un soldat chemisé de fer qui s'était avancé jusqu'à la file des arrivants.

— De par Dieu, d'où venez-vous, la belle ? s'enquit un autre homme d'armes, surgissant à côté du premier.

— Nous arrivons de Constantinople, répondit Flaminia, cédant d'instinct au plaisir de parler sa langue. Nous y avons été retenues par la maladie et la mort de mon aïeule. Mais nous faisons partie des pèlerins qui suivent l'ost de Monseigneur Étienne de Blois. Tout ce qui nous reste de famille se trouve toujours en sa compagnie.

— Eh bien ! Vous pouvez remercier votre sainte patronne ! reprit le premier, un garçon maigre et blond qui semblait avoir le rire facile. Tels que vous nous voyez, nous sommes attachés à la bataille[1] d'Hugues de Vermandois, frère du roi de France, et nous sommes unis comme les doigts de la main avec les troupes du comte de Flandre et de votre comte de Blois !

— Dieu soit loué ! Nous sommes sauvées ! s'écria Albérade.

— Tout doux, tout doux ! lança avec réserve le second soldat qui, lui, était roux, mais d'une nuance moins ardente que celle de Flaminia. Vous ne savez pas ce qui vous attend au camp ! Nous sommes venus à Port-Saint-Siméon chercher du renfort en hommes, en vivres et en matériel de construction car la situation, là-bas, est pitoyable... N'est-ce pas, Rambaud ? Autant que vous le sachiez sans plus tarder.

— Pour sûr, Chaucebure, répondit l'interpellé. On manque de tout chez les croisés, et les infidèles nous mènent la vie dure ! Nos pauvres panses sonnent le

---

1. Bataille : formation de combat.

creux et, en fait de pitance, il n'y a que plaies et bosses à recevoir !

— A Constantinople, on parlait surtout de vos victoires, de votre avance, de votre courage, fit remarquer l'adolescente qu'une sensation d'angoisse envahissait tout à coup.

— Les Grecs, qui nous ont lâchement abandonnés, ont beau jeu, à distance, de louer nos mérites ! jeta Rambaud avec dédain. Si nous n'avions eu qu'eux pour nous seconder, il y a longtemps que nous serions transformés en ossements blanchis par le soleil ou les pluies de ce charmant pays !

Flaminia frissonna. Levant les yeux, elle découvrit de lourds nuages noirs qui pesaient sur le port comme un couvercle de marmite. Durant la traversée, le temps avait été assez frais mais dégagé. Au-dessus de la côte où elles avaient accosté, les nuées chassées par le vent marin semblaient s'être accumulées. Bien qu'il ne plût pas, la jeune fille se sentit soudain plus sensible à l'humidité et au froid dont son chaud manteau la préservait pourtant jusque-là.

— Par le ventre de la Vierge, la gent Notre-Seigneur aurait péri en son entier si nous n'avions, pour nous mener au combat, des barons forts et preux ! continua le soldat blond.

— Tu l'as dit ! approuva Chaucebure. Dieu les assiste ! Surtout le seigneur Bohémond de Tarente. C'est bien le plus vaillant de tous. Il a déjà occis quantité de Sarrasins à lui tout seul !

— C'est justement avec lui et le comte de Toulouse que nous sommes venus dans ce port chercher du bois, des outils et des bras dont nous avons besoin pour bâtir une nouvelle forteresse devant le pont qui conduit à Antioche. Il faut que nous contrôlions l'entré de cette maudite ville. Il en est diablement temps !

— Nous parlons, nous parlons, et la journée s'avance, remarqua Rambaud. Venez avec nous. Nous vous conduirons aux nôtres.

— Et nos coffres ? s'inquiéta Albérade. Comment les transporter ?

— Avec une charrette, tiens ! répondit Chaucebure.

Nous en avons plusieurs. Vous réussirez bien à glisser vos affaires entre les planches et les outils !

Quelques autres pèlerins arrivés sur le même bateau se joignirent aux deux femmes. Ce fut tout un groupe que les soldats convoyèrent jusqu'au lieu du rassemblement. Ils y trouvèrent des marins, des charpentiers, parmi lesquels les Catalans de la nef génoise, et d'autres ouvriers. De grands chariots remplis de poutres et des voitures plus légères, déjà chargés de sacs de farine, de barils d'huile et de vin, de quartiers de viande séchée ou de poisson fumé, attendaient le départ.

S'improvisant le protecteur des voyageuses qu'il avait rencontrées en premier, Rambaud le Blond prit sur lui de les faire grimper dans une charrette où il avait pu disposer leurs coffres sous les banquettes, puis il prit les guides de l'attelage.

— Nous allons repartir sur-le-champ, annonça-t-il. Tout est prêt et nous avons une longue route à faire avant le soir.

A la tête des troupes, chevauchait le comte de Toulouse. Près de lui, un homme d'une taille et d'une beauté hors du commun surveillait l'ordre et la marche de ceux qui composaient leur suite. Ce devait être le fameux Bohémond.

En un lent ébranlement, la colonne quitta le port. Des hommes d'armes la précédaient et la suivaient, alors que pèlerins et ouvriers, à bord de voitures et de chariots avaient été placés au milieu.

Flaminia découvrait avec curiosité un pays nouveau : la route s'élevait en lacets à travers combes et versants couverts d'arbustes et de buissons qu'un début de printemps reverdissait.

Tout semblait calme. Le grincement des roues, le pas des chevaux, le cliquetis des armes, dominés par les chants de route et les cantiques des pèlerins, étaient renvoyés par le versant montagneux en un écho sonore et familier. Des odeurs de verdure se mêlaient en fraîches bouffées au fumet dominant de crottin, de cuir et de sueur. Des oiseaux aux larges ailes planaient, très haut, au-dessus du chemin encaissé où progressait le convoi.

Assises sur la banquette de devant, à côté du conducteur de la charrette, alors que les autres voyageurs s'étaient installés à l'arrière sur les sacs ou les barils, les deux voyageuses ne parvenaient pas à se défaire d'une appréhension confuse. Les commentaires des soldats les tourmentaient. Dans quel état allaient-elles retrouver une famille quittée depuis de si longs mois ? Découvriraient-elles des malades, des blessés, parmi ceux qu'elles aimaient chacune à leur façon ? La faim et les privations les auraient-ils affaiblis ? Les quelques provisions apportées dans les coffres ne sembleraient-elles pas dérisoires comparées aux besoins dont on venait de leur parler ?

Plongées dans leurs pensées, elles oubliaient le temps. Après deux bonnes heures de trajet, soudain, comme les croisés suivaient un défilé sinuant entre des monts point encore trop élevés, des hurlements, suivis du bruissement d'une nuée de flèches, rompirent la paix fragile du moment.

Rambaud le Blond immobilisa l'attelage.

— Par tous les diables, c'est une embuscade ! s'écria-t-il avec rage. Il faut quitter la charrette ! Les Turcs nous attaquent ! Sautez ! Courez jusqu'au fossé, suivez-le en vous courbant le plus possible, puis égayez-vous dans la nature...

— Nos affaires..., gémit Albérade.

Le soldat haussa les épaules.

— Si vous sauvez vos vies, vous pourrez déjà porter un cierge à Notre-Dame ! Allez ! Allez ! Partez ! Partez ! Au nom de Dieu, dépêchez-vous !

Surgies de la montagne, des hordes de cavaliers sarrasins, dévalaient vers le convoi aux cris de « *Allah akbar ! Allah akbar !* » dans un tourbillon de couleurs, de cuivres, d'acier luisant, d'herbe arrachée et projetée avec des cailloux par les sabots de leurs petits coursiers nerveux. Ce galop forcené ne les empêchait pas de décocher des flèches qui passaient en sifflant comme des serpents au-dessus des pèlerins.

D'un bond, Flaminia sauta sur la chaussée, tira Albérade par la main et l'entraîna vers le fossé où elles se précipitèrent, suivies par les occupants de la voiture. Les charpentiers, leurs familles et certains ouvriers les imitèrent. Ce fut une ruée éperdue au milieu des plaintes, des prières, des sanglots et des hennissements des chevaux affolés.

Chevaliers et soldats tentèrent de s'opposer à cette débandade, mais en vain. Ils ne purent non plus endiguer le déferlement des Turcs qui balayaient tout sur leur passage. Il ne s'agissait pas d'une simple embuscade, mais de l'arrivée d'une armée puissante et bien organisée.

Comprenant que le nombre des assaillants et la panique des pèlerins qui paralysait leurs modestes troupes, les livraient à leurs adversaires, Bohémond et le comte de Toulouse, piquant des deux, entraînèrent leurs hommes vers la forteresse en construction, qui n'était plus qu'à deux lieues.

Cachés à mi-pente et à bonne distance, derrière des buissons épais, Flaminia, Albérade et quelques Catalans virent disparaître, sous le tir ininterrompu des ennemis, ceux qui étaient chargés de les escorter et de les protéger.

— Il ne nous reste plus qu'à nous confier à Dieu et à Notre-Dame, pensa l'adolescente en se souvenant des conseils que son aïeule lui avait prodigués en rêve. Prions.

Dans le défilé, parmi les chariots immobilisés et délaissés avec tout ce qu'ils contenaient, les Turcs massacraient à l'arme blanche les pèlerins qui n'avaient pas eu le temps de fuir.

En une clameur qui les épouvantait, hurlements, appels au secours, vociférations, râles et cris de triomphe montaient jusqu'à ceux qui, de loin, tremblaient de frayeur et de pitié à la vue de tant d'horreurs.

Pour la première fois, Flaminia se trouvait mêlée à un engagement meurtrier. Elle vibrait d'effroi, de compassion, de révolte aussi, et sentait naître en elle un sentiment jamais encore éprouvé. Il lui semblait que si elle avait été un homme, elle n'aurait pas craint de se mesurer en un combat sans merci avec ces assaillants. Le sang de Berthe la Hardie s'enflammait dans ses veines, et elle songeait qu'une femme, elle aussi, pouvait participer activement à la lutte contre les infidèles. Tous les chrétiens ne devaient-ils pas défendre le Seigneur des offenses infligées au tombeau de Son fils et à Ses serviteurs ?

Le carnage se terminait. Les Turcs pourchassaient
encore quelques victimes éparses qu'ils avaient débus-
quées dans leurs abris précaires, mais se souciaient
surtout de prendre les chariots et charrettes demeurés
sur place. Ils remplaçaient ceux des chevaux que leurs
flèches avaient atteints, enfourchaient à deux la même
monture, puis repartaient dans une grande effervescence
accompagnée de rires victorieux et d'interjections que
leurs voix gutturales lançaient triomphalement aux
échos de la montagne.

Quand l'agitation soulevée par leur troupe encombrée
et, à son tour, alentie, se fut dissipée, que le bruit de leur
cortège eût disparu, on vit sortir de tous les coins où l'on
pouvait se cacher, des pèlerins hésitants, hagards, éperdus...

Lentement, ils se rejoignaient par petits groupes, parlaient bas, désignaient avec terreur les corps éparpillés
dans le sang et la boue, là où la mort les avait saisis...

— Il y a peut-être des blessés parmi ces pauvres gens,
dit Flaminia. Il faut aller voir si nous pouvons les
secourir.

— Par le Dieu tout-puissant, je n'irai pas, gémit Albérade. Mes jambes sont de laine...

— J'irai donc sans toi !

Flaminia courut vers le lieu du guet-apens. Quand elle
se trouva au milieu du chemin jonché de cadavres percés
de flèches, égorgés ou assommés, quand elle vit de près
l'atrocité de la tuerie, elle tomba à genoux et ne put se
retenir de pleurer, de se lamenter, de s'adresser aux
morts avec deuil et tendresse :

— Frères, mes doux frères, doux amis, disait-elle, voici
donc ce que vous êtes devenus ! Ce qu'ils ont fait de vous !
Comme ils vous ont traités... Dieu de pitié, prenez soin
d'eux, accueillez-les, bercez-les : ils ont beaucoup souffert...

Des femmes, quelques enfants, des hommes gisaient
alentour, désarticulés. Regroupés par les Turcs, des corps
s'amoncelaient sur le bord de la route en tas monstrueux
d'où s'écoulaient de longues traînées rougeâtres... Parmi
les tués, des chevaux et des mulets abattus restaient
empêtrés dans les brides ou les harnais que les Sarrasins

avaient tranchés pour s'emparer des voitures. Les noyés rejetés par les vagues et marqués du signe de la croix qu'elle avait vus à Brindisi, lavés par la mer, n'offraient pas cet aspect de suppliciés. Ils paraissaient calmes comme des statues de pierre... Ceux-ci étaient effrayants. Il y en avait partout. Certains visages gardaient les yeux ouverts, d'autres étaient balafrés de hideuse façon, beaucoup étaient tombés sur la face, avec une flèche entre les deux épaules...

Du fossé où il leur avait conseillé de se réfugier au début de l'attaque, le soldat maigre et blond émergea tout à coup. Deux cadavres le recouvraient, qu'il écarta. Puis il se mit debout avec difficulté.

— Je suis couvert de sang, remarqua-t-il d'un air surpris, mais ce ne doit pas être le mien. Dieu me pardonne, ce sont les morts qui m'ont sauvé la vie !

Pétrifiée, Flaminia le regarda s'avancer vers elle en chancelant.

— Comment peut-on massacrer ainsi de pauvres pèlerins ? demanda-t-elle d'une voix sans timbre. Je n'ai jamais rien vu d'aussi horrible...

— Cela prouve que c'est la première fois que vous assistez à un combat contre les infidèles ! lança avec rudesse Rambaud qui avait perdu son air aimable. Pour nous, c'est fort souvent, depuis Nicée, que nous avons eu à les affronter ! Par les cornes du diable, ces Sarrasins nous haïssent autant que nous les haïssons.

Flaminia se releva. L'odeur insinuante de la mort, du sang, des ventres ouverts, lui soulevait le cœur. Elle courut vomir loin des tués.

— Bon, dit ensuite Rambaud, vous voici aguerrie à présent. Il nous reste à nous regrouper et à regagner le camp.

— Et Chaucebure, votre compagnon ? demanda Albérade qui s'approchait avec un groupe de femmes. L'avez-vous vu ? Où peut-il être maintenant ?

Le soldat eut un geste d'indifférence.

— Il montait un solide cheval normand et a suivi nos barons dans leur retraite, dit-il. Partons. Rejoignons les autres.

— Où allons-nous, s'inquiéta Albérade. Est-ce loin ?

Nous avons déjà perdu nos coffres, faudra-t-il aussi laisser nos vies sur cette route ?

— La forteresse que nous bâtissons n'est guère éloignée. Nous n'en avons plus pour longtemps si nous ne musons pas en chemin.

— Parmi ces corps, il doit y avoir des blessés, reprit Flaminia. On ne peut les abandonner sans secours...

— Justement, assura Rambaud, justement. S'il y en a, il nous faut aller quérir de l'aide. Nous ne pouvons rien faire par nous-mêmes. Là-bas, nous avons des moines-médecins et des femmes expertes à soigner blessés ou malades. Nous les ramènerons ici et, si Dieu le veut, ils en sauveront quelques-uns.

On eut beaucoup de mal à détacher de leurs morts ceux des rescapés qui avaient perdu un être aimé dans l'embuscade. Ce n'était que gémissements, pleurs, lamentations...

— Allons, allons, dit Rambaud. Il ne faut pas risquer que la nuit nous gagne. Les Turcs peuvent toujours revenir... sans parler des bêtes sauvages...

La frayeur aida les éplorés à se séparer des victimes aux mains nues qui ne se relèveraient plus... La petite troupe s'éloigna du lieu sinistre au-dessus duquel commençaient à planer les vautours.

Flaminia marchait en tête, à côté du soldat, sans mot dire.

« Le temps des combats approche », lui avait annoncé Berthe la Hardie. Il était venu. Ce ne serait plus contre elle-même et son propre cœur, ni contre l'homme qu'elle aimait qu'elle aurait à lutter désormais, mais contre les ennemis du Christ, contre les infidèles... Ce serait plus simple. Une force intime toute neuve gonflait son âme. Pour cette bataille-là, elle se sentait capable de vaillance. Peut-être cette nouvelle lutte l'aiderait-elle à moins mal supporter les affres d'une séparation qui la consumait ?

Elle ne sut jamais combien de temps ils avaient cheminé. Tirée de ses pensées par un bruit de galop qui se dirigeait vers eux et qui se rapprochait rapidement, elle se tourna vers Rambaud.

— Faut-il se cacher dans le fossé ? lui demanda-t-elle avec sang-froid

Il secoua la tête. Son heaume cabossé et fendu lui donnait l'air féroce.

— Non point, répondit-il au bout d'un instant d'écoute. Ceux qui arrivent me semblent peu nombreux. Deux ou trois, pas davantage, j'en gagerais mon salut !

Il avait raison. A vive allure, deux cavaliers débouchèrent bientôt d'un tournant.

— Ils sont des nôtres... commença le soldat...

— Landry ! cria Flaminia en s'élançant vers les arrivants.

— Victoire ! Victoire ! hurlaient ceux-ci. Nous vous avons vengés ! Vive Dieu Saint-Amour ! Vive Notre-Dame !

Mathieu le Barbier et Landry eurent beaucoup de mal à se faire entendre. Leurs propos avaient déchaîné un tumulte où actions de grâce, manifestations de douleur, plaintes et acclamations fusaient de tous côtés.

Flaminia se jeta dans les bras de son frère, descendu en hâte de sa monture, et pleura contre sa poitrine.

— Vous voici, vous voici donc ! répétait-il, stupéfait. Et Albérade ! Mais où est grand-mère ? Où se trouve-t-elle ? Je ne la vois point. Par malheur, serait-elle du nombre des malheureux tués par les infidèles ?

— Non, non, mon frère, non... Elle est à Constantinople, dans le tombeau des Daniélis où elle repose en paix. Après de terribles souffrances, elle a regagné la maison du Seigneur...

Landry éclata en sanglots, mais on ne lui laissa pas le temps de s'adonner à sa peine. Pressé de questions par tous ceux qui ne pouvaient entendre le récit que Mathieu, trop éloigné d'eux et fort entouré, avait entamé sans même mettre pied à terre, le jeune arbalétrier essuya ses larmes et prit la parole à son tour.

— Dieu me pardonne si je ne dis pas la vérité, commença-t-il en se signant, mais tout a été très vite. Comme il fallait que vous le sachiez, nous avons été choisis, Mathieu et moi, pour venir vous porter la bonne nouvelle.

— Les Turcs ? demanda Rambaud sobrement.

— Défaits, écrasés, taillés en pièces... Lorsque Bohémond et le comte de Toulouse sont parvenus à folle allure devant la forteresse en construction avec ce qui leur restait de troupes, ils nous racontèrent le guet-apens dont ils avaient été victimes en même temps que vous. Nous avons été horrifiés. Le récit de cette félonie nous a enflammés de fureur. L'indignation et l'humiliation ressenties par chacun décuplaient nos courages. Quand les Turcs sont arrivés tantôt, messire Godefroi de Bouillon, bel et bien remis de sa maladie, les attendait. Il avait regroupé autour de lui tous les hommes valides et les soldats demeurés au camp. Nous brûlions du désir de prendre notre revanche, de vous venger, d'anéantir ces mécréants !

— Dieu guidait vos cœurs, murmura Flaminia. Ceux qui ont été si déloyalement occis ne l'auront pas été en vain !

Landry approuva.

— Les Turcs, qui pensaient triompher sans mal de la gent Notre-Seigneur, sont tombés de haut ! Un Provençal de la bataille du comte de Toulouse s'est élancé le premier vers eux en criant : « En avant, chevaliers du Christ ! » Une sainte colère nous animait, du moindre homme de pied au plus haut baron. Le combat fut acharné des deux côtés. Mais le duc de Bouillon semblait habité par un souffle sacré. Il nous entraînait et nous communiquait sa vaillance. Nous nous sommes battus comme des forcenés sous sa bannière, à grands renforts d'invocations au nom du Seigneur, Dieu du ciel et des armées... Encombrés par le butin qu'ils vous avaient pris, les infidèles s'écrasèrent sans tarder à l'entrée du pont que nous voulons fortifier. Comme l'émir de cette ville, dans son aveuglement, avait ordonné à sa garnison de sortir, puis décidé de faire refermer derrière elle les portes de la cité, les Turcs furent alors pris dans un véritable piège, comme des rats ! Point de quartier ! Nous luttions pour Dieu et pour vous venger ! Avec rage, nous pressions l'ennemi, nous le poussions vers le fleuve et l'y avons précipité. Teintées de sang, les eaux tumultueuses de l'Oronte, grossies par la fonte des neiges, engloutissaient soldats et cavaliers. Ceux qui cherchaient à grimper sur les piles du pont ou s'efforçaient de gagner la terre à la nage, étaient rejetés dans le courant par les nôtres qui occupaient les rives. Les essaims de flèches et de traits d'arbalètes étaient si nombreux qu'ils obscurcissaient la clarté du jour...

— Seigneur, soupira Flaminia, partagée entre l'effroi et l'enthousiasme, Seigneur, ayez pitié !

— Ce n'est plus le moment d'implorer, mais, au contraire, de remercier le Tout-Puissant ! s'écria Rambaud. Il nous a donné là une bien belle victoire !

Landry considéra avec un regard fraternel le soldat qui accompagnait les survivants du massacre.

— Il est vrai, ami, reprit-il. Depuis Dorylée, nous n'avons jamais infligé aux mécréants une défaite aussi totale. Par le fer ou dans les eaux du fleuve, des dizaines d'émirs et leurs archers à foison ont trouvé une mort éternelle... Nous les avons envoyés rejoindre le diable et ses mauvais anges...

Flaminia contemplait son frère. Il avait changé, maigri ; ses traits s'étaient marqués. Un reflet de la joie farouche des batailles durcissait une expression qu'elle avait connue, quelques mois plus tôt, encore puérile et indécise... Sa broigne de cuir bardée d'anneaux de métal tordus et arrachés, son heaume en mauvais état, couvert d'éraflures et de traînées sanglantes, disaient assez les raisons de cette transformation : Landry avait souffert, s'était forgé une âme de guerrier et avait perdu sa fraîcheur durant ce pèlerinage aventureux, souvent meurtrier, où la faim, les dures conditions d'existence et les épreuves de toutes sortes avaient fait d'un jouvenceau un homme et un combattant.

— Avant de repartir vers les nôtres, reprenait-il, sachez que le seigneur Godefroi a accompli, sous nos yeux, un fait d'armes dont on parlera longtemps : au plus fort de la mêlée, il a abattu d'un coup de sa longue épée à double tranchant un cavalier turc. Ce ne serait qu'un fait glorieux parmi d'autres, s'il ne l'avait pourfendu en deux jusqu'au nombril, heaume et haubert compris ! Une moitié du corps chut à terre alors que l'autre, toujours en selle, disparut, avec ceux qui nous avaient échappé, à l'intérieur d'Antioche, dont l'émir, épouvanté par un tel désastre, avait précipitamment fait rouvrir les portes !

Flaminia ne put réprimer un frisson. Comment son frère, qu'elle avait connu sensible et bon, pouvait-il raconter avec une pareille légèreté un épisode si cruel ? Les soldats du Christ en étaient-ils venus à oublier la trêve de Dieu ? Durant tout l'Avent, les fêtes de la Nativité, celles de l'Épiphanie, pendant les quarante jours du Carême, où, par malheur, on se trouvait, au moment de chaque fête religieuse et, enfin, selon la formule connue de tout chrétien : « Dès mercredi soleil couchant jusqu'au lundi suivant soleil levant », l'Église avait interdit de se battre... Il était vrai pourtant que la guerre contre ceux qui souillaient le saint sépulcre n'offensait pas Dieu. Elle lui était même agréable, puisqu'elle lui était consacrée, et la croix que chacun portait sur la poitrine, l'épaule ou le dos, en était à la fois signe et témoignage. Des prodiges célestes fort nombreux, inouïs, que tous avaient pu voir avant de prendre la route, comètes, pluies d'étoiles, apparitions, éclipses, signes de Dieu multipliés à l'infini, n'avaient-ils pas confirmé la sainteté de l'expédition des croisés ? La route de Jérusalem préparait les chemins du Seigneur... A l'avance, tous étaient absous des actes belliqueux qu'ils pourraient accomplir durant le pieux pèlerinage. Peut-être ne fallait-il pas trop s'émouvoir d'un récit comme celui qu'elle venait d'entendre... En la détournant du seul but qui aurait dû occuper ses pensées, en la faisant choir dans les délices et les affres de l'amour, son séjour à Constantinople avait amolli son cœur, mis son âme en péril.

Comme l'y avait engagé Berthe la Hardie, il lui fallait se ressaisir. « Dieu le veut ! » se répéta Flaminia avec de plus en plus d'ardeur tandis qu'elle montait en croupe derrière Landry pour se rendre au camp. Après un assez long détour imposé aux pèlerins afin de leur éviter de traverser le champ de bataille, les deux voyageuses et leurs compagnons pénétrèrent dans l'enceinte fortifiée de solides pieux. Des centaines de tentes s'y dressaient, dont beaucoup avaient durement souffert des intempéries hivernales.

Une grande effervescence régnait parmi les croisés. La victoire, succédant à l'accablement qui l'avait précédée, donnait un regain de courage aux plus abattus. On chantait, on dansait au milieu des convois de blessés, des transports de cadavres roulés dans des draps, d'une invraisemblable cohue qui se partageait, avec des cris de plaisir, les dépouilles des vaincus. On apercevait des hommes de pied, fort pauvres d'apparence, qui marchaient d'un air ravi, les bras chargés de vêtements de soie, d'armes turques, de boucliers ronds et damasquinés...

— Le plus intéressant, remarqua Mathieu le Barbier qui avait tenu à accompagner les voyageuses jusque « chez elles », ce qui va nous rendre le plus service, ce sont les nombreux chevaux capturés. Nous avions grand besoin d'une telle remonte !

— Sans parler du bois, des poutres, de tout le matériel retrouvé, ajouta Landry. Nous allons pouvoir enfin reprendre et achever la forteresse qui surveillera le pont.

— Dieu veuille qu'on nous rapporte aussi nos coffres, chuchota Albérade.

— Nous avons remis la main sur tout ce qui nous appartenait en plus de ce que nous avons pris à l'ennemi, assura le barbier. Ce serait bien le diable que vos affaires se soient égarées... mais il est vrai que certains des nôtres se sont servis d'abondance et qu'ils ne sont pas toujours très respectueux du tien et du mien...

Le petit groupe parvenait devant la tente où vivaient les enfants de Garin et leur oncle. Ce fut lui qui aperçut en premier les arrivantes parce qu'il se tenait devant l'entrée du logis de toile.

— Flaminia ! Mon enfant ! Vous voici donc enfin parmi nous ! s'écria-t-il. Que le Seigneur soit béni !

— Qu'Il vous garde, répondit l'adolescente qui avait les yeux pleins de larmes. Mais vous nous voyez seules toutes deux, Albérade et moi. Grand-mère n'est plus.

A ce moment, Alaïs souleva la portière d'accès à la tente et se précipita vers sa sœur.

— Comment grand-mère est-elle morte ? demanda-t-elle, la voix tremblante.

Flaminia lui fit le récit des derniers moments de Berthe la Hardie, et les deux sœurs restèrent longtemps embrassées, sans pouvoir rien dire tant elles pleuraient.

— Brunissen se trouve présentement dans la tente-hôpital où elle soigne les blessés, expliqua le père Ascelin, ému lui aussi plus qu'il n'aurait souhaité le laisser voir.

— Savez-vous si on est allé chercher dans le défilé où nous avons été attaqués les pauvres gens que les Sarrasins n'avaient pas exterminés ? demanda Flaminia tout à coup.

— On y a envoyé des moines-médecins, des dames et plusieurs charrettes, dit le barbier. Mais je crains fort qu'il n'y ait pas grand-monde à ramener...

— Si nous avions pu soupçonner que vous faisiez partie des pèlerins tombés dans cette embuscade, que d'angoisses n'aurions-nous pas ressenties ! dit Alaïs en secouant la tête d'un air accablé.

Elle relâcha son étreinte et fit quelques pas en arrière.

— Nous avons perdu grand-mère, reprit-elle tandis que sa peau de blonde s'empourprait, mais nous aurons en avril un nouveau petit être à accueillir dans notre famille...

Flaminia recula, regarda sa sœur au ventre. Un trouble et une interrogation muette changèrent son expression.

— Seigneur ! Vous êtes grosse ! dit-elle. Quel que soit votre ami, Dieu nous garde !

— Bâtie comme vous l'êtes, remarqua Mathieu le Barbier en s'adressant à Alaïs, vous ressemblez à une couleuvre qui aurait avalé un œuf !

Cette remarque provoqua une détente. Chacun était partagé entre le deuil et la joie des retrouvailles.

— Votre arrivée le jour même où nous venons de remporter une si éclatante victoire, avec l'aide de Dieu, me semble de fort bon augure, assura le père Ascelin. Peut-être allons-nous enfin prendre Antioche que nous assiégeons depuis si longtemps ?

— Ce serait à souhaiter pour mille raisons, dit Landry. Entre autres, pour influencer favorablement les ambassadeurs du vizir fatimide d'Égypte qui sont venus parmi nous observer la façon dont se déroule le siège.

— Des Sarrasins ici, dans ce camp ! s'écria Flaminia. Je n'aurais jamais pensé qu'une telle chose fût possible !

— Les Égyptiens haïssent les Turcs qui leur ont pris une bonne partie de l'empire qu'ils avaient conquis sur les Grecs, expliqua le père Ascelin. Leurs chefs sont enchantés de nous voir battre leurs ennemis. Ils souhaitent connaître nos intentions. On dit même qu'ils ne

seraient pas opposés à un partage des territoires de
l'ancienne Romanie entre eux et nous. Nos barons les ont
reçus avec bienveillance, et leur séjour dure déjà depuis
un certain temps.

— On parle d'alliance, confirma Landry. On dit aussi
qu'ils nous livreraient Jérusalem en échange de contrées
reconquises par nous sur les Turcs.

— Ces ambassadeurs sont adroits, admit le père Ascelin. Ils ont été jusqu'à parler de se convertir au christianisme si, après étude des textes et débat public, la
précellence de notre foi sur la leur parvenait à être
démontrée. Bien entendu, peu de croisés sont dupes de
pareilles propositions et moi moins que tout autre, mais
elles témoignent de leur désir de nous amadouer.

— Dieu seul sait comment tout cela finira, soupira
Alaïs. Ce que je sais, moi, c'est que je voudrais bien que
mon enfant naisse à Jérusalem !

— Les Égyptiens ne vont pas tarder à repartir, continua le notaire épiscopal. Des pourparlers sont sans doute
engagés. L'avenir s'éclaire. Après cet affreux hiver, le
printemps qui s'annonce nous permettra de nous ravitailler avec moins de difficultés. Pâques approche... De toute
manière, la victoire de ce jour va redonner force et
courage à nos troupes.

— Mon fils aura donc une chance de venir au monde à
Jérusalem ! lança Alaïs. Bohémond sera content !

Flaminia considéra sa sœur avec tendresse et un peu
d'envie. Sa cadette avait, elle aussi, connu l'amour
durant le voyage vers les Lieux saints. Éprise d'un
homme libre, elle avait pu s'abandonner à sa passion
sans péché grave, et la voici qui attendait un enfant de
lui... Le souvenir d'Andronic la traversa comme une très
fine aiguille. Elle porta la main à son cœur.

— Nous vous tenons là, debout, dit le père Ascelin,
alors que vous devez être épuisée ! Venez, entrons,
asseyez-vous toutes deux...

Flaminia accepta. Une fois assise, elle regarda autour
d'elle l'intérieur de la tente où elle avait vécu durant des
mois mais où tout lui semblait à la fois étranger et
familier.

« Je n'ai passé à Constantinople que quelques saisons,

songea-t-elle tout en déposant sa besace auprès d'elle, et, pourtant, je me sens ici, dans notre camp, parmi les miens, comme une exilée... N'est-il pas dit dans les Écritures : « Là où est votre cœur, là est votre trésor ? » Mon trésor, c'est Andronic... Partout où je me trouverai désormais, je serai amputée de la meilleure part de moi-même... »

Elle but le gobelet de lait de chèvre que lui offrait sa sœur, puis soupira.

— Je vais aller voir Brunissen, décida-t-elle. J'ai envie de lui parler. Ensuite, je me mettrai avec elle au service de nos frères souffrants...

— De mon côté, dit le père Ascelin, je vais demander à Monseigneur l'évêque du Puy que la messe de demain matin soit dite pour le repos de l'âme de votre grand-mère, Berthe la Hardie. Nous ne la reverrons plus ici-bas, mais elle intercède pour nous, à présent, au-delà des portes que nous franchirons tous un jour...

3.

A la fin des calendes d'avril, l'armée du Christ assié-
geait toujours Antioche.

Le printemps syrien, qui n'avait ni la douceur mouillée, ni les hésitations de ceux de la Beauce, était passé
d'une humidité torrentielle à une forte chaleur, qui
pesait.

Le jour de la Saint-Marc, vers l'heure de tierce, Alaïs
accoucha d'une petite fille. Pour donner un peu d'air à la
femme en gésine, on avait entrouvert les pans de toile
fermant d'ordinaire l'entrée de la tente familiale.

Brunissen, Flaminia, Albérade et une des sages-femmes
du camp, envoyée par dame Mabille, assistaient la future
mère. En dépit de ses hanches assez étroites, elle ne
souffrit qu'un couple d'heures, et chacune des assistantes
fut étonnée de la rapidité de sa délivrance.

Quand la matrone lui présenta la nouveau-née, qui
criait avec vigueur, Alaïs détourna la tête et se mit à
pleurer.

— Bohémond ne me pardonnera pas, gémit-elle. Il ne
me pardonnera jamais ! Il lui fallait un fils !

— Nous sommes bien obligés de prendre ce que Dieu
nous envoie, remarqua la sage-femme tout en coupant le
cordon ombilical. Ce n'est pas à nous de choisir.

C'était une personne grande et sèche, au visage sévère
entre les pans du voile qui lui enserrait la tête jusqu'au
front.

Flaminia contemplait, avec une nostalgie qui lui tordait le cœur, la jolie petite créature à laquelle sa sœur venait de donner le jour.

— Vous devriez être heureuse, dit-elle doucement. Votre fille est belle et gente. De plus, elle est née les yeux ouverts, ce qui, dit-on, est de bon augure.

— Elle ressemble à son père, constata Brunissen qui aidait la sage-femme à laver l'enfant dans un cuveau d'eau tiède avec un savon au miel sauvage. Elle a déjà de longues jambes de future cavalière. Elle sera grande et bien faite.

— Peu m'importe, souffla Alaïs. Bohémond ne s'en souciera pas plus que d'une guigne !

— Eh bien, sur mon âme, il aura tort ! s'écria Flaminia. S'il refuse de s'en occuper, nous le remplacerons auprès d'elle !

— Vous avez raison, sœur, amie, dit Brunissen. Je sens déjà que je vais l'aimer tendrement, cette petite-là. Si elle n'a pas de père, elle aura trois mères. Ceci vaut bien cela !

Devant l'entrée de la tente, on avait placé Biétrix afin qu'elle barrât le passage à tout homme qui aurait, par inadvertance, essayé de pénétrer sur les lieux où se déroulaient les couches. Par l'entrebâillement des toiles, on l'apercevait qui tendait le cou pour distinguer ce qui se passait à l'intérieur. On lui fit signe et elle vint admirer un instant le nourrisson.

— Comment allez-vous nommer votre fille ? s'enquit la sage-femme tout en s'affairant à sécher dans un grand molleton le menu corps qu'elle avait sorti de l'eau.

— Je ne sais... J'étais tellement certaine d'avoir un fils que j'aurais appelé Bohémond...

— En souvenir de grand-mère, ne pourrait-on pas lui donner le nom de Berthe ? proposa Flaminia.

— Faites comme il vous plaira, murmura Alaïs.

— Souhaitons qu'elle ait le courage et la générosité de notre aïeule, mais non pas son côté autoritaire et volontiers tyrannique, reprit Brunissen en apportant de la poudre de racine d'iris que lui avait offert Théophane Daniélis durant le séjour des Chartrains à Constantinople.

Afin de parfumer et de protéger la peau si tendre de

l'enfantelet, la matrone l'en saupoudra d'abondance avant de verser dans chaque œil bien fendu deux gouttes de vinaigre rosat dont elle transportait toujours avec elle, dans sa trousse de cuir, l'étroit flacon.

— Dame Mabille m'a chargée de mettre ce collier de grains d'ambre autour du cou de son neveu... ou de sa nièce, ajouta-t-elle en sortant un rang de perles irrégulières et ambrées de son devantier souillé de sang. C'est une bonne protection contre les convulsions et les coliques.

Elle passa le cadeau au col sans force entre les plis duquel s'attardait une certaine moiteur.

— Vous remercierez dame Mabille, chuchota Alaïs en pleurant derechef. Mais je sais bien que, tout comme son frère, elle ne tirera aucune satisfaction de cette naissance...

— N'est-elle pas femme et heureuse de l'être ? lança Flaminia avec irritation. Elle serait mal venue de bouder notre petite fille.

— Elle ne la boudera ni ne la cajolera, trancha l'accoucheuse tout en emmaillotant la nouveau-née dans des langes de lin retenus par des bandelettes entrecroisées. Elle est bien trop occupée ce jourd'hui par le riche butin dont messire Tancrède, son neveu, vient de s'emparer !

— Il est vrai, dit Brunissen. Dans tout le camp, on ne parle que de cette aubaine providentielle. Si le chevalier Tancrède a accepté de prendre beaucoup de risques en allant enlever de force à l'ennemi une vieille bastille remise vaille que vaille en état, ce service a reçu sans tarder rétribution et dédommagement !

Quelque temps auparavant, afin de contrôler la dernière voie d'accès encore libre vers Antioche, les barons avaient décidé d'occuper un fort situé à l'ouest de la ville, près d'un monastère en ruine, du nom de Saint-Georges. Le nord, l'est et le sud de la cité étant déjà interdits par les nouvelles maisons fortes de Malregard et de la Mahomerie ou bien par la montagne abrupte, il ne restait aux Turcs que ce passage pour se faire ravitailler. Au grand dam des croisés, les assiégés défiaient les assiégeants en recevant encore par là armes et vivres. Tancrède, neveu de Bohémond et de Mabille, avait consenti, si on l'aidait à régler ses nombreuses dettes en lui versant quatre cents marcs d'argent, à s'emparer, puis à tenir cette position aussi périlleuse qu'essentielle. Il était aussitôt passé aux actes et avait été récompensé de sa vaillance : une importante caravane de blé, vin, orge, mil, huile et autres denrées, qui rejoignait Antioche par la piste habituelle, s'était vu interceptée, dès l'installation des croisés dans le fort. A l'immense soulagement des pèlerins, cette provende inespérée avait été dirigée sur le camp. L'arrivée quasi miraculeuse de tant d'aliments, dont ils avaient le plus urgent besoin, n'était-elle pas un don du Seigneur ?

Pendant qu'Albérade et la sage-femme procédaient à la toilette de la jeune accouchée, la lavant puis la parfumant, Flaminia et Brunissen se penchaient côte à côte sur le berceau d'osier tressé où était couchée leur nièce. Si elles la considéraient avec une tendresse déjà possessive, elles éprouvaient l'une et l'autre une émotion dont elles n'avaient pas imaginé qu'elle éveillerait tant de résonances en elles.

« Jamais je ne posséderai pareille merveille, se disait Brunissen. Le service du Très-Haut remplacera les joies de la maternité par celles, plus ardues mais plus exaltantes, de l'amour divin. J'ai toujours su qu'après avoir choisi une route on devait en accepter les ombres aussi bien que les clartés... Je n'aurai pas d'enfant d'Anseau le Bel, mais je serai la servante du Christ Jésus ! »

Flaminia n'était que déchirement et regret.

« Si je l'avais voulu, songeait-elle, si j'avais consenti, fût-ce une fois, à céder aux prières d'Andronic, je pourrais, moi aussi, tenir dans mes bras un fils ou une fille bien à moi ! Un être tout neuf à aimer, à protéger, à voir grandir... Un petit qui participerait de nous deux, qui serait mon soutien dans l'épreuve si dure qu'est pour moi une séparation à laquelle je ne parviens pas à m'habituer... Un enfançon qui ressemblerait peut-être à son père, lui aussi, qui pourrait avoir plus tard son regard bleu..., qui demeurerait un lien indestructible entre nous... »

Elle serra les lèvres.

« Je deviens folle, se reprit-elle aussitôt. Folle et pécheresse... par la pensée ! L'enfant que j'aurais conçu, porté, en de telles conditions, ne serait-il pas le fruit de l'adultère ? Quoi qu'en ait pu dire Andronic, pour l'Église romaine, un mariage ne peut être rompu du fait de la volonté humaine... Notre enfant aurait été celui de la trahison, du reniement des principes qui me sont sacrés, des commandements auxquels j'ai soumis ma vie... »

Des bruits, des paroles venant de l'extérieur, toute une agitation l'arrachèrent à ses pensées.

Suivie de quelques-unes de ses femmes, Mabille, qui ne semblait pas se désintéresser de la naissance attendue, entra sous la tente.

— Dieu me damne, s'écria-t-elle, si votre servante ne voulait pas m'interdire de pénétrer jusqu'à vous !

Elle jeta un rapide coup d'œil autour d'elle pour distinguer, dans la pénombre qui régnait sous les toiles, l'endroit où se trouvait Alaïs. Elle s'approcha du lit, se campa auprès de la jeune maîtresse de son frère, la considéra non sans curiosité. Avec sa carnation éclatante, son bliaud vermeil, le voile vert brodé de soieries diaprées qui lui enveloppait la tête, Mabille irradiait de présence charnelle et triomphante. A travers ses riches vêtements, son corps s'imposait avec une sorte de tranquille impudeur animale qui en faisait, songea Brunissen, la plus femelle de toutes les femelles du camp !

— Au nom très haut du Christ, comment vos couches se sont-elles passées ? Je brûlais d'impatience et me suis décidée à venir voir par moi-même... Il semble que tout soit allé bon train et pour le mieux.

— Vous êtes dans le vrai, dame, intervint d'un air important la sage-femme. L'enfant se présentait bien et n'a pas souffert au passage... Il était aussi, soit dit sans me vanter, en des mains qui ne sont pas manchotes !

— Eh bien, voilà une excellente chose de faite ! s'exclama Mabille qui aimait l'amour mais pas ses conséquences et qui se trouvait assez satisfaite de n'avoir encore eu à connaître ni les fatigues de la grossesse ni les souffrances de l'enfantement. Ce petit, comment est-il ? Par Dieu, montrez-le-moi !

Brunissen s'avança, fit une brève révérence.

— Ma sœur a mis au monde une fille, dit-elle à la place

d'Alaïs qui, pâle et les yeux de nouveau pleins de larmes, cachait son visage entre ses mains.

— Comment cela, une fille ? lança Mabille avec colère. Une fille ! Alors, elle n'est pas de Bohémond ! Jamais un homme comme lui n'aurait procréé autre chose qu'un garçon !

— Dame, je vous en supplie, gémit Alaïs du fond de ses draps...

La mousse de ses cheveux blonds en désordre dépassait seule à présent des courtines.

Flaminia lui coupa la parole. Flamboyante d'indignation, elle s'approcha de la visiteuse.

— Par tous les saints, comment une femme peut-elle parler comme vous le faites ! s'écria-t-elle sans se soucier du rang de celle à qui elle s'adressait de la sorte. N'en êtes-vous pas une, vous aussi, dame, et contente de l'être, semble-t-il ! A Constantinople d'où je viens, comme à Chartres et à Blois, où la comtesse Adèle de Normandie a donné le ton, on respecte et révère nos pareilles. Est-ce donc les nouveaux maîtres de la Sicile et de l'Italie du sud qui perpétuent l'exécrable coutume qui veut que seule la naissance d'un garçon soit digne d'attention et de réjouissances ? La mère de Notre-Seigneur Jésus-Christ ne faisait-elle pas partie de cette gent féminine que certains se permettent encore de mépriser ? N'est-ce pas grâce à elle que l'humanité a pu être sauvée ? Dieu me pardonne, mais c'est se montrer mauvais chrétien que de ne pas estimer, honorer et entourer d'égards nos semblables, nos sœurs, dont, un jour, la Vierge Marie a partagé le sort !

Un silence, que ne rompait que les sanglots étouffés d'Alaïs, s'établit autour du lit où elle se blottissait peureusement.

Mabille avait commencé par foudroyer du regard celle qui l'apostrophait avec un tel aplomb. Puis son expression se transforma peu à peu. Elle parut réfléchir et finit par sourire.

— Bohémond n'aurait pas détesté votre mouvement d'humeur, remarqua-t-elle enfin. Il a un goût prononcé pour les amazones de votre espèce. Seulement, s'il les apprécie au déduit, il a besoin de garçons pour le suivre au combat. Ce n'est pas une fille, aussi déterminée soit-

elle, qui pourra plus tard le seconder sur un champ de
bataille.

— Qui sait ? reprit Flaminia avec plus de calme. Qui
sait ? Sous l'habit d'homme, plus commode pour porter
les armes, n'y a-t-il pas, ici même, quelques femmes qui
luttent contre les Sarrasins ? Si je n'en ai pas encore
rencontré, je n'en ai pas moins ouï parler souventes fois
depuis mon arrivée au camp.

— Vous ne doutez de rien, ma belle ! lança la visiteuse
qui semblait à présent se divertir. Pour peu que notre
commune nièce tienne de vous, elle aura des chances de
plaire à son père !

Et, se tournant vers ses femmes :

— Distribuez les cadeaux que j'ai apportés. Bien qu'il
ne s'agisse pas d'un mâle, je prends sur moi de les offrir à
Alaïs et à son enfant. A condition, toutefois, d'être la
marraine de cette petite qui portera de la sorte mon nom.

On ne pouvait refuser. Alaïs, qui venait de passer de la
crainte à la stupeur, puis de la stupeur au ravissement,
acquiesça, en dépit d'un certain regret. Sa fille se nom-
merait donc Mabille.

Des pièces de soie de couleurs vives, des sandales de
cuir tressé, une coupe en argent incrustée de perles, des
flacons de nard, des sachets de pétales de roses furent
alors répandus sur la couche de la jeune mère.

— Pour le nouveau-né, j'ai fait mettre dans ce sac de
toile des langes de lin très fin et des couvertures en laine
d'agneau, expliqua Mabille. Je ne veux pas que ma
filleule fasse pitié.

— Elle ressemble déjà à l'illustre seigneur qui l'a
engendrée, murmura la sage-femme, soulagée de constater que l'orage s'éloignait.

— Montrez-la-moi donc, que je la vois un peu !
ordonna la sœur de Bohémond.

Brunissen la conduisit jusqu'au berceau dont elle
souleva le voile.

— Par le Dieu de vérité, vous n'avez pas tort, admit la
future marraine après avoir longuement considéré la
petite fille endormie. Elle est bien de notre côté. Je
tâcherai de flatter mon frère avec cette ressemblance.
Rien ne dit cependant qu'il y sera sensible...

Il ne le fut sans doute pas. S'il passa rapidement, au cours de la soirée, pour visiter ce qu'il appelait avec son grand rire impudent « mon petit harem », il ne s'attarda guère et ne manifesta aucun attendrissement envers l'enfançon qu'il regarda à peine.

— Il faudra m'en faire un autre et ne pas vous tromper, cette fois-ci, sur le sexe ! dit-il à Alaïs en se penchant pour lui poser à la volée un baiser entre les seins. Je vous retrouverai avec plaisir après vos relevailles !

Durant le baptême qui eut lieu le lendemain, le nouveau père, magnifique selon son habitude, se montra pourtant distrait et s'en alla dès la fin de la cérémonie intime à laquelle la jeune mère n'assistait pas. Elle devait rester couchée une quinzaine de jours et ne sortir de la tente qu'au bout de quarante jours pour assister, dans la chapelle de toile, à une messe de purification.

— Espérons qu'elle se verra obligée de quitter sa couche plus tôt que prévu pour entrer avec nous dans Antioche, dit le père Ascelin au cours du repas familial qui suivit le baptême. Nous n'allons tout de même pas, Dieu juste, demeurer autour de cette ville indéfiniment !

— Maintenant que les Turcs ne peuvent plus recevoir de ravitaillement de l'extérieur, ni mener paître leurs troupeaux dans la montagne, la faim ne devrait pas tarder à les faire capituler, ajouta Landry. J'espère que nous n'en avons plus pour longtemps à nous morfondre devant cette maudite place !

— J'aurais tendance à la trouver bien plus plaisante depuis quelque temps, lança Herbert Chauffecire qui avait cessé de courtiser Biétrix dès le retour de Flaminia. Je ne sais si cela tient à la venue du printemps ou à une autre venue...

— Dites plus justement que l'élection, par le conseil des barons, de notre comte, Étienne de Blois, au rang de chef suprême de l'ost a redonné espoir à chacun de nous, corrigea tranquillement l'adolescente en paraissant ignorer les avances de son éternel soupirant. Cette gloire a rejailli sur tous ses vassaux, et nos Chartrains ont repris courage.

— Ils sont même gonflés d'orgueil, remarqua Brunissen en souriant. Chacun d'entre eux y a gagné en importance.

On rit. Une sorte de trêve semblait s'être installée depuis quelques jours entre les assiégés et les assiégeants. Lassitude ou piège ? On l'ignorait et on priait le Seigneur de dénouer au plus vite une situation dont le prolongement pouvait devenir périlleux.

Les vivres pris aux infidèles s'épuisèrent rapidement. La faim rôda de nouveau à travers le camp. Avec elle le découragement ne tarda pas à revenir, accentué par l'attente toujours vaine des renforts grecs qui ne se manifestaient pas.

L'unique aide que reçut l'armée et les pèlerins durant ce nouveau printemps fut l'envoi d'or, d'argent, d'étoffes de soie fort belles et de chevaux avec leur harnachement, que fit aux Francs le frère de Godefroi de Bouillon, ce Baudouin qui était devenu prince d'Edesse...

— Nos gens auraient préféré du pain, de la viande ou n'importe quelle autre denrée à se mettre sous la dent, dit avec amertume Landry à Brunissen, un soir où il était passé voir Alaïs et sa fille. Nous n'avons point besoin d'or, puisqu'il n'y a plus rien à acheter par ici.

— La fertile vallée de l'Oronte nous fournit peu de nourriture, admit Mathieu le Barbier en faisant la gri mace. Nous en avons, semble-t-il, épuisé les ressources. Par le Créateur, il faut reconnaître qu'elle a été tondue comme un œuf !

Des amis de Landry, il était le seul à présent à se voir admis chez les filles du parcheminier. Herbert Chauffecire en avait été définitivement évincé après la gifle que lui avait octroyée Flaminia, un jour où il la serrait de trop près.

Assise devant l'entrée de la tente d'où Alaïs n'avait toujours pas le droit de sortir, l'aînée de la famille, revenue de la tente-hôpital, cousait pour sa nièce une petite chemise de toile.

Avec le soir, la fraîcheur descendait. L'après-souper était l'heure bénie où le ciel dispensait enfin un bien-être auquel l'esprit participait tout autant que le corps.

Aux pieds de la jeune fille, Landry et Mathieu buvaient des gobelets de vin coupé d'eau tirée de l'Oronte. Ils avaient été s'y baigner une fois leur service terminé, selon l'usage établi par beaucoup de croisés pour se débarrasser de la crasse, de la sueur, de la poussière qui leur collait à la peau comme une gangue, dont l'odeur fétide et âcre imprégnait leurs vêtements usés, malmenés par les intempéries. Ils avaient remonté du fleuve plusieurs outres en cuir de chèvre remplies à ras bord et ruisselantes.

Un peu en retrait, le père Ascelin écrivait sur un tronc d'arbre scié, où il avait posé son écritoire.

Biétrix ravaudait des chausses.

Flaminia et Albérade, demeurées à l'intérieur de la tente, tenaient compagnie à la jeune mère en berçant chacune à leur tour son enfantelet...

Autour de cet îlot de paix, le bruit, la fumée, les fortes exhalaisons du camp s'élevaient vers le crépuscule ainsi que chaque soir, comme le témoignage de la présence têtue, assurée, indéracinable, des soldats et des pèlerins du Christ...

— Qu'est donc devenu Pierre Barthélemy ? s'enquit soudain Brunissen.

— Pierre est un étrange bonhomme, affirma Landry en posant près de lui, sur le sol pelé où l'herbe ne poussait plus depuis longtemps, son gobelet vide. Il est toujours en mouvement. Il s'est d'abord rendu à Edesse, où il assure avoir été gratifié, le mercredi des Cendres, d'une seconde vision semblable sur beaucoup de points à la première, puis il est reparti pour un port de la côte avec l'intention de gagner Chypre, pensant y trouver de la nourriture... Là encore, il m'a confié que saint André s'était manifesté à lui en le tançant pour sa désobéissance. Il va jusqu'à laisser entendre que si le bateau qu'il avait emprunté pour s'éloigner d'ici avec quelques autres affamés en quête de subsistance s'est vu forcé de rentrer au port d'où il était parti le matin, c'est parce que saint André aurait suscité une tempête dans l'intention de l'amener, lui,

Barthélemy, à accomplir la mission dont il l'avait chargé ! Je ne demande qu'à croire à une intervention divine mais, je ne sais pourquoi, Pierre ne m'inspire qu'une confiance mitigée.

Brunissen suspendit le mouvement de son aiguille.

— Comment savez-vous tout cela, mon frère ? demanda-t-elle.

— J'ai rencontré notre compère vers l'heure de tierce. Il m'a longuement parlé de tous ces événements avant de repartir pour une nouvelle destination qu'il a tenu, Dieu seul sait pourquoi, à garder secrète...

— Nous vivons innocemment au centre d'une véritable toile d'araignée de dissimulations et d'intrigues, soupira le père Ascelin en interrompant son travail. On dit que Bohémond de Tarente, lui aussi, se livre à de mystérieuses menées... Il serait entré en relation avec un certain Arménien d'Antioche, converti jadis de force à l'islam et dont on ne sait rien, sinon qu'il a de fréquentes entrevues avec le père de notre petite-nièce. Comme nous connaissons l'habileté, l'ambition, le peu de scrupule aussi qui distinguent Bohémond, il nous est permis de nous interroger. Tout est possible de sa part.

— Ces manœuvres souterraines expliquent sans doute le peu d'empressement qu'il apporte à venir visiter Alaïs et leur enfant, suggéra Brunissen. Il doit avoir bien d'autres choses en tête qu'une jeune femme, qu'il ne peut approcher tant qu'elle n'a pas été purifiée par la cérémonie des relevailles, et qu'une petite fille dont la naissance lui a causé une profonde déconvenue.

— Croyez-vous qu'il ait, sincèrement, l'intention de reconnaître sa fille et de renouer un jour avec Alaïs ? demanda Landry en baissant la voix pour ne pas être entendu sous la tente. Il se montre tellement inconstant...

— Mais elle est si jolie ! murmura Mathieu qui ne cherchait pas à dissimuler l'attrait exercé sur lui par la plus jeune des sœurs depuis qu'il l'avait vue à Brindisi.

On lui connaissait de brèves aventures, mais on savait aussi qu'il continuait à espérer que viendrait le moment où sa belle, lassée par l'indifférence de Bohémond, s'apercevrait enfin de sa présence fidèle à ses côtés.

Au cours des jours qui suivirent, une chose apparut vite

comme certaine à la famille d'Alaïs : Bohémond caressait à présent des projets qui n'avaient rien à voir avec les femmes... C'était d'une ville qu'il s'était épris. C'était Antioche qu'il voulait posséder.

Ceux qui l'observaient, dont le père Ascelin, le virent procéder par étapes, en dépit des violentes oppositions qu'il rencontrait sur sa route, afin de parvenir coûte que coûte à la réalisation de son désir. Selon son habitude, il mêla astuce, force et désinvolture.

Pour commencer, on apprit qu'il avait proposé aux autres seigneurs, durant un conseil des barons, que la cité fût acquise à celui qui, d'une manière ou d'une autre, parviendrait à la conquérir. Bien entendu, ses pairs s'y refusèrent. « Nul ne recevra seul et en propre cette métropole, mais nous l'aurons à part égale, affirmèrent-ils. Nous avons supporté tous les mêmes travaux, nous recevrons tous le même honneur ! »

On certifiait qu'en entendant ces mots Bohémond avait souri et s'était aussitôt retiré.

Entre seigneurs d'abord, dans tout le camp ensuite, on parla beaucoup de ce sourire de Bohémond...

Peu de temps après, les croisés furent avertis qu'une armée redoutable, plus importante que toutes celles déjà réunies par les infidèles, s'était constituée. Sur ordre du sultan de Perse, Barqyarûq, un émir nommé Kerboga, qui passait pour invincible, avait levé des troupes rassemblant, en une sorte de guerre sainte, tous les hommes des terres orientales en âge de porter les armes.

Les maliks de Jérusalem et de Damas s'étaient à leur tour, et pour la première fois, ralliés à eux.

Tous ensemble, ils projetaient d'anéantir les assiégeants chrétiens d'Antioche, dont ils connaissaient le dénuement et les privations.

Devant ce nouveau et imminent péril, les Francs envoyèrent un message de détresse au basileus qui procédait en Romanie à la réoccupation des villes que les croisés avaient libérées du joug turc. La réponse tarda...

— Nous allons être pris entre l'arbre et l'écorce comme des cloportes, annonça sombrement Landry aux siens, un jour de mai. Nous risquons d'y périr tous, broyés entre l'immense cohorte du Prophète qui s'avance vers nous et les occupants d'Antioche qui attendent leur revanche !

— Dieu ne laissera pas périr ses défenseurs, répondit avec sérénité Brunissen, qui s'apprêtait à regagner une fois de plus en compagnie de Flaminia les tentes-hôpitaux. Il y pourvoiera.

Les deux sœurs s'éloignèrent vers les blessés et les malades qui les attendaient.

— J'admire votre aînée, dit le père Ascelin à son neveu. Fasse le Seigneur qu'elle ait raison ! Mais notre situation me tourmente chaque jour davantage.

— Vous n'êtes pas le seul, mon oncle. L'émir Kerboga n'a encore jamais été vaincu.

Le beau-frère de Garin se redressa soudain.

— Il n'a, non plus, jamais encore eu à faire aux soldats du Christ ! répondit-il avec dignité. Votre sœur a sans doute raison : Dieu nous aidera une nouvelle fois à vaincre ses ennemis.

— Il se pourrait bien que ce soit Bohémond qui devienne pour ce faire le bras droit du Seigneur, remarqua Mathieu le Barbier, dont la présence chez les Chartrains était devenue familière.

— Que savez-vous ?

— Sur mon salut, je ne sais rien, mais des bruits courent...

— Espérons qu'ils courront plus vite que Kerboga ! rêva le père Ascelin.

Sous la tente, Alaïs entendait ces propos et berçait sa petite fille en songeant à l'avenir qui pourrait être le leur, à toutes deux, si Bohémond devenait prince d'Antioche...

La réalité ramena tout le monde à la raison. Des jours de peur et d'incertitude pesèrent sur le camp durant les semaines chaudes et faméliques des calendes de mai.

En apparence, les croisés vivaient comme d'habitude. Partagés qu'ils étaient entre la recherche hasardeuse de la nourriture, l'entretien de leurs armes, de brefs engagements avec les assiégés, la folie du jeu, le besoin d'amour qu'assouvissaient les filles follieuses, les corvées de toutes sortes, les soins aux patients, les bains dans l'Oronte et les offices, les prières, les invocations ferventes, passionnées, qu'on adressait à Dieu.

A la tête de sa puissante armée, durant ce temps, l'émir Kerboga traversait les monts...

Il s'arrêta une première fois à Edesse, qu'il comptait prendre au passage. C'était méconnaître la tenace vaillance de Baudouin de Boulogne, qui répondit aux conditions draconiennes qu'on lui avait fait parvenir en sortant de la ville avec ses troupes. Il s'en prit hardiment à l'avant-garde de l'émir et rentra ensuite en vainqueur dans sa cité.

Vexé, Kerboga décida d'assiéger Edesse jusqu'à sa reddition.

Ce fut vers ce temps-là que Pierre Barthélemy revint au camp avec un nouveau compagnon. Ils se faufilèrent tous deux jusqu'à sa cabane de bois, et Pierre ne prévint personne de son retour. L'homme qui partageait son maigre brouet et son pauvre logis était un moine bénédictin, aussi discret que son hôte. Grand, maigre, silencieux, il ne sortait jamais sans avoir rabattu son capuchon sur son visage imberbe.

Mai s'achevait quand les croisés apprirent que Kerboga et ses alliés avaient abandonné le siège d'Edesse qui se prolongeait sans résultat. La puissante armée musulmane se dirigeait à présent vers Antioche.

— Sur mon âme, j'ai découvert le visage de la peur ! s'exclama tristement Brunissen en revenant un soir de son travail en compagnie de Flaminia. Beaucoup des nôtres tremblent d'effroi à l'idée du sort qui nous attend si Dieu ne nous délivre pas de ces mécréants.

— Messires Godefroi de Bouillon, Robert de Flandre, ainsi que d'autres seigneurs ont offert, dit Flaminia, de sortir bannières déployées et en bon ordre de bataille dans l'intention de barrer le passage à l'ennemi. Je crois qu'ils ont raison.

— Ce n'est pas l'avis de tous, intervint le père Ascelin. Il en est pour les blâmer de risquer ainsi l'aventure. Si l'armée était scindée en deux, un des corps pourrait rester ici pour nous défendre tout en tenant en respect les hommes de l'émir d'Antioche. De toute manière, la situation est grave, mes enfants. Supplions le Seigneur de nous venir en aide.

La désolation s'intensifia parmi les Francs quand on découvrit, au matin suivant, que le comte Étienne de Blois, élu par les barons chef suprême de l'armée, avait abandonné son poste. Prétextant une maladie qui nécessitait qu'il se retirât, il s'en était allé avec ses soldats pour gagner, à quelques heures de marche, Alexandrette, où il comptait se soigner.

— Cet abandon face au danger est la plus grande offense qu'un seigneur ait jamais osé faire à ses vassaux ! s'écria avec dégoût Flaminia lorsque la nouvelle lui parvint. Il nous a tous trahis !

— Peut-être le verrons-nous revenir sous peu ? dit Brunissen.

Le père Ascelin secoua un front alourdi. Sous ses épais sourcils, ses petits yeux vifs étaient remplis d'amertume.

— Il ne reviendra pas, dit-il d'un ton sévère. Non, sur ma foi, il ne le pourra pas ! Il n'avait pas le droit de nous délaisser aux jours les plus sombres de notre marche vers les Lieux saints, et il le sait. Il se devait, il nous devait, de rester parmi nous pour partager notre sort : la victoire ou la mort ! Il s'est déshonoré aux yeux de l'ost tout entière. Comment voulez-vous qu'ensuite il ait le front de se présenter devant elle ?

La détresse et l'épouvante ne cessaient de monter dans les cœurs les plus résolus. Chacun se sentait perdu et priait le Seigneur pour connaître une bonne mort... On ne savait même pas si la délégation envoyée à l'empereur était parvenue à le rejoindre pour lui donner l'alerte. Aucun renfort ne semblait pouvoir venir, hormis du ciel...

C'est alors que Bohémond intervint. Au cours d'une séance dont les éclats retentirent alentour, il amena le conseil des barons à s'incliner devant ses exigences, naguère repoussées, que la pression haletante des événements rendait à présent inévitables. En dépit de l'opposition obstinée du comte de Toulouse, les seigneurs francs consentirent enfin à ce qu'Antioche appartînt à celui qui saurait la conquérir, de quelque façon que ce fût.

Godefroi de Bouillon le premier, les autres après lui, et

bien à contrecœur, se démirent de toute prétention sur la ville. Ils promirent au chef des Normands de Sicile la souveraineté tant convoitée, à condition que le basileus ne survînt pas auparavant pour les soutenir. Auquel cas, Antioche lui serait remise, selon le serment d'hommage reçu par lui à Constantinople.

D'un haussement d'épaule, Bohémond rejeta cette perspective, puis il exposa sa stratégie.

— Si la grâce de Dieu nous favorise, c'est cette nuit même qu'Antioche nous sera livrée, assura-t-il avec une si absolue certitude que chacun reprit courage.

Les barons écoutèrent ensuite ce qu'il avait à leur révéler.

Après toute cette agitation, la nuit, voilée de bleu, descendit sur la vallée de l'Oronte...

Divisée en deux troupes, l'armée chrétienne, promptement rassemblée, se mit en marche. On avait dit aux hommes que le conseil avait décidé d'attaquer à l'improviste les infidèles pour les surprendre en profitant de l'obscurité. Ceux qui feraient bruit ou tumulte de quelque sorte que ce fût seraient exécutés. Il ne fallait pas que les gardes qui veillaient aux remparts d'Antioche eussent l'attention éveillée.

— Ce n'est plus la bourse ou la vie, chuchota Mathieu qui se tenait parmi les arbalétriers aux côtés de Landry, c'est le silence ou la mort !

On partit. Les gens de pied contournèrent le mont Silpius tandis que les cavaliers, dont les sabots des chevaux avaient été enveloppés de chiffons, suivaient le cours du fleuve. Le vent s'était levé. Il soufflait vers la mer et emportait dans sa course heurts, bris et murmures...

Au camp, on veillait sans lumière afin de ne pas attirer la curiosité des Turcs. On s'était réuni en groupes orants qui soutenaient de leurs prières l'attaque projetée...

Entre l'heure de laudes et l'heure de prime, piétons et cavaliers progressèrent.

— Que le diable m'emporte si nous ne faisons pas tout

simplement le tour de cette infernale cité ! souffla Landry
à l'oreille de son voisin.

Celui-ci opina de la tête et mit un doigt sur ses lèvres.

Quand l'ordre leur en fut donné à voix basse, les soldats
s'immobilisèrent puis se mussèrent contre les murailles
méridionales de la ville, près d'une porte qui dépendait
d'une imposante tour carrée. Elle faisait partie des
quatre cent cinquante tours distribuées tout au long des
invincibles fortifications construites jadis par l'empereur
Justinien...

Landry et ses compagnons cherchaient à se cacher le
mieux possible dans le fossé, lorsqu'on le tira soudain par
la manche.

— Qui va là ? demanda-t-il tout bas, non sans inquiétude.

— C'est moi, Pierre Barthélemy. Je suis ici depuis
matines, en compagnie d'un moine de mes amis.

— Dieu te garde ! Que fais-tu à pareille heure en cet
endroit infernal ? Qu'es-tu devenu ces derniers temps ?

— J'ai voyagé, répondit de façon laconique le petit
homme. Mais je suis revenu voici plus de deux semaines
et suis au courant de ce qu'on vous a dissimulé tantôt. Je
sais ce qui va se passer. Écoute-moi. Je t'ai cherché car ta
famille m'a toujours soutenu et je tiens à te mettre en
garde. Veille sur toi. Les heures qui viennent risquent
d'être chaudes !

Il se rapprocha encore davantage du jeune homme afin
de lui parler de plus près.

— Bohémond s'est mis en rapport avec un Arménien
d'Antioche, fabricant de cuirasses, chrétien de naissance
mais converti de force par les Turcs, comme beaucoup de
ses compatriotes. Ce pauvre homme déteste ses oppresseurs, mais il leur est devenu indispensable. Il se nomme
Firûz et a été nommé gardien de la grosse tour des Deux-
Sœurs que tu aperçois dans l'ombre et au pied de laquelle
on vous a regroupés. Il s'apprête à vous la livrer.

— Par tous les saints, si ce que tu dis est vrai, ce Firûz
est un envoyé de Dieu !

— Peut-être. On peut le considérer ainsi. En tout cas, il
est d'autant plus monté contre les Turcs que son propre
fils a surpris sa mère en train de le cocufier, chez lui, avec

un des capitaines de l'émir. Il tient à se venger aussi de cet outrage. Grâce à lui, vous n'allez pas tarder, comme je vous l'avais annoncé dès cet hiver, à conquérir cette ville orgueilleuse, réputée imprenable !

— Que sais-tu encore ?

— Bohémond n'est pas loin de nous. Il attend le signal de son complice. A la première lueur de l'aurore, les événements vont se précipiter... Tiens, écoute ! N'as-tu pas entendu le bruit mou d'une corde lancée du haut de la tour ? Un des nôtres va y grimper pour remettre un gage à l'Arménien (une bague appartenant à Bohémond, à ce qu'on m'a dit) afin de se faire reconnaître et aussi de s'assurer qu'il n'y a pas traîtrise... Il ne faudrait pas tomber dans un guet-apens.

Des frôlements, des chuchotis, quelques jurons étouffés parvenaient maintenant aux hommes du fossé.

— Une longue échelle en cuir de bœuf va être suspendue à la muraille, continua dans un nouveau murmure Pierre Barthélemy. Il ne vous restera plus qu'à y monter.

— Dieu le veut ! lança une voix forte.

Aussitôt des hommes se ruèrent vers l'échelle. Surgis de la nuit qui les avait dissimulés jusque-là et à peine éclairés par l'aube naissante, Bohémond, Godefroi, Robert de Flandre donnaient l'exemple. On les vit commencer l'ascension.

Parce qu'il se trouvait à présent au courant de ce qui se tramait, Landry s'était précipité parmi les premiers pour grimper. Il était suivi du barbier, de Pierre Barthélemy et du moine taciturne qui l'accompagnait, ainsi que de beaucoup d'autres.

A peine ce premier groupe était-il parvenu sur la plate-forme de la tour que l'échelle se rompit, entraînant dans sa chute la grappe humaine qui s'y agrippait.

— Dieu juste, sauvez-les, sauvez-nous ! s'écria Landry.

— Venez, dit Pierre. Venez. Je connais un passage qui mène, au bas de la tour, à une poterne dont nous pourrons forcer les ouvertures !

Ils s'élancèrent dans un escalier à vis déserté par les Turcs — déjà occupés à se battre contre ces assaillants surgis de nulle part —, et parvinrent jusqu'aux portes fermées.

— Rangez-vous derrière moi, ordonna alors le moine resté jusque-là silencieux. Rangez-vous et prenez garde à vous !

Il sortit une hache de sous la bure de sa chape monacale et entreprit, à grand effort, de briser le bois épais qui résistait. Sa fougue était telle que, bientôt, les planches furent défoncées et les portes arrachées.

— Vive Dieu ! Saint sépulcre ! Saint sépulcre ! cria-t-il alors aux soldats francs qui se bousculaient autour de l'échelle brisée. Venez ! Venez ! La route est libre !

Emporté par le flot tumultueux des combattants éblouis par ce qu'ils considéraient comme un nouveau miracle, Landry eut juste le temps de se dire qu'il connaissait cette voix, dont l'accent étranger le surprenait pourtant...

— Dieu le veut ! Dieu le veut !

— Et outre ! Et sus ! Dieu aide !

L'émir d'Antioche fit alors sonner l'appel aux armes.

Mais il était trop tard.

Occupés par les Turcs depuis plusieurs lustres, Arméniens et Syriens avaient rejoint les Francs pour se battre, à l'aide de moyens de fortune, contre leurs oppresseurs, qui luttaient farouchement avant de capituler. Certains coururent se mettre à l'abri dans la citadelle haut perchée sur le plus élevé des quatre monts qu'englobaient les murailles. D'autres s'enfuirent à travers landes et champs, affolés par l'apparition si soudaine et inexplicable de ces « chiens de chrétiens » au cœur de la cité.

— Tue ! Tue !

Les soldats francs se vengeaient de huit mois de misère, de combats meurtriers, de faim, d'humiliation, d'attente vaine. Enfin, enfin, ils pouvaient châtier ces excommuniés, ces infidèles qui, non contents de tuer la gent Notre-Seigneur, souillaient l'image de la Vierge Marie sur la bannière de monseigneur du Puy et avaient enfermé le patriarche d'Antioche dans une cage de fer qu'ils exhibaient en haut des remparts pour insulter les chrétiens.

Landry ne réfléchissait plus à rien ; grisé, il participait de toutes ses forces à la traque des ennemis de Dieu...

Dans le camp, après des heures d'appréhension et de

supplications, un immense cri d'allégresse, un hymne au Seigneur, un chant d'amour et de victoire éclata, se répandit, s'éleva vers le ciel que blondissaient les premiers rayons du soleil levant...

Flaminia, qui s'était rongée d'impatience durant cette si longue nuit, Brunissen, chantant des actions de grâces, leur oncle et la petite Biétrix se précipitèrent vers la ville offerte, sur les remparts de laquelle flottait, dans le vent toujours fort, la bannière aux flammes écarlates de Bohémond de Tarente. Seule Alaïs, sous la garde d'Albérade, resta dans sa tente à allaiter la petite Mabille.

Comme les Chartrains gagnaient une des portes ouvertes, il virent passer non loin d'eux, à bride abattue, sur un destrier aux yeux fous, l'émir Yaghi-Siyan qui, si souvent, les avait défiés du haut des remparts d'Antioche la Belle. Il s'enfuyait en ayant tout abandonné derrière lui, sa famille, ses fils, ses sujets. Seuls quelques pages de sa suite l'accompagnaient encore...

— Où retrouver Landry dans cette cohue ? demanda le père Ascelin à celles qui le suivaient. Regardez ! Regardez ! Les Turcs se sauvent comme des fourmis dont on aurait détruit la fourmilière d'un coup de pied ! Les nôtres les pourchassent ! Dieu Seigneur, ne permettez pas que Vos soldats se laissent emporter par leur seul instinct !

En pénétrant dans la ville conquise, ils furent autant frappés d'admiration que d'effroi. Églises admirables et sans nombre, monastères immenses, demeures opulentes, jardins, vergers, thermes et fontaines jaillissantes formaient un cadre créé, semblait-il, pour la douceur de vivre. Au milieu de ces merveilles sévissait une impitoyable chasse à l'homme. Tue ! Tue !

Le sinistre cri de mort s'élevait de partout. Dans les rues, les cours, les maisons, aux carrefours et sur les places, jusque dans les monuments publics, les croisés, aidés par leurs frères chrétiens arméniens et syriens, exterminaient sans merci la race excommuniée.

Emportée par la foule que nul ne pouvait plus maîtriser, Flaminia se sentit détachée du groupe familial, soulevée, entraînée au loin. Sans savoir pourquoi, elle courait avec les autres, droit devant elle, les yeux bril-

lants d'excitation, les narines frémissantes à l'odeur du
sang. Du plus profond d'elle-même s'élevait une sorte de
tragique enivrement qu'elle partageait avec ceux qui
l'entouraient. Son cœur battait jusque dans sa gorge, son
corps n'était plus que frémissements, nerfs à vif.

Habituée à soigner les blessés depuis des mois, à voir
d'horribles plaies ouvertes, des membres déchiquetés,
elle passait comme une somnambule parmi les corps
jetés sur le pavé, sans rien tenter pour les panser, sans
s'apitoyer, menée ainsi qu'une pouliche emballée l'aurait
été par un cavalier dément lui déchirant les flancs avec
des éperons de feu...

Comme elle abordait une vaste place plantée d'arbres
où abondaient fontaines, sculptures et cadavres, au
milieu de laquelle affluaient les croisés, elle s'entendit
soudain appeler.

— Flaminia !

Elle regarda autour d'elle et ne vit d'abord que le
peuple de Dieu en liesse, qui enjambait les morts pour
pénétrer dans les maisons ouvertes où étaient cachées
mille nourritures appétissantes et du vin à profusion. De
cette masse d'hommes sans remords que la faim livrait,
consentante, au Mal qui l'attendait entre un baril plein et
une marmite fumante, un moine, brusquement, surgit, la
nomma à nouveau :

— Flaminia !

Grand, mince, il se dressait devant elle, lui tendait les
bras. Rabattu sur ses épaules, le capuchon de sa chape
noire découvrait un crâne tondu, un visage rasé où
étincelaient des prunelles de la couleur des eaux du
Bosphore...

— Andronic !

Juste à cet instant, quelques soldats turcs, poursuivis
par des chrétiens, arrivaient en courant. Voyant le moine,
l'un d'eux sortit de sa cotte d'armes écailleuse une courte
épée et se rua sur Andronic qui lui tournait le dos.

Avant de voir réellement le geste meurtrier, Flaminia le
devina. Plus rapide que le Turc, elle se baissa pour
ramasser une des lances qui jonchaient le sol aux mains
des cadavres éparpillés, la projeta sans trembler sur celui
qui menaçait son amour. L'arme siffla, déchira l'air pour

aller se planter dans la poitrine de l'homme, qui trébucha, s'écroula, l'air étonné, tandis que ses compagnons s'enfuyaient pour échapper à leurs poursuivants.

Andronic, qui n'avait pas vu arriver les ennemis derrière lui, imagina Flaminia en danger et s'élança vers elle.

— Toi ! s'écria-t-il les yeux dilatés d'effroi. Toi ! Je te retrouve enfin et, au même moment, je risque de te perdre !

La jeune fille frissonna, recula, buta contre un corps, chancela et tomba sans connaissance sur le sol dallé, taché du sang mêlé des musulmans et des chrétiens...

Quand elle revint de sa pâmoison, elle était étendue sur l'herbe d'une pelouse, dans un jardin inconnu, à l'ombre d'un jeune figuier encore grêle dont les feuilles étaient semblables à d'épaisses mains vertes. Penché au-dessus d'elle, Andronic, anxieux, lui bassinait le visage avec un linge imbibé d'eau fraîche.

— Serais-je au paradis ? demanda-t-elle tout bas...

Le brutal souvenir qui lui revint alors à la mémoire la ramena à Antioche, en ce matin de victoire.

— J'ai tué un homme..., murmura-t-elle avec un mélange d'accablement, d'incrédulité et de repentance. Moi, une chrétienne !

Se découpant sur le feuillage du figuier, le masque amaigri, bruni, éclairé d'azur, la contemplait, éperdu.

— Tu m'as sauvé la vie..., commença Andronic.

D'un geste, Flaminia l'interrompit. Avec sa vivacité coutumière, elle lui ferma la bouche en y posant ses doigts tremblants.

— Je t'en supplie, ne parlons pas de ce que je viens de faire... Dis-moi plutôt comment tu te trouves à Antioche... Je ne sais plus où j'en suis... Je te croyais si loin... Mon âme soupirait après toi, mon cœur était en peine et voici que, sans que je puisse comprendre comment, tu m'apparais tout d'un coup, au milieu de cette furie, de cette folie contagieuse qui s'est d'abord emparée de nos soldats, puis des pèlerins, qui m'a envahie, moi aussi... qui ne semble avoir épargné personne... Personne... sauf toi !

— Je ne suis pas un croisé, rectifia avec douceur le faux moine. Je ne suis pas parti pour délivrer le saint sépulcre ni pour me battre contre les infidèles. Je ne suis qu'un homme amoureux dont l'unique besoin, le constant souci n'a jamais varié : te rejoindre, te retrouver, te posséder enfin ! Tu ne m'as pas cru du temps où je te le répétais à Constantinople... Tu m'as fui en pensant que la distance mise entre nous découragerait ma foi...

Il se pencha davantage.

— Rien ni personne, jamais, ne parviendra à m'éloigner de toi !

Flaminia le repoussa pour s'asseoir dans l'herbe. Passant la main sur son front, elle s'aperçut que son voile avait servi de compresse à Andronic et que ses cheveux, dérangés par lui, s'étaient dénoués. Ils recouvraient d'une vague de cuivre étincelant ses épaules, sa taille, ses reins. Leur odeur de rousse, mêlée à celle de l'huile de jasmin dont elle les massait chaque matin, l'environnait, les enveloppait tous deux.

— Comment es-tu arrivé jusqu'ici ? reprit-elle. Par quel stratagème as-tu trouvé le moyen de venir à Antioche ?

Il sourit.

— Tu ne me laisseras pas en repos, ma belle, ma dorée, tant que je ne t'aurai pas expliqué ma présence ici. Je te reconnais bien là et, comme je t'aime, j'aime aussi tes entêtements... Sache donc que j'ai divorcé. J'ai invoqué le refus du devoir conjugal auquel je me heurtais depuis des années, la stérilité qui en découlait pour notre couple, le bizarre état d'Icasia, son détachement à mon égard, pour ne pas dire son mépris... Puis je me suis embarqué à mon tour après avoir jugé plus prudent, plus sûr, de revêtir le froc, la chape à capuchon et les sandales des bénédictins dont j'avais aussi adopté le crâne et le menton rasé. Sous cette apparence, mon désir de rallier Antioche ne pouvait surprendre mes compagnons de route. Une fois débarqué à Port-Saint-Siméon, je me suis renseigné. Je savais où te chercher. Après quelques semaines de quête inutile, j'ai eu la chance de rencontrer sur la côte Pierre Barthélemy qui te connaissait et savait où vous trouver, ta famille et toi. Cet étrange petit homme, sujet à de troublantes visions dont il m'a fait part, a également accepté, sur ma demande, de commencer à m'enseigner votre langue. Ce qui m'a été utile par la suite... Il m'a enfin conduit au camp, dans sa cabane, où je suis resté caché des jours entiers, craignant que tu me repousses... Ce matin, j'ai pénétré dans Antioche en même temps que les troupes dont ton frère fait partie. Sous la bure bénédictine, il n'a pu me reconnaître et je lui ai parlé un instant sans qu'il songe à établir un rapprochement entre le parfumeur d'antan et le religieux qui a forcé la poterne de la grosse tour... Dès que j'ai vu, par les autres portes ouvertes, entrer en grand nombre les pèlerins dans la ville conquise, je n'ai plus pensé qu'à te retrouver.

— Où sommes-nous donc ?

— Dans le jardin d'une maison abandonnée par les Turcs et accaparée par des inconnus qui ne semblent préoccupés que de manger et de boire, sans prêter la moindre attention à nos faits et gestes.

— Les nôtres ont tellement faim, et depuis si long-temps !

— Je sais, je sais, amie, douce amie... mais moi, c'est de toi que j'ai faim !

Il voulut passer un bras autour des épaules recou-vertes de la somptueuse chevelure.

D'un bond, Flaminia se redressa, se mit debout.

— Tu es divorcé ! s'écria-t-elle. Pour moi, c'est comme si tu étais toujours lié à une autre par un sacrement que chez nous, on ne rompt pas ! Tu n'as pas le droit de me toucher sans que nous tombions dans l'adultère...

Aussi brusquement qu'elle l'avait écarté, elle éclata en sanglots, tout en secouant de droite à gauche, en un mouvement de détresse, sa crinière de feu.

— J'ai tant souffert de notre séparation, gémit-elle. Tu m'as tellement manqué et voici qu'à présent je te retrouve pour me voir obligée de te tenir à distance...

— Pourquoi une telle intransigeance, mon cher amour ? Durant votre long cheminement, beaucoup de couples comme le nôtre ne se sont-ils pas formés à la belle étoile ? Ta sœur, elle-même, et Bohémond de Tarente...

— Elle était fille, libre d'elle et de son destin. Lui était également libre. Toi, tu ne l'es pas ! Comment as-tu pu quitter les tiens, les laisser, sans un regard, sans un remords, à Constantinople, et partir sur mes traces, avec pour seul guide l'espoir condamnable du péché ?

— Mon père, auquel j'ai confié mes projets, ne m'a pas retenu. Marianos m'a déjà oublié. Paschal m'attend, il est vrai. Je lui ai assuré que je reviendrais, plus tard, pour le conduire là où nous serions... Quant à Icasia...

Le regard clair s'assombrit, se perdit au loin.

— Elle a d'abord voulu me retenir, puis s'est mise à me haïr, avant de se réfugier dans une attitude qui préserve son orgueil : elle me plaint et parle à tout venant de ma folie...

Des cris, des explosions de joie, des rires fusèrent de la maison dissimulée par un rideau de poivriers au feuillage léger et frémissant.

Flaminia s'essuya les yeux, empoigna sa chevelure, la tordit sur sa nuque et l'enveloppa de son voile encore humide.

— La ville va se trouver livrée à la liesse des croisés durant toute la journée, toute la nuit, dit-elle d'une voix hachée. Je dois rejoindre ma famille qui s'inquiète sûrement de ma disparition. Toi, mon amour, rabats ton capuchon et tâche de retrouver Pierre Barthélemy. En dehors de lui, nul ne doit être au courant de ta présence à Antioche. Il nous faut réfléchir, aviser... Au fil des jours, nous verrons mieux ce que nous devons faire...

— Ce que nous devons faire ? répéta d'une voix sourde Andronic en ouvrant grand les bras.

Flaminia s'y jeta avec l'élan de tout son être. Comme la première fois, sous l'autre figuier, ils restèrent rivés l'un à l'autre, sans un mot, sans un baiser, unis dans une étreinte farouche par le même tremblement, la même ferveur, le même désir contenu...

Puis elle se détacha de lui.

— Mon cœur t'appartient sans retour, murmura-t-elle, mais je ne veux pas perdre mon âme. J'ai déjà gravement péché en tuant un Turc, non pour la défense de la foi, mais pour te protéger de lui, alors que je ne suis ni homme ni soldat. Je vais avoir à m'en confesser et à expier cette faute... Ma pénitence ne peut être que la chasteté contre laquelle tout en moi se révolte.

Il fit un mouvement vers elle. D'un geste, elle l'arrêta.

— Je ne veux pas me trouver un jour, quand nous serons au bout de la route, proche du tombeau où fut déposé Notre-Seigneur et d'où Il ressuscita, sans pouvoir y appuyer mon front, l'embrasser, y pleurer de joie... Si je t'écoutais, ce serait pourtant le cas. Je me rendrais coupable de péché mortel. L'adultère est un péché mortel ! L'adultère est félonie !

Elle recula lentement, sans le quitter des yeux, puis, d'un seul mouvement du corps, se détourna, s'enfuit...

Andronic rabattit le capuchon sur son visage, quitta le jardin et s'éloigna à son tour.

Dans les rues, la foule était déjà moins dense. Beaucoup de croisés, repus, s'étaient attribués des maisons délaissées par leurs occupants turcs et s'y installaient. Les plus prévoyants transportaient déjà, du camp où ils étaient retournés, les objets qui leur appartenaient pour les déposer dans leur nouveau logis. Les autres festoyaient encore, chantaient, buvaient. Certains forçaient les femmes musulmanes qui ne s'étaient pas enfuies à danser pour eux avant de les violer. Un vent de beuveries, de relâchement, de débauche, d'indifférence à la mort, partout présente, soufflait sur la ville conquise pendant qu'une bourrasque envoyée par le ciel en balayait les remparts, les clochers et les toits...

4.

Sans hésiter, Flaminia s'était dirigée vers la cathédrale Saint-Pierre où elle pensait retrouver sa famille. Après les révélations de Pierre Barthélemy sur la sainte lance, n'était-ce pas en ce lieu doublement sacré que les siens avaient dû se rendre ?

En approchant du sanctuaire, elle s'aperçut que les Turcs l'avaient transformé en mosquée.

Sur les marches, devant le portail monumental, jetés là par la violence des représailles, les corps de plusieurs Sarrasins gisaient à l'abandon. Des flaques de sang maculaient autour d'eux les degrés de marbre blanc. Parmi les morts, Flaminia vit un enfant d'une dizaine d'années, brun et beau, cramponné au cadavre d'une femme encore jeune qui devait être sa mère. Il offrait aux mouches bourdonnantes un visage balafré du front aux lèvres par une croûte à peine sèche qui avait la forme d'une croix.

Flaminia s'immobilisa. Une honte brûlante, un remords à goût de fiel la submergèrent.

« Dans le désordre général, dans la démence répandue, moi aussi j'ai tué un homme dont je ne savais rien, se dit-elle avec horreur. Il est vrai qu'il menaçait Andronic, mais peut-être aurait-il suffi de crier pour le faire fuir. N'aurais-je pas pu me précipiter devant lui, m'offrir à la place d'Andronic, lui servir de bouclier, donner ma vie, chrétiennement, au lieu d'en prendre une autre ? Femme et, par cet état même, tenue à l'écart des tueries, jamais je n'aurais dû supprimer une existence, fût-ce celle d'un ennemi. Ne sommes-nous pas faites pour la donner, non pour la retrancher ? »

Elle contempla l'enfant mort.

« Ils ont osé le marquer au visage de la croix du Christ ! constata-t-elle avec horreur. Le Seigneur a proclamé : " Celui qui se servira de l'épée, périra par l'épée ! " Et en disant cela, Il ne pensait peut-être pas à une quelconque arme humaine mais au glaive de feu de l'archange, chargé, au jour du Jugement, de séparer le bon grain de l'ivraie... »

Flaminia tomba à genoux auprès de l'enfant tué et de sa mère. Elle pleurait et implorait la clémence divine pour elle, pour les croisés, pour tous ceux que la folie guerrière lançait contre des créatures de Dieu...

Une main se posa sur son épaule.

— Vous voici donc ! dit Brunissen avec une grande douceur. Votre disparition nous a tellement inquiétés ! Où étiez-vous ? Par ma foi, nous tremblions tous à l'idée de ce qui aurait pu vous arriver... Je partais à votre recherche... La cathédrale Saint-Pierre ayant été souillée par les infidèles qui en ont fait une mosquée, il faudra la purifier avant de la rendre au culte. En attendant, nous nous sommes réunis, avec quelques autres compagnons du camp, dans une chapelle voisine que les Turcs avaient consenti à laisser aux Arméniens chrétiens, en dépit des brimades dont ils les accablaient... Une partie de nos Chartrains s'y sont rassemblés afin de prier le Seigneur de pardonner aux nôtres la furie vengeresse qui s'est emparée des soldats comme des pèlerins... Le prêtre arménien que nous sommes parvenus à joindre va y célébrer une messe de requiem, mais aussi d'action de grâces, pour la prise d'Antioche. Venez. C'est à côté d'ici.

L'une suivant l'autre, les deux sœurs se rendirent dans le petit oratoire imprégné d'encens.

Durant l'office, Flaminia montra un visage tellement tourmenté que personne ne pouvait l'ignorer, tant il tranchait sur l'expression de soulagement et de reconnaissance qu'arboraient tous ses voisins. Comme Landry ne se trouvait pas parmi les siens, chacun imagina que la jeune fille s'alarmait au sujet de son frère, emporté dans la bataille de rues qui continuait encore dans d'autres quartiers de la ville !

A la sortie de la chapelle, au milieu du flot de pèlerins qui s'écoulait, on vit soudain apparaître Mathieu le Barbier, sa broigne en lambeaux et couvert de sang.

— Bohémond de Tarente est blessé ! cria-t-il aussitôt. Il a reçu une flèche turque au travers de la cuisse, alors qu'il tentait de prendre d'assaut la citadelle qui nous résiste toujours !

Il s'interrompit pour se mettre à pleurer derechef.

— Landry l'accompagnait avec une petite troupe des nôtres dont je faisais également partie, reprit-il en hoquetant. Lui aussi a été atteint par des flèches et abattu par un coup de cimeterre qui a fendu son casque. Il est tombé, pâmé, à mes pieds, sans haleine et, dirait-on, sans vie...

Les cris des femmes de la famille l'interrompirent. Flaminia hurlait, se griffait les joues de désespoir.

— Où est-il ? demanda le père Ascelin, dont le teint, ordinairement coloré, était devenu cireux.

— On l'a transporté dans l'hôpital de la ville que nous avons occupé dès le début de la matinée. C'est un grand bâtiment situé vers l'ouest, non loin du pont...

— Allons-y, dit le prêtre.

Brunissen, Flaminia, Biétrix et quelques voisins de Chartres qui avaient entendu Mathieu s'élancèrent sur ses traces.

Dans l'hôpital envahi par les Francs, régnait un grand désordre. Il fallut poser plusieurs questions aux moines-médecins, aux femmes, aux brancardiers, avant de découvrir le coin où gisait Landry parmi des blessés de toutes sortes, geignant, criant, priant, se lamentant, réclamant aide et secours...

Bohémond ne se trouvait pas dans les trois salles traversées, et on apprit par la suite que sa sœur le soignait dans une petite chambre isolée.

Couché sur une paillasse recouverte d'un drap, en compagnie de deux autres voisins de lit, Landry portait un pansement ensanglanté autour de la tête. Une large bande de toile également tachée de traînées rougeâtres entourait son buste d'où s'échappait une respiration sifflante. Une très forte fièvre le faisait délirer. Il ne reconnut ni son oncle, ni ses sœurs. Il s'agitait en proférant des balbutiements confus, sans ouvrir les yeux comme perdu dans un cauchemar.

Son compagnon le plus proche, qui se trouvait être Rambaud le Blond, le soldat rencontré par Flaminia à Port-Saint-Siméon, ne souffrait, lui, que d'une blessure au bras.

— La pointe de la flèche est restée au fond, dit-il après avoir reconnu les visiteurs. Il va falloir l'en retirer. Il est question de m'opérer. Ce sera un mauvais moment à passer, mais il y a tant de pauvres gens plus abîmés que moi...

A cet instant, fendant la foule des estropiés, balafrés, éclopés point assez gravement atteints pour avoir droit à un lit, Alaïs apparut. Seule, sans son enfant, le visage durci comme un galet, les yeux fixes, semblable à une somnambule, elle vint jusqu'à la couche de son jumeau, s'immobilisa près de lui.

— J'ai senti que Landry était en danger, dit-elle sans juger utile de fournir d'autre explication à sa famille qui la considérait avec stupéfaction. J'ai laissé pour un temps ma fille à la garde d'Albérade, et je suis venue... Tant pis si je n'ai pas attendu pour sortir la cérémonie des relevailles. Il y avait plus pressé... De toute manière, je suis placée devant un cas de force majeure... On avisera plus tard à procéder à ma purification... quand mon frère sera sauvé... Pour le moment, il a besoin de moi !

Puis, sans plus s'occuper de ceux qui l'entouraient, elle s'agenouilla auprès du corps pantelant. Elle posa ses lèvres sur le front enfiévré, prit entre les siennes une des mains abandonnées sur le drap et se mit à parler tout bas à l'oreille du blessé, en une sorte de litanie mystérieuse dont les mots ne perçaient pas le tumulte plaintif de la salle.

Au pied de la paillasse, bouleversés, les filles et le beau-frère de Garin suppliaient le Seigneur d'épargner Landry, le fils unique, de lui laisser la vie afin qu'il pût participer, ainsi que son père l'avait tant souhaité, à la conquête de Jérusalem.

« Ayez pitié de mon frère, disait en son cœur déchiré

Brunissen en priant avec la familiarité obstinée qui lui
était devenue habituelle. Prenez-le en compassion ! »

Comme il lui arrivait à présent de temps en temps, elle
avait la sensation de dépasser les limites étroites de son
enveloppe charnelle ; de parvenir, au-delà du discer-
nable, à une sorte de contact indicible avec une Présence
sans réalité matérielle, mais toute attention.

« Vous pouvez tout. Il suffit que Vous acceptiez de le
vouloir pour que Landry guérisse. Veuillez donc, ô mon
Sauveur bien-aimé, veuillez, je Vous en conjure, que mon
frère demeure parmi nous jusqu'au bout de notre route !
S'il est besoin d'une âme en Votre séjour éternel, prenez
la mienne. Je Vous l'offre sans aucun mérite. Vous
connaissez l'impatience, la curiosité amoureuse, l'ardeur
avec lesquelles j'attends de Vous rejoindre ! Il se peut que
la violence de ce désir soit en elle-même excessive et
déraisonnable. Je n'ignore pas que nous avons des tâches
à accomplir sur cette terre avant de pouvoir gagner Votre
ciel. Je ne Vous demande pas non plus de prendre ma vie
sur place, dans l'instant, mais lorsque je serai parvenue
au terme de l'accomplissement qui m'est assigné ici-bas,
de Vous en saisir quand Vous voudrez, où Vous voudrez, à
l'heure fixée par Vous dans Votre sagesse infinie... Je
Vous donne mon être en échange de celui de Landry. Dieu
de bonté, Dieu de tendresse, exaucez-moi ! »

Flaminia pleurait. Un accablant sentiment de culpabi-
lité l'étouffait. Parce qu'elle avait tué pour sauver Andronic, parce qu'elle s'était laissée aller à l'aveu renouvelé
d'une passion coupable ressentie pour un homme
divorcé, elle se jugeait responsable de l'état où se trouvait
Landry. Sa complaisance envers un attachement adulté-
rin était cause du malheur survenu à son frère. Dieu
l'éprouvait dans une de ses plus vives affections... Quand
elle avait refusé le suc de pavot que lui réclamait sa
grand-mère afin d'abréger ses souffrances, elle s'était en
même temps engagée, devant le seul témoin qui comptât
vraiment, à ne pas succomber, elle non plus, à la
tentation. Dès cet instant, elle avait su que son attitude
entraînait le respect d'un autre interdit. En amenant son
aïeule à se dépasser alors qu'elle était aux portes de la
mort, elle s'était liée par une chaîne spirituelle indestruc-

tible à l'héroïsme imposé à une autre. Son exigence était double. Pour Berthe la Hardie, pas de pavot ; pour elle, pas d'adultère. Accepter l'un était trahir l'autre... Elle se souvenait avoir évoqué un pacte sacré, un engagement aussi solennel que le vœu de pèlerinage..., et voici qu'une fois de plus, elle avait oublié sa promesse et renié sa foi...

« C'est moi qui ai accepté l'idée de la faute, Seigneur. Qu'elle retombe sur moi ! Pas sur un innocent ! Écoutez-moi ! Exaucez-moi ! Mon frère ne doit pas payer mon péché à ma place. En échange de sa vie sauvegardée, je vous promets de ne plus faillir, de me défendre d'Andronic, de le renvoyer auprès de sa femme... si, toutefois, il y consent... si, toutefois, je puis le voir retourner vers elle sans en mourir... »

Dans la salle où stagnait une chaleur moite, qui sentait la sueur, le sang, les sanies de toutes sortes, les prières des sœurs de Landry montaient vers Celui qui écoute.

Il fallut quitter le blessé, le laisser aux mains des moines-médecins et des femmes qui avaient à le soigner. Ni Brunissen ni Flaminia ne se sentaient capables d'affronter cette épreuve. Si, d'ordinaire, l'une et l'autre s'occupaient sans trembler de leurs patients, elles n'acceptaient plus, quand il s'agissait de leur frère, de risquer dans leur émotion de commettre une faute qui eût pu lui être fatale.

Dehors, ils se retrouvèrent sur une large place dallée de marbre et bordée de colonnades de porphyre rouge. La beauté, l'harmonie de cette grande ville qui leur appartenait soudain les étreignirent tout en les ramenant à la conscience de la victoire sans prix remportée le matin même de ce jour.

— Nous avons donc fini par conquérir cette superbe Antioche dont les remparts passaient pour être les meilleures défenses du monde, remarqua le père Ascelin. Notre famille paye un lourd tribut pour un tel exploit, mais les conditions mêmes de ce succès doivent nous redonner courage. Si, en dépit du piteux état de nos troupes, nous sommes parvenus à un si beau résultat, nous pouvons espérer que Dieu nous aidera aussi, d'une façon ou d'une autre, à prendre Jérusalem. Nous y serons mes nièces, et Landry sera parmi nous !

Le soir venait. Dans la cité affolée de pillage, de ripaille, de carnage, de débauche, certains continuaient à danser, à boire, à chanter, alors que d'autres enterraient leurs morts ou s'affairaient à soigner les blessés.

Cependant, le temps pressait. La grande armée ennemie, commandée par le redoutable Kerboga, approchait et parviendrait bientôt sous les murs d'Antioche. Il fallait donc vider le camp, charroyer à l'abri des fameuses murailles le peu qu'on possédait encore, faire entrer le plus de vivres possible, se préparer à la défense.

Toute la nuit, d'un commun accord, on démonta, plia, transporta les tentes, où certains pèlerins préférèrent demeurer plutôt que d'occuper des maisons turques. Cependant, le plus grand nombre d'entre eux choisit de troquer les abris de toile contre de solides demeures en pierre, en brique ou en granit.

La famille du parcheminier avait élu un domicile point trop vaste, vide et accueillant, situé non loin de l'hôpital. Sa façade blanchie à la chaux, ses fenêtres encadrées de peinture bleue lui donnaient un air avenant et paisible. Dans sa cour fermée, entourée d'une galerie couverte à arcades, une fontaine occupait le centre d'un fouillis d'arbustes aux larges palmes, aux feuillages luisants et découpés. Poivriers, palmiers, orangers, citronniers, enlacés par des rosiers grimpants et des jasmins foisonnants, dispensaient fraîcheur, parfum, fruits et fleurs confondus...

Flaminia et Brunissen se relayaient à présent au chevet de Landry, Alaïs, elle, ne le quittait que pour courir allaiter sa fille, et s'en retournait ensuite auprès de lui.

Une nuit, une journée s'écoulèrent dans la bousculade, la hâte, la mise en place des moyens de défense contre le nouvel adversaire qu'on attendait.

Dès le soir suivant, les premières avant-gardes de Kerboga firent leur apparition sur la rive droite de l'Oronte. Le danger n'avait accordé aux croisés qu'un bref moment de répit. Leur sauvegarde n'avait tenu qu'à quelques heures... Si l'émir et ses alliés ne s'étaient pas attardés devant Edesse, c'en était fait de la gent Notre-Seigneur ! En ce providentiel retard, en ces moments suspendus où la vie et la mort s'étaient livrées à une sorte de sinistre jeu d'échecs, en cette défaite des uns, en ce triomphe si parfaitement mesuré des autres, chacun vit la main du Très-Haut.

— Nous l'avons échappé belle ! constata le père Ascelin durant le souper suivant, pris par la famille sous les arcades tapissées d'une treille qui maintenait, grâce à ses feuilles disposées en berceau, une suffisante fraîcheur. Oui, sur mon salut, il s'en est fallu de bien peu que nous ne soyons pris entres les mâchoires d'une impitoyable et cruelle tenaille... Perdus !

— L'habileté de Bohémond a été l'outil dont s'est servi le Seigneur, intervint Alaïs. Il a bien mérité de se voir accorder la principauté d'Antioche !

La jeune femme montrait de nouveau une certaine assurance. Ayant appris qu'elle se tenait au chevet de son frère, dans l'hôpital où il était lui-même soigné, Bohémond, sans doute amolli par l'euphorie de la victoire avait fait demander à son amie de venir lui rendre visite. Il se remettait vite de la blessure superficielle que Mabille traitait à l'aide de baumes et d'élixirs dont elle détenait le secret. Le nouveau maître de la cité avait reçu Alaïs de la plus galante façon, la complimentant sur sa taille retrouvée et sur l'agréable rondeur de ses seins. Il était allé jusqu'à se permettre de comparer son joli visage à l'affreuse trogne de l'émir d'Antioche, pris et décapité par des bûcherons arméniens. Ceux-ci avaient jugé bon d'apporter la dépouille au marché, dans un sac, pour la vendre.

— Je la leur ai achetée un bon prix, avait dit le géant blond en riant, et ce n'était certes pas pour sa beauté ! Cette face était hideuse à regarder ! Avenante comme vous voici, la vôtre m'aurait coûté un millier de besants !

Sur l'avis de Mabille, sans doute émue par l'état de Landry que, pourtant, elle fréquentait de plus en plus rarement, Bohémond avait poussé l'obligeance jusqu'à expédier au jeune homme, accablé de fièvre, son propre chirurgien.

D'une main experte, ce dernier avait d'abord examiné les os du crâne, lésés par une lame qui avait entamé le casque ainsi que le bonnet de cuir molletonné porté par-dessous.

— Dieu merci, l'acier de son heaume était solide !
avait constaté le mire. La plaie n'est pas trop profonde
et, surtout, la tempe a été épargnée !

Il avait alors enduit le trou situé du côté droit de la
tête d'une poudre résineuse ocrée, refait le pansement
avec de la charpie trempée dans du blanc d'œuf afin de
maintenir l'appareil, puis recouvert le tout d'une toile
fine et serrée.

Après avoir dénudé la blessure de la poitrine et celle
de la jambe, il avait longuement réfléchi, en fronçant le
nez.

Gros et lourd, il ressemblait, selon Alaïs, à certains
chiens de meute à la truffe épatée, aux longues oreilles,
mais aux yeux vifs et remplis de sagesse.

— Les côtes sont tout juste éraflées, avait-il repris au
bout d'un moment. Rien à craindre de bien méchant
pour elles. En revanche, le genou m'inquiète davantage.
Il est percé de part en part, très enflammé, et le pus qui
en sort dégage déjà une mauvaise odeur.

Alaïs joignit les mains.

— Dieu Seigneur ! Mon frère ne va tout de même pas
perdre une jambe !

— Je n'en sais rien encore. Je repasserai ce soir...

Quand le chirurgien se fut éloigné, Rambaud le Blond,
auquel on avait extrait un peu plus tôt, avec succès, la
pointe de la flèche fichée dans son bras, tenta de rassurer la jeune fille.

— Ce mire est le meilleur de tous, assura-t-il. Ce n'est
pas lui qui m'a opéré, mais un autre, moins réputé. Avec
un tel maître, votre frère sera entre les plus habiles
mains qui soient. Croyez-moi ! N'ayez pas peur !

Le soir, il fallut se rendre à l'évidence : la putréfaction
gagnait les alentours du genou. Si on voulait sauver
Landry, l'amputation s'imposait. Comme il demeurait
prostré, brûlant de fièvre, ce fut sa famille qui eut, dans
l'horreur et le déchirement, à prendre l'affreuse décision.

L'opération se déroula hors de la présence des siens,
après que le chirurgien de Bohémond eut endormi son
patient en lui appliquant sous les narines une éponge
imprégnée du suc de plantes au pouvoir narcotique.

Ce malheur fut noyé dans la panique qui submergea les croisés lorsqu'ils découvrirent, du haut des remparts d'Antioche, la masse innombrable des tentes, des chariots, du matériel ennemi.

Méthodiquement, implacablement, les Sarrasins encerclaient la ville.

— La citadelle, toujours aux mains des Turcs, contient encore une grande quantité de soldats, expliqua Mathieu le Barbier à Brunissen, le deuxième soir après l'installation de ses amis dans la maison blanche et bleue. Ils sont commandés par le propre fils de l'émir décapité et refusent de se rendre depuis qu'ils ont vu arriver Kerboga et ses troupes. Ils crient qu'ils vengeront les leurs !

Pendant la nuit, on avait rejeté par-dessus les fortifications les cadavres des infidèles tués lors de la prise d'Antioche, mais la pestilence dégagée par leurs corps mutilés continuait à flotter entre les murs de la cité, comme un rappel méphitique et vengeur des tueries commises.

— Il est certain qu'ils n'oublieront pas leurs morts, dit la jeune fille. Si l'occasion leur en est jamais fournie, ils exerceront la loi du talion et assouviront leur rancune sur chacun d'entre nous ! Œil pour œil, dent pour dent ! N'est-ce pas la terrible fatalité des combats ?

D'assiégeants devenus assiégés, les chrétiens éprouvaient l'étrange impression que tout recommençait d'une manière semblable et pourtant différente : la peur, les luttes sans trêve, les têtes lancées d'un côté ou de l'autre des fortifications selon le vainqueur du moment, mais aussi la garde de jour et de nuit sur les remparts immenses qui s'étendaient sur plus de quatre lieues, la lourde chaleur de juin et, en plus, les ennemis embusqués dans la citadelle, au cœur d'Antioche, comme des vers dans un fruit...

Dès le premier jour, le conseil des barons organisa la défense. Godefroi de Bouillon établit ses hommes à l'est, à l'endroit le plus dangereux, et garda le fort de Malregard. Le comte de Toulouse occupa le sud, le pont, la forteresse de la Mahomerie. Bohémond, lui, à peine sorti de l'hôpital, reprit en main l'ensemble du dispositif. Accompagné de son neveu Tancrède, on le voyait partout, boitant à peine, veillant à tout, se multipliant sans relâche.

— Ce n'est pas pour rien que sa bannière flotte, seule, sur les tours de la ville ! lança Rambaud le Blond à Alaïs, le lendemain de l'opération de Landry. Ce Normand de Sicile a le diable au corps ! Il voudrait, sans l'aide de personne, défendre, organiser et gouverner Antioche !

La jeune femme fit un signe d'assentiment, mais demeura penchée sur son frère qui revenait à la vie. L'amputation, suivie de la cautérisation au fer rouge, semblait avoir supprimé, avec la jambe blessée, les causes de l'infection. Il souffrait beaucoup depuis qu'il était sorti de l'épais sommeil où l'avait plongé le suc des plantes, mais la fièvre était moins forte. Il avait repris connaissance, reconnu ses sœurs et pleuré...

— Je ne veux pas rester ici ! avait-il crié entre ses sanglots. Ne m'abandonnez pas !

Alaïs l'embrassait, le lavait, le coiffait, lui essuyait le visage avec des toiles humides et parfumées et lui parlait sans fin à voix basse. On aurait dit que ce fil ténu de mots, évoquant sans doute leur passé jumelé mais également un avenir possible, le reliait à l'existence, le retenait sur le versant lumineux...

Pendant ce temps, très sûrs de leur puissance, de leur nombre, de leur future victoire, les Sarrasins redoublaient d'agressivité. Ils lancèrent une attaque du côté de la citadelle afin d'éprouver la résistance des Francs. Ceux-ci tentèrent une sortie pour repousser l'ennemi et détruire en même temps les tentes de Kerboga, mais ils se virent vite contraints de rebrousser chemin pour réintégrer en désordre leurs positions. On se battit tout le jour, avec acharnement.

Soutenus, encouragés, pansés, abreuvés par les pèlerins et les femmes, les soldats du Christ, encore sur la lancée de la prise d'Antioche, parvinrent à résister à leurs assaillants. Pourtant, c'était à une véritable marée humaine, revenant sur eux, vague après vague, qu'ils avaient à faire.

L'effort fourni fut écrasant. Le combat terminé, les nouveaux assiégés se sentirent, pour la plupart, envahis d'une âcre lassitude.

— Je n'en peux plus ! avoua à la fin de cette dure journée Herbert Chauffecire à Mathieu le Barbier, qu'il avait rejoint après la bataille. Pourquoi avoir tant lutté contre les Turcs, contre le désert, contre la traîtrise des monts avant de parvenir ici, pourquoi avoir pourri sur pied durant cet affreux hiver, en face des murailles qui nous enserrent à présent, si c'est pour nous trouver prisonniers de notre propre victoire, refaits comme des poissons dans une nasse ? Jamais l'empereur Alexis ne nous enverra les renforts que nous attendons... Étienne de Blois ne reviendra pas non plus avec des troupes fraîches, malgré ses promesses qui n'étaient que leurres. Il est bien trop content d'avoir réussi à sauver sa précieuse peau ! Tout le monde nous abandonne... Notre cause est perdue... A mon tour, je vais vous quitter... Que Dieu me pardonne !

Il ne fut pas le seul. Dans la nuit qui suivit, un certain nombre d'hommes d'armes, de chevaliers et même de seigneurs, découragés, fourbus, ayant perdu foi et vaillance, s'évadèrent d'Antioche, Antioche la Belle, Antioche la souricière... Ils se laissèrent glisser le long des cordes rugueuses du déshonneur et de la honte afin de s'aventurer par-delà les rangs ennemis.

Le lendemain matin, quand on découvrit leur fuite dans la ville, ce ne furent que huées, opprobre, honnissement, malédictions.

Flaminia cracha par terre et s'écria que ceux qui venaient de déserter, Herbert Chauffecire compris, ne méritaient même pas qu'on se souvînt de leur nom. Il convenait de les oublier tous, de faire comme s'ils n'avaient jamais existé...

Tandis qu'elle s'exprimait ainsi, une terreur soudaine lui serra le cœur. Elle n'avait pas revu Andronic depuis la prise de la cité, deux jours plus tôt. Où était-il ? Qu'était-il devenu ? Se trouvait-il encore avec Pierre Barthélemy dont on ne savait plus rien ? N'aurait-il pas été parmi ceux qui avaient renoncé ?

A peine cette idée formulée, elle en ressentit un intime

scandale. Comment avoir pu, fût-ce un instant, douter de la loyauté, de la fidélité d'Andronic ?

— Qu'avez-vous, ma sœur ? vous semblez tout agitée, s'inquiéta Brunissen qui venait de la rejoindre dans la cour feuillue, après avoir été embrasser leur nièce dans son berceau. Est-ce la lamentable histoire de ceux qu'on nomme déjà, comme vient de me le dire notre oncle, les funambules, qui vous met en pareil état ?

— Ils me font horreur ! Sur mon salut, il aurait mieux valu pour eux mourir que déserter ainsi ! Dieu les maudira !

— Que savons-nous, Flaminia, de la miséricorde du Seigneur ? Son pardon est toujours plus grand que nos fautes. Il ne veut pas que meure l'âme du pécheur...

— Vous êtes sans doute une sainte, moi pas ! Tous ceux qui trahissent notre pèlerinage me révoltent ! Vous ne m'empêcherez pas de vouer ces maudits aux flammes de l'enfer !

Brunissen sourit, glissa son bras sous celui de sa sœur et l'entraîna vers la rue.

Chacun eut bientôt d'autres raisons de souci. Insidieuse, grise, obsédante, la faim fit une fois encore son apparition parmi les croisés. Les provisions qu'ils avaient pu trouver sur place ou apporter avec eux à Antioche s'épuisèrent vite. Le siège rigoureux auquel l'immense armée ennemie soumettait les chrétiens ne laissait que rarement passer les fous assez téméraires pour se faufiler, à la nuit tombée, hors de la ville et gagner Port-Saint-Siméon, où marins et marchands génois leur vendaient quelques vivres. Au péril de leur vie, ils en rapportaient du poisson ou des quartiers de viande qu'ils revendaient, fort cher et à la sauvette, avant le retour du jour. Ceux qui se firent intercepter furent tués par les Turcs.

L'or, l'argent, les bijoux, les meubles incrustés de nacre ou d'ivoire, les demeures riantes, les frais jardins, où poussaient plus de fleurs que de légumes, ne servaient de rien contre la disette.

Pour la première fois, le père Ascelin se demanda avec angoisse si les besants dont il disposait lui procureraient la subsistance nécessaire à sa famille. Disparus, les Arméniens ou les Syriens surgis naguère des plaines fertiles où fructifiaient tant de champs et de riches pâtures, de l'autre côté de la montagne, au chaud soleil de juin. Les infidèles leur barraient le passage ou leur achetaient leurs produits. On ne pouvait plus compter que sur ses propres ressources...

— Une tête de cheval dont la langue a déjà été vendue par ailleurs coûte deux ou trois sous, des tripes de chèvre cinq sous, une poule huit ou neuf sous ! gémissait Albérade en revenant du marché avec un panier à demi vide. J'ai pu me procurer un peu de lait, du fromage de brebis, deux miches de pain et des pois chiches. C'est tout pour ce jourd'hui ! Même à ces prix exorbitants, la moindre rave disparaît avant d'avoir été posée sur l'étal du marchand ! C'est une ruée ! Les gens font la queue dès matines... Ils sont comme des possédés !

— Demain, j'irai avant l'aube, à votre place, attendre l'ouverture de la halle, dit le père Ascelin. Il faut absolument qu'Alaïs mange à sa faim pour allaiter sa petite et Landry, qui va certainement nous être renvoyé comme beaucoup de blessés qu'on ne peut plus nourrir dans les hôpitaux, aura, lui aussi, besoin de se refaire.

— On m'a raconté que certains des nôtres cueillent des figues encore vertes ainsi que des feuilles de vigne ou des chardons pour les cuire et les céder ensuite au prix fort, reprit la servante avec une lippe de dégoût.

— Si vous allez par là, on dit bien d'autres choses ! soupira le prêtre. De pauvres gens font bouillir du cuir afin de l'assouplir et de le vendre aux plus affamés, contre quelques menues pièces... Et je sais également qu'il se trouve des chevaliers pour tirer chaque jour un peu de sang à leurs chevaux dans le but de le boire sans les tuer pour autant !

Des pèlerins se virent bientôt réduits à mâcher leurs propres chaussures et des os ramassés sur le sol... Une épidémie se déclara sans tarder. Le légat du pape et le comte de Toulouse, plus âgés tous deux et plus fragiles que les autres barons ou prélats, tombèrent de nouveau gravement malades...

Comme l'avait prévu le notaire épiscopal, on en vint, dans les hôpitaux de la ville, à mesurer si chichement la nourriture aux blessés que beaucoup préférèrent rentrer chez eux. Landry fut de ceux-là. A la mi-juin, deux moines le ramenèrent, sur un brancard, dans la maison discrète qu'il ne connaissait pas encore.

— Vous voici de retour parmi nous, lui dit Alaïs quand elle le vit couché dans le lit propre que ses sœurs lui avaient préparé. Nous allons si bien prendre soin de vous que vous ne tarderez pas à guérir.

— Je serai donc un amputé enviable ! répondit Landry en détournant la tête vers le mur blanchi au lait de chaux de sa chambre.

La famille tout entière, réunie autour de son lit, ne pouvait s'empêcher de pleurer, et nul ne s'avisa de lui répondre par quelque fausse consolation.

Mabille fit envoyer à son ancien amant de la viande séchée et des œufs. Bohémond y avait fait joindre deux sacs de farine et un baril de poissons fumés.

Si les barons disposaient encore de quelques réserves, il n'en était pas de même pour les petits pèlerins chez qui la famine causait des ravages. Il vint aux oreilles des Chartrains un récit horrifiant : on racontait en effet que ceux qu'on nommait « tafurs », pauvres entre les pauvres et gens sans foi ni loi, mangeaient de la chair humaine. Celle de certains cadavres turcs conservés, dépecés et séchés au feu...

Les jours passant, Godefroi de Bouillon lui-même dut se contenter de quelques bas morceaux de chameau, qu'il partageait avec amis ou vassaux qui n'avaient plus rien à se mettre sous la dent.

Jamais la gent Notre-Seigneur n'avait connu si profond accablement, n'avait été si près de renoncer : tant de jours, tant de morts, tant de souffrances, tant d'épreuves et de misères pour en arriver à s'éteindre lentement, sous un soleil brûlant, entre les murs inexpugnables d'une cité où la faim régnait en souveraine !

Les ennemis, qui étaient renseignés sur les conditions d'existence des assiégés, attaquaient de-ci, de-là, par surprise, la garnison exténuée.

— Les Sarrasins ont failli prendre pied sur les remparts ! vint un soir annoncer à ses amis Mathieu, toujours fidèle. Ils avaient dressé des échelles contre la tour des Deux-Sœurs, celle-là même par laquelle nous sommes

entrés dans Antioche, et, profitant de l'extrême fatigue
des gardes, ils ont essayé de s'infiltrer dans la ville. Ce fut
pur miracle si, une fois l'alarme donnée par des guetteurs
moins épuisés que les autres, plusieurs chevaliers surgi-
rent juste à temps pour les exterminer !

Des plus vaillants, la faim faisait des fantômes hallucinés.

A l'occasion d'une autre agression turque, Bohémond
fut contraint de donner l'ordre d'incendier certains quartiers de la cité, afin d'en faire sortir les soldats qui se
refusaient à quitter leurs logis. Sur un fond de flammes
ronflantes et dévorantes, l'engagement eut lieu, tandis
qu'un vent furieux secondait l'action du Normand de
Sicile... Vers matines, une fois l'ennemi bouté hors la
ville, la bourrasque tomba et le feu s'éteignit...

A quelque temps de là, les Francs virent, dans le ciel
velouté de la nuit syrienne, au-dessus d'Antioche, scintil-
ler une belle et large étoile. Elle demeura un moment
immobile, puis elle se divisa en trois parties qui tombèrent sur le camp des assiégeants.

— Regardez, mes enfants ! dit le père Ascelin aux
femmes de sa maison qui avaient contemplé en même
temps que lui cet étonnant prodige. Regardez ! Dieu nous
envoie un nouveau signe ! Il ne nous laissera pas périr à
l'intérieur d'une ville où les chrétiens, jadis, choisirent
leur nom d'après le Sien !

Sur son lit, Landry, sanglotant, suppliait le Seigneur
qui Se manifestait à eux si clairement, d'accepter le
sacrifice de sa jambe en offrande pour le salut de tous.

Le lendemain, un prêtre vint annoncer au conseil des
barons qu'il avait été favorisé d'une vision : adjuré par la
Vierge Marie et saint Pierre d'apporter son aide aux
croisés, le Christ avait répondu : « Que mon peuple
revienne à moi, et je reviendrai à lui. D'ici cinq jours, je
lui enverrai un grand secours. »

Ce fut à la fin de ce délai que Pierre Barthélemy
survint. Évitant de se rendre d'abord chez ses amis
demeurés sans nouvelle de lui depuis la prise d'Antioche,
il alla tout droit se présenter à l'évêque du Puy, chef des
armées chrétiennes, et au comte de Toulouse, tous deux
convalescents. Reçu par eux, ce qui était déjà en soi un

événement, il leur parla enfin comme il avait été sommé de le faire depuis longtemps.

— André, apôtre de notre Dieu et Seigneur Jésus-Christ, m'a averti par quatre fois et ordonné de venir vous trouver pour vous faire découvrir, dans cette cité où nous voici, la lance qui ouvrit le côté du Sauveur. Ce jourd'hui même, étant sorti d'Antioche avec d'autres croisés durant une action assez vive, je me vis poursuivi par deux cavaliers ennemis et je courus me mettre à l'abri. Hors d'haleine, à demi évanoui, je restai tristement assis sur une pierre. Saint André m'apparut alors une nouvelle fois. Il me fit beaucoup de remontrances et proféra des menaces dans le cas où je n'exécuterais pas ma mission. Aussi, me suis-je décidé à venir...

L'évêque et le comte lui firent raconter en détail les précédentes révélations de l'apôtre. Sans se faire prier, Pierre Barthélemy soulagea sa conscience. Il avoua tout ce qui lui était arrivé et termina son récit en suppliant les deux seigneurs de se plier aux commandements du saint.

Le légat du pape refusa de prêter foi aux visions de Pierre et s'en désintéressa. Le comte de Toulouse, lui, le crut aussitôt. Il décida d'obéir au vœu de saint André en faisant creuser le sol de la cathédrale Saint-Pierre, derrière le maître-autel, là où cela lui avait été indiqué. Le propre chapelain du comte se vit confier le soin de sonder et d'interroger le petit homme sans prestance qui avait été honoré d'une si importante manifestation d'en haut.

En présence du comte, douze hommes, dont Pierre Barthélemy et un ami à lui, moine de haute taille, fort silencieux mais très actif, creusèrent en vain, du matin jusqu'au soir. La fatigue et le découragement commençaient à poindre, lorsque Pierre, tout d'un coup, ôta sa ceinture, ses sandales et, pieds nus, en chemise, descendit dans la fosse déjà deux fois aussi profonde que la taille d'un homme. Ce faisant, il ne cessait d'exhorter ses compagnons de prier Dieu de leur livrer la sainte lance pour le réconfort et la victoire de ses fidèles...

Soudain, une pointe de fer apparut...

Le chapelain du comte de Toulouse se précipita dans le trou pour être le premier à la baiser. Puis on dégagea la lance entière dans une explosion de ferveur et de joie.

On se rua vers les portes de la cathédrale, on courut à travers la ville qui se préparait pour la nuit. Comme un raz de marée, la nouvelle s'engouffra dans chaque logis, força les portes, déversa une foule bouillonnante sur les chaussées, suscita un émoi sans pareil : Dieu avait visité son peuple !

Avec la confiance retrouvée, l'ardeur revint au cœur des soldats du Christ. La faim, la lassitude, le doute se dissipèrent ainsi que des vapeurs fantasques. Le courage ressuscita d'un coup chez les plus simples, les plus nombreux, les plus sincères. On criait : « Dieu aide ! Dieu aide ! » et on s'embrassait sur les places et dans les rues en une sorte d'immense fête de l'Espérance, spontanée, irrésistible...

Devant l'élan qui soulevait pèlerins et soldats, les barons, qui venaient de se donner pour chef Bohémond de Tarente, le plus populaire d'entre eux, en remplacement d'Étienne de Blois, se réunirent aussitôt. Emportés par l'exaltation générale, ils jurèrent de poursuivre la lutte, de ne jamais fuir, même s'ils devaient laisser leur vie sur le chemin de Jérusalem...

Ce même soir, parmi la cohue délirante d'allégresse, un moine au visage dissimulé par l'ombre de la nuit et celle de sa capuche se faufila jusqu'à la maison blanche et bleue. Il en longea les murs, puis, s'aidant d'une borne, il se hissa au sommet d'une des petites terrasses d'angle qui encadraient la cour-jardin.

A plat ventre, il rampa vers le muret qui bordait son abri. Penché au-dessus du vide, il attendit que l'agitation cessât. Des paroles fiévreuses, des rires, des cris, où se mêlaient enthousiasme et lamentations sur un frère désormais écarté des triomphes futurs, fusaient vers lui, montaient en un bourdonnement aussi dense que les parfums confondus des roses et des jasmins. Une conversation finit par s'en dégager.

— Ce Pierre Barthélemy, disait la voix du père Ascelin, je n'ai jamais beaucoup cru en ses récits, mais, vraies ou fausses, ses visions vont changer bien des choses.

— C'est un inspiré, reprenait Brunissen. Il est de bonne foi. Pourquoi le Seigneur n'aurait-Il pas choisi ce pauvre Pierre parmi nous tous, afin de lui révéler l'emplacement de la sainte lance ? Vous ne pouvez nier, mon oncle, qu'on l'ait bien découverte là où il l'indiquait. A l'endroit qu'il nous avait décrit un certain soir de l'hiver dernier.

— Il est vrai, ma nièce, il est vrai.

— Moi qui n'étais pas des vôtres à ce moment-là, ajouta Flaminia dont la voix fit battre le cœur du moine, moi qui vous en ai seulement entendu parler, je partage l'opinion de Brunissen. Oui ou non, la lance se trouvait-elle derrière l'autel de l'église Saint-Pierre ?

— Elle y était, admit le père Ascelin forcé dans ses retranchements, elle y était, nul ne peut le nier. Mais qui l'y avait mise ? Là réside toute la question... N'oublions tout de même pas qu'une autre sainte lance est exposée à Constantinople, reconnue, révérée comme la seule véritable !

— Allons, mon oncle, nous ne vous convaincrons pas, constata Brunissen avec calme. Tant pis ! Je vais retourner auprès d'Alaïs et de Landry. Dans les jours à venir, je pense qu'il nous faudra redoubler d'attention envers notre blessé. Ne pas pouvoir se battre avec ses compagnons d'armes va le désespérer !

— Je vais avec vous, ma nièce. Pour votre frère, vous avez entièrement raison. Que Dieu lui vienne en aide !

— Je reste un moment dehors à respirer la nuit, dit Flaminia. J'irai vous rejoindre sans tarder.

Elle se dirigea vers la fontaine, revint sur ses pas, longea l'allée qui traversait le fouillis de verdure...

Une glissade, une chute, un bond et elle se retrouva entre les bras d'Andronic.

— Toi ! Ici ! Seigneur, je deviens folle ! Tu m'avais promis de ne jamais...

— Je devais te voir, te parler. D'abord parce que j'ai besoin de toi. Que rester des jours sans ta présence est un supplice d'autant plus douloureux que je te sais toute proche... Mais les événements de ce soir m'y ont aussi conduit. Écoute-moi. La découverte de la sainte lance a déjà redonné foi et vaillance aux nôtres. Les signes surabondent de nouveau. Ceux qui le crient dans la ville ont raison : Dieu est avec les croisés ! Ils vaincront les Turcs, quitteront Antioche et ses maléfices, marcheront sur Jérusalem. Désormais, je ferai partie des pèlerins.

Perdu dans leur nombre, je suivrai le même chemin que le tien. Nul ne pourra m'en empêcher. Ni toi, ni personne... Je vivrai discrètement, sans t'importuner, jamais bien loin mais non plus jamais trop proche... Je respirerai l'air que tu respireras, je partagerai découvertes et déconvenues, heurs et malheurs..., je vivrai dans ton ombre, je souffrirai moins...

Il serra Flaminia contre lui, se pencha, l'embrassa avec passion et se sauva.

Elle l'entendit grimper le long du mur tapissé de jasmin, en casser quelques branches, s'enfuir par les terrasses..., et elle s'évanouit.

En dépit de la réserve du légat et de certains croisés, on célébra avec pompe l'octave de l'invention de la sainte lance, puis les évêques imposèrent à ce peuple d'affamés, qui s'y livra avec ferveur, trois jours de jeûne. Prières et processions se succédèrent à travers la ville réveillée de sa torpeur et prise de frénésie.

Une ambassade, que menait Pierre l'Ermite, réapparu pour la circonstance, fut envoyée à Kerboga afin de lui proposer un traité de paix. Sur le refus hautain et railleur de l'émir, les croisés se préparèrent au combat. Ils n'avaient plus le choix. Vaincre les mécréants ou bien se voir anéantis par eux ou par la famine, telles étaient les seules possibilités qui leur étaient offertes...

On rassembla tout ce qui restait de chevaux, de mulets et même d'ânes. On vendait tout ce qu'on possédait pour acheter une monture qui tînt debout. En dépit de sa gloire et des biens immenses qu'il possédait en Lorraine, Godefroi de Bouillon dut emprunter un destrier au comte de Toulouse, trop malade encore pour participer à la bataille.

Chacun se confessa, communia au corps et au sang du Christ en sachant que la lutte à venir serait peut-être la dernière...

Enfin, arriva le jour. Le jour d'entre les jours.

On était la veille de la Saint-Pierre, patron de la ville, patron aussi du découvreur de la sainte lance...

Une messe fut dite, d'une piété inouïe, exaltée, tangible. Les cloches sonnaient, les yeux brillaient, les cœurs battaient, les pèlerins et les hommes d'armes chantaient en chœur des hymnes au Tout-Puissant.

Rassemblés dès l'aube sur une large place, devant la porte fermée du Pont, à l'ouest de la cité, l'ost, sous la conduite de l'évêque du Puy, attendait, dans une impatience fébrile, de s'élancer sur les infidèles.

Le légat du pape tenait la sainte lance, brandie à bout de bras.

Parmi les pèlerins rassemblés autour de l'armée, le père Ascelin et ses nièces avaient participé dans la plus extrême ferveur à la messe, à la bénédiction, aux ultimes instants qui précédaient l'assaut. Alaïs, seule, était absente. Elle était demeurée auprès de sa petite fille et de son frère qu'il lui fallait consoler ainsi qu'un second enfant...

On ouvrit la porte de la ville et, dans un ordre monastique, comme durant une procession, prêtres et moines, pieds nus, vêtus de robes blanches, chantant le *Veni Creator* et invoquant Dieu, s'avancèrent les premiers, devant les soldats.

La foule se précipita vers les remparts du haut desquels il lui serait possible d'assister au combat.

Brunissen, Flaminia et leur oncle y parvinrent en tête. La multitude qui les environnait, semblable à des chevaux sentant venir l'orage, vibrait à l'unisson. Frémissante, subjuguée, orante, elle ne formait plus qu'une âme, qu'une foi, qu'une même espérance... Suppliant à haute voix le Seigneur de défendre son peuple, d'attester en ce combat, par la victoire des Francs, l'alliance qu'Il avait scellée de son sang avec lui, des prêtres, revêtus de leurs ornements sacerdotaux, sortirent de la cohue pour s'agenouiller sur la muraille et se faire la voix de tous.

Flaminia contemplait ce spectacle avec exaltation. Elle priait avec les prêtres, lorsque la sensation d'être observée lui fit tourner la tête. Debout dans un angle des remparts, un grand moine noir au capuchon baissé l'observait. Appuyé des épaules contre les énormes pierres des fortifications, il ne s'intéressait pas à ce qui se passait dans la plaine, sur l'autre rive de l'Oronte, face aux ennemis. C'était elle qu'il fixait des yeux. Elle frissonna, joignit les mains sur son bliaud vert cru et se détourna sans hâte, pour ne pas attirer l'attention des siens.

Cependant, l'armée franque, que les Sarrasins laissaient miraculeusement sortir sans intervenir, se déployait sous les murs de la ville, bataille après bataille, en toute liberté. Les plus hauts barons, Hugues de Vermandois, frère du roi de France, Robert de Normandie, qui était de retour, Godefroi de Bouillon, Robert de Flandre la commandaient.

A l'écart, Bohémond, prêt à intervenir, se tenait en réserve avec ses Normands de Sicile.

Remplaçant le comte de Toulouse, toujours malade, qui était resté dans la cité pour surveiller les Turcs de la citadelle, l'évêque du Puy avançait à la tête des Provençaux. Devant eux, au-dessus des bannières multicolores, son chapelain élevait, de toute sa haute taille, la sainte lance, scintillante des fines gouttes qu'une pluie rafraîchissante et légère faisait tomber du ciel.

Farouches, résolus, avec dans le regard l'étrange lueur de ceux qui n'ont rien à perdre, les hommes d'armes, en ligne, marchèrent sur l'ennemi.

Pour enrayer leur progression, les archers turcs décochèrent des milliers de flèches. Les Francs ne parurent pas les sentir...

— Dieu le veut ! Dieu aide ! Saint sépulcre !

Du haut des remparts, la voix des pèlerins faisait écho aux cris des combattants.

Entraînée par la puissance de la certitude qui soulevait tout le monde autour d'elle, Flaminia chantait, hurlait avec ses voisins.

— Regardez ! lança le père Ascelin. Regardez ! Bohémond les prend à revers !

Avec sa fougue coutumière, Bohémond enveloppait les archers turcs, les chargeait, les repoussait. Son audace affola ses adversaires, déjà impressionnés par la détermination d'une armée qu'on leur avait décrite comme épuisée et quasiment rendue... Ils commencèrent à lâcher prise.

Durant ce temps, le gros des troupes franques montait

vers les forces ennemies massées sur les hauteurs du
cimetière musulman, les obligeant à reculer. Pour tenter
d'arrêter une offensive que leurs armes ne semblaient
pouvoir briser, les Sarrasins mirent le feu aux herbes
folles de la plaine... En vain ! Godefroi de Bouillon
regroupa alors ses hommes et les lança en avant. Leur
attaque balaya tout devant elle.

Sur les remparts, un grand silence était tombé. On
regardait, on priait...

L'élan des soldats de Dieu atteignait le camp de
Kerboga. Plusieurs chefs arabes et turcs prirent soudain
la fuite. On les vit cravacher leurs chevaux nerveux et
s'éloigner à bride abattue... Les dissensions existant entre
eux et Kerboga, dont on n'ignorait pas qu'ils lui repro-
chaient son orgueil et son attitude tyrannique, devaient
être à l'origine de ce revirement... Leurs troupes firent
aussitôt demi-tour pour les suivre.

Toute l'immense armée sarrasine céda d'un seul coup.

Huées, vociférations, cris de victoire, actions de grâces
s'élevaient à présent du haut des murailles où la foule
hurlait sa joie.

Quand on aperçut Kerboga tourner bride, lui aussi, et
la débâcle devenir générale, on comprit qu'on était
exaucé, sauvé ! Les soldats du Christ ne s'attardèrent pas
pour autant au pillage des richesses que contenait le
camp des vaincus. Ils poursuivirent les fuyards sur plus
d'une demie-lieue jusqu'à un pont de fer situé sur la
boucle du fleuve et, plus loin encore, vers l'est, de l'autre
côté de l'Oronte... Leurs montures mal nourries ne purent
les porter plus avant... On vit alors Syriens et Arméniens,
accourus de la montagne et des environs afin de seconder
les Francs, se précipiter sur leurs anciens oppresseurs
pour les exterminer.

Descendant aussitôt des remparts d'où ils avaient suivi
la déroute des uns et l'avancée triomphale des autres, les
pèlerins s'élancèrent sans plus attendre vers les portes
ouvertes... Ils couraient vers les somptueuses tentes du
camp déserté où ils savaient trouver de l'or, de l'argent,
des pierres précieuses, des meubles de prix, des vases, des
tapis, des draps de soie, mais surtout des troupeaux de
bœufs qu'ils avaient entendus beugler de loin, des vaches

laitières, des moutons, des chameaux, des ânes, sans parler des réserves de blé, farine, vin, huile et tant d'autres denrées dont ils étaient privés depuis si long-temps...

Le père Ascelin et ses nièces, pressés par la foule emportés par elle, se virent séparés un moment.

Deux bras forts saisirent la taille de Flaminia.

— Dieu soit béni ! dit contre sa joue une voix ardente. En vérité, qu'Il soit béni ! Nos gens aux ventres creux viennent de briser la résistance de la plus importante armée jamais rassemblée contre eux, contre nous, contre Lui ! A présent, plus personne ne nous barrera la route qui mène à Jérusalem... Nous allons partir ensemble, marcher ensemble, vivre ensemble cette montée vers le saint sépulcre dont vous avez tant rêvé tout au long de votre chemin... Et, crois-moi, durant ce temps, je trouverai bien le moyen de t'amener à accepter puis à combler mon amour, ô ma belle amie... mon amour ainsi que mon désir...

Des larmes plein les yeux, Flaminia se retourna vers la rugueuse chape de bure, mais elle leva vers Andronic un visage résolu.

— Dieu ne le voudra pas ! dit-elle sombrement. Non, sur mon âme, Il ne peut le vouloir !... Toute ma vie, j'ai suivi l'exemple de deux guides qu'Il m'avait donnés : mon père et ma grand-mère. Ils ne sont pas morts l'un et l'autre pour que je me livre à la passion d'un homme marié, même si je l'aime, surtout si je l'aime..., mais pour que je continue, pour que je parachève le pèlerinage qu'ils n'ont pas pu mener jusqu'au bout. Je veux, je dois leur demeurer fidèle. Toutes les séductions, tous les appels venus de toi, mon Andronic, je les refuserai, je les écarterai, tant que je ne serai pas parvenue là où m'entraînent les âmes de ceux qui m'ont tracé la voie..

CINQUIÈME PARTIE

8 avril 1099 - 7 juin 1099

1.

A la requête de Pierre Barthélemy, on avait entassé, sur une lande assez éloignée du camp, proche des contreforts de la montagne, des fagots de bois sec d'olivier et d'épineux, disposés de part et d'autre d'un étroit passage. Haut de plusieurs coudées, long d'une quinzaine de pieds, ce sentier de l'ordalie était celui de la suprême épreuve pour le petit Provençal, dont tant de croisés mettaient à présent en doute la bonne foi.

« Je veux et je supplie que l'on fasse un très grand feu que je traverserai avec la lance. Si elle est véritablement la lance du Seigneur, je passerai sain et sauf. Sinon, je serai brûlé, car je vois que l'on ne croit plus ni aux miracles ni à leurs témoins ! » avait dit Pierre, poussé à bout par les sarcasmes de beaucoup de ses compagnons.

On était loin des transports suscités, l'année précédente, lors de la prise d'Antioche par la découverte de la sainte lance ! Le temps avait détérioré les ferveurs, miné les confiances.

Poussés par un certain Arnoul Malecorne, chapelain de Robert Courteheuse, duc de Normandie, les incrédules s'étaient dangereusement multipliés au cours des derniers mois.

— Par le Créateur, si nous avions quitté Antioche sans traîner, remarqua le père Ascelin qui assistait en compagnie de ses nièces et parmi la foule accourue au Jugement de Dieu, si nous étions partis dès la Saint-Martin, après un temps de repos nécessaire, ainsi qu'il en avait d'abord été décidé, nous n'en serions pas maintenant arrivés à tant de confusion et de désordre !

Brunissen approuva. Elle tenait serré entre ses doigts le chapelet de sa grand-mère, rapporté à son intention par sa sœur.

— Depuis l'épidémie qui a emporté en août dernier Adhémar de Monteil, le légat que nous avait donné le pape, tout a changé, tout s'est gâté, reconnut-elle avec affliction. Loin de nous être salutaire, la conquête d'Antioche ne nous a apporté que déceptions et chicanes !

— La rivalité scandaleuse, avouée, qui a opposé Bohémond de Tarente et le comte de Toulouse pour la possession de cette ville diabolique, s'est révélée des plus néfastes, dit Flaminia avec rancune. Sans leur hostilité de hauts barons, plus soucieux de se tailler de nouveaux fiefs en Syrie que de progresser vers Jérusalem, il y a beau temps que nous serions parvenus au saint sépulcre !

— Démunie d'un guide incontesté puisque personne, hélas, n'a remplacé l'évêque du Puy, que chacun aimait et respectait, dans la mission que lui avait confiée Urbain II, l'ost Notre-Seigneur ressemble maintenant à la dépouille d'une bête crevée abandonnée au fil de l'eau, ajouta Mathieu le Barbier, seul ami restant des anciens frères d'armes de Landry.

L'arbalétrier fréquentait avec assiduité les Chartrains, en dépit de leur séparation d'avec Landry et d'avec Alaïs, restés tous deux à Antioche, l'un à cause de son amputation, l'autre pour demeurer à la fois avec son frère, sa fille et Bohémond.

— Quand je pense que, pour la troisième fois, nous célébrons le Vendredi saint loin de chez nous, mais toujours loin de Jérusalem, continua-t-il avec véhémence, j'enrage ! Et tout cela par la faute du comte de Toulouse, dont l'ambition nous fait piétiner sans fin aux portes d'Arqa. C'est une honte !

— Le siège d'une ville de mince importance comme celle-ci ne fait pas avancer d'un pouce notre pèlerinage, reprit Brunissen dont la voix chantante résonnait pourtant, elle aussi, d'une nette réprobation. Dieu Seigneur, que faisons-nous ici ?

— Nous flattons les visées du comte! répondit Flaminia qu'on sentait, comme les autres, à bout de nerfs. De la prise de cette maudite cité dépend notre progression. Ce pauvre Pierre Barthélemy n'a-t-il pas affirmé avoir entendu, au cours d'une nouvelle vision, le Christ en croix lui exprimer personnellement que la maison de Toulouse devait se rendre maîtresse d'Arqa?

— Que Dieu lui pardonne et prenne pitié de lui, souffla le père Ascelin avec un discret haussement d'épaules. N'a-t-il pas aussi certifié avoir vu l'évêque du Puy, ainsi que l'évêque d'Orange, son éphémère remplaçant, émerger l'un et l'autre en piteux état des séjours infernaux? Leur refus de croire à la sainteté de la lance trouvée par lui à Antioche aurait été la cause de leurs tourments! Sur mon salut, les tribulations de la route lui ont fait perdre l'esprit!

Brunissen se signa.

— Il n'est que d'attendre pour savoir qui a raison et qui a tort, fit-elle remarquer en désignant du menton l'arrivée des barons prenant place pour assister à l'ordalie. Bientôt, chacun sera fixé.

— Il est en effet grand temps que cette discorde cesse! affirma le père Ascelin. Encore un peu et, Dieu nous assiste, gens d'armes comme pèlerins en seraient venus à former deux camps opposés : celui des adorateurs et celui des contempteurs de la sainte lance!

Il se tut avec l'assistance sur laquelle, soudain, passa un frisson. Pieds nus, en vêtements sacerdotaux, les prêtres faisaient leur entrée dans l'immense cercle formé par les croisés. Pierre Barthélemy marchait derrière eux. Ils se placèrent au premier rang, face aux barons.

A l'aide de torches enflammées, les aides du bourreau embrasèrent les premiers fagots. Puis, Raymond d'Aguilers, homme mûr, corpulent et chapelain du comte de Toulouse, qu'il représentait, prononça les paroles attendues :

— Si le Dieu tout-puissant a parlé à cet homme face à face, et si saint André lui a montré la lance du Seigneur tandis que ce pèlerin veillait, qu'il passe à travers le feu sans recevoir aucune atteinte. Sinon, qu'il soit brûlé avec la lance qu'il portera à la main.

En se prosternant, tous répondirent :

— Amen !

Au cœur du silence qui suivit, Pierre Barthélemy, vêtu d'une simple tunique blanche et pieds nus, vint s'agenouiller devant l'évêque qui présidait la cérémonie. Il réaffirma la véracité de ses dires, se confessa publiquement des fautes qu'il avait pu commettre, pria Dieu de les lui pardonner et demanda aux assistants d'implorer pour lui la miséricorde divine.

L'évêque lui remit alors la lance, objet de tant de bruit. Pierre fléchit le genou, fit le signe de la croix et s'approcha du feu qui flambait vif et clair à plus de trente coudées de haut... La lance à la main, il pénétra ensuite dans l'étroit sillon ménagé entre les bûchers crépitants...

La chaleur dégagée était telle que, en dépit de leur immense curiosité, les spectateurs de l'ordalie furent forcés de reculer.

Le temps s'immobilisa au-dessus de l'assemblée...

A travers un brouillard de larmes, Brunissen et Flaminia assistaient à l'épreuve réclamée par leur compagnon. Les vapeurs dansantes et embrasées des flammes, ajoutées à la brume humide de leur chagrin, faisaient vaciller devant leurs yeux le cheminement pénitentiel de Pierre... Brunissen priait. Flaminia songeait au dévouement témoigné par Barthélemy à Andronic et à la détresse que devait ressentir celui-ci, sans doute perdu parmi la foule venue assister en masse au jugement de Dieu...

Un bref moment, Pierre resta sans avancer au centre de la fournaise, puis il reprit sa marche et sortit enfin du sentier incandescent. Il tenait toujours la lance qui, elle non plus, n'avait pas brûlé. Il fit aussitôt le signe de la croix sur les pèlerins émerveillés et s'écria à haute voix : « Dieu, aidez-moi ! »

On se rua sur lui. C'était à qui pourrait le toucher, s'emparer d'un morceau de sa tunique, l'embrasser, lui arracher quelques cheveux... Il disparut au sein de la mêlée et tomba, victimes de ses zélateurs en transe qui le piétinaient.

Un chevalier provençal réunit quelques soldats, se fraya un chemin au milieu de la foule devenue comme folle, et parvint à lui reprendre le corps pantelant de

Pierre qu'il fit transporter aussitôt sous la tente du comte de Toulouse.

— Je vais le soigner ! s'écria Brunissen, qui s'élança en courant à la suite du blessé.

Mathieu le Barbier se précipita derrière elle. Beaucoup de gens en firent autant...

— Il m'a semblé qu'il portait des traces de brûlures aux jambes, remarqua le père Ascelin. Peut-être me suis-je trompé. Il n'en reste pas moins qu'il est sorti vivant de l'enfer !

Il se retourna pour connaître l'avis de Flaminia. Elle avait disparu. Il pensa qu'elle avait peut-être suivi le mouvement qui entraînait le peuple des croisés sur les traces de Pierre Barthélemy, à moins qu'elle ne fût rentrée au camp... Elle y était. Réfugiée entre les bras d'Andronic, elle pleurait sur l'épaule recouverte de la bure des bénédictins... Dissimulés derrière l'une des somptueuses tentes prises l'année précédente aux vaincus d'Antioche et réparties entre les seigneurs victorieux, les deux jeunes gens s'étreignaient.

— Je voudrais essuyer de mes lèvres chacune de tes larmes, murmurait Andronic à son amie, en serrant tendrement contre le sien le corps secoué de sanglots. Tout doux, mon cher amour, tout doux... Pierre est sorti sain et sauf de son chemin de feu. Il a ainsi prouvé sa bonne foi aux yeux de tous. Les disputes et controverses qui nous ont été si nuisibles vont cesser d'elles-mêmes, faute d'aliment.

— Je n'en suis pas si sûre, chuchota Flaminia en redressant sa tête enveloppée d'un voile violet. Par le Dieu qui ne ment, il avait des brûlures sur les jambes... Je les ai aperçues et suis certaine de ne pas me tromper. Les fous déchaînés qui se sont jetés sur lui par la suite risquent fort d'avoir élargi ses plaies et foulé aux pieds le témoignage qu'ils réclamaient si cruellement !

— Allons le voir, amie, aimée, nous saurons ce qu'il en est.

— Tu sais bien que je ne puis en aucun cas me montrer en ta compagnie !

Andronic eut un mouvement d'impatience.

— Ainsi donc, même en un moment comme celui-ci, tu

refuses ma présence ! Sous cet habit, nul ne peut savoir qui je suis ! Qui songerait, d'ailleurs, à établir le moindre rapprochement entre l'humble moine que voici et le parfumeur de la cour impériale ? Hormis ton oncle, ta sœur et Albérade, qui me connaît dans le camp ? Personne ! Nous ne risquons rien !

— Brunissen est en train de soigner Pierre. Il ne faut pas qu'elle puisse t'apercevoir !

Andronic s'écarta. Son visage soudain durci, son regard assombri disaient son amertume et sa peine.

— Je n'en puis plus, dit-il enfin, les dents serrées. Non, par tous les saints, je n'en puis plus ! J'ai tout quitté pour toi. Depuis juin, et nous voici proches de Pâques à présent, donc depuis des mois et des mois, je te suis comme un chien, toujours caché, toujours perdu parmi le flot des pèlerins, à tel point soucieux de ne pas te déplaire en me faisant reconnaître, que je vis dans l'angoisse, sans cesse ravivée, de me voir trahi auprès des tiens ! De tant de soins, de privations, de désillusions, quelle est ma récompense ? Quels témoignages d'amour ai-je obtenus de ta part ? Des mots affectueux, quelques baisers, des caresses toujours prudentes, de brèves étreintes sitôt dénouées...

Il s'appuya des épaules contre un des montants de la tente vide qui les isolait et se prit la tête entre les mains.

— Combien de temps vas-tu continuer à m'imposer de vivre comme une ombre et non pas comme un homme ? reprit-il avec une violence rancuneuse qui toucha Flaminia au cœur. Tu m'as rendu fou et tu me prêches la sagesse ; tu m'a mis le sang en feu et tu te refuses à moi !

Il se retourna vers elle, la saisit à pleins bras, l'écrasa contre lui.

— Sur mon âme, j'arracherai un de ces jours cette chape trompeuse, je t'enlèverai, je t'emmènerai loin de ce camp, loin de cette ville que l'armée assiège sottement pour le comte de Toulouse, loin de l'ost qui piétine, et je t'épouserai selon le rite de l'Église d'Orient ! Le premier prêtre arménien que nous rencontrerons nous mariera si je le lui demande...

— Il ne nous unira pas sans mon consentement ! Jamais, jamais, je n'accepterai de devenir la femme d'un homme qui n'est pas libre de m'accorder sa foi puisqu'il est toujours pour moi le mari d'une autre !

Andronic émit en grec une sorte de sourde imprécation, tourna les talons et s'en alla d'un pas furieux.

« C'est la première fois qu'il me quitte ainsi, pensa Flaminia, et de nouvelles larmes lui jaillirent des yeux. Jusqu'à présent, durant nos discussions, c'était toujours moi qui rompais le dialogue... Commencerait-il à se lasser de moi, de mes scrupules ? »

Sans même songer à essuyer les pleurs qui tombaient sur le devant de son bliaud et humectaient la légère étoffe de lin écru, elle s'élança en courant vers la tente du comte de Toulouse.

« Quel gâchis, se disait-elle en même temps, quel affreux gâchis que ce qui nous est advenu depuis la prise d'Antioche ! Nous avons alors supposé que Jérusalem et le bonheur étaient à portée de la main, mais rien de ce que nous imaginions ne s'est produit comme nous le pensions ! »

Avec la mort du légat, le silence du pape qui n'avait pas répondu au message pressant que lui avaient adressé les croisés pour qu'il prît la tête du pèlerinage, les rivalités éhontées entre les hauts barons, l'éparpillement des hommes entre seigneurs guerroyant chacun pour soi, la faim réapparue et son cortège de maux, d'horreurs, de détresses, l'année écoulée avait été celle de toutes les déceptions. Un jour, pourtant, l'espérance était revenue, en janvier, lorsque le comte de Toulouse s'était enfin décidé à repartir, pieds nus, en chemise, comme un pauvre, sur le chemin de Jérusalem. Il avait fini par céder aux besogneux, aux indigents, aux chétifs, aux humbles qui se révoltaient devant les sordides marchandages et les atermoiements des chevaliers, comtes et ducs, chargés de les conduire en Terre sainte ! C'était ce peuple de crève-la-faim, de petits pèlerins qui, après avoir démoli de ses mains, de ses ongles, les murailles de la ville de Marra que se disputaient les grands seigneurs, c'était ce peuple de chrétiens désarmés, mais forts de leur indignation, qui s'était montré capable d'entraîner tout le monde à sa suite.

Flaminia s'immobilisa un instant à l'ombre d'un maigre épineux. Elle essuya d'un revers de la main la sueur et les larmes mêlées qui ruisselaient sur son visage. Il ne fallait plus pleurer. Elle devait faire preuve de la même ténacité devant l'épreuve que les croisés de Marra !

Le courage têtu, chevillé à l'âme, dont ils s'étaient alors montrés capables, avait amené les hésitants à recouvrer volonté et espoir. La marche en avant avait repris, sans que rien ne pût l'entraver.

Les uns après les autres, les barons manquants avaient rejoint ces pèlerins que certains d'entre eux considéraient de haut et qui venaient de leur infliger une leçon qu'il ne leur serait plus possible d'oublier...

Vallées franchies, montagnes escaladées, haltes écourtées, assauts livrés aux forteresses récalcitrantes, clémence accordée à celles qui ouvraient leurs portes, sentes après chemins, routes après sentiers, la gent Notre-Seigneur était finalement parvenue non loin de Tripoli, devant Arqa. Arqa, ville funeste sous les fortifications de laquelle, par la faute et l'entêtement du comte de Toulouse, l'armée, une fois encore, marquait le pas ! Les troupes, fort éclaircies, n'avaient plus la même énergie qu'auparavant...

Cependant, des nefs vénitiennes, grecques, génoises, anglaises, suivaient le trajet de l'ost, au plus près des côtes, afin de la ravitailler, et Tortose, l'unique port de la région, était occupé depuis peu par les Francs. Des renforts y abordaient sans cesse. De nouveaux soldats, de nouveaux pèlerins en provenaient presque chaque jour, mais pas assez nombreux pour compenser les énormes pertes subies. Que de morts au long de ce chemin peineux, aventureux, et que d'abandons depuis Rome ! Le comte de Vermandois, frère du roi de France, n'était pas revenu de l'ambassade dont il avait accepté de se charger auprès du basileus, avec un autre chevalier... Étienne de Blois avait honteusement regagné son Blésois. Bohémond lui-même, le valeureux, le rusé, l'audacieux Bohémond s'en était retourné vers Antioche la Belle, au début des ides de mars, tant il se languissait de sa conquête et d'être tenu loin de sa chère ville bien-aimée.

Flaminia soupira, s'arrêta un instant, puis repartit.

Trois des êtres qu'elle aimait le plus au monde se

trouvaient toujours à Antioche : Landry, dont l'amputation nécessitait un long repos, Alaïs et sa fille, retenues là-
bas par l'inconstant mais impérieux Bohémond qui les
visitait parfois, semblait-il, et dont Alaïs ne pouvait se
passer... Elle acceptait de ne recevoir que de temps à
autre son ami dans 'a petite maison blanche et bleue.
Quand il en avait décidé ainsi et n'avait, cette nuit-là,
qu'Alaïs à honorer.

Son frère et sa sœur manquaient beaucoup à Flaminia.

« De notre famille éprouvée, décimée, que reste-t-il à
présent ? se demanda-t-elle avec angoisse. Combien parviendront à Jérusalem ? En suis-je digne moi-même, alors
que flambe dans mon cœur, dans mon corps, un amour
coupable contre lequel je lutte avec de plus en plus de
difficultés ? »

Elle arrivait devant la tente où l'on soignait Pierre
Barthélemy. Une foule encore assez dense en obstruait les
alentours. On continuait à s'y disputer.

— Il n'a pas été brûlé vif, entendit la jeune fille. C'est la
preuve qu'il disait vrai : la lance qu'il a trouvée est bien
celle qui a percé le flanc de Notre-Seigneur au jour de sa
Passion, que nous commémorons justement ce jourd'hui,
Vendredi saint !

— Par Dieu et Notre-Dame, je ne suis pas de votre avis,
répliqua quelqu'un. Vous dites qu'il n'a pas été brûlé.
Faut-il encore s'entendre sur ce qu'on entend par là ! Il
portait de fortes traces de roussi aux mollets. Je les ai
vues comme je vous vois !

— Des marques légères, fort légères, compère, reprit
un autre assistant. Si tu étais passé, toi, dans une pareille
fournaise, il ne te serait pas resté une once de chair sur les
os !

Flaminia chercha des yeux un visage connu, mais n'en
distingua aucun. Ni son oncle, ni Mathieu le Barbier
n'étaient là.

Brunissen sortit de la tente au bout d'un long moment.
On s'élança vers elle pour connaître l'état de Pierre.

— Les chirurgiens du comte de Toulouse s'occupent de
lui, dit-elle d'un air préoccupé. Il faut le laisser en paix. Il
a besoin de quiétude...

Flaminia la rejoignit. Elles s'éloignèrent de la cohue et

prirent, au bras l'une de l'autre, un sentier sinuant parmi les oliviers, qui évitait le large chemin emprunté par le plus grand nombre des pèlerins.

— Qu'en est-il, en vérité ? demanda la plus jeune.

— Il est brisé, répondit tristement sa sœur. Sur les brûlures qu'il portait aux chevilles et aux mollets, de larges blessures se sont ouvertes quand il a été écrasé par la foule. On lui a défoncé les côtes, et il souffre horriblement du dos. Aux dires des chirurgiens, il serait possible que l'exaltation de ses admirateurs lui ait cassé certains os de l'épine dorsale.

— A-t-il parlé ?

— Un peu. Quand le chapelain du comte lui a demandé pourquoi il s'était arrêté à mi-chemin durant un moment, il a répondu que le Seigneur lui était de nouveau apparu en cet instant, pour lui dire que ses doutes et ses hésitations passés l'empêcheraient d'avoir la vie sauve, mais que, néanmoins, il ne connaîtrait pas l'enfer et serait sauvé.

— Malheureux et bienheureux à la fois..., tel aura donc été son destin. Comme cela est étrange...

— Tout ce que nous vivons depuis trois ans n'est-il pas singulier ? demanda Brunissen, songeuse. Allons, amie, sœur, rentrons chez nous et prions Dieu pour notre ami Pierre !

Flaminia laissa son aînée prendre les devants. Peu pressée de regagner le camp où elle craignait à la fois de rencontrer et de ne pas rencontrer Andronic, elle préféra s'asseoir un temps sous l'ombre lumineuse d'un olivier. Elle avait envie d'emplir sa poitrine du vent qui retroussait les feuillages d'argent vert, caressait de son haleine la campagne florissante et collait à son buste l'étoffe légère qui épousait ses formes. Elle s'emplissait les yeux de la beauté que Dieu avait dispensé à ce pays, voisin de celui qu'Il avait élu.

Au pied de la chaîne des monts du Liban, où s'attardaient des neiges printanières cernées d'épaisses forêts de cèdres, des vignes en bon ordre, des orangers, des palmiers, des citronniers, des bananiers occupaient, de sommets en terrasses puis de terrasses en vergers, en prés, en champs cultivés, la plaine fertile environnant Arqua.

Sur le plateau vallonné qui s'élevait doucement au sud de la ville assiégée, une oliveraie sillonnée de petites routes offrait à l'adolescente le manteau gris et bleu, frémissant, de son ombrage.

« C'est là une terre bénie, songea-t-elle. Une terre semblable au pays de Canaan où les Écritures disent que coulaient le lait et le miel. Il ferait bon s'y attarder. La mer est proche, et cette vallée opulente ressemble à une belle femme féconde, alanguie, aux approches des monts du Liban qui se dressent à ses côtés, grandioses et protecteurs comme de hauts et puissants barons. Tant de séduction explique l'acharnement du comte de Toulouse et pourrait bien en retenir certains. »

Une fois encore, elle sentait naître et s'irradier dans sa chair un appel mystérieux et fort, un élan qui bouleversait ses sens et la livrait, sans défense, à la tentation de l'amour. Ainsi qu'un arbre plein de sève et de chants, sa jeunesse s'épanouissait au contact de la nature avrileuse et réclamait un apaisement...

« Ô Andronic, si tu te trouvais ici, en ce moment, près de moi, je sais que je n'aurais plus le courage de te résister et que je m'abandonnerais à toi ! »

Elle ferma les yeux, huma longuement les senteurs de ce sol étranger et pourtant si tentateur, et se serait sans doute laissée aller à s'allonger sur l'herbe, sous l'olivier, pour se fondre en cette terre généreuse, si riche de promesses, si une saute de vent ne lui avait apporté tout à coup une odeur. L'odeur de la fumée dégagée par les restes des fagots qui achevaient de se consumer non loin de là, à l'emplacement choisi pour procéder à l'ordalie...

Avec un soupir, Flaminia secoua la tête et reprit le sentier qui menait au camp des croisés.

Douze jours plus tard, Pierre Barthélemy mourut des suites de ses blessures. Certains disaient de ses brûlures.

A son chevet, l'assistant en ses derniers moments, se tenaient, avec le chapelain du comte, bien déconfit par une fin qui ne manquerait pas de rallumer les contestations, le père Ascelin, Brunissen, Mathieu le Barbier et Flaminia. Assez loin de leur groupe, agenouillé dans un pan d'ombre, un grand moine au capuchon abaissé priait pour l'ami qui s'en allait.

Durant les visites quotidiennes que les Chartrains avaient faites au pauvre Pierre après l'ordalie, ils avaient parfois vu ce compagnon silencieux dont on savait qu'il n'avait pas quitté Barthélemy depuis Antioche. Mais nul ne semblait avoir jamais entendu le son de sa voix. Il s'inclinait à l'arrivée des pèlerins ainsi qu'à leur départ, sans prononcer un mot.

— Ou bien il est muet, dit un jour le père Ascelin au sortir de la tente, ou il a fait vœu de silence. Ce n'est pas rare parmi les religieux, même s'ils se trouvent éloignés de leur moutier.

— Sans doute, répondit laconiquement Flaminia.

On n'en avait plus parlé. On s'était habitué à cette présence. L'état du blessé demeurait trop préoccupant pour qu'on eût le temps de s'interroger davantage.

— Pierre est allé rejoindre le Seigneur qui lui était plusieurs fois apparu et qui lui avait indiqué où était placée la sainte lance, dit soudain le chapelain en se levant pour fermer du pouce les paupières restées ouvertes sur une dernière vision. Que Dieu lui soit miséricordieux !

Tous tombèrent à genoux et, pleurant amèrement, commencèrent à réciter à haute voix les sept psaumes de la pénitence.

Le moine se releva dès qu'ils eurent fini, se signa aux pieds du corps sans vie et sortit de la tente. Au passage, sa chape effleura les épaules de Flaminia, courbée sur son chagrin...

La mort d'un seul homme, fût-ce celle du découvreur de la sainte lance, ne fit guère de remous. On continua quelques jours à se quereller à son propos, puis on eut d'autres pertes à déplorer.

Les fêtes de Pâques se déroulèrent au milieu de l'énervement et du mécontentement des pèlerins, en dépit d'un ravitaillement satisfaisant. La précocité des récoltes de la plaine et les compléments apportés par les nefs qui déversaient à Tortose blé, vin, orge, huile, viande et même certains fromages, assuraient une abondance de vivres rarement égalée. Une fois encore, le temps des disettes était passé pour faire place à celui de la prospérité. Mais le siège d'Arqa traînait en longueur, se révélait sans cesse plus meurtrier, et le menu peuple de Dieu recommençait à gronder. Il en voulait, cette fois, au comte de Toulouse en personne qui s'acharnait au su et au vu de chacun à vouloir prendre une ville n'intéressant que lui.

— Savez-vous la nouvelle ? demanda un soir de la mi-avril le père Ascelin en regagnant la tente où sa famille l'attendait pour souper. Un messager vient d'arriver au camp. Il annonce la venue prochaine d'une délégation grecque envoyée par le basileus.

— Grand bien lui fasse ! s'écria Flaminia. Nous n'attendons plus rien de cet empereur félon. Il nous a délaissés aux pires heures de notre route !

— Hugues de Vermandois sera peut-être des leurs, supposa Mathieu le Barbier qui se trouvait là. Ce pauvre seigneur n'a jamais eu de chance. Dans quel bourbier sera-t-il encore tombé ?

Et, selon une habitude perdue depuis des semaines, il se mit à rire aux éclats.

On sut bientôt à quoi s'en tenir. Après une traversée meurtrière du désert d'Anatolie, la perte de son escorte tombée sous les flèches turques, ainsi que celle de Baudouin de Hainaut, son compagnon d'ambassade, Hugues de Vermandois s'était présenté une seconde fois en fort piteux état devant le basileus. Outré dans sa vanité et excédé d'une si constante infortune, le frère du roi de France, après avoir délivré son message, s'était empressé de se réembarquer. Il avait préféré retourner vers un royaume où il possédait de riches et solides domaines.

— Bon vent ! lança Mathieu quand il apprit la nouvelle. Ce ne sera certes pas moi qui m'apitoierai sur son sort. Je suis beaucoup plus heureux que lui, tout haut et puissant seigneur qu'il soit, puisque, moi, j'arriverai avec vous tous à Jérusalem !

Le barbier n'était pas le seul à envisager cette proximité de la Ville sainte. Par la voix de ses messagers,

l'empereur offrait aux Francs de se joindre en personne et
avec ses troupes à l'armée du Christ afin de soutenir leur
action pour conquérir la cité de Dieu. Il leur demandait
cependant de prendre patience jusqu'à la Saint-Jean-
d'Été. Il comptait employer ce délai à reprendre Antioche
à Bohémond qui, selon lui, l'occupait indûment.

— Jamais Bohémond ne consentira à se laisser
dépouiller de la ville si douce à son cœur et qu'il a
obtenue de haute lutte, dit le père Ascelin. Il aimerait
mieux se faire tuer sur place !

— Alexis Comnène ne bougera pas ! répondit Mathieu
d'un air assuré. Cet empereur a-t-il jamais rien fait pour
venir à notre secours ?

— Vous avez raison, approuva Brunissen qui, aidée
par Albérade, était occupée à plumer une poule grasse
devant la tente. Sur mon âme, le basileus est bien trop
prudent pour participer personnellement à une entreprise aussi périlleuse que la nôtre !

Sans tarder, on apprit que le conseil des barons s'était
réuni, avait délibéré et rejeté l'offre de l'empereur en
dépit de l'avis contraire du comte de Toulouse, qui, une
fois de plus, s'opposait à ses pairs. Mais chacun connaissait ses raisons. Il tenait à s'emparer d'Arqa et de Tripoli
avant de marcher vers le saint sépulcre...

— Godefroi de Bouillon, beaucoup plus droit et moins
ambitieux que le comte, s'est opposé avec fermeté à la
proposition du basileus, raconta, le soir du conseil,
Mathieu le Barbier avec sa verve coutumière.

En compagnie des Chartrains, il faisait quelques pas le
long d'un ruisseau proche du camp. Malgré le siège qui
traînait toujours, l'heure était douce. Le soleil se couchait
dans sa gloire couleur d'orange et la campagne exhalait
des senteurs de terre cultivée, arrosée et irriguée en tous
sens.

Suivie de Biétrix qui cueillait des fleurs, Flaminia
marchait en silence auprès de Brunissen. Précédant les
deux sœurs, le père Ascelin prenait plaisir à entendre
Mathieu, sans cesse à l'écoute des derniers échos répandus parmi les croisés. En plus de son office d'arbalétrier,
le jeune homme continuait en effet à exercer son ancien
métier de barbier. Ce qui lui permettait de s'introduire

dans chacune des tentes seigneuriales afin de prodiguer de menus soins aux barons et à leur maisnie quand le mal était de son ressort, mais également de tailler cheveux, barbes et ongles, l'oreille aux aguets.

— La popularité du comte de Toulouse est en train de s'amenuiser de façon alarmante pour lui et ses tenants, reprit Mathieu. On lui reproche de déployer sa finesse naturelle à retarder le départ tant attendu ! Le charme de la comtesse Elvire ne suffit plus à protéger un époux qui se déconsidère en s'acharnant à soutenir un siège dont, en cas bien improbable de réussite, il serait le seul à profiter.

— Il est vrai. Chacun l'attaque maintenant. La triste fin de notre ami Barthélemy lui a porté un rude coup en amenant bien des gens à douter de la légitimité de ses prophéties.

— Celui de nos barons qui s'impose aujourd'hui, c'est le duc de Basse-Lotharingie, ce Godefroi de Bouillon dont on vante à l'unisson le désintéressement, la foi, le courage et la haute valeur. Dieu le garde ! Il est pour nous un bon chef !

Flaminia se taisait. Elle n'écoutait que d'une oreille distraite les propos des deux hommes. Tout son cœur, toutes ses pensées étaient occupés d'Andronic. Comment vivait-il sans son compagnon de marche ? Où s'était-il réfugié ? Depuis leur altercation, le jour de l'ordalie, elle l'avait uniquement aperçu au chevet de Pierre. Il était resté à distance, évitant le moindre échange entre eux. Puis il s'en était allé, après que leur ami eut rendu son âme au Seigneur. Elle ne l'avait plus revu...

L'avait-elle blessé si gravement ? Se refusait-il à lui pardonner une résistance qu'il n'avait jamais admise, faute de la comprendre ?

Elle frissonna. Il lui semblait sentir encore, sur ses épaules, l'effleurement de la chape noire, ultime caresse avant une séparation dont elle se demandait avec angoisse si celle-là ne serait pas définitive. Tout le monde savait que de nombreux bateaux accostaient à Tortose et en repartaient. Un va-et-vient constant s'était établi dans ce port entre les nefs ou galères du pourtour de la Méditerranée et le camp des chrétiens. De nou-

veaux pèlerins en profitaient pour rejoindre la gent
Notre-Seigneur, d'autres pour fuir.

Andronic aurait-il fait partie de ces derniers ? Lassé par
l'inflexibilité de la femme qu'il aimait, se serait-il découragé et voguerait-il désormais vers un pays où il était
riche, respecté et libre à présent de se remarier ?

Ces pensées torturaient Flaminia. Jour et nuit, sans
trêve, ce doute la taraudait... Elle voyait dans le départ
d'Andronic un châtiment à ses péchés : le meurtre du
Turc tué pour soustraire son ami aux coups et non pour
l'honneur de Dieu... mais, surtout, la faute qu'elle traînait
ainsi que des chardons griffus accrochés à sa tunique :
l'amour adultère dont elle s'accusait, tout en sachant que
rien, jamais, ne parviendrait à l'en détacher...

Elle s'enfonçait dans son tourment comme dans des
sables mouvants... Le retour des émissaires francs
chargés, l'année précédente, d'accompagner jusqu'au
Caire les ambassadeurs égyptiens du calife fatimide, ne
parvint pas à l'en distraire. Leur réapparition provoqua
cependant un grand remue-ménage parmi les croisés.
Ayant passé les fêtes de Pâques à Jérusalem, dans un
isolement discret, les messagers chrétiens évoquaient la
Ville sainte avec vénération et enthousiasme.

Par Mathieu, jamais en défaut, les Chartrains furent
informés de ce qui s'était dit sous la tente du grand
conseil où les barons avaient reçus les émissaires.

Après avoir offert à leurs seigneurs assemblés les
présents du calife, ils leur avaient exposé ses propositions.

Cha-an-Chah al-Afdal, souverain absolu des territoires
égyptiens, était arabe et musulman chiite. Il avait utilisé
le temps où les croisés assiégeaient Antioche pour reprendre Jérusalem aux Turcs, divisés entre eux, et même pour
les repousser, à la suite d'âpres batailles, hors de Palestine. S'il s'était donné tout ce mal, qui lui avait coûté cher
en hommes et en matériel, ce n'était certes pas pour
livrer la ville aux chrétiens dont il considérait avec
inquiétude les armées réunies aux marches mêmes des
contrées nouvellement soumises. Il désirait pourtant
garder de bons rapports avec les Francs qui l'avaient si
opportunément débarrassé des Turcs. Aussi leur offrait-il

un arrangement : les chrétiens conserveraient les pays conquis sur l'ennemi commun et laisseraient à l'Égypte la Palestine et Jérusalem. En compensation, il leur accorderait l'accès libre aux Lieux saints, par groupes de deux ou trois cents pèlerins et chevaliers, sans armes.

— Les barons n'ont pas hésité, commenta Mathieu avec satisfaction. Ils ont repoussé des conditions jugées inacceptables et, qui plus est, humiliantes pour les croisés. Aussi ont-ils fièrement répondu qu'ils partiraient sans plus tarder, rangés en batailles et lances levées, vers Jérusalem, unique but, unique raison d'une marche qui dure depuis trois ans et ne peut se terminer qu'aux Lieux saints !

— C'est une déclaration de guerre au sultan d'Égypte, remarqua le père Ascelin.

— Sans doute, mon oncle ! lança Brunissen, les yeux brillants d'excitation. Mais le moyen de faire autrement ? De plus, l'époque est bien choisie, le temps point encore trop chaud et les riches plaines que nous traverserons nous fourniront de quoi nous nourrir.

La famille du parcheminier était, cette fois, attablée autour d'un plat de fèves nouvelles cuites par Albérade, dont la récolte en avril avait éberlué les Francs.

— Provende assurée et, aussi, zèle du peuple de Dieu qui trépigne et n'attend qu'un mot pour se remettre en chemin, ajouta Mathieu avec conviction.

A la mi-mai, Godefroi de Bouillon, chef à présent incontesté de l'armée, le duc de Normandie, Tancrède, le neveu de Bohémond qui avait quitté son oncle pour se rallier aux autres barons, et Robert de Flandre ordonnèrent qu'on mît le feu à leurs camps pour qu'il n'en restât rien puis quittèrent le siège d'Arqa. Ils gagnèrent la côte, sous Tripoli, avant de s'engager, par une route qui suivait le rivage, vers le sud...

Derrière eux, navré jusqu'aux larmes, le comte de Toulouse, renié par les humbles comme par les seigneurs, dut se résoudre à abandonner à son tour la ville assiégée par ses soins et restée inexpugnable...

Soldats et pèlerins parvinrent en une journée et sans autres traverses à Tripoli.

Alerté par une action guerrière menée, peu de temps auparavant, aux alentours de sa ville par les croisés qui n'avaient rien ménagé sur leur passage, l'émir de la cité jugea plus prudent de composer avec les chefs chrétiens. On sut par Mathieu qu'il avait, à plusieurs reprises, envoyé aux barons des émissaires chargés de leur demander d'en finir avec Arqa pour venir parlementer avec lui.

— Malgré l'échec du siège d'Arqa, dit Mathieu le Barbier, plusieurs émirs ont déjà préféré traiter avec nous plutôt que de nous combattre ! Vive Dieu ! Ils jugent plus habile de s'attirer la bienveillance de ces barbares venus de l'Ouest, comme ils nous appellent, que d'affronter nos armes qui ont déjà vaincu les Turcs seldjoukides !

Les portes de Tripoli s'ouvrirent donc aux croisés.

Élevée sur un promontoire surplombant, à l'est, le fleuve qui coulait à ses pieds, la ville le dominait de ce côté par un à-pic impressionnant. L'autre versant, en revanche, descendait en pente douce vers la mer.

— Voyez, mes amis, dit le père Ascelin, on aperçoit là-bas le port situé aux abords de l'antique ville grecque de Liména. Hélas, il n'en demeure que ces quelques fûts de colonnes brisées que vous pouvez découvrir, si vous avez de bons yeux, couchés dans l'eau claire de la Méditerranée...

Tout courant, Mathieu arriva sur la terrasse d'où les Chartrains contemplaient, dans la fraîcheur de la lumière matinale, l'élégance et l'harmonie d'une cité qui profitait à la foi des monts neigeux du Liban et de la douceur bleutée, à peine agitée, de la mer si proche.

— Par le ventre de la Vierge, la générosité de l'émir est sans bornes ! s'écria le barbier en riant, dès qu'il fut à portée de voix. Il vient de faire libérer trois cents pèlerins chrétiens, capturés par les Barbaresques et rachetés par lui voici peu, comme qui dirait afin de nous les offrir ! Il a aussi distribué à nos seigneurs quinze mille besants pour la route, sans parler des chevaux de grand prix dont il les a gratifiés !

— Si nous allions voir les prisonniers rendus à la

liberté ? proposa le père Ascelin. Certains ont peut-être besoin de notre aide.

— Bonne idée, mon oncle, approuva Brunissen. Ils doivent être en piteux état.

Flaminia ne dit rien. Elle espérait, à chaque coin de rue, à chaque carrefour, rencontrer Andronic si, toutefois, il n'était pas encore embarqué. Son cœur tressaillait dès que son regard se posait sur la moindre stature un peu imposante apparaissant au loin. Tout son être était noué d'attente et de crainte.

Dès que le petit groupe se trouva dans les rues étroites, l'aspect de la ville se transforma. Une cohue en costume de toute provenance, de toutes couleurs, se bousculait sur la chaussée. Coincée entre les maisons et les échoppes, des monuments à coupoles, des mosquées, des hammams se succédaient dans un entrelac de galeries voûtées qui protégeaient du soleil. Des volées d'escaliers menaient à des passages obscurs que vrillait soudain un rayon lumineux révélant de nouvelles boutiques remplies d'objets de toutes sortes, offerts aux clients en un étincelant et odorant fouillis...

— Venez sur la place, devant la grande Bibliothèque de l'émir. C'est là qu'ont été regroupés les prisonniers libérés.

Toujours au courant de tout, Mathieu le Barbier guidait ses amis comme s'il avait vécu à Tripoli depuis des lustres... Ils débouchèrent bientôt sur une place de vastes dimensions que dominait un majestueux et immense monument à façade de marbre et de porphyre. Ce devait être là cette librairie riche de plus de cent mille volumes dont on parlait avec étonnement parmi les Francs. Une grande quantité de gens se coudoyaient aux alentours.

Un certain nombre d'entre eux environnaient un groupe de pauvre hères, maigres, au teint blafard, vêtus de loques et aux membres blessés par les fers qu'on venait de leur retirer.

Fendant l'attroupement des curieux, les Chartrains s'en approchèrent. Des prêtres, des moines leur distribuaient des bliauds courts et propres, de longs manteaux marqués sur la poitrine ou le dos de la croix de tissu rouge, des couvre-chefs à larges bords, des besaces, des bourdons hauts et noueux.

— Il ne se trouve aucune femme parmi eux, remarqua Mathieu.

— La nef tombée aux mains des pirates ne contenait, semble-t-il, que des hommes, répondit un des bénédictins qui distribuaient aux prisonniers libérés du pain et du fromage. Mais il est hélas vrai que les infidèles gardent souvent par-devers eux les femmes captives qu'ils réservent à leur luxurieux usage...

Dans leur grande faiblesse, plusieurs des anciens détenus s'étaient assis par terre où ils restaient prostrés. Leur lassitude, le poids des épreuves subies et la peur avaient encore l'air de peser si lourdement sur eux que les Chartrains hésitèrent d'abord à les accoster pour lier conversation avec eux.

Soudain, le regard de Brunissen se posa, s'arrêta, revint sur l'un des hommes. Penché vers un de ses compagnons d'infortune, il tournait le dos à la foule. Cependant, son port de tête, ses cheveux rasés qui repoussaient comme un duvet dru et blond, son allure souple et élégante évoquèrent tout à coup si précisément quelqu'un à la jeune fille qu'elle tressaillit comme si un vent d'hiver s'était sans prévenir insinué sous son bliaud de toile bleue. Elle serra si fort le bras de sa sœur que celle-ci se retourna vers elle.

— Vous sentez-vous mal, amie ? Êtes-vous gênée par tout ce monde ? Incommodée par les odeurs ? demanda Flaminia en découvrant la pâleur et le tremblement des lèvres de son aînée.

Brunissen secoua la tête, ferma un instant les paupières sur ce qu'elle venait de voir, puis, d'un geste du menton, désigna le prisonnier qu'elle avait distingué parmi les autres.

Les yeux de Flaminia s'élargirent.

— Dieu ! dit-elle, Dieu ! ne dirait-on pas... ?

Brunissen pressa ses deux mains sur sa poitrine.

— Venez, dit-elle d'une voix étouffée, venez avec moi, je vous en supplie !

En contournant le rassemblement des captifs libérés, les deux sœurs parvinrent à proximité de l'endroit où se tenait celui qui avait attiré leur attention. Sentant de nouvelles présences non loin de lui, il se redressa sur les genoux, tourna vers elles un visage tanné, creusé, décharné, où les muscles étaient tendus comme des cordes sur les os saillants, mais cependant un visage encore beau.

— Anseau ! cria Brunissen, en tombant à son tour à genoux, face à lui.

— Anseau le Bel ! reprit Flaminia. Par le Dieu vivant, comment vous trouvez-vous en cet état ?

Le fiancé de Brunissen demeurait pétrifié. Les yeux fixés sur elle, il la dévisageait comme le pauvre Pierre Barthélemy avait dû contempler saint André.

— Vous ! dit-il enfin. Vous ! Je ne puis y croire... Depuis tant de temps écoulé, tant de malheurs, par Notre-Dame, j'avais perdu jusqu'à l'espoir de jamais vous retrouver !

— Je ne pensais pas non plus vous revoir un jour. murmura la jeune fille.

De lourdes larmes coulaient à présent sur ses joues, tombaient sur ses mains jointes.

Le père Ascelin, alerté par Mathieu, s'approchait à son tour.

— Seigneur tout-puissant ! s'écria-t-il en levant aussi haut qu'il était possible ses gros sourcils, Seigneur ! c'est bien lui ! C'est bien Anseau ! Anseau de Chartres !

Soutenu par le barbier et l'oncle de sa fiancée, le prisonnier fut entraîné hors du groupe de ses compagnons dont certains étaient en état de marcher seuls. Ils le conduisirent chez un tailleur tout proche que Mathieu avait remarqué parce que, Syrien et chrétien, il entendait un peu de latin et ne savait que faire pour aider les croisés.

Bondée d'étoffes en drap de laine mélangée à du poil de chameau ou de chèvre, sa minuscule boutique dégageait une puissante odeur animale. On étendit Anseau sur la banquette recouverte d'un tapis usagé où les clients du tailleur s'installaient d'ordinaire pour palabrer, puis on lui fit boire un cordial préparé par la femme du marchand. Comme il avait l'air de se sentir mieux, on décida de le ramener sans plus tarder au camp établi sous les murs de Tripoli.

— Je vais chercher un brancard, dit Mathieu.

Quittant les Chartrains qui demeuraient sous l'effet de

l'émotion, il sortit pour se renseigner. Pour une fois, il se
sentait déconcerté. Qui était donc cet homme sorti des
prisons sarrasines en si piteux équipage, qu'on accueillait
comme le fils prodigue, et dont il découvrait qu'il était
fiancé à Brunissen ? C'était surtout cette nouvelle qui le
troublait. Il ne savait que penser de semblables retrouvailles avec un inconnu auquel, soudain, on la disait
promise... Lui-même devait bien s'avouer qu'il commençait à la trouver à son goût depuis qu'il s'était vu
contraint d'abandonner derrière lui, à Antioche, une
Alaïs qui restait, en dépit de tout, éprise de Bohémond.

De prime abord moins ensorcelante que sa cadette,
Brunissen avait prouvé en maintes occasions sa délicatesse de cœur, sa fermeté d'âme, ainsi que la tendresse
qui rayonnait de toute sa personne. La douceur de son
regard brun promettait beaucoup à qui avait, comme lui,
l'habitude des femmes, dont certaines sont de si belles
garces et d'autres de si aimables compagnes...

Tout en songeant, Mathieu s'était mis en quête d'un
brancard. Un boulanger lui en fournit un qui lui servait
d'ordinaire à livrer avec son mitron ses pains et ses
gâteaux en piles dorées. Ils retournèrent de compagnie
chez le tailleur, transportèrent sur le treillis de bois
Anseau, que ses jambes, blessées aux chevilles par les
anneaux de fer, ne pouvaient pas encore soutenir, puis le
cortège s'en revint au camp.

En traversant une seconde fois les rues animées,
criardes, violemment colorées et remplies d'odeurs agres-
sives, Brunissen ne voyait rien, ne sentait rien, n'entendait rien. Son esprit n'était plus que bourdonnements et
interrogations. Elle marchait comme en songe auprès du
brancard sur lequel était étendu Anseau le Bel.

Dès qu'elle l'avait aperçu et reconnu, une évidence
s'était imposée à elle : cette épreuve-là serait la plus
douloureuse, la plus difficile à surmonter. Elle aurait à
faire un choix qui l'épouvantait. Il lui faudrait trancher
entre le service de Dieu, l'amour de Dieu, ou la vie
conjugale avec un compagnon charmant, il est vrai, mais
dont elle avait perdu, au cours de sa route, presque
jusqu'au souvenir.

Durant l'attente chez le tailleur syrien, Anseau avait eu

le temps d'expliquer que sa mère, remariée avec un voisin, veuf et parcheminier de son état lui aussi, l'avait laissé libre de partir. Son nouvel époux, brave homme sans enfant, qui s'occupait avec bonté des filles de sa femme, ne manquait pas de biens. Leur situation familiale à tous s'en était vu transformée. Peu de temps après, Liébault, le sellier, était revenu, seul. Avec d'affreux détails, il avait conté la mort de Guibourg, les difficultés de la route, les incessantes attaques des infidèles, les périls tendus par Satan pour entraver la marche des croisés, ainsi que la fin prématurée de Garin sur une des nefs du pèlerinage. L'écoute de ces récits cruels avaient amené Anseau à mieux comprendre les risques encourus par les pèlerins, et tout particulièrement par sa fiancée. Il avait alors confié pour un temps la parcheminerie à son beau-père et pris la décision de partir à son tour rejoindre la gent Notre-Seigneur.

— Par Dieu! Le sort de ceux de mon âge demeurés chez eux n'était non plus guère enviable, avait reconnu Anseau avec une triste grimace. On les traitait de lâches, de pleutres ou de souffle-tisons...

Fait prisonnier par des Barbaresques alors qu'il naviguait entre Gênes et Tortose sur un bateau mal escorté, il avait pensé mourir sans avoir revu fiancée ni amis. Mis aux fers avec ses compagnons, il comptait pour miracle d'avoir été libéré par l'émir de Tripoli à l'occasion de l'arrivée des Francs..

Durant tout le temps où Anseau parlait, Brunissen, silencieuse, avait écouté, écouté, écouté...

On parvint au camp assez vite et on transporta le blessé à la tente-hôpital la plus proche.

La comtesse de Toulouse, qui en dirigeait le fonctionnement, accueillit le nouveau venu avec son plus avenant sourire et réclama un moine-médecin. Celui-ci palpa avec soin les jambes couvertes de plaies et de meurtrissures.

— Rien de cassé, Dieu merci, dit-il en se redressant. De simples écorchures. Après quelques applications de thériaque, messire le parcheminier pourra reprendre sa vie d'antan!

Rompu de fatigue et d'émotion, Anseau s'endormit

assez vite après avoir bu une tisane de plantes soporifiques.

— Je vais rester près de lui pour le veiller, dit alors Brunissen aux siens. Vous autres, regagnez notre tente et ne revenez nous voir que demain matin.

— Voulez-vous que je demeure avec vous, ma sœur ? demanda Flaminia. Je peux m'étendre sur une des paillasses inoccupées et vous relayer au chevet de votre fiancé.

Brunissen sourit, refusa et poussa tout le monde vers la sortie.

— Grand merci, amie, dit-elle, mais, après une si étrange aventure, j'éprouve le besoin d'être seule... Bonne nuit et que Dieu vous garde !

Elle aurait eu bien besoin, elle, d'être gardée ! Que lui arrivait-il ?

Tout au long du chemin qui l'avait conduite de Chartres à Tripoli, elle avait cru sentir s'émousser en elle, se déliter, comme des pierres rongées par le salpêtre, un amour de jeunesse qui lui semblait chaque jour plus incertain. Qu'Anseau fût parti à sa recherche par monts et par vaux, qu'il eût souffert pour elle ne pouvait réveiller un sentiment disparu. Les traits de son fiancé avaient pâli dans sa mémoire, s'étaient estompés jusqu'à s'en être presque totalement effacés... A sa place, le visage du Christ, comme sur le linge de sainte Véronique, s'imprimait dans son cœur, à chaque pas davantage.

Alors que tant de pèlerins regimbaient, se plaignaient, abandonnaient parfois le trajet malaisé qu'ils ne se sentaient plus la force de continuer jusqu'à son terme, elle n'avait jamais été tentée de quitter le troupeau décimé pour rejoindre son bercail..., ni son fiancé ! Jour après jour, elle s'était sentie appelée à un autre destin, distinguée pour une autre tâche... Une joie intime, un apaisement profond en étaient découlés... Et voici que des retrouvailles imprévisibles, inimaginables, remettaient en question des décisions, des choix qui lui paraissaient définitifs et si bons...

Assise sur une botte de foin auprès du lit où reposait Anseau, elle appuya son front sur ses bras repliés et se laissa aller à son chagrin. Ses larmes, cependant, coulaient sans bruit et personne, sous la tente, ne songea à s'étonner de son attitude, tant la fatigue avait habitué les moines-médecins et les femmes qui les aidaient à ces poses qui ne trahissaient d'ordinaire qu'une lassitude un peu plus accentuée... Brunissen pleurait comme jamais encore elle ne l'avait fait. Ni pour la mort de son père, ni pour celle de son aïeule, ni même pour l'amputation de Landry. Elle avait brusquement l'impression d'avoir été précipitée au centre d'un tremblement de terre. Tout s'effondrait, tout s'écroulait dans son cœur et dans sa tête. Le sol se dérobait, l'air lui manquait, une peur diffuse, instinctive, lui serrait le ventre...

Que faire ? Que décider ? Elle était liée à Anseau par des fiançailles bénies juste avant leur séparation, mais aussi par le clair amour de sa prime jeunesse, par l'estime éprouvée envers un homme qui avait couru de si grands périls, traversé d'affreux moments de détresse pour la rejoindre sur une route devenue, en quelque sorte, la route du bout du monde...

Si elle l'en récompensait, si elle accomplissait simplement son devoir en l'épousant, ainsi que chacun s'y attendait, ainsi que lui, surtout, y comptait, elle aurait désormais un compagnon sûr et tendre pour affronter les dangers du chemin, un bras où s'appuyer, une force protectrice à ses côtés... Elle pourrait aussi avoir des enfants, connaître les joies d'une maternité qu'elle avait tant enviées à la naissance de sa nièce. En imaginant dans son giron un enfant blond et rieur, son cœur fondit...

Elle releva la tête. Tout était calme, Anseau, qui n'avait pas une seule fois tenté de la prendre contre lui, de l'embrasser, depuis qu'il l'avait retrouvée, Anseau dormait du sommeil réparateur et calme de qui se sait assuré de lendemains confiants... Les autres blessés, eux non plus, ne semblaient point trop agités. On devait être au mitan de la nuit. Les femmes volontaires pour veiller les pauvres soldats de l'ost étaient, elles aussi, allées s'étendre afin de se reposer un peu. Des draps suspendus à des cordes formaient un enclos carré où elles pouvaient se retirer quand la fatigue se faisait trop lourde. On y avait disposé des nattes et des paillasses qui leur permettaient de s'étendre, sans que les regards ou les gaillardises des hommes eussent quelque chance de les troubler.

Autour d'elle, des lampes à huile, protégées par de minces grillages à cause du feu et des insectes, tiraient de l'ombre certaines jonchées de paille dont la lumière faisait briller les brins, un cuveau plein de bandages ensanglantés, des pansements propres empilés avec soin sur une table, des coffrets de fer contenant les instruments des chirurgiens, des pots de faïence, des bassins d'étain... Un moine-médecin somnolait sur la banquette où il était de garde.

Décor familier, décor dont la souffrance et la mort n'étaient jamais absentes...

Même mariée, Brunissen continuerait à prodiguer soins et attentions aux malades ou aux blessés qui offraient si généreusement leur vie pour délivrer le saint sépulcre, pour servir le Christ.

Ce nom, impulsivement, la mit debout. Servir le Christ ! Voilà à quel don de soi elle allait se soustraire en renonçant à prendre le voile si elle se décidait à épouser Anseau !

Il lui sembla entendre comme un ricanement venu d'une encoignure.

« C'est le Tentateur, se dit-elle. L'Adversaire. Celui qui nous offre sans fin le fruit appétissant des joies temporelles afin de mieux nous détourner d'une faim plus haute ! J'allais m'y laisser prendre ! Je songeais déjà à l'enfant né de mon union avec Anseau ! C'était donc là, embusqué derrière les douceurs de la maternité, que le Mauvais m'attendait ! »

Elle tomba à genoux sur la paille.

« Seigneur, éclairez-moi ! Secourez-moi ! Montrez-moi la voie que Vous me destinez ! »

Elle se releva. Elle étouffait. S'il avait fallu l'appât d'un enfant pour l'ébranler si profondément, n'était-ce pas la preuve que son amour de fiancée ne suffisait plus à la maintenir en l'état de bonheur que toute promise doit connaître à la seule pensée du bien-aimé ? Pendant ces trois années de séparation, ne s'était-elle pas souvent dit, non sans un inavouable soulagement, qu'Anseau avait dû se consoler de son départ ? Qu'il avait sans doute été séduit par quelque belle fille du voisinage ? En avait-elle souffert ? N'y avait-elle pas découvert au contraire, une manière d'apaisement au malaise qu'elle ressentait parfois en constatant à quel point elle s'était détachée de lui, après une aussi sérieuse promesse, un tel engagement ? En évoquant un avenir à ses côtés, avait-elle jamais senti son cœur en joie ? S'était-elle jamais figuré trouver en lui autre chose qu'un protecteur, qu'un futur père ?

Une seule interrogation, au fond, se posait à elle : aimait-elle encore un homme inopinément surgi d'un passé où elle l'avait relégué ? De lui ou du Christ, auquel préférait-elle se vouer ?

Elle se sentit défaillir. Il lui fallait sortir de cette tente moite où traînaient des relents de sang, de déjections, de remèdes et de plantes, pour respirer au-dehors, sous le ciel plein d'étoiles, sous le regard de Dieu.

Elle considéra de nouveau, avec une grande attention, Anseau endormi, ne ressentit aucun élan, aucun mouvement du cœur à son endroit... mais, à sa place, en une lente superposition, elle vit se dessiner la face meurtrie du Seigneur humilié, battu, couronné d'épines, dont les yeux fermés s'ouvraient peu à peu, se fixaient sur elle, la dévisageaient avec une infinie nostalgie, un amour infini...

Elle s'élança en chancelant vers la sortie, y parvint, fit deux ou trois pas au-delà des murs de toile et tomba sur l'herbe, sans connaissance.

2.

Étendue sur sa natte dans l'obscurité de la tente familiale, Flaminia ne parvenait pas à trouver le sommeil.

Dans la foule qui entourait les captifs libérés peu de temps auparavant, elle avait cru, de loin, reconnaître une haute stature, vêtue de bure. Les événements qui s'étaient produits par la suite l'avaient empêchée de s'en assurer.

Lasse de se tourner et de se retourner sur sa couche et après avoir vérifié que tout dormait aux alentours, elle se glissa hors de son abri.

La nuit était tiède. De son éclat laiteux et pourtant brillant, la lune en son premier quartier éclairait le ciel si vaste et qui paraissait plus proche qu'en terre de France. Les étoiles, elles aussi, semblaient plus grosses, moins lointaines. Les bruits coutumiers du camp au repos tressaillaient dans l'ombre : toux, cris d'enfants, ronflements, plaintes amoureuses, mouvement alenti des corps qui remuaient tout en rêvant, cliquetis des seaux de nuit, appels rauques des gardes veillant sur les remparts très proches de Tripoli et, au loin, le sourd piétinement des chevaux, ânes, mulets et autres bêtes de somme, qui se pressaient entre les cordes les maintenant en servage...

Des relents de foyers refroidits, de marée au goût de sel, de goudron, de parfums d'Orient, de sueurs nocturnes, se confondaient avec des bouffées d'arbres en fleur venues on ne savait d'où...

— Flaminia !

Comme à Constantinople, comme toujours, la voix aimée la fit trembler aussitôt entendue. Chaque fois, c'était comme si la foudre la transperçait.

Sous la clarté lunaire qui baignait les tentes pointues ainsi que les murailles crénelées de la ville voisine, Andronic apparut. Enfin !

— Brunissen s'est pâmée au sortir de la tente-hôpital, dit-il. Il faut venir. Elle a besoin de toi.

Sans se demander comment il se trouvait là, ni comment il savait que sa sœur s'était évanouie, Flaminia suivit Andronic. Elle était trop heureuse de le revoir. Le reste n'importait pas.

En silence, ils parvinrent jusqu'à l'endroit où Brunissen se tenait. Mais elle ne gisait plus, inanimée, sur le sol. A genoux dans l'herbe pelée, la tête levée vers le ciel, elle semblait plongée dans une extase si intense qu'elle ne voyait personne. Des larmes abondantes coulaient de ses yeux. Leur éclat mouillé s'ajoutait à la lumière qui irradiait d'elle comme si une parcelle de soleil l'illuminait de l'intérieur.

Frappés d'émerveillement et de respect, Flaminia et Andronic suspendirent leurs gestes, s'immobilisèrent non loin d'elle, protégés par l'ombre d'un bois de pins d'Alep qui poussaient à la lisière du camp.

Un long moment s'écoula. Brunissen paraissait perdue au sein d'une telle béatitude que les témoins de cette félicité n'osaient, ni l'un ni l'autre, faire un mouvement, proférer une parole.

Soudain, d'une souple détente, elle se mit debout, regarda autour d'elle, aperçut sa sœur qui s'avançait vers elle, seule, et ne sembla pas s'en étonner.

Par discrétion, Andronic s'était insensiblement reculé sous les pins. A l'abri de leurs basses branches, sa longue chape noire s'était fondue dans l'obscurité qui exhalait, ainsi qu'une sueur fraîche, une forte odeur de résine.

— Je me croyais Marthe et j'étais Marie, dit Brunissen sur un ton de certitude absolue. Je n'épouserai pas Anseau. Je me ferai la servante de Celui que j'aime et de ses créatures souffrantes dès que je le pourrai..., dès que nous serons rendus à Jérusalem.

Une fermeté empreinte d'une si parfaite sérénité, de tant de douce autorité, émanait de toute sa personne que Flaminia se tut. Elle sentait qu'aucun argument ne parviendrait désormais à faire changer sa sœur d'avis. Les instants bénis qu'elle venait de connaître avaient sans doute décidé de son existence, à jamais.

— Je vais retourner sous la tente-hôpital m'occuper de mon blessé, reprit Brunissen. J'attendrai le moment opportun pour lui annoncer la rupture de nos fiançailles et mon nouvel engagement. Je crois que je saurai lui parler, comprendre sa déception et aussi sa tristesse, les adoucir toutes deux. Anseau est un garçon pieux. Il s'inclinera devant une décision qui m'a été dictée par le Très-Haut. On ne saurait être jaloux de Dieu !

— Hélas, ma sœur, j'en suis moins persuadée que vous, soupira Flaminia. Vous traitez bien mal un homme qui s'est donné tant de peine pour venir vous rejoindre jusqu'ici. Les fiançailles aussi sont un lien sacré. Il me semble qu'Anseau était en droit d'attendre une autre attitude d'une promise retrouvée au terme d'un si long et difficile voyage !

Avec une gravité souriante, Brunissen acquiesça.

— Parmi les nôtres, je sais que beaucoup vont penser ainsi. Anseau le premier, sans doute. Mais l'amour divin, voyez-vous, est à l'amour humain ce que le mont Liban est à une dune de sable... Ce sera à moi de le lui expliquer et, surtout, de lui en fournir la preuve par une vie tout entière donnée... Si vous saviez, ma sœur ! Si vous pouviez savoir !

Mesurant l'impossibilité où elle était de communiquer à sa cadette, par des mots, une révélation qui laissait encore sur elle un reflet de joie céleste, elle posa un baiser sur la joue de Flaminia, la serra dans ses bras, puis s'éloigna d'un pas rapide vers la grande tente endormie...

L'adolescente demeura sur place, confondue, jusqu'à ce que Brunissen eût disparu derrière les toiles sous lesquelles palpitaient vaguement les lampes allumées. Quand elle ne vit plus le bliaud clair, elle se retourna vers les arbres.

Son cœur bondit. Une fois encore, Andronic avait

disparu ! Pourquoi, alors, être venu la chercher, lui avoir redonné espoir ?

C'en était trop pour une amoureuse minée par l'attente et par le doute ! Une peine accablante la jeta par terre, en sanglots. Elle se sentait perdue, abandonnée de tous... Brunissen, tournée vers une révélation à laquelle il ne lui serait jamais donné, à elle-même, d'accéder, Alaïs soumise dans Antioche à une condition amoureuse humiliante pour les siens, Landry devenu infirme, lui, le solaire, l'adolescent avide de se battre pour le Christ ! Sa grand-mère et son père retournés à la maison éternelle ; et l'homme qu'elle aimait à en perdre l'esprit reparti sans rien dire, sans qu'elle pût imaginer où il s'en était allé après être si soudainement réapparu au cours de cette nuit remplie de sortilèges !

Elle sanglotait contre la terre encore attiédie par le soleil de mai, et ses larmes tombaient parmi les touffes de l'herbe nouvelle, drue, printanière...

Ah ! si Andronic s'était trouvé là...

Une main se posa sur son épaule.

— Amie, amour, mon cœur, ma vie, mon désir, mon espoir, toi qui es tout ce que j'aime, au nom de Dieu, pourquoi cette peine qui me tue ?

Flaminia releva la tête.

Il était là, près d'elle, celui dont elle ne pouvait plus se passer pour vivre, celui dont l'absence lui était martyre, celui qu'elle appelait du plus profond de son âme altérée, de sa chair semblable au désert stérile, de tout son être, enfin, vaincu par le déferlement d'un torrent plus fort que sa conscience aux abois...

Elle se releva d'un bond, se jeta contre Andronic.

Ils étaient seuls tous deux, loin des regards, isolés des autres par le sommeil des pèlerins, protégés de tout, sauf d'eux-mêmes, par la nuit bleue...

Andronic buvait la rosée de larmes qui voilait les yeux et les joue amaigries de son amie.

— Pourquoi ce chagrin ? répéta-t-il tout bas.

— Où étais-tu parti durant ce temps ? Ne savais-tu pas que j'aurais pu mourir de ton absence ? demanda Flaminia en guise de réponse, tandis que ses épaules étaient encore secouées d'un tressaillement qui s'apaisait lentement.

Andronic l'enveloppa de ses bras et l'entraîna vers les pins d'Alep et leur ombre complice.

— Je n'ai jamais été bien loin de toi, dit-il tout en aidant son amie à s'asseoir contre un tronc écailleux, sur un tapis de souples aiguilles sèches qu'il avait au préalable recouvertes de sa chape monacale. Caché aux regards de tous, aux tiens aussi puisque tu m'avais blessé jusqu'au tréfonds, je te suivais, je t'accompagnais de loin, je rôdais la nuit autour de vos tentes, je me faisais la plus invisible des ombres...

Il s'assit auprès d'elle, la reprit contre sa poitrine, la berça en continuant à parler à voix basse :

— J'habite chez un client de mon père qui est également un ami. Il est venu plusieurs fois à Constantinople où nous l'avons toujours reçu avec plaisir. Il est grec. S'il est installé à Tripoli depuis fort longtemps, il n'en est pas moins demeuré fidèle à la terre de son enfance. Dès mon arrivée ici, je me suis présenté chez lui. Il m'a accueilli avec générosité, au point de me prier de choisir la chambre qui me conviendrait le mieux dans sa vaste maison... J'ai opté pour une pièce qui donne sur des pins comme ceux-ci. A cause de leur parfum de résine qui me rappelle l'allée de cyprès que tu connais...

Des paupières soumises à ses baisers, ses lèvres glissèrent vers la bouche consentante, descendirent le long du cou dont il déroulait en même temps le voile, parvinrent aux seins dressés comme des grenades... puis il délaça le bliaud, en dénoua la ceinture au triple enroulement, remonta le chainse de lin blanc qu'ornaient de secrètes broderies, caressa les longues jambes que les femmes gardaient à présent nues, à cause de la chaleur...

— Attends, murmura Flaminia.

Nerveusement, les doigts tremblants, elle dénoua ses tresses, défit les nattes serrées et, d'un geste farouche de la tête, épandit sa chevelure de feu sur son corps dénudé. Leur odeur fauve se répandit dans la nuit, sous les branches résineuses.

— Viens, dit-elle ensuite dans un souffle. Viens ! Ne me fais plus languir, mon amour ! Il y a trop longtemps que je me morfonds pour toi !

Le surlendemain, la gent Notre-Seigneur quittait Tripoli. A ses hôtes de passage, l'émir avait fait don de vivres en abondance, de chevaux, d'ânes et de chameaux chargés de roseaux miellés, ces cannes remplies d'un doux suc à goût de fleur que les habitants du pays nommaient zucra. C'était la seconde fois que les croisés rencontraient sur leur chemin cette plante amplement cultivée aux environs de Tripoli. Ils en raffolaient.

L'émir avait poussé l'obligeance, ou le souci de se débarrasser sans esprit de retour d'invités inquiétants, jusqu'à fournir aux Francs des guides syriens et chrétiens qui vivaient sur ses domaines. Ils devaient conduire l'ost à travers un pays aux dangers toujours imprévus, toujours renaissants.

Il restait une centaine de lieues à parcourir avant Jérusalem. Pour ceux qui venaient de si loin, c'était beaucoup et peu à la fois. Une hâte extrême, une immense fébrilité les tenaient. Selon les paroles du Cantique des Cantiques, leurs âmes aspiraient à la rencontre avec la Ville sainte comme la biche des sables soupire après l'eau vive...

Sur les conseils de leurs guides, les barons avaient décidé de suivre la route côtière. Plutôt que les voies qui s'enfonçaient dans les terres, ce chemin du bord de mer leur permettait de demeurer en contact permanent avec les bateaux qui cabotaient le long des rivages et y accostaient chaque fois que c'était possible afin de les ravitailler. Il en arrivait à présent de partout : de Chypre, de Rhodes, de Venise, de Grèce et, toujours, les nefs génoises et anglaises suivaient fidèlement la marche du peuple de Dieu.

— Bien peu de membres de notre famille parviendront en Terre sainte, dit tristement le père Ascelin à Brunissen, au bras de laquelle il s'appuyait pour progresser sur le chemin étroit et escarpé que suivaient les pèlerins. Je

ne me console pas d'avoir dû laisser Alaïs, sa fille et
Landry à Antioche !

— Ils nous rejoindront plus tard, soyez-en certain,
mon oncle, répondit la future moniale, et puis, maintenant, nous comptons un compagnon de plus parmi
nous !

Le prêtre lui pressa le bras.

— Sur mon salut, je ne sais comment vous vous y êtes
prise, ma nièce, pour transformer avec une telle célérité
un fiancé déçu en ami, remarqua-t-il avec une nuance
d'admiration dans la voix. Il est vrai qu'Anseau est un
pacifique et que les tribulations récemment subies l'ont
abasourdi, mais, tout de même, il ne m'a été donné que
bien rarement l'occasion d'assister en si peu de temps à
un tel revirement dans le cœur d'un homme !

— Dieu aide, répondit Brunissen avec entrain. Par
ailleurs, je crois qu'Anseau, tout comme moi, n'était
plus attaché qu'à un souvenir. Il vivait sur le passé, sur
l'image de celle qui avait quitté Chartres par un matin
d'été et qu'il pensait retrouver inchangée. Quand il m'a
revue, il a vite compris son erreur. Les épreuves vécues
en chemin ont également contribué à le mûrir, à le
détacher de son adolescence et du fragile amour qu'il
gardait au cœur. S'il est parti, voyez-vous, ce n'est pas
uniquement pour me retrouver, c'est aussi par besoin de
s'affirmer aux yeux de ses compagnons chartrains et
pour connaître à son tour la gloire attachée à ceux qui
prennent la croix... Je ne veux en rien diminuer son
courage. Je veux seulement dire que ce voyage l'a amené
à considérer nos engagements réciproques avec l'œil
d'un homme aguerri et non plus celui d'un jouvenceau.
Il m'a avoué, depuis que je lui ai fait part de ma décision
de rompre, se sentir assez soulagé d'avoir retrouvé sa
liberté.

— Aveu qui doit bien arranger votre conscience, ma
sœur, dit en riant gaiement Flaminia qui marchait
derrière son oncle et Brunissen.

Depuis deux jours, elle rayonnait. Elle avait beau tirer
son voile sur son visage pour le protéger du soleil de
plus en plus chaud, elle ne parvenait pas à cacher l'éclat
de ses yeux, l'animation du sang qui rosissait ses joues à

l'improviste, sans que l'on sût pourquoi, non plus que la vivacité de son pas bondissant, le souple mouvement de ses hanches...

— Ce séjour à Tripoli a eu sur vous deux, mes chères nièces, de bien étranges effets, remarqua au bout d'un moment le père Ascelin en interrompant son escalade pour souffler un peu. L'une y a rencontré Dieu et l'autre y a abandonné son manteau de tourments pour une tunique de fête !

— C'est l'approche de Jérusalem, affirma Flaminia. Tous les pèlerins sont portés par les mains des anges.

Elle riait, elle riait...

Non loin d'elle, toujours revêtu de sa chape monacale, Andronic la suivait.

Depuis trois nuits, elle s'était faufilée hors de la tente pour le rejoindre sous les pins. Désormais, il faudrait découvrir d'autres caches... Peu importait. Elle flambait de bonheur. Son corps et son cœur, comblés, faisaient taire sa conscience, la réduisait au silence. Elle ne vivait plus que dans l'attente des moments où elle se retrouvait entre les bras de son ami.

C'était compter sans l'impatience des croisés qui, se sachant à quelques journées de marche de leur but, ne consentaient plus qu'à de très brèves étapes. De jour et même durant certaines nuits, l'armée du Christ cheminait vers la Ville sainte, si proche, à portée de la main, à portée de la foi...

Défilés montagneux de la côte, villes antiques, torrents, vignes, vergers, villages étaient traversés par les Francs qui ne consentaient plus à musarder, le regard fixé dorénavant sur le seul horizon recélant les saintes promesses.

Chevaliers en tête, pour ouvrir la route avec leurs soldats, pèlerins derrière, chantant en chœur des chansons de marche ou des hymnes, ils avançaient, ils progressaient...

Trois jours après avoir quitté Tripoli, on établit le camp sous les murailles de Beyrouth, première ville située sur le territoire des Fatimides d'Égypte, auxquels les barons avaient fait savoir que rien ni personne ne serait plus en mesure de les arrêter

— Contrairement à nos craintes, cette place ennemie n'a nullement cherché à se défendre, constata Mathieu le Barbier durant le souper qui réunissait autour de la table, dressée sur deux tréteaux devant la tente, les convives habituels, augmentés d'Anseau le Bel. Des émissaires du gouverneur de Beyrouth ont apporté à nos barons des présents qui sont autant de témoignages de soumission. Du moins en apparence... Ils leur ont aussi transmis un message de paix. Si les nôtres s'engagent à ne pas détruire les arbres fruitiers, les vignes, les récoltes sur pied, personne ici, n'entravera notre démarche.

— Dieu juste ! Voici que même nos adversaires se soucient d'aplanir les chemins du Seigneur ! remarqua gaiement Brunissen. C'est une preuve de plus de Son attention à notre égard. Ne dit-on pas qu'ils ont même promis de se convertir et de devenir vassaux de nos chefs si nous prenions Jérusalem ?

Anseau la considérait avec un mélange de surprise constante et d'incrédulité, dont il ne se départait plus depuis la longue conversation qu'ils avaient eu ensemble à Tripoli, quand Brunissen lui avait appris la vérité sur ses intentions. Qu'était devenue la jeune fille timide et secrète qui s'était promise à lui des siècles auparavant, semblait-il ? Trois années de pérégrinations en avaient fait une femme ardente à servir Dieu et détachée des amours humaines... Il ne la reconnaissait plus.

Cette nuit-là, quand tout le monde se fut endormi sous l'abri de toile, Flaminia rejoignit Andronic dans la tiède obscurité d'un chariot de foin, seul asile qu'il avait pu trouver. Ils s'y aimèrent avec emportement, sous le clignotement des étoiles, puis, jusqu'aux premières lueurs de l'aube avec plus de raffinement...

L'ost repartit sans tarder. On traversa des sites verdoyants et cultivés qui évoquaient une certaine douceur de vivre, un climat d'abondance...

Cependant, devant Sidon, les Sarrasins tentèrent une sortie. Elle tourna à leur désavantage. Les barons, chevaliers et écuyers francs dispersèrent à grands coups d'épée les téméraires qui avaient eu la prétention de les empêcher de progresser. Un certain nombre d'ennemis se noyèrent dans les eaux du petit fleuve côtier qui coulait là.

Parce que beaucoup de pèlerins étaient épuisés par la vive allure adoptée depuis Tripoli, on décida de demeurer deux jours près de Sidon, en un endroit charmant et frais, situé entre la mer et le cours de la rivière.

Des détachements de soldats en profitèrent pour piller sans scrupule certains bourgs des environs, afin de donner aux responsables de la ville une leçon sur la manière d'accueillir la gent Notre-Seigneur.

Fut-ce un avertissement ou des représailles venues d'en haut dans le but de faire réfléchir l'ost aux devoirs du chrétien ? On ne tarda pas à s'apercevoir que le campement idyllique était envahi de vipères aux morsures affreusement douloureuses et souvent mortelles.

Sous la tente-hôpital où s'activaient, avec plusieurs autres de leurs compagnes, Albérade, Brunissen et Flaminia, il fallut soigner hommes, femmes et enfants mordus par ces serpents que les habitants de Sidon nommaient tarentas. Gonflés comme des outres, les membres marbrés de taches livides, les malheureux étaient dévastés par une soif qu'aucune boisson, aucun liquide ne parvenait à apaiser. Pour empêcher le venin de se répandre dans le corps, on leur faisait des garrots au-dessus de la morsure, avant d'inciser la plaie pour en faire couler le sang infecté. Mais beaucoup de ceux qui avaient été piqués par ces animaux immondes moururent dans de grandes souffrances.

— Le serpent est le messager de Satan, soupira un des moines-médecins qui tentait de sauver une des victimes des tarentas. Tous les moyens sont bons au Mauvais pour nous retenir loin de Jérusalem !

— Par le Dieu vivant, nous en avons vu d'autres ! s'exclama Albérade. Ce ne sont pas ces vipères qui nous retiendront ici !

On décida de faire du bruit pour effrayer les aspics et les forcer à rentrer dans leurs trous. En heurtant les uns contre les autres pierres, marmites, casques, boucliers et armes de toutes espèces, on déclencha à travers le camp un fracas d'une telle ampleur que les reptiles, affolés par ce tapage, disparurent rapidement.

Malgré des racontars douteux qui prétendaient que le meilleur moyen de lutter contre le venin était encore de coucher aussitôt avec un individu de l'autre sexe, Flaminia ne trouva pas, cette nuit-là, le subterfuge indispensable pour aller rejoindre Andronic. Sa famille, demeurée sur le qui-vive à cause des serpents qui pouvaient profiter de l'ombre pour se faufiler de nouveau sous les toiles, avait en effet décidé de se relayer d'heure en heure autour du foyer afin de monter la garde...

La ruée vers Jérusalem reprit le lendemain.

Les villes passaient ainsi que des mirages : Tyr, Acre, Caïffa, Césarée... Césarée où l'on résolut de faire étape un peu plus longuement pour célébrer dignement la fête de la Pentecôte. Entre les marécages couverts de roseaux qui cernaient un côté de la cité et les monts dont les flancs ruisselaient de cascades d'eau vive, l'ost établit ses campements.

Le comte de Toulouse et le duc de Normandie firent dresser leurs tentes non loin des marais, alors que Godefroi de Bouillon, toujours irrité contre le comte, préféra s'installer, en compagnie de Robert Courteheuse, à proximité des montagnes. Ils choisirent une place ombragée proche d'une source claire.

— Je t'attendrai à l'heure des matines, près de la source, avait chuchoté Andronic à Flaminia durant la bousculade qu'entraînait toujours le montage des tentes.

Privés l'un de l'autre depuis plusieurs étapes, ils connurent durant ces heures nocturnes une faim de leurs corps enfiévrés qui ne leur laissa aucun répit. Jamais encore l'acuité de leur jouissance ne les avait portés si loin... La crainte de se voir surpris, le sentiment de tromper la confiance d'une famille, le trouble du péché commis en dépit de la loi divine renforçaient de leurs aiguillons chaque caresse, chaque étreinte... Sous les branches qui les protégeaient des regards, ensorcelés par le murmure de l'eau qui jasait innocemment dans une auge de pierre, à quelques pas de leur couche d'herbe fraîche, Flaminia et Andronic vécurent des heures passionnées et douces, folles et tendres... Ivres d'eux-mêmes, ils se séparèrent à l'aube, les reins meurtris, le cœur ébloui...

Ils eurent trois nuits de déchaînement amoureux,

ardent comme le feu de l'enfer auquel, peut-être, se disait Flaminia, ils se condamnaient. Elle ne pensait pas, avant de les éprouver, qu'il fût possible de ressentir de tels délires, et Andronic avait oublié qu'il pût en exister...

Quand l'armée et les pèlerins levèrent le camp, les deux amants, chacun de son côté, se rendirent en cachette auprès de la source, sous les branches éployées. Ils y pleurèrent de bonheur et, déjà, de nostalgie, en contemplant l'herbe écrasée qui conservait pour un temps l'empreinte de leurs corps unis. Indéchiffrable à d'autres yeux, cet endroit de verdure et d'eau claire resterait pour eux le lit de toutes les délices et de toutes les audaces...

On repartit. Afin d'éviter les marais, le port de Jaffa, dont la garnison égyptienne pouvait retarder l'ost, et aussi les sables de la côte, les Francs délaissèrent la route côtière pour s'enfoncer vers l'Orient, à travers les collines de Samarie. Ce faisant, ils quittaient l'escorte des nefs et des galères qui n'avaient cessé de les accompagner pour les ravitailler. C'était un risque de plus à prendre dans un pays que l'on savait hostile et dont on ignorait tout.

On était en juin. Le soleil était redevenu l'ennemi implacable qu'il avait été durant la traversée de la Romanie. Ses rayons brûlaient, assoiffaient, desséchaient bêtes et gens.

Crispés sur leur espérance si proche, haletants, le cœur orienté vers Jérusalem comme vers l'unique bien, les croisés avançaient toujours.

On passa une nuit sous les remparts de Ramla, ville sacrée où l'empereur Justinien avait fait élever un sanctuaire à la gloire de saint Georges. Sous Dioclétien, ce martyr avait été torturé et décapité pour avoir renversé les idoles du Temple.

Flaminia trouva le moyen de rejoindre Andronic, mais elle était lasse, épuisée par la marche. Il la berça tendrement et la laissa repartir assez vite. Elle avait besoin de se reposer sous la tente où sa famille dormait en paix.

Le lendemain, dès l'aube, plusieurs chevaliers, sous les

ordres de Gaston de Béarn, un preux des plus vaillants, et de Robert de Flandre, le fidèle ami de Godefroi de Bouillon, se présentèrent aux portes de la cité. Ils s'aper çurent qu'elle était vide. Épouvantés par l'approche de l'armée franque, ses habitants s'étaient tous sauvés dans les montagnes voisines. Ils étaient partis sans rien empor ter et avaient abandonné derrière eux, dans leurs greniers et leurs réserves, du blé et les récoltes déjà engrangées.

— Dieu soit béni ! s'écria Godefroi de Bouillon quand il apprit la nouvelle. En cette ville, sanctifiée par le très précieux tombeau de saint Georges, nous nous arrêterons quelques jours afin de l'occuper, d'y puiser de nouvelles forces, d'y faire oraison dans le vénérable sanctuaire qui nous attend, mais aussi pour procéder sur l'heure à une réunion du conseil. Nous nommerons à cette occasion un évêque qui veillera, avec une solide garde, sur le dépôt sacré que représente pour nous le corps du saint patron de tous les chevaliers.

— Il faudra également établir un plan de combat pour l'investissement et la prise de Jérusalem, dit le comte de Toulouse, mal remis des revers qu'il avait essuyés depuis la mort de Pierre Barthélemy. Il me semble qu'il est temps de s'y préparer.

Selon son habitude, le soir venu, Mathieu le Barbier se rendit à la tente des Chartrains afin de les mettre au courant des nouvelles de la journée. Chemin faisant, il rencontra Anseau le Bel qui avait retrouvé quelques connaissances parmi les Beaucerons du camp et revenait d'en visiter certains. Entre les deux jeunes gens, il y avait eu, au début de leurs relations, méfiance et froideur dues au sentiment de rivalité qui les tenait l'un et l'autre au sujet de Brunissen. La vocation proclamée de la jeune fille avait dissipé ce début de hargne... A présent résignés, ils se rencontraient sans déplaisir à la table de leurs amis communs.

Toujours bavard, Mathieu se mit à raconter à son compagnon le différend qui venait d'opposer, parmi les hauts barons, les tenants de la marche immédiate sur Jérusalem à ceux qui jugeaient plus habile de commencer par détruire dans sa capitale même la puissance fati mide, en allant sans différer attaquer le Caire.

— Dans leur ensemble, nos seigneurs ont vigoureusement protesté quand le comte de Toulouse leur a soumis cette seconde proposition, continua le barbier. Les troupes sont trop lasses, trop amenuisées, pour entreprendre maintenant une expédition aussi lointaine que hasardeuse. Et puis les pèlerins ne suivraient pas. La stratégie est le moindre de leurs soucis. Leur seul désir, Dieu le sait, est d'aller délivrer au plus vite le saint sépulcre. Hors cette démarche sacrée, point d'aide, point de soutien !

— La prudence l'a donc emporté sur les manœuvres politiques, remarqua Anseau avec satisfaction. J'en suis heureux, voyez-vous, car j'ai hâte de me trouver dans la Ville sainte, d'y accomplir mon pèlerinage, puis de repartir sans traîner vers Chartres où je compte refaire ma vie.

— Par saint Georges, vous avez raison, compère ! Je vous approuve tout à fait. Allons donc chez nos amis. Pour une fois que nous avons de bonnes nouvelles à leur faire entendre...

Lorsqu'ils pénétrèrent sous la tente des Chartrains, Mathieu et Anseau comprirent aussitôt que la chronique coutumière du barbier n'avait aucune chance de retenir ce soir-là l'attention de leurs hôtes. Rassemblés autour de la natte où était allongée Flaminia, ils demeuraient penchés sur elle avec des mines soucieuses.

— Que se passe-t-il céans ? demanda Mathieu en s'approchant de la couche de l'adolescente.

— Ma sœur est en proie à une forte fièvre, dit Brunissen. Biétrix est venue me prévenir à la tente-hôpital. Flaminia souffre d'insupportables maux de tête, de vertiges, d'éblouissements. Elle se plaint aussi du ventre... Je ne sais que faire.

— Vous arrivez bien, constata le père Ascelin en se tournant vers le barbier. Dans votre boîte à simples, vous devez avoir quelques plantes capables d'adoucir les souffrances de ma nièce.

Mathieu se pencha vers Flaminia dont le visage, bouffi et empourpré, ressemblait à un masque. Il lui prit le poignet pour tâter son pouls qui battait comme un tambour.

— J'ai chaud, si chaud, murmura-t-elle, et ne puis me tenir debout sans que tout se mette à tourner autour de moi !

Mathieu se gratta le menton.

— Ne seriez-vous pas sortie sans votre voile sous le soleil du milieu du jour ? demanda-t-il.

— Si fait, répondit Brunissen pour épargner une explication à la malade. Ce matin, après la messe, elle s'est lavé les cheveux. Ils sont si épais, si longs, qu'il lui faut toujours beaucoup de temps pour les sécher. Elle s'est alors installée sur l'herbe, devant la tente, avec un linge blanc sur la figure afin d'épargner son teint. Il a dû glisser durant son sommeil. Albérade vient de me confier qu'elle s'était endormie durant ce temps. De mon côté, je suis partie soigner nos éclopés. Je ne fais que rentrer.

Mathieu savait que, depuis qu'ils étaient en moins grand nombre, les deux sœurs se relayaient chacune à leur tour au chevet des patients dont elles s'occupaient toujours.

— Il ne faut pas chercher ailleurs, dit-il. Le soleil de ce pays n'est pas celui de la Beauce ! C'est une folie de s'y exposer !

— Qu'a-t-elle au juste ? demanda le père Ascelin.

— Par les cornes du diable, ce doit être un satané coup de soleil ! s'exclama le barbier. Beaucoup de pèlerins en attrapent imprudemment. Je vais quérir ma boîte à onguents.

Il revint peu après et oignit d'huile d'amandes douces mélangée d'eau de chaux le visage gonflé et tuméfié.

Il fit ensuite prendre à Flaminia un bain de pieds très chaud, lui conseilla de se recoucher aussitôt après et lui appliqua sur le front une compresse d'eau fraîche coupée de vinaigre. Il lui enveloppa alors les jambes dans une pièce de toile trempée dans de l'eau vinaigrée que Biétrix, sur ses indications, avait fait chauffer. Pendant ce temps, Albérade avait préparé une tisane de feuilles de sauge et de reines-des-prés dont Mathieu possédait encore des réserves dans de grands sacs de toile que son âne portait sur son bât.

— Maintenant, il faut dormir, dit-il à Flaminia quand il en eut fini. Je reviendrai vous voir demain

Le lendemain, la fièvre n'était pas tombée et l'état de la malade demeurait à peu près le même.

— Il lui faudra plusieurs jours de lit et de soins, dit le barbier d'un air préoccupé.

Chacun savait qu'on devait repartir le jour suivant.

— Je veux suivre le pèlerinage..., balbutia Flaminia.

— Sur mon salut, je ne vous le conseille pas avec la fièvre brûlante qui vous tient ! s'écria Mathieu. On a vu des gens mourir pour une imprudence comme celle-là !

Biétrix s'avança d'un pas.

— Je connais un moine qui garde les malades, dit-elle, les yeux baissés et les joues presque aussi rouges que celles de Flaminia. C'est lui qui s'est occupé de messire Pierre Barthélemy... Je suis à peu près certaine qu'il acceptera de veiller notre maîtresse pendant que vous continuerez votre chemin. Je resterai, moi aussi, auprès d'elle pour la soigner. Nous vous rejoindrons plus tard, quand elle sera guérie... Nous sommes si proches, maintenant, de Jérusalem.

Flaminia s'était tue.

— Que pensez-vous de cet arrangement, ma nièce ? s'enquit le père Ascelin. A Ramla, vous serez protégée par la garnison que nos barons ont décidé de laisser sur place afin de monter la garde autour du tombeau de saint Georges et d'assurer la sécurité du nouvel évêque Robert. Ici, vous n'aurez rien à redouter des Sarrasins... Comme toutes les maisons sont vides, il ne sera pas difficile de vous en dénicher une pour vous loger.

Une sorte de sourire entrouvrit les lèvres gonflées de Flaminia.

— Que la volonté de Dieu soit faite, dit-elle faiblement. S'Il le veut, je resterai à Ramla.

Le lendemain, dès la fine pointe du jour, les Chartrains transportèrent Flaminia dans un logis ombreux, délaissé par ses occupants. L'armée et les pèlerins, fous d'impatience, s'apprêtaient à quitter la ville pour repartir vers l'est...

Interrogé par Biétrix, le grand moine qui avait été l'ami de Pierre Barthélemy accepta de s'occuper de la malade. Mais, retenu auprès d'un autre patient, il fit dire qu'il ne pourrait venir qu'après le départ de l'ost.

— Nous parviendrons à Jérusalem avant vous, ma nièce, dit le père Ascelin au moment de quitter Flaminia. Vous ne pouvez savoir combien je déplore ce malencontreux accident. Il réduit encore le nombre de ceux des nôtres qui verront enfin la Ville sainte. Mais votre santé m'est précieuse, vous ne l'ignorez pas. Soignez-vous bien et ne nous rejoignez que parfaitement rétablie.

— Je ferai pour le mieux, promis Flaminia. Adieu donc, mon oncle. A Jérusalem !

Brunissen pleura en quittant sa sœur. Cependant, elle s'élança si vivement vers le rassemblement des croisés, dont les premières colonnes s'ébranlaient, qu'on aurait cru voir une jeune épousée courant vers son époux... Alberade elle-même n'avait pu cacher son impatience.

Quand tout le monde fut parti :

— Tu savais donc ? demanda Flaminia à Biétrix.

— Bien sûr, reconnut la jeune servante en souriant à demi. Vous brilliez comme la lampe des Évangiles... Et puis, vous aviez tant de brins d'herbe, de foin ou de mousse dans les cheveux, le matin, quand je vous coiffais... Je me suis arrangée pour être informée. Je l'ai été sans peine...

— Tu connais donc les raisons de la punition que je subis, que je devais subir...

— Vous vivez en état de péché. Ce coup de soleil est un signe de Dieu !

— Tu as dit vrai. Je me confesserai à l'évêque...

— Dès que nous serons à Jérusalem, je t'épouserai ! dit Andronic qui avait entendu la fin de la conversation en entrant. Je t'épouserai, mon cher amour, devant Dieu et devant les hommes..., selon le rite oriental auquel tu seras bien obligée de te convertir !

Il avait quitté ses vêtements de moine pour revêtir un costume de pèlerin. Une croix rouge était cousue sur son épaule gauche.

— Tu vas guérir sans tarder, reprit-il en souriant. Nous ne sommes qu'à dix lieues du saint sépulcre. Sur un bon cheval, je t'y emmènerai en quelques heures.

— Tu me proposes le bonheur, alors que je devrais m'attendre au châtiment et à la pénitence !

– Par la Sainte Théotokos, ne sera-ce pas une fort

douce pénitence que la nôtre ? demanda-t-il, tandis que
Biétrix se retirait avec discrétion.

Sous le soleil de Judée, ce même soleil que Jésus avait
éprouvé, les croisés marchaient comme des hallucinés.
Dans le silence et la prière.

La soif, la chaleur écrasante de juin, l'austère paysage,
l'aridité et l'âpreté des lieux qu'il fallait traverser afin de
mériter la suprême récompense ne décourageaient plus
personne. On avançait, on approchait...

La dernière nuit, on campa à Emmaüs, que les infidèles
nommaient Qubéiba. Qu'importait ? N'était-ce pas ici
que d'autres pèlerins, les premiers de l'histoire chrétienne, L'avaient rencontré, reconnu à la fraction du
pain ?

Brunissen, Albérade, le père Ascelin, Anseau et Mathieu
se déchaussèrent afin de poser leurs pieds nus dans la
poussière qu'Il avait foulé. Chacun fit de même...

On apprit que les Sarrasins, toujours invisibles,
avaient chassé les chrétiens de Jérusalem qu'ils étaient
décidés à défendre jusqu'au bout. Hé bien ! on se battrait
donc !

Afin de protéger de sévices possibles les frères de
Bethléem, également menacés, Godefroi de Bouillon
envoya en avant-garde Tancrède et cent chevaliers.

Personne ne pouvait dormir. Une exaltation indicible
tenait les yeux ouverts, les cœurs en émoi, les âmes en
adoration. Au comble de la plus fébrile ferveur et en
attendant l'aube à venir, l'ost pria à voix haute et chanta
des cantiques autour des feux du camp qui brûlèrent
toute la nuit.

Tout à coup, dans le ciel nocturne, Brunissen aperçut la
lune qui disparaissait à l'ombre d'une nuée pourprée.
Alertés, les pèlerins entonnèrent aussitôt des actions de
grâces. Cet ultime présage ne pouvait les tromper : les
infidèles seraient battus, détruits, étouffés dans leur
sang...

— Jamais tant de chrétiens n'ont respiré ensemble
l'air respiré par le Seigneur, dit, dans l'ombre traversée

de lueurs, la voix du père Ascelin, grave et lente. Nous voici enfin sur les lieux où Il a vécu... N'est-ce pas un peu comme s'il nous était donné, à nous qui sommes sans vrai mérite, de revivre le mystère de l'Incarnation ? Tous les nôtres qui sont tombés le long du chemin doivent être ici, autour de nous, au rendez-vous ! Ils nous accompagneront jusqu'au tombeau du Christ... Et c'est le petit troupeau des fidèles restants qui communiera avec eux dans l'accomplissement des rêves, des aspirations, de la grande espérance qu'ils ont partagés, au début, avec nous, pour les payer ensuite de tant de souffrances, jusqu'au don de leurs vies !

— Sans doute, murmura Brunissen, sans doute. Mais, parmi nous, c'est aux plus pauvres, aux plus simples, à la gent aux mains nues qu'a été, finalement, octroyée la grâce absolue : celle d'entraîner, de gré ou de force, l'armée sur ses traces... traces qui recoupent, en cet endroit où nous sommes, celles-là mêmes du Seigneur !

On repartit. A la naissance du jour, les croisés pénétrèrent dans Bethléem toute proche pour voir, de leurs yeux émerveillés, la bannière de Tancrède, frémissante dans la brise, qui flottait sur l'église de la Nativité...

Brunissen s'approcha du sanctuaire avec des larmes plein les yeux. Elle savait que c'était là que l'on conservait la crèche où avait dormi Jésus nouveau-né. Avant d'oser pénétrer dans ce lieu saint, elle en toucha le mur, le baisa, puis se laissa glisser, doucement, tout de son long, contre lui, afin de se coucher au plus près de l'endroit où s'était accompli l'unique grand miracle du monde : la descente de Dieu dans la chair humaine...

— Le voici donc, mon petit à moi, songea-t-elle avec émerveillement. Il sera pour moi, à jamais, sur la paille de sa crèche... Je lui consacrerai ma vie !

On quitta Bethléem sans rencontrer en route la moindre résistance. Sous les premiers rayons du soleil, rien ne bougeait. Il semblait que l'arrivée des croisés fût un de ces événements contre lequel personne n'a plus aucun pouvoir...

Sur l'étroit sentier sinuant à travers les âpres collines de Judée, on accomplit les ultimes foulées dans une surexcitation indescriptible. Les cœurs flamblaient..

Ce fut alors que les premiers pèlerins, ayant atteint le sommet d'un mont, découvrirent, dans la gloire du soleil rayonnant, lointaine et proche, La Ville des Villes, la Ville sainte, Jérusalem !

Un cri immense, une clameur irrépressible, qui dut monter jusqu'au trône de Dieu, éclata, s'éleva, triompha :

— Jérusalem ! Jérusalem !

Brunissen éclata en sanglots et tomba à genoux. Autour d'elle tous pleuraient, s'agenouillaient, se prosternaient, rendaient grâce, s'embrassaient avec des balbutiements de bonheur...

Albérade, en larmes, se signa trois fois.

— J'ai accompli ma promesse, murmura-t-elle. Dame Berthe doit être heureuse.

A l'horizon, ceinte de collines ombragées d'oliviers et de cyprès, la Cité de Dieu, entre ses remparts rose ocré, se détachait, réelle, présente, avec ses dômes, ses tours, ses coupoles, ses minarets et ses toits de tuiles blondes, semblable à un mirage céleste qui aurait soudain pris corps...

Alors, tout le peuple des croisés leva les mains vers les cieux, rejeta ses sandales et baisa le sol comme s'il touchait de ses lèvres le seuil du paradis...

Beaucoup expliquaient qu'une fois la Ville conquise sur les infidèles, ce qui ne faisait plus aucun doute pour personne, le ciel descendrait sur la terre, les anges apparaîtraient à la gent Notre-Seigneur pour la guider et la protéger. Par la suite, les pauvres et les justes régneraient dans une Jérusalem transfigurée par la conquête, dans une Jérusalem céleste d'où disparaîtrait à jamais chagrin et souffrance, où Dieu Lui-Même essuierait les dernières larmes tremblant au bord des yeux de Ses enfants...

— Nous voici parvenus au terme de notre pèlerinage, dit le père Ascelin.

Il se tourna vers Brunissen.

— C'est vous, ma fille, qui avez été choisie pour vivre ces instants bénis. Vous représentez ici votre père, votre aïeule, votre frère et vos deux sœurs, tous arrêtés dans leur marche ou retenus en chemin...

Il traça un signe de croix sur le front de sa nièce, la prit par la main et l'entraîna vers les tentes que l'armée du Christ dressait pour la dernière fois dans le désert. Brunissen se retourna, obstinée, vers les murailles closes.

--- l reste à prendre Jérusalem ! dit-elle.

13 août 1989.

REMERCIEMENTS

Que trouvent ici l'expression de ma gratitude, pour les documents qu'elles m'ont fournis, Mme Ch. Pollin, bibliothé-caire en chef de la biliothèque André-Malraux de Chartres, et Mme Garrigou, présidente des Amis de la bibliothèque muni-cipale de Noyon.

BRÈVE BIBLIOGRAPHIE

1. Chroniqueurs du temps

Anonymi gesta Francorum et aliorum Hierosolymitorum. Édition Bréhier.

RAYMOND D'AGUILERS, *Historia Francorum qui ceperunt Jerusalem*, in Guizot.

ÉTIENNE DE BLOIS, *Lettres à sa femme Adèle*, in Peyré.

RAOUL DE CAEN, *Gesta Tancredi Siciliae regis in expeditione Hierosolymitana*, in Guizot.

FOUCHER DE CHARTRES, *Gesta Francorum Jerusalem peregrinantium*. A History of the expedition to Jerusalem, 1099-1127. Traduction de F. R. Ryan.

ANNE COMNÈNE, *Alexiade*, 3 vol. (Livres X et XI). Collection byzantine publiée sous le patronage de l'Association Guillaume Budé. Texte établi et traduit par Bernard Leib.

RAOUL GLABER, *Historiarum sui temporis*, in Guizot.

GUIBERT DE NOGENT, *De vita sua et gesta Dei per Francos*.

GUILLAUME DE TYR, *Historia rerum in partibus transmarinis gestarum*.

2. Historiens modernes

PIERRE AUBÉ, *Les Empires normands d'Orient*, Tallandier

PIERRE AUBÉ, *Godefroy de Bouillon*, Fayard.

BARRET et GURGAND, *Si je t'oublie, Jérusalem*, Hachette.

MARC BLOCH, *La Société féodale*, Albin Michel.

LOUIS BHÉHIER, *Vie et mort de Byzance*, Albin Michel.

DANIEL-ROPS, *L'Église de la cathédrale et de la croisade*, Fayard.

ROBERT DELORT, *Le Moyen Âge*, Le Seuil.

GEORGES DUBY, *Histoire de France*, Hachette.

CHARLES-EMMANUEL DUFOURCQ, *La vie quotidienne dans les ports méditerranéens au Moyen Âge*, Hachette.

PIERRE G. DUHAMEL, *Quand les Francs mouraient pour Jérusalem*, Plon.

JEAN FAVIER, *La France médiévale*, Fayard.

RENÉ GROUSSET, *Histoire des croisades et du Royaume franc de Jérusalem*, 3 vol., Plon.

RENÉ GROUSSET, *Byzance*, Librairie académique Perrin.

RENÉ GUERDAN, *Grandeurs et misères de Byzance*, Plon.

RENÉ R. KHAWAM, *L'Univers culturel des chrétiens d'Orient*, Le Cerf.

JACQUES LE GOFF, *La Civilisation de l'Occident médiéval*, Arthaud.

GEORGES MATORÉ, *Le Vocabulaire et la société médiévale*, Presses universitaires de France.

JEAN MERRIEN, *La Vie quotidienne des marins au Moyen Âge*, Hachette.

ZOÉ OLDENBOURG, *Les Croisades*, Gallimard.

RAYMOND OURCEL, *Les Pèlerins du Moyen Âge*, Fayard.

DOMINIQUE PALADILHE, *La Grande Aventure des croisés*, Librairie académique Perrin.

RÉGINE PERNOUD, *Les Hommes de la croisade*, Fayard-Tallandier.

RÉGINE PERNOUD, *Les Croisades*, « Il y a toujours un reporter », Julliard.

GÉRARD WALTER, *La Vie quotidienne à Byzance au siècle des Comnènes, 1081-1180*, Hachette.

Table

*Achevé d'imprimer
en janvier 1990
sur presse Cameron
dans les ateliers de la SEPC
à Saint-Amand-Montrond (Cher)
pour le compte des Éditions François Bourin*

N° d'Édition : 65. N° d'Impression : 050.
Dépôt légal : janvier 1990.

ISBN 2-87686-034-1

Imprimé en France